CHRISTOBEL KENT

Orpheus' letzter Tanz

Buch

Zwei Jahre ist es her, dass Sandro Cellini seinen Dienst bei der Polizei quittieren musste. Sein Mitgefühl mit einem Opfer hatte zu Indiskretionen und seiner Frühpensionierung geführt. Auf Anraten seiner Frau schlug er eine neue Laufbahn als Privatdetektiv ein. Und ausgerechnet ein Fall aus seiner früheren Polizeikarriere holt ihn wieder ein: Denn Loni Meadows, die zwar skrupellose, aber bildschöne und charmante Vorsitzende einer Kunststiftung, wird auf dem Stiftungssitz außerhalb von Florenz tot aufgefunden. Sandro ist die glamouröse Dame noch bestens in Erinnerung, und an ihren Selbstmord mag er nicht so recht glauben.

Je tiefer Sandro in das Leben der Stiftungskollegen und Bewohner der einsam gelegenen Villa auf den Hügeln hinter Florenz eindringt, desto mehr Widerstand wird ihm entgegengebracht – nicht zuletzt von seiner eigenen Frau, die sein Engagement nicht eben goutiert. In der Einsamkeit der Landschaft um Casentino macht er schließlich eine entscheidende Spur aus …

Autorin

Christobel Kent lebt mit ihrem Mann und ihren fünf Kindern in der Nähe von Cambridge. Ihr erster Roman um Sandro Cellini, dem sympathischen Privatdetektiv, ist unter dem Titel »Die Tränen der Signora« (37446) erschienen. Derzeit arbeitet sie an der Fortsetzung der Serie.

Christobel Kent

Orpheus' letzter Tanz

Ein neuer Fall für Sandro Cellini

Aus dem Englischen
von Christine Heinzius

blanvalet

Die Originalausgabe erschien 2010 unter dem Titel
»A Fine and Private Place« bei Atlantic Books,
an imprint of Grove Atlantic Ltd., London.

MIX
Papier aus verantwortungsvollen Quellen
FSC® C014496

Verlagsgruppe Random House FSC-DEU-0100
Das FSC®-zertifizierte Papier *Holmen Book Cream*
für dieses Buch liefert Holmen Paper, Hallstavik, Schweden.

1. Auflage
Deutsche Erstausgabe Juni 2011 bei Blanvalet Verlag, München,
einem Unternehmen der Verlagsgruppe Random House GmbH

Umschlaggestaltung: HildenDesign, München
Umschlagfoto: © Gianalberto Gazzotti
Redaktion: Ilse Wagner
lf · Herstellung: sam
Satz: Buch-Werkstatt GmbH, Bad Aibling
Druck und Einband: GGP Media GmbH, Pößneck
Printed in Germany
ISBN: 978-3-442-37447-2

www.blanvalet.de

Für Ilsa

Das Grab ist heimlich und verschwiegen,
doch niemand wird dort bei dir liegen.

ANDREW MARVELL, *An seine spröde Geliebte*

Sie erklommen den Hügel und sahen die Wintersonne am weit entfernten Horizont stehen. Ein breites Panorama blassgrauer Hügel, blätterloser Wälder und des dunklen Bandes eines Flusses, der sich durch das Tal wand, breitete sich zu ihren Füßen aus. Der Fahrer bremste abrupt, und eine Staubwolke wirbelte hinter ihnen hoch und nebelte das riesige Auto ein. Er wandte sich seinem Beifahrer zu und bot ihm mit einer ausladenden Geste alles, was sie sahen, an.

»Hier«, sagte er auf Englisch mit einem so starken Akzent, dass die einzelnen Silben kaum erkennbar waren. »Castello Orfeo. Willkommen.« Und er lächelte ein oberflächliches Lächeln, das seine Augen nicht erreichte. Tief in seinem Mund blitzte Gold auf.

Der Reisende neben ihm blickte auf eine Allee staubiger, schwarzer Zypressen, die direkt vor ihnen auf und ab steigend die Landschaft teilte und in einen dunklen Wald führte, aus dem die grauen Steinflügel eines hübschen Schlosses aus dem fünfzehnten Jahrhundert schauten: schroff, solide und schnörkellos. Eigentlich keine Festung, sondern ein Bergfried. Und sogar im letzten, rosigen Abendlicht eines Winternachmittags versuchte das Castello Orfeo – so kompromisslos wie immer – nicht, sich bei seinem neuesten Gast einzuschmeicheln.

Sie wartete auf sie. Der massive, befestigte Türrahmen, in dem sie stand, betonte ihre Zierlichkeit, ihre mädchenhaften Schultern, ihre winzigen Fesseln. Die riesigen, strahlend blauen Augen sahen ihn an; die Masse von rotgoldenen Haaren. Sie streckte ihm ihre zarten Malerhände entgegen, und auf ihre Lippen legte sich ein leichtes, zufriedenes Lächeln.

»Mr. Fairhead«, sagte sie im Namen des kleinen, spontanen Empfangskomitees. Ein großes Mädchen mit einer Schürze stand im Hintergrund. Sie hatte lange Haare mit Mittelscheitel, und ihr Gesicht war das perfekte, blasse, melancholische Oval einer ländlichen Madonna. Und bei ihr standen die anderen Gäste, deren Gemeinschaft Alec Fairhead komplett machte: zwei weitere Männer und zwei Frauen. Alle präsent und korrekt. »Wir fühlen uns so geehrt.«

Jeder, der Alec Fairhead in der immer stärker werdenden Dämmerung betrachtete, konnte glauben, dass er am liebsten wieder ins Auto gestiegen wäre, um dem Fahrer mit seinem Goldzahn zu sagen, dass er ihn von hier fortbringen solle. Aber während alle auf die Antwort des Neuankömmlings auf die Begrüßung der Direktorin warteten, war die weite, staubige Landschaft hinter ihm im Dunkeln versunken, und es war zu spät.

Kapitel 1

Eine halbe Stunde vor Sonnenaufgang saß Sandro Cellini an einem Februarmorgen in seinem dunklen Auto in einer Seitenstraße in einem südlichen Vorort von Florenz und dachte an seine Frau. Luisa.

Er hätte an seinen Auftrag denken sollen, aber dass er nicht an den Auftrag denken wollte, war Teil seines Problems.

Seit drei Tagen wurde Sandro Cellini dafür bezahlt, einem siebzehnjährigen Mädchen in ihre teure Schule in der Stadt und dann wieder nach Hause zu folgen. Ihre Eltern glaubten, dass sie etwas mit Drogen zu tun hatte, und wollten wissen, wer sie vom rechten Weg abbrachte. Carlotta Bellagamba war ein Einzelkind, ein »wertvolles« Kind, wie es euphemistisch hieß, durch künstliche Befruchtung entstanden.

Bisher: Nichts. Freitagabend war oft der Abend, an dem Carlotta laut ihren Eltern bis früh am nächsten Morgen ausging, und heute war Freitag, aber Sandro hatte keine großen Hoffnungen. Nicht im Leben und nicht darauf, eine entscheidende Entdeckung zu machen, die dazu beitragen würde, dass Carlotta und ihre Eltern sich besser verstünden.

Es war die moderne Welt, Eltern, die so viel zu tun hatten oder so nervös waren, dass sie einen Privatdetektiv bezahlten, um auf ihr Kind aufzupassen, anstatt sich direkt mit ihm auseinanderzusetzen. Kinder, die zu wertvoll waren, um ihnen einen wilden Augenblick hier oder da zu erlauben, aber das war nicht Sandros Entscheidung, er war nur der Dienstleister. Wie Sandros Teilzeitassistentin Giuli Sarto es formulierte: Was sollte das wertvolle Kind schon anderes tun als ausbrechen? Ein offener und abgeschlossener Fall.

Kinder. Da er keine eigenen hatte, war Sandro nur zu bewusst, dass er nicht in der Position war zu urteilen. Was für eine Art Vater wäre er überhaupt geworden? Schweigsam wie sein eigener Vater, reserviert wie seine Mutter, die von zu viel Arbeit und Sorgen erschöpft war? Er wollte gar nicht erst darüber nachdenken, wie sehr sie ein Kind geliebt hätten, er und Luisa. Die feinen Einzelheiten: Der erste Schultag, ein Kind dabei zu begleiten, wie es radfahren oder fußballspielen lernt. Rebellische Teenager, die glauben, alles zu wissen, ein Mädchen wie Carlotta, das ihren dummen, alten Papa verhöhnt.

Das Zuhause des Mädchens lag an einem grünen Hügel, eine hübsche, zweistöckige Villa, dreistöckig, wenn man die Garage und den Keller unter dem Hochparterre dazurechnete, etwa zwanzig Jahre alt, mit einer Terrasse, einer Veranda, fünf Olivenbäumen im Vorgarten, einer Palme hinten und zwei glänzenden Autos in der Garage. Der Auftrag war nicht kompliziert, er war schlicht und einfach ein Kindermädchen. Das Problem war, dass Sandro kein Kindermädchen sein wollte. Während der dreißig Jahre als Polizist, mit all dem Schmutz und der Langeweile, die dazugehörten, war er wenigstens ein Mann gewesen.

»Es ist klar, dass es langsam losgeht«, hatte sein früherer Partner Pietro ihn gewarnt, der Mann, mit dem er sich fünfzehn Jahre lang einen Einsatzwagen geteilt hatte. Das Leben eines Privatdetektivs wäre so wie das eines jeden anderen Freiberuflers: Er müsse sich einfach nur darauf einstellen.

Es war aber gar nicht langsam losgegangen, überhaupt nicht. Vor über einem Jahr hatte ihn sein erster Fall mit der Suche nach einem eigensinnigen, englischen Mädchen beschäftigt, deren Eltern es anscheinend völlig egal war, dass sie tot sein könnte, und mit einer trauernden Witwe, die ihn bat, den Selbstmord ihres Mannes aufzuklären. Beim schlimmsten Wetter, das die Stadt seit vierzig Jahren erlebt hatte, musste Sandro von Anfang an kämpfen – mit seinen alten Kollegen bei der Polizia di Stato, mit der unglaublichen Arroganz der rivalisierenden Carabinieri, mit den Erwartungen der Trauernden und vor allem mit sich selbst. Mit seinem neuen Status als Privatdetektiv. Der Niedrigste der Niedrigen, ohne Abzeichen oder Kollegen, musste er den Hut vor Leuten ziehen, die er verabscheute, und den Mund halten, wenn er alle zusammenbrüllen wollte.

Er konnte nicht einmal jemand anderem die Schuld für seine Entlassung bei der Polizia geben. Manche hätten es vielleicht nur eine Indiskretion genannt, ein geringfügiges Fehlverhalten, ja sogar eine gute Tat, Informationen an den Vater eines Mordopfers weiterzugeben. Aber er hatte die Regeln verletzt. Andere Männer hätten vielleicht für die Pension und ein warmes Büro, in dem man die letzten fünf Jahre des Berufslebens aussitzen konnte, gekämpft. Sandro nicht.

Er hatte das englische Mädchen gefunden, lebend, gerade noch. Er hatte ihren Entführer erwischt und die schreckliche Wahrheit enthüllt, die sich hinter der Tatsache verbarg, dass der Architekt Claudio Gentileschi ins Wasser gegangen war und seine Frau allein gelassen hatte, und er war zu seinen Zweiflern gegangen und hatte ihnen bewiesen, dass er wusste, was er tat. Es sich selbst zu beweisen, das dauerte noch ein wenig.

Und dann war es still geworden. Das Hochwasser war zurückgegangen, der Winter hatte begonnen. Weihnachten kam und ging, und Sandro saß in seinem ruhigen Büro in San Frediano und beobachtete das klare Sonnenlicht, das von einer Seite des Zimmers zur anderen glitt, und fragte sich, ob das Telefon je wieder klingeln würde.

Im Januar, nach einem Monat Däumchendrehen, hatte er sich gezwungen, einen Computerkurs zu belegen, die Grundlagen zu erlernen. Wie man Daten findet, wie man erkennen kann, ob auf einer Festplatte etwas gelöscht worden war. Er hatte vor allem gelernt, wie wenig er eigentlich wusste.

Im März hatte er zwei Wochen Arbeit gehabt. Er war der jungen, chilenischen Frau eines älteren Bäckers gefolgt, um herauszufinden, ob sie eine Affäre hatte oder nicht. Das hatte sie nicht, wie sich herausstellte, aber sie hatte eine Tochter, die sie dem Bäcker verheimlicht hatte. Sie hatte gedacht, der Bäcker werde sie nicht heiraten, wenn sie ein Kind hätte. Würde alles gut enden? Sandro wusste es nicht. Nach seiner beruflichen Erfahrung waren Stiefväter nicht zuverlässig nett zu ihren Stiefkindern. Aber das war nicht seine Sache, der Fall war abgeschlossen.

Im April kam dann der Personenschutz für den Besitzer einer kleinen Werkstättenkette in den Vororten. Einen Monat lang begleitete er den Mann, einen rauen, arroganten Typ, durch die Stadt, während er den Gewinn einsammelte, weil sein eigentlicher Leibwächter sich von einer Schusswunde erholte. Sandro hatte Luisa nichts von der Schusswunde erzählt.

Im Juni, nach einem Monat des nervigen Nichtstuns in

der leeren Stadt, hatte sich eine italienisch-amerikanische Stiftung, die in der Maremma ein Schloss unterhielt, an ihn gewandt, auf Empfehlung eines alten Kontaktes beim British Council. Die Stiftung, irgendeine Art von künstlerischer Gemeinschaft, hatte ihn gebeten, einen vollkommen sinnlosen Hintergrundcheck bei einer Angestellten durchzuführen. Es war praktisch ein Almosen. Wird es so bleiben?, wollte er Pietro fragen, als sie Schulter an Schulter im freundlichen Gedränge der Kaffeebar saßen, in die sie als Polizisten immer gegangen waren. Pietros blaue Mütze lag auf dem Tisch zwischen ihnen. Drecksarbeit und Prestigeaufträge – darauf warten, dass Krümel vom Tisch der Reichen fallen?

Während der abgestellte Motor in der dunklen, frostigen Luft klickte, wurde es kalt im Wagen: Sandro öffnete eine Thermoskanne, die er mit heißem Tee gefüllt hatte. In der obersten Etage des Hauses der Bellagamba ging ein Licht hinter dem Frostglas eines Badezimmers an, jemand war aufgestanden.

Unten ging noch ein Licht an. Stand die Mutter als Erste auf? Tappte sie in ihrem Bademantel in die warme Küche, um ihrem Mann Kaffee zu kochen? Und wieder dachte Sandro nicht an den Auftrag, sondern an Luisa. Seine Frau, mit der er seit über einem Monat nicht mehr gefrühstückt hatte. Weil immer etwas dazwischengekommen war.

Als sie sich vor der Kaffeebar verabschiedet hatten, hatte Pietro ihn kurz und heftig umarmt. Das sah ihm gar nicht ähnlich.

Er hatte gesagt: »Es ist gut, wenn du etwas Zeit hast, Sandro. Luisa braucht dich.«

Luisa hatte ihn gebraucht, als sie krank geworden war. Jetzt war er sich da nicht mehr so sicher.

Die Leute hatten sich um sie geschart. Wenn man Sandro vor Luisas Diagnose gefragt hätte, hätte er gesagt, dass sie eine Handvoll Freunde hatten, nicht mehr. Aber als bekannt wurde, dass Luisa im Krankenhaus gewesen war, hielten ihn Männer, Frauen und Kinder auf der Straße an, um zu fragen, ob es ihnen gut ginge, ob sie irgendetwas brauchten. Sogar der schweigsame Zeitungsverkäufer suchte ihnen Werbegeschenke aus der hinteren Ecke seines Kiosks, Restaurantführer, Karten von Sizilien, Postkarten mit Eselsohren. Luisa hatte sehr schnell genug davon gehabt, sie wollte einfach nur wieder arbeiten. Alles, was nach Wohltätigkeit roch, ärgerte sie.

Nach der Operation im November vor fünfzehn Monaten hatte sich Luisa einen Monat für die Chemo freigenommen, den Dezember, und obwohl die Therapie noch im Januar und Februar weiterging, hatte sie bereits genug davon, zu Hause zu sitzen und Däumchen zu drehen. Sie nahm sich nur Freitag und Samstag jede Woche frei, Freitag, um die Medikamente zu nehmen, Samstag, um in einem abgedunkelten Zimmer zu liegen, während er sie mit trockenen Keksen und Kamillentee fütterte, weil sie schon erbrechen musste, wenn sie nur den Kopf hob. Und Sonntag, um Sandro den ganzen Morgen über anzuschnauzen. Gegen Abend wurde sie dann wieder weicher und weinerlich, und er war sich nicht sicher, was schwerer zu ertragen war.

Und am Montag war sie dann wieder zur Arbeit gegangen. Die verlässliche, kräftige Luisa im Laden bei Frollini, im Schatten des Palazzo Vecchio, wo sie 500-Euro-Schuhe an hübsche, verwöhnte Frauen aus der ganzen Welt verkaufte, immer höflich, manchmal großzügig bei den Rabatten und stets stolz auf ihre Ware. Sie war nicht mehr so kräftig wie früher, die Chemo hatte sie ein paar Kilo gekostet, und bei der Operation hatte sie eine Brust verloren und nur noch eine Schaumstoffprothese an ihrer Stelle. Sie hatten im Krankenhaus über eine Rekonstruktion gesprochen, aber Luisas Gesicht war bei der Aussicht auf weitere Operationen und mehr Zeit im Krankenhaus, als nötig war, um ihr das Leben zu retten, stur geworden. Die Prothese wäre genug.

Sie waren Ende März zu einer Nachuntersuchung gegangen, an einem ungewöhnlich heißen Tag für diese Jahreszeit, draußen in Careggi. Beide hatten anderthalb Stunden in einem Baustellenwagen gewartet, der als provisorische Klinik diente. Sandro hatte versucht, die Hand seiner Frau zu halten, aber sie war ungeduldig mit ihm gewesen. Es war zu heiß, hatte sie gesagt. Als sie endlich in das Sprechzimmer gekommen waren, hatte sich ein Ausschlag nahe der Narbe gebildet, der hätte gefährlich sein können, aber es stellte sich heraus, dass nur die Hitze daran schuld war. Man musste sich keine Sorgen machen. Noch eine Nachuntersuchung im September blieb ohne Befund. Wir warten neun Monate bis zum nächsten Termin, hatte es geheißen.

Neben dieser Nachricht, auf die er so sehr gehofft hatte, dass er es kaum glauben konnte, war die Arbeit natürlich egal. Sollte egal sein. Aber Sandro hasste es, Luisa nicht versorgen zu können. Er wollte nicht, dass sie sich Sorgen wegen des Geldes machte.

In der ruhigen Vorortstraße, ruhig, abgesehen vom unablässigen Rauschen der Lastwagen auf ihrem Weg in die Stadt, war das Licht immer noch grau. Die Sonne war noch nicht mehr als ein zitronengelbes Leuchten hinter den Hügeln im Osten, aber der Himmel war klar, bloß ein paar dünne Wolkenfetzen mit rosa Flecken hingen im Osten. Es war sehr kalt.

Sandro trank einen Schluck von seinem abkühlenden, süßen Tee, zog seine Handschuhe an und rieb sich kräftig die Arme. Er fühlte sich, als befände er sich in einer Art Niemandsland, in dieser anonymen Straße, wo es weder Tag noch Nacht war. Der unsichtbare Mann. Wohl eine nützliche Eigenschaft als Privatdetektiv, wenn auch nicht im Leben.

»Fahr mit ihr in Urlaub«, hatte Pietro gesagt.

Das ganze Jahr über, seit die Chemo beendet war, hatte er sie gefragt. Vielleicht eine nette Reise über Ostern in die Cinque Terre? Vielleicht könnten wir im Sommer wieder nach Apulien fahren?

»Warten wir lieber bis nach der nächsten Nachuntersuchung«, hatte sie zu Anfang geantwortet, dann: »Jetzt nicht.« Frollini war den ganzen August über geöffnet gewesen, und sie würde nirgendwohin reisen. Ihr Chef, der sanfte, alte Frollini selbst, älter als Sandro, aber besser in Form, hatte Luisa gesagt, dass sie das Juwel in seiner Krone sei.

»Wir können es uns nicht leisten«, war Luisas matte Trumpfkarte gewesen.

Weil du nichts verdienst, oder? Eigentlich nicht. Das hatte sie nicht ausgesprochen.

Bevor ihn dieser Auftrag um sechs Uhr aus dem Haus trieb, hatte Sandro jeden Morgen wach gelegen und darüber nachgedacht, was er ihr sagen würde, wäre er mutig genug.

Ich will nicht, dass dein Chef dich häufiger sieht als ich, würde er sagen. Ich will meinen Kaffee zu Hause trinken, am Küchentisch mit dir in deinem großen, weißen Bademantel. Ich will, dass es wieder so wird wie früher.

Aber dazu war es jetzt zu spät, oder nicht? Sandro schien immer einen Schritt zurück zu sein. Während er sich immer noch überlegte, wie er mit seiner eigenen Frau reden sollte, hatte sich bei Frollini Neues ergeben. Luisa kam voran, und er blieb zurück.

Und plötzlich passierte etwas. Da vorn stürmte das Mädchen aus der Haustür, schrie über ihre Schulter etwas in das dunkle Haus. In einer engen, karierten Bomberjacke, engen Jeans, Schaffellstiefeln und fingerlosen Handschuhen hievte sie eine grellrosa Vespa unter dem Verandadach hervor, ließ eine Tasche in die Box fallen, griff nach einem Helm, schob das Fahrzeug rennend auf die Straße und war fort.

Sandros Tag hatte begonnen.

Kapitel 2

Er kam erst im letzten Augenblick ins Blickfeld, da die vielen Weiden, die am Flussufer wuchsen, ihn zunächst verdeckten. Caterina Giottone sah ihn gerade noch rechtzeitig, um schlingernd ausweichen zu können, dann war sie auch schon vorbei. Die hohe, weiße Flanke eines Lastwagens mit Hubgeräten auf der Ladefläche, rotweißes Band blitzt auf; ganz darauf konzentriert, zur Arbeit zu kommen, war das alles, was sie sah. Dann fuhr sie über Glatteis, und zum Glück hatte sie nicht nach hinten gesehen, sonst hätte sie jetzt mit einem oder zwei gebrochenen Knochen auf dem Asphalt gelegen.

Der Motorroller fuhr ruhiger, als sie einen Gang herunterschaltete. Caterina, Cate für ihre Freunde, beugte sich über das Lenkrad und fuhr den Hügel hinauf. Es war kalt, o Gott, war es kalt.

Es war so kalt, dass Cate sogar durch die Schichten von Fleece und Wolle und Leder ihre Zehen nicht mehr spürte. Ihre hohen Wangenknochen, die der atemraubenden, messerscharfen Kälte ausgesetzt waren, fühlten sich wie roh an. Während ihr *motorino* sich den Hügel hinaufkämpfte und Orfeo endlich auftauchte, überlegte Cate, wie fast jeden Morgen auf dem Weg zu ihrem Arbeitsplatz, dass es so anders war als ihr Zuhause.

Es lag zum Teil an der Geographie. Cate war im weiten, flachen Val di Chiana aufgewachsen, wo man meilenweit sehen konnte, und überall, wo man auch hinsah, befanden sich Häuser. Die Weiden der Chianina-Rinder wechselten sich ab mit eckigen, turmbewehrten Bauernhäusern, Heuschobern und immer häufiger mit *capannoni*, den flachen, grauen Hallen der Industrie. Die Hügel in Cates Heimatort waren weich und rund, und auf ihren Kuppen lagen Städte und Kirchtürme, ihre Hänge waren voller Restaurants und Kaffeebars und Unmengen von Teenagern.

Die etruskische Maremma war anders. Zwei Stunden südlich gelegen, doch die Hügel waren felsig, kahl, unfreundlich und wild, ab und an lag ein ausgebleichtes und stilles Dorf darauf. Einem Stadtmädchen wie Cate kam es im Winter leer, staubig und braun und kahl und wild vor. Die blattlosen Bäume und die vertrockneten Büsche klebten wie Spinnweben an den Hängen. Cate hatte ein Zimmer in der dem Schloss am nächsten gelegenen Stadt gemietet, ein dreckiger Ort am Rand der Ebene namens Pozzo Basso, und auf ihrem acht Kilometer langen Arbeitsweg kam sie mit dem *motorino* nur ab und zu mal an einem Bauernhaus vorbei, während sie die stillen Hügel hinauffuhr.

Einige Bauernhäuser waren zu Ruinen geworden, mit Brombeeren und wildem Wein überwachsen, von der Landschaft aufgesogen. Bei ihrem Anblick lief es Cate kalt den Rücken hinunter. Diese schwer erkennbaren Erhebungen unter dem Efeu, die Steine wie halb beerdigte Leichen. Sie erinnerten sie daran, wie schnell ein Mensch verschwinden kann.

Sie nennen das Schloss einfach nur Orfeo, obwohl die Letzten der Familie Orfeo in ihrer luxuriösen Villa in Florenz wohnten, da das Schloss zu ungemütlich, zu zugig und zu teuer zu heizen war. Die meisten der Angestellten waren, anders als Cate, aus der Region, ihre Familien waren dem Ort seit Generationen verbunden. Die Stiftung bedeutete ihnen gar nichts, der verlorene Sohn, der in den 1930er Jahren über den Atlantik verschwunden war, während des Krieges in der Stahlbranche Geld gemacht hatte und dann begeistert vom American Way of Life zurückgekehrt war, um ein Künstlerhaus für englischsprachige Künstler zu gründen. Sie tolerierten die Stiftung, die von Büros in Baltimore aus geleitet wurde, aber fünfzig Jahre bedeuteten nicht viel in dieser Landschaft voller etruskischer Höhlen, wo sogar die Römer noch relative Neuankömmlinge waren.

Ginevra, die Köchin, hatte mal gesagt, wie überrascht sie sei, dass Cate nicht von zu Hause aus pendelte, wenn sie nicht vor Ort wohnen wollte. Sie gehörte zu einer Generation, für die es völlig natürlich war, dass eine unverheiratete Neunundzwanzigjährige bei ihren Eltern wohnte, oder in ihrem Fall bei ihrer Mutter und ihrem Stiefvater, selbst wenn das einen langen Arbeitsweg bedeutete. Aber Cate, die den größten Teil ihrer Teenagerjahre damit verbracht hatte, mit dem sturen, altmodischen Mann zu streiten, den ihre erschöpfte Mutter heiratete, nachdem Cates Vater sie verlassen hatte, lebte nun schon seit über zehn Jahren nicht mehr zu Hause. Sie hatte auf den Kreuzfahrtschiffen vor der Küste Floridas gearbeitet, in Restaurants an der Côte d'Azur, sogar in einer Kaffeebar in Bath, England, aber dieser Ort, das Castello Orfeo, zwei Stunden entfernt von der Stadt, in der sie geboren worden war, schien manchmal der fremdeste von allen zu sein.

Und an diesem Morgen noch mehr als sonst. Cate fragte sich, ob es daran lag, dass sie einfach nicht hierhergehörte. Hatte sich das schon lange abgezeichnet? Vielleicht, die Wintersaison war sicherlich anstrengender als die Sommersaison. Die Gäste fragten sich, was sie mitten im Nichts taten, in der Kälte und dem Regen, schließlich hatten sie Italien gebucht. Aber gestern war es richtig schwierig gewesen, gestern war alles schiefgelaufen. Gestern war nichts in Ordnung gewesen.

An einer scharfen, baumbestandenen Kurve tauchte der konvexe Spiegel auf, der diskret den Hintereingang zum Schloss markierte. Cate fuhr in die Kurve und gab zwischen den Bäumen Gas, damit ihre kleine Vespa es über die Steine und den Schotter der hinteren Zufahrtsstraße schaffte. Besucher und Gäste sollten diese Straße nicht benutzen, obwohl sie eine Abkürzung war. Es gab kein Panorama, keine Allee, keinen Rahmen für die hübsche, abweisende Fassade des Schlosses, und der Untergrund war holprig. Auf diesem Weg kam man durch ein düsteres Dickicht aus Steineichen, und die Seite des Schlosses tauchte recht plötzlich vor einem auf.

Eine Fahnenstange markierte eine kleine Lichtung, auf der die unterschiedlichen Fahrzeuge der Angestellten außer Sichtweite parkten, und Cate stieg ab und schob ihr Moped an die Stelle, die inoffiziell für sie reserviert war. Unten rechts befanden sich die Wäscherei und das Atelier, wo die Vorhänge fest zugezogen waren; es würde noch eine Weile dauern, bevor sie geöffnet wurden. In ihrer Tasche gab ihr Handy seinen fröhlichen Klingelton von sich. Vincenzo.

Sie nahm den Helm ab und hielt sich das Handy ans Ohr. »V'cenz. *Caro.*«

Sie waren noch nicht lange zusammen, fünf Monate. Er

hatte sie in dem noch spät geöffneten Supermarkt in Pozzo getroffen, wo er arbeitete, als sie ein paar Bier auf dem Nachhauseweg zu ihrem Einzimmerapartment über einer Bikerbar kaufte. Vincenzo war jünger, ein oder zwei Jahre, und hatte ein ruhiges Leben geführt. Er sah Cate an, und sie wusste, dass er ein Mädchen sah, das die Welt bereist und sich seine Unabhängigkeit verdient hatte und das allein spätabends Bier trank. Seine Augen leuchteten, wenn er sie anschaute. Er war süß.

»Ja«, sagte sie als Antwort auf seine Frage, »gerade angekommen. Gut, ja, mir geht's gut.«

Sie hatte ihm gestern Abend von ihren Sorgen erzählt, und er dachte an sie, das war alles. Als sie sich umdrehte, stellte sie fest, dass der Pick-up des Gärtners an seinem üblichen Platz stand, und sagte: »Mauro ist wieder da.«

Vincenzo hatte Frühschicht, und sie wusste, dass er gerade ohne Kunden an der Kasse saß. Was er wirklich wollte, das wusste Cate, war, mit ihr zusammenzuziehen. Sie ließ ihn reden und sah sich um. Wenn der Pick-up ein Beweis war, dann war der sauertöpfische Mauro, ein Faktotum, Mädchen für alles und Gärtner, wieder zurück. Gestern hatte er, sehr zum Verdruss der Direktorin, den ganzen Tag einem Bauern geholfen, seine Rinder aus einem Fluss auf der anderen Seite des Tals zu treiben. Aber etwas war anders, doch sie wusste noch nicht, was. Das Handy hatte Cate zwischen Ohr und Schulter geklemmt, während sie die glänzende Box hinten auf der Vespa öffnete und die dicke Canvastasche heraushob, die sie zur Arbeit mitnahm. Ihre Finger fühlten sich sogar in den Handschuhen wie gefrorene Würstchen an.

»Okay, Liebling«, sagte sie sanft, »heute Abend, das wird toll. Kann ich dich anrufen? Ich muss rein, ich friere. *Un ba-*

cio, okay? *Un bacio.*« Widerwillig ließ er sie gehen, und Cate lief unter den Bäumen auf das Schloss zu.

Obwohl sie vor sechs Monaten bei Orfeo angefangen hatte, verstand Cate die Prinzipien dort immer noch nicht genau. Zwischen fünf und zehn Gäste trafen alle zehn Wochen ein, alle, oder fast alle, waren allein und auf die eine oder andere Art kreativ. Man hätte sie als Künstler bezeichnen können, nahm Cate an, aber für sie waren Künstler immer Maler oder Bildhauer. Orfeos Gäste konnten Dichter oder Autoren von Romanen oder Theaterstücken sein, oder sie bauten winzige Objekte aus Federn oder Ton oder komponierten Opern, in die sie die Gesänge von Unterwassertieren einbauten.

Was auch immer sie taten, sie waren überall, wohnten zehn Wochen in den Apartments des Schlosses und in den Außengebäuden, wurden gefüttert und getränkt und hin und wieder unterhalten. Ein Ausflug zu Galerien und Kirchen oder ein Gastvortrag. Cate hatte immer angenommen, dass sie wegen ihrer Arbeit hier waren, aber manche von ihnen schienen überhaupt nichts zu tun, und es wurde sicher nie ein Leistungsnachweis von ihnen verlangt. Ganz ehrlich, Cate verstand nichts von Kunst. Und diese Leute, nun ja. Sie waren für sie eine unbekannte Spezies. Doch andererseits, ein paar Amerikaner, ein britischer Romanautor, ein norwegischer Dichter …, Cate überlegte, während sie um die Mauer in Richtung Schlossküche ging. So überraschend war das nicht. Es waren *Ausländer*.

Oft gab es auch ein paar Italiener, dieses Mal jedoch nur einen, und da er aus Venedig kam, war er für ein Mädchen aus der Ebene des Val di Chiana exotisch genug. Aber auch sie sollten jedes Gespräch auf Englisch führen, der offiziellen

Sprache des Schlosses. Der Norweger und die junge Amerikanerin, die beide ihre Sprachkenntnisse verbessern wollten, versuchten immer wieder mal, die Angestellten und die italienischen Gäste in deren Muttersprache anzusprechen, aber das wurde nicht gern gesehen. Cate fand die Regel der Haussprache nicht verkehrt, da sie der Grund dafür war, dass sie als Außenseiterin eingestellt worden war. Ihr Englisch und ihre ruhige Art mit den merkwürdigen Fremden hatte sie an Bord von Kreuzfahrtschiffen gelernt. Aber diese Regel, wie so viele andere, war eigenartig und machte aus dem Ort eine Art sonderbaren Inselstaat inmitten der einsamen Hügel. Manchmal erinnerte Orfeo mit seinen Verboten und Strafen, seiner lächelnden, unnachgiebigen Direktorin Cate an ein Internat oder ein Gefängnis.

Die Küche und das Esszimmer befanden sich in den alten Ställen, die hinter dem Schloss lagen, an seiner blinden Seite, und dort gab es einen Dienstboteneingang in der Mauer, die den Komplex umschloss, dahinter ein kleines Stück kurz gemähten Rasen. Aus den Öffnungen des Raumes, in dem sich die Heizung des Schlosses befand, zog der Dunst heraus, und das Gras knirschte vor Frost unter ihren schweren Stiefeln. Die Küchentür stand ein Stück offen. Cate hörte Stimmen und blieb stehen. Die Tasche über der Schulter, der Atem zu Wölkchen kondensiert, lauschte sie.

Es waren zu viele Stimmen, und sie sprachen zu laut. Die Direktorin mochte keinen Radau, vor allem keinen italienischen Radau. Cate war angestellt worden, nachdem ein Küchenmädchen – Kellner war anscheinend ein zu modernes Wort für das Image des Schlosses, alles musste einen mittelalterlichen Klang haben – einer Amerikanerin etwas Unverschämtes auf Italienisch zugeraunt hatte. Sie war nicht mal ein Gast, sondern die Frau eines Gastes, die einen Abend zu Besuch gewesen war. Das Mädchen war entlassen worden, es hieß, sie hatte auf dem ganzen Weg nach draußen über ihre Schulter etwas in ihrem rauen, trotzigen, toskanischen Akzent gebrüllt.

Daher war es ungewöhnlich, diese Art von unachtsam erhobenen Stimmen zu hören. Selbst wenn es zu einem Streit gekommen wäre, und das geschah oft, dann wurde er auf eine zischende, fauchende, flüsternde Weise ausgetragen. Es war also etwas passiert.

Cate wollte wissen, welche Szenerie sie gleich betreten würde, daher blieb sie reglos auf dem gefrorenen Gras stehen und dachte nach. Von der anderen Seite des Hügels, von den paar Bauernhäusern, in denen die anderen wohnten, bellten die Hunde herüber. Das Geräusch prallte an den Abhängen ab. Heute Morgen war dieser erste Blick auf Orfeo vom Gipfel des Hügels irgendwie anders gewesen. Vor ihrem inneren Auge ging Cate noch einmal im Detail alles durch, was sie gesehen hatte: Bäume, die dunkle, zinnenbewehrte Silhouette, die für die Fassade zu kleinen und zu schmalen Fenster und das große Tor zum Hof, das offen war. War das der Grund für die Aufregung?

Immer noch außer Sichtweite der Küchentür, trat Cate zurück und ging wieder bis zu dem schmalen Tor in der Mauer. Sie waren da drinnen zwar nett zu ihr, aber sie war immer noch eine Außenseiterin. Sie musste vorbereitet sein. Sie sah auf ihre Uhr, er war gerade mal acht Uhr, und sie war immer noch zu früh für die Arbeit. Sie stand noch eine Minute da und schaute dorthin zurück, woher sie gekommen war, betrachtete die Bäume, ihr *motorino*, Mauros Pick-up und Ginevras Punto, den Kornspeicher, die Fahnenstange. Die Fahne hing auf halbmast, so hatte sie sie noch nie gesehen: Das war etwas, sicher, auch wenn sie die Bedeutung nicht begriff. Und ihr fiel auf, dass der riesige Geländewagen des Schlosses nicht zu sehen war. Das Monster nannten sie ihn, *Il Mostro*.

Na ja, dachte Cate verwirrt, also nicht viel. Ein offenes Tor, *Il Mostro* unterwegs auf einer Spritztour. War die *Dottoressa* gestern Abend nach dem Abendessen noch irgendwohin gefahren, in dem Auto, das sie wie ihr persönliches Eigentum behandelte? Oder sogar heute früh? Aber es war noch zu früh, als dass sie wach und aufgestanden wäre, und außerdem fiel Cate etwas auf in der Lücke zwischen den Bäumen, hundert Meter entfernt in der Hauptauffahrt, die zum großen Tor führte.

Etwas Blaues, Niedriges. Ein Polizeiwagen.

Und sie lief über das gefrorene Gras zur Tür und platzte in die Küche, als wäre sie gerade erst angekommen, und alle schwiegen sofort.

Kapitel 3

Während Sandro die Via Senese im grauen Morgenlicht entlangfuhr und die rosa Vespa im Blick behielt, tat er das wie auf Autopilot. Nach drei Tagen hätte er es auch blind machen können: Sandro hatte immer schon ein Talent für die Orientierung gehabt. Wenn auch nicht für Verhandlungen.

Gestern Abend hatten er und Luisa über den Auftrag gesprochen, was Sandro überrascht hatte, und auch gefreut.

Sie war schon zu Hause gewesen, als er um halb acht heimkam.

Er war dem Mädchen zur Schule gefolgt, wo sie den ganzen Tag geblieben war, er war ihr wieder nach Hause gefolgt. Er war ihr in eine Kaffeebar in Galluzzo gefolgt, wo sie mit drei Freundinnen eine heiße Schokolade getrunken hatte, dann war sie wieder nach Hause gefahren.

Luisa hatte *polpettone* gekocht, und der Geruch von Kalb- und Schweinefleisch und Wein, der aus dem Ofen drang, hatte seine Stimmung gehoben wie schon seit Wochen nicht mehr. Er hatte sie dankbar am Herd umarmt, und sie hatte sich umgedreht und ihn rasch in die Wange gezwickt, bevor sie sich wieder ihren Pfannen zuwandte.

Sandro hatte sich an den Tisch gesetzt und sich ein Glas Wein von Morellino di Scansano eingeschenkt, den er im

Weingeschäft in der Via dei Serragli auf dem Nachhauseweg gekauft hatte, als feierliche Geste, ein Auftrag war ein Auftrag. Die Besitzerin, eine große, kräftige Blondine, über die er manchmal ins Grübeln kam – ihre Stimme war zu tief, ihr Adamsapfel zu deutlich –, hatte ihm den Wein empfohlen. Sie oder er hatte einen ausgezeichneten Geschmack.

Luisa hatte das Fenster geöffnet, um die Fensterläden zu schließen, und er hatte gesehen, dass sie in der eisigen Luft zitterte. Irgendetwas in der Chemotherapie hatte sie in die Wechseljahre versetzt, und sie zog sich bei einer Hitzewallung die Weste aus.

»Du wirst dir den Tod holen«, sagte er hoffnungslos.

»Mir geht's gut«, erwiderte sie ungeduldig, schien dann aber lockerer zu werden. Sie zog einen Pullover an, der über einer Stuhllehne hing. Sandro erinnerte sich nicht, ihn schon einmal gesehen zu haben. Zimtfarbene, feine Merinowolle. Sah teuer aus. Wenn Luisa sein Blick aufgefallen war, so hatte sie es sich nicht anmerken lassen.

»Hübscher Pullover«, sagte er sanft.

»Nicht wahr?«, meinte sie. »Alte Kollektion, hat kaum was gekostet.«

Er hätte froh sein sollen, dass sie stolz auf ihr Aussehen war. »Du siehst wunderschön aus«, hatte Sandro unbeholfen gesagt. »Meine wunderschöne Frau. Komm und trink ein Glas mit mir.«

»In einer Minute«, sagte sie, wandte ihm den Rücken zu und rührte in einer Pfanne.

»Was machst du denn jetzt?«, fragte er.

»Nur ein Ragout. Zum Einfrieren. Ich dachte, wo ich gerade dabei bin, mache ich das schnell noch. Ich habe auf dem Markt die doppelte Menge gekauft.«

Irgendetwas an diesem Kochmarathon machte Sandro nervös. Aber noch bevor er seine Nervosität näher fassen konnte, hatte Luisa die Schürze abgelegt und saß neben ihm. Ihre Haut leuchtete vor dem feinen Braun des neuen Pullovers. Sie erhob das Glas, in das Sandro ihr Wein eingeschenkt hatte.

Sie sprachen über Carlotta, und Sandro hatte gemerkt, wie der Wein und Luisas Aufmerksamkeit ihn weicher werden ließen, ihn entspannten.

»Klingt für mich wie ein normaler Teenager«, hatte Luisa gesagt.

»Wir haben nie Drogen genommen«, hatte Sandro entgegnet. Er war um die zwanzig gewesen, als er Luisa getroffen hatte, nahe genug an Carlottas Alter.

»Damals war alles anders«, hatte Luisa gesagt, mit einem leichten Lächeln auf den Lippen. »Wir hatten kein Geld.«

Sie hatte einen winzigen Schluck Wein getrunken, Sandro wusste, dass sie irgendwo gelesen hatte, dass mehr als ein Glas Wein täglich das Risiko, an Brustkrebs zu erkranken, erhöhte. Sie war nie eine Trinkerin gewesen, er hatte ihr sagen wollen: Es gibt keinen Grund, *cara*, such nicht nach einem Grund.

»Das stimmt«, hatte er gesagt. »Richtig, wir hatten kein Geld.« *Nicht, dass wir heute viel mehr hätten.* »Aber es gab auch keine Drogen, nicht so wie heute.«

Luisa hatte ihn scharf angesehen. »Nicht so viele«, hatte sie gesagt. »Aber es gab welche.«

»Woher willst du das wissen?« Sandro war erstaunt gewesen. Seine Frau zuckte mit den Schultern, und ihm fiel auf, dass ihre Schultern so schmal waren wie damals, als sie das erste Mal zusammen ausgingen. Sie zog eine Augenbraue hoch und lächelte ihn listig an.

»Als ich damals zu arbeiten begonnen habe, gab es Mädchen, die nahmen bestimmte Pillen. Drogen, die sie schlank hielten. Die amerikanischen Studenten brachten einiges mit, Amphetamine, nehme ich an. Sie nannten es Speed. Erinnerst du dich nicht an den Jazzclub hinterm Bahnhof?« Ihre Augen blitzten.

Und Sandro hatte sich daran erinnert, obwohl er dreißig Jahre nicht mehr an den Ort gedacht hatte, nicht, dass er jemals in diesem Club gewesen wäre. Er war in den späten Sechzigern geschlossen worden, vernagelt und vergammelt, bis er zwanzig Jahre später als Discountladen wiedereröffnet wurde. *Gatto Nero*.

»Bist du je dahin gegangen?«, hatte er sie neugierig gefragt.

»In die *Gatto?«* Dreißig Jahre, und doch gab es immer noch Dinge, die er nicht über Luisa wusste.

»Ein- oder zweimal. Der Fotograf hat mich mitgenommen.«

Der Fotograf war vor Sandros Zeit gewesen. Er war zwanzig Jahre älter als Luisa und ein Freund, nicht der Freund. Sandro war trotzdem sehr eifersüchtig auf den Mann gewesen. Ihm wurde erst jetzt klar, da er selbst in den Fünfzigern war, dass der Fotograf, der schon lange tot war, fast sicher schwul gewesen war. Luisa hatte den Mann verehrt, das war alles, was Sandro wusste.

Es war Ewigkeiten her, dass sie das letzte Mal so miteinander gesprochen hatten. Ihre eheliche Spezialität war Ruhe und Frieden. Und lange vor dem Krebs hatten sie das letzte Mal über die alten Zeiten gesprochen. Sandro hatte gewusst, dass er es einfach geschehen lassen und es genießen sollte, aber er konnte es irgendwie nicht. Was bedeutete das?

»Ein Einzelkind«, hatte Luisa kopfschüttelnd gesagt. »Sie sind heutzutage alle Einzelkinder. Das muss ja schiefgehen.«

»Das weiß ich nicht«, hatte Sandro nachdenklich erwidert. Er hatte ihr nicht erzählt, wie das Kind entstanden war, das wertvolle Kind. Hätten sie ein eigenes Kind gehabt, er und Luisa, wenn sie ihre Scham überwunden und Experten konsultiert hätten? Das würden sie nie wissen.

»Ich nehme an, dass sie das Richtige tun und es direkt zu Anfang verbieten, sollte sie tatsächlich mit Drogen zu tun haben«, hatte er hinzugefügt. Er hatte an das Mädchen gedacht, wie sie mit ihren Freundinnen bei einer heißen Schokolade saß und kicherte. »Bisher hat sie allerdings noch keinen falschen Schritt gemacht. Aber normalerweise geht sie am Wochenende aus. Donnerstag, Freitag. Gestern Abend ist sie zu Hause geblieben.« Er hatte Luisa angesehen. »Ich gehe also davon aus, dass ich morgen erst spät zurückkomme.«

Luisa nickte und sah plötzlich ängstlich aus.

»Sie ist ein nettes Mädchen«, hatte Sandro gesagt. »Sie wird's schon schaffen.«

»Gut«, hatte Luisa gesagt, ihn leicht getätschelt und war aufgestanden. Ihr Glas auf dem Tisch hatte sie kaum angerührt.

»Also, was soll das alles?«, hatte Sandro gefragt, als sie sich bückte, um nach den *polpettone* zu sehen.

»Was?«, hatte Luisa über die Schulter gefragt.

»Dieser Kochrausch«, sagte er lächelnd. »Nicht, dass ich mich darüber beschwere.«

Er hatte eigentlich nicht gedacht, dass es einen echten Grund dafür gäbe. Aber den gab es.

»Deck den Tisch«, sagte sie, »dann erzähle ich es dir.«

Er hatte gewusst, dass es ihm nicht gefallen würde.

Kurz hinter der Stadtmauer fuhr die rosa Vespa bei Gelb über eine große Kreuzung, und Sandro fuhr bei Rot hinter ihr her, weil es ihm plötzlich egal war. Ein Lieferwagen hupte, bremste knapp hinter ihm, aber Sandro sah sich nicht einmal um.

Die Sonne war gerade über den Hügeln des Casentino im Osten aufgegangen und schien auf den silbrigen Arno, der sich unter den riesigen Schirmpinien, die die Viale Michelangelo säumten, wand. Sie waren fast angekommen. Vor ihm wurde Carlotta Bellagamba langsamer, die kleine Vespa schwankte, als würde auch Carlotta die Aussicht bewundern, als wäre auch sie überrascht von ihrer überwältigenden Stadt. Die tiefe, flache Sonne strahlte auf die goldene Kugel oben auf der großen, roten Kuppel von Santa Maria del Fiore, und dahinter, im Südwesten, waren die entfernten Apenninen mit Schnee bedeckt.

Die rosa Vespa schoss in der letzten Minute nach links, ein alter Mann mit Hut und Mantel sprang wütend aus dem Weg, Sandro bog gemütlich hinter ihr ab.

Die Schule, das Liceo Classico Marzocco, war natürlich die beste. Die hohen, verputzten Mauern entlang der Straße, die einem Außenstehenden wie ein Feldweg mit überhängenden Glyzinien und Magnolien erscheinen mussten, verbargen einige der exklusivsten Immobilien der Stadt. Vor Sandro stellte sein Zielobjekt ihre Vespa in eine lange Reihe von Mopeds vor einer blitzsauberen Fassade, wie sie es jeden Tag getan hatte, an dem er sie beobachtete.

Sandro fuhr langsam weiter, und als er außer Sichtweite war, stellte er sich in eine Auffahrt und stieg aus.

Der Bürgersteig vor der Schule war voller Schüler, die rauchten und redeten. Sie hüpften in der Kälte herum und lachten. Sie warteten bis zum letzten Moment, bevor sie hineinliefen. Es war jetzt nach acht Uhr. Sandro ging langsam, damit er Zeit hatte, Carlotta in der Menge zu finden. Er musste vom Bürgersteig auf die Straße treten, so voll war es, und dann zwang ihn ein glänzender, neuer Audi wieder zurück. Er blieb direkt vor den Schultoren stehen. Ein gut aussehender, älterer Mann mit Schnurrbart in einem perfekten Anzug, ein bisschen wie Frollini, dachte Sandro, ein Tausend-Euro-Anzug, dazu eine nette Sonnenbräune. Er war ihm sofort unsympathisch. Der Mann stieg aus und schimpfte mit dem schlaksigen, langhaarigen Jungen, der beleidigt auf der Beifahrerseite ausstieg. Sohn oder Enkelsohn? Sohn, beschloss Sandro, dieser Mann war offensichtlich reich und clever genug, um trotz seines Alters eine gebärfähige Frau gefunden zu haben. Ihm schien es völlig egal zu sein, dass sein breites Auto ein Hindernis darstellen könnte. Schließlich schlurfte der Junge weg. Und nachdem er arrogant eine Minute dagestanden und ihm nachgesehen hatte, stieg der Mann wieder in den Audi und fuhr los.

Ungeduldig wartete Sandro darauf, dass das große Auto wegfuhr. Aus den Augenwinkeln beobachtete er den großen Jungen, der durch die Menge ging. Zu seiner Überraschung blieb er bei Carlotta stehen, Carlotta in ihrer lila Strickmütze, und beugte sich zu ihr vor, um sie zu begrüßen. Er war locker, aber Carlottas Körpersprache sagte Sandro, dass, falls der Junge nicht ihr Freund war, sie sich wünschte, er wäre es. Das war das erste Mal, dass Sandro ihn sah, was bedeutete, dass er den Stundenplan nicht so genau nahm. Seine langen Haare waren glatt und glänzend, und er trug einen Armeerucksack. Carlotta hakte sich bei ihm ein, er akzeptierte das. Sie gingen hinein.

Sandro wartete, an die Schulmauer gelehnt, für den Fall,

dass sie noch einmal herauskam. Es gab junge Leute, die in der Technik des Schuleschwänzens geübt waren. Sie wussten genug, um nicht einfach zu verschwinden, sie wussten, wie sie sich zuerst eintragen und dann abhauen konnten. Aber dann war es auch so, dass die Straße im scharfen, blauen Licht so schön war und plötzlich so friedlich, jetzt, da alle Schüler im Gebäude verschwunden waren, dass er das Gefühl hatte, er könnte den ganzen Tag über hier stehen bleiben. Damit er nicht nachdenken musste.

Der Schule befand sich gegenüber eine niedrige Steinmauer, hinter der es bergab in ein kleines Tal ging, mit Olivenbäumen und einer perfekten Villa, bevor es auf der anderen Seite wieder bergauf ging bis zur beeindruckenden, mittelalterlichen Stadtmauer, die sich über den Hügel zog. Es war möglicherweise der perfekteste Ausblick, den Sandro je gesehen hatte: das Silbergrün der Bäume, der goldene Stuck der Villa, die rauen, grauen Steine der Festungsanlagen der Stadt und die entfernte, stattliche Silhouette des großen Domes dahinter. Holzrauch stieg von irgendwo am Abhang auf, das Licht war wegen der frühen Stunde noch rosig, der Himmel war von einem fast unwirklichen, klaren Blau.

Luisa.

Es stellte sich heraus, dass dort herumzustehen ihn doch nicht vom Grübeln abhielt. Sandro stampfte in sprachloser Frustration mit den Füßen auf, und das Geräusch störte die Stille. Er sollte jetzt Hand in Hand mit Luisa durch diese schmalen Gassen gehen und auf die Stadt sehen, sie sollten ihren Ruhestand genießen.

Dinge zu klären, das war noch nie Sandros Stärke in der Ehe gewesen. Er zog es vor, Unstimmigkeiten auszusitzen. Er hatte es gestern Abend versucht, und er dachte sogar, dass es ihm gelungen wäre. Luisa hatte geglaubt, dass er sich für sie freue. Es sah ihr nicht ähnlich, sich etwas vorzumachen, aber dieses Mal hatte sie nur gehört, was sie hören wollte.

»Liebling«, hatte sie gesagt und den Holzlöffel neben die Pfanne gelegt, den Deckel aufgesetzt und ihre Schürze abgenommen, »ich muss dir etwas erzählen.«

Sechs Monate zuvor hätten ihm diese Worte die Haare aufgestellt. Aber der Schrecken war weniger geworden, und Sandro spürte den Luxus einer geringeren Angst, der nagenden, schuldbeladenen, selbstmitleidigen Art, die fragte: Und was ist mit mir?

»Na ja, eigentlich muss ich es dir nicht unbedingt erzählen«, meinte sie, »ich muss dich was fragen.« Ihr Blick flackerte. Und sie hatte ihm in die Augen gesehen. Er fragte sich, wieso ihre Haut immer noch so weich und leuchtend aussah nach all dem Gift, das man ihrem Körper zugeführt hatte? Sie hatten gesagt, sie solle nicht in die Sonne gehen und dass die Chemo Nebenwirkungen haben könnte, aber sie sah wunderbar aus.

»Erzähl weiter.« Sandro lächelte sie an. Wie schlimm konnte es sein? Er machte sich keine Sorgen, sie hatte irgendwelche guten Nachrichten, so viel war klar.

»Ich werde befördert«, sagte sie, und ein Lächeln zuckte um ihren Mund. Sie strich eine lose Strähne hinters Ohr, und Sandro sah, dass sie ein bisschen geschminkt war. »Na ja, irgendwie jedenfalls.«

»Aha«, hatte Sandro erwidert. »*Cara,* das ist toll.« Dann hatte er nachgedacht. »Aber du bist die Geschäftsführerin. Wie kannst du befördert werden, wenn du schon die Chefin bist?« Er lächelte immer noch, aber er hörte, dass er nörglerisch klang, indem er ihre Neuigkeiten infrage stellte. Ihr ihren Erfolg missgönnte.

»Also, Frollini« – sie errötete kaum sichtbar –, »er will, dass ich eine aktivere Rolle spiele. Als Einkäuferin, weißt du.«

Frollini. Und da war er wieder zwischen ihnen, mit seiner Sonnenbräune, seinem dünnen Schnurrbart, einer schönen Villa nicht weit von ihnen entfernt und einem glänzenden Sportwagen. Er war immer sehr gut zu Luisa gewesen, und jedes Mal, wenn er Sandro traf, was vielleicht zwei Mal pro Jahr der Fall war, nahm er Sandros Hand zwischen seine Hände und drückte sie heftig. »Sie sind ein glücklicher Mann, Cellini«, sagte er dann, bevor er ihm zu fest auf die Schulter klopfte.

Auf dem frostigen Hügel räusperte sich Sandro, unwillkürlich genervt beim Gedanken an Frollini, bei der Erinnerung an seine eigene unehrliche Reaktion auf Luisa gestern Abend und an die Aussprache. Geschah ihm recht.

»Also«, hatte er ernst gesagt, »das ist toll.« Er wusste nicht, was er sich unter Einkaufen vorgestellt hatte, dass Luisa sich Dias anschaut oder vielleicht Broschüren oder im Internet surft? Dass sie zu Florentiner Modeschauen geht, Pitti Uomo und so was, und auswählt, was ihr für die nächste Saison gefällt, eigentlich ganz harmlos.

Na ja bis zu einem gewissen Punkt, wie sich herausstellte.

»Wann fängst du an?«, hatte er gefragt.

»Nun, das ist es ja«, hatte Luisa erwidert. »Er will, dass ich mit ihm zu den Modeschauen gehe. Also, Frollini.«

Sandro hatte gespürt, wie sein Lächeln verkrampfte bei dem Gedanken an den gut aussehenden, alten Mann in seinen Kaschmiranzügen, wie er Luisa die Autotür aufhält. Er hatte eine Frau in seiner Villa, sie waren seit ewigen Zeiten verheiratet, ihre Kinder waren erwachsen und arbeiteten im Ausland. Es hatte immer Gerüchte über Frollini und eine Geliebte gegeben, aber er war sehr diskret. Und dann fiel Sandro ein, dass Luisa ihren Boss stets gegen solche Anschuldigungen verteidigt hatte. »So ist er nicht«, hatte sie gesagt. »Er ist nicht so schäbig. Nein.«

Andererseits erwartete er so etwas von ihr, Loyalität war Luisas zweiter Vorname.

»Okay«, hatte er gesagt und heftig genickt, um seine erstarrten Gesichtszüge zu verbergen. »Modeschauen. Wann? Und wo?« Er hatte mit gespielter Nonchalance die Schultern gezuckt. »Mailand?«

Neben ihm trat jemand aus der Seitentür der Schule auf die schmale, sonnenbeschienene Straße: der Hausmeister. Sandro hatte sich ihm bereits vorgestellt. Er hatte es tun müssen – ein Mann mittleren Alters, der vor einer Schule herumhängt … Widerwillig hatte der Mann ihm geglaubt. Es stellte sich heraus, dass er selbst ein Expolizist war.

Sandro nickte, der Mann nickte zurück.

Gestern Abend hatte Luisa ihm nicht in die Augen sehen können. »Eigentlich«, hatte sie gesagt und war stärker errötet, »New York. Die nächsten Modeschauen sind in New York.«

Sandro hatte genickt, verwirrt, und er stellte nicht einmal die nächste Frage, weil das ganze Gebäude, das er gebaut hatte, die Welt, in der Luisa wieder wie früher wäre und sie die Wochenenden und Abende zusammen verbrachten, bei ruhigen Essen, Picknicks und Ausflügen aufs Land, um ihn herum mit solch katastrophaler Unausweichlichkeit zusammenbrach, dass er wusste, er musste nicht auch noch nachhelfen. Sie würde es ihm sagen.

»Nächste Woche«, hatte sie gesagt und von ihren Händen

aufgesehen. »Montag früh fliege ich hin, am Mittwoch bin ich wieder hier.« Ihr Gesichtsausdruck war halb trotzig, halb schuldbewusst gewesen. »Spät am Mittwoch.«

Er war perplex gewesen. Sie fuhr in zwei Tagen weg? Es war also bereits alles organisiert, und er konnte sowieso nichts mehr tun. Er spürte, wie sich Wut in ihm regte und zusammenballte, kindisch. Mich fragen? Sie fragt mich nicht. Sandro hatte sich zusammengerissen.

»Wie aufregend«, hatte er wie taub gesagt. »*Mamma mia.*«

Sie hatte sich vorgebeugt und ihre Arme um ihn geschlungen, nachdem sie seine Zustimmung gehört hatte. Sandro hatte ihre Weichheit an seinem Körper gespürt, konnte ihren süßen, bekannten Geruch riechen, vermischt mit den schwereren Kochgerüchen, und hatte toben wollen wie ein enttäuschtes Kind. Er hatte nichts mehr gesagt, hatte die *polpettone* gegessen, die wunderbar rochen, aber in seinem Mund nur wie Sägespäne schmeckten. Er hatte sie mit zu viel Morellino heruntergespült und war bemüht jovial geworden. Er hatte nicht gut geschlafen.

Aber an diesem Punkt befanden sie sich.

Die Sonne stand höher am Himmel, und die Mauer erwärmte sich trotz der feinen Frostschicht, die immer noch im Tal unter ihm sichtbar war. Neben Sandro genoss der Hausmeister die Wärme und stand zufrieden da. Sein Schlüsselbund hing am Torschloss, er hielt ein Feuerzeug und schützte seine Zigarette mit der Hand, beugte sich zurück und blies den blauen Rauch mit tiefer Befriedigung aus.

Es war 8 Uhr 30, und Carlotta war in der Schule, wo sie sein sollte.

Der Hausmeister wandte sich Sandro zu. »Und?«, sagte er,

»wie läuft's?« Er nickte in Richtung des offenen Tors. »Die Überwachung?«

Die Szene war so absurd friedlich – das scharfe, blaue Winterlicht, der strahlend weiße Putz, die pittoreske, gewundene Straße und die Stadt, die unter ihnen lag –, dass diese Frage für den Bruchteil einer Sekunde keinen Sinn ergab. Und in dieser Sekunde hatte Sandro vergessen, warum er dort war. Dann fiel ihm der sarkastische Tonfall der Frage auf.

»Ich habe heute Morgen einen Jungen bei ihr gesehen«, sagte er ruppig. Er erlaubte es diesem Mann nicht, ihn von oben herab zu behandeln.

Der Hausmeister nahm eine kleine, runde Blechdose aus seiner Tasche, öffnete den Deckel und drückte seine Zigarette darin aus, bevor er sie wieder schloss, mit dem Zigarettenstummel darin. »Sonst muss ich es ja doch später selbst wieder saubermachen«, erklärte er. »Großer, dünner Junge? Mit langen Haaren?«

»Genau der«, sagte Sandro. »Sind das schlechte Neuigkeiten?«

»Alberto! Das hängt davon ab, wie man es sieht.« Schweigen. »Ich würde nicht wollen, dass meine Tochter sich mit ihm trifft.« Dann schien er Mitleid mit Sandro zu haben. »Obwohl ihre Eltern wahrscheinlich nichts gegen ihn haben.« Sein Tonfall war sarkastisch, Sandro sah ihn neugierig an.

»Sehr reich«, sagte der Hausmeister geduldig. »Eine der alten Familien, aber sie haben sich finanziell abgesichert. Ihnen gehört das halbe Lagerhaus in Prato. Sie haben ein Schloss irgendwo auf dem Land, eine Yacht liegt in Porto Ercole, die Mutter verbringt das halbe Jahr irgendwo in Indien. Goa? Sie ist jetzt dort.«

Er sah Sandro erwartungsvoll an, wartete darauf, dass er

weitere Fragen stellte. Sandro würde sich eher die Zunge abbeißen. Es interessierte ihn nicht. Das überließ er den Hohlköpfen, die Promimagazine kauften. Aber Goa: Von Goa wusste er vor allem, dass es dort viele Drogen gab. Oder war die Mutter eine dieser religiösen Verrückten, die Yoga und Zen und so einen Kram machten? So oder so, es war nicht die Art von Familie, die er mochte. Wie als Antwort auf seinen Gesichtsausdruck lachte der Hausmeister auf. »Wenn der alte Mann bei einer seiner Freundinnen ist, heißt es Tag der offenen Tür. Das habe ich zumindest gehört. Und sie, sie ist ein nettes Mädchen, verstehen Sie mich nicht falsch, aber sie spielt nicht in seiner Liga.«

»Aha«, sagte Sandro. »Ich frage mich, ob sie ihnen von ihm erzählt hat, also, ihren Eltern.«

Der Hausmeister zuckte mit den Schultern und drehte sich weg. »Vielleicht gibt's ja gar nichts zu erzählen«, sagte er. »Er hält sie nur hin.«

Die Hände in den Taschen, nickte Sandro. Ihm war kalt.

»Kommen Sie um eins wieder«, sagte der Hausmeister. »Die Schule ist heute um ein Uhr zu Ende. Holen Sie sich einen Kaffee, Sie sehen erfroren aus.« Und weg war er.

Direkt hinter der Porta San Miniato standen Gäste vor einer kleinen Kaffeebar und rauchten, die Hände in Handschuhen, in der kalten Luft. Drinnen war es warm und hell und voll von örtlichen Exzentrikern und Künstlertypen, und ein fetter, theatralischer, bärtiger Barista servierte ihm einen exzellenten Kaffee und ein Gebäckstück. Sandro setzte sich und wählte Giulis Nummer.

Um ein Uhr ging er den Hügel wieder hinauf zum Liceo Classico Marzocco. Carlotta Bellagamba war weg. Er hatte sie verpasst.

Kapitel 4

Um elf Uhr gab es im Esszimmer ein Meeting für alle Angestellten. Luca Gallo war, natürlich, verantwortlich, er leitete den Laden schließlich, nicht sie, selbst wenn sie Direktorin hieß. Dottoressa Loni begrüßte zwar die Gäste, arrangierte die Abendessen und sprach mit ihnen über Malerei oder Bücher, aber Gallo, der die meisten Abende an seinem Schreibtisch aß, erledigte alles andere. Sein übervolles Büro über der Küche war wie der Bunker eines Generals, an der Wand hing sogar eine Weltkarte voller Stecknadeln. Jede Nadel stand für einen aktuellen oder ehemaligen Gast: Venezuela, Finnland, Mexiko, Deutschland, Amerika, überall.

Gallo saß am anderen Ende der Reihe der Küchenangestellten und sprach mit seiner weichen Stimme geduldig zu ihnen. Cate Giottone war immer noch fassungslos.

Ein oder zwei Augenblicke, nachdem sie die Küche betreten und ihre Tasche auf den Tisch gelegt hatte und alle plötzlich geschwiegen hatten, wusste Cate, dass sie wirklich darüber nachdachten, ob sie ihr überhaupt etwas erzählen sollten. Ginevra, die Köchin, fünfundsechzig Jahre alt, raue Stimme, schmallippig und – selten – widerwillig nett, hatte mit dem zweitältesten Angestellten, Mauro, einen Blick gewechselt. Sein Gesichtsausdruck war wütend.

»Und?«, hatte Cate gefragt. »Ich habe gerade einen Polizeiwagen gesehen.«

Und dann hatten sie natürlich alle auf einmal angefangen zu reden, Ginevra und Mauro, das andere Küchenmädchen, Ginevras Nichte Nicoletta, Nicki, jeder mit seiner eigenen Version dessen, was passiert war, obwohl niemand von ihnen mit einem Polizisten gesprochen hatte, wie sich schließlich herausstellte. Jedenfalls war es sicher, dass es um Dottoressa Meadows ging und um das fehlende Auto. Ginevra musste dem allen Einhalt gebieten, denn in der Bibliothek sollte Kaffee für die Gäste bereitgestellt werden, und das Mittagessen musste vorbereitet werden. Sie machten weiter wie immer, sie würden um elf Uhr informiert werden.

Während sie die beschrifteten Körbe fürs Mittagessen, die jeder Gast bei der Ankunft bekam, füllte, hatte Cate sich bemüht, nicht daran zu denken. Warte, bis du Bescheid weißt, hatte sie sich gesagt. Aber sie spürte ein Gefühl von Bedrohung, das sie nicht ganz begriff. In jeden mit Leinen ausgelegten Korb hatte sie die kleinen Päckchen aus Wachspapier gelegt, *frittata*, gegrillte Paprika, ein Stück Brot und ein paar Tomaten, und dann den Deckel geschlossen. Mauro oder Nicki würden die Körbe um ein Uhr in die Apartments des Schlosses liefern.

Die amerikanischen Frauen befanden sich in den Außengebäuden, die Künstlerin Tina, weil sie das Atelier, das im *villino* lag, brauchte, Michelle, die Dichterin, im Bungalow hinter der Wäscherei mit den großen Fenstern, die auf den Wald hinter dem Schloss blickten.

Die anderen wohnten im Schloss: Tiziano, der Venezianer in der Erdgeschoss-Suite an der Ecke, der Engländer im Obergeschoss mit dem Norweger als Nachbarn. Normalerweise wohnten dort oben immer Gäste des gleichen Geschlechts. Nur für den Fall, nahm sie an, denn sie alle wirkten so, als dächten sie an alles Mögliche, aber nicht an Vergnügen. Wenn Cate irgendetwas über den künstlerischen Prozess gelernt hatte, seit sie dort arbeitete, dann, dass Kunst nicht viel Spaß machte. Die Dottoressa wohnte im *piano nobile* unter ihnen. Eine Ecke davon war zu einer Wohnung für Praktikanten umgebaut worden, aber die *Dottoressa* verfügte über den Löwenanteil, große, tiefe Fenster, die auf die Zypressenallee blickten.

»Mach du den Kaffee«, hatte Ginevra besorgt gesagt.

Bei allem, was auch nur ansatzweise kompliziert war, verließ sie sich inzwischen auf Cate. Das musste aufwändig vorbereitet werden: Silbertabletts mit Isolierkannen voller Kaffee – amerikanische Art –, heiße und kalte Milch, Tassen, Untertassen, Silberlöffel, drei Sorten Zucker, Kekse und Gebäck. Es waren dreizehn Stufen hinauf in die alte Bibliothek: Ginevra konnte die Stufen nicht gehen und hatte panische Angst vor dem kleinen, uralten, quietschenden Aufzug. Nicki gehörte zwar zur Familie, sprach aber kein Englisch, daher wurde sie vor allem in der Küche selbst eingesetzt, und außerdem war sie ungeschickt. Also machte Cate diese Arbeit, genau wie sie jeden Abend beim Essen servierte, sieben Tage die Woche, bevor sie auf ihrem *motorino* nach Hause fuhr.

Gestern Abend hatte sie gedacht, sie käme ein bisschen früher nach Hause. Gestern Abend waren die Gäste ausnahmsweise schon bald aus dem Esszimmer gegangen. Manchmal saßen sie stundenlang dort und tranken Likör, während Ginevra und Cate in der Küche einander anzischten und immer müder wurden. Sie warteten darauf, dass die

Gäste gingen. Gestern Abend war das Esszimmer um zehn Uhr leer, und wären sie zu dritt gewesen, hätte es höchstens eine halbe Stunde gedauert, alles aufzuräumen. Ginevra hatte gesagt, dass Mauro sich nicht gut fühlte. Sie musste nach Hause, und wenn sie ging, ging auch Nicki, weil Ginevra zu ängstlich war, um im Dunkeln allein heimzugehen.

Also hatte Cate alles allein aufgeräumt, und es hatte eine Stunde gedauert. Während sie abgespült und abgetrocknet hatte, hatte sie an die kleine Siedlung hinter dem Hügel gedacht, an Ginevra und Mauro in dem heruntergekommenen Bauernhof, an Nicki, die zusammen mit ihrer verwitweten Mutter in dem winzigen Häuschen mit zwei Zimmern direkt daneben wohnte. Kein Wunder, dass Nicki meistens unglücklich aussah.

Die Bezahlung war gut, aber Cate arbeitete hart dafür.

Die Bibliothek war der Raum im Schloss, den Cate am wenigsten mochte, doch eigentlich mochte sie sowieso kaum ein Zimmer. Ihre Mutter bewunderte die Broschüren, die sie nach ihrem Vorstellungsgespräch mit nach Hause gebracht hatte, und Vincenzo war tief beeindruckt von der Vorstellung, dass sie wie eine Art Prinzessin vom Ballsaal zum *salotto* durch die Gemächer huschte. Aber Cate war schnell klar geworden, dass mittelalterliches Leben ziemlich unbequem gewesen sein muss, selbst für Schlossbewohner. Im Winter klapperten die großen, schönen Fenster des Schlosses in ihren Rahmen, es zog, die Flure waren feucht und die uralten Heizkörper verkalkt. Orfeo war zu den besten Zeiten eiskalt und dunkel, und die Bibliothek war das kalte und düstere Zentrum.

Der Raum hatte eine enorm hohe Decke und eine Galerie voller Bücher, ungefähr sechs Meter hoch, und einen riesigen Kamin, der fast nie angezündet wurde, mit einem großen Rauchfang, der jede Spur von Wärme aus dem Gebäude zu saugen schien. Von der Kassettendecke hing die einzige Lichtquelle, abgesehen von den vier langen Fenstern: ein breiter Holzkronleuchter, bei dem nur die Hälfte der Glühbirnen funktionierte. Mauro hätte sie erneuern sollen, aber die Liste der Dinge, die Mauro erledigen sollte, war lang.

Der Engländer war schon dort, als sie durch die breite Doppeltür vom Treppenabsatz her eintrat. Er ging vor den Fenstern, durch die ein blasses Winterlicht fiel, hin und her. Das Zimmer zeigte nach Nordwesten, und die Sonne schaffte es um diese Jahreszeit kaum bis dorthin. Alec Fairhead war immer der Erste und lief immer ruhelos umher, eingeschlossen zu sein machte ihn nervös und schüchtern, dachte Cate, oder lag das nur daran, dass er Engländer war? Seine Augen glitten über sie hinweg, wenn sie miteinander sprachen. Ihr war aufgefallen, dass es bei den anderen Frauen dasselbe war.

In dem Versuch, ihr Englisch zu verbessern, hatte Cate eine Erstausgabe seines Romans aus der Bibliothek ausgeliehen. Wenn die Gäste Autoren waren, wurden ihre Werke immer in die Bibliothek aufgenommen. Sie hatte den Eindruck, dass es eine Art Liebesgeschichte war. Aber wenn es das war, dann nicht die Art, die sie wiedererkannte, und sie hatte es schon bald aufgegeben, es zu lesen. Sie mochte keine düsteren Geschichten, Bücher über Betrug und Tod. Cate dachte manchmal, dass die Leute ein zu leichtes Leben hatten, wenn sie sich unglücklich machen wollten, indem sie über das Elend anderer Leute lasen.

»Ha«, sagte er abrupt. »Caterina, Sie sind ein Engel.«

Trotz der Umstände lächelte sie. Er war verlegen, steif,

zurückhaltend, und doch mochte sie ihn. Wie sie schien er ein Außenseiter zu sein, aber er war immer höflich, bedankte sich bei ihr für jeden Service. Er beschwerte sich nie, nicht einmal über die Dunkelheit und die Kälte, anders als die anderen, aber Cate nahm an, dass Engländer wahrscheinlich eher daran gewöhnt waren.

Fairhead hatte sich eine Tasse des schwachen, schwarzen Kaffees eingegossen. Die müde, ungläubige Ginevra hatte Caterina erklärt, dass *caffè americano* gekocht wurde, da er den meisten schmeckte. Anscheinend brachte ein guter Espresso außerhalb von Italien die nicht daran gewöhnten Herzen gefährlich zum Rasen, und es bestand die Gefahr von juristischen Schwierigkeiten. Cate, die an die merkwürdigen Essgewohnheiten von Ausländern gewohnt war, hatte nur traurig gelächelt. Fairhead hatte seine Hände um die breite, weiße Tasse gelegt, um sie zu wärmen. Durch die Doppeltür hörte man das Geräusch des Aufzugs, der sich in Bewegung setzte.

»Cate«, hatte Fairhead gesagt, »haben Sie eine Ahnung, was los ist? Die Polizei ist da?«

Cates Augen hatten sich an das schwache Licht gewöhnt, und sie sah, dass er blass war. Sie schätzte ihn auf Mitte fünfzig, ungefähr im selben Alter wie Dottoressa Meadows. Nicht alt, aber alt genug. Jemand hatte ihr erzählt, dass er seit dem Roman, aus dem er bei seiner Vorstellung gelesen hatte, keinen mehr geschrieben hatte. Das Buch, das sie zu lesen versucht hatte, bevor sie es wieder ins Regal zurückgestellt hatte. Fairhead selbst hatte ihr während einer ihrer überhöflichen Small Talks gesagt, dass er hier und da kurze Stückchen schrieb. Bloß Lohnschreiberei, hatte er zögerlich erklärt. Luca Gallo hatte ihr freundlicherweise erläutert, dass das Journalismus bedeutete. Reisereportagen, die ihn offensichtlich auf Trab hielten.

Die Gäste schienen überwiegend so zu leben, nomadisch. Cate hatte mal gehört, als sie zu Beginn des Aufenthaltes der neuen Gäste das Abendessen serviert hatte, wohin sie alle als Nächstes fahren würden. Eine Gastdozentur in Peking, eine Konzerttour durch Kalifornien, ein Kurs im Kreativen Schreiben in Spanien. Es war für Cate eine Neuigkeit gewesen, dass Leute so leben können, als seien sie ständig auf der Durchreise, dadurch fühlte sie sich etwas weniger seltsam. Aber sogar sie hatte angenommen – ehrlich gesagt, gehofft –, dass diese Reisen eines Tages vorbei wären. Irgendwann würden sie doch sicher alle mal ankommen.

Sie hatte gehört, wie die Aufzugtüren sich öffneten: Tiziano. Und langsam hatte sie den Kopf geschüttelt. »Ich bin mir nicht sicher. Signor Gallo hat uns zu einem Treffen um elf Uhr einberufen. Die Dottoressa, die Direktorin, sie ist … sie ist nicht hier.«

»Nicht hier«, hatte Fairhead grübelnd gesagt, als wäre es etwas Wundersames. Und es wirkte auf Cate tatsächlich so, als wäre Loni Meadows überall in diesem Schloss, auch wenn sie nicht anwesend war.

Der Rollstuhl war durch die Tür gerollt, und Cates Herz machte einen Satz. Tiziano aus Venedig, kein Maler, sondern Pianist, war der Einzige, der den Aufzug je benutzte, da der allgemein, nicht nur von Ginevra, als antike Todesfalle angesehen wurde. Im Gegensatz dazu war Tizianos Rollstuhl supermodern. So einen hatte sie noch nie gesehen, bevor er vor sechs Wochen im Schloss angekommen war. Der Rollstuhl war stromlinienförmig und hell, mit schräg gestellten Rädern, glänzendem Chrom und schwarzem Gummi, und wenn Tiziano wollte, bewegte er sich damit schnell wie der Blitz.

Cate hatte sich in Tiziano verliebt, als er sie zum ersten Mal mit diesem großen Lächeln in seinem breiten, von Bartstoppeln halb bedeckten Gesicht angestrahlt hatte. Nicht viele Haare, gut fünfzehn Jahre älter als Cate, aber irgendetwas hatte er. Er war breitschultrig und trug nie einen Pullover, immer nur T-Shirts. Er sagte, seinen Rollstuhl zu bewegen halte ihn warm. Tiziano war immer in Bewegung, und er war seit zwanzig Jahren von der Taille abwärts gelähmt. Ein Unfall, bei dem sein Vater gestorben war. Er war so diskret und so geschickt, dass sie nicht wollte, dass er annahm, sie hätte über seine Behinderung auch nur nachgedacht. Sie hatte ihn nicht nach dem Unfall gefragt. Man hatte ihm eine Assistentin im Schloss angeboten, aber er hatte abgelehnt.

Tiziano spielte Klavier wie eine stürmische Naturgewalt. An den meisten Abenden kam Cate und stellte sich an den Fuß der Treppe und lauschte, wenn sie ihn hörte, bis Ginevra sie rief.

»Buon giorno, bellissima«, hatte Tiziano gesagt und sie angezwinkert. Cate lächelte automatisch.

Er wusste genau, dass er Englisch sprechen sollte, aber Tiziano war so geschickt darin, den Regeln nicht zu gehorchen, wie darin, in seinem Rollstuhl Hindernissen auszuweichen. Er wirkte genauso fröhlich wie immer. Cate nahm an, dass er noch nichts von dem Polizeibesuch gehört hatte.

Die zwei Amerikanerinnen waren noch nicht da. Sie wohnten beide in den Außengebäuden des Schlosses und kamen oft zu spät, und sie waren einander so unähnlich wie Tag und Nacht, hingen aber trotzdem ständig zusammen. Tina, die seltsame Töpfe machte, voller Blätter und Müll, eine Art von karibischer Volkskunst, stammte aus Orlando, Florida. Sie war schüchtern und schmal, obwohl einige ihrer Töpfe so groß wie griechische Ölkaraffen und kaum zu bewegen waren.

Da sie Miami ein wenig von den Kreuzfahrten her kannte, hatte Cate ein- oder zweimal versucht, mit Tina über Florida zu sprechen, aber das war schwierig. Cate hatte daraus geschlossen, dass sie schlicht Heimweh hatte. Sie sollte nächste Woche eine kleine Präsentation machen, die anderen hatten darüber gesprochen, aber Tina selbst nicht. Sie war nervös deswegen. Sie hatte begonnen, jeden Abend in das kleine Zimmer neben dem Esszimmer zu gehen, zum einzigen Fernseher im Schloss, um die Nachrichten zu sehen, Nachrichten aus der Welt da draußen.

Dann war da Michelle aus Queens, New York, die sich das moderne Atelier hinter der Wäscherei ausgesucht hatte, mit ihren langen, ungekämmten, grau-blonden Haaren und ihrem Gesichtsausdruck ewiger, stürmischer Wut. Einmal ging Cate, den Arm voller Tischdecken aus der Wäscherei, an den großen Fenstern von Michelles Apartment vorbei, als sie sie über den langen, weißen Tisch gebeugt und hektisch schreiben sah, wie ein Kind, das seine Arbeit vor dem Abschreiben schützt. Sie hatte anscheinend gemerkt, dass Cate da war, und hatte ihr einen bitterbösen Blick zugeworfen.

Michelle war eine Dichterin und Librettistin, also jemand, das wusste Cate, der den Text für Opern schrieb. Sie hatte zu Anfang ihres Aufenthaltes mit versteinerter Miene ihre Lyrik vorgelesen und das Publikum zu Kommentaren herausgefordert. Cate wunderte sich über die Präsentationen. Die meisten Gäste schienen sich davor zu fürchten, wenn sie an der Reihe waren. Michelle war kinderlos.

Tina trank keinen Kaffee, und die Hälfte der Zeit tauchte sie gar nicht auf. Wenn sie es tat, nippte sie an einem eigenen Gebräu aus aufgekochten, chinesischen Kräutern. Sie wohnte im kleinen *villino*, der jetzt aufgeteilt war in ein Apartment im ersten Stock und ein Atelier darunter. Dort war Mauro aufgewachsen, auch wenn der *villino* nie seiner Familie gehört hatte. Ein Gärtnerhaus. Mauros Vater war schon vor ihm der Gärtner und das Faktotum des Schlosses gewesen, aber nach seinem Tod und der Gründung der Stiftung war das mit der Stellung verbundene Wohnrecht erloschen. Dem Büro in Baltimore, das stolz vom alten Orfeo gegründet worden war, der ganz auf die amerikanische Vernunft und Logik und Gerechtigkeit setzte, wurde hier sehr viel vorgeworfen. Der *villino* lag nur fünf Minuten entfernt am Ende einer verkümmerten Zypressenallee, die Mauros Vater gepflanzt hatte und die sträflich vernachlässigt wurde.

Michelle besuchte Tina manchmal spät abends. Cate hatte die beiden zwischen den Zypressen herumschlendern sehen, und manchmal vermutete Cate, dass Michelle auch bei ihr schlief. Es gab ein Gästebett.

»Ich sollte gehen«, hatte Cate gesagt. Sie wurde nervös. Tiziano schien den Engländer zu mögen, vielleicht wollten sie miteinander reden. Der Venezianer kam mit allen gut aus. Cate konnte keine spezielle Freundschaft zu ihm beanspruchen.

Sie war schon fast aus der Tür, als sie es gehört hatte: Unruhe auf der Treppe, ein Brüllen wie von einem wilden Tier.

»Es ist wegen ihr, nicht wahr? Wo ist sie?« Es kam von oben, daher konnte es nur Per Hansen sein, aber seine Stimme war kaum wiederzuerkennen. »Was ist mit ihr passiert?« Konnte er betrunken sein? Er trank abends ein Glas nach dem anderen und wirkte nie betrunken. Aber morgens um diese Zeit? Er beugte sich über das Geländer, seine sandblonden Haare standen in die Höhe, seine hellen, buschigen Augenbrauen noch wilder als ohnehin schon, und Cate sah, dass er allein war. Er schien mit sich selbst zu reden, zu brüllen.

Sie war geflohen.

Fünf Minuten später hatten sich die Angestellten, Mauro, Anna-Maria, die Putzfrau, Nicki, Cate und Ginevra alle im Esszimmer versammelt.

Luca Gallo stand am Kopfende des Esstisches und hielt ein Blatt Papier in der Hand, das er ständig auf und zu faltete.

»Es tut mir sehr leid, euch mitteilen zu müssen«, sagte er, und einen Augenblick lang hielt er inne, als wüsste er nicht, wie er weitersprechen sollte. Er sah aus, als täte es ihm wirklich leid. Seine Augen waren stumpf und unruhig, und sein fröhliches, bärtiges Gesicht war ausnahmsweise nüchtern vor Schock. Er begann noch einmal, und dieses Mal sprach er zehn Minuten lang, und niemand sagte ein Wort, sie starrten ihn nur an.

Tot.

»Gestern Nacht, zwischen dem Schloss und Pozzo Basso. Auf ihrem Weg nach Pozzo. Irgendwann zwischen dreiundzwanzig Uhr dreißig und Mitternacht.«

Im Esszimmer schien es plötzlich kalt zu werden. Alle standen ganz still da, unsicher, was sie als Nächstes tun sollten.

Ein Unfall. Sie war immer zu schnell gefahren. Als sie die Worte hörte, tauchte vor Cate einen üblen Augenblick lang die dunkle Straße wie durch eine Windschutzscheibe auf und kam auf sie zu.

Wie immer übernahm Luca die Initiative. »Wir müssen

unsere Arbeit wie gewohnt weiterführen«, sagte er als Antwort auf die unausgesprochene Frage. »Wir müssen weitermachen, es ist ein unglücklicher Unfall, ein schrecklicher Unfall, aber wir können trotzdem arbeiten.« Er beugte sich vor, beide Hände flach auf den Tisch gestützt, seine Leidenschaft wiederbelebt. »Die Gäste bleiben noch einen Monat hier. Sie haben ihre Arbeit zu erledigen, wir haben unsere Arbeit.«

Am Tisch wurde gemurmelt, die Leute bewegten sich und äußerten Erleichterung und Schock, während sie die Erlaubnis erhielten, zum normalen Leben zurückzukehren. Mauro stand als Erster auf, wechselte ein paar Worte mit Ginevra, die deutlich erschüttert aussah. Nicki schien halb aufgeregt, halb ängstlich zu sein und wartete darauf, dass Ginevra wieder in Gang kam, und ich, dachte Cate, ich stehe außerhalb. Verantwortlich gegenüber allen und keinem, mit dem kleinen *motorino*, um schnell abzuhauen. Sie saß erstarrt da.

Per Hansen hatte recht gehabt: Ihr ist etwas passiert.

Konnte es wahr sein? Tot? Wie konnte sie tot sein? Sie hatten sie alle noch vor ein paar Stunden gesehen, erst gestern Abend, voller Leben und Energie und Flirtwillen und Arglist, diese strahlenden, gefährlichen, blauen Augen. Loni Meadows, Dottoressa, Direktorin der Orfeo-Stiftung. Plötzlich erschien es Cate absolut unmöglich, dass so eine Person sterben konnte.

Gestern Morgen beim Kaffee war sie lebendig und fit und schlechter Laune gewesen, weil nicht genug Gäste nächste Woche mit nach Siena in die Pinacoteca fahren wollten. Sie ging danach zum *villino*, um Tinas Arbeit zu sehen. Bei Drinks hatte sie Alec Fairhead von jemandem erzählt, den sie bei seinem Verlag kannte. »Wunderschönes Mädchen«, hatte sie gesagt und ihn listig angesehen, »genau dein Typ.« Dann hatte sie über Kunstgalerien in New York gesprochen, die Leute geärgert. Ihr Leben so übervoll und jetzt vorbei.

Cate hatte sie um elf Uhr gesehen, und ungefähr eine Stunde später war sie tot gewesen. Cate schüttelte ungläubig den Kopf.

Während alle gingen, bemerkte sie, dass Luca Gallo sie ansah, und als sie fragend zurückblickte, hob er einen Finger, damit sie blieb.

»Ich würde dich gern in meinem Büro sprechen, Caterina«, sagte er. »In einer halben Stunde?«

»Du hast – was?« Giuli konnte ihre Gefühle nicht gut verbergen, sie klang wie ein Kind ganz hinten in der Klasse, das sich über einen Fehler des Lehrers amüsiert.

»Ich habe sie verloren«, sagte Sandro.

Sandros Teilzeit-Empfangsdame, Sekretärin und Assistentin Giuli, Giulietta Sarto, hatte keinen tollen Lebenslauf. Tochter einer drogenabhängigen Prostituierten, die in der Via Senese gearbeitet hatte und an einer Überdosis gestorben war, bevor ihre Tochter fünfzehn Jahre alt wurde. Giuli war im Gefängnis und in der Psychiatrie gewesen, und sie war in Sandros Leben getreten, als er sie vor vier Jahren verhaftete, wegen des Mordes an dem Mann, der sie früher missbraucht hatte. Es war sein letzter Fall als Polizist gewesen, derselbe Fall, der zu seiner Frühpensionierung geführt hatte, und Luisa und er hatten Giuli danach sozusagen adoptiert.

Ihre Resozialisierung hatte besser funktioniert als erwartet, einige meinten, dank ihnen, obwohl Sandro immer wieder behauptete, dass es an der sturen Entschlossenheit des Mädchens lag. Giuli war jetzt auf Gedeih und Verderb an seiner

Seite. Dünn, mit scharfer Zunge und blitzgescheit, stand sie Sandro und Luisa fast so nah wie eine Tochter, und Sandro hätte das letzte Jahr ohne sie wohl kaum durchgestanden.

Die halbe Woche arbeitete Giuli im Frauenzentrum, direkt um die Ecke der Via del Leone an der verschlafenen, kleinen Piazza Tassa. Ungefähr vor einem Jahr, als Luisa mit der Therapie begonnen hatte, hatte Giuli angefangen, Sandro anzurufen, um mit ihm zu reden oder ihm einen Kaffee vorbeizubringen. Sie erzählte ihm auch Geschichten aus dem Zentrum, wer clean geworden, wer schwanger war. Tratsch über korrupte Polizisten und Zuhälter und ehrbare Frauen.

Dann hatte sie ihn eines Morgens gesehen, wie er seinen Computer verfluchte, und ihn zur Seite geschubst. Sie setzte sich neben ihn an den Schreibtisch und hatte ihm beigebracht, wie er sein E-Mail-Adressbuch organisieren, seine Daten aufräumen, seine Textverarbeitung aktualisieren und die Internetsuchmaschinen richtig nutzen sollte. Und als sie dann eine Woche später alle Schubladen aus seinem Aktenschrank gezogen hatte, um Papier, das sich hinten verklemmt hatte, herauszuholen, hatte Sandro vorsichtig vorgeschlagen, dass sie diese Beziehung vielleicht offiziell machen sollten, als Anfang zwei Vormittage pro Woche.

Finanziell war es natürlich nicht sinnvoll. Sandro verdiente selbst kaum etwas. Aber er hatte Giuli sowieso immer wieder zwanzig Euro zugesteckt, und auf diese Weise nahm sie das Geld lieber. Und es gab weiß Gott immer etwas für sie zu tun, sie war sogar für ihn der Frau des Bäckers gefolgt, als sich Sandro eines Morgens Sorgen machte, sie hätte ihn erkannt. Am Ende des Jahres hatte Giulietta genug gespart, um sich ein ramponiertes, braunes *motorino* zu kaufen, das aussah, als stamme es aus Vorkriegszeiten.

»Hättest du nicht lieber etwas Fröhlicheres?«, hatte er gefragt und die uralte Maschine zweifelnd angesehen, und Giuli hatte sich seitlich an die Nase getippt. »Hätte ich etwas in metallic pink mit Barbie-Aufklebern«, hatte sie gesagt, »wäre das nicht so praktisch, oder? Für die Überwachung.«

Sandro war sich nicht sicher, ob sie Witze gemacht hatte oder nicht, und der scharfe, verschwörerische Stoß, den sie ihm mit ihrer knochigen Schulter gegeben hatte, hatte es auch nicht geklärt. Er hatte nichts gesagt und über die Idee nachgedacht. Er wollte sie nicht enttäuschen. Aber warum nicht? Giuli war clever, und sie war gut darin, sich unsichtbar zu machen. Eine dünne, aufmerksame Vierzigjährige in Durchschnittskleidern. Sie ging sogar zum Englischunterricht, zwei Mal wöchentlich abends. Sie dachte, er wüsste nicht, dass dort sein Geld verschwand, aber Luisa war es herausgerutscht.

Er hatte auch darüber nachgedacht, beziehungsweise, er würde das tun, wenn sie jemals wieder einen ordentlichen Klienten bekämen.

In der Zwischenzeit hatten sie eine Vereinbarung: Wenn er wegen eines Auftrags unterwegs war und sie mit ihm sprechen musste, dann schickte sie ihm eine SMS. Wenn sie anrief, könnte sie stören, und sie könnte Aufmerksamkeit auf ihn lenken, wenn er unsichtbar bleiben wollte. Der gesichtslose Passant, der niemandem je auffiel und an den sich niemand erinnerte.

Sandro murmelte: »Warum hast du angerufen?« Er saß im kalten Auto vor dem Liceo Marzocco.

Sein Handy hatte ihn angepiepst, als er auf dem Bürgersteig stand und vor ohnmächtiger Wut mit den Zähnen knirschte. *Ruf mich an?* Die SMS hatte sie gesandt, als er im

Funkloch am Fuß des Monte alle Croci gewesen war, in der netten, biederen Kaffeebar, wo er Brioche gegessen und *caffè latte* getrunken, die Zeitung gelesen und sich dazu beglückwünscht hatte, dass der Tag so gut lief.

Als er den Hügel hinaufkam, sah er die Lücke, die die pinkfarbene Vespa hinterlassen hatte. Er hatte sich auf den Bürgersteig gestellt – ihm war völlig egal, ob man ihn sah oder nicht – und darauf gewartet, dass sie herauskommen würde. Hatte nach Carlotta Ausschau gehalten und auf den langhaarigen Jungen gewartet. Keiner war aufgetaucht.

Er war ins Auto gestiegen, um auf sein Handy zu sehen, und hatte Giuli angerufen.

Die Gruppe der Kinder hatte sich bis auf ein oder zwei Nachzügler aufgelöst. Er beobachtete sie, das Handy am Ohr, die Mundwinkel nach unten gezogen. »Und?«

Giuli ließ nicht so leicht locker. »Du wirst alt, Sandro«, hatte sie triumphiert, »ich sage dir, ich kenne alle Tricks, die es gibt, wenn es um Gymnasiasten geht. *Ich* sollte das Mädchen verfolgen.«

Und was wäre ich dann? Der überflüssige Detektiv, der gehen könnte.

»Also, wenn du brav bist«, sagte er sanft, »lasse ich dich vielleicht ein bisschen Überwachungsarbeit machen. Aber jetzt erzähl mir erst mal, warum du angerufen hast.«

»Okay«, sagte Giuli und riss sich zusammen. »Also. Ein Anruf von einem Typ, der, hm ...« Sie suchte. Das Geräusch von raschelndem Papier war zu hören, und Sandro musste einen Seufzer unterdrücken. Klug, aber chaotisch, gib ihr eine Chance.

»Hier ist es.« Sie tauchte wieder auf. »Luca Gallo.«

Sandro lehnte sich im Fahrersitz zurück. »Aha«, erwiderte

er vage. Einen Augenblick sagte ihm der Name nichts, dann fiel es ihm ein. »Stimmt«, sagte er, »der Typ von dieser Stiftung Soundso.«

Auf der anderen Straßenseite hatten sich die Schüler an der Laterne umgedreht, um ihn anzusehen. Er wechselte die Position, drehte den Rücken zum Fenster, damit sie sein Gesicht nicht erkannten.

»Äh, Stiftung, ja. Er will, dass du ihn zurückrufst.«

»Orfeo«, sagte Sandro automatisch, sein Gehirn lief wieder an. »Die Hintergrundüberprüfung.« Er seufzte beim Gedanken an all die anderen Angestelltenüberprüfungen, die auf ihn warteten, und an die Leibwächteraufträge. Er war zu einem Rausschmeißer geworden. Aus Mitleid von einem Bewunderer Luisas engagiert.

»Er klang … merkwürdig«, sagte Giuli zögernd.

»Merkwürdig?«

In diesem Moment kam jemand durch das Schultor, und die Jungs an der Laterne jubelten. Sandro drehte sich um und sah, dass es der schlaksige Junge war, in dessen Augen Carlotta geschaut hatte. Alberto, der reiche Sohn.

»Ich rufe dich zurück«, sagte Sandro und steckte das Handy in seine Tasche.

Die drei großen Jungs scharten sich um die geparkten *motorini*, schubsten einander, setzten Helme auf. Ohne ein eigenes Moped verdrängte Alberto einen seiner Freunde, übernahm die Führung und zwang den Jungen, sich hinter ihn zu setzen.

Zum Glück für Sandro war es eine Einbahnstraße, denn sie war so eng, dass er nicht hätte wenden können, jedenfalls nicht, ohne Aufmerksamkeit zu erregen. Seine Verfolgerqualitäten brauchten etwas Auffrischung, das war sicher. Ein ramponiertes, unauffälliges *motorino* wie das von Giuli wäre auch keine schlechte Idee. Er saß bei laufendem Motor da, bis sie vorbeigefahren waren. In Albertos Mund steckte eine Zigarette, und er redete um sie herum, trug keinen Helm und unterhielt sein Gefolge. Er nahm eine Hand vom Lenker, um zu gestikulieren, der *motorino* schwankte, als er das tat.

Nicht zum ersten Mal empfand Sandro Mitleid mit der kleinen Carlotta Bellagamba.

Am Fuß des Hügels fuhren sie durch die Porta San Miniato, links an der kleinen Kaffeebar vorbei, in der Sandro den Überblick verloren hatte, dann durch die tiefe Schlucht der Via San Niccolò. Schließlich bogen sie an der massigen Piazza dei Mozzi mit ihrer riesigen, beschlagenen Tür scharf rechts ab. Sie waren auf der Piazza Demidoff mit Blick auf den Fluss, wo die reichen Kinder herumhingen.

Die Gruppe hielt an der Straßenecke vor etwas, das wie ein geschlossenes Restaurant oder ein Club mit verschlossenen Fenstern aussah. Sie schienen in ihren Taschen nach etwas zu suchen. Sandro parkte in zweiter Reihe vor einer Kaffeebar mit Rauchern vor der Tür und beobachtete. Die verschlossenen Fenster waren nicht völlig tot, eine rote Lichterkette strahlte oben an den Fensterläden, und durch einen verglasten Teil in der Tür sah man schwaches Licht.

Wonach auch immer die Jungen gesucht hatten – Sandro nahm an, dass es Geld war –, sie hatten es gefunden. Sie standen an der Tür Schlange, Alberto, der sie um einen Kopf überragte, klingelte und sprach in eine Gegensprechanlage, und dann waren sie drinnen. Der Junge ganz hinten schubste ein wenig, um schneller hineinzukommen.

Okay, dachte Sandro mit düsterer Befriedigung. Er wusste, was das für ein Ort war, er wusste, dass sie dort drin das Geld ihrer Eltern nicht für vertrocknete Sandwiches ausgaben. Er wusste auch, würde er, ein Mann im mittleren Alter, hinter ihnen hergehen, dann könnte er sich genauso gut ein Blaulicht auf den Kopf setzen und eine Polizeisirene imitieren.

Er kaufte sich ein Stück Pizza, ging zurück zum Wagen und beobachtete weiter.

Der Nachmittag verging. Ein halbes Dutzend Mal steckte Sandro den Schlüssel in die Zündung, bereit loszufahren. Er wurde bezahlt, um Carlotta Bellagamba zu beobachten, nicht ihren Freund, und er war entweder bis auf die Knochen durchgefroren oder erstickte an der kaputten Autoheizung. Er dachte an Giuli, fragte sich, was Gallo wollte. Dieser Auftrag war leicht verdientes Geld gewesen, ein weiterer dieser Art wäre nicht schlecht. Ein paar Angaben durchs System laufen lassen, die Kreditwürdigkeit, die Polizeiakten und Referenzen überprüfen. Er hatte nicht mal sein Büro verlassen müssen.

Sandro wusste, dass er den Mann anrufen sollte, und auch, dass er Giuli zurückrufen sollte, aber dazu müsste er aus dem Auto steigen und fünfzig Meter zum Flussufer gehen, wo er Empfang hätte, jenseits des Hügels und der Steinmassen des Palazzo Mozzi. Also saß er da, kaute an seinen Nägeln und wünschte sich, er wäre wieder Polizist und sein Partner Pietro säße neben ihm und redete übers Essen. Und er bemühte sich, nicht daran zu denken, wie es wäre, ganze drei Abende in eine Wohnung zurückzukommen, in der keine Luisa wäre.

Gegen vier Uhr tauchte sie auf. Nicht Giuli, nicht Luisa, sondern die kleine Carlotta Bellagamba. Die pinkfarbene Vespa bog um die Ecke, gefährlich voll beladen, Carlottas Locken schauten unter ihrem Helm hervor. Zwei große Tüten einer protzigen Ladenkette hingen rechts und links am

Lenker, und eine weitere Tüte stand zwischen ihren Knien. Sie war einkaufen gewesen. Gott sei Dank.

Sandro schaltete den Motor aus, den er wegen der Heizung hatte laufen lassen, da die Sonne unterging und es kühler wurde. Er sah Carlotta lächeln, als sie in die Sprechanlage sprach, dann ging sie hinein. Die Kälte verschlug ihm den Atem, als er aus dem Auto ausstieg. Sandro ging mit fünf, zehn schnellen Schritten an den Fluss. Als er wieder Empfang hatte, drehte er sich um, um die Tür des Clubs und die kleine Vespa im Auge zu behalten.

»Und wo, zum Teufel, steckst du?«, wollte Giuli wissen, kaum dass sie seine Stimme hörte.

»Weißt du, wo das Zoe liegt?«, fragte Sandro, und das war seine Art von Antwort. »Schließ ab und komm her, und schmink dich. Ich will, dass du meine Freundin spielst.«

Kapitel 5

Als Cate letzten Sommer zu ihrem Vorstellungsgespräch nach Orfeo gekommen war, hatte Dottoressa Meadows sie am Bahnhof in Pozzo abgeholt. Die Direktorin, die eine Bewerberin abholt. Cate war damals überrascht und beeindruckt gewesen. Es schien ein gutes Omen zu sein. Vom Chef gefahren zu werden schien ein Zeichen, dass das System demokratisch arbeitete.

Aber Dottoressa Meadows hatte ihr am Bahnhof kaum die Hand geschüttelt und während der Fahrt so gut wie nichts gesagt. Das Auto duftete nach einem teuren Parfum, das Cate von der obersten Schublade ihrer schicksten Tante kannte. Jetzt wusste Cate natürlich, alle wussten es, dass Loni Meadows immer wieder Entschuldigungen fand, um in die Stadt zu fahren, und dass der Geländewagen nach ihrem Parfum roch, weil er sozusagen zu ihrem Eigentum geworden war. Dann hatte Cate schließlich aus den Fenstern des Autos auf die großen Hügel geschaut, die in der Hitze glitzerten, und Kilometer um Kilometer war kein einziges Bauernhaus zu sehen gewesen. Sie waren auf ihrem Weg durch die Hügel an mindestens einem Autowrack vorbeigefahren, das von der Polizei untersucht wurde. Unter einem dicken Myrtengebüsch war nur die Motorhaube des Wagens zu sehen gewesen.

Erinnerte sich Cate deswegen erst viel später an den weißen LKW, an dem sie auf dem Weg zur Arbeit vorbeigefahren war, und an das Polizeiabsperrband? Der Schock verursacht merkwürdige Reaktionen, heißt es. Wenn jemand stirbt, dann denkt man vielleicht an etwas, das vor Jahren geschehen ist, aber das, was an diesem Morgen passierte, war wie ausgelöscht.

»Ihr Wagen ist irgendwann gestern Nacht von der Straße abgekommen«, hatte Luca Gallo ihrer kleinen Gruppe im Esszimmer gesagt, sein helles Gesicht feierlich vor Schock, und Cate hatte immer noch keine Verbindung hergestellt. In diesem Augenblick hatte sie aus irgendeinem Grund an etwas gedacht, das viel weiter weg geschehen war. Nicht im nächsten Tal, nicht nur außer Sichtweite der hohen, grauen Wände des Schlosses. »Sie hat Kopfverletzungen erlitten. Dazu die Kälte …« Und dann hatte seine Stimme versagt, vielleicht bei dem Anblick von ihnen allen, die ihn anstarrten, vielleicht, weil er sich der Realität bewusst wurde. Es hatte gestern Nacht minus acht Grad gehabt. Sie musste allein dort in der Dunkelheit und der Kälte gelegen haben. Sterbend, tot.

Ein Unfall. Fühlten sich alle Unfälle so an? Erschreckend, so unvermittelt, so zufällig? Aber auch wenn es unvermittelt war, so schien es für Cate nicht ganz so zufällig zu sein. Sie hatte Angst.

Sie hätte in der halben Stunde, bis sie in Lucas Büro gehen sollte, alles Mögliche machen können. Zweifellos nahm er an, dass sie die Aufträge von Ginevra zu Ende führte und sich dann bei ihm meldete. Cate war so weit gekommen, ein Tablett aus der Bibliothek zu holen, aber als sie in die große Halle trat, ließ sie etwas stehen bleiben. Eine winzige Spur eines Dufts, nicht mehr als die Erinnerung an Lonis Parfum. Sie stellte das Tablett vorsichtig ab, und bevor irgendwer fragen konnte, was sie tat, ging sie die Treppe hinauf.

Leise nahm sie zwei Stufen auf einmal bis zur Doppeltür vor ihr, der Tür, die zum zweigeteilten *piano-nobile*-Apartment führte, das Loni Meadows für sich beschlagnahmt hatte. Eine der Türen stand einen Spalt offen.

Cate blieb stehen. Im Schloss um sie herum war es still, die Luft um ihre Fesseln wurde plötzlich kalt, weniger ein Luftzug, mehr ein stetiges, kaltes Atmen. Sie bewegte sich, aber es war immer noch da, beharrlich. Cate spürte, wie es ihr eiskalt den Rücken hinunterlief. Sie war so schreckhaft wie eine Katze. Es gab keine Geister.

Und bevor sie noch darüber nachdenken konnte, was sie tat, drückte Cate die Tür auf.

Der Raum lag in südlicher Richtung, und ein überraschend starkes Wintersonnenlicht durchflutete ihn. Cate musste blinzeln und eine Hand vor die Augen halten. Loni Meadows hatte die Fensterläden nicht zugemacht, oder? Das hatte Cate von ihrem *motorino* aus gesehen. Die Dottoressa war letzte Nacht nicht ins Bett gegangen. Als ihre Augen sich an die Helligkeit gewöhnt hatten, betrachtete Cate das Zimmer, das riesige, vergoldete Bettende, die Kissen überall, die glatte, samtige Tagesdecke. Darauf lagen vier oder fünf Outfits, als hätte sie die Sachen aus dem Schrank gerissen und hingeworfen, um auszusuchen, was sie anziehen sollte. Das Durcheinander auf der Frisierkommode mit Intarsien, die Kleider, die achtlos auf die Samtdecke geworfen worden waren. Ein Stück grüne Seide auf dem Boden, ein Paar Stiefel, einer auf der Seite liegend, und das ganze Zimmer voll von ihrem Duft, süß und moschusartig. Cate schloss die Augen, atmete ihn für eine Sekunde ein. Es war erst gestern Abend: Ich habe sie erst gestern Abend gesehen.

Sie hatte beim Abendessen die grüne Seidenbluse getragen, Samtjeans, Stiefel. Sie war hier heraufgekommen, um sich zum Ausgehen umzuziehen.

Auf dem Schreibtisch stand Lonis winziger Laptop, geschlossen. Cate legte eine Hand auf dessen raue, weiße Oberfläche, und plötzlich hatte sie das seltsame, schreckliche Gefühl, nicht allein zu sein. Als hätten diese Teile von Loni Meadows, die im Raum verteilt lagen, etwas zum Leben erweckt, das atmete.

Ganz ruhig. Cate hielt die Luft an, behielt diesen süßlichen Duft in sich und lauschte: War das ein menschliches Geräusch? Oder war es nur das Schloss selbst, das Holz und die Steine? War es der Wind an den Fenstern? Sie hob ihre Hand vom kleinen Computer, und dann kam es, etwas schwerer und klarer als Atem oder auch das Rascheln von Kleidern. Es konnte ein Schritt sein, leicht und sanft, und noch einer. Und dann, ohne nachzudenken, drehte Cate sich um und ging, lief fast, auf das Geräusch zu, auf den Treppenansatz hinter der Tür, die sie aufriss.

Da war niemand.

»Wer ist da?«, fragte sie, und ihre Stimme hallte im Treppenhaus wider. Hatte sie es gehört, als sie gerade zur Tür kam, hatte sie das Geräusch eines scharfen Einatmens irgendwo über sich gehört? Oder war das nur ihre überaktive Fantasie gewesen?

Cate ging zwei Schritte über den Treppenabsatz auf die breite Treppe zu und sah hinauf in die Dunkelheit. »Wer ist da?«, fragte sie noch einmal. Aber da war nur Stille, und genauso plötzlich, wie sie Angst bekommen hatte, kam sich

Cate dämlich vor. Hysterisch. Oben hörte sie das Kratzen eines Stuhls in einem der Zimmer, die den Männern gehörten. Ihre Fantasie.

Die Bibliothek und das Musikzimmer unten waren ruhig. Ihre Fantasie.

Als sie im Büro ankam, hörte Cate das Murmeln von Luca. Er telefonierte.

Es war Luca Gallo, der damals das Bewerbungsgespräch mit Cate geführt hatte. Dottoressa Meadows hatte gelächelt, als sie angekommen waren und Luca herausgetreten war, dann hatte sie mit ihrer Hand vage in Cates Richtung gedeutet, bevor sie auf die Galerie ging und mit ihrem Handy telefonierte.

Luca war locker gewesen, Cate hatte ihn sofort gemocht. Er war von ihren Reisen beeindruckt und hatte sie nicht, wie andere und ihre Mutter und ihr Stiefvater es immer wieder taten, gefragt, warum sie nicht bei irgendetwas länger geblieben war. Warum sie sich nirgendwo niederlassen wollte.

»New Orleans«, hatte er stattdessen gesagt, »wow. Und Spanien. Und Kreuzfahrtschiffe? Das muss interessant gewesen sein.«

Auf dem Schreibtisch zwischen ihnen lagen ausgebreitet Broschüren über die Geschichte der Stiftung, aber Cate brauchte sie nicht zu lesen. Sie hatte die Stiftung schon vor dem Vorstellungsgespräch gegoogelt, daher kannte sie die romantische Geschichte, wie ein italienischer Auswanderer namens Fabio Orfeo, der Großvater des derzeitigen Stiftungsleiters in Amerika, ein Vermögen verdient hatte und zurückgekommen war, um die Stiftung zu gründen. Wie er gehofft hatte, irgendwie künstlerische Glaubwürdigkeit zu erlangen, wenn er eine anglophone Gemeinschaft im großen, teuren, zerfallenden Schloss in der südlichen Toskana etablierte. Zur »Förderung der interdisziplinären Verbindungen«, was auch immer das bedeutete. Um Künstlern jeder Richtung Raum, Zeit und Ruhe zu bieten, um ihr Bestes zu entdecken.

Niccolo Orfeo war nun der Vertreter der Familie, ein gut aussehender Mann Ende sechzig, mit breiter Brust, kraftvoll und charmant, ein kleiner Schnurrbart. Er kam aus seiner Villa in Florenz, um die Begrüßungsrede vor den Gästen zu halten, und während des Kurses tauchte er ab und zu zum Abendessen auf. Er saß dann neben der Dottoressa und machte abfällige Bemerkungen über Ginevras Kochkunst, dabei senkte er seine Stimme kaum.

Bei ihrem Vorstellungsgespräch war Cate als Erstes aufgefallen, dass Lucas kleines Büro voll war: Broschürenstapel, eine Weltkarte, Computer, Drucker, Kaffeemaschine, Zugfahrpläne, ein Schwarzes Brett mit Fotos von Veranstaltungen der Stiftung. Eine lächelnde Gruppe auf den halbrunden Steinbänken eines Amphitheaters, in einem Pavillon der Biennale in Venedig, in einem Skulpturenpark. Nur wenn man sehr genau hinsah, konnte man Zeichen eines Lebens außerhalb der Stiftung entdecken: Ein winziges Foto in Passgröße eines anderen lächelnden, bärtigen Gesichts, halb unter dem Computerbildschirm versteckt.

Cate wusste inzwischen, dass das Lucas sizilianischer Freund Salvatore war, der ein paar Mal jährlich vorbeikam. Bei der Stiftung war man, was Partner anging, sehr streng.

»Prinzipiell ist es ein bisschen wie in Klausur«, hatte Luca ernsthaft gesagt. »Eine mönchische Existenz sozusagen, ganz auf die Arbeit konzentriert. Und wenn die Gäste ihre Ehegatten, ihre Partner nicht sehen dürfen, na ja, es wäre etwas viel, nicht wahr? Wir, die Angestellten – das Mindeste, was wir tun können, ist, es ihnen leicht zu machen. Also lassen wir unser Privatleben auch außerhalb von Orfeo.«

Cate hatte darüber eigentlich nicht mit Vincenzo gesprochen und auch nicht über den sanften, stetigen Druck, im Schloss zu wohnen.

»Weißt du«, hatte Luca während des Vorstellungsgesprächs gesagt, »es ist keine Einstellungsbedingung. Es ist deine Entscheidung.«

Sie hatte nur genickt, und er hatte sie nicht gedrängt.

»Zu Anfang wirst du ein bisschen von allem machen«, hatte er gesagt, immer noch fröhlich. »Du hast so viel Erfahrung, ich meine, ich bin beeindruckt. Du wirst in der Küche mit ein paar Putzarbeiten beginnen. Aber mit deinen Sprachen – Spanisch und Englisch?«

»Und ein bisschen Deutsch«, hatte sie, plötzlich ganz schüchtern, gesagt.

»Und Deutsch.« Er hatte in die Hände geklatscht. »Die Sprachen werden dich weiterbringen als die Küchenarbeit, falls du weiterkommen willst.«

Luca schaute einen auf eine spezielle Art an, so direkt, so offen und voller Ideen, so mitreißend. Man musste einfach lächeln.

»Das wäre toll«, hatte sie gesagt, und er war gegangen.

»Ich denke an, na ja, wir könnten es Kontaktperson für die Gäste nennen. Es gibt Praktikanten« – und unwillkürlich hatte Luca die Mundwinkel nach unten gezogen, als er das Wort aussprach –, »die kommen von Colleges in Amerika, aber sie sind jung. Sie haben unvernünftige Erwartungen, bekommen Heimweh und bleiben nicht lange hier.«

Das stimmte sicherlich. Vor zehn Tagen war die letzte Praktikantin, Beth, die dritte, seit Cate vor sechs Monaten angekommen war, abgefahren. Das Einzige, das diese drei jungen Amerikanerinnen gemeinsam hatten, war ihre offensichtliche Abneigung gegen mehr oder weniger alles Italienische und ihr Heimweh nach dem »Land der Freien«. Beth schien kleiner zu werden, je länger sie blieb. Sie hatte Angst: wegen der isolierten Lage, des Klimas, des Essens, vor den Nattern, den Wildschweinen und Mauros Temperament.

»Nun«, hatte Luca abrupt das Gespräch beendet, die Erwähnung der Praktikanten sorgte bei ihm wohl für Enttäuschung, »wie bereits gesagt, wir schauen mal, wie die Dinge sich entwickeln.«

»Ja«, hatte sie gesagt, und in dem Augenblick war sie sich sicher, dass sie den Job nicht bekommen würde.

Mauro hatte sie zum Bahnhof zurückgefahren, dann noch ein kleines Stück mit dem staubigen *regionale* nach Arezzo, und ihr Stiefvater hatte sie abgeholt. Als sie nach Hause kam, hatte Luca bereits angerufen, um ihr die Stelle anzubieten, und Cate hatte sich gefragt, warum.

Dieser heiße Sommerabend schien nun schon so lange zurückzuliegen, als sie jetzt wieder einmal vor Lucas Büro stand und wie ein Schulkind auf einen Termin beim Direktor wartete.

»Caterina«, sagte Luca. »Cate, danke schön.« Er zog einen Stuhl für sie heraus. Er setzte sich, die Ellbogen auf dem Schreibtisch, und ließ seinen Kopf in die Hände sinken.

»Caterina. Hör mal, ich brauche jetzt deine Hilfe.« Er sprach ruhig, aber sie wusste, dass das keine Bitte war, eigentlich nicht. Es war eine Anweisung.

»Meine Hilfe?«

Er sah ihr in die Augen. »Es ist, es gibt nach einem solchen Ereignis so viel zu tun. Ich bin mir sicher, du verstehst.« Er strich sich wieder nervös mit einer Hand über den Kopf, und sein Gesicht war blass. »Da ist – alles … Ein Unfall und …« Er deutete mit seinen großen Händen eine Explosion an. »Plötzlich ist alles ungewiss.« Er versuchte zu lächeln. »Ich muss rasch Leute kontaktieren.«

»Natürlich.« Hatte sie Familie? Hatte sie Eltern? Das konnte man sich nur schwer vorstellen.

»Und dann sind da die Gäste. Sie müssen beschützt und beruhigt werden.«

»Ja«, sagte Cate.

»Und ohne Praktikantin …«

Cate nickte, achtete darauf, ihre Gefühle nicht zu zeigen. Sie war genervt, weil Beth abgefahren war, obwohl es vielleicht besser so war. Sie hatte versucht, sich Loni Meadows zuzuwenden, und die hatte ihr die kalte Schulter gezeigt. Cate hatte gesehen, dass Loni für niemanden eine Mutter sein wollte, mit ihrer strahlenden Lebendigkeit, ihrer straffen Figur, immer bereit zur Flucht, und ihrem hohen Busen, zu jugendlich für ihr Alter. Wie alt war sie eigentlich? In ihren Fünfzigern. Cate schätzte sie auf dreiundfünfzig Jahre. Mit einem kleinen Schock wurde ihr wieder bewusst, dass die Frau tot war.

»Ja«, sagte sie. »Es ist für Sie ein Albtraum, das verstehe ich.«

»Ja«, sagte Luca mit fester Stimme. »Na ja, es ist so, dass ich dir eine Art von Beförderung anbieten möchte, natürlich vorläufig, eine Stufe weiter, auf Probe. Du kannst Ginevra weiterhin ein wenig helfen, wenn du möchtest, aber ich will, dass du dein Hauptarbeitsgebiet nach oben verlegst. Während wir auf einen neuen Praktikanten warten« – er hielt inne, sein Gesicht düster – »und natürlich auch auf einen neuen Direktor. Ich werde alle Hilfe brauchen, die ich bekommen kann.«

Cate sah ihn an, bemühte sich, ihre gemischten Gefühle nicht zu zeigen. Diese Beförderung machte sie in der Küche zur doppelten Außenseiterin. »Wow«, war alles, was sie sich zu sagen traute. Dann, als ihr bewusst wurde, dass das nicht genügte: »Sie sind sehr nett.« Dann atmete sie tief ein. »Es wäre mir eine Ehre.«

»Natürlich«, sagte Luca, und jetzt war klar, wer der Boss war, »musst du dann hier wohnen, weißt du, wenigstens für den Moment. Du wirst heute noch ein paar Dinge holen müssen. Mauro wird dich im … äh …« Er hielt inne, und sie starrten einander an. Das Monster war weg, nicht wahr? Cate fragte sich, ob es verschrottet würde, oder vielleicht würde die Polizei es noch untersuchen. Als ein Schulfreund sich vor zehn Jahren mit seinem Wagen überschlagen hatte, unter dem Einfluss von nicht viel Marihuana und ein paar Cocktails, und vor Arezzo eines Freitagnachts in einem Kreisverkehr starb, hatte die Polizei den Datsun Cherry ohne Verzögerung oder Zeremonie in die Autopresse gebracht. Seine Eltern hatten ihn ihm drei Wochen zuvor zum achtzehnten Geburtstag geschenkt.

Cate sah Luca in die freundlichen, vertrauensvollen Augen und schluckte.

»Wir werden bald ein neues Auto bekommen«, sagte Luca ruhig. »Aber bis dahin kann Mauro dich im Pick-up fahren.«

»Ja«, sagte sie resigniert. Vincenzo, dachte sie, aber er trat schon in den Hintergrund, sein hoffnungsvolles Gesicht an der Kasse, das sie anstrahlte, seine eifrige Stimme heute Morgen am Handy. Sie würde sich etwas ausdenken. Es schien ihr, als wäre ihre Zeit abgelaufen. Luca überprüfte an seinem Computer etwas und betrachtete stirnrunzelnd den Bildschirm. Sie stand auf, um zu gehen.

»Oh«, sagte Luca und sah auf, »hör mal, ich weiß, dass du das hier kannst, Caterina. Ich hätte dich nicht darum gebeten, wenn du es nicht könntest.«

»In Ordnung«, sagte Cate. Aber etwas in seiner Stimme sagte ihr, dass Luca Gallo nicht mal sicher war, ob er es könnte.

»Er hat schon wieder angerufen, weißt du«, sagte Giuli, sobald sie sich drinnen hinsetzten.

Das Make-up war keine gute Idee gewesen, beschloss Sandro, obwohl sie sich ihm dadurch äußerlich etwas stärker im Alter annäherte. Auch wenn sie eher kantig war, konnte Giuli hübsch aussehen, ungeschmückt, jetzt, da sie etwas mehr auf die Waage brachte. Ihr Gesicht hatte eine Lebendigkeit, ein faltiges, verlebtes Aussehen, das Sandro mochte, nur dass das Make-up es clownesk aussehen ließ. »Du siehst hübsch aus«, hatte er auf dem Bürgersteig gesagt. Er wollte nett sein, aber sie hatte bloß den Kopf geschüttelt. »Ich weiß, wie ich aussehe, Sandro«, sagte sie. »Wir müssen nur den Mann an der Tür überzeugen, okay?«

Der Mann an der Tür war ein indischer Junge, vielleicht zwanzig Jahre alt, und ihm schien es egal zu sein. »Mitglieder?«

Giuli hatte die Führung übernommen und einen Schritt in den engen Raum hinter der Vorhangtür gemacht. »Noch nicht«, sagte sie. »Wie viel?«

Hinter ihrer Schulter hatte Sandro sich bemüht, zwielichtig auszusehen, ein mittelalter Mann, na ja, fast alt, der an einem Freitagnachmittag Zeit mit seiner Geliebten verbrachte. Gott, hatte er zu spät gedacht, was, wenn Luisa davon erfährt?

»Fünf Euro pro Kopf«, hatte der indische Junge ohne großes Interesse gesagt, und Sandro hatte seinen Geldbeutel gezückt. Und das war's, sie waren drin.

Fast unmittelbar darauf wünschte sich Sandro, er wäre wieder draußen auf der Straße. Das Zimmer, in das sie gegangen waren, war in einem falschen, marokkanischen Stil eingerichtet, Samt mit Troddeln prallte auf Leopardendruck, der über die Wände gespannt war. Eine falsche Decke war eingezogen worden, um oben ein Zwischengeschoss zu schaffen, wodurch der Raum klaustrophobisch wirkte und in einem Notfall sicher zu einer Todesfalle wurde. Bei Feuer, zum Beispiel. In einer Ecke saß ein Mann in Sandros Alter neben einem blassen, gelangweilten Mädchen in einem Minirock, seine Hand auf ihrem Oberschenkel. Er lehnte sich an den Leopardendruck, die Augen halb geschlossen. Sandro schaute weg und stieg hinter Giuli eine Wendeltreppe in der Ecke hoch.

Das Licht war so schlecht, dass Sandro sie zunächst gar nicht gesehen hatte, dann war er fast über den Fuß des Jungen gestolpert, den der in den schmalen Weg zwischen niedrigen, marokkanischen Blechtischen und Bänken und Lampenschirmen gestreckt hatte. Es folgte ein gemurmelter Ausruf, eine zur Entschuldigung erhobene Hand, und zu Sandros Erleichterung wurde der Fuß ohne einen Blick zurückgezogen. Er schaute sich nicht um und ging weiter zu einer Stelle am anderen Ende des engen, dunklen Raumes, wo Giuli sich in eine Ecke gesetzt hatte. Hinter ihm hatte ein Mädchen gekichert. Carlotta. Er hatte nicht gewusst, ob sie über ihn lachte, über etwas, das die Jungs gesagt hatten, oder ob sie einfach nur stoned war.

Das hier wollten die Eltern doch, nicht wahr? Ja, sie nimmt Drogen. Sprecht mit ihr darüber.

»Er hat schon wieder angerufen«, sagte Giuli. »Luca Gallo.«

»Oh«, sagte Sandro düster, »tut mir leid.«

»Ist schon in Ordnung«, sagte Giuli sanft. »Du hattest zu tun. Aber er klang ziemlich, na ja, merkwürdig.«

»Das hast du schon gesagt«, sagte Sandro und erinnerte sich daran. »Wirklich?« Ihre sanfte Stimme hatte eine seltsame Wirkung auf ihn. Er spürte, wie die Kissen nach ihm riefen, und unterdrückte ein Gähnen. Es war, als hätte er eine andere Welt betreten, wo andere Regeln galten. Er dachte an den Mann unten, wie fühlte er sich wohl, wenn er wieder nach draußen in die wahre Welt kam? Was erzählte er seiner Frau, sofern er eine Frau hatte? Es war gefährlich hierherzukommen.

»Mhm«, stimmte Giuli zu, »nur ein bisschen panisch. Er hat irgendwas von einem Unfall erzählt.«

»Ein Unfall«, wiederholte Sandro abwesend. Luca Gallo. Er ließ seinen Kopf zurücksinken und dachte an diesen Auftrag, an die Frau mit den auffallend blauen Augen, an dieses Schloss in der Maremma. Mit Giuli, die eine Computerexpertin war, hatte er es bei Google Earth gesucht, war nahe herangezoomt, vom hellblauen Meer und der Küstenstraße, an hässlichen, kleinen Städten in der Ebene vorbei. Ein großes, graues, gefängnisartiges Gebäude um einen Hof, dazu eine Baumallee, ein paar Außengebäude, stand es stolz und isoliert da. Kahle Hügel außen herum und schmale, leere Landstraßen.

»Ich rufe ihn morgen früh an«, sagte Sandro. »Hat er eine Nummer hinterlassen?«

»Ja«, sagte sie. »Und ich habe ihm deine gegeben, deine Handynummer, meine ich. Er hat gesagt, wir sollten es weiter versuchen.«

»In Ordnung«, sagte Sandro.

Seine Augen hatten sich inzwischen an die Düsternis gewöhnt, und er konnte die Mitglieder von Carlottas kleiner Gruppe erkennen. Alberto lag, auf seinem Kopf einen Kopfhörer, wie in Trance auf dem Kissen, und nur eine leichte, rhythmische Bewegung des Kopfes von rechts nach links zeigte, dass er nicht schlief. Carlotta saß aufmerksam da. Ihm wurde bang, als ihm klar wurde, dass sie seinen Schutz doch brauchte.

»Was hältst du von ihnen?« Seine Stimme war ein Flüstern. Giuli zuckte mit den Schultern.

»Sie sind stoned, aber sie nicht, noch nicht. Sie will eine von ihnen sein. Ich nehme an, wenn sie jetzt noch keine Drogen nimmt, dann wird sie das bald tun.«

Sandro kaute auf seiner Lippe, überlegte, was er der Familie Bellagamba sagen würde.

»Ich habe Luisa auf meinem Weg hierher gesehen«, sagte Giuli. »Sah aus, als esse sie mit ihrem Boss zu Mittag.«

»Was?«, sagte Sandro.

Sie sah hoch. »Hi«, sagte sie, nicht zu Sandro.

Sandro sah sich um. Ein dunkler Mann in einer grauen Lederjacke lächelte sie kalt an. Sandro kämpfte sich aus den Kissen hoch und versuchte, eine würdevolle Haltung einzunehmen, vergeblich.

»Ciao«, sagte der Mann mit einem starken Akzent, setzte sich neben Giuli und legte ihr sofort eine Hand auf ihr Knie.

Er war nicht aus Nordafrika, sondern von woanders her. Osteuropa? Türkei? Von irgendwoher, wo Kulturen aufeinandertreffen und sich bekriegen. Er hielt etwas in der anderen Hand, etwas, das er wie Gebetsperlen klicken ließ und bewegte. Sandro konnte es nicht sehen. Giuli lächelte.

»Neue Mitglieder?« Sie nickten.

»Woher kommt ihr? Aus der Stadt? Wieso habe ich euch vorher noch nie gesehen?«

»Aus Tavarnuzze«, sagte Giuli, ohne mit der Wimper zu zucken, und er zwinkerte ihr zu und säuberte einen Zahn mit einem langen, schmutzigen Fingernagel. »Ein Mädchen vom Land«, sagte er, »ich kenne die Mädchen vom Land.« Er schnipste etwas zu Boden.

Er dachte wohl, Giuli sei eine der Prostituierten, die an den Ausfallstraßen Richtung Siena arbeiteten. Nicht weit gefehlt. Giulis Mutter hatte genau das getan, aber als Giuli eine Hure war, hatte sie sich einen anderen Strich ausgesucht. Es war eine Bemerkung, die die alte Giuli – die Giuli, der es ziemlich egal war, ob sie lebte oder starb, die Giuli, die gerade aus dem Entzug kam und so zart und ungeschützt wie eine offene Muschel war – dazu gebracht hätte, sich fauchend und spuckend auf den Mann zu stürzen.

Alles, was sie nun tat, war, mit einem Finger zu drohen.

»Okay, okay«, sagte er. »Peace, peace. Leben und leben lassen.« Und plötzlich war er aufgestanden, und Sandro sah, dass das Ding, das er in seiner linken Hand hatte klicken lassen, Handschellen gewesen waren. Er sah, dass Sandro nicht wegschauen konnte, und lachte laut, fröhlich. Dann ging er die Treppe hinunter.

Sandro nickte Giuli zu. »Du bist ganz schön cool, Giuli.«

»Findest du?« Sie zuckte mit den Schultern. »Man muss

sich nur sagen, dass es keinen richtigen Weg gibt. Wenn sie einen verletzen wollen, dann werden sie einen verletzen.«

Sandro lachte kurz auf und holte tief Luft.

»Du hast Luisa gesehen«, sagte er rau, »beim Mittagessen.«

Giuli sah ihn neugierig an. »Ja«, erwiderte sie, »in dieser Kaffeebar neben ihrem Laden, weißt du. Die teuere.«

In Ordnung, dachte Sandro und bemühte sich, locker zu bleiben. Ein schneller Imbiss an der Theke.

Schön und gut.

»Sah aus, als amüsierten sie sich«, fuhr Giuli fort. »Schön zu sehen, dass Luisa wieder Spaß hat und isst.«

»Ja«, sagte Sandro. »Haben sie ein richtiges Mittagessen gegessen?«

»*Scaloppina* mit Pilzen, so sah es wenigstens aus«, sagte Giuli sehnsüchtig. »Schön, einen Boss zu haben, der einen schätzt, nicht bloß ein *tramezzino* an der Theke. Ein Tisch mit Decke und Weinglas.«

Unwillkürlich machte Sandro ein schnalzendes Geräusch. Er dachte daran, wie Luisa gestern Abend ihr Glas weggeschoben hatte.

»Was?«, fragte Giuli. »Was ist mit dir los, Sandro?«

Er kratzte sich am Kopf und blinzelte auf seine Hände. Es fühlte sich an, als drückte ihn ein großes Gewicht hinunter. Monate der Anspannung, Monate des Wartens darauf, dass es sich löste, als sie die guten Nachrichten erhielten, aber dann kam immer wieder etwas anderes. Noch ein Test in achtzehn Monaten, dann in zwei Jahren. Hatte er gedacht, diese Angst würde sie zusammenschweißen? »Sandro«, sagte Giuli, »worum geht's?«

Er hob sein Gesicht zu ihrem, sah die Sorge in ihrem Blick und sprach es aus.

»New York?«, fragte Giuli ungläubig. »Luisa in New York? Davon hast du nie etwas erzählt.«

»Ich wusste es nicht«, sagte Sandro, dann eilig: »Ich nehme an, es war eine Entscheidung in letzter Minute. Vielleicht ist jemand ausgefallen.«

»Hör mal«, sagte Giuli, und er konnte in ihren Augen sehen, dass sie wusste, was er dachte. Oder wusste sie etwas anderes? »Ich kann das hier zu Ende bringen. Du musst nach Hause und mit Luisa reden.« Sie starrte ihn an und schaute zu Carlotta in die Ecke. »Ich kann das hier machen. Das weißt du. Sie fliegt am Sonntagabend? Dann solltest du es lieber vorher klären, Sandro.«

Er schaute sie an und wusste, dass er geschlagen war.

»Fahr nach Hause.«

Kapitel 6

Sie sah sie in der Dämmerung durch den Wald kommen. Zuerst wusste sie nicht, was sie da sah, es war bloß die sich langsam bewegende Silhouette von etwas, das dichter als die kahlen Bäume war.

Es war ein ungewohnter Blickwinkel, der Blick den Hügel hinunter in den Wald. Cate war vielleicht ein oder zwei Mal im kleinen Zimmer hinter dem Pförtnerhaus gewesen, aber sie hatte nie Zeit gehabt, durchs Fenster zu sehen. Im Sommer machte das Blätterdach den dichten Wald undurchdringlich, und man konnte, ohne gesehen zu werden, bis ans Schloss herankommen. An einem Winterabend war die Wirkung aber nicht weniger gruselig. Das Zimmer war kleiner als in ihrer Erinnerung, und der Wald war näher. Es roch nach Holz, rotem Terracottawachs und Desinfektionsmittel, ein anonymer Geruch. Sie würde ihn zu ihrem eigenen machen, es wäre nicht das erste Mal.

Mauro hatte die lange und hässliche Route und die zweispurige Straße nach Pozzo gewählt. Erst später, als sie auf dem üblichen Weg fuhren, wurde Cate bewusst, dass er der Unfallstelle hatte ausweichen wollen. Es gab viele Dinge, die Cate heute nicht einfielen. Sie fühlte sich ein wenig benommen, wie auf Autopilot.

Es hatte nicht lang gedauert, ihre Einzimmerwohnung

über der Rockerkneipe leer zu räumen. Ein halbes Dutzend Bücher, ein paar Kleider, ein paar Töpfe, ihr Radio, das auch als Lautsprecher für ihren iPod diente. Sie hätte eigentlich nicht überrascht sein dürfen, wie wenig sie für diese Wohnung empfand, es war leicht, sich zu verabschieden. Aber das war eben typisch Cate, würde ihre Mutter sagen. Eine Nomadin. Sie wusste, dass sie mit Vincenzo sprechen sollte. Sie hätte ihn im Supermarkt anrufen können, aber Mauro wartete auf sie. Das war jedenfalls ihre Entschuldigung. Sie würde ihn später anrufen. Als sie wieder nach draußen ging, war der Pick-up leer, aber nicht verschlossen, sie fing allein an, alles aufzuladen. Als Mauro wieder aufgetaucht war, knapp zehn Minuten später, kniete sie hinten und sortierte ihre Sachen, sodass sie nicht sah, aus welcher Richtung er gekommen war. Er hatte leicht gerötete Wangen.

»Wo warst du denn?«, hatte Cate gefragt. Sie hielt nie mit ihren Worten hinterm Berg. Er hätte einen schnellen Kaffee trinken können, aber seine Verlegenheit erzählte eine andere Geschichte. »Noch einen für den Weg?«

Er hatte sich steif aufgerichtet. Mauro war ein echter Bauer und altmodisch, er mochte keine schlagfertigen Mädchen.

»Fertig?«, war alles, was er barsch sagte.

Wieder in der stickigen Kabine des Pick-up, atmete sie den Schweiß und kalten Zigarettenrauch ein und schwieg. Sie wollte es sich mit Mauro nicht verderben, vor allem dann nicht, wenn er am Lenkrad saß. Er hatte sie schon mehrfach gefahren, und sein Stil war kraftvoll und hektisch. Er bremste nur selten auf den Straßen, die er schon sein ganzes Leben kannte. Und jetzt verschwand das Licht vom Himmel, die Sonne stand über dem Horizont, und die Straße vor ihnen sah grau und verschwommen aus, besonders in den Tälern.

Sie kamen zur Kurve, und er war langsamer gefahren und in der Straßenmitte geblieben. Cate hatte unwillkürlich ihren Kopf gewandt: Der Lieferwagen war weg, das Auto auch, nur noch ein bisschen aufgewühlter Schlamm und ein Stückchen Absperrband, um die Stelle zu markieren. Ohne auch nur hinzusehen, hatte Mauro abfällig gesagt: »Sie ist nicht die Erste, die zu schnell in diese Kurve gefahren ist.« Er hatte die Zähne zusammengebissen und geschaltet. »Sie wird auch nicht die Letzte sein. Das habe ich der Polizei gesagt.«

»Sie haben mit dir gesprochen?« Cate hatte versucht, gleichzeitig seinen boshaften Tonfall und die Tatsache, dass Mauro von der Polizei befragt worden war, zu verarbeiten. Sie bezweifelte, dass die Polizei gute Erfahrung mit ihm gemacht hatte.

Er hatte gegrunzt. »Ginevra hat ihnen in der Küche Kaffee gekocht, natürlich kamen wir da ins Reden. Ich kenne Commissario Grasso, seit er ein kleiner Junge war, und den anderen auch.«

Sehr gemütlich. Aber als Cate angekommen war, hatten alle so getan, als wüssten sie nichts, oder? Alles klar, hatte Cate gedacht, wenn ihr es so haben wollt. Sie hatte das Gefühl gehabt, dass diese Fahrt nie zu Ende ginge, dass sie für immer mit Mauro und seiner süßlichen Grappafahne in diesem schmutzigen Wagen feststecken würde.

»Das Auto ist in den Fluss gefahren?«, hatte sie gefragt. Der Pick-up war auf dem Kies gerutscht, als er in die hintere Zufahrt eingebogen war, und Mauro hatte zustimmend gegrummelt. Danach hatte er nichts mehr gesagt.

Die Kartons standen jetzt gestapelt im Zimmer hinter ihr. Sie hatte sie selbst heraufgetragen. Mauro hatte anderes zu erledigen, sie hätte ihn auch nicht darum gebeten, wäre er geblieben, aber Luca war aus seinem Büro gekommen, um sie zu treffen, und Mauro war in die Küche gestürmt, ohne sich umzusehen, und hatte sie allein gelassen.

Zuerst hatte sie gedacht, dass es Mauro sein könnte, den sie da durch die dunkler werdenden Bäume kommen sah, seine gedrungene Figur, vor Wut zusammengekrümmt, aber sie bemerkte rasch, dass er es nicht sein konnte. Abgesehen von allem anderen wäre es für ihn schwierig gewesen, in dieser kurzen Zeit um das Schloss herum zum Fuß des Hügels zu gelangen, selbst wenn er wegen seiner Erledigungen kaum Zeit in der Küche verbracht hätte. Es waren zwei Personen, die langsam gingen und immer wieder mal stehen blieben. Keine hatte den typischen, stampfenden Schritt Mauros.

Zwei Frauen, körperlich so unterschiedlich, wie zwei Frauen es nur sein können. Tina, das blasse Mädchen aus Florida mit den glatten, farblosen Haaren, so schmal, dass sie fast mager war, und Michelle, die New Yorkerin, stark, muskulös, temperamentvoll, ihre grau-blonden Haare hatte sie unter eine kleine Mütze gesteckt. Michelle trug einen Parka mit pelzbesetzter Kapuze, kurze Leggings und Turnschuhe – das war ihre Uniform. Tina trug die weite, japanische Hose wie so oft, nicht warm genug, und sie wirkte darin sogar noch dünner. Sie hatte kleine, flache, orientalische Gymnastikschuhe an den Füßen, die klein waren wie alles an ihr. Ihre Hände steckten in den Taschen, die Schultern waren angespannt. Die zwei Frauen lehnten zur Unterstützung aneinander, ein ungünstiges, langsames Arrangement, da keine der beiden für Zusammenarbeit gemacht war, dachte Cate. Sie blieben immer wieder stehen.

Als sie nur noch zwanzig Meter vom Schloss entfernt waren, blieben sie wieder stehen, und Cate sah, dass Michelle

Tina weniger tröstete als zurückhielt. Tinas Bewegungen waren ruckartig, sie zog an ihren Haaren. Sie war hysterisch. Michelle legte ihre Hände auf Tinas Schultern und hielt sie fest, sah der jüngeren Frau in die Augen. Cate trat vorsichtig einen Schritt auf das Fenster zu. Sie hatte das Licht im Zimmer noch nicht angeschaltet, und die zwei Frauen unter ihr wurden vom sanften, gelben Licht einer Kutschlampe beleuchtet, die an der Mauer des Schlosses hing. Sie konnte Michelles harten Akzent hören, als sie sagte: *Auf keinen Fall, Baby. Es ist nicht deine Schuld. Reiß dich zusammen.* Dann drehte Tina ihr Gesicht zur Seite, und plötzlich sah sie direkt nach oben zu dem Fenster, an dem Cate stand.

Instinktiv machte Cate einen Schritt zurück, aber vorher sah sie noch, dass Tinas Gesicht aufgedunsen und tränennass war, als hätte sie längere Zeit geweint oder gewütet. Als Cate einen Augenblick später wieder ans Fenster trat, war der Wald hinter dem sanften Halbkreis aus Licht ziemlich dunkel, und die zwei Frauen waren fort.

Im dunklen Zimmer fühlte sich Cate, als sei sie gestrandet, das Schloss eine kalte, unbekannte Insel. Mit einer Art Heimweh dachte sie an Pozzo, seine Straßen voller staubiger Bäume, seinen heruntergekommenen Bahnhof, seine verschlafenen Kaffeebars. Sie dachte an ihre Einzimmerwohnung und an Vincenzo an der Supermarktkasse.

Sie nahm ihr Handy und schaute auf das Display und das Foto von ihr und Vincenzo, dem kleinen V'cenz, die Wangen aneinandergedrückt bei ihrem Ausflug nach Rimini am Ende des Sommers. Sie wusste, dass sie ihn anrufen sollte, aber sie wollte damit gar nicht anfangen, wollte den kleinen Jungen in seiner Stimme nicht hören. Mit einer Geschicklichkeit, die vom vielen Üben kam, glitt ihr Daumen über die Tasten, und sie tippte eine Nachricht an ihn. *Tut mir leid,* caro, *bleibe heute Nacht im Schloss, sie brauchen mich hier. Wir telefonieren später?*

Ginevra brauchte sie nämlich in der Küche. Sie hatte dafür gesorgt, dass Cate das auch wusste, damit sie nicht abheben sollte, und um sieben Uhr gab es Abendessen. Sie wusste nicht, ob sie dann essen oder servieren würde oder beides, aber sie musste da sein. Sie hatte keine Zeit, Vincenzo zu trösten oder ihm die neue Situation zu erklären, mit ihm Babysprache zu reden und ihm zu sagen, dass sie ihn liebte.

Sie starrte auf das Handy und hoffte, dass die Nachricht geschickt würde, denn wie so viele andere Dinge war der Handyempfang im Schloss unsicher, unterlag mysteriösen Schwankungen. *Nachricht gesendet* stand schließlich da.

Immer noch dunkel, fühlte sich das Zimmer plötzlich kalt an. Cate spürte die Kälte des Schlosses am Rücken. Die großen, zugigen Wohnungen, in denen im zweiten Geschoss der Engländer sitzen und auf die Winterfelder sehen und nichts schreiben würde, und im Dachgeschoss, wo der Norweger herumstampfen würde, seine großen, alten Bücher herauszog und auf dem Boden liegen ließ. Tina sollte sich konzentriert über ihren Arbeitstisch beugen und ihre Töpfe mit merkwürdigen Dingen verzieren, die sie vom Boden aufgehoben hatte, Haarbällen und Staub und Nadeln und Flaschendeckeln, doch sie schluchzte an Michelles Schulter. Tina, die diskreteste, zurückhaltendste Person, der Cate je begegnet war.

Es fiel Cate ein, dass diese Leute, die sie bis heute zur Gruppe der Gäste zusammengefasst hatte, eine weitere Gruppe Ausländer, die in weniger als einem Monat fort wären und die sie nie wiedersehen würde, plötzlich nach dem Tod von Loni Meadows wirklicher und deutlicher für sie waren als ihre eigene Familie. Sie empfand das dringende Bedürfnis, sie zu verstehen.

Und jetzt würden sie alle in der großen, kalten Bibliothek, die jegliche Wärme der Heizkörper aufsog, zum *aperitivo* zusammenkommen, ein paar kärglichen Flaschen Prosecco, bereits gemixtem Campari Soda und vielleicht ein paar Schnäpsen. Jeden Abend, wenn Ginevra in den Vorratsraum ging, beschwerte sie sich darüber, wie viel die Gäste tranken. Michelle, zum Beispiel, kam vielleicht zum Kaffee zu spät, aber zum *aperitivo* war sie jeden Abend absolut pünktlich.

»Ich werde dir morgen alles erläutern«, hatte Luca ihr mit einem Seitenblick auf Mauro gesagt, als er sie in der Dämmerung beim Pick-up getroffen hatte. Ihr wurde klar, dass die beiden nie gut miteinander ausgekommen waren. Wie sie war Luca ein Außenseiter, und Mauros sauertöpfische Widerspenstigkeit ließ auch unter Lucas warmer Aufmerksamkeit nicht nach. Als er den Gärtner beobachtete, wie er zwischen den Bäumen in Richtung des Geräteschuppens verschwand, hatte Luca im grauen Licht müde und gar nicht strahlend ausgesehen. Loni Meadows' Tod schien wie feuchter Nebel in jede Ecke des Schlosses gekrochen zu sein.

»Bis auf weiteres mach einfach alle glücklich«, hatte Luca in der ruhigen Dämmerung gesagt. »Ich weiß nicht, wie viel Zeit ich haben werde für all das.« Und so hatte Cate widerwillig die Tür zu ihrer neuen Unterkunft geschlossen und war zum Hauptgebäude des Schlosses gegangen.

Als sie in die Bibliothek kam, war Luca nicht zu sehen, aber Per, der Norweger, war da. Eingepackt in eine gefütterte Cordjacke und einen Schal, stand er am Seitenfenster und trank Whisky. Er sah nach draußen und schien sich Cates Anwesenheit nicht bewusst zu sein. Sie drehte sich um, um zu überprüfen, ob alles für den *aperitivo* vorbereitet war.

»Sie werden sich beschweren«, hatte Luca ihr neben dem Pick-up gesagt. Sie war überrascht, etwas anderes als Enthusiasmus in seiner Stimme zu hören – nämlich Anstrengung. »Glaub mir, egal, wie die Umstände sind, sie werden etwas finden, über das sie sich beschweren können: die Größe der Oliven, zu viel Salz, zu wenig Salz, kein Soda. Man könnte meinen, sie würden bezahlen.« Vielleicht keine Bitterkeit, nur Enttäuschung.

Die Drinks waren vorbereitet worden, wahrscheinlich von Nicki, obwohl sie sofort zurück in die Küche gelaufen sein musste. Sie glaubte, es spuke in der Bibliothek, irgendeine alte Geschichte über eine untreue Orfeo-Frau, die lebendig eingemauert worden war. Neben dem Whisky gab es Campari, eine extra Flasche Soda, eine kleine Schüssel mit Eis, pasteurisierten Orangensaft, sechs Flaschen Prosecco und zwei Flaschen Rotwein. Ginevra war offensichtlich angewiesen worden, angesichts der Umstände großzügig zu sein.

»Was denken Sie, wo ist es passiert?«, fragte Per tonlos ohne Vorwarnung vom Fenster her, und Cate erschrak. Hatte sie es nur geträumt, dass er wie ein Tier die Treppe heruntergebrüllt hatte? Sie schaute ihn an, in seinem Blick lag etwas Dumpfes.

»Unten beim Fluss«, sagte sie zögernd. Die Gedankenlosigkeit, mit der sie am Lieferwagen vorbeigefahren war, ließ sie noch einmal erschauern. Die Leiche war vielleicht noch da gewesen? Hinter dem rot-weißen Absperrband, das im Wind flatterte, unter einem kleinen Zelt, bis sie weggebracht würde. »Nicht weit weg.«

Per nickte, und sie roch den Whisky, als er das Glas an seine Lippen hob.

War er heute Morgen betrunken gewesen? Sie versuchte, sich an die genaue Art dieses Schreis zu erinnern: verwundet, aggressiv? Er war außergewöhnlich. Cate hatte ihn immer für einen ruhigen, soliden Mann gehalten. Abends beim Essen hatte er in den ersten Wochen die Gesellschaft der Gäste genossen, damals war er jovial gewesen, ein aufmerksamer Zuhörer, bescheiden und ernsthaft. Ihr fiel jetzt erst auf, dass er immer ruhiger geworden war. Sie hatte angenommen, dass er seine Frau vermisste. Er war seit fünfundzwanzig Jahren mit einer Spanierin verheiratet, das hatte er ihr mal erzählt. Yolanda.

Vielleicht hatte er wegen seiner eigenen Frau gebrüllt. Vielleicht war er aus einem Albtraum erwacht.

Er sprach nicht, und als er sich von ihr abwandte, fragte sich Cate, ob irgendwer, abgesehen von ihr, schon im Zimmer der Dottoressa gewesen war, als auf der Galerie ein Räuspern ertönte. Cate zuckte zusammen. Sie schaute im schwachen Licht nach oben und konnte das schmale Gesicht mit den tief liegenden Augen und dem unrasierten Kinn des Engländers erkennen. Es war Alec Fairhead, der mit einem aufgeschlagenen Buch in der Hand zu ihr heruntersah. Per blickte durch das Fenster und betrachtete weiterhin die Dunkelheit.

»Hallo«, sagte sie. »Mr. Fairhead.« Sie erinnerte sich an den Tag, an dem er angekommen war. Er hatte ausgesehen, als wollte er sofort wieder ins Auto einsteigen. Sie erinnerte sich daran, dass Loni Meadows vor ihnen stand, ihre Hand ausstreckte und mit diesem sarkastischen Ton in ihrer Stimme sagte: *Wir fühlen uns geehrt*.

»Caterina«, sagte er, und seine Stimme war so leise und

ruhig, dass sie annahm, dass er auch unter Schock stand. Er kam zögernd die Treppe herunter.

»Kann ich Ihnen einen Drink holen?«, fragte Cate und lächelte ihn mit ihrem wärmsten Lächeln an Sie war sich ihrer Rolle noch nicht ganz sicher, Bedienstete oder Freundin?

»Ja«, sagte er mit müder Ironie, »das können Sie.«

Sie goss ihm, ohne nachzudenken, ein Glas Rotwein ein, aber sie wusste, was er trank. Sie wusste, was sie alle tranken, und auch, was sie aßen. Tina aß kein Fett, sie ließ es vorsichtig am Tellerrand zurück. Michelle aß alles, was man ihr vorsetzte, mit einer Art panischer Eile.

»Sie sehen anders aus, Caterina«, sagte Fairhead. Er meinte, dass sie nicht die kleine, weiße Schürze, die sie sonst zur Arbeit über ihre Kleider band, trug. Es war ungewöhnlich für ihn, eine persönliche Bemerkung zu machen, egal, wie höflich. Es war, als wäre er ein kleines bisschen lockerer geworden. »Sind Sie nicht im Dienst?«

Cate wurde in der Dunkelheit rot vor Verlegenheit. »Ich … bin befördert worden, für den Moment bin ich sozusagen die neue Praktikantin.«

»Ja«, sagte Fairhead traurig. »Wissen Sie, mir ist kaum aufgefallen, dass sie abgereist ist! Und es ist jetzt schon Wochen her, dass sie gegangen ist, oder?«

»Zehn Tage«, sagte Cate. »Aber vielleicht ist es besser, dass sie nicht hier ist. All das …« Sie machte eine Geste, um auf das, was alle, jeder auf seine Weise, fühlten, hinzuweisen.

»Ja, das stimmt«, sagte der Engländer. »Ja, sie standen sich nahe, nicht wahr?«

»Das weiß ich nicht«, sagte Cate. »Ich glaube, Beth wollte jemandem nahestehen, aber vielleicht war die Dottoressa nicht die Richtige.«

»Nein«, sagte Fairhead und sah sie mit seinen traurigen Augen an, »Sie sind sehr aufmerksam, Caterina.«

»Und Sie auch«, sagte Cate, um ihn aufzumuntern. »Der Romanautor, der immer aufpasst?«

Er lachte unglücklich. »Na ja, früher einmal«, sagte er.

Und Cate erinnerte sich, wie er bei seiner Vorstellung beschämt zugegeben hatte, dass er aus einem Buch las, das er vor über zehn Jahren geschrieben hatte. Er hatte in der Bibliothek gestanden, während die anderen sich zum Zuhören versammelt hatten, Michelle an die Wand gelehnt, um ihre Rückenschmerzen zu lindern, Loni auf der Galerie mit Orfeo, der, wie so oft bei solchen Ereignissen, der Ehrengast war. Fairhead hatte geklungen, als bereite ihm das Lesen Schmerzen, aber er hatte es klaglos getan. Cate war am nächsten Tag zur kleineren Bibliothek gegangen, um sich das Buch auszuleihen. Sie hatte fast erwartet, dass jemand anderes es vor ihr geholt hatte. Aber das hatte niemand getan: armer Alec Fairhead.

»In solchen Zeiten versucht man, sich zu erinnern«, sagte sie und wechselte das Thema, das dachte sie wenigstens. »Also wenn jemand stirbt, dann versucht man, sich das Gesicht vorzustellen oder sich an das Letzte, was derjenige zu einem gesagt hat, zu erinnern, oder? Ich weiß nicht.« Sie hielt inne, da sie plötzlich gemerkt hatte, dass Per näher gekommen war – oder war er schon die ganze Zeit dagewesen und hatte geschwiegen? – und sie anschaute. Fairheads Gesichtsausdruck war düster geworden.

Schließlich zuckte der Engländer mit den Schultern. »Ich nehme schon an«, sagte er langsam.

Per schaute sie immer noch an. »Das ist es«, sagte er, seine Stimme merkwürdig steif. »Ich kann mich nicht mehr daran erinnern, was gestern Abend passiert ist. Sie haben recht.« Und das Whiskyglas in seiner Hand zitterte. Alec Fairhead legte eine Hand auf seinen Arm.

»Ruhig«, sagte er zu Per, dann entschuldigend zu Cate: »Wir sind alle aufgeregt.«

Wer hatte sie als Letzter gesehen? Luca vielleicht? Loni ging manchmal zu ihm, um ihm die Aufträge für den nächsten Tag zu erteilen. Obwohl, vielleicht nicht. Alle waren gestern angespannt gewesen, Luca mehr als sonst. Er war während des *antipasto* bei ihnen gewesen, hatte sich dann aber entschuldigt, er müsse noch arbeiten. Er hatte ihr einen schiefen Blick zugeworfen, bevor er ging. Cate hatte es gesehen, und nach dem Anpfiff, den Loni ihm vorher, für alle hörbar, erteilt hatte, war das nicht überraschend.

Und eine Sekunde lang kam es Cate in den Sinn, dass Lonis Tod für Luca vielleicht gar keine so schlimme Nachricht war.

Sie lächelte Alec abwesend an und versuchte nachzudenken. Tina hatte den Tisch nach dem Essen auch früh verlassen, daran erinnerte sich Cate. Sie war, nachdem Loni etwas gesagt hatte, und das nicht einmal zu Tina, praktisch aus dem Zimmer gerannt. Worüber hatten sie gesprochen? Irgendeine Galerie in New York, eine Ausstellung, über die Loni gesprochen hatte. So war Tina, immer bereit zu fliehen. Wer war also noch mit Loni am Tisch geblieben?

Cate runzelte die Stirn. »Es ist schwierig, nicht wahr?«, sagte sie halb zu sich selbst. »Man versucht, sich daran zu erinnern, wie sie war, als man sie das letzte Mal gesehen hat, man versucht, ich nehme an, man versucht, sie irgendwie zurückzubringen.«

Sie sah Alec Fairhead an, aber sie hatte das Gefühl, das

Falsche gesagt zu haben. Er schien eindeutig verlegen, und als er das Thema wechselte, war es eine Erleichterung. »Und wird Luca auch zu uns stoßen?«

»Nun ja«, sagte Cate sanft, »Luca hat sehr viel mit, äh, all dem zu tun, deswegen bin ich hier.«

»Das ist klug von Luca«, sagte Fairhead, »ich bin sicher, Sie werden eine wunderbare Praktikantin sein.« Seine Augen blickten traurig, aber er bemühte sich, fröhlich zu klingen. Sie mochte die Engländer manchmal. Sie schienen immer zu glauben, dass es ihre Pflicht sei, einen nicht mit ihren Gefühlen zu belästigen.

»Danke«, sagte sie. Sie sah, dass er sein Weinglas bereits leer getrunken hatte, und füllte es wieder auf.

»Was für ein Buch ist das?«, fragte sie und zeigte auf den Band, den er aus dem Regal genommen hatte.

Er sah darauf, als wäre ihm gar nicht bewusst, es in Händen zu halten. »Oh«, sagte er langsam. »eine Familiengeschichte der Orfeos. Anscheinend Parvenus. Sie besitzen das Schloss erst seit dem siebzehnten Jahrhundert, ein Geschenk von irgendeinem Herzog, ein Versuch, die Zuneigung einer Tochter der Familie zu erkaufen.« Er sah in die tiefen Nischen. »Eigentlich keine echte Liebesgabe, eher ein Gefängnis.« Er schlug das Buch zu. »Und es stellte sich dann auch noch heraus, dass sie eine schlechte Partie war.«

Per gab ein leises Geräusch von sich, das eine Art Zustimmung ausdrücken konnte, und ging von ihnen weg, um sein Whiskyglas aufzufüllen. Er verließ sie so zwanglos, wie er zu ihnen gestoßen war.

»Eine schlechte Partie?«, sagte Cate und bemühte sich tapfer, das Gespräch in Gang zu halten.

Alec Fairhead lächelte traurig.

»Nicht gut«, sagte er. »Untreu oder so?« Der Small Talk schien plötzlich lächerlich.

Impulsiv platzte Cate heraus: »Es tut mir so leid«, sagte sie. »Es muss furchtbar für Sie sein. Ich meine, selbst wenn Sie sie nicht so gut kennen, kannten. Es gab eine spezielle Beziehung, das hier ist ein sehr spezieller Ort.«

Sie wusste nicht, wie sie es ausdrücken sollte. Sie hatte gesehen, wie Dottoressa Meadows sich beim *aperitivo* unter sie gemischt hatte, sehr liebenswürdig, ihre Hand sanft auf der einen oder anderen Schulter. Sie saß beim Abendessen wie eine Königin am Tischende, ihre Augen blitzten, ihr Lächeln bezauberte einen nach dem anderen rund um den Tisch. Und heute Abend würden sie alle dort sitzen und essen müssen, vielleicht auch Cate, und Loni Meadows' Platz wäre leer.

»Ja«, sagte Alec Fairhead und drehte sich um, um sie direkt anzusehen, und zwar auf eine Art, die sie erschauern ließ, bevor er wieder wegschaute. Als sie sprach, zitterte ihre Stimme. »Sie kannten sie doch nicht, oder? Ich meine, von früher?«

Er drehte sich wieder um, und nun sah er sie prüfend an – ein Blick, an den sie nach über zehn Jahren im Service gewöhnt war –, als fragte er sich, ob er ihr vertrauen könne, oder vielleicht, ob sie das Gespräch überhaupt wert war.

»Die Welt ist klein«, sagte er. »Wir nehmen hier eine … eine Stelle an und da eine. Sie wären überrascht, wie oft sich unsere Wege kreuzen.« Und in der kleinen Pause, bevor er fortfuhr, überlegte Cate, dass sie das nicht eine direkte Antwort nennen würde. »Ja, ich kannte sie«, sagte er. »Allerdings vor langer Zeit. Vor Urzeiten.«

Cate sah ihn an, versuchte, es zu begreifen. Wie konnte ihr das entgangen sein? Sie hätte geschworen, dass weder er noch Loni je erwähnt hatten, dass sie sich von früher her kannten. Sie würde die Engländer nie verstehen.

Er schien ihre Reaktion einzuschätzen, und einen Augenblick dachte Cate, er würde noch etwas sagen, als der alte Aufzug zu knirschen und zu quietschen begann. Es war kein Witz mehr, dachte Cate, er war gefährlich. Der Mechanismus musste hundert Jahre alt sein.

»Ich hoffe, dass dieser Aufzug gewartet wird«, sagte Fairhead, und sie sah ihn an, das Echo ihrer Gedanken erschreckte sie. Er lächelte. »Ich würde Tiziano nur ungern verlieren.«

Aber bevor Tiziano auftauchen konnte, stand Michelle in der Tür, ihr gebräuntes, faltiges Gesicht gerahmt von den unordentlichen, grauen Haaren. Sie ging zum Tisch, dann stand sie da, fummelte herum, bevor sie sich plötzlich ein großes Glas einschenkte, es leerte und noch eines eingoss.

»Himmel«, sagte sie, und Cate hätte schwören können, dass ihre Hände zitterten, als sie eingoss, »das ist ein Chaos, nicht wahr? Nicht wahr?« Sie sah sich im Zimmer um. »Was geschieht jetzt?« Sie sah Cate an. »Arme Sau«, sagte sie ruppig, und einen Augenblick dachte Cate, sie spräche von ihr, erst dann wurde ihr klar, dass sie Loni Meadows meinte. Drückte Michelle so Trauer aus?

Wir müssen ihnen das Gefühl von Sicherheit geben, hatte Luca gesagt. »Es ist sehr traurig, ja«, sagte Cate vorsichtig. »Aber Sie müssen sich keine Sorgen machen. Wir werden weiterhin unser Bestes für Sie geben.«

Aus dem Augenwinkel sah sie, wie Alec Fairhead sich abwandte. Er ging ans Fenster und drehte ihnen den Rücken zu.

Tiziano rollte herein. »'n Abend«, sagte er fröhlich. Cate

goss ihm Wasser ein, Tiziano trank keinen Alkohol. Er hatte ihr mal gesagt, dass es furchtbar sei, in einem Rollstuhl betrunken zu sein. »Am Anfang habe ich das gemacht«, hatte er gesagt, und die plötzliche, kalte Distanz in seinem Blick hatte sie verunsichert. »Man glaubt für eine Weile, dass man alles tun kann, dann erinnert man sich, dass man es nicht kann«, hatte er gesagt. Sie kniete neben ihm und sah, dass Per sich umdrehte, um sie anzusehen.

»Es ist schrecklich«, sagte sie leise auf italienisch.

»Das stimmt«, erwiderte er. Dann in höflichem Englisch: »Aber ich habe gehört, dass es bedeutet, dass wir dich, Cate, häufiger sehen. Es gibt immer einen Silberstreifen am Horizont, ein nettes englisches Sprichwort.«

»Ein nettes Sprichwort für ein wolkiges Land«, sagte Cate. »Hat Luca es Ihnen erzählt? Von meiner neuen Stelle?«

»Ginevra«, sagte Tiziano. »Sie glaubt, dass du jetzt abhebst.« Aber er lächelte wieder, um ihr zu versichern, dass er nur Witze machte. Ginevra. Cate wollte sich mit Ginevra wirklich nicht anlegen.

Michelle starrte auf Alec Fairheads Hinterkopf, als plane sie etwas – ihn zu einem Gespräch zu zwingen oder ihn aus dem Fenster zu stoßen. Cate nahm an, dass er lieber aus dem Fenster springen würde, denn Michelle war selbst zu ihren Bestzeiten anstrengend. Irgendetwas an der Höflichkeit des Engländers schien sie besonders zu provozieren, als hätte sie ihn im Verdacht, sie zu verspotten.

»Michelle glaubt, Loni wäre betrunken gewesen«, sagte Tiziano leise und sah Cate an. »Loni fuhr betrunken das Monster, verlor die Kontrolle, kam von der Straße ab und landete im Fluss.«

»Haben sie das gesagt? Die Polizei?«

Er zuckte mit den Schultern. »Die Polizei hat nicht mit uns gesprochen.« Er sah nachdenklich aus. »Ich frage mich, ob sie das noch tun werden?«

Cate sah ihn an. Er lächelte. »Nein. Ich glaube, das ist ihre eigene Theorie.«

Tiziano und Michelle verstanden sich gut, manchmal waren sie enge Freunde. Sie hatte ein kleines Libretto zu einem seiner Musikstücke geschrieben, und er hatte es ihr eines Abends am Flügel nebenan vorgespielt, während sie mit ihrer rauen Stimme dazu gesungen hatte. Man konnte sehen, dass sie als junge Frau hübsch, vielleicht sogar schön gewesen war. Ihr Körper war dicker geworden. Cate hatte sie draußen laufen sehen, mit verbissener Miene, bemüht, das Altern aufzuhalten. Aber sie hatte überraschend schmale Waden und Fesseln, und in ihrem vom Alter und Alkohol gezeichneten Gesicht waren ihre Augen sehr klar, ihre Lippen weich und sinnlich. Heute Abend jedoch nicht, heute Abend waren ihre Augen klein und rachsüchtig, ihr Gesicht aufgedunsen, ihre Lippen zusammengekniffen. Michelle wurde schnell wütend.

»Leute erfinden Geschichten, nicht wahr?«, sagte Tiziano nachdenklich. »Wenn etwas passiert. Frag deinen Freund, den Schriftsteller.«

Und sie sahen beide auf Alec Fairheads Rücken, als Tina wie ein Gespenst in der Tür erschien, schmal und blass und ängstlich. Fairhead drehte sich um, als hätte er sie eintreten hören, aber das konnte sich Cate nicht vorstellen. Tina sah so verloren und ängstlich aus, dass Cate aufstand, aber Fairhead war vor ihr da, legte eine Hand vorsichtig auf die Schulter des Mädchens. Mädchen – sie war fast dreißig. »Geht es dir gut?«, hörte sie ihn sanft flüstern. Tina sah ihn mit feuchten Augen an, als würde sie ihn nicht kennen, schaute auf seine Hand.

Cate wollte nicht spionieren und wandte sich schnell ab, sah zu Tiziano hinunter, und ihre Gedanken kehrten zu dem zurück, was er gerade gesagt hatte. »Was denken Sie?«, fragte sie, »war sie betrunken?«

»Sie war keine Trinkerin, das denke ich«, erwiderte Tiziano und starrte vor sich hin. Er hatte recht. »Loni Meadows war ein Kontrollfreak, hast du sie nicht jeden Abend beim Essen gesehen? Sie lehnte den Wein nicht ab, aber sie nippte nur daran, goss sich nie selbst ein, wie es ein Trinker tun würde. Kein Alkohol, keine Drogen, das ist meine Theorie, obwohl sie beschwipst tun konnte, wenn es passte.« Er überlegte. »Und eine Linie schnupfen, um sich willig zu zeigen, aber sie würde nie abhängig werden. Ein faszinierendes Leben – bis jetzt.« Cate runzelte die Stirn.

Er sah auf. »Klinge ich, als hätte ich sie nicht gemocht?« Cate sah ihn an, sagte nichts. »Na ja, vielleicht habe ich das nicht«, sagte er nachdenklich. »Sie hatte ihre Lieblinge, und dann gab es den Rest von uns. Ich nehme nicht an, dass ich der Einzige bin.«

Am Fuß der Treppe erklang der Gong.

Kein Luca zu sehen. Es würde ein langer Abend werden.

Kapitel 7

Als Sandro ins Haus ging, in dem er und Luisa ihr gesamtes Eheleben verbracht hatten, fummelte er ungeschickt am Schloss herum. Ihm wurde bewusst, dass er nervös war. Drinnen drückte er den leuchtenden Schalter des Treppenhauslichts und stand einen Augenblick einfach nur da und suchte Bestätigung. Da war der abgeplatzte und gerissene Putz, achtzehn Jahre seit der letzten Renovierung. Da waren die Stromzähler, die Briefkästen, ein Fahrrad. Er wusste nicht, wem das Fahrrad gehörte.

Er steckte einen winzigen Schlüssel in den Briefkasten, auf dem Cellini/Venturelli stand. Nicht alle Frauen behielten ihren Mädchennamen, die meisten allerdings schon. Luisa hatte während der ersten fünfzehn Ehejahre stolz seinen Namen genannt, dann hatte sie wieder angefangen, ihren eigenen zu benutzen, ungefähr zu dem Zeitpunkt, als ihre Mutter starb. Sie hatte gesagt, dass es ihre letzte Verbindung zu ihren Eltern war, und Sandro war es recht gewesen. Er wusste, wie nah Luisa ihrer Mutter gestanden hatte.

Der Briefkasten war leer, aber das hatte er auch erwartet. Luisa holte im Moment meistens die Post, das war ihm auch recht. Sie hatte ihre private Korrespondenz, er seine. Sie würden die Briefe des anderen nie öffnen, oder? Hatte das mit den Tests angefangen, den Briefen des Krankenhauses mit ihren glänzenden Zellophanfenstern? Die wollte sie immer allein öffnen, manchmal zeigte sie sie ihm, manchmal nicht.

Plötzlich überkam Sandro das Bedürfnis, diese schrecklichen Briefe nicht nur aufzureißen, sondern Luisas starkes, blasses Gesicht nah an seines heranzuziehen und sie alles sagen zu lassen. Nicht bloß die Testergebnisse, nicht bloß Frollini, sondern ob sie ihn liebte? Hatte er sie enttäuscht? Keine Höflichkeit mehr, kein respektvolles Schweigen. Ich liebe dich. Ich will es wissen. Warum konnte er das nicht einfach sagen?

Flog sie am Montagmorgen tatsächlich nach New York? Auf der Treppe blieb er beim Gedanken daran stehen und lehnte sich schwer gegen die kalte Wand. Diesen langen Weg über einen großen, dunklen Ozean in eine Stadt, in der Terroristen mit Flugzeugen in Hochhäuser flogen. Es machte ihm Angst, Luisa, so weit außer Sicht, Luisa in einem fremden Hotelzimmer, ein Ort, an dem er sich nachts nicht umdrehen und sein Gesicht an ihre Schulter drücken konnte.

Er blieb an der Tür kurz stehen, bevor er sie öffnete. Der Gedanke, dass er sein Ohr hätte dagegendrücken können, kam ihm nur kurz in den Sinn. Der Flur war dunkel, und es war kaum warm drinnen. Er wusste sofort, dass sie nicht da war.

Etwas, das Sandro immer gekonnt hatte, war, ein Mann zu sein, im Angesicht der Angst zu schweigen, weiterzumachen, wenn es dunkel und unsicher wurde. Ein Mann zu sein, das musste er zugeben, war nicht immer der richtige Ansatz, aber es war wenigstens etwas, und jetzt schien ihn diese Fähigkeit verlassen zu haben. Die Wohnung um ihn herum sagte ihm, dass er allein war und sich nicht länger darauf verlassen konnte, dass die Luisa, die er geheiratet hatte, neben ihm stand.

Er wusste, dass er seine Tasche abstellen und in die Küche gehen und Wasser für die Pasta aufstellen sollte. Er könnte Luisa auf ihrem Handy anrufen und fragen, wo sie war und wann sie nach Hause käme, er könnte sie sogar bitten, nach Hause zu kommen, weil er mit ihr sprechen musste. Das hatte Giuli gesagt. Ruf sie an, Idiot. Aber das, was von dem Mann in Sandro übrig geblieben war, ließ nicht zu, dass Sandro es tat.

Sodass er immer noch im Mantel und mit der Tasche in der Hand und völlig ohne jeden Willen im Flur stand, als gute zehn Minuten später Luisas Schlüssel sich im Schloss drehte. War es nur Müdigkeit? Er war sehr früh aufgestanden. So stellte er es jedenfalls Luisa gegenüber dar.

Sie war allein, wenigstens das. Was hatte er erwartet? Natürlich war sie allein.

»Warum stehst du da so herum?«, fragte Luisa stirnrunzelnd und hängte ihren Mantel auf. Sie war geschminkt. An ihr sah es besser aus als an Giuli. Dunkle Augen, starker Mund, sie hatte immer eine gute Haut gehabt.

»Entschuldige, *cara«*, sagte er und zog seinen Mantel aus. »Erschlagen, vielleicht brüte ich was aus. Bin gerade angekommen.« Luisa sah ihn scharf an, und er bereute die Andeutung, eventuell krank zu werden. Sie würde es als Versuch ansehen, sie zu Hause zu behalten. »Ich wollte Pastawasser aufstellen«, sagte er.

Luisa machte »tztz«, eilte am ihm vorbei, und er roch ihr Parfum. Wie ein Pawlowscher Hund spürte er, wie er sich ihrer Präsenz fügte.

»Ich habe schon gegessen«, sagte sie genervt und füllte

noch mit Handschuhen einen Topf mit Wasser. »Ich dachte, du würdest später heimkommen!«

»Ja, nun«, sagte er. »Giuli, na ja, Giuli hat übernommen.« Er würde ihr nicht erzählen, dass es Giulis Idee gewesen war. Er wünschte sich jetzt, es wäre nicht so. »Ich werde das machen, setz dich hin.« Sanft schob er sie vom Spülbecken weg und stellte den Topf mit Wasser auf den Herd. Er hatte überhaupt keinen Hunger und merkte, dass diese neue Situation eine andere Reaktion von ihm verlangte, und das war alles, was ihm einfiel.

»Ich wollte dich sehen.« Er zögerte, dachte an das, was er eigentlich sagen wollte, und sagte es nicht. »Du fliegst fort. Es kommt so, so plötzlich.«

Luisa ließ sich auf einen Stuhl fallen und zog ihre Handschuhe aus. »Und morgen arbeite ich den ganzen Tag«, sagte sie müde. »Das weißt du doch?«

»Klar«, sagte Sandro mit ruhiger Stimme. »Wenn du nicht denkst, dass es dich zu sehr erschöpft.« Frustriert wandte er sich von ihr ab und nahm eine Knoblauchzehe aus einem kleinen Terracottatopf, schälte sie, hackte und zerdrückte sie. Er stellte eine Pfanne mit Öl auf und warf eine Handvoll Spaghetti ins kochende Wasser. Sogar Sandro wusste, wie man *spaghetti all'olio aglio e peperoncino* zubereitete, sogar die altmodischsten Männer hatten das in ihrem Repertoire, zusammen mit *pasta pomodoro*.

»Da ist ja noch der Sonntag«, sagte sie vage und klang abwesend. Er drehte sich zu ihr um und sah, dass sie mit einem halben Lächeln im Gesicht in ihrer Handtasche nach etwas suchte.

Und bevor er es herunterschlucken konnte, sagte Sandro: »Giuli hat dich beim Mittagessen mit Frollini gesehen.« Und er hörte den anklagenden Tonfall in seiner Stimme. Luisa sah erschrocken zu ihm auf.

»Sie hat mich gesehen?«, sagte sie. Wäre sie nicht seine Frau, hätte er eher sagen können, ob ihr verwirrter Gesichtsausdruck schuldig wirkte oder nicht, aber so hatte er keine Ahnung.

»Im Rivoire«, ergänzte er knapp und drehte sich wieder um, um etwas Chili zum Knoblauch zu geben. Der Raum füllte sich mit einem süßen, würzigen Geruch. Er drehte die Gasflamme vorsichtig kleiner, wollte nicht, dass der Chili verbrannte. »Gibt es Petersilie?«, fragte er. Luisa griff in den Kühlschrank und reichte ihm eine Handvoll davon.

»Ja«, sagte sie, ihr Gesicht wieder verborgen in den Tiefen ihrer Handtasche. »Es war ruhig«, sagte sie, »und wir mussten über diese Reise sprechen.« Sie sah zu ihm auf. »Er hat viel zu tun.«

Sandro glaubte nicht an Zufälle. »Suchst du etwas da drin?«, fragte er. Er wollte, dass seine Stimme locker und nett klang, aber alles, was er hörte, war Gereiztheit. Er drehte sich zum Herd um, nahm den Topf, schüttete die Pasta ab, kippte sie in das zischende Öl-Knoblauch-Chili-Gemisch, stellte sie auf den Tisch, nahm einen Teller heraus und eine Gabel und eine Serviette und goss sich ein Glas des Morellino vom gestrigen Abend ein. Er rührte das Essen nicht an, trank aber den Wein.

»Nur mein Handy«, sagte Luisa. »Ich muss es im Laden vergessen haben.« Sie stellte die Tasche auf ihren Schoß, legte beide Hände darauf und verbarg so entweder bewusst oder zufällig den Inhalt vor ihm. Und schließlich sah sie ihn an.

»Was ist los, Sandro?«, fragte sie ruhig. »Stimmt was nicht?«

Und jetzt, da sich deutlich eine Möglichkeit bot, war Sandro nicht bereit.

Sein Handy klingelte, und er nahm es heraus, starrte das Display an: Luca Gallo. Verdammter Kerl, er ließ es ein paar Mal klingeln und drückte ihn dann weg.

»Der Fall Bellagamba«, sagte er, ohne die leiseste Ahnung, was er als Nächstes sagen würde. »Er macht mir Sorgen. Das Mädchen ist in schlechter Gesellschaft.«

Luisa sah ihn unverwandt an, kaufte es ihm nicht ab. »Und du bist derjenige, der sie da rausholen soll?«

»Was meinst du damit?«, fragte Sandro. Auf nüchternen Magen half der Wein kein bisschen.

»Ich meine«, sagte Luisa, die Hände immer noch auf ihrer Tasche, »dass du dich wie ein Idiot benimmst. Wenn etwas nicht in Ordnung ist, dann sag es mir, anstatt dazusitzen und dich zu betrinken und höhnische Bemerkungen zu machen.«

»Okay«, sagte Sandro und stellte sein Glas heftiger ab, als er wollte, dabei verschüttete er Wein auf die Tischdecke. »Fliegst du wirklich mit Frollini nach New York? Bist du …« Er zögerte, dann traute er sich. Zu spät. »Läuft da was zwischen euch?«

Es folgte eine lange, kalte Stille.

Langsam stand Luisa auf, stellte ihre Tasche auf den Tisch zwischen ihnen und strich unsichtbare Krümel von ihrem Pullover. »Läuft da was?« Der spöttische Tonfall kühlte sein Blut sofort.

»Ich, ich …«, Sandro spürte, wie der Wein sich seiner Zunge bemächtigte, spürte seine eigene Dummheit wie einen Nebel, durch den er stolperte. Weil er nichts wusste. Er wusste nicht einmal, was er fragte. Er sah sie hilflos an, aber sie hatte kein Mitleid mit ihm, dieses Mal nicht.

»Glaubst du, ich würde irgendwas abstreiten?«, fragte Luisa, »oder dir Zeugen und Beweise bringen, dir meinen Terminkalender für New York zeigen oder Frollini herbringen, damit er dir die genaue Art unserer Beziehung erläutern kann?« Blass und furchterregend und schön. Sie sah ihm in die Augen, und das Schlimmste dabei war, dass er immer noch dachte, sie könnte bluffen, das hier könnte ein Ablenkungsmanöver sein.

»Das wäre lustig, oder nicht?«

Er sagte nichts. Sie wollte nicht, dass er redete. Er schaute auf die kalte Pasta, die verdreckte Tischdecke. Ihre Handtasche stand da, lud ihn ein, sie umzukippen und nach Indizien zu suchen. Er schaute weg.

Luisa beugte sich vor, damit er sie ansah, und als er seinen Kopf hob, redete sie weiter. »Weißt du, was man sagt?«, sagte sie. »Erinnerst du dich an diese Psychotherapie, die ich machen musste? Sie haben gesagt, dass diese Art von Krankheit unerwartete Nebenwirkungen haben kann. Der Gedanke an die eigene Sterblichkeit, irgend so was. Frauen hauen ab und bereisen die Welt, einige wenigstens. Andere laufen mit jüngeren Männern davon, beginnen zu malen oder Romane zu schreiben. Natürlich sitzen manche auch einfach zu Hause und warten auf den Tod. Aber ich werde nicht sterben, Sandro.«

»Nein«, sagte er hilflos »ich weiß, dass du das nicht wirst.« Aber er wusste es immer noch nicht. Hatte er mehr Angst davor, dass sie ihn wegen Frollini verließ oder dass sie sterben würde?

Luisa starrte ihn an, dann nahm sie die Tasche in die Hand. Er wünschte, sie hätte das nicht getan.

»Nein, Sandro«, sagte sie. »Weißt du, was ich glaube?«

Er beugte seinen Kopf. »Ich glaube, dass uns ein bisschen Zeit getrennt voneinander ganz guttun würde.« Und sie ging, schloss die Schlafzimmertür hinter sich.

Kaum zehn Minuten, nachdem Sandro gegangen war, hatte Giuli es geschafft, unsichtbar zu werden. Ihre erste Sorge, wenn sie allein in einer Ecke blieb, war, dass der indische Türsteher oder einer der Kellner sie als Prostituierte ansehen und rausschmeißen würden, aber entweder merkten sie es nicht, oder es war ihnen egal. Sie hatte bei einem Kellner eine Cola bestellt, und er hatte einfach nur ihr Geld genommen und ihr das Getränk auf seinem schmierigen Tablett gebracht. Und in ihrer Jeans und mit den schweren Lederstiefeln könnte es sein, dass Giuli heutzutage tatsächlich wie ein normales Mädchen aussah, wenigstens bei richtiger Beleuchtung.

Als zwei englische Mädchen sich kichernd ans andere Ende der Bank setzten, rutschte sie zur Tarnung etwas näher. Eine sah sie mit flüchtigem Ekel an, als ob sie ihnen etwas verkaufen wollte. Ich nicht, Baby, dachte sie und hielt sich zurück.

Giuli konzentrierte sich darauf, ihr Getränk langsam zu trinken und in die Ferne zu sehen, als hätte sie tiefgründige Gedanken, als wäre sie stoned. Woran sie wirklich dachte, während sie Carlotta im Auge behielt, war das, was sie gesehen hatte, als sie auf dem *motorino* am Rivoire vorbeigefahren war. Sie hatte die Balance verloren, weil sie langsamer gefahren war. Sie hatte Luisas Profil gesehen.

Neben dem Geschäft saß Luisa am Fenster und aß mit ihrem Chef zu Mittag. Natürlich hatte sie keine Affäre, und Sandro wusste das inzwischen wohl. Er wird mit ihr darüber gesprochen haben, und sie wird ihn aus der Küche hinausgelacht haben. Giuli empfand eine Art Panik. Fühlten sich all diese Kinder, die sie immer beneidet hatte, so, überlegte sie, Kinder mit einem Haus und zwei Eltern, wenn sie sie streiten hörten und sich fragten, ob sie sich scheiden ließen?

Sie und Frollini kannten sich seit über dreißig Jahren, oder nicht? Es wurde Giuli bewusst, dass Luisa ihren Boss genauso lange kannte, wie sie Sandro kannte. Sie war damals fast noch ein Kind gewesen. Die Krankheit hatte sie verändert, sie war dünner geworden, ihre Augen waren größer und dunkler, sie war unruhig, anders als früher. Hatte ihr Boss sie angesehen und sie ganz plötzlich völlig anders gesehen? Hatte sie ihn angesehen? Mit seiner Sonnenbräune, seinen schönen Anzügen und dem großen Goldring an seinem kleinen Finger, so reich, so selbstbewusst, so locker.

Das war verrückt. Giuli schloss die Augen, um ihre Gedanken aufzuhalten, und als sie sie wieder aufschlug, war Carlotta aufgestanden. Sie ging allein nach unten, ließ ihre Taschen und ihren Mantel auf ihrem Stuhl, und Giuli, die ihren Mantel mitnahm, folgte dem Mädchen, ohne dass irgendjemand hinsah. Damentoilette, nahm sie an.

Sie lag hinter dem winzigen Eingang mit dem Leopardendruck-Vorhang und war weniger eine Damentoilette als ein Raucherzimmer, ein Eingangsbereich mit Teppichboden, zwei goldglänzenden Waschbecken und einer Toilettenkabine am Ende. Das Ganze sah absolut ordentlich aus, und Carlotta Bellagamba saß verträumt auf dem Waschbecken und ließ die Beine baumeln. Sie rauchte einen Joint.

Volltreffer.

Diese Kinder. Der Gedanke an Luisa und Sandro nagte an Giuli, schlug ihr auf den Magen.

Das Mädchen lächelte Giuli schläfrig unter ihren Locken an, und Giuli lächelte zurück. Und als Carlotta ihr den Joint senkrecht hinhielt, wusste sie, dass sie nichts sagen sollte, tat es aber doch.

»Nein, danke«, sagte Giuli immer noch lächelnd, »das Zeug ist nicht gut für einen.«

Carlotta zuckte mit den Schultern und rutschte vom Waschbecken herunter. »Fühlt sich aber gut an«, sagte sie und zog fest daran. Das nachlässig gerollte Papier leuchtete hell auf, das Mädchen wusste nicht einmal, wie man einen Joint richtig drehte. Aber Giuli würde ihr das nicht sagen.

»Vielleicht«, sagte Giuli und hielt dann den Mund. Sie fragte sich, was Sandro morgen den Eltern erzählen würde, ob er das Geld einstecken und ihnen die Sorge für das Mädchen überlassen würde.

»Ist das dein Freund?«, fragte sie schließlich und machte eine Kopfbewegung nach oben. Carlotta errötete. »Irgendwie schon«, sagte sie. »Sieht toll aus, oder nicht?« Giuli zuckte mit den Schultern.

Hinter der Tür hörte man eine kaputte Spülung, und eine der Engländerinnen kam mit rot leuchtenden, puppenhaften Wangen heraus. Sie lief, ohne sich die Hände zu waschen, an ihnen vorbei.

Giuli machte eine Kopfbewegung in Richtung der Toilettenkabine, aber Carlotta Bellagamba schüttelte den Kopf und hielt ihren Joint hoch. Giuli hatte keine Wahl und musste hineingehen und die Tür verschließen. Nach zwei, drei riesigen Colas war das aber gar nicht verkehrt. Doch als sie herauskam, war Carlotta nicht mehr da.

Am goldglänzenden Waschbecken wusch sich Giuli ausgiebig die Hände und betrachtete sich im Spiegel. Sie wollte nicht einfach nach draußen laufen und ihre Tarnung auffliegen lassen.

Der untere Raum war leer, als sie hinaustrat, und am Eingang saß der indische Türsteher in seinem Kassenhäuschen, ganz darauf konzentriert, Geld zu zählen. Es war fast zwei Uhr. Wenn Giuli die Wendeltreppe hinaufginge und Carlotta und die Jungs weg wären, hätte sie wertvolle Zeit verschwendet. Sie nahm ihre Jacke, ihren Helm, hängte sich die Tasche über die Schulter und ging hinaus.

Es war bitterkalt, die kahlen Bäume auf der kleinen Piazza glitzerten. Wo waren sie?

»Sie sind noch nicht rausgekommen«, sagte eine Stimme an ihrer Schulter. Es war Sandro, der an der Mauer lehnte.

»Du bist nicht warm genug angezogen«, fügte er hinzu und streckte eine Hand aus, um ihren Helm zu halten, damit sie ihre Jacke anziehen konnte. Sie wusste nicht, ob sie ihn umarmen sollte, weil er da war, oder ihn anmotzen sollte, weil er sie wie ein Kind behandelte.

Hinter ihnen bewegte sich was, Stimmen an der Tür, und Sandro nahm sie am Ellbogen. Beide traten zur Seite.

»Gute Idee«, sagte er leise, »vor ihnen zu gehen. Kluges Mädchen.«

Hinter ihr hörte Giuli den gutturalen Akzent des Mannes in der grauen Lederjacke, *»alla prossima«*, sagte er. »Jederzeit, Baby.« Lallend. Aufdringlich.

»Wie lange bist du schon hier draußen?«, flüsterte Giuli. »Du bist doch nach Hause gefahren, oder? Hast du dich mit Luisa ausgesprochen?«

»Das habe ich«, sagte Sandro knapp. »Hör mal, ich bin nur hergekommen, um sicherzugehen, dass es dir gutgeht. Und dem Mädchen natürlich.«

»Ich wollte ihr nach Hause folgen«, sagte Giuli leise. »Auf dem *motorino*.«

»Da erfrierst du ja«, murmelte Sandro. »Und du bist müde, sieh dich nur an.« Giuli verzog das Gesicht, erinnerte sich an die Schatten unter ihren Augen, die sie im Toilettenspiegel gesehen hatte. »Ich werde ihr im Auto folgen. Bloß …« Er hielt inne.

»Bloß was?« Giuli hatte die Schultern hochgezogen, und sogar in der schönen, gefütterten Jacke, die Luisa ihr gegeben hatte, zitterte sie noch.

»Bloß dass ich dir dieses Mädchen hier gern ab morgen übergeben würde. Ich habe ihm, Bellagamba, versprochen, wir würden vorbeikommen und ihn auf den aktuellen Stand bringen.«

Also machte er weiter, oder sie tat es. Sie sagte nichts. Sandro missverstand ihr Schweigen als Zögern. »Ich weiß, morgen ist Samstag«, sagte er entschuldigend. »Ich mache es wieder gut. Ich will einfach, dass Bellagamba weiß, dass du zum Team gehörst.«

Giuli spürte, wie sie lächeln musste. Sie konnte es tun, wollte sie sagen, sie konnte es. Sie hielt sich zurück, genau wie Sandro es ihr beigebracht hatte. »Warum?«

»Na ja, erstens hast du die meiste Arbeit hier gemacht«, sagte er zögernd. »Und da ist noch etwas. Ein Auftrag. Zumindest glaube ich das.«

»Was?«

»Ich bin mir noch nicht sicher«, sagte Sandro. »Ich habe eine verwirrende Nachricht von Luca Gallo auf meinem Handy.« Er sah über ihre Schulter in die Ferne. »Er sagt, es sei dringend, er müsse mich morgen treffen.«

Sein Blick schweifte etwas ab, Giuli drehte ihren Kopf ein

wenig und schaute über ihre Schulter. Sie sah die drei Jungs und Carlotta auf der Straße. Sie hörte, wie hinter ihnen ein Riegel zugeschoben wurde. »Rausschmeißzeit«, sagte Sandro. Es war nach zwei Uhr.

»Schwing du dich auf deinen Roller«, sagte Sandro. »Ich verfolge das Mädchen bis nach Hause.«

Sie gingen bis zu Giulis *motorino* zusammen, er gab ihr den Helm. »Fahr nach Hause und schlaf ein bisschen.« Und bevor er sich zu dem kleinen Wagen umdrehte, mit dem er und Luisa sie gemeinsam in der Entziehungskur besucht hatten, legte er eine Hand an ihre Wange. Dann zog er die Schultern hoch und ging.

Als sie um die Ecke fuhr, auf dem Weg nach Hause, schaute Giuli sich um und sah seine Silhouette, wie er einsam und reglos am Lenkrad saß und die Jugendlichen auf dem Bürgersteig beobachtete. *Es wird dir gutgehen*, versprach sie still. *Alles wird gut werden*.

Der Frost, der auf den Bürgersteigen der Stadt glitzerte, bestäubte auch die Bäume und Tore und Zäune in den Vororten und oben auf den dunklen Hügeln. Unten in der Maremma begannen die eisigen Nebenflüsse, die durch das Land mäanderten, vom Ufer her zuzufrieren, und hoch oben, wo Orfeo unter einem wächsernen Mond lag, waren die Temperaturen unter dem klaren Nachthimmel auf minus acht Grad gesunken, und die gefurchten Felder waren steinhart.

Unten im Tal an der scharfen Linkskurve, wo Loni Meadows von der Straße abgekommen war, waren die tiefen Furchen, die der schwere Wagen bei seiner schlingernden Fahrt in die Erde gegraben hatte, zu Stein erstarrt. Er war fast bis ganz nach unten in den Fluss gerutscht, das gesamte Team der Abschleppfirma hatte Stunden gebraucht, um ihn von dort unten heraufzuziehen, und jetzt war das Durcheinander aus kaputten Pflanzen und aufgewühltem Schlamm das einzige, eindeutige Indiz für Loni Meadows' halsbrecherische Fahrt in die Dunkelheit, in den Tod.

In Orfeo selbst waren alle Lichter ausgeschaltet, abgesehen von den Sicherheitslampen, die trügerisch sanft in regelmäßigen Intervallen rund um die massiven, wehrhaften Mauern des Schlosses aufblinkten. Aber in ihrem neuen Bett, in dem kleinen, kahlen Zimmer, konnte Cate nicht schlafen. Während sie döste, tauchten immer wieder Erlebnisse des Tages auf, Gesichter, Ausdrücke, Dinge, die gesagt worden waren, und solche, die unausgesprochen geblieben waren, mal in ordentlicher Reihenfolge, mal durcheinander.

Irgendwann schreckte sie aus einem Albtraum hoch und rief: »Nein!«, bevor sie sich wieder hinlegte. Sie glitt, halb wach, halb träumend, in die Zeit und wieder heraus, sah ein ungemachtes Bett, eine grüne Seidenbluse, den großen, hässlichen Wagen vor einem Hotel und schließlich nur noch Dottoressa Meadows' strahlendes, gemeines Gesicht, hörte ihre scharfe, leise, höhnische Stimme, bevor sie endlich einschlief.

Kapitel 8

Und was ist mit dem Ehemann?«

Cate dachte, dass Ginevra, als sie Mauro diese Worte in einem barschen Ton zuflüsterte, vergessen hatte, das sie da war. Sie stand an der Arbeitsfläche in der kleinen, kalten Vorratskammer neben der Küche, blieb ruhig und folgte den Anweisungen. In diesem Fall bedeutete das, die Paste für die *crostini toscani* für heute Abend vorzubereiten. Sie war seit ungefähr vierzig Minuten damit beschäftigt, seit sie heute Morgen kurz nach 7 Uhr 30 heruntergekommen und Ginevra überrascht hatte. »O mein Gott«, hatte die alte Köchin gesagt und eine Hand auf ihre Brust gelegt, als sie Cate im Türrahmen sah. »Hast du mich erschreckt. Was machst du so früh hier?«

Samstagabend war Ginevras freier Abend, und das Abendessen bestand aus einem vorher vorbereiteten Büffet: Cate hatte, dumm genug von ihr, gedacht, dass bei all dem, was gerade geschah, ihr Hilfsangebot willkommen wäre. Gestern Abend, als sie alle schweigend am Tisch saßen, als Cate immer wieder aufsprang und den Tisch abräumte, während sie gleichzeitig versuchte, mit den Gästen zu reden, hatte sie Mitleid mit Ginevra und Nicki gehabt, da sie wusste, wie viel zusätzliche Arbeit hinter der Küchentür auf sie wartete. Und um ehrlich zu sein, war es eine Qual gewesen, unter den Umständen Gastgeberin zu spielen.

Das Bett war bequem, das Zimmer warm gewesen, aber Cate war nach ihrer unruhigen Nacht früh aufgewacht. Sie spürte ein Gefühl von Verhängnis, von schlechten Neuigkeiten. In einem ihrer Träume war das Bellen der Hunde von Ginevras Bauernhof vorgekommen, und jetzt, richtig wach, konnte sie sie immer noch in der Morgendämmerung bellen hören. Alles, was sie wollte, war ein bisschen menschliche Gesellschaft, um die Welt wieder normal werden zu lassen.

Um zur Küche zu gelangen, war Cate leise die dunkle Hintertreppe hinuntergestiegen. Sie merkte, dass sie auf Zehenspitzen ging, um niemanden zu wecken, an der geschlossenen Tür zu Lucas Büro und an den Apartments vorbei, nach draußen in den Schlosshof, der grau und still im Morgenlicht lag, und hintenherum zur Küchentür.

Und dort hatte es so ausgesehen, als sei sie nicht willkommen. Es war Cate so vorgekommen, als wäre ihr neuer Status – und sie wünschte, sie hätte eine klare Idee, was das genau war – nicht das Einzige, was Ginevra ärgerte. Die Köchin konnte es auch nicht leiden, wenn Cate in ihrer Nähe war. Sie fragte sich, wann Ginevra aufstand. Sie war jeden Morgen um sieben Uhr hier, den zehnminütigen Fußweg von ihrem Bauernhaus nicht eingerechnet.

Und dieser Morgen war kalt gewesen. Als Cate im bläulichen Morgengrauen über die frostigen Felder gesehen hatte, waren ihr im Nordwesten dicke Wolken am Horizont aufgefallen. Schnee aus den Alpen, wie es im Radio hieß.

Nicki traf erst um 8 Uhr 30 ein. Ginevra hatte Cate angewiesen, die Paste zu machen, ein langsamer, zeitaufwändiger Prozess, bei dem die Zutaten winzig klein geschnitten werden mussten: Zwiebeln, Karotten, Sellerie, Oregano, Hühnerleber, dazu kamen Schweinehack, Öl und Wein.

Als Mauro eingetroffen war, hatte sie ihn erkannt, noch bevor er etwas gesagt hatte, an den Stiefeln nämlich, mit denen er schwer auf der Fußmatte aufstampfte, und am kalten Geruch der Felder, den er hereintrug. Cate musste auch nicht hinsehen, um zu wissen, dass er durch die Küche zur großen Weinflasche ging, die neben dem Herd stand. Sie hatte das Geräusch gehört, als er sein Glas füllte.

Sie hatten einen Moment schweigend dagestanden, sich grummelnd über die Kälte beschwert, dann hatten sie angefangen.

»Ich nehme an, dass wir ihre Wohnung ausräumen müssen«, hatte Ginevra gemault. »Ich nehme an, jemand muss alles wegbringen.«

Er hatte gebrummelt. Ginevra hatte weitergesprochen. »Was hat der Commissario darüber gesagt? Überhaupt irgendwas?«

Bei der Erwähnung des Polizisten hatte Cate im sorgfältigen Schnippeln innegehalten und gelauscht.

»Nix«, hatte der Gärtner zufrieden gesagt. »Ich denke, sie sind mit der ganzen Sache fertig, glaubst du nicht? Ausländer fahren ständig gegen Bäume und sterben, das nervt die doch nur. Unsere armen Jungs müssen dann den Dreck aufräumen.«

Und dann hatte Ginevra in einem höhnischen Tonfall gesagt: »Und was ist mit dem Ehemann?«

Aus irgendeinem Grund schockierte Cate diese Frage mehr als alles, was sie seit der Nachricht vom Tod Loni Meadows' gehört hatte. Ehemann? Es gab einen Ehemann? Na dann.

Mauro brummelte noch einmal. »Was ist mit ihm?«, sagte er verächtlich.

»Na ja«, sagte Ginevra vorsichtig, »ich nehme an, dass er herkommen und alles abholen wird, oder?«

»Ich glaube kaum, dass er es eilig hat«, sagte Mauro. »Ich meine, das war ja wohl nicht das, was wir Ehe nennen, oder?« Er lachte bitter, und einen Augenblick lachte Ginevra mit.

»Glaubst du, er wusste Bescheid?«, fragte Ginevra nach einer Weile. »Über sie?«

»Wahrscheinlich«, erwiderte Mauro zurück. »Bei denen herrschen andere Regeln.«

Sie saßen am Tisch, Cate hörte das Kratzen der Stühle, und wie Mauro sein Glas auf dem Holz abstellte. Wieder aufgefüllt. Ginevra selbst trank Pfirsichsaft, ihre süße Schwäche. Sie bestellte das Zeug kistenweise auf Rechnung der Stiftung, aber niemand außer ihr trank es. Die Gläser klirrten.

»Er hat gesagt, dass sie nicht sofort tot war«, sagte Mauro, und Cate legte in der kalten Vorratskammer eine Hand auf den Mund.

»Der Commissario hat's gesagt. Er hat gesagt, die Kälte hat sie umgebracht.«

Ginevra sagte: *»Brutto.«* Hässlich.

»Es war vorherzusehen«, sagte Mauro, seine Stimme schleppend. Durch die Wirkung des Weins klang er fast nachdenklich.

»O ja«, sagte Ginevra missgünstig. »Das war es.«

Als die Stille anhielt und sie die Hühnerleber immer noch zwischen den Fingern hielt, wurde Cate bewusst, dass Mauro und Ginevra früher oder später merken würden, dass sie hier war, und sie hatte keine Ahnung, was sie dann tun sollte. Und wie aufs Stichwort knurrte ihr Magen, der seit fast zwölf Stunden leer war, laut.

Plötzlich stand Ginevra im Türrahmen der Vorratskammer

und starrte sie düster an. Cate stand lächelnd auf, als hätte sie nichts gehört, und zeigte Ginevra das Holzbrett voller frischer, ordentlicher Stapel, glänzende Leber, Karotten, Sellerie und Petersilie.

»*Mamma mia*«, sagte sie fröhlich, »ich bin am Verhungern.«

Hinter Ginevra knallte die Tür, und Nicki kam herein, Anna-Maria direkt hinter ihr, im Mantel und schimpfend.

Aber Ginevra drehte sich bei dem Geräusch nicht um, stattdessen beugte sie sich zu Cate vor. »Hör mal zu, Mädchen«, sagte sie in einem leisen, strengen Tonfall, »wir wissen beide, was du gehört hast. Und wenn du nur eine Silbe weitererzählst …«

Cate schüttelte den Kopf. Ginevra fuhr vor, zischte heftig. »Es war vorherzusehen, niemand kann dem widersprechen. Sie hat jeden von uns, und ich meine jeden, bezichtigt, zu stehlen oder zu lügen oder bei der Arbeit zu trinken, außer dich, und das wäre auch noch gekommen, glaub mir. Mauro, Gallo, Nicki. Sie hat Nicki vorgeworfen, sie habe einen Ohrring gestohlen!« Ihre Augen traten vor Empörung hervor. »Einen einzelnen Ohrring! Dabei hatte der sich nur in der Tagesdecke verfangen.«

Cates Worte stolperten übereinander in ihrem Versuch, Ginevra zu besänftigen. »Nein, ich, ich würde nicht …« Dann kam ihr etwas in den Sinn und verschwand nicht mehr. »Ich dachte nicht, na ja, es ist bloß, er hatte sich mit ihr gestritten, nicht wahr? Genau an dem Tag.«

»Wovon redest du?«, sagte Ginevra, die Hände in die Hüften gestemmt, dann wurde es ihr klar. »Sei nicht albern. Wie gesagt, es verging kein Tag, an dem sie nicht mit irgendjemandem stritt.«

»Und dann war er den ganzen Tag unterwegs«, sagte Cate halb zu sich selbst. »Er hat gesagt, er hätte Kühe aus einem Fluss getrieben.«

Ginevras Augen waren schwarz wie Johannisbeeren. »Du dummes Mädchen, natürlich hat er das. Außerdem war sie den ganzen Tag über quicklebendig, oder nicht? Er braucht kein Alibi, er würde nicht …« Sie sah kurz verwirrt aus, und als sie weitersprach, klang ihre Stimme nicht mehr ganz so sicher. »Es war ein Unfall. Aber selbst wenn er ein Alibi bräuchte, er war bei den Kühen, dann kam er rechtzeitig zurück, um von dieser Ziege angepfiffen zu werden, weil er einem Freund in Not geholfen hatte. Als ob sie so etwas verstehen würde. Aber eines ist sicher, als sie in den Fluss gefahren und umgekommen ist, hat er im Bett neben mir gelegen und furchtbar geschnarcht.« Ginevra sah alt aus. Sie holte tief Luft.

»Hör mal«, zischte sie, »er denkt, dass da etwas nicht stimmt. Das denken wir alle. Irgendwas ist merkwürdig. Aber das hat nichts mit uns zu tun.« Ihre kleinen, schwarzen Augen glitzerten.

»Hat er das denn auch dem Commissario gesagt?«, fragte Cate. Ginevra drehte ihr als Antwort den Rücken zu.

Am Herd stritten sich immer noch Anna-Maria und Nicki, aber als Cate über die Schulter der alten Köchin schaute, sah Cate, dass sie etwas bemerkten, und Ginevra drehte sich mit bösem Blick zu ihnen um.

»Und, was guckt ihr so?«, blaffte sie.

»Er sagt, dass ich die Zimmer nicht saubermachen soll«, sagte Anna-Maria. »Es geht irgendwie darum, dass nichts aus Versehen weggeworfen werden soll? Ich hab's nicht begriffen. Es hat sich doch niemand über mich beschwert, oder?«

Es gab da diese Anekdote. Cate hatte sie immer für ein Märchen gehalten, dass Anna-Maria ein Kunstwerk zerstört habe, das einer der Gäste auf dem Küchentisch liegen lassen hatte, etwas, das aus keimenden, grünen Kartoffeln und gebleichten Hühnerknochen bestand. Oder war es geronnenes Blut? Die Anekdote variierte.

Anna-Maria beschwerte sich immer noch. »Also ich weiß nicht, bis ich wieder da rein darf, werden das die reinsten Sauställe sein. Dieses Mädchen aus Florida dreht schon durch. Der Engländer weiß nicht, wie man irgendwas sauber hält, aber das wissen die Engländer nie. Die erkennen kein Geschirrtuch, wenn's vor ihrer Nase liegt.« Cate wollte sie zum Schweigen bringen. Wenn man sie dabei erwischte, wie sie so laut über die Gäste herzog, würde sie in hohem Bogen hinausgeworfen. »Und dieser Typ aus dem Norden, ein Schwede, oder?«

»Norweger«, sagte Cate.

»Egal, was er ist, er hat mich seit einer Woche schon nicht mehr in sein Zimmer gelassen. Die ersten paar Tage hat er mich nur düster angesehen, jetzt antwortet er nicht mehr, wenn ich anklopfe.« Sie ließ sich am Tisch auf einen Stuhl fallen, rot vor Empörung.

Nicki hängte ihren Mantel auf. »Signor Gallo sagt, du kannst in der Bibliothek anfangen«, meinte sie besänftigend. »Er hat auch nicht gesagt, dass er dein Gehalt kürzt. Also komm schon. Es ist nichts passiert. Oh«, fuhr sie ohne Pause fort und schaute auf die Scheibe *pandoro*, die Cate sich abgeschnitten hatte, »kann ich auch eine haben?«

Für jemanden, der so dünn war, war Nicki gierig. Cate schnitt noch ein Stück des süßen, gelblichen Kuchens ab und schob ihr den Teller über den Tisch zu. Das Mädchen setzte sich und begann zu essen. Und mit Mauro an der Spüle, der immer noch ein wütendes Gesicht machte, Nicki, die Kuchen in sich hineinstopfte und dabei plapperte, und Anna-Maria, die immer noch mit mehreren Schichten Jacken dasaß und am Tisch so viel Platz wie ein Wasserbüffel einnahm, wirkte die Küche plötzlich sehr voll. Cate stand auf.

»Ich überprüfe noch mal das Esszimmer, bevor ich gehe, in Ordnung?«, sagte sie.

»Mach das mal lieber«, sagte Ginevra und sah sie scharf an. »Ich bin mir sicher, dass wir gestern nicht die Möglichkeit hatten, richtig aufzuräumen. Und bevor du wohin gehst?«

»Nun, mich bei Lu–, Signor Gallo melden«, sagte Cate vorsichtig, »falls er schon aufgestanden ist, Anna-Maria?«

»Na ja, ich weiß nicht, ob er schon auf ist«, sagte die Putzfrau eingeschnappt. »Er hat sich nur aus dem Fenster gebeugt, um mich anzubrüllen, und wenn du mich fragst, hatte er noch die Kleider an, in denen er geschlafen hat.« Sie schnaubte.

Armer Luca, dachte Cate. Was war Anna-Marias Problem? Sein alternativer Lebensstil vielleicht. Armer Luca, der seit all diesen Jahren gegen die Vorurteile dieser Menschen ankämpfen musste. Er musste ein starker Mann sein. Cate trank die halbe Tasse lauwarmen Kaffee, den Ginevra ihr widerwillig eingeschenkt hatte, und ging.

Im Tageslicht sah das Esszimmer traurig aus. Ginevra hatte recht, sie hatten es gestern alle etwas zu eilig gehabt, hinauszukommen. Der Tisch war schmierig, und auf dem Boden lagen Krümel, also nahm Cate die Reinigungsmittel aus dem Küchenschrank und legte los.

Es sah an diesem Morgen vielleicht traurig aus, aber letzte Nacht war es ganz anders gewesen. Als sie die Bibliothek mit ihren dunklen, widerhallenden Ecken, in der gedämpfte Stimmen und Flüstern akzeptabel erschienen, verlassen hatten und das moderne Esszimmer aus Holz und Glas betraten, hatten die Gäste schlicht aufgehört zu reden.

Ob es an der fröhlichen Beleuchtung lag, dem Bemühen, einander um den großen, ovalen Tisch herum in die Augen zu schauen oder eben nicht, oder an der Tatsache, dass Loni Meadows' Fehlen hier am unausweichlichsten war, konnte Cate nicht sagen. Die Erinnerung an den Abend vorher, die Dottoressa, die in grüner Seide eine Geschichte über Fellini erzählte: *Ich kannte ihn, wissen Sie*, hatte sie gesagt und hatte flirtend ihren Blick über die Gäste gleiten lassen, sodass man nicht wusste, wen genau sie ansah.

Sie hatte ihre Lieblinge, wer hatte das gesagt? Wahrscheinlich Tiziano. Per und Tina, sie waren ihre Lieblinge gewesen.

Gestern Abend hatten sie sich nicht einmal über den *baccalà* beschwert, traditionell das am wenigsten geschätzte Gericht der Woche, der freitägliche Stockfisch in Sauce. Sie hatten sich nicht lautstark betrunken, nicht gestritten oder doziert oder spontane Lyriklesungen abgehalten, obwohl Per sich stetig und ohne offensichtliche Wirkung durch zwei Flaschen Rotwein gearbeitet hatte und Michelle, noch bevor sie sich gesetzt hatte, vom Prosecco beschwipst war. Tina hatte ein Glas Wasser nach dem anderen getrunken, als wolle sie etwas aus sich herausspülen, und das Essen nur auf dem Teller hin und her geschoben.

»Haben sie etwas gesagt? Hat sie gelitten?«, hatte Cate irgendwann einmal Tina in ihrer hohen, zarten Stimme sagen hören, dabei hatte sie mit entrücktem Blick umhergeschaut. Die Frage hatte sehr schockierend gewirkt, niemand hatte geantwortet.

Anna-Maria fand, dass bei Tina irgendetwas nicht stimmte. Ihr Zimmer stank, sagte Anna-Maria, es roch sauer. Vielleicht war sie krank. Vielleicht war sie nur unglücklich.

Niemand hatte viel gegessen. Als Cate aufgestanden war, um Nicki beim Abräumen zu helfen, war ihr aufgefallen, dass die meisten Teller kaum berührt worden waren. Tiziano, der Liebe, hatte seinen leer gegessen, aber selbst er war nur ein Schatten seines üblichen, lauten Selbst. Jeder von ihnen hatte anscheinend beschlossen, seine Gedanken für sich zu behalten. Warum? Es kam Cate in den Sinn, dass sie Angst hatten, etwas Falsches zu sagen. Angst, sich zu belasten.

Cate hatte das Tablett mit Brandy und Likören hingestellt, und Per und Alec Fairhead hatten sich schweigend einen großen Schluck eingeschenkt. Erst nach seinem dritten oder vierten Glas hatte sich Per aufrecht hingesetzt und etwas mit rauer Stimme gesagt. Die ersten Worte, die er überhaupt beim Abendessen sprach. »Wohin fuhr sie? Weiß irgendjemand, wohin sie fuhr?«

Cate stand an der Tür und konnte ihre Gesichter in der plötzlichen Stille nicht sehen. Dann hatte Michelle gesagt: »Himmel, Per, das wissen wir doch alle, oder etwa nicht?« Und dann war es unruhig geworden. Sie räusperten sich, Stühle wurden gerückt. Das Zeichen für sie zu gehen.

Cate sammelte unter dem Tisch Krümel auf, und erhitzt von der Anstrengung hockte sie sich hin und dachte zum ersten Mal richtig darüber nach, was Mauro und Ginevra gesagt hatten.

Sie hat es verdient.

Wirklich? Denken sie das wirklich? Was könnte Loni Meadows getan haben, um es zu verdienen zu sterben? Schwer verletzt noch dazu. Cate schloss die Augen, als sie daran dachte. Ihr Gesicht war zerstört. Die langen, zarten Finger, die schmalen Fesseln in einem schrecklichen Knäuel aus Metall und Gummi. Das Leben verließ sie – wie lange wird das gedauert haben? Mit dem Kopf nach unten im Fluss oder mit dem Gesicht in die gefrorene Erde gedrückt.

Wohin war sie gefahren? Auf der Straße nach Pozzo Basso. Selbst Cate wusste, dass Loni Meadows regelmäßig spätabends noch nach Pozzo fuhr, donnerstags und freitags, und frühmorgens zurückkam. Und einmal, frühmorgens vor ungefähr einem Monat, hatte Cate das Monster in der Stadt gesehen, es war vor einem Hotel geparkt.

Tiziano musste als Letzter gegangen sein wie so oft. Cate nahm an, dass er durch den Rollstuhl geduldig geworden war. In den letzten Wochen war ihr aufgefallen, dass er in den meisten Situationen wollte, dass die anderen vor ihm gingen. Sie nahm an, dass er das Gefühl, im Weg zu sein, die Tür zu versperren, oder dass Leute über seinen Kopf hinweg sprachen, nicht mochte. Obwohl er es nie zeigte.

Sie dachte, dass er am Abend von Lonis Tod nicht der Letzte gewesen war. War er wegen irgendetwas aufgebracht gewesen? War er müde gewesen? Sie erinnerte sich nicht.

»Halte ich dich auf?«, hatte er sanft gefragt, damals im Esszimmer. Cate vermutete, dass sie gegähnt hatte. Zu diesem Zeitpunkt sehnte sie sich definitiv nach ihrem Bett.

Sie hatte den Kopf geschüttelt und schläfrig gelacht. »Es war ein langer Tag.«

»Bei mir auch«, hatte Tiziano gesagt. »Und du bist an den besten Tagen eine Nachteule, ich kenne dich. Immer muss noch etwas erledigt werden. Ich wette, es wäre noch schlimmer, wenn du hier wohnen würdest, oder? Ständig im

Dienst.« Er hatte seine Hand ausgestreckt und ihre genommen. »Arbeite nicht zu viel, Liebe.«

Cate war gleichzeitig verlegen und erfreut gewesen und hatte den Kopf geschüttelt. »Ich bin eigentlich faul«, hatte sie gesagt. »Sie sollten mich sehen, wenn der Wecker klingelt.«

Er hatte sie angesehen, ein Lächeln umspielte seine Lippen. »Wann bist du denn gestern Abend ins Bett gekommen?«, hatte er gefragt. »Du bist erst nach elf Uhr hier weggekommen.«

»Ehrlich?« Sie hatte auf ihre Zehen geschaut.

Sie standen im Esszimmer, das jetzt sogar nach Ginevras anspruchsvollen Vorstellungen picobello war, und bei der Erinnerung an das Gespräch errötete Cate.

Tiziano behielt sie also im Auge, oder was?

Sie dachte daran, wie der Venezianer am Fenster des Apartments saß, das extra für ihn im Erdgeschoss umgebaut worden war. Schallgedämpft, mit einem Klavier, Rampen und einem behindertengerechten Badezimmer. Er saß am Fenster und beobachtete.

Sie war wirklich gegen elf Uhr gegangen. Das Esszimmer war leer gewesen, Ginevra und Nicki waren schon zu Hause. Warum fand Cate es plötzlich so wichtig, diese Dinge klarzustellen? Loni Meadows war bei einem Autounfall gestorben, so einfach war das.

Aber es war ihre letzte Nacht gewesen, und es musste wichtig sein.

Und Cate fragte sich, ob es da draußen irgendjemanden gab, der Fragen zu Loni Meadows' Tod stellte, oder ob sie sie selbst stellen müsste.

Als Luca Gallo ihn zurückrief, irgendwann gegen neun Uhr morgens, hatte Sandro bereits einen Kaffee getrunken, die Zeitung vor sich aufgeschlagen und wusste schon, was der Mann ihm sagen würde.

Wenn Luisa da gewesen wäre, hätte sie es ihn erklären lassen und ihm geholfen, seine Gedanken zu sortieren.

»*Was* genau weißt du?«

Sie hätte ihn herausgefordert, über seine Schulter auf die vor ihm aufgeschlagene Zeitung gesehen. Sie hätten zusammen am Küchentisch gesessen, er wäre früh wegen der Zeitung und des Gebäcks rausgegangen, Luisa hätte pünktlich zu seiner Rückkehr Kaffee gekocht.

Da stimmt was nicht, hätte Sandro gesagt und nicht ihn und Luisa gemeint, denn in einer idealen Welt hätte es das Gespräch von gestern Abend nie gegeben. Nein, er hätte auf die Zeitung getippt und gesagt: *Da stimmt was nicht. Ich wusste schon damals, letzten Sommer, dass da irgendwas faul war.*

Er war hungrig, hatte aber keinen Appetit.

Luisa und er hatten an diesem Morgen kaum ein Wort gewechselt. Als Sandro gegen drei Uhr früh nach Hause gekommen war, nachdem er Carlotta Bellagamba bis nach Galluzzo gefolgt war, war er leise in die Wohnung und ins Bett gegangen. Luisas Reisetasche stand neben der Schlafzimmertür, gepackt und bereit zur Reise, auch wenn sie erst am Montagmorgen nach New York flog.

Als Luisa kurz vor acht zur Arbeit ging, hatte Sandro im Bett gelegen und so getan, als schliefe er. Er fand, wenn er nicht wusste, was er zu ihr sagen sollte, wäre es am besten, gar nichts zu sagen. Aber er konnte nicht schlafen, egal, wie sehr er Schlaf brauchte. Und als er so dalag, drückten ihn Hunderte von Fragen. Die nagenden Fragen über Luisas Reise (*Warum hat sie es mir nicht früher erzählt? Wie lange wusste sie es schon? Hat sie ein Visum, ist ihr Pass gültig?*) verdrängte er, aber andere drängten sich ihm auf. Und schlussendlich hieß es einfach: Wäre er je gut darin?

Nur Minuten, nachdem die Tür hinter Luisa ins Schloss gefallen war, war Sandro aufgestanden. Sein Kopf dröhnte, trotzdem war er um 8 Uhr 30 im Oltrarno. Heute Morgen waren der Marmor und das Glas des Rivoire und die wissenden Blicke der Barista und Luisa direkt um die Ecke nichts für ihn. Er hatte Giuli eine SMS geschickt, um ihr zu sagen, dass er in der schäbigen Kaffeebar namens Caffè Medici saß, an der Piazza Santo Spirito, nicht weit von Giulis Zimmer in der Via della Chiesa entfernt. Es war ein Ort, an dem niemand zu Sandro käme, ihm auf die Schulter klopfen und fragen würde, wie es Luisa ging. An der Theke trank einer der örtlichen Süchtigen zitternd und mit glasigen Augen einen *caffè latte*. Sandro las an seinem Platz *La Nazione*.

Die Geschichte stand auf der dritten Seite, zusammen mit zwei Fotos. Sandro las sie ein Mal, zwei Mal, dann ein drittes Mal und bewegte seine Lippen bei bestimmten Wörtern, und schließlich legte er die Zeitung flach auf den Tisch.

»Die fünfundfünfzigjährige Frau, die gestern Morgen in der Provinz Grosseto in ihrem Autowrack in einer Schlucht gefunden wurde, wurde als Dottoressa Leona Meadows-Mascarello identifiziert, die Direktorin des gefeierten Kunstprojekts der Orfeo-Stiftung, das seit zweiundzwanzig Jahren im Castello Orfeo besteht. Die Amerikanerin Dottoressa Meadows-Mascarello, die sich anscheinend allein im Auto befand, war seit sieben Monaten Direktorin. Sie war mit Giuliano Mascarello verheiratet, dem bekannten Menschenrechtsanwalt aus Florenz, der von dem Tod seiner Ehefrau informiert wurde. Es wird angenommen, dass der Unfall freitags in den frühen Morgenstunden passiert ist und dass kein anderes Fahrzeug daran beteiligt war.«

In Sandros Kopf bewegte sich etwas, drehte sich, zeigte sich ihm. Ein alter Trick, den sein Gehirn über die Jahre der Polizeiarbeit gelernt hatte. Man denkt, ein Fall ist erledigt und vorbei und war sowieso nie wirklich wichtig, aber wenn nötig, dann geht diese kleine Schublade im Aktenschrank des Gehirns auf, einfach so. Als er gestern Morgen zum ersten Mal gehört hatte, dass Gallo ihn angerufen hatte, hätte er Schwierigkeiten gehabt, den Namen des Angestellten zu nennen, den er für die Orfeo-Stiftung hatte überprüfen sollen. Jetzt hätte er dem gelangweilt aussehenden Barista im Medici, der gerade versuchte, den latte-trinkenden Junkie rauszuwerfen, das Geburtsdatum und die Augenfarbe der Frau nennen können.

Leona Meadows, genannt Loni, Architektin, Bildhauerin, Kulturkritikerin. Geboren am 4. Juni 1952 in Topeka, Kansas. Hat Architektur studiert an der Columbia University und der Sorbonne, Paris, war 1972 nach Florenz gekommen, um an der Accademia di Belle Arti ihre Doktorarbeit zu schreiben, heiratete 1979 Giuliano Mascarello, war Gastlektorin am Courtauld Institute, London, 1981–82 und am Fashion Institute of Technology, New York, 2000–01. Ihre Arbeiten wurden ausgestellt in San Francisco, Rom, Florenz, Nizza, London. Exzellente Kreditwürdigkeit, sauberer Führerschein, keine schwebenden Insolvenzverfahren, keine Polizeiakte. Keine Kinder.

Gestorben: 18. Februar 2007.

Augenfarbe: Blau.

Was hatte er über sie herausbekommen? Nur das, worum

man ihn gebeten hatte: Dass ihr Lebenslauf, all ihre Referenzen, Daten und Qualifikationen korrekt waren, bei allen Institutionen, die sie angegeben hatte, gab es Unterlagen über sie, alle genannten Galerien hatten ihre Arbeiten tatsächlich zu dem genannten Zeitpunkt ausgestellt. Dass ihre Augen tatsächlich blau waren. Das überflüssige Urteil, das Sandro gefällt hatte, als er sich das Passfoto angesehen hatte, das an den Unterlagen, die Luca Gallo ihm letzten Sommer geschickt hatte, anhing, war, dass Loni Meadows' Augen vom faszinierendsten Blau waren, das er je gesehen hatte.

Die Kreditüberprüfung und die der Polizeiakten hatte er heimlich machen lassen, indem er bei seinen Exkollegen an der Porta al Prato einen längst überfälligen Gefallen einlöste. Das machten Leute ständig.

Sie ist vor ungefähr dreißig Stunden gestorben, überlegte Sandro, also hat Luca Gallo, der Verwalter der Orfeo-Stiftung, Sandro praktisch sofort, nachdem er vom Tod der Dottoressa erfahren hatte, angerufen.

In Ordnung, sagte sich Sandro, *irgendwas ist hier faul*.

Wenn nur Luisa hier gewesen wäre, aber das war sie ja nun nicht. Und zum ersten Mal seit Wochen, vielleicht seit Monaten, spürte Sandro als körperliche Reaktion auf die Herausforderung, wie sich der Knoten in seinem Bauch ein winziges bisschen löste. *Da steckt irgendwas dahinter*.

Und dann hatte Luca Gallo angerufen. Sie hatten ungefähr fünf Minuten miteinander gesprochen. Durch den Zeitungsartikel hatte Sandro eine Ahnung gehabt, worum es gehen würde, und er hatte das Gefühl, dass seine Fragen warten konnten. Sie hatten ein Treffen um 10 Uhr 30 bei einer Adresse nördlich von Santa Croce vereinbart. Sandro legte auf und rief dann sofort den Vater von Carlotta Bellagamba an. Es dauerte nicht lange.

»Hallo, Boss.« Die Stimme war fröhlich, heiser durch den Schlafmangel, Giulis Stimme. Er schaute hoch und sah sie an der Theke stehen. Sie knöpfte ihren Mantel auf und bestellte mit einem Nicken beim Barista einen Kaffee. »Das ist meine Stammkneipe, woher wusstest du das?«

Das hatte er nicht gewusst. »Es gibt eine Planänderung, Giuli«, sagte er.

Kapitel 9

Cate stand unter den Bäumen und beobachtete, wie Luca Gallo wegfuhr. Die Autoabgase bildeten Wolken in der eiskalten Luft, die Landschaft um sie herum war still, weiß vor Frost, und der Himmel über ihr war wunderschön blassblauviolett.

Hinter ihr erhob sich die hohe graue Masse des Schlosses und hielt aufmerksam nach heranrückenden Feinden Ausschau. Cate dachte, dass man vom obersten Stockwerk aus bis zum Fluss sehen müsste, man müsste bis an die Stelle sehen können, an der Loni Meadows gestorben war. Lucas Wagen war jetzt außer Sichtweite.

Cate hatte das Sagen. Das war doch ein Witz, oder? Als könnte sie der Truppe in der Küche, die flüsterte und keifte und schwieg, sobald sie auftauchte, etwas sagen. Ganz zu schweigen von den Gästen. Aber sie musste es ernst nehmen, selbst wenn sie es nicht taten. Luca vertraute ihr.

Als sie vorhin im Esszimmer fertig gewesen war, hatte Cate, die Schürze in der Hand, an der Küchentür gezögert. Sie hatte laute Stimmen gehört.

»Wo ist sie hingefahren, das würde ich gern wissen.« Ginevra, ihre Hände sicherlich in die Hüften gestemmt, die Unterlippe vorgeschoben.

»Zu dem Liebhaber nach Pozzo.« Mauro.

»Welcher Liebhaber?« Nicki, verschlafen wie immer, die anderen hatten alle gelacht.

Plötzlich hatte Cate nicht mehr zuhören wollen und auch ganz sicher nicht die Tür öffnen und sich von allen anstarren lassen. Sie hatte die Schürze in eine Schublade des Sideboards gestopft und war durch das Gartentor hinausgegangen.

Sie hatte das gefrorene Gras bis zur Terrasse überquert, wo die Gäste im Sommer unter einer Pergola aßen, war durch die Hecke hinaus- und um das hübsche Pförtnerhaus aus Ziegelstein herumgegangen, in dem sich Lucas Büro und Wohnung befanden. Ein unbekanntes, kleines, schwarzes Auto mit dem Emblem einer Mietwagenfirma auf der Fahrertür parkte auf dem Kies davor. Als sie näher kam, war die Bürotür geöffnet worden, und Luca war herausgekommen, einen Stapel Akten in den Händen. Cate war überrascht gewesen, dass er einen Anzug trug. Sie hatte ihn noch nie in etwas anderem als karierten Hemden und Cargohosen gesehen, nicht mal gestern, als er sich vor ihnen allen im Esszimmer aufgebaut und erklärt hatte, dass die Direktorin tot sei.

»Caterina«, hatte Luca gesagt und geseufzt. »Ja. Nur eine Minute.« Er hatte die Tür abgeschlossen und ihr den Schlüssel gegeben. »Es tut mir leid wegen gestern, Cate. Ich habe den ganzen Abend am Telefon verbracht, mit dem Büro in Baltimore. Wegen der Anzeige wegen eines neuen Direktors und eines neuen Praktikanten.«

»Oh«, hatte Cate gesagt, überrascht, dass sie nicht besonders enttäuscht war.

»Es ist in Ordnung«, hatte er mit einem leichten Lächeln gesagt. »Ich habe ihnen erklärt, dass es im Moment nicht dringend ist, und auch, dass du ein echter Schatz bist und wir dich behalten müssen.«

Cate hatte verlegen gelächelt. Er hatte ihr auf die Schulter geklopft. »Ich muss nach Florenz. Nur für den Vormittag, hoffe ich. Ich muss jemanden treffen.«

»Ja?«

Er hatte die Stirn gerunzelt, und sie hatte gesehen, dass er darüber nachdachte, wie viel er ihr erzählen sollte. »Ach, eigentlich ein paar Leute.« Er hatte tief Luft geholt. »Ich muss den Ehemann von Dottoressa Meadows treffen.«

»Weiß er es noch nicht?« Cate war entsetzt gewesen.

»O doch«, hatte Luca düster erwidert, »er weiß Bescheid. Er, na ja. Es gibt Dinge, über die wir sprechen müssen.«

»Ich verstehe«, hatte Cate gesagt. Sie wusste, wann sie den Mund halten sollte.

»Du kommst doch den Vormittag über klar? Vielleicht bis zum frühen Nachmittag. Für heute war ein Ausflug nach Pienza geplant, aber ich habe den Minibus abgesagt. Ich nehme nicht an, dass irgendjemand fahren will. Die Gäste müssen aber natürlich informiert werden, kannst du das beim Kaffee tun?« Er sah auf seine Uhr. »In einer halben Stunde? Ich muss jetzt wirklich los.«

»Natürlich«, hatte Cate gesagt und daran gedacht, wie ungern sie die unglücklichen Gesichter sehen und wie ungern sie so tun wollte, als hätte sie das Sagen.

»Nur ein paar Stunden«, hatte Gallo gesagt, als hätte er ihre Gedanken gelesen. »Ich werde spätestens Mitte des Nachmittags wieder da sein.«

Und dann war der kleine, schwarze Wagen mit dem Logo auf der Tür weggefahren.

Cates Handy vibrierte in ihrer Tasche. Sie hatte es leise gestellt, das schien ihr professioneller. Ohne es herauszunehmen, wusste sie, dass es Vincenzo war.

Die Bibliothek war leer, als sie für den Kaffee deckte, und Cate fragte sich, ob die Gäste heute vielleicht gar nicht auftauchen würden.

Aber als sie zehn Minuten später mit Ginevras harten *cantucci* zurückkehrte – eines Tages würde man sie verklagen, hatte Luca gewarnt, wenn sich irgendwer mal einen Zahn ausbeißt –, war Tiziano da, sein Rollstuhl stand am Fenster. Er konnte gerade so nach draußen sehen. Hier waren die Fensterbänke niedrig genug. Cate fragte sich manchmal, wie er sich immer unter Kontrolle hielt. Würde sie in einem Rollstuhl sitzen, wäre sie ständig wütend über all die Dinge, die sie nicht tun könnte. Sie ging mit einem Teller voller Kekse zu ihm und schaute aus dem Fenster, wo sie Michelle und Tina in Steppmänteln auf der Wiese sahen, jede mit einer Tasse Kaffee.

»Wahrscheinlich ist es da draußen wärmer«, sagte Tiziano wehmütig und sah zu ihr auf.

»Ich kann Sie rausfahren, wenn Sie wollen«, sagte Cate schnell.

Er zuckte mit den Schultern. »Das könnte ich auch selbst, wenn ich wollte«, erwiderte er ruhig und sah sie an. »Ich bin darin ziemlich gut, weißt du?«

Das war er auch. Sie hatte ihn die Wege entlangflitzen sehen, schneller als die meisten Fußgänger. Irgendwer hatte gesagt, dass er bei den letzten Paralympics Basketball gespielt hatte.

»Oh, ich wollte nicht, ich weiß …« Ihre Augen juckten, und ihr wurde heiß.

Beruhig dich, dachte sie, weinen ist lächerlich. Diese ganze Sache setzte ihr zu. Ihre Mutter würde mit zischender Ablehnung sagen: *Natürlich bis du nicht gut darin, Verantwortung zu tragen, Caterina Giottone, du bist genau wie dein Vater. Dieses ganze Freier-Geist-Gerede ist ja recht nett. Du brauchst aber etwas, dass dich anbindet.*

Vincenzo versuchte, sie anzubinden. Er hatte wütend geklungen, aber gerechterweise musste man sagen, dass er auch so klang, als bemühe er sich, sich unter Kontrolle zu bekommen. »Aber was ist denn genau los?«, hatte er verärgert gefragt. Sie hatte es erklärt.

»Das ist eine gefährliche Straße«, hatte er nüchtern gesagt. »Gerade um diese Jahreszeit. *Madonna.*« Dann eine Pause. »Bist du durcheinander?«

Cate hatte darüber nachgedacht. »Ein bisschen«, hatte sie gesagt. »Es geht mir gut.«

»Du mochtest sie, oder?«

Das hatte sie überrumpelt. »Ich glaube schon, ja«, hatte sie schließlich geantwortet. »Sie war eine Schlange, aber, ja, ich mochte sie.«

Tiziano sah sie an. Habe ich das wirklich gesagt, fragte sie sich? Sie war aber *wirklich* eine Schlange gewesen. Es war Cate nie bewusst geworden, bis jetzt, da sie fort war. Sie hatte es nicht gewagt, es auszusprechen. Aber mochte ich sie? Vielleicht habe ich sie bewundert, sie widerwillig respektiert, und wenn sie am Esstisch witzig war, wenn sie alle mit irgendeiner Geschichte um den kleinen Finger wickelte – ja, dann mochte sie sie.

»Ich meinte nur, falls Sie Gesellschaft wollen«, sagte sie zu Tiziano und riss sich wieder zusammen.

»Eigentlich bevorzuge ich die heute Morgen hier drinnen«, sagte Tiziano nachdenklich und sah zu Michelle und Tina. »Die beiden – na ja. Zusammen sind sie ein bisschen heftig. Ein paar gotische Hexen, die Flüche ausstoßen.«

Cate wusste, dass sie nicht zustimmen sollte. Sie lächelte in die Düsternis. »Mm – hm«, sagte sie. »Ich habe Tina weinen sehen. Michelle hat – ich nehme an, sie tröstete sie.« Sie zögerte. »Sind sie, äh, ein Paar, was meinen Sie?«

Tiziano schaute sich mit gespielter Überraschung um, dann hatte er Mitleid. »Nein. Kein Paar.« Cate wurde bewusst, dass sie ihn alles fragen konnte, und er wusste die Antwort. Er saß in diesem Rollstuhl, sein Gehirn arbeitete, und er hatte viel Zeit, um zu beobachten und zu lernen.

»Was denn dann?«, fragte sie. Konnte sie ihm vertrauen, dass er Luca nicht erzählen würde, dass sie unpassende Fragen stellte? Sie glaubte, sie konnte es. Jetzt war es sowieso schon zu spät.

»Nun«, sagte Tiziano, »ich muss sagen, dass Tina nur an ihrer Arbeit interessiert ist. Zwischenmenschliche Beziehungen sind nicht ihr Ding. Nicht gerade gesund, aber Künstler sind das ja oft nicht. Selbst die nichtbehinderten.«

»Aber sie weinte«, sagte Cate trotzig.

Tiziano zuckte mit den Schultern. »Loni arbeitete im selben Bereich, oder nicht? Eine Bildhauerin, früher, bevor sie Kritikerin wurde. Vielleicht haben sie darüber Kontakt geknüpft.«

Cate sah ihn an. Sie kaufte es ihm nicht ganz ab und fragte sich, ob sie alle so viel über die Karrieren der anderen wussten, wie Tiziano es offensichtlich tat. Er hatte seine Hausaufgaben erledigt. »Und Michelle?«

»Michelles Hauptgefühl ist Wut, findest du nicht?« Tiziano schaute zu Cate auf, seine Augen lebendig und interessiert. »Wut, nicht Liebe. Obwohl ich nicht glaube, dass sie schon immer so war.«

So wie sie früher auch mal hübsch gewesen war. Cate nickte, und zusammen sahen sie zu den Frauen hinunter. »Ich glaube aber, dass sie Tina mag«, sagte sie.

»Da gibt es eine Verbindung«, erwiderte Tiziano. »Sicher. Vielleicht fehlgeleitete Mutterliebe. Vielleicht hätte Michelle einen anderen Weg einschlagen und in ein Bauernhaus in Woodstock oder sonst wohin ziehen und Kinder bekommen sollen. Wozu nutzt Kunst überhaupt?« Er klang jetzt selbst fast wütend. »Wozu? Wer liest Michelles Gedichte? Sie hat mir gesagt, dass von ihrem letzten Buch tausend Exemplare verkauft worden sind, weltweit. Die Musikliebhaber, die Leute, die kommen, um mir zuzuhören, mit ihren selbstgefälligen Mienen, sind sie wichtig? Manchmal möchte ich den Stuhl, so schnell ich kann, von der Bühne fahren und mich auf die erste Reihe stürzen, bloß um ihren Gesichtsausdruck zu sehen.«

»Das denken Sie doch nicht wirklich«, sagte Cate.

Er hob seine Tasse fröhlich an die Lippen und deutete nicht an, ob er einen Witz gemacht hatte oder nicht. »Vielleicht nicht«, sagte er und lächelte.

Draußen auf dem Gras hatte Tina ihre Tasse auf den Gartentisch gestellt, an dem die Gäste im Sommer sitzen und den Sonnenuntergang betrachten konnten. Ihre Haare wirkten glatter und farbloser denn je, ihre Lippen waren blass. Sie zog die Schultern hoch, und wegen der Kälte rieb sie die Hände aneinander. Sie beugte ihren Kopf, Michelle nickte abrupt, und Tina lief auf das Atelier zu.

Tiziano hatte recht: Michelles komplette Körpersprache, als sie dastand, die Arme um sich geschlungen, und Tina beobachtete, wie sie fortging, war die von Wut. Und als sie sich umdrehte und zum Fenster hinaufsah, war ihr Gesicht starr.

»Aber warum ist sie so wütend?« Sie drehte sich zu ihm um, nahm ihm die leere Tasse sanft ab.

»Ach das«, sagte Tiziano und schaute weg. »Es ist … nun. Das solltest du sie fragen.«

Cate lachte. »Michelle fragen? Sind Sie wahnsinnig?«

»Ich nicht«, sagte Tiziano. Er drehte den Rollstuhl um und fuhr zurück zum Tisch.

Cate blieb dabei. »Wissen Sie es?« Vom Fuß der Treppe hörte man das Quietschen, als die Tür nach draußen geöffnet wurde. Michelle. »Ist es die Kinder-Sache?« Und obwohl sie zunächst gedacht hatte, dass es ein merkwürdiger Vorschlag von Tiziano gewesen war, konnte sie sich Michelle plötzlich als Mutter vorstellen, eine von der wütenden Sorte, von der Sorte, die plötzlich zärtliche Anwandlungen bekamen und heftig umarmten.

»Vielleicht hat es damit zu tun«, sagte Tiziano, ohne leiser zu sprechen. »Aber nicht nur. Sie hat spät geheiratet und ist früh Witwe geworden. Ihr Ehemann war Komponist, sie hatten sich gemeinsam für den Aufenthalt hier angemeldet.«

Cate starrte ihn an und dachte über das, was er gerade gesagt hatte, nach. Sie hatte nichts von diesem großen Verlust gewusst. Und dann stand Michelle in der Tür, und als sie Tiziano sah, entspannte sich ihr düsteres Gesicht fast zu einem Lächeln. »Hey, Baby«, sagte sie rau.

»Ich habe dir gesagt, du sollst mich nicht so nennen«, erwiderte Tiziano grinsend.

»Ich denke, ich bringe mal etwas Kaffee nach oben«, sagte Cate und verließ die beiden.

Luca Gallo hatte einen Club in einer schmalen Straße nahe dem Markt von San Ambrogio für ihr Gespräch vorgeschlagen. Sandros Angebot, sich in seinem Büro zu treffen, hatte er abgelehnt. Sandro hatte die Wahl des Treffpunkts ohne Einwände akzeptiert, da »Büro« ein etwas pompöser Name für die zwei Zimmer in San Frediano mit Blick auf einen Baustoffhändler war. Vielleicht hatte Gallo so etwas vermutet.

Als Sandro darüber nachdachte, fragte er sich zum ersten Mal, warum Gallo ihn ausgewählt hatte, um Dottoressa Loni Meadows zu überprüfen, da der Auftrag doch leicht von einer der größeren und anonymeren Detekteien – mit einer schickeren Adresse – hätte erledigt werden können. Vielleicht war es eine Frage der Diskretion, und Sandro war auf jeden Fall diskret und bevorzugte die altmodische Art, Dinge zu erledigen. Sandro beobachtete die einheitlich gekleideten Angestellten des exklusiven Clubs argwöhnisch, während er in der holzgetäfelten Lobby wartete. Er war wie immer zehn Minuten zu früh da. Vielleicht, dachte er, war er auch paranoid.

Der Club befand sich nicht weit von Sandros und Luisas Wohnung entfernt, auch wenn Gallo als Grund für diesen Treffpunkt dessen Nähe zum Büro von Loni Meadows' Ehemann, jetzt Witwer, Giuliano Mascarello, genannt hatte. Sie würden vom Club zu dessen Büro gehen.

Es war ein frischer, kalter Morgen gewesen, als Sandro von zu Hause fortgegangen war, nicht ganz so strahlend und blau wie gestern, aber als er den Fluss überquerte, war das Licht golden auf das weiche Gelb der Fassade des Palazzo Corsini gefallen, und Sandro hatte sich fast erlaubt, an den Frühling zu denken. Allerdings war ihm dann eingefallen, dass er sich unter normalen Umständen über Ostern einen Ausflug an die Küste mit Luisa oder so vorgestellt hätte, die Azaleen, die auf dem Mittelstreifen der Autobahn blühten, ein Picknick im Boot. Und jetzt war die Andeutung der neuen Jahreszeit bereits wieder verschwunden, der Himmel war düster und wolkig geworden, der Wind heftig, als er den Hügel des Borgo Pinti in Richtung des Circolo Boheme hinaufging.

Eine professionell freundliche, junge Frau in einem Anzug hatte ihn begrüßt und gefragt, ob er noch warten wolle. Das Dekor wirkte, als stamme es direkt aus einem Sherlock-Holmes-Film: Die Lobby war holzgetäfelt mit Regalen, auf denen Wein präsentiert wurde; durch einen roten Samtvorhang, der zum Hauptraum des Clubs führte, konnte Sandro vergoldete und in Leder gebundene Bücher sehen und einige niedrige Ledersessel. Es schien recht leer zu sein, wenigstens gab es kein Problem mit unerwünschten Zuhörern.

Er hatte Giuli sofort gesagt, dass sie doch nicht gemeinsam zu Carlotta Bellagambas Eltern gehen würden. Heute nicht. Giuli hatte nur ein kleines bisschen niedergeschlagen ausgesehen, als er ihr gesagt hatte, dass er sie bei seinem Treffen mit Gallo auch nicht brauchen werde. Vielleicht war es besser so, angesichts der Umstände. Giuli hätte sich hier unwohl gefühlt, der Club hätte sie noch mehr verwirrt als ihn.

»Ich habe schon mit Bellagamba gesprochen«, hatte er kurz gesagt, um ihre Enttäuschung zu verdrängen. »Ich habe ihm gesagt, dass du gerne kommen und ihm Bericht über unsere Fortschritte mit seiner Tochter erstatten würdest, aber es war eigentlich wenig Wichtiges zu sagen. Er scheint allein schon deshalb, weil er uns engagiert hat, glücklicher zu sein. Wir haben vereinbart, dass er sich bei uns meldet, wenn sie am Wochenende wieder ausgeht. Also, bei dir.«

Bellagamba, ein Mann weniger Worte, hatte seine Zustimmung gegrummelt. Sandro nahm an, dass er vor allem erleichtert war, dass seine Tochter sicher zu Hause in Galluzzo war und ihre Hausaufgaben machte. Sandro hatte ihm Giuli so kühn wie möglich als seine Partnerin bei der Überwachung vorgestellt, und anscheinend war sie akzeptiert worden. Giuli war darüber froh.

»Und du?«, hatte sie gesagt. »Du gehst doch nicht wirklich weg?«

Er hatte verlegen mit den Schultern gezuckt. »Mal sehen, was Gallo sagt. Er hat allerdings darum gebeten, zu ihm zu kommen, falls es mir möglich ist, die Stadt zu verlassen.«

»Aber was ist mit dem Büro?«, hatte sie gefragt.

»Da ist das Laptop«, hatte er gesagt und war in diesem Augenblick absurd stolz darauf gewesen, dass er Giulis Betteln nachgegeben und dieses verdammte Ding gekauft hatte. Ganz zu schweigen von all dem Zubehör, erweiterter Akkuzeit, mobilem Internet. Er hatte damals das Gefühl gehabt, dass er zum Kauf überredet worden war. »Ich kann es mitnehmen.« Giuli hatte ihn skeptisch angesehen. »Und ich werde die Anrufe auf dein Handy umleiten. Es werden nur ein paar Tage sein, und morgen ist ja sowieso Sonntag. Es ist eher unwahrscheinlich, dass Bellagamba dich bitten wird, dem Mädchen morgen zu folgen.« Ein Seufzer. »Ehrlich, Giuli. Du hast es selbst gesagt: Du bist besser darin, dem Mädchen zu folgen, als ich. Und ich will diesen Auftrag. Das ist ein echter Auftrag.«

Und das war's. Die Stadt zu verlassen, das bedeutete einen oder zwei Anrufe, eine einzige, technische Anpassung. Wenn Luisa es konnte, dann konnte Sandro es auch. Machen sich aus dem Staub, so hatte sie es genannt, oder nicht? *Manche Frauen machen sich einfach aus dem Staub.*

Aus irgendeinem Grund tauchte das Bild seiner eigenen Mutter vor ihm auf, die mit hochgekrempelten Ärmeln stirnrunzelnd zwischen ihren Bohnen- und Artischockenreihen kniete und nach Schnecken suchte. Sie streckte eine Hand aus, um ihn, ihr einziges Kind, neben sich zu ziehen. In der Erde verwurzelt, wie Luisa es nicht war. Aber er hatte Luisa nicht geheiratet, weil sie wie seine Mutter war, oder? Selbst wenn sie sich in bestimmten Dingen ähnelten. Er hatte sie wegen ihres Temperaments geheiratet, schnell wütend, schnell besänftigt, wegen ihres scharfen Verstandes und der weichen Haut ihres wunderbaren, blassen Halses.

»Hast du es Luisa erzählt?«, hatte Giuli gefragt und ihn mit gerechtfertigter Skepsis angesehen.

Sandro hatte gezwinkert. »Na ja, das werde ich natürlich noch tun«, hatte er gesagt. »Gib mir etwas Zeit, ich habe es ja selbst gerade erst erfahren.«

»Du hattest gestern Abend schon eine Ahnung«, hatte sie gesagt. »Wann fliegt sie weg?«

»Montag«, hatte er gemurmelt. Er wollte nicht daran denken. »Sie kommt Mittwoch spät abends zurück. Ich werde dann auch wieder da sein. Wahrscheinlich.«

»Und wenn nicht? Dann könnte fast eine Woche vergehen, ohne dass du sie siehst.«

Sandro hatte daran eigentlich nicht denken wollen. »Sie hat gesagt, dass uns diese Zeit der Trennung guttun würde.« Er hörte selbst, dass er wie ein verwöhntes Kind klang. Er räusperte sich.

»Und außerdem geht es um den Auftrag. Sie wollen mich da unten haben. Fragen müssen gestellt werden. So sieht es wenigstens aus.«

Giuli hatte ihre Schultern hochgezogen und in ihre leere Kaffeetasse gestarrt. Er hatte ihr ein Gebäckstück angeboten, aber sie wollte es nicht; sie war erschöpft und distanziert. Diese Geschichte mit Luisa – man konnte meinen, Giuli wäre noch ein Teenager, ihr Teenager. Sie waren mit ihrer Wut klargekommen, dem Zorn eines vierzigjährigen Kindes, und mit den Zitteranfällen, die auf den Entzug und das Gefängnis folgten. Sie verließ sich inzwischen auf sie. Liebte sie sie? Und jetzt hatte sie Angst, dass sie verlassen werde. Sandro hatte sagen wollen: Sei doch nicht dumm. Aber die Wahrheit war, dass er es nicht wusste. Er hatte sich schlecht gefühlt.

»Haben die keine Polizei, die bei Autounfällen ermittelt?«, hatte sie gefragt.

Daraufhin hatte er nur geknurrt. »So einfach ist es nicht«, war alles, was er erwidert hatte. Und er kannte die Einzelheiten nicht, das war die Wahrheit.

»Du sprichst besser mit ihr«, hatte Giuli trotzig gesagt, bevor sie davongeschlurft war. Aus der Kaffeebar zurück ins Bett, nahm er an. Es war schließlich spät geworden. Sandro wollte nicht daran denken.

Er würde sie anrufen, sobald er Zeit hätte. Er hatte einfach noch keine Minute Ruhe gehabt. Widerwillig nahm er sein Handy in der Lobby des Clubs heraus und starrte es an. Da traf Luca Gallo ein.

Sie hatten letzten Sommer nur E-Mails geschrieben, aber Sandro hatte immer noch den Eindruck von Effizienz, einem höflichen Schreibstil und der Stimme, deutlich, weich, tief, überzeugend. Als Person war Gallo ein kompakter Mann mit Bart, der sich in seinem Anzug unwohl zu fühlen schien. Noch dazu war er nervös. Er trug eine Aktentasche und einen Arm voller Unterlagen.

Die Managerin führte sie durch die Tür hinter dem Vorhang an einen Ecktisch. Der Club war genau so, wie Sandro ihn sich vorgestellt hatte, vollkommen leer. Aus einem Nebenzimmer hörte man gedämpftes Klappern des Bestecks. Sandro sagte sofort, dass er die Zeitung gelesen hatte.

Gallo fuhr mit den Händen über seinen fast kahlen Kopf, dann seufzte er. »Dann wissen Sie ja Bescheid.«

»Es geht also um sie? Um Dottoressa Meadows.« Sandro wollte nichts überstürzen.

Gallo legte seine Finger wie zu einem Zelt zusammen. »Es geht um sie, ja. Um ihren … Tod.«

Sandro betrachtete ihn. »In der Zeitung sieht es so aus, als wäre es ein Unfall gewesen. Haben Sie mit der Polizei gesprochen?«

Gallo nickte. »Sie erklären, dass es, soweit sie das sagen können, eine klare Sache ist. Sie hat die Kontrolle verloren, ist auf einer vereisten Straße zu schnell gefahren. Sie machen heute Morgen die Autopsie. Sie sagen, es ist eine gefährliche Straße, es gibt Warnschilder, aber …« Er hob die Hände. »Was kann man schon tun? Das ist die Meinung der Polizei. Menschen sind Menschen und passen nicht immer auf.«

»Okay«, sagte Sandro. »Glauben Sie, dass die Polizei falschliegt?«

Gallo seufzte. »Ich glaube gar nichts«, sagte er müde. »Die Polizei meint, soweit es sie angeht, war es ein Unfall. Es gibt gewisse Umstände …« Er hielt inne. »Es gibt gewisse Fragen. Das Hauptproblem ist, nun ja, Sie werden das Problem sehr bald treffen.« Gallo legte beide Hände vors Gesicht. Der Mann brauchte Schlaf. Er ließ seine Hände sinken und sah Sandro resigniert an. »Das war falsch von mir. Ich hätte ihn nicht ein Problem nennen sollen. Der Mann trauert, natürlich tut er das.«

»Sie sprechen von Loni Meadows' Ehemann?«, fragte Sandro.

Gallo schaute über seine Schulter, und Sandro drehte sich halb um und sah die Frau, die sie an den Tisch geführt hatte und nun mit einem Tablett mit Kaffee näher kam.

War Sandro letzten Sommer, als er seine routinemäßige Überprüfung einer Angestellten durchgeführt hatte, aufgefallen, dass sein Objekt mit einem von Florenz' bekanntesten *avvocati* verheiratet war? Natürlich war ihm das aufgefallen. Mascarello war nicht mehr so hochkarätig wie noch vor zwei Jahrzehnten, aber er hatte einen Namen. Um ehrlich zu sein, war es eines der kleinen, hartnäckigen Fragezeichen des Auftrags gewesen, das Sandro um des lieben Friedens und etwas Geldes willen bewusst ignoriert hatte.

Warum sollte man eine Frau überprüfen, die in den Kreisen der Hochkultur gut bekannt sein musste, innerhalb dieser tratschenden, neugierigen Mafia aus Künstlern und Autoren und Dummschwätzern, vor denen man nichts verbergen konnte. Eine Frau, die außerdem über beste Beziehungen zu verfügen schien. Das war eine Frage, die er stellen musste. Zum richtigen Zeitpunkt.

Die lächelnde Frau stellte langsam das Kaffeegeschirr auf den Tisch, beugte sich zwischen ihnen vor. Sie roch nach Gardenien. Nett, dachte Sandro, der sich in seinem ganzen Leben noch nie von einer anderen Frau als Luisa angezogen gefühlt hatte. Doch, nett. Er wartete, bis sie den Raum wieder verlassen hatte.

»Und?«, fragte er ruhig.

»Ja«, sagte Gallo, »ich spreche von Giuliano Mascarello. Er denkt, sie wurde … er weigert sich zu glauben, dass es ein Unfall war.«

Sandro stieß die Luft aus. »Warum denn das?«, fragte er vorsichtig. »Trauer? Nicht wahrhaben wollen? Oder etwas Konkreteres?«

Gallo hob die Aktentasche hoch und stellte sie auf seine Knie. »Ich habe die vorläufigen Polizeiberichte hier. Aber Sie werden mir vergeben, wenn ich sie Ihnen jetzt nicht zeige. Sie sind offensichtlich privat. Ich muss sicher sein, dass … diese Ermittlungen Fortschritte machen. Und was Signor Mascarello angeht – er wird Ihnen seine Gründe nennen.« Dann seufzte Gallo wieder. »Er ist daran gewöhnt, dass alles nach seinem Willen geht, vielleicht gibt es da auch so etwas wie Schuldgefühle.«

»Schuldgefühle?« Sandro beugte sich vor und nahm seine Kaffeetasse. Der Kaffee war schwach, die bescheidenste Kaffeebar der Stadt servierte etwas Besseres. Selbst wenn das Mädchen nach Gardenien roch.

»Sie waren … entfremdet ist nicht das richtige Wort. Sie haben seit ein paar Jahren getrennte Leben geführt. Seit über zehn Jahren.« Gallo sah verlegen aus. »So habe ich das verstanden. Zumindest Loni ging sehr offen damit um.«

»Und er?«

»Er vielleicht auch. Ich habe mit ihm nie darüber gesprochen. Wir sind nicht … Ich kenne ihn nicht gut.« Gallo schnalzte ungeduldig. »Darum geht es ja auch gar nicht. Ich nehme an, dass ich deswegen glaube, er könne sich schuldig fühlen, weil er davon ausgegangen ist, dass sie immer da sein würde … und nun …« Gallos Schultern waren wieder besorgt hochgezogen. »Wir sollten zum Punkt kommen. Er will, dass ihr Tod untersucht wird.«

Sandro war einen Satz vorher hängengeblieben. *Er war davon ausgegangen, dass sie immer da sein würde*. So musste man doch leben, oder? Man konnte nicht ständig in Erwartung des Schlimmsten leben.

Ihm wurde bewusst, dass Gallo ihn ansah, und er riss sich zusammen. »Er will also, dass ihr Tod untersucht wird.«

Gallo erklärte: »Er hat davon gesprochen, einen Privatdetektiv zu engagieren. Ich habe ihm gesagt, dass Sie uns wärmstens empfohlen wurden und dass wir Ihre Dienste schon früher in Anspruch genommen haben. Für Routinearbeiten.«

»Er weiß, dass Sie seine Frau haben überprüfen lassen?« Sandro war erstaunt.

»Natürlich«, sagte Gallo knapp. »Das ist normal. Routine.«

Sandro schüttelte den Kopf, weil er sich ziemlich sicher war, dass es keine Routine gewesen war. Aber er sagte nichts.

Da war irgendetwas an Luca Gallo, das ihn störte: Er konnte den Mann nicht einschätzen. Glaubte er, dass Loni Meadows' Tod ein Unfall war oder nicht? Da war etwas, das er Sandro nicht erzählte. Sandro sagte es ihm.

Es gab eine lange Stille. Unter dem Bart sah Gallos rundes Gesicht blass und erschöpft aus.

»In Ordnung«, sagte er. »Ich nehme an, na ja, ich dachte, das hier wäre nicht der richtige Ort.« Er spähte in seine Aktentasche, nahm einen Ordner heraus und legte ihn auf den Tisch.

»Da war eine E-Mail«, sagte er, und langsam und zögernd zog er ein Blatt Papier heraus, sah es einen Augenblick an, legte es auf den Tisch und schob es zu Sandro hin. »Anonym. Äh, ungewöhnlich.«

Kapitel 10

Cate, die ein Tablett mit Kaffee trug, zögerte auf dem weichen, roten Stein des oberen Treppenabsatzes. Auf der einen Seite wohnte Alec Fairhead, auf der anderen Per Hansen. Beide Türen waren zu.

Eine Etage tiefer war die Tür zu Dottoressa Meadows' Räumen inzwischen nicht nur zu, sondern auch abgeschlossen. Cate hatte versucht, sie zu öffnen. Ihr wurde bewusst, dass sie immer mutiger wurde, obwohl das Klicken der Klinke, das im großen, stillen Gebäude widerhallte, ihr ein schlechtes Gewissen machte. Wer sollte sie schon deswegen zur Rede stellen, jetzt, da Luca fort war?

Sie nahm allerdings an, dass Ginevra nicht zögern würde, das zu tun.

Cate war schon oft hier oben gewesen. Sie und Nicki teilten sich das Ausliefern von Mittagessen und Frühstück, manchmal brachten sie den Männern Wäsche, die sie im Waschkeller vergessen hatten. Die Gäste sollten selbst ihre Wäsche waschen, aber diese beiden und Michelle erinnerten sich nur ab und zu daran. Tiziano und Tina hinterließen nie eine Spur. Tiziano beugte sich geschmeidig in seinem Rollstuhl vor und hob den Kram vom Boden auf. Und weder Nicki noch Cate halfen Michelle, da sie sie angeschrien hatte, sie sollten ihre Sachen in Ruhe lassen. Man brauchte ihr nicht den Hintern abzuwischen, sie war schließlich nicht geisteskrank. Das hatte sie gesagt.

Dazu fehlte aber nicht viel, dachte Cate. Die Frau war wirklich wütend, genau wie Tiziano gesagt hatte.

Cate war schon oft hier oben gewesen, aber jetzt war alles anders. Sie würde das Schloss nicht in ein paar Stunden verlassen, um auf ihrem *motorino* die Hügel hinunterzufahren zu Vincenzo, der im Dunkeln auf ihrer Türschwelle wartete, um mit ihr ins Kino zu gehen und über seinen Tag zu reden. Auf dem Treppenabsatz in der warmen Düsternis, die nach Wachs und Holz roch, fühlte es sich plötzlich so an, als säße sie in der Falle.

Alec Fairheads Tür war eigentlich immer offen, so verbrachte er jeden Tag, saß am Fenster, sah hinaus, der Bildschirm seines Computers blieb leer. Sie stellte dann den Korb mit dem Mittagessen in die Ecke seines Zimmers, und er drehte sich um und lächelte sie mit diesem müden, traurigen Lächeln an. Dieser Ort war seine letzte Chance, hatte Tiziano gesagt.

Per Hansens Tür war immer geschlossen, je weiter nördlich man in der Welt kam, nahm Cate an, umso mehr schloss man sich ein. Er schrieb Theaterstücke, das wusste sie, aber auch Drehbücher für Filme, um Geld zu verdienen.

Waren die beiden in ihren Zimmern? Sie zögerte. Vor ihr auf dem Treppenabsatz stand ein wunderschöner, alter Stuhl, der etwas Ägyptisches hatte, polierte, hölzerne Streben in einem geschwungenen X. Sie setzte sich hin.

Wann war das hier vorbei?, fragte sie sich. Wenn es einen neuen Direktor gab, wenn der Ehemann der Dottoressa gekommen war und ihre Sachen mitgenommen und das *piano nobile* einen neuen Bewohner hatte? Vielleicht würden sie es einem der Gäste geben. Ginevra hatte erzählt, dass es Schwierigkeiten gegeben hatte, weil Dottoressa Meadows es bekommen hatte. Das große, schöne Zimmer mit zwei Fenstern, den schweren, alten Möbeln, dem Frisiertisch mit Intarsien und dem vergoldeten Bett – ein Vermögen, hatte Ginevra erklärt. Die meisten Stücke stehen im *Catalogo delle Belle Arti*, und Loni Meadows hatte Nagellack auf dem Frisiertisch ausgekippt.

Beth hatte viel Zeit mit ihr da drinnen verbracht. Cate fragte sich, ob irgendwer Beths Telefonnummer in Amerika hatte. Luca wahrscheinlich. Hatte er sie angerufen, um ihr die Neuigkeit mitzuteilen?

Unten hörte Cate kurzes, aber lautes Gelächter. Michelle. Tiziano hatte sie wohl zum Lachen gebracht. Sie konnte sich nicht vorstellen, was er zu ihr gesagt haben konnte, was er mit Michelle teilte.

Als wieder Stille einkehrte, hörte sie andere Dinge. Hinter der Tür zu Alec Fairheads Zimmer erklangen weiche Töne wie Wasser, das über Kieselsteine floss. Sie hörte genauer hin. Ein Geräusch, das sie fast erkannte, dann fiel es ihr ein: das Klicken einer Computertastatur, nicht zögerlich, mit zwei Fingern, sondern eilig. Er schrieb. Sie dachte, es wäre besser, ihn nicht zu stören.

Hinter der Tür von Per Hansen – nichts. Cate stand auf, trat an die Tür, sodass ihre Wange fast das Holz berührte. Stille. Sie klopfte.

Vollkommene Stille. Cate machte vorsichtig einen Schritt zurück, das Tablett vor sich.

»Mr. Hansen?«, sagte sie. Und dann – obwohl sie sich fragte, ob es nur ihre Fantasie war – nach einem Geräusch wie einem leisen Knurren öffnete sich die Tür vor ihr abrupt, und da stand er, barfuß, in einem Pullover und mit geröteten Augen. Hinter ihm sah sie auf einem chaotisch überladenen Tisch eine halb volle Flasche Rotwein. Es war elf Uhr.

Einen Augenblick standen sie da, und er starrte sie düster an. Cate schwieg geschockt. Er riss sich zusammen. »Miss Giottone«, sagt er und sah auf das Tablett in ihrer Hand, als wüsste er nicht, was es war.

»Caterina«, sagte sie. »Es tut mir leid. Ich hoffe, ich habe Sie nicht gestört?«

Er lachte bitter. »Sie meinen, ob ich gearbeitet habe?« Sie zuckte lächelnd mit den Schultern. »Nein, ich habe nicht gearbeitet«, sagte er, die Bitterkeit war verschwunden, seine Stimme tonlos.

Sie schaute an ihm vorbei ins Zimmer, das aussah, als wäre ein Tornado hindurchgefegt.

Er folgte ihrem Blick und sagte dann: »Möchten Sie hereinkommen?« Er sah auf das Chaos in seinem Zimmer, als würde er nichts davon erkennen. »Überprüfen Sie mich, Caterina?«

»Ich habe Ihnen Kaffee gebracht.« Sie trat an ihm vorbei, hielt immer noch das Tablett in den Händen.

Sie konnte es nirgendwo abstellen. Jeder Zentimeter auf dem langen Tisch war bedeckt, eine halb volle Weinflasche und eine leere, die umgekippt war, Papier, Bücher, die offen dalagen, andere, die zu wackeligen Türmen gestapelt waren, zwei Weingläser mit getrockneten, roten Flecken, runde Flecken auf Papier. Ein Mantel lag auf dem Boden, die Schubladen einer Kommode waren alle geöffnet, und die Kleider hingen heraus oder waren hineingestopft. Der Kleiderschrank mit sperrangelweit geöffneten Türen war leer, abgesehen von einem dunklen Anzug. Das Bett war nicht gemacht.

Dieser Mann war verheiratet, er lebte doch nicht so?

Vorsichtig stellte Cate das Tablett auf dem Fußboden ab, reichte ihm eine Tasse. Sie sah nach hinten zur Tür und beschloss, dass Alec Fairhead es ohne seinen Kaffee schaffen müsste. Sie nahm sich selbst die andere Tasse.

»Sie waren – wütend«, sagte sie und dachte an das Geräusch, das sie gehört hatte. Sie sah sich im Zimmer um. Es war mehr eine Aussage als eine Frage.

Er sah in die Tasse. Dann nickte er.

»Ja«, sagte er schließlich. »Ich war wütend. Ich bin wütend.«

Als Cate nichts sagte, ihn nur aufmunternd ansah, fuhr er fort: »Ich bin mir nicht sicher, wie ich es auf Englisch ausdrücken soll, von Italienisch ganz zu schweigen. Ich mochte sie. Ich hatte – starke Gefühle für sie.«

Cate sah plötzlich ein Bild vor sich: den Esstisch, an dem sie diese Gäste sechs Wochen lang und sechs Tage die Woche bedient hatte, und Per Hansen, der Loni Meadows ansieht und mitten im Gespräch mit einem der anderen Gäste abgelenkt wird.

»Das hatten wir alle«, sagte Cate. So was sagte man eben. Per Hansen sah sie an. »Nein«, widersprach er, »überhaupt nicht.«

Cate wusste nicht, was sie sagen sollte, weil er natürlich recht hatte.

Er sah sie auf eine andere Art an. »Sie mögen unseren Tiziano, nicht wahr?«, fragte er.

Cate schaute ihn an. »Natürlich«, sagte sie ruhig.

Er schnaubte ungeduldig. »Ich meine aber nicht einfach nur *mögen*.« Er streckte die Hände aus. »Das Leben ist zu kurz. Das sagt man doch? Ein sehr gutes, englisches Sprichwort. Zu kurz, um nicht zu sagen, was man meint. *Mögen? Gern haben?* Schlappe, kleine Wörter.«

»Ich weiß nicht, was ich sagen soll«, erwiderte Cate. »Tiziano ist eine sehr besondere Person.«

»Er ist das Gegenteil von mir«, sagte Per abrupt. »Mein Leben ist ruhig gewesen. Ereignislos. Ich hatte alles, was ich wollte, aber ich war nicht ehrgeizig.« Cate nickte abwartend. Per holte tief Luft. »Ich bin vielleicht ein bisschen schwerfällig, reserviert, etwas gedankenlos und erkenne meine eigenen Gefühle nicht.« Er runzelte die Stirn, und sie sah, dass er keine Antwort erwartete. »Tiziano ist offen und kontaktfreudig, voller Energie, alles geht nach außen, bei mir geht alles nach innen.« Er setzte sich an seinen Schreibtisch, schob das Papier zur Seite und stützte seine Ellbogen auf das Leder. »Sie sollten bei Tiziano vorsichtig sein«, sagte er erschöpft. »Er ist nicht so, wie er wirkt.«

»Nicht?«, sagte Cate zögerlich, und plötzlich wurde ihr in dem warmen Zimmer ganz kalt. *Nein*, wollte sie sagen. *Erzähl es mir nicht, ruiniere es mir nicht*. Sie stellte die noch halb volle Tasse auf das Tablett.

»Wissen Sie, wie es passiert ist?« Per sah zu ihr hoch. »Der Unfall.« Sie schüttelte langsam den Kopf. »Eine Bombe«, sagte Per. »*Una bomba*. Es war ein Terroranschlag auf eine Bushaltestelle, an der er mit seinem Vater wartete, um zu einem Fußballspiel zu fahren.«

»Sein Vater starb«, flüsterte Cate.

Per nickte. »Er kann nicht so sein, wie er zu sein scheint«, sagte er, »nach so etwas.« Er schüttelte den Kopf. »Kann er wirklich so glücklich, so voller Entschlossenheit, so warmherzig sein? Nein.«

»Sie kennen ihn nicht«, sagte Cate stur.

»Niemand von uns kennt ihn«, meinte Per traurig. »Sie möchten gern von jedem das Beste glauben, nicht wahr, Caterina?«

Sie antwortete nicht, und nach einem Moment stand Per auf.

»Es tut mir leid«, sagte er. »Jetzt habe ich Sie aufgeregt. Ich wollte nur sagen, dass nicht alles so offensichtlich ist. Wir kennen Tiziano nicht. Sie kennen mich nicht.« Er ging zum Fenster hinüber, sah hinaus, und als er weitersprach, lag in seiner Stimme etwas, das tiefer ging als Zögern, etwas, das dem Schrecken nahe war. »Dahinten, haben Sie gesagt, nicht wahr? Sie ist dort hinten gestorben, direkt hinter dem Hügel. Knapp außer Sichtweite.«

»Ja.«

Sie trat neben ihn ans Fenster. Von hier aus konnte man den Hügel hinabsehen, über die Bäume, auf die schnurgerade Anfahrtsstraße zum Schloss. Man konnte den Fluss jedoch nicht sehen. Das Glas war alt und bildete Wirbel, die undichten Fenster ließen einen Luftzug herein, der Cate zum Zittern brachte. Der Himmel war strahlend weiß. Heute Abend wird es schneien, dachte sie.

»Ich kenne den Ort«, sagte Per Hansen, »wo die Straße einen Knick macht, am Fluss.«

»Sie kennen ihn?«

Aber bevor er antworten konnte, hörte man weit entfernt, aber deutlich, das Geräusch eines herannahenden Fahrzeugs. Sie drehten beide gleichzeitig den Kopf, zunächst war da nichts außer den nackten Hügeln, den starren Bäumen, links die Ecke vom Hausdach von Mauro und Ginevra, das sich zwischen zwei Hügel schmiegte, und das Geräusch.

Und dann tauchte es auf. Ein kleines, rotes Auto, leuchtend zwischen den frostigen Feldern. Sie beobachteten, wie es außer Sicht fuhr und dann wieder auftauchte. Wer auch immer es war, er fuhr sehr schnell.

»Das ist sie«, sagte Per tonlos wie zu sich selbst.

»Wer?«, fragte Cate leise, aber er hatte aufgehört zu sprechen, schob einfach nur seine Hände in die Taschen und schaute durch das Fenster. Sie stand noch einen Moment da, und als er nichts mehr sagte, sich nicht mal mehr zu ihr umdrehte, nahm sie das Tablett und ging.

Die Bibliothek war leer, sie räumte die Kaffeetassen weg und hörte draußen Stimmen, eine laute Frauenstimme redete in einer fremden Sprache. Spanisch, eine Sprache, von der Cate in ihrer Bewerbung angegeben hatte, dass sie sie fließend sprach. Sie hatte sie seit vier Jahren nicht mehr gesprochen, seit sie nicht mehr auf den Kreuzfahrtschiffen vor Miami arbeitete.

Cate stellte das Tablett ab und ging ans Fenster. Das kleine, rote Auto, das sie hatte kommen sehen, war schief auf der Wiese vor dem Schloss geparkt. Ein schockierender Anblick. Es war streng verboten, dort zu parken. Mauro lief ungelenk vom *villino* hoch, sein Gesicht rot vor Wut, und Ginevra in ihrer Schürze schrie eine kleine, dunkle, mollige Frau an, die gerade aus dem Wagen gestiegen war. Die Fremde machte einen sonderbaren Eindruck: Nackte Beine steckten in Stiefeln, und sie trug einen Mantel, als wäre sie nachts aufgewacht und mit den ersten Kleidungsstücken, die sie erwischte, aus dem Haus gelaufen.

Als sie zu ihnen stieß, hatte Nicki sich zu Mauro und Ginevra, beide mit finsterem Blick, gesellt und betrachtete begeistert das Spektakel.

»Sie sagt irgendwas über den Norweger«, sagte Ginevra

und sah hilfesuchend Cate an. »Sie will ihn sehen, Hansen.«

»Warten Sie«, sagte Cate auf Spanisch und ging auf die Frau zu. Sie hatte beide Hände erhoben, um die Frau zu beruhigen. Als sie näher kam, sah sie, dass die Frau erschöpft, aber attraktiv war. Sie hatte dunkle Augen und zog nun Papiere aus ihrer Tasche und wedelte mit ihnen. »Per!«, rief sie mit ihrer tiefen Stimme und schaute die graue Schlossfassade hinauf. »Per!« Dann wandte sie sich Cate zu und sagte etwas auf Spanisch. Cate starrte sie an.

»In Ordnung«, sagte Cate, »in Ordnung.«

»Sag ihr, dass sie das nicht machen kann«, warf Mauro wütend ein. Sein Zorn, so erschien es Cate, war seit vierundzwanzig Stunden immer kurz vorm Überkochen. »Sag ihr, sie soll das verdammte Ding wegfahren. Sie kann es nicht hier stehen lassen.« Er zeigte auf den Rasen. »Sieh dir meinen Rasen an. Sie kann es nicht da stehen lassen.«

»Was sagt sie?«, fragte Ginevra ungeduldig.

»Sie sagt, dass sie seine Ehefrau ist«, erklärte Cate langsam.

»Seine Frau?« Ginevra sah von der Frau hoch zu den Fenstern in der obersten Schlossetage.

Cate nickte. »Sie sagt, er habe ihr letzte Woche einen Brief geschrieben, in dem er sie um die Scheidung bittet.«

»Nach fünfundzwanzig Jahren«, sagte die Frau auf Spanisch, eigentlich sehr ähnlich dem Italienischen. Cate hob eine Hand. Die Frau war jetzt ruhig, all die zornige Energie war verschwunden. »Mit zwei erwachsenen Kindern bittet er mich um die Scheidung. Weil er sich in jemand anderes verliebt hat.«

Das Erste, was Sandro bei Giuliano Mascarello auffiel, war sein Alter.

Vielleicht lag es daran, dass der Anwalt in den letzten zwanzig Jahren kaum von sich reden gemacht hatte, vielleicht daran, dass, wenn über seine Aktivitäten in Verbindung mit dieser oder jener Friedensinitiative, diesem oder jenem Protest gegen die Verletzung von Bürgerrechten berichtet wurde, ein altes Foto benutzt wurde, das Foto eines Straßenkämpfers mit funkelnden Augen, die Hand zum revolutionären Gruß erhoben. Dasselbe Bild war neben dem Foto seiner verstorbenen Frau in der heutigen Zeitung abgedruckt worden. Aber der Mann, der vor Luca Gallo und Sandro in den weiten Räumen seiner Kanzlei am Borgo degli Albizzi saß, war zusammengesunken, voller Leberflecke und kahlköpfig, sein faltiger Hals verschwand in seinem Kragen wie der einer Schildkröte.

Die gelblichen, reptilienartigen Augen, mit denen er seine Besucher ansah, waren jedoch strahlend, sein Händedruck fest, und als er sprach, war es völlig klar, dass Giuliano Mascarello über alle geistigen Fähigkeiten verfügte.

»Haben Sie ihm von der E-Mail erzählt?« Das war das Erste, was er zu Luca Gallo sagte. Es war offensichtlich, dass die beiden sich nicht besonders mochten, und Sandro fragte sich, ob die gegenseitige Feindseligkeit das Resultat von Loni Meadows' Tod war oder schon länger bestand. Fast sicher Letzteres.

Luca Gallo war höflich, ohne zu lächeln. »Natürlich«, sagte er.

Sie hatten die E-Mail Mascarello gezeigt und wahrscheinlich auch seiner Frau. Mascarello wandte sich an Sandro. »Haben Sie sie gelesen?«

Sandro hatte sie gelesen.

Zunächst hatte er sich gefragt, was Luca mit »ungewöhnlich« gemeint hatte. Das Englisch war steif, formal, das war selbst Sandro klar, aber er hatte das frustrierende Gefühl, dass er etwas übersah. Es war nicht seine Muttersprache, aber er konnte nicht sagen, ob es die Muttersprache des Autors war.

Ich schreibe in guter Absicht, um Sie darüber zu informieren, dass Doktor Loni Meadows die Stelle nicht erhalten sollte.

So weit, so gewöhnlich, aber es ging weiter, und Sandro hatte sich unbehaglich gefühlt. Obwohl er einen Text in einer Fremdsprache las, hatte er das Gefühl von etwas Schmerzhaftem, Gequältem.

Doktor Meadows ist nicht das, was sie zu sein scheint. Sie ist nicht schön, sie ist hässlich. Sie hat nichts mit Kunst zu tun, sie kann nichts erschaffen, sie kann nur zerstören. Loni Meadows ist böse.

Nicht explizit, nicht brutal, sondern hölzern repetitiv auf eine Art und Weise, die Sandro finster vorkam. Sein unmittelbarer Eindruck war der, dass der Text weder durchdacht noch berechnend war, sondern eher das Ergebnis eines verwirrten Geistes.

Die E-Mail-Adresse war ein anscheinend zufälliges Durcheinander von Buchstaben und Zahlen. »Mit Proxy-Server versandt«, hatte Luca knapp gesagt, ohne dass er gefragt werden musste, und Sandro war vergeblich seine Erinnerungen aus dem Computerkurs, den er letztes Jahr besucht hatte, durchgegangen, um zu begreifen, was das bedeutete. »Vollkommen anonym.«

»Vollkommen?«

Gallo hatte mit den Schultern gezuckt. Bei diesem Thema, das konnte Sandro erkennen, war er sich sicher, dass er mehr wusste als Sandro. »Es gibt wohl keine vollkommene Anonymität, aber die Rechnerzentrale in Baltimore sagte, dass sie nichts tun konnten, um ihm auf die Spur zu kommen.« Er machte eine Pause. »Und das Internet ist voll von Verrückten. Wissen Sie, wenn man im Internet um ein anonymes Feedback von irgendetwas bittet, sogar von unseren Kursen, werden die Leute Dinge schreiben, bei denen man sich nicht vorstellen kann, dass sie sie aussprechen würden.«

Sandro musste zustimmen. Dasselbe galt für den Polizeidienst.

Gallo hatte ungläubig den Kopf geschüttelt. »Und wir konnten ja nicht ahnen, dass da mehr dahintersteckte, nicht wahr?«

Sandro hatte nachdenklich genickt. Es bedeutete jedoch etwas, dass die Person, die ihnen diese E-Mail geschickt hatte, überhaupt wusste, dass ein Provider wie Proxy-Server existierte.

»Glauben Sie, dass Ihre Künstler wissen, wie man so etwas macht?«, hatte er gefragt. »Wissen die heutzutage mit Computern Bescheid?« Er hatte an die kleinen Werkstätten in den Seitenstraßen der Stadt gedacht. Eine Glühbirne war alles, was sie an Technik benötigten, alte Männer in braunen Kitteln, die sich über vergoldete Stücke beugten. Aber vielleicht waren das keine Künstler, sondern Kunsthandwerker.

Der Blick, mit dem Luca Gallo ihn angesehen hatte, vereinte Mitleid mit Neugier. »Heutzutage tun sie das, ja«, hatte er gesagt. »Oder sie kennen Leute, die Bescheid wissen.«

Es war also nur Sandro, der völlig ahnungslos war.

Gallo hatte die Kopie der E-Mail wieder in den Ordner zurückgelegt. »Auf jeden Fall«, hatte er gemeint, »hat Mascarello jetzt jemanden von seinen Leuten darauf angesetzt.

Er sagt, wenn es irgendeine Möglichkeit gibt, den Absender der E-Mail aufzuspüren, dann werden sie es tun.«

»Gut«, hatte Sandro darauf erwidert und seine Erleichterung gezeigt, dass weder von ihm noch von Giuli erwartet wurde, einen Internetbetrug aufzudecken.

Luca Gallo hatte eine Hand erhoben. »Was Mascarello Ihnen sagen wird, ist, dass er jemanden der Gäste des Schlosses im Verdacht hat. Hier drinnen« – er hatte den Ordner zu Sandro hinübergeschoben – »befinden sich Kopien der Unterlagen von jedem der Gäste. Es könnte Mascarello beeindrucken, dass wir ihn ernst nehmen.«

»Tun wir das? Mit welchem Verdacht?« Sandro hatte das Bedürfnis, besonnen zu reagieren.

»Wegen – nun ja, das wird er Ihnen erzählen«, hatte Gallo gesagt, sein Gesicht verschlossen.

Und jetzt, unter der hohen Kassettendecke, zwischen den Porträts mit den glänzenden Blicken an Mascarellos weißen Wänden, sah Sandro dem Anwalt in die Augen und sagte: »Ja, ich habe sie gelesen.«

Mascarello sah ihn bedächtig an. »Natürlich wäre es ihnen lieber, ich, wir, meine Frau und ich, hätten es nie herausgefunden«, sagte er. »Viel einfacher für sie.«

»Sie?«, fragte Sandro sanft.

»Die große Stiftung. Sie hätten ihre Ermittlungen über meine Frau, ungehindert von Einwänden, die sie oder ich hatten, fortführen können.«

Sandro konnte das Adrenalin in der Stimme des Mannes hören, und er begriff, dass es für ihn ein Lebenselixier war. Der Kampf. Begab er sich deswegen auf diesen Kreuzzug? Wegen des Jagdfiebers? Sandro musste jedoch zugeben, dass nach Wochen der Stagnation er ebenfalls etwas davon in sich spürte. Er sah zu Gallo hinüber. Dessen Gesicht war blass und wie erstarrt.

»Aber natürlich habe ich es herausgefunden«, fuhr Mascarello fort. »Haben Sie gedacht, das würde ich nicht? Haben Sie gedacht, ich würde nicht herausbekommen, dass hinter unserem Rücken Ermittlungen durchgeführt wurden?« Sandro lächelte ein wenig, um seine Unruhe zu verbergen.

»Natürlich hätten wir Sie informiert«, sagte Gallo leichthin. Mascarello schnaubte.

»Haben Sie Einwände geäußert?«, fragte Sandro. »Gegen meine oder jegliche Art von Ermittlungen?«

»Da war es schon zu spät«, sagte Mascarello, spitzte seine dünnen Lippen und sah aus dem Fenster. Er drehte sich um und fixierte Sandro mit dem Blick des Staatsanwalts. »Und was haben Sie über meine Frau herausgefunden, Signor Cellini?«, fragte er verächtlich.

Er würde Sandro nicht bitten, seine Ermittlungen fortzuführen, oder? Nicht in einer Million Jahre. Er musste über eine Reihe dubioser Männer verfügen, die er anrufen konnte und die für ihn Ermittlungen durchführten, Gefallen einforderten und die er zweifellos zu Vertrauensbrüchen ermunterte. Giuliano Mascarello mochte ein Verteidiger der Menschenrechte sein und an Märschen für Frieden und Gerechtigkeit teilnehmen, aber Sandro schätzte ihn nicht. Und er vertraute ihm auch nicht. Sandro griff nach unten und nahm seinen eigenen, schmalen Ordner über Loni Meadows aus seiner Aktentasche. Die Akte hatte er aus dem Aktenschrank in seinem Büro in der Via del Leone geholt, während Giuli dagestanden und jede seiner Bewegungen vorwurfsvoll verfolgt hatte.

»Ich habe herausgefunden, dass ihr Lebenslauf korrekt war

und alle ihre Referenzen authentisch sind«, sagte er ruhig. »Dass es keine Polizeiakte über sie gab, auch nicht wegen Verkehrsdelikten.« Die Augen des Anwalts zuckten, aber er sagte nichts darüber, wie Sandro diese Informationen erhalten haben könnte. Vielleicht, weil sie tot war oder weil Sandro nichts Belastendes gefunden hatte.

Es war still im Zimmer, das trübe Februarlicht fiel fahl und schön durch die hohen Fenster. Zum ersten Mal seit Monaten, dachte Sandro, lag etwas Wärme darin. Er wandte sich Luca zu.

»Waren die aktuellen Gäste im Castello Orfeo schon ausgewählt«, fragte er, »bevor Dottoressa Meadows angestellt wurde?«

Luca Gallo runzelte die Stirn. »Fast alle«, sagte er nach einer Weile. »Einer wurde später ausgewählt.« Er sah in die Unterlagen. »Im, äh, Juli. Per Hansen. Der Norweger. Leider ist einer der ursprünglich ausgewählten Künstler verstorben, ein Komponist, Joseph Connor, der Ehemann von Michelle Connor, und wir mussten jemand anderes aussuchen.«

Mascarello zischte ungeduldig, vielleicht sagte Sandro deswegen das, was er als Nächstes sagte, aus einem aus Wut geborenen Leichtsinn, einem Gefühl, dass die Sache sowieso verloren war. Eine Art von Falle, bei der Sandros niedriger Status als entlassener Polizist auf dem Prüfstand stand und bei der er bloßgestellt und erniedrigt würde als ein billiger Schnüffler und ein völlig unnützer Handlanger.

»Wenn ich wegen dieser E-Mail ermitteln würde«, sagte Sandro, hob Loni Meadows' Lebenslauf hoch und sah ihn an, »oder überhaupt wegen des Todes Ihrer Frau, würde ich denken, dass das hier« – er hielt das kleine Passfoto von ihr zwischen Zeigefinger und Daumen und drehte es zu ihnen um – »für mich nützlicher wäre als alles andere. Finden Sie nicht?«

Mascarello beugte sich nur ein kleines bisschen an seinem hochglanzpolierten Schreibtisch vor, sagte aber nichts.

»Sie war eine schöne Frau, viel jünger als ihr Ehemann. Und korrigieren Sie mich, wenn ich mich irre, aber ich würde sagen, dass Ihre Frau einen großen Einfluss auf Männer hatte und das auch ausnutzte.«

Sandro hatte nicht einmal gewusst, dass er auf all das geschlossen hatte, bevor er es aussprach.

»Offensichtlich«, sagte der Anwalt mit seiner rauen Stimme, »kann diese Information nicht aus einem Foto herausgelesen werden.«

»Wenn Sie so wollen«, sagte Sandro. »Ich glaube jedoch, dass wir beide wissen, dass man es kann.«

Mascarello saß ruhig da, Luca Gallo sah wie erstarrt aus.

»Ich würde gern wissen, was Sie da sagen«, sagte Mascarello. Eine subtile Drohung.

Sandro sah, wie dieser Mann jeden Zeugen, jeden Minister, jeden Kriminellen oder auch jeden Unschuldigen unter Druck setzen und ihm Panik einjagen konnte, bis hin zu einem Geständnis. Aber er behielt die Nerven.

»Ich sage, dass sie eine außergewöhnlich attraktive Frau war, die von ihrem Ehemann getrennt wohnte, und das schon seit Jahren. Ich sage, dass es nicht unmöglich ist, dass sie eine andere Beziehung geführt hat oder möglicherweise auch mehr als eine und dass sie ihre Weiblichkeit zu ihrem Vorteil eingesetzt hat. Und diese Dinge könnten der Grund von Animositäten ihr gegenüber sein.«

Mascarello sah ihn weiterhin ruhig an, sagte nichts. Sandro fuhr fort: »Wenn ich in diesem – Unfall – ermitteln würde, würde ich damit beginnen, mit denen zu sprechen, die Ihrer Frau am nächsten standen, diejenigen, mit denen sie vertraut war oder die sich ihr Vertrauen wünschten. Ich nehme an, dass das auch Sie einschließt.«

Es herrschte Stille.

»Meine Frau und ich standen uns nah«, sagte Mascarello, »aber wir wohnten seit über zehn Jahren nicht mehr zusammen. Diese Art von Intimität ist – war – nicht das, was ich von ihr brauchte. Wir haben auch nicht auf diese Weise über ihr Leben gesprochen.« Er hielt inne, holte langsam Luft. »Deutlich gesagt, als Antwort auf ihre Andeutung: Ich wusste nicht, wer ihre Liebhaber waren. Und noch deutlicher: In der Nacht, in der meine Frau starb, war ich im Krankenhaus in Santa Maria Nuova wegen – einer Routinebehandlung. Entschuldigen Sie, wenn ich Ihnen keine Details nenne. Ich wurde von einer Krankenschwester nach Hause in meine Wohnung begleitet, und sie blieb die Nacht über bei mir. Genügt Ihnen das als Alibi?« Um die Lippen des Mannes spielte ein Lächeln.

Sandro senkte steif den Kopf. »Ich müsste noch mit der Krankenschwester sprechen«, sagte er. »Aber ja, ich denke, das genügt.« Er machte eine Pause. »Und jetzt frage ich mich, ob Sie so nett wären, mir zu erklären, was genau Sie vermuten?«

Eine so lange Stille trat ein, dass Sandro hätte schwören können, dass das Licht auf den weißen Wänden Zeit gehabt hatte zu wandern.

Nach einer Weile stand Mascarello langsam auf, stützte seine gespreizten Finger auf den Schreibtisch und sah sie an.

»Meine Frau war eine Frau, die genau wusste, was sie wollte. Und sie stellte sicher, dass sie es bekam. Diese E-Mail wurde in den Tagen geschickt, nachdem Leonas Ernennung in den Kunst- und Bildungsmedien bekannt geworden war. Es wurde nicht viel darüber berichtet und war nicht allgemein bekannt. Wir sprechen von einem kleinen Kreis von Leuten.« Er schien höhnisch zu grinsen. »Von denjenigen, die von Künstlerhaus zu Künstlerhaus ziehen, von Lesung zu Festival oder Praktikum, um die ganze Welt. Sie leben von der fehlgeleiteten Wohltätigkeit anderer.«

Mascarello hielt inne, holte Luft und dachte offensichtlich über seine Angriffsstrategie nach.

»Meine Frau, Loni, war keine Kurtisane. Sie war Künstlerin, sie war aktiv in der Kunstadministration und eine einflussreiche Kritikerin in der Presse und im Internet.«

Sie kann nicht erschaffen, sie kann nur zerstören. Eine Kritikerin.

»Sie schrieb für einen sehr stark frequentierten Weblog. Was man Blog nennt.«

»Ein Blog.« Hatte sein Tonfall das Ausmaß seiner Ignoranz verraten? Sandro glaubte es nicht, aber Mascarello erklärte es trotzdem.

»Eine Art von fortlaufendem Kommentar zu Themen von Interesse«, sagte er ungeduldig. »In diesem Fall über die Künste, aber durch das Medium Internet. Oft anonym, auch wenn viel über die Identität der Autoren spekuliert wird.«

»Blieb sie anonym?«

»Sie schrieb unter dem Namen Lonestar«, sagte Gallo und warf Mascarello einen Blick zu. »Natürlich war mir bewusst, dass sie die Autorin des Blogs war. Ich nehme an, anderen auch.«

»Was ich sagen will«, fuhr Mascarello abrupt fort und beugte sich vor, als hätte er Schmerzen, »ist, dass ich glaube« –

und so, wie er es sagte, war es keine Frage des Glaubens, sondern feste Überzeugung –, »dass die E-Mail von jemandem geschickt wurde, der sich als Gast im Schloss beworben hatte, und ich glaube, dass diese Person, indem sie einen Platz annahm, um ihr nahe zu sein, nur von dem Wunsch getrieben wurde, Rache an meiner Frau zu üben. Eine Art von Strafe zu erteilen.«

Er setzte sich wieder hin, und Sandro hörte seinen Atem leise rasseln. Der Mann war alt. Er war alt und krank.

Sandro wartete, um sicherzugehen, dass er fertig war. »Rache wofür?«, sagte er. »Ihre Frau hatte also Feinde?« Er beobachtete, wie der Mann seine Schwäche überspielte, indem er mit kleinen, ruhigen Bewegungen einatmete.

»Das sollen Sie herausfinden«, sagte Mascarello schließlich, und als Sandro bemerkte, dass die Verachtung aus dem Blick des Anwalts verschwunden war, wurde ihm klar, dass er den Auftrag hatte.

Kapitel 11

Wieder auf dem Borgo degli Albizzi, hatte Gallo so erschüttert ausgesehen, dass Sandro Mitleid mit ihm bekam, ihn wortlos am Ellbogen packte und in eine kleine Kaffeebar, etwas weiter unten in der Straße, führte.

Der Morgen war immer noch kalt und die Kaffeebar voller Samstagseinkäufer, Teenager, die auf dem Rückweg von den billigen Kleiderläden an der Via del Corso waren, und Frauen, die aus der anderen Richtung kamen, beladen mit Tüten von San Ambrogio. Als er und Gallo in den angenehmen Duft von Kaffee und Gebäck in der Bar traten, musste Sandro sich ein halbes Dutzend Mal lächelnd entschuldigen, weil er immer wieder an Tüten voller stacheliger Artischocken und Blutorangen stieß. Sandro dachte an dieses Schloss draußen in den kalten, dunklen Hügeln und wollte seine Stadt nicht verlassen, diesen Ort voller Leben und Frauen, die einkauften, und Kaffeebars mit glänzendem Marmor und Messing. Er dachte an Luisa, die weniger als einen Kilometer entfernt über ihre Ladenetage herrschte, und wusste, dass er dorthin gehen sollte.

Er sollte ihr die Situation in Ruhe erläutern, sagen, dass er wieder zurück wäre, bevor sie nach New York flog. Aber allein der Gedanke an diese Stadt wühlte ihn erneut auf: New York, diese Gebäude aus Stahl und Glas, diese Menschenmassen, Luisa, die lacht und mit Frollini anstößt, Tausende von Kilometern entfernt.

Verdammt, dachte er, vergiss es und erledige deinen Job.

Ohne zu fragen, was er wollte, holte Sandro Luca Gallo einen *caffè macchiato* und einen für sich und zwei kleine Brandy. Er schob den Mann vor sich her in den hinteren Teil der langen, schmalen Bar und fand eine ruhige Ecke.

»Er ist ein harter Mann«, sagte Sandro und schaute Gallo an. »Mascarello.«

Gallo trank den *macchiato*, ließ den Brandy aber stehen.

»Ja, das ist er«, sagte er vorsichtig, gemessen und höflich, auch wenn er, wie momentan, erschüttert war.

Es kam Sandro in den Sinn, dass es ein schwieriger Job sein musste, das Castello Orfeo zu leiten, sich um all diese Ausländer zu kümmern und auch noch um eine Frau wie Loni Meadows. Er griff in seine Aktentasche und nahm die Broschüre heraus, die Gallo ihm gegeben hatte, blätterte darin. Fotos der Gebäude, eine Galerie, Angestellte und Sponsoren, Namenslisten.

Es gab eine Luftaufnahme. Das graue, gefängnisartige Schloss mit seinen Außengebäuden, die sich über die Hügel ausbreiteten. Sandro hatte ein ungutes Gefühl bei diesem Ort, sogar schon gestern Abend.

Ein Foto fiel ihm auf, ein bekanntes Gesicht, das er nicht sofort einordnen konnte: Er schaute genauer hin. Die Welt ist wirklich klein. Diese Stadt war ein Dorf und dieses Land ein Haufen Dörfer, die alle miteinander verbunden waren.

»War er je im Schloss?«, fragte er und blätterte weiter. »Mascarello? Um sie zu sehen?«

»O nein«, sagte Luca Gallo, als wäre das eine erschreckende Vorstellung. »Nie. Ich habe ihn, ach, ein oder zwei

Mal vorher bei Empfängen in Florenz getroffen. Kunsttreffen, wissen Sie, im British Council, einige in den amerikanischen Universitäten.« Er sah den Brandy nachdenklich an. »Aber sie haben nicht mehr zusammengewohnt, wissen Sie, auch schon, bevor sie zu uns nach Orfeo kam, nicht mehr.«

»Sie waren schon lange vor ihr dort?«

»O ja«, sagte Gallo und nickte. »Acht Jahre. Sie ist der dritte Direktor gewesen, mit dem ich gearbeitet habe. Vorher war ich Manager einer Oper in Sizilien.«

»Und Sie hatten immer eine gute Beziehung zu ihnen? Diese Aufteilung der Arbeit macht Ihnen nichts aus?«

Gallo lächelte. »Ich liebe meine Arbeit. Ich will nicht Direktor sein, nein. Hinter den Kulissen, das gefällt mir. Also, ja, ich bin sehr glücklich.«

»Und andere, feste Angestellte?«

»Ein paar«, sagte Gallo. »Mauro und Ginevra, Hausmeister und Köchin. Und Ginevras Nichte Nicki. Mauros Familie lebt seit Generationen dort, er wurde sozusagen im Castello Orfeo geboren.«

Das Arrangement wurde Sandro klarer. »Das kann nicht einfach gewesen sein«, sagte er. »Sie mussten sich zurückhalten. Leute vom Land mögen Eindringlinge auch unter den günstigsten Bedingungen nicht.«

Luca Gallo spannte sich an. »Sie arbeiten hart und haben es gelernt, sich anzupassen – an jeden neuen Direktor.«

»Besonders an Meadows? Irgendwelche speziellen Probleme?« Gallo sah auf die Theke, sein Unbehagen war spürbar. »Mit den Angestellten oder den Gästen? Irgendwelche« – Sandro suchte nach einem Wort – »Geschichten?«

»Das kann ich nicht sagen«, erwiderte Gallo erschrocken,

seine Hände bewegten sich protestierend. »Die Gäste, nun, da gibt es das Vertraulichkeitsgebot. Ich tratsche wirklich nicht. Der Ort …« Er beugte sich voller Leidenschaft vor, ein Überzeugter. »Das Castello Orfeo ist eine Rückzugsmöglichkeit für sie, um Kunst zu schaffen. Ein sicherer Ort.«

»In Ordnung«, sagte Sandro leichthin. »Schauen wir es uns aus einer anderen Perspektive an. Sehen Sie sich selbst als Zeugen.« Er sprach sanft. »Dieser Tag. Erzählen Sie mir, was passiert ist. Alles, woran Sie sich erinnern.«

Gallo seufzte. »Loni und Mauro hatten eine – Meinungsverschiedenheit an diesem Tag. Dem letzten Tag. Weil er Orfeo verlassen hatte, um einem anderen Bauern zu helfen. Nichts Wichtiges.«

Gallos Stimme war zu einem beklommenen Flüstern geworden. Es sprach für ihn, dass er seine Angestellten verteidigen wollte, und auch seine Gäste, und Sandro konnte sich den betreffenden Hausmeister vorstellen, misstrauisch, bodenständig, schweigsam wie alle *contadini*.

»Und sie hat mit ihm geschimpft?«

Gallo nickte steif. »Ich habe ihr erklärt, dass das etwas war, was auf dem Land erwartet wurde. Anderen zu helfen. Sie verstand es nicht.«

Sandro begriff. »Ich verstehe, und war da noch etwas Ungewöhnliches?«

Gallo zuckte mit den Schultern. »Ein Ausflug nach Siena wurde nachmittags abgesagt, da einige der Gäste – mit anderen Projekten beschäftigt waren. Die Dottoressa war darüber verärgert, denn von den Gästen wird erwartet, dass sie an den organisierten Aktivitäten teilnehmen. Obwohl es natürlich Spielraum gibt.«

Es entstand eine Stille, in der Sandro den stärker werdenden Widerwillen spürte. Vielleicht war es auch nur eine Verteidigungshaltung.

»Ich nehme an, dass man sich gut kennenlernt«, sagte er so locker wie möglich, »wenn man so eng beieinanderwohnt. Wie, ich weiß nicht, bei der Armee oder so. Keine Geheimnisse.«

Gallo war vielleicht ein friedliebender, ausgeglichener Mensch, aber er war kein Narr. »Sie meinen, ob ich einige von Loni Meadows' Geheimnissen kannte?« Jetzt war die Farbe wieder in seine Wangen zurückgekehrt, wenn überhaupt, waren sie in der warmen Kaffeebar sogar richtig gerötet.

»Ich denke schon«, sagte Sandro ruhig. »Ich kann ja schlecht den trauernden Witwer fragen, ob er weiß, mit wem sie geschlafen hat, oder selbst wenn es sich dabei nicht um den mächtigen Giuliano Mascarello handeln würde.«

Luca Gallo drehte das kleine Schnapsglas auf der Theke zwischen seinen Fingern. Er sagte nichts.

»Zum Beispiel wohin sie fuhr, als sie mitten in der Nacht diesen Unfall hatte? War vielleicht jemand bei ihr?«

Gallo sah von seiner Betrachtung des bernsteinfarbenen Getränks auf. »Ich glaube, dass sie eine – Beziehung hatte. Sie, na ja, es war bekannt, dass sie an gewissen Abenden spät ins Auto stieg und in die Stadt fuhr. Und manchmal kam sie erst am nächsten Tag zurück.«

»An gewissen Abenden?«

Gallo sah ihn mit schräg gelegtem Kopf an, seine scharfen, intelligenten Augen passten nicht zu seinem weichen Äußeren. »Ich glaube, es war meistens gegen Ende der Woche. Ich habe es allerdings nicht aufgeschrieben.«

»Und sie fuhr allein?«

»Ich habe sie nicht beobachtet, wenn sie wegfuhr«, sagte Gallo. »Es gehört nicht zu meiner Arbeit, das Privatleben der Gäste oder des Direktors auszuspionieren. Wir haben bei der Stiftung gewisse Prinzipien …« An diesem Punkt hielt er verlegen inne.

»Prinzipien?« Sandro forderte ihn sanft zum Weitersprechen auf.

»Nun, es ist natürlich kein religiöser Orden, aber wir raten von Besuchen von Partnern ab, so was in der Richtung. Die Zeit, die die Gäste bei uns verbringen, kann am produktivsten genutzt werden, wenn man es ihnen ermöglicht, sich intensiv auf ihre Arbeit zu konzentrieren. Ohne Ablenkungen.«

»Aha«, sagte Sandro. Das klang irgendwie sinnvoll. Wenn er gezwungen wäre, ohne Luisa zu leben, würde er sich dann besser konzentrieren können? Vielleicht würde er es noch herausfinden, aber er bezweifelte es stark. »Und gilt diese Regel oder dieses Prinzip oder was auch immer auch für die Angestellten?«

»Nun, natürlich nicht für die Küchenangestellten«, sagte Gallo, »offiziell für gar niemanden, aber, nun ja. Es galt immer für diejenigen von uns, die auf der künstlerischen Ebene involviert sind.«

Was erklären würde, warum Loni Meadows für ihre Liaisons woanders hinfuhr.

»Aber Sie wissen nicht, wer es war? Der Mann, mit dem sie eine Beziehung hatte?«

»Wenn es ein Mann war«, sagte Gallo und lächelte leicht. Sandro begriff, dass Gallo schwul war. Machte das die Sache einfacher? Es bedeutete allerdings, dass er nicht mit Loni Meadows geschlafen hatte.

»Glauben Sie, dass es eine Frau war?«

»Nein«, sagte Gallo verlegen, »das glaube ich eigentlich nicht. Ich habe nur – na ja, man kann nicht automatisch davon ausgehen.«

»Nein«, stimmte Sandro zu, »absolut nicht.« Und dann saßen sie einen kurzen, fast zufriedenen Augenblick in meditativer Stille da. Sandro dachte an dieses große, abstoßende Schloss, diese Leute, die dort wohnten, dachte an Loni Meadows, die in der Dunkelheit wegfuhr, an die blauen Augen, die sich auf einen entfernten Punkt, einen Liebhaber, wie auf eine Flucht konzentrierten.

»Was für ein Ort ist das«, sagte er, »diese Stadt, in die sie fuhr?«

»Pozzo Basso«, erwiderte Gallo verächtlich. »Ein ziemlich durchschnittlicher, kleiner Ort, wissen Sie, eine Kaffeebar oder zwei, ein Hotel, ein Bahnhof, Krankenhaus, Polizeirevier.«

»Ich fange also dort an?« Sandro nahm den vorläufigen Polizeibericht, den Gallo ihm gegeben hatte. Da stand eine Adresse. Er fuhr fort, sprach fast zu sich selbst: »Ich werde eine halbe Stunde brauchen, um alles zu arrangieren.« Er blätterte in dem Bericht.

Er stieß auf ein Foto und hielt inne.

»Sie war nicht im Auto, als man sie fand?«

Er sah sie – ein Schuh ausgezogen, das Gesicht im Wasser, das verfilzte Haar. Eine Frau, die eines Morgens aufstand, sich anzog, diese Schuhe auswählte, ohne zu ahnen, dass sie sterben würde.

Gallo schüttelte langsam den Kopf. »Man nimmt an, dass sie aufgewacht ist. Sie hat sich den Kopf am Türrahmen gestoßen, aber sie wachte noch einmal auf. Die ganze Zeit über hatte sie Hirnblutungen, und wegen der Kälte …« Er hörte auf zu sprechen.

»Es ist in Ordnung«, sagte Sandro. »Sie müssen das nicht alles noch einmal durchgehen. Ich werde mit der Polizei reden. Mit Mascarellos Erlaubnis sollten sie mir Einblick gewähren in, na ja, alles, was ich sehen muss.« Er seufzte. »Ich mache mich mal besser auf den Weg und besorge mir das Foto vom Unfallort, den Obduktionsbericht, den Bericht über den Wagen, die toxikologischen Untersuchungen, all das. Ich werde heute ins Schloss kommen, in Ordnung?«

Luca Gallo war wieder blass geworden. »Ja«, sagte er zurückhaltend, »natürlich müssen Sie kommen. Ich nehme an, ich hatte nicht daran gedacht. Sie werden diskret sein müssen.«

Sandro unterdrückte ein Schnauben. »Ich weiß, wie man diskret ist«, sagte er.

Gallo schob sein Brandyglas weg. »Trinken Sie«, sagte Sandro, »Sie können es gebrauchen.«

»Sie muss es gewesen sein«, sagte Ginevra. »Er hat mit der Dottoressa geschlafen. Wer sollte es sonst sein?«

Die Küche war warm, und alle waren da: Anna-Maria, die inzwischen ihren Mantel ausgezogen hatte, Nicki, Mauro, der an der Hintertür stand und durch das Fenster sah, vielleicht nach weiteren ungebetenen Gästen Ausschau hielt. Auf dem Herd stand die größte Espressokanne, und fünf kleine Tassen und Untertassen standen auf dem Tisch. Es war fast Mittag, und die Körbe mit dem Mittagessen waren noch nicht verteilt, aber es schien niemanden zu stören.

Per Hansen war oben auf der breiten Steintreppe des Schlosses erschienen, als sie durch das Tor kamen. Eine kleine Abordnung von Frauen, dazu Mauro, hatte sich hinter seiner Frau versammelt.

»Yolanda«, hatte sie gesagt, »mein Name ist Yolanda.« Dann war ihr alles egal gewesen, und sie war vor ihnen allen in Tränen ausgebrochen. Nachdem sie wütend ihre Rede gehalten hatte, schien sie keine Wut mehr übrig zu haben. Als sie ihren Mann in der großen, dunklen Tür stehen sah, war sie vor ihnen hergelaufen, zu ihm hinauf. Alle waren im Hof stehen geblieben, wo sie waren, und warteten darauf, dass Hansen etwas sagte.

Yolanda hatte nach Per gegriffen, aber dann hatte sie innegehalten, als gäbe es ein unsichtbares Hindernis, das sie daran hinderte, ihn zu berühren. Der Norweger überwand es, legte eine Hand auf die seiner Frau, sagte etwas in zärtlichem, geflüstertem Spanisch. Er hatte nichts zu den Frauen oder zu Mauro gesagt, aber seine Frau in die große, düstere Halle geführt und die Tür geschlossen.

»Ich glaube, Ginevra hat recht«, sagte Cate jetzt, und alle sahen sie an. »Er hat sie beobachtet. Die Dottoressa. Ich habe ihn bei den Abendessen gesehen, wie er sie beobachtete. Und als sie damals mit dem Minibus nach Rom gefahren sind, hat er ihre Taschen getragen, als sie zurückkamen, bis in ihr Zimmer hinauf.«

Das hatte sie vergessen gehabt, es war ihr gerade erst wieder eingefallen. Per Hansen war Loni Meadows wie ein Diener gefolgt, hatte ihre zwei Taschen getragen, und sie hatte ihm nur ab und zu über die Schulter ein Lächeln geschenkt. Sie hatte ihm die Tür aufgehalten, er betrat ihr Zimmer, und sie schloss die Tür hinter ihm.

Bedeutete das, dass sie mit ihm geschlafen hatte? Warum sollte sie den ganzen Weg bis nach Pozzo fahren, um mit Per

Hansen im Hotel Liberty zu schlafen, wenn sie einfach in sein Zimmer hätte gehen können oder er in ihres? Sie waren nur durch ein Stockwerk voneinander getrennt. Hätten die Leute es bemerkt? Ziemlich sicher.

Es ergab für Cate keinen Sinn, sie glaubte es nicht.

»Und außerdem, wer sollte es sonst sein?«, sagte Ginevra, die Hände in die Hüften gestemmt. Der Espresso war fertig und füllte das Zimmer mit seinem Duft. Cate sehnte sich nach der Kaffeebar der Rocker, der freundlichen Stille morgens, wenn sie ihren *espresso* trank. Ginevra goss ein.

»Vielleicht«, sagte sie, »wollte er seine Frau wegen der aus New York verlassen, Ms. Wütend? Oder wegen der kleinen Verrückten mit ihrem Durcheinander und ihren Töpfen?«

»Na ja«, sagte Cate widerwillig, »es könnte auch Beth gewesen sein, oder? Die Praktikantin. Sie könnte deswegen gegangen sein.«

Es entstand eine Stille, in der jeder diesen Gedanken überprüfte und verwarf. Beth, schüchterner als ein kleiner, brauner Hase, und der große, schweigsame Skandinavier.

»Beth war lesbisch«, sagte Nicki aus der Ecke, und alle starrten sie an.

»Was?«, fragten Ginevra und Anna-Maria gleichzeitig.

»Sie ist lesbisch«, sagte Nicki und verschränkte wie zur Verteidigung ihre Arme vor ihrer Brust. Zum ersten Mal fiel Cate ein kleines, tätowiertes Gänseblümchen an ihrem Handgelenk auf.

»Woher weißt du das?«, fragte Ginevra empört.

Nicki sagte nichts, verdrehte nur die Augen. »Kommt schon«, sagte sie, »erzählt mir nicht, ihr wusstet das nicht!«

Mauro machte in der Ecke ein Geräusch, ein Knurren tief im Rachen. Ginevras Lippen waren eine schmale Linie.

Cate lachte abrupt auf, und dann schauten sie alle feindselig zu ihr. Sie sah auf ihre Füße.

Nicki, anscheinend befreit von einem Jahr oder mehr stummen Gehorsams, schien jetzt nicht mehr aufhören zu wollen.

»Ich glaube, es gefiel ihr«, sagte sie, »der Dottoressa. Lonie. Je mehr lesbische Mädchen, umso besser.« Auf den Wangen des Mädchens tauchten rote Flecken auf. »Ich glaube, sie checkte jeden, der hierherkam, ob er ihr nützlich sein könnte, ob er sich für sie interessieren würde oder für jemand anderes. Sie musste schließlich die Bienenkönigin sein, oder nicht? Sie wollte keine Konkurrenz.« Sie schaute Cate an. »Ich bin aber überrascht, dass du ihr durch die Lappen gegangen bist. Nicht alt, nicht hässlich, nicht verheiratet, nicht lesbisch.«

Cate starrte sie wortlos an.

»Das reicht«, sagte Ginevra scharf. Mauro riss die Tür auf und verschwand.

Cate sah sich im Zimmer um, sah die anderen Frauen an, sah deren wachsame und unfreundliche Blicke und brauchte weniger als drei Sekunden, um sich zu entschließen, Mauro zu folgen.

Draußen war die Sonne fast untergegangen, es wehte ein bitterkalter Wind, und der Himmel war wie ein weißes Laken. In der Luft lag Tanggeruch, den der Wind mitgebracht hatte.

»Herr im Himmel«, sagte Mauro, »da hat jemand ein Feuer angezündet.« Er sah den Abhang hinab in Richtung des *villino*. Sie drehte sich um, um nachzusehen, und da war eine dicke Rauchsäule zwischen den schwarzen Zypressen, die im Wind schwankten.

»Ist es das Haus?«, sagte Mauro, und sein Gesicht war weiß

vor Aufregung. »Der *villino?*« Er stieß eine Reihe Flüche aus. Erst jetzt fiel Cate ein, dass der *villino* das Haus war, in dem Mauro aufgewachsen war. In seinen Augen erkannte sie die Wut eines zutiefst Gekränkten. »Jesus, verdammte Scheiß-Ausländer«, rief er. Er sprach mit sich selbst und lief steif zum Traktor. »Warum, zum Teufel, zünden sie ein Lagerfeuer an?«

Cate lief hinter ihm her, als der Traktor zwischen den Zypressen hinunter auf den Rauch zufuhr. Und als sie näher kamen und in der ätzenden Rauchwolke husteten und nach Luft schnappten, tauchten die beiden Frauen auf, die rechts und links neben einem Ölfass standen, aus dem der dicke Rauch quoll. Tina und Michelle, mit trotzigen Gesichtern.

Cate sah Michelle in ihren Leggings und einer hässlichen, übergroßen Weste, die sich neben Tina stellte und eine Hand auf ihren Arm legte. Hinter ihnen, gerahmt von den letzten gelben Blättern eines Granatapfelbaumes, stand die Tür zum unteren Atelier offen. Sie sah alte Zeitungen auf dem Fußboden und ein Gestell voller Töpferware und Handwerkszeug.

»Che cazzo state facendo, sceme?«, schrie Mauro. »Was, zur Hölle, treibt ihr da, ihr Wahnsinnigen?« Sie sahen ihn in dumpfem Unverständnis an, und die Wut, die immer noch in seiner Stimme lag, brachte Cate dazu, stehen zu bleiben. Mauro war der Einzige von ihnen allen, den sie sich bei Gewalttätigkeiten vorstellen konnte: Mauro, für den jede Dummheit dieser Ausländer eine Erinnerung an den Betrug war. Er drehte sich murmelnd um.

Cate spähte in das Ölfass, in dem alles Mögliche lag. Sie sah verkohltes Papier, orangefarbene Wolle, zusammengeknüllten Stoff, dessen indisches Muster aus Grün und Gelb schwarz wurde. Der unverkennbare Gestank brennender Haare.

»Was haben Sie getan?«, fragte Cate ruhig die Frauen. Sie

sah, wie Tina Michelle bittend ansah, und die ältere Frau antwortete.

»Hören Sie«, sagte sie, ihre raue Stimme ausnahmsweise mal leise, »die Putzfrau hat gesagt, sie würde heute nichts machen. Sie hat Tina erklärt, ihr wäre gesagt worden, sie dürfe nichts anfassen. Was sollten wir denn da tun?« Sie wirkte erschöpft. »Kunst hinterlässt manchmal viel Müll. Man muss ordentlich aufräumen, wenn man weitermachen will.«

Die Frau war normalerweise sehr direkt, sodass ihre abgewandten, dunklen Augen etwas hatten, was Cate irritierte. »Wirklich?«, fragte sie trocken. »Aber ich denke, es gibt einen konkreten Grund, warum man Anna-Maria gesagt hat, sie solle nicht putzen. Die Polizei ...« Sie schwieg, breitete die Hände aus und sagte nichts mehr, weil sie tatsächlich nicht wusste, warum Luca gesagt hatte, was er gesagt hatte.

Tina machte eine ruckartige Bewegung. »Die Polizei?«, fragte sie mit großen Augen, und beim fast vergessenen Klang ihrer weichen, ängstlichen Stimme wurde Cate bewusst, dass das Mädchen kaum ein Wort gesprochen hatte, seit Luca sie in der Bibliothek zusammengerufen hatte, um ihnen mitzuteilen, dass Loni Meadows tot war. Tina zitterte, es war allerdings kalt. Cate spürte die Kälte unter den dunklen Zypressen, dem ausgebleichten Himmel voller Schnee.

Mauro tauchte neben Cate mit einem Eimer Wasser auf, grunzte und löschte den glühenden Müll im Ölfass. Es zischte und stank.

»Keine Sorge«, sagte Cate und zwang sich, sich daran zu erinnern, dass sie hier war, um sich um diese Frauen zu kümmern, »wegen der Polizei, es ist nur eine Formalität.« Aber Mauro und Ginevra hatten gesagt, die Polizei käme nicht wieder zurück: Es war ein Unfall gewesen. Warum sollten sie also kommen, um den Müll zu überprüfen? Warum sollten die Zimmer nicht gereinigt werden?

»Es wird bald alles vorbei sein«, sagte Cate und spürte, dass sie zu zittern begann.

»Hörst du das?«, fragte Michelle überraschend sanft. Ihr Arm lag noch auf Tinas Schultern. »Mach dir keine Sorgen.« Sie sah fast dankbar zu Cate. »Es ist bald vorbei.« Sie zögerte. »Sie fühlt sich schuldig«, sagte sie.

»Schuldig?«

»Sag ihnen«, warf Mauro drohend ein, »dass ich sie persönlich rausschmeiße, wenn noch mal so etwas passiert.«

Cate sah ihn an. »Es ist genug, Mauro«, sagte sie und bemühte sich, ihre Stimme fest klingen zu lassen. »Ich werde mit ihnen sprechen.« Er sah sie einen langen Moment finster an, dann drehte er sich auf dem Absatz um, immer noch stocksteif vor Zorn.

Tina und Michelle beobachteten, wie er ging. Michelle schien sich zu entspannen, aber Tina hatte ihre Arme immer noch fest um sich geschlungen. Michelle sah, wie Cate die jüngere Frau anschaute.

»Sie musste die Sachen ausräumen«, sagte sie abrupt, den Blick immer noch auf Mauros Rücken gerichtet. »Ich wollte es diesem verdammten Neandertaler nicht erzählen. Sie leidet an diesem Zwang.« Als Antwort auf Cates Gesichtsausdruck ergänzte sie: »Eine Zwangsneurose.«

Langsam nickte Cate. Sie glaubte zu wissen, was das war. Aber irgendwie erklärte das nicht alles. Sie widerstand dem Drang, noch einmal in das Ölfass zu schauen. Irgendetwas daran, wie das Stoffbündel und die Stöcke ausgesehen hatten, war merkwürdig. Und sie hatte diesen indischen Stoff früher schon einmal gesehen.

»Hat irgendjemand Beth informiert?«, fragte Tina aus heiterem Himmel, mit dieser kleinen, unwirklichen Porzellanstimme.

Michelle machte ein hässliches Gesicht. »Warum sollte irgendjemand sie anrufen?«, fragte sie.

Cate sah sie an; diese Reaktion erstaunte sie. »Beth mochte Loni«, sagte Cate. »Sie …« Cate suchte nach einer Formulierung, um diese ungleiche Beziehung zu beschreiben. »Sie redeten miteinander.«

»Ja, klar«, sagte Michelle. »Worüber sollten diese beiden denn reden? Beth war eine Närrin.«

»Ist etwas zwischen ihnen geschehen?«, fragte Cate. »Ist sie deswegen gegangen?« Michelle zuckte mit den Schultern und sagte nichts.

Cate sah ihr stures, verschlossenes Gesicht lange an, dann wandte sie sich Tina zu. »Was haben Sie verbrannt?«, fragte sie. »Warum fühlen Sie sich schuldig? Dieser Kram, dieser Stoff mit dem indischen Muster, der gehörte Loni, nicht wahr?«

Tina blickte Michelle flehentlich an.

Michelle schaute von Cate zu Tina und wieder zurück. »Ach, Kacke«, sagte sie. »Was kann es schon schaden?«

»Schaden?«, fragte Cate.

»Gehen wir rein«, sagte Michelle und nickte in Richtung der offenen Ateliertür. »Und wir erzählen es Ihnen.« Tina stand steif da, reagierte nicht auf Michelles Hand auf ihrem Arm.

»Wir erzählen es ihr, Baby«, sagte Michelle beruhigend, als spräche sie mit einem Kind. »Ich meine, es ist ja nicht so, als hättest du sie wirklich getötet.«

Kapitel 12

Der Wetterbericht hatte Schnee vorhergesagt.

Als Sandro im Samstagsverkehr durch die südlichen Vororte auf die von Bäumen beschattete *superstrada* nach Siena fuhr, verschwand das letzte bisschen Blau am Himmel hinter ihm. Er hätte den Fernseher gar nicht einschalten müssen, um zu wissen, dass das Wetter schlechter wurde.

Wäre es ein Samstagnachmittag irgendwann nach dem April, wäre auf der *superstrada* nach Siena starker Verkehr, aber im Winter wollte niemand in die Maremma fahren. Die Strände waren verlassen, die kahlen Hügel lagen im Winterschlaf. Sandro schaute besorgt in den Rückspiegel. Er sah die roten Dächer der Stadt hinter sich kleiner werden, die blassen Festungsanlagen der Certosa hoch über der Skyline. Seine Stadt. Er war überrascht, wie sehr er die schmalen, belebten Straßen bereits vermisste, die übervollen Kaffeebars und die Hausfrauen, die ihre Samstagseinkäufe erledigten.

Er verzichtete auf die Ruhe der winterlichen Piazza Santa Croce, auf die Tauben, die vom Kopfsteinpflaster aufflogen, auf die terrassierten Gärten der Villa Bardini, die *pietra serena* und die halbrunden Fenster, die dem Auge schmeichelten, und wofür? Rechts und links von ihm reichte der struppige Wald des Chianti bis an die schmale Straße voller Schlaglöcher heran, und vor ihm hingen die Wolken tief auf den entfernten Hügeln der Maremma.

Sein Rücken tat weh. Er war schon eine Weile nicht mehr so weit gefahren, und er rutschte vor Schmerzen auf seinem Sitz hin und her und versuchte, die Verspannung zwischen seinen Schulterblättern zu lockern. Mascarello und seine Frau: Diese Beziehung war einer der Gründe für seine verhärtete Nackenmuskulatur. Als Polizist hatte er natürlich einige Fälle von häuslicher Gewalt erlebt, Brüllen und Schreien und Tränen und Schweiß, Stichwunden und Brandverletzungen und gebrochene Knochen. Er kannte die Worte, die man nicht mehr zurücknehmen konnte. Vielleicht war das der Grund, warum er alles Mögliche tun würde, um in seiner Ehe den ersten Schritt zu verhindern, die erste Anklage.

Er war einmal von einem anonymen Anruf zu einem hübschen Apartmenthaus in einem Vorort gerufen worden. Eine Männerstimme sagte, dass jemand sterben werde. Sandro hatte eine gut aussehende Blondine, noch keine dreißig Jahre alt, mit einem heimlichen Lächeln durch die Glastür kommen und in ihren kleinen Mercedes steigen sehen. Er hatte gerade noch Zeit gehabt zu denken, aha, auf dem Weg zu ihrem Liebhaber, bevor sie den Zündschlüssel drehte und das Auto explodierte. Warum hatte der Ehemann einen Polizisten dabeihaben wollen? Er hatte diesen Sekundenbruchteil vor dem schrecklichen Geräusch der Explosion nie vergessen, eine Art von Vakuum, ein Atemholen, obwohl er wusste, dass es zu spät war, genau wie der Ehemann, der hinter einem Lastwagen hervortrat, dies wusste. Sandro hatte es geschafft, nicht auf das blutige Chaos im Wagen zu schauen, als er hinlief, um nach etwas zu suchen, an dem man den Puls fühlen konnte, aber diesen Augenblick, in der die Welt den Atem anhielt und man wünschte, dass das Schreckliche nicht geschah, hatte er nie vergessen.

Er hätte es verhindern können, wäre er schneller hingekommen, wären seine Reaktionen rascher und er intelligenter gewesen. Oder, wie Luisa eingeworfen hätte: Wenn man fliegen oder Gedanken lesen könnte. Und er hatte die Bombe, ein überraschend effektives, selbst gebasteltes Ding, schließlich auch nicht am Auto befestigt.

Der Ehemann war danach völlig durchgedreht und hatte gelacht, Blut an seinen Hosenbeinen und einen tiefen Schnitt auf der Stirn vom herumfliegenden Metall. Er hatte sich in der Zelle im Polizeirevier die Pulsadern mit einem Stückchen Kugelschreiberhülle aufgeschnitten. Die menschliche Fähigkeit, Schmerzen zuzufügen.

Mascarello und seine Frau hatten jedoch das geführt, was manche eine glückliche Ehe nannten. Er hatte alles, was sie tat, toleriert: Sie hatten eine Vereinbarung. Sandro schüttelte den Kopf, als er daran dachte, und sein Nacken wurde noch steifer. Aber Mascarello hatte sie nicht umgebracht. Er war zu der Zeit in einem Krankenhausbett gelegen. Sandro nahm an, dass er jemand anderes dafür hätte bezahlen können, da er über die Kontakte und das Vermögen verfügte. Aber er war derjenige, der auf einer Untersuchung ihres Todes bestand, und außerdem hatte er kein Motiv. Er hätte Loni Meadows an die kurze Leine nehmen können. Wie hatte sich das wohl angefühlt, wenn man ihr Liebhaber war?

Sandro taten die Augen weh. Das Licht war trüb, die Bäume hingen über die Straße. Gallo hatte ihm angeboten, ihn mitzunehmen, aber Sandro hatte ihn verständnislos angeschaut. Es war unvorstellbar, dort unten kein frei verfügbares Transportmittel zu haben. Er begriff nur langsam, dass Gallo nach anderen Prinzipien handelte als der durchschnittliche, abgebrühte Expolizist aus der Stadt. Er hatte Ideale über grünes Leben, künstlerische Freiheit und solche Dinge.

»Ich fahre selbst«, hatte Sandro knapp gesagt. Er hatte auch Gallos Angebot abgelehnt, gemeinsam, Sandro brav hinter ihm her, dorthin zu fahren. »Ich werde den Ort schon finden«, hatte er gesagt. »Fahren Sie ruhig los.«

Außerdem hatte er auch Zeit ohne Gallo gebraucht, um sich den Polizeibericht durchzulesen und sich die Fotos und den Ordner voller Broschüren und Lebensläufe anzusehen, die Gallo ihm gegeben hatte. Zeit, um das Polizeirevier in Pozzo Basso anzurufen und sich im Büro mit Giuli hinzusetzen, um ihr zu sagen, was sie in seiner Abwesenheit zu tun hatte.

Und natürlich Zeit, um mit Luisa zu sprechen. Ein echtes Gespräch, um die Luft zu reinigen und sich für all den hysterischen Unfug über Affären zu entschuldigen und ihr zu sagen, wie er sich wirklich fühlte. Zeit, um zu Frollini zu gehen und sie für zehn Minuten dort herauszuholen, um sich nebeneinander ins Caffè La Posta unter den Arkaden der Piazza della Repubblica zu setzen und alles zu besprechen, bevor er abreiste, bevor sie abreiste. Dieses blasse Gesicht, ihre dunklen Augen, die ihn über ihr hohes Glas *latte macchiato* anlächelten.

Loni Meadows war bei einem Autounfall gestorben, etwas, das heutzutage ohne Expertenwissen kaum verursacht werden kann, da die meisten Autos, abgesehen von Sandros zwanzig Jahre altem Fiat, komplexe Maschinen mit Flüssigkristall-Displays und Mikrochips waren. Wenn man jemanden sicher umbringen wollte, gab es andere Möglichkeiten.

Luisa würde die Fotos des Unfallortes nicht sehen wollen.

Die tiefen Furchen im gefrorenen Boden, das Blut und die Haare an der Türsäule, den Schädel, der wie eine Eierschale zerbrochen war. Sie würde sich auch nicht den vorläufigen Polizeibericht über die entscheidenden Faktoren – die Wetterverhältnisse, Verletzungen und Bremsspuren – ansehen wollen, die Sandro nicht mehr sagten, als dass die Polizei wahrscheinlich recht hatte: Es war ein Unfall gewesen.

Nein, Luisa würde ihn fragen, wie sie gewesen sei? Sie würde zuallererst das Foto der lebendigen Frau sehen wollen, und erst danach würde sie all diese Papiere vor ihm ausbreiten, jedes Foto, jeden Lebenslauf, jede persönliche Aussage der Gäste der Stiftung betrachten.

Dafür hätte Sandro Zeit gebraucht, bevor er allein über die Schnellstraße voller Schlaglöcher Richtung Siena fuhr. Zeit, sich Luisas Blickwinkel auf den Fall anzuhören, und Zeit, um ihr nach allem zu sagen: Ich bin ein Idiot, Liebling, verzeih mir. Viel Vergnügen in New York, du hast es verdient.

Allerdings lief es nicht ganz so.

Giuli hatte nicht lockergelassen. Geduldig hatte Sandro im Büro neben ihrem billigen, kleinen Drucker gestanden und den Ordner voller Dokumente kopiert, während sie hin und her lief und mit ihm schimpfte.

»Was meinst du damit: Sie hatte zu tun?«

»Es ist Samstag, Giuli«, hatte er ruhig erwidert und die Papiere in einen anderen Ordner gelegt und ihr gereicht. Sie hatte sie entgegengenommen, aber nicht einmal nachgesehen, worum es sich handelte. »Der Laden war voll.«

»Aber das hier ist wichtig«, hatte Giuli beharrt.

»Giuli«, hatte er mit einer Ruhe gesagt, die er nicht empfand, »du wirst hysterisch. Wir sind seit dreißig Jahren verheiratet, und eine Woche getrennt voneinander wird unsere Ehe nicht ruinieren.« Noch während er es sagte, hatte er sich schlecht gefühlt.

Und sie *hatten* viel zu tun gehabt bei Frollini, ein Samstag während des Schlussverkaufs. Er *war* hineingegangen und hatte mit Giusy gesprochen, der geschminkten, manchmal freundlichen Kassiererin. Er hatte gefragt, ob Luisa da war, ob sie Zeit hätte. Sie hatte gelächelt und gesagt: *Sicher, ich schaue kurz oben nach. Sie ist wohl – ich denke, sie ist bei Frollini.*

»Und dann hast du was getan?«, hatte Giuli gefragt.

»Ich habe ihr zu Hause einen Zettel hingelegt«, hatte Sandro erwidert, und daraufhin hatte Giuli nur den Kopf geschüttelt, sich hingesetzt, den Ordner angesehen und geseufzt. »Und das hier?«

Er hatte mit den Schultern gezuckt. »Für die Akten.«

Giuli hatte den Ordner wütend auf den Schreibtisch gelegt. Armes Mädchen. Gerade als sie gedacht hatte, dass sie dazugehörte, eine Komplizin war, verschwand er. Die vage Möglichkeit einer weiteren Überwachung eines Mädchens, das ein bisschen Dope rauchte, war offensichtlich nicht ganz der Neustart, den Giuli sich erhofft hatte. Er hatte sich an etwas erinnert und LONI MEADOWS' BLOG: LONESTAR ÜBERPRÜFEN auf einen neonpinken Post-it-Zettel geschrieben und auf dem Schreibtisch neben den Computer geklebt. NACH NAMEN SUCHEN.

Sie öffnete die Schublade, in der sie das neue Laptop aufbewahrten. Ihre Lippen fest zusammengepresst, hatte sie es ihm resigniert über den Schreibtisch zugeschoben. »Alle Kabel sind da drin, die Internetkarte und der Akku sind aufgeladen.«

Sie hatte danach nichts mehr gesagt, und Sandro hatte das Polizeirevier in Pozzo Basso, in der Provinz Grosseto, angerufen, um einen Termin mit Commissario Grasso zu vereinbaren, der diesen Routineunfall bearbeitete. Dem Beamten am Telefon schien Sandros Bitte völlig egal zu sein. Sandro konnte ihn sich vorstellen: fett, selbstzufrieden, mit Briochekrümeln auf der Uniform.

Sandro sah auf die Uhr. Er war um zwei Uhr auf die *superstrada* gefahren und sollte gegen 15 Uhr 30 in Pozzo Basso sein. Ungefähr eine Stunde im Polizeirevier, dann konnte er mit etwas Glück, noch bevor es dunkel wurde, zum Schloss fahren.

Er hätte eine Stunde früher losfahren können, hätte er nicht so viel Zeit damit verbracht, mittags in der düsteren Wohnung am Küchentisch zu sitzen und sich Gedanken zu machen, was er auf den Zettel für Luisa schreiben sollte.

Etwas ist dazwischengekommen, bin eine Weile wegen eines Auftrags unterwegs. Wir sehen uns, wenn du wieder zurückkommst.

Alles Liebe.

Knapp, mürrisch, trotzig, kindisch. Er sah vor sich, wie sie den Zettel zusammenballte und an die Küchenwand warf. Aber jedes Mal, wenn er *Liebling* geschrieben hatte, auch wenn es das Wort war, das er benutzen und sich um den Rest nicht kümmern wollte, hatte er diesen Ärger in sich aufkochen spüren. Warum sollte ich derjenige sein, der betteln und Kompromisse eingehen muss? Er hatte zwar nicht gegen ihren kleinen, gepackten Koffer getreten, ihn aber seitlich mit dem Fuß geschubst, als er gegangen war, und sich dann dafür geschämt.

Genug, dachte er, und mit etwas Mühe konzentrierte er sich wieder auf den Auftrag und den immer dunkler werdenden Horizont im Süden.

Als er das Schild von Pozzo Basso sah, war der Himmel eisengrau vor Schnee, der noch nicht fiel, sondern noch auf eine kleine Änderung der atmosphärischen Bedingungen wartete, um weich fallen zu können. Das Licht verschwand bereits. Fünf Minuten, nachdem er die *superstrada* verlassen hatte, hatte Sandro den trostlosen Rand des Ortes erreicht. Gallo hatte recht gehabt, es war ein gewöhnlicher, kleiner Ort. Merkwürdig pfannkuchenflach, angesichts der Hügel, die sich fast direkt dahinter erhoben; ein von Fliegen verseuchter Bahnhof und ein unbeschrankter Bahnübergang, eine Reihe von Aluminium-*capannoni* – Industriegebäude –, ein hässliches Pseudo-Einkaufszentrum rund um eine billige Supermarktkette. Ein Dorf ohne den Ehrgeiz, sich verbessern zu wollen.

Es wurde etwas besser, als er weiterfuhr. Eine Allee staubiger Akazien führte zu dem, was von einem mittelalterlichen Stadtzentrum übrig war, inklusive Stadtmauer. Er sollte nach dem einzigen Hotel von Pozzo Basso suchen, hatte es geheißen. Es stellte sich heraus, dass es eines der wenigen attraktiven Gebäude der Stadt war: Das Hotel Liberty mit einer würdevollen Art-déco-Fassade und einer besonders eleganten Akazie, die den Balkonen Schatten spendete, ein Stück hinter dem Stadttor. Dann sollte er den Schildern nach Grosseto folgen, hinter dem Hotel die zweite links, hatte der Beamte am Telefon ihm gelangweilt erklärt.

Auch wenn Sandro erwähnt hatte, dass er vom Witwer der Verstorbenen, Avvocato Mascarello, für die Ermittlungen über Loni Meadows' Tod autorisiert war, nahm er an, dass der Beamte zu abgestumpft war, um die Bedeutung des Namens zu erfassen, denn sein Verhalten am Telefon hatte sich nicht geändert.

Sandro fuhr an der alten Stadtmauer entlang, bog zwischen hohen Toren ab, auf denen die ihm so wohlbekannten Symbole der Polizia di Stato prangten – das Wappen, das Motto »Freiheit unter dem Gesetz« –, und überlegte, dass er eigentlich keine Vorurteile gegenüber dem provinziellen Außenposten seines früheren Arbeitgebers hatte. Wirklich nicht. Es gab viele intelligente Beamte außerhalb der großen Städte, und einige der provinziellen Zentren standen vor viel größeren Herausforderungen als der, die Sandro in Florenz hatte meistern müssen: Immigration, Menschenschmuggel, Mafia, Terrorismus, Armut. Es gab unten im Süden ein paar furchtbar tote, kleine Städte, und die Armut führte zu schrecklichen Dingen. Pozzo Basso ging es jedoch besser. Sandro hatte Pietro wegen des Ortes angerufen, noch bevor er Luca Gallo traf. Er hatte während des Gesprächs den Lärm des Polizeireviers hinter seinem Expartner gehört, und noch etwas anderes hatte er gehört: Erschöpfung, Vorsicht, Mitleid? Armer, alter Sandro, da draußen in der Kälte. Nein. Das war nur seine Fantasie. Pietro war auf Sandros Seite. Für immer.

Er parkte auf einem Platz, der einem Beamten namentlich zugeordnet war. Ein silberner Audi parkte auf einem anderen Beamtenparkplatz, sodass er nicht der einzige Zivilist war, der die sorgfältig austarierten Regeln des Parkplatzes brach.

Nein, die größte Herausforderung, die Pozzo Basso zu meistern hatte, waren wohl Teenager, die Marihuana rauchten, und Taschendiebe während der Feriensaison, wenn sich das Städtchen mit Strandausflüglern füllte, sogar so weit im Landesinneren. Pietro hatte geschnaubt. »Es ist ein Kaff«, hatte er gesagt. »Und alle dort sind das Ergebnis dörflicher Inzucht. Ich würde ihnen nicht mal zutrauen, mit beiden Händen ihren eigenen Hintern zu finden.« Aber sein alter Partner hatte nichts über Commissario Grasso gehört, daher wusste Sandro, als er das Auto abschloss, nicht viel.

Als er hinter dem Audi vorbeiging, schaute Sandro mit seinem Instinkt für Details, der über drei Jahrzehnte geschärft worden war, durch das Fahrerfenster. Die laminierte Parkplakette für Florenz, Zone E, lehnte an der Windschutzscheibe. Ein Schild am Haupteingang des plumpen, hässlichen, einstöckigen Polizeigebäudes wies darauf hin, dass der Eingang zum Leichenschauhaus und zum Büro des Pathologen hinten lag. Sandro ging hinein.

Der Mann ließ ihn zwanzig Minuten warten, was in Ordnung war, da Sandro fünf Minuten zu früh war. Kein Grund, beleidigt zu sein, und Sandro verbrachte die Zeit damit, die vorläufigen Ermittlungsergebnisse durchzulesen, die die Polizei Luca Gallo und Giuliano Mascarello gegeben hatte. Ihm fiel auf, dass Mascarello die Leiche identifiziert hatte. Er musste also gestern hierhergekommen sein. Hatte er ihnen die Hölle heißgemacht? Oder hatte er sich zurückgehalten und auf Beweise gewartet?

Es gab Fotos vom Heck eines großen SUV, die Nase in einem Fluss. Ein breitformatiges Foto, das im grauen Morgenlicht am steilen, gefrorenen Hügelabhang gemacht worden war, ein paar struppige Bäume, die scharfe Kurve und der Flecken Glatteis. Neben der Straße lag Müll, sogar an dieser hübschen Stelle, einem Gestrüpp aus Schilf und Brombeeren am Flussufer. Auf dieser Aufnahme war die Leiche kaum zu sehen, nur etwas Weißes – das nackte Bein der Frau.

Sie war gegen Mitternacht gestorben, und es war offensichtlich, dass sie vom Schloss weggefahren und in Richtung Stadt unterwegs war. Sie hatte Pozzo Basso nicht erreicht, wo auch immer sie hinwollte. Aus irgendeinem Grund dachte Sandro an dieses Hotel mit seiner Art-déco-Fassade.

Er war immer noch in Gedanken versunken, als Grassos Tür sich öffnete. Er roch das teure Aftershave, aber bis er aufsah, war derjenige, der vor ihm bei Commissario Grasso gewesen war, durch die Tür verschwunden. Breite Schultern in einem dunklen Kaschmirmantel.

Falls er von Giuliano Marscarellos Namen beeindruckt oder eingeschüchtert war, dann hatte der Polizist, ein kleiner, untersetzter Mann mit schwarzen, eng zusammenstehenden und dummen Augen, beschlossen, es nicht zu zeigen. Sandro begriff in weniger als einer Minute, dass er nicht bereit war, seine Meinung über Loni Meadows' Tod zu ändern.

Grasso hatte die anonyme E-Mail mit einer verächtlichen Handbewegung ignoriert. »Verschwörungs-Unfug. Jeder hat Feinde, auch Leute mit Feinden fahren unvorsichtig.« Er machte den Eindruck, als hätte er Mühe, wach zu bleiben.

Sandro beherrschte sein Temperament und sah den Mann nur höflich fragend an. Grasso schnalzte ungeduldig mit der Zunge und fuhr fort: »Der vorläufige toxikologische Bericht deutet darauf hin, dass sie recht viel Alkohol getrunken hatte.«

»Sie war über dem Grenzwert?«, fragte Sandro, obwohl er wusste, dass es nicht so war.

Der Mann sah ihn ruhig an und fuhr dann fort, als hätte er nichts gesagt: »Sie war nicht angeschnallt, den Bremsspuren nach zu urteilen, fuhr sie auf diesem gefährlichen Straßenstück sehr schnell. Vor zwei Wochen, das letzte Mal, als es so stark gefroren hatte, hatte es einen ähnlichen Unfall gegeben. In ihrer Blutprobe fanden sich auch Spuren von Kokain.« Er zuckte mit den Schultern. »Wenn Avvocato Mascarello sein Geld für einen, einen« – er suchte nach Worten –, »einen Privatdetektiv verschwenden will, dann ist das sein gutes Recht.«

Sandro nahm die Fotos heraus. »Und das Auto? Wurde es auf irgendwelche Defekte hin untersucht, irgendetwas, das den Unfall hätte verursachen können?«

Grasso senkte langsam den Kopf. »Bisher sieht's nur danach aus, dass das Profil der Vorderreifen fast völlig abgenutzt war. Sie hat diesen Wagen hart gefahren.«

»Aber nicht ganz abgefahren. Und die Bremsen?«

Der Polizist lächelte höhnisch. »Niemand hat ihre Bremsleitungen durchgeschnitten«, sagte er. »Wenn man auf einer schmalen, vereisten Straße mitten in der Nacht zu schnell fährt, egal, ob mit oder ohne Gurt, dann sind Bremsen ziemlich irrelevant. Sie lesen zu viele billige Krimis, Signor Cellini.«

Sandro ignorierte die Beleidigung. Im Moment hätte ihm niemand die Information entlocken können, dass er noch vor Kurzem Grassos Vorgesetzter bei der Polizia di Stato gewesen war. »Wissen Sie, wohin sie fuhr?«, fragte er ruhig.

Grasso war sprachlos, als wäre ihm diese Frage nie in den Sinn gekommen. »Es gibt die Vermutung«, sagte er und sah Sandro feindselig an, »dass sie vielleicht auf dem Weg zu einem Treffen mit jemandem war, mit dem sie eine … Beziehung hatte. Eine oberflächliche Beziehung. In Pozzo Basso.«

Sandro begriff: Grasso und die Einheimischen, die Klatschmäuler und Kumpel, hatten sich das zusammengereimt. Ein Ellbogenstoß und ein Augenzwinkern.

»Konnten Sie diese Person identifizieren? Diese oberflächliche Beziehung?« Sandro sah keinen Grund, sich zurückzuhalten.

»Nein«, sagte Grasso knapp zwischen zusammengebissenen Zähnen. »Konnten wir nicht.«

»Und das stört Sie nicht?«

Der Ausdruck der kleinen, dunklen Tieraugen wurden härter. »Ich habe keinen Zweifel daran, dass dieser Aspekt des Unfalls aufgeklärt werden wird«, sagte Grasso. »Ihn zu diesem Zeitpunkt weiterzuverfolgen wäre eine Verschwendung von Steuergeldern. Es ist meine Pflicht, das zu berücksichtigen. Die Frau ist gestorben, weil sie in hohem Tempo unter dem Einfluss von Drogen gefahren ist. Wir sollten – Avvocato Mascarello sollte auf jeden Fall dankbar sein, dass sie nur sich selbst umgebracht hat. Sonst würde er kein Geld für einen Privatdetektiv verschwenden, sondern für einen ziemlich teuren Prozess.«

Die beiden Männer starrten einander einen Augenblick an, und das Merkwürdige war, dass Sandro sich umso sicherer war, dass es etwas zu ermitteln gab, je sturer Grasso wurde. Warum? Sturköpfigkeit oder die Tatsache, dass er den Mann verabscheute? Nicht nur das, auch nicht nur der fehlende Liebhaber, nicht einmal die E-Mail – nein, es hatte etwas mit Loni Meadows und mit dem Bild zu tun, das Sandro sich von ihren letzten Minuten gemacht hatte. Es hatte etwas mit der Tatsache zu tun, dass die Frau mit den hellblauen Augen, die ihn auf diesem Foto ansah, lange genug das Bewusstsein wiedererlangte, um aus dem Wagen zu klettern und dort, in der Kälte, wo sie lag, zu sterben.

Vielleicht hatte sie auf Hilfe gewartet, vielleicht hatte sie gewusst, dass keine Hilfe kommen würde. Es hatte wohl nicht lange gedauert, aber diese Minuten faszinierten ihn, diese Lücke, in die ihr Leben gefallen war, diese unergründlichen, wertvollen letzten Minuten zwischen Leben und Tod.

Wenn Hilfe gekommen wäre, hätte ihr Leben gerettet werden können.

Sandro stand auf. »Ich muss ihre persönliche Habe abholen«, sagte er.

»Fragen Sie am Empfang nach«, sagte Grasso. »Schließen Sie die Tür hinter sich.«

Am Empfang gab man Sandro die Wegbeschreibung zur Leichenhalle: Er musste nur ums Haus herumgehen. Niemand bot an, ihn zu begleiten. Er gab die Vollmacht, die Mascarello unterschrieben hatte, einer jungen Frau in einem Overall, die an einem billig aussehenden Empfangstisch saß, der so aussah, als habe er früher in einem windigen Reifenladen gestanden. Sie hatte seitlich am Hals eine Tätowierung, ihre Lippe war gepierct, und ihre Haare waren pechschwarz gefärbt. Sandro fragte sich, welche Berufsberatung sie in der Schule erhalten hatte.

Das Mädchen führte ihn durch eine doppelte Tür mit Drahtglas in ein Büro voller Aktenschränke. Eine weitere Doppeltür führte zur eigentlichen Leichenhalle. Durch Drahtglas konnte er die vertrauten langen Schubladenreihen sehen und den Rücken des Mannes im Kaschmirmantel, der aus Grassos Büro gekommen war und sich jetzt mit einem Techniker unterhielt. Sandro wog die Plastiktüte, die sie ihm gab, in der Hand, ohne sie anzusehen.

»Sind die Kleider hier drin?«, fragte er sanft. Sie schüttelte den Kopf. Also bereits zerstört. Sandro seufzte. Hätte es sie umgebracht, den Kram noch ein, zwei Tage aufzubewahren?

»Der Wagen?«

»Auf dem Abstellplatz. Es gibt eine Warteliste für die Schrottpresse. Wollen Sie die Leiche sehen?«, fragte sie unbeteiligt und folgte seinem Blick.

Sandro betrachtete sie. Interessierte es sie überhaupt, wer er war, bevor sie ihn dort hineinließ? Er schüttelte den Kopf. Er hatte die Fotos und bekäme den Obduktionsbericht. Sie hatten viele Fotos gemacht. Aber vor allem hatte er schon genug Leichen gesehen.

Der Mann im Kaschmirmantel drehte sich halb um, sodass sie ihn im Profil sahen: kräftige, dicke Haare, aus der Stirn gekämmt, eine starke, römische Nase, ein üppiger Schnurrbart. Es war der Mann, den Sandro gestern Morgen gesehen hatte, als er sich von seinem Sohn Alberto vor dem Liceo Classico Marzocco verabschiedet hatte, das zufällig in der Florentiner Parkzone E lag, um dann in einem silbernen Audi den Hügel hinunterzufahren. Es war auch der Mann, dessen Foto er in der Broschüre des Castello Orfeo gesehen und halbwegs wiedererkannt hatte: Niccolo Orfeo, der Erbe des Orfeo-Vermögens, Herr und Diener der Stiftung.

Sandros Handy piepste, eine Nachricht. Unter dem unbeteiligten Blick der gepiercten Angestellten nahm er es heraus und schaute aufs Display.

Die SMS war von Giuli: *Bellagamba hat angerufen, Carlotta hat gesagt, sie geht aus und wird erst am Morgen zurückkommen. Ich soll ihr folgen.* Er klappte das Handy zu.

Und etwas in seinem Kopf rutschte an den richtigen Platz.

»Vielleicht möchte ich die Leiche doch ansehen«, sagte er.

Die Töpfe standen in einer Reihe auf einem hohen Regal im luftigen, weißen Atelier, und sie jagten Cate Angst ein.

»Ich koche Kaffee«, sagte Michelle und schraubte die kleine Kaffeemaschine auseinander, um Leitungswasser einzufüllen.

In den sechs Wochen war Michelle immer angespannt und wütend gewesen, aber als sie nun zwischen Tina, der sie auf die Schulter klopfte, und der kleinen, elektrischen Platte in der Ecke des Ateliers hin und her ging und halb zu sich selbst sprach, klang sogar ihr harter Akzent weich und sympathisch.

Die Töpfe machten Cate immer noch Angst. Es fühlte sich an, als sähen sie zu ihr herab. Jeder Einzelne war ein bisschen unförmig, und doch waren sie so liebevoll und sorgfältig aufgereiht, als stünden sie in der Therapieabteilung eines Krankenhauses als Zeugnisse von Schmerz und Zusammenbrüchen. Die Strohbündel und Fetzen von Dingen, die an ihnen klebten, ließen an etwas Körperliches denken – Haare, die aus einem Nasenloch wuchsen, Beulen, Narbengewebe. Je länger Cate hinsah, umso mehr schienen sie Gesichtszüge anzunehmen, sie anzuschauen, Grimassen zu schneiden oder böse zu starren. Sie waren – gut, das musste Cate zugeben. Sie wusste nicht, wofür sie standen, oder vielleicht wollte sie es auch nicht wissen, aber sie berührten sie.

Erzählt es mir einfach, hatte sie brüllen wollen, als sie das Zimmer betraten. Sagt mir, was ihr meint. Sie zwang sich zum Warten und sah als Erstes die Töpfe an, um geduldig zu bleiben.

»Magst du sie?«, fragte Michelle, die Arme vor ihrer breiten Brust verschränkt.

»Frag sie das nicht«, sagte Tina schnell.

»Ich, ich mag sie eigentlich nicht«, sagte Cate und wusste, dass es nicht das Richtige war. »Sie machen mir Angst.«

»Das ist gut«, sagte Tina. »Das war meine Absicht.«

Und sie klang plötzlich entspannt. Es wurde Cate bewusst, dass das hier ihr Raum war, von diesen beiden Frauen. Hier waren sie glücklich. Draußen, in der Bibliothek, dem Esszimmer und in den Räumen des Schlosses, war es anders.

»Das hat sie nicht begriffen«, sagte Michelle zu Tina. »All dieser Kram wäre ein unreifes Psychodrama – sie hat es nicht begriffen.«

»Wer hat es nicht begriffen?«, fragte Cate, obwohl sie die Antwort kannte.

»Loni hat es nicht begriffen«, sagte Tina, und ihre Stimme wurde tonlos.

»Baby«, sagte Michelle warnend.

»Ich dachte, sie mochte Ihre Arbeit«, sagte Cate. Sie hielt inne. »Ich erinnere mich, dass sie herkam, um Ihre Sachen anzusehen. War das nicht in der ersten Woche?«

Die Atmosphäre veränderte sich subtil, der Raum wirkte plötzlich kälter.

»Das war, bevor sie wusste, dass ich wusste, was sie über mich gesagt hatte. Ob sie meine Arbeit mochte?« Sie dachte über die Worte nach und schüttelte den Kopf. »Nein. Sie hasste meine Arbeit. Sie tat so, als möge sie mich, damit ich es nicht erriet.«

»Kleine Loni«, sagte Michelle in einer unangenehmen Babystimme. »Jeder musste sie lieben. Sie hat nie die Konsequenzen getragen, wenn sie etwas Böses getan hat.«

»Damit Sie was nicht errieten?«, fragte Cate und sah Tina in die Augen.

Tina schüttelte einfach nur den Kopf, plötzlich wie erstarrt.

»Du kannst es erzählen«, sagte Michelle leise. »Sie ist jetzt weg.«

Als Tina schwieg, wandte sich Michelle geduldig Cate zu. »Tinas letzte Ausstellung in New York wurde anonym verrissen, von einem Blogger. Er hat sie runtergemacht und geschrieben, Tina sei – wie war das noch?« Tina schüttelte den Kopf, die Lippen zusammengepresst und blutleer. »Ein Vorstadt-Gothic.«

Cate hatte keine Ahnung, was das bedeuten sollte. »Anonym?«

»Es war Loni. Der Blogger nannte sich Lonestar. Viele Leute wussten, dass sie es war, und einer erzählte es Tina.« Sie zuckte mit den Schultern. »So sind die Leute eben. Sie mögen es, so etwas weiterzuerzählen.«

»Ich hätte es nicht lesen sollen«, sagte Tina, das Gesicht in den Händen verborgen. Sie klang wie ein Kind. Michelle schob ihr eine Tasse Grüntee hin und reichte Cate eine winzige Kaffeetasse. Sie griff nach oben in einen kleinen Schrank und nahm eine Brandyflasche und ein Schnapsglas heraus.

Cate wurde bewusst, dass sie keine Ahnung hatte, wie viel Uhr es war. Sie hoffte, dass Ginevra und Nicki die Lunchpakete verteilt hatten. Ihr war klar, dass sie das hier nicht beschleunigen konnte.

»Aber sie hat es gelesen«, sagte Michelle.

Tina starrte in ihren Tee. »Es war wirklich dumm.« Sie sah auf.

Zum ersten Mal seit ihrer Ankunft im Schloss schien Tinas blasses, erschöpftes Gesicht unter der Kapuze scharf zu sehen zu sein. Auf ihrer weißen Haut befanden sich viele hellbraune Sommersprossen, ihre Augenfarbe war gar nicht unbestimmbar, sondern braun, grün und gold und schwarz zusammen. Ihre trockenen, ungekämmten Haare waren wie Heu. Ein Kind.

Sie sah wieder nach unten. »Man sollte keine Kritiken

lesen, nie, sondern einfach mit der Arbeit weitermachen, zurück ins Atelier gehen. Ich glaube, ich dachte, ich würde mich dadurch besser fühlen. Sie hat nicht nur mein Leben ruiniert.«

Michelle streckte beruhigend eine Hand aus. »Komm schon«, sagte sie leise. »Mach dich deswegen nicht verrückt. Ich weiß, dass es sich schlecht anfühlt, aber sie hat dein Leben nicht ruiniert, Baby. Es war nichts.«

Cate fragte sich, wessen Idee es gewesen war, das Feuer anzuzünden, die Sachen zu zerstören? Tinas? Sie bezweifelte es.

»Und dann?«, fragte sie. Tina hob ihr verweintes, fleckiges Gesicht. »Dann habe ich es getan«, sagte sie.

»Was getan?« Tinas Kopf senkte sich wieder, und sie murmelte: »Ich habe sie gemacht. Ich habe eine Loni-Puppe gemacht.« Und sie blickte in Cates verwirrtes Gesicht und sagte: »Wissen Sie, was Obeah ist? Voodoo? Ich habe eine Puppe gemacht. Eine Voodoo-Puppe.«

»Voodoo«, wiederholte Cate, und ihr Blick schweifte zu der Topfreihe über ihr mit den kleinen, unförmigen Gesichtszügen. Auf den Karibik-Kreuzfahrten kauften die netten, übergewichtigen, amerikanischen Frauen diese Puppen aus Stöcken und Stoff, dazu gefälschte Schriftrollen. Disney-Hexerei.

»Ich habe nicht gedacht, dass es funktionieren würde«, sagte Tina tonlos.

»Es hat nicht funktioniert«, sagte Michelle rau und unterbrach sie. »Hör damit auf, Mädchen. Sofort.«

Cates Mutter glaubte an Exorzismus und böse Geister und Geistheilung. Cate hatte immer gestöhnt und sich bei der Erwähnung dieses oder jenes Priesters an den Kopf gefasst. Jetzt schien es schlicht gefährlicher Wahnsinn zu sein.

»Sie hat recht«, sagte sie, fasste Tina am Ellbogen und sah ihr ins Gesicht. »Sie dürfen nicht darüber reden. Sind Sie wahnsinnig?«

Niemand durfte etwas davon erfahren. Man würde sie einsperren.

Es war dieser Ort. Wäre Cate irgendwo anders – unten in Pozzo mit Vincenzo oder zu Hause bei ihrer Mutter oder Eis essen in ihrer Heimatstadt mit den Mädchen, mit denen sie aufgewachsen war –, dann wäre das hier einfach nur zum Lachen. Dumm. Kinderkram, ein Mädchen, das wütend ist, bastelt eine Voodoo-Puppe von einem bösen Lehrer. Hier an diesem Ort, die hohen, grauen Mauern des Schlosses immer um sich herum, mit den kalten, dunklen Korridoren, der weiten, leeren, gefrorenen Landschaft, die sich meilenweit erstreckte, und nur schweigsame Bauern zwischen ihr und der Zivilisation – hier hatte Cate Angst. Und Cate war nicht leicht einzuschüchtern.

Sie holte tief Luft. »Sie haben etwas Dummes gemacht, aber Sie haben sie nicht getötet.« Sie wandte sich Michelle zu. »Was hat sie diesem Ding angezogen? Dieser Puppe?«

»Ich habe sie aus Ton gemacht«, sagte Tina, »und ein paar Haare besorgt.« Sie sah Michelle an, als bitte sie um Erlaubnis, aber Michelle machte ein böses Gesicht. »Aus Lonis Bürste. Und dieser Stoff war einer ihrer Schals.«

Cate sah von einer zur anderen. Sie konnte diesen Wahnsinn kaum glauben.

»Der Schal war in meiner Wäsche gelandet«, erklärte Michelle, »dadurch kam Tina überhaupt erst auf die Idee.«

Die Töpfe starrten von oben auf sie herab, Tinas und Michelles Gesichter sahen beide eindeutig verrückt aus, in der offenen Tür hing immer noch der Geruch von verbrannten

Haaren und Stoff, und plötzlich hatte Cate das Gefühl, dass sie nicht mehr länger hier drin bleiben konnte.

Draußen wirkte der Himmel niedriger und dunkler denn je, der Wind hatte aufgefrischt und fühlte sich bitterkalt und feucht an, durch den zu erwartenden Schnee. Von weit her aus den Wäldern erklang das Knallen der Jagdgewehre, gefolgt von Hundegebell.

Cate schaute in das Ölfass. Die schwarze und verkohlte Masse sah ekelhaft aus. Tina und Michelle kamen hinter ihr her. Cate beugte sich vor, streckte einen Arm aus und zögerte.

»Was sollen wir damit tun?«, fragte Tina.

Von dort, wo die Zypressenallee endete und die graue Masse des Schlosses sich im schwachen Nachmittagslicht dunkel erhob, wurde etwas gerufen. Cate drehte sich bei dem Klang um. Es war Tiziano in seinem Rollstuhl. Er hob eine Hand, und Cate winkte zurück. Er sollte nicht versuchen herunterzukommen, der Kiesweg war für ihn gefährlich. Widerwillig schaute sie noch einmal in das Fass und sah ein längliches Stück aus zerbröselndem, verkohltem Ton, das ein Knochen gewesen sein konnte.

»Ich weiß nicht«, sagte sie und wandte die Augen ab.

Sie sah noch einmal nach oben. Jetzt war Nicki dort oben. Einen Korb in den Armen, kam sie auf dem unebenen Weg unsicher auf sie zu und schwankte, als sie sich umdrehte, um Tiziano zu winken. Es war lächerlich, aber Cate wollte nicht, dass Nicki in das Fass schaute. Nicki war noch ein Kind.

»Ich werde mich für Sie darum kümmern«, sagte Cate rasch. »Rollen Sie es einfach nach hinten.« Tina lächelte voll schüchterner Dankbarkeit.

Und Cate rannte fast nach oben zu Tiziano, gerade noch

rechtzeitig, um zu sehen, wie sein breites Lächeln skeptisch wurde. »Alles in Ordnung?«, fragte er besorgt, als sie ihn erreichte. Cate kniete sich neben ihn, schnappte nach Luft und schaffte es zu lächeln. »Mir geht's gut«, sagte sie. Über Tizianos Schulter sah sie noch jemanden um die Seite des Schlosses kommen. Er lief schnell unter den Bäumen hindurch.

»Ich dachte, du könntest mit mir spazieren gehen«, sagte Tiziano, und Cate lächelte noch breiter, denn Tiziano brauchte niemanden, der seinen Rollstuhl schob. Sie beherrschte sich, weil sie nicht wollte, dass er dachte, sie lache über ihn.

»Klar«, sagte sie und schaute auf die schmale Figur, die in einem langen Mantel die Mauer entlangging. Es war Alec Fairhead. Als er sie sah, blieb er stehen. Cate stand auf und winkte, dann sah sie wieder Tiziano an. Er nahm ihre Hand. »Du willst also?«

»Ja, *caro.*« Cate runzelte die Stirn. Ihr fiel auf, dass sie Tiziano geduzt hatte. »Hast du etwas zu essen bekommen? Es ist alles etwas chaotisch im Moment, auch in der Küche. Ich weiß nicht, ob ich dort oder hier draußen sein soll oder wo sonst.«

»Nicki hat mir vorhin etwas gebracht«, sagte er. »Ich werde gut versorgt. Und ich bin mir sicher, dem Behinderten zu helfen gehört zu deinen Pflichten.«

»Sei nicht albern«, sagte sie scharf und bereute es sofort. War sie diesen Leuten gleichgestellt oder nicht? War sie Tizianos Freundin oder Dienerin? Das Merkwürdige war, vor Loni Meadows' Tod und ihrer eigenen, abrupten Beförderung hätte Cate zu hundert Prozent gesagt: eine Freundin.

»Ich hole mir nur schnell einen Mantel«, sagte sie. Tiziano trug mehrere Schichten, außerdem eine Wollmütze und Handschuhe, sie dagegen war nur in einem Pullover hinausgegangen. Es war jetzt eiskalt, der Wind peitschte um ihre Beine. Es war eine dumme Idee, bei diesem Wetter spazieren zu gehen, wo auch noch Schnee in der Luft lag, aber egal. Alec Fairhead kam zu ihnen.

Cate winkte dem Engländer noch einmal zu, bevor sie zu ihrem Zimmer eilte. Tiziano würde alles erklären. Aber als sie über die Steine lief, hörte sie die rasche Bitte des Engländers: »Ist es in Ordnung, wenn ich mitkomme? Ich könnte ein bisschen frische Luft gebrauchen.« Und Tiziano, in dessen Stimme sie glaubte, Resignation zu hören, obwohl das auch nur Wunschdenken sein konnte, antwortete: »Sicher, klar. Je mehr, umso besser.«

Verdammt, dachte sie, verdammt.

Kapitel 13

Am großen, alten Computer im Büro in der Via del Leone sitzend, fragte sich Giuli, was sie an einem Samstagnachmittag eigentlich hier tat, da Sandro sie ganz sicher nicht dafür bezahlen würde, nicht, dass sie es wegen des Geldes tat, weiß Gott. Aber dann klingelte das Telefon und riss Giuli aus ihrer schlechten Laune. Und das war auch gut so, denn es stellte sich heraus, dass sie dank Sandro ihren eigenen ersten Klienten am Telefon hatte. Und wie ein beleidigtes Schulkind zu klingen wäre nicht gut gewesen. Fabrizio Bellagamba fragte sogar mit Namen nach ihr.

Der Mann war ganz aufgeregt, weil seine Tochter an einem Samstagabend ausgehen wollte. Giuli musste sich auf die Zunge beißen, um ihm nicht zu sagen, dass er sich beruhigen sollte. Das käme nicht gut an.

»Sie haben das Richtige getan, indem Sie uns angerufen haben«, sagte sie. »Sicher. Mit ihr zu streiten wird nichts verbessern, sie muss das Gefühl haben, dass Sie ihr vertrauen.« Auch wenn sie das nicht tun, auch wenn sie ihr nur vertrauen, wenn ein Privatdetektiv sie verfolgt. Aber Giuli war offensichtlich nicht in der Position, dies infrage zu stellen.

»Ich werde nach ihr sehen«, sagte Giuli. »Machen Sie sich keine Sorgen.«

Die Worte waren gesprochen, bevor sie darüber nachdenken konnte. Sandro hätte so etwas nicht zu dem Mann gesagt. Sie korrigierte sich: »Ich werde in ihrer Nähe bleiben. Ich bin um halb sechs dort, in Ordnung?« Und dann entstand eine kleine Pause, bevor Fabrizio Bellagamba »Dankeschön« sagte.

Sie schickte Sandro praktisch in derselben Minute, in der sie den Hörer aufgelegt hatte, eine SMS, triumphierend, und als die Nachricht abgeschickt war, wurde sie nervös.

Komm schon, ruf mich zurück, dachte sie. Sag mir, dass ich das toll gemacht habe, und sag mir dann, was ich als Nächstes tun soll. Sie stand auf, ging im Zimmer hin und her, überprüfte den Ladestand ihres Handys und ihre Kleidung. Sie sollte nicht zu auffallend und nicht zu schäbig sein. Nein, es passte alles: ihre beste, dunkle Jeans, ein weißes Hemd, ein unechter Kaschmirpullover, die warme Steppjacke, die Luisa ihr zu Weihnachten geschenkt hatte.

Das ließ sie abrupt innehalten: Luisa, die noch arbeitete, sich den ganzen Tag mit Ausländern herumschlug und erst zu Hause erfahren würde, dass Sandro abgehauen war.

Hatte er das getan? Nein, natürlich nicht. Er war wegen eines Auftrags unterwegs, das war die Wahrheit. Aber Giuli hoffte, dass er eine ordentliche Nachricht hinterlassen hatte, die alles erklärte. Ja, klar. Und dann ging sie wieder im Zimmer hin und her. Sie konnte jetzt nicht über Luisa nachdenken. Komm schon, sagte sie zu ihrem Handy.

Es sollte sich herausstellen, dass er sie noch über eine Stunde lang nicht zurückrufen würde, und als er es tat, sagte er nicht das, was sie erwartet hatte.

»Sie sind heute eine sehr beliebte Frau«, sagte der Assistent im Leichenschauhaus zu der Leiche, als er die Schublade herauszog. Er war ein fetter, unpassend jovialer Mann, der die Angewohnheit hatte, Selbstgespräche zu führen. Sandro fragte sich, was Niccolo Orfeo von diesem Mann wohl gehalten hatte. Er wusste, dass es Orfeo war, denn als er darauf wartete, dass der Mann fertig wurde, und währenddessen die ganze Zeit über von dem Mädchen mit der gepiercten Lippe beobachtet wurde, hatte er sich noch einmal die Broschüre angesehen, die Gallo ihm gegeben hatte. Niccolo Orfeo, der Vater von Carlottas Helden Alberto, nach dessen Nachnamen er sich nie erkundigt hatte.

Niccolo Orfeo, neunundsechzig Jahre alt und jünger aussehend auf dem Foto, das in der alten Bibliothek des Schlosses aufgenommen worden war. Er stand neben dem Flügel, auf einem weiteren Bild stand er, der Patriarch, mit Frau und Sohn in ihrer Villa in Florenz auf einer großen Terrasse mit teuren Gartenmöbeln und einer gestreiften Markise und dem Dom, der heiter im Hintergrund auftauchte. Dem Blick nach zu urteilen, befand sich die Villa irgendwo hinter der Porta Romana. Poggio Imperiale oder Arcetri, beide in Parkzone E. Offene Häuser hatte der Hausmeister des Liceo Classico Marzocco gesagt, wenn er mit einer seiner Frauen unterwegs war.

Die Frau sah wie eine Ausreißerin aus, zu dünn und mit dieser Art von Sonnenbräune, die man im Süden bekommt. Auf ihren Lippen ein abwesendes Lächeln, als sie zwischen Sohn und Ehemann stand, und das war kein Wunder. Sandros Erfahrung sagte ihm, dass Niccolo Orfeo nicht gerade wie ein Mann aussah, der den Eheschwur ernst nahm. Vielleicht war er zu aristokratisch dazu. Und andere Beweise kamen auch zusammen.

Und dann eilte er durch die Schwingtür, und Sandro trat zurück, in der Hoffnung, sich in dieser Enge so unsichtbar wie möglich zu machen. Ein Hauch von Karbol hatte sich unpassend mit dem Aftershave des Mannes vermischt. Sein Gesicht war blass, seine Augen waren starr nach vorn gerichtet. Niccolo Orfeo marschierte schnurstracks an ihm vorbei und aus der Leichenhalle.

Eine beliebte Frau. Orfeo war also auch gekommen, um sie zu sehen. Sandro wusste sehr gut, dass nicht jeder einfach so hereinspazieren und sich die auf Staatsgebiet kürzlich Verstorbenen zeigen lassen konnte, aber Orfeo war ein großer Name in dieser Region. Die Frage war, was er hier tat.

Sandro überlegte: Entweder hatte er sie gemocht, oder er wollte sichergehen, dass sie tot war. Oder beides.

Als der Angestellte des Leichenschauhauses, gut zehn Zentimeter kleiner als Sandro und mit einem breiten, fragenden Lächeln auf seinem runden, glänzenden Gesicht, dastand, in der Hand den Griff der Stahlschublade, in der Loni Meadows lag, hätte Sandro ihm am liebsten gesagt, dass er seine Meinung geändert hatte. Er hatte darum gebeten, die Leiche sehen zu dürfen, um zu überprüfen, ob Orfeo aus demselben Grund hier war wie er, und jetzt, wo er es wusste, war es das Letzte, was er tun wollte. Doch er senkte den Kopf, holte tief Luft und sagte: »Ja.«

Niccolo Orfeo stieg nun wohl in diesen großen, silbernen Audi, fuhr auf die Umgehungsstraße dieser schmutzigen, kleinen Stadt, sein glänzendes, kraftvolles Auto ein überlegenes Monster im provinziellen Verkehr. Aber Sandro konnte das nicht als Entschuldigung vorbringen, um aus der Leichenhalle hinter ihm herzulaufen, weil er eine ziemlich gute Vorstellung davon hatte, wohin er fahren würde. Und Luca

Gallo hatte ihm eine genaue Wegbeschreibung von Pozzo aus zum Castello Orfeo gegeben.

Die Schublade glitt heraus. Loni Meadows war keine große Frau gewesen, und unter dem glatten, weißen Laken nahm sie jetzt kaum noch Platz ein. Der Angestellte faltete das Laken nach unten, um ihr Gesicht und ihren Hals freizulegen. Sandro nickte kurz und hob eine Hand, damit er nicht weitermachte. Ihre Augen waren natürlich geschlossen. Die hellblauen, himmelblauen Augen, ohne die sie fast durchschnittlich wirkte. Fast. Tote waren nie durchschnittlich. Ihre Haut, wäre sie lebendig, wäre für eine Frau ihres Alters auffallend gewesen, kaum eine Falte oder ein Makel, obwohl sie jetzt so matt wie Schlamm und ein Wangenknochen gebrochen war. Die Schwellung und der Bluterguss hatten ihr Gesicht zerstört, asymmetrisch gemacht.

Ihre Lippen waren blaugrau. Sandro konnte nur ein, zwei Haarsträhnen sehen, denn wie die Verletzung, die sie getötet hatte, waren die Haare unter dem weißen Leinen verborgen, das zu einer Art Haube gefaltet war, um die Schnitte des Pathologen vor dem Betrachter zu verbergen. Er hätte den Mann bitten können, ihm die Verletzung zu zeigen, aber das tat er nicht. Schon das, was Sandro sehen konnte, die etwa grapefruitgroße Vertiefung an der eierschaldünnen Schläfe, machte klar, dass sie diese Verletzung nicht hatte überleben können. Es war eine typische Verletzung bei Autounfällen, wenn der Kopf auf den Türrahmen prallt, normalerweise tödlich, und sicherlich gab es noch weitere Verletzungen. Sandro beugte sich vor. In seiner Aktentasche befanden sich die Fotos, und er wusste, dass er das nicht tun musste, aber jetzt war er bereits so weit gegangen. Er hielt inne, sein Gesicht über ihrem wie bei einer Geliebten. Er wollte nicht atmen. Er wollte seine Augen schließen, aber er ließ sie offen.

Aus dieser Nähe konnte er eine diagonale Spur auf ihrem Hals sehen, eine kleine, rötliche Linie wie von einem Seil, die sehr gut vom Gurt stammen konnte, gegen den sie beim Aufprall gepresst worden war. Grasso hatte jedoch gesagt, sie hätte den Gurt nicht angelegt gehabt, und einen Moment dachte Sandro über diesen Widerspruch nach. Er könnte sich als bedeutend herausstellen oder auch nicht. In diesem Stadium konnte er das einfach noch nicht wissen.

Sandro atmete gegen seinen Willen ein und roch den Geruch des Leichenschauhauses und der Leichen, die nach dem Tod all die invasiven Prozesse durchgemacht hatten und voller fremder Flüssigkeiten und Gerinnungsmittel waren. Wie hatte Loni Meadows früher gerochen? Nach Seife, Gesichtscreme, einem dieser schweren, teuren Düfte, dem Moschus ihrer eigenen Haut. Er hob den Kopf.

Als er dem Angestellten in sein teigiges Gesicht sah, wünschte sich Sandro Luisa hierher, damit er sein Gesicht an ihren weichen, weißen Hals drücken und einatmen könnte, bis er nur noch sie roch.

»Danke schön«, sagte er. »Das reicht.«

Die Schwingtüren, die Empfangstheke, das blasse, gepiercte Gesicht und die schwarzen Haare der Rezeptionistin – alles glitt verschwommen an ihm vorbei, als er durch das hässliche, kleine Gebäude und die hässliche Umgebung ging, bis er wieder bei seinem Auto war, die unverschlossene Tür öffnete und einstieg. Er holte tief Luft.

Mach dich nicht lächerlich, sagte er sich. Du hast schon früher viele Leichen gesehen. Aber schon seit langem nicht mehr, seit fünf Jahren nicht. Bei seinen letzten beiden großen Fällen, einer als Polizist, einer als Privatdetektiv, hatte er mit Leichen gerechnet, aber war jedesmal schneller gewesen. Ein Fall von sturer Beharrlichkeit und Glück, sagte er sich. Aber man konnte sich nicht auf das Glück verlassen. Bei Loni Meadows war er zu spät gewesen, obwohl es nicht Sandros Schuld war.

Oder doch? Natürlich nicht. Aber was, wenn er genug Neugierde aufgebracht hätte, um die Orfeo-Stiftung zu fragen, warum sie die Referenzen einer solchen Frau überprüfen ließen? Und was, wenn er es geschafft hätte, Luca Gallo, der damals nicht mehr als eine persönliche, sympathische Stimme am anderen Ende einer Telefonleitung gewesen war, die ihn bat, eine Routineüberprüfung durchzuführen, dazu zu bringen, ihm zu erzählen, dass es eine böse, anonyme E-Mail über sie gab? Hätte diese E-Mail ihm gesagt, dass der Autor gefährlich war und Loni Meadows aufspüren und umbringen würde?

Er, falls es ein Mann war, hatte sicher gewusst, wo er sie finden konnte. Er atmete den freundlichen, alten Geruch seines Autos ein: Kunstleder, alter Teppich, irgendetwas Muffiges, das er sich vor einer Woche zum Frühstück gekauft hatte und das immer noch im Handschuhfach lag.

Um Sandro herum normalisierte sich alles, hinter den Autoscheiben ging das Leben weiter, der Verkehr auf der Umgehungsstraße. Er nahm sein Handy heraus und dachte noch einmal sehnsüchtig an die Stadt, das helle, ruhige Büro in San Frediano, den breiten, grünen Fluss, das Geräusch der *motorini*, das in der gewohnten, düsteren Wohnung, die nach Luisa roch, zu hören war. Er rief Giuli an.

»Ja«, sagte er. »Ja, gut gemacht. Braves Mädchen. Jetzt hör mir zu.«

Nachdem er ihr seine Anweisungen erteilt hatte, klappte Sandro das Handy zu und steckte es in seine Tasche. Er saß eine Weile da und dachte über seinen nächsten Schritt nach. Dann ließ er den Wagen an und fuhr los.

Wäre es ihnen nur um frische Luft gegangen, hätten sie hinter dem Schloss am *villino* und der Wäscherei und dem Atelier und dem schlichten, neuen Haus, in dem Mauro wohnte, vorbeispazieren können, bis zu einem kleinen Hügel und den Ruinen eines Turms. Das war der kleine Verdauungsspaziergang, den die Gäste manchmal nach einem schweren Essen machten. Sie hätten über die winterlichen Felder gehen können, obwohl man sie vor der Gefahr schießwütiger Jäger gewarnt hatte, sie hätten den Weg wählen können, der vom Hintereingang zu einem hübschen, kleinen Bach führte. Sie taten nichts von alldem.

Als Cate, mit Mütze, Schal, Handschuhen und einem langen, gefütterten Mantel bekleidet, den sie wegen des Windes bis zu den Ohren zugeknöpft hatte, aus der Tür trat, sah sie das Auto. Den kleinen, schwarzen Wagen mit dem Logo einer Autovermietung, der vor dem Büroeingang geparkt war. Sie schaute nach oben und sah Licht hinter den geschlossenen Fensterläden. Dann war Luca also zurück. Sie sollte zu ihm gehen und ihn über alles informieren, das wusste Cate. Aber es wäre bald dunkel, und Tiziano und Fairhead warteten auf sie, und es war alles zu kompliziert. Ehefrauen waren hier nicht erlaubt, und es war durchaus möglich, dass Luca der Meinung wäre, dass sie, Cate, Yolanda Hansen hätte fortschicken sollen. Sie wollte diesen enttäuschten Blick in seinen Augen nicht sehen, also ging sie rasch weiter.

Als sie zu ihnen stieß, hatte Alec Fairhead Tizianos Rollstuhl über den unebenen Boden hinter dem Schloss bis nach vorn auf den glatten Asphalt der Straße geschoben, die zwischen der großartigen, alten Zypressenallee entlangführte. Dort warteten sie auf sie. Die zweihundert Jahre alten Bäume, zwischen denen Yolanda Hansen auf das Castello Orfeo zugerast war, als hätte sie das große Tor rammen wollen, die Allee, durch die Loni Meadows kam und ging und sich als Schlossherrin fühlte. Der Dienstboteneingang war nichts für sie.

Mit Cate neben ihnen gingen sie ohne ein Wort los. Alec Fairhead lächelte sie schüchtern und entschuldigend an. Sie lächelte zurück, vergab ihm. Sie war begeistert von der Aussicht, das Schloss verlassen zu können. Das Tempo, mit dem sie losgingen, Tiziano vorneweg, deutete darauf hin, dass nicht nur sie so empfand.

Eine Weile sagte niemand etwas. Sie wusste, wohin sie gingen.

Die weite Winterlandschaft breitete sich vor ihnen aus, die Sonne war nur noch ein schwaches Leuchten knapp über dem Horizont im Westen, an einem niedrigen, schweren Himmel voller Schneewolken. Als sie das Ende der alten Zypressenallee erreicht hatten, blieb Tiziano stehen, und sie drehten sich um und sahen zurück.

Die große, plumpe Silhouette des Schlosses, abweisender denn je und an ihnen absolut nicht interessiert. Alles – der Himmel, die Bäume und die Steine – war grau, abgesehen von einem grellroten Punkt, dem Auto, in dem Yolanda Hansen angekommen war. Es stand nun nicht mehr auf dem Rasen, sondern schief auf der Auffahrt.

»Armer, alter Per«, sagte Alec Fairhead plötzlich. »Was für ein Durcheinander.« Tiziano lachte auf, rieb seine Hände in den Lederhandschuhen. Cate sah auf die Hände des Pianisten, und ihr Blick glitt auf seine Beine, leblos und dünn in einer gefütterten Hose, seine gestiefelten, nutzlosen Füße auf der Fußstütze.

»Das kannst du laut sagen«, sagte er. »Ein Durcheinander.«

»Wissen Sie, was los ist?«, fragte Cate und sah Fairhead an. Sie waren schließlich Nachbarn, der Norweger und der Engländer. Sie dachte daran, wie sie ihn heute Morgen hatte tippen hören, dachte an all die anderen Morgen, als er nichts weiter getan hatte, als dorthin zu sehen, wo sie sich jetzt befanden – unten zwischen den hohen, dunklen Bäumen – und weiter zu den entfernten Hügeln und dem silbernen Streifen des Flusses, der zwischen ihren Ausläufern mäanderte. Wenn Per mit irgendwem sprach, dann doch sicher mit ihm?

»Er hat das Chaos selbst verursacht«, wiederholte Fairhead. »Das ist passiert.« Er sagte es auf eine resignierte Art und Weise, als wäre es eine Situation, die er nur zu gut kannte und bereits erlebt hatte.

»Seine Frau hat gesagt, er hätte geschrieben und um die Scheidung gebeten«, sagte Cate zögerlich. Das war Klatsch. Sie fühlte sich unwohl. »Sie hat gesagt, er habe sich in eine andere Frau verliebt und wolle die Scheidung.« Sie schüttelte den Kopf. »Ich kann es nicht glauben. Ich habe immer gedacht …«

»Dass er ein netter Familienvater sei?«, fragte Tiziano und richtete seine Räder hügelabwärts aus. »Ich auch. Jemand hat ihm offensichtlich den Kopf verdreht.«

Cate musste sich beeilen, um zu ihm aufzuschließen. Fairhead machte große Schritte, sodass er locker zu beiden aufschließen konnte.

»Weißt du, wer?«, fragte sie. Tiziano zuckte mit den Schultern, sie wandte sich Alec Fairhead zu.

»Ja«, sagte Alec, »ich weiß es.« Er sah verlegen aus. »Ich denke, er sollte es dir selbst sagen, wenn es passt.«

»Ach, um Himmels willen«, sagte Tiziano wie ein Echo Ginevras voller wilder Fröhlichkeit. Sein Gesicht war im Wind rot geworden, und er sah Alec Fairhead neugierig an. »Wer sollte es sonst schon sein? Die einzige andere gut aussehende Frau hier war Cate, und ich glaube, sie hätte es erzählt, denkst du nicht? Wenn sie geplant hätte, mit Per in den Sonnenuntergang zu reiten.«

Cate errötete, Tiziano machte trotzdem weiter. »Glaubst du, er hat sie erledigt? Wie hätte er das anstellen sollen? Die Bremsleitung durchschneiden? Heutzutage ist das sicher nicht mehr so leicht, und wenn sie keine Bremsen mehr gehabt hätte, hätte sie es nie bis zum Ende der Auffahrt geschafft.«

Cate starrte Tiziano ungläubig an. Alec Fairhead sagte, ziemlich blass geworden: »Ich denke nicht. Ich wünschte, du würdest nicht so sprechen.« Er klang sehr britisch.

»Es *war* also Dottoressa Meadows? Er wollte seine Frau wegen Dottoressa Meadows verlassen?«, fragte Cate.

»Ja«, sagte Fairhead so leise, dass sie ihn kaum hören konnte. »Ja, das dachte er.«

Sie waren aus dem Gebüsch, das das Ende der Allee markierte, herausgetreten und befanden sich auf der Straße, einer winzigen Straße, gewunden, schmal und, hätte es mehr Verkehr gegeben, viel zu gefährlich, um während eines heraufziehenden Schneesturms bei schlechtem Licht darauf zu Fuß zu gehen. Keiner von ihnen fragte, welchen Weg sie einschlagen sollten. Sie gingen zusammen bergab, jeder dachte im Stillen über das gerade Gesagte nach. Cate fiel ein, dass es ohne Tiziano im Rollstuhl wahrscheinlich eine Alternative zu dieser

Straße gegeben hätte, einen Feldweg, der zu ihrem Ziel führte. Die Hügel waren voll von solchen Wegen, Hasenspuren und Schafspfaden und Reitwegen, einem der merkwürdigen Aspekte der Landschaft, wenn man überlegte, wie leer sie immer wirkte. Die ganz Zeit über musste es geheime Bewegungen geben, im Gebüsch, zwischen den Weiden und den Wacholder- und Myrtenbüschen und an den Bäumen entlang.

»Der Küchentratsch hat es also erraten?«, fragte Tiziano. »Ich hätte mir denken können, dass Ginevra ihren Finger am Puls hatte. Erzähl mir bloß nicht, dass dir nichts aufgefallen ist, Caterina! Du bist ein kluges Mädchen!«

»Etwas aufgefallen?«, sagte Cate. »Mir ist eigentlich nichts aufgefallen. Ich suche nicht nach …« Sie wollte sagen, ich suche nicht nach solchen Sachen. Stimmte das? Nicht für die Kreuzfahrten, nein, bei den Kreuzfahrten war sie sehr gut darin gewesen, die Romanzen, die zwischen den älteren Passagieren aufblühten und erstarben, zu bemerken.

»Denkst du, wir würden über all dem stehen?«, sagte Tiziano und las, nicht zum ersten Mal, ihre Gedanken. Cate wünschte sich, Alec Fairhead, der einen Meter vor ihnen ging, würde etwas sagen.

»Mr. Fairhead?«, fragte sie leise. »Alec? Was denken Sie über all das?« Er drehte sich zu ihr um, und sie sah, dass seine Augen vom Wind feucht waren.

»Stopp«, sagte er. »Stopp.«

Und obwohl er es nicht so gemeint hatte, blieben sie tatsächlich mitten auf der Straße stehen. In der plötzlichen Stille konnte Cate aus der Ferne das Geräusch eines Autos hören. Es tauchte auf und verschwand, von den Hügeln gedämpft und verstärkt. Ein kraftvolles Auto.

Alec Fairhead rieb sich mit der Faust ein Auge und sah

zum Hügel, von dessen Kuppe aus sie in das nächste Tal sehen konnten, wo die Straße scharfe Kurven machte. Cate erinnerte sich, dass er an dem Abend, an dem er angekommen war, ausgesehen hatte, als hätte er wegrennen wollen, als er sie alle dastehen und auf ihn warten sah.

»Es tut mir leid«, sagte sie und meinte es auch so. »Sie kannten sie. Das hatte ich vergessen. Es tut mir leid.«

»Das ist es nicht«, sagte Fairhead, sein Gesicht schmal und angespannt. Nach einer langen Pause sprach er zögernd weiter: »Es ist Per. Es tut mir einfach leid für Per, ehrlich gesagt. Er – ist ihr auf den Leim gegangen. Er ist ein Mann, der keine halben Sachen macht, und er ist auch ein Mann, der sich nicht verstellen kann. Er ist ihr auf den Leim gegangen.« Der Lärm des Autos wurde lauter und kam näher.

»Sie meinen, er hat sich in sie verliebt?« Cate schlang die Arme um sich und rieb sie. Im Schatten des Hügels war es noch kälter als im Schloss, wenn das überhaupt möglich war. Zwischen November und März schien die Sonne nicht in diese Täler.

»Er hat sich in sie verliebt, ja«, sagte Alec Fairhead, und Cate sah, dass er zitterte. Er war nicht warm angezogen – ein dunkles Cordjackett, dünne Handschuhe, ein nutzloser Schal –, aber daran lag es nicht. »Ich meine auch, dass er von ihr hereingelegt und getäuscht wurde.« Cate sah, dass er mit bitterem Verständnis sprach. »Sie flirtete, das ist das richtige Wort.«

»Mit mir nie«, sagte Tiziano. Sein Gesicht war im Gegensatz zu Fairhead gerötet und sah gesund aus, aber sein Lächeln war kalt.

Das Geräusch des näher kommenden Autos war mit einem Mal sehr laut, und Cate wurde es plötzlich bewusst, dass sie mitten auf der Straße standen. Das Auto musste in ihre Richtung kommen, es gab keine andere Straße. Sie ging auf das Bankett zu. »Kommen Sie«, sagte sie, aber die beiden hörten nicht auf sie. Sie trat hinter den Rollstuhl und beugte sich vor, um ihn zu schieben, und endlich reagierten die zwei Männer.

»Hättest du denn gewollt, dass sie mit dir flirtet?«, fragte Alec Fairhead schnell. Er war angespannt, da er aufhören wollte zu zittern. »Sie war gut darin einzuschätzen, wer die Mühe wert war.«

»Du kanntest sie sehr gut, nicht wahr?«, fragte Tiziano.

Es war eigentlich keine echte Frage, aber hätte Alec Fairhead darauf antworten wollen, so hätte ihn niemand hören können, da in diesem Moment das große, silberne Auto oberhalb von ihnen über die Hügelkuppe fuhr. Der Motor dröhnte ohrenbetäubend, als es, ohne auszuweichen oder zu bremsen, nur Zentimeter an der kleinen Gruppe vorbeifuhr. Der Fahrer hatte den Kopf nicht gedreht, als Zeichen dafür, dass er sie gesehen hatte. Es war möglich, dachte Cate mit flauem Gefühl, dass er sie gar nicht bemerkt hatte, aber sie wussten alle, um wen es sich handelte. Sie kannten den Wagen von Niccolo Orfeo und seinen Fahrstil, ähnlich wie der von Loni Meadows, als wäre er unsterblich, unberührbar.

»Nun«, sagte Alec Fairhead steif, »unser Herr und Wohltäter.« Sie drehten sich um, um ihm nachzusehen, aber sie wussten, wohin er fuhr – durch die Zypressenallee hinter ihnen, leichtsinnig schnell. Denn anders als die arme Yolanda Hansen konnte ihn niemand aufhalten, wenn er sein eigenes Tor rammen wollte. Der Wagen wurde von einer weißen Staubwolke verdeckt, als er auf den Feldweg fuhr. Sie drehten sich um.

»Glaubt ihr, dass da hinten noch die Sonne scheint?«, fragte Tiziano und nickte zur Kuppe des Hügels. Cate machte eine entschuldigende Geste. Nirgendwo war Sonne, die Wolken am Horizont waren blaugrau und voller Schnee.

»Sollten wir zurückgehen?«, schlug sie hoffnungsvoll vor. Die Männer sahen beide vom Schloss zu Cate und wieder zurück.

»Nein«, sagte Tiziano in dem Moment, als Fairhead den Kopf schüttelte.

Aber als sie weitergingen, taten sie es langsam, zögernd. Warum gingen sie überhaupt dorthin? Um den Unfallort zu inspizieren, nach Blut oder Kleiderfetzen oder Reifenspuren zu suchen? Oder war es einfach nur so, dass sie nun, da sie dem Schloss entkommen waren, keine Eile hatten zurückzukehren, ganz besonders jetzt nicht, da Niccolo Orfeo gekommen war?

»Sie hat ihn an der Nase herumgeführt«, sagte Cate.

Fairhead nickte. Er ging mit gesenktem Kopf vornweg. »Sie hat ihm erzählt, sie würde sich von ihrem Mann scheiden lassen. Wenigstens sagte er das.«

»Glauben Sie ihm nicht?«

»Ich denke, dass er es sich eingeredet hat. Es ist möglich, dass sie ihn dazu gebracht hat, das zu glauben, aber so, wie ich Loni kenne …« Fairhead hielt inne, und Cate sah, dass er unkontrolliert zitterte.

Sie zog ihre Mütze aus und hielt sie ihm hin, er nahm sie und sah sie einen Moment verwirrt an, bevor er sie aufsetzte. Er versuchte, Cate dankbar anzulächeln, aber sein Gesicht war düster. »So, wie ich Loni kannte, hatte sie sich abgesichert. *Nur ein Scherz, Liebling, nur in der Hitze des Gefechts gesagt, Liebling*. Aber natürlich hatte Per es ernst genommen, so wie Per nun mal ist.« Er verzog den Mund. »Per kann sich gar nicht vorstellen, dass jemand leichtfertig so etwas sagt. Also hat er vor einer Woche an Yolanda in Oslo geschrieben. Als sie den Brief erhalten hat, ließ sie alles stehen und liegen und kam hierher, nur dass es nun – man könnte sagen – theoretisch geworden war.«

»Wann hat er dir das erzählt?«, fragte Tiziano. »Letzte Woche?«

»Nein«, sagte Fairhead und schüttelte vehement den Kopf, »sie haben sich heute Nachmittag gestritten. Ich habe mitgehört und sogar einiges verstanden. Ich wollte helfen. Ich hätte ihn diesen Brief niemals abschicken lassen, hätte er mir davon erzählt. Ich hätte ihm gesagt, dass Loni ihren Mann niemals verlassen würde.«

Tiziano saß sehr ruhig im Rollstuhl, die Arme steif an seiner Seite. »Der Ehemann«, sagte er, »der berühmte Menschenrechtsanwalt.« Er klang ungewöhnlich scharf. »Denkst du nicht? Er ist doch alt, oder nicht? Alt und hässlich.«

»Alt und hässlich und reich«, sagte Fairhead und sah zum grauen Horizont. »Aber das allein ist es nicht. Sie sind sich sehr ähnlich, Loni und Giuliano Mascarello waren skrupellos, charmant, clever und all das.«

Fairhead kannte also Loni Meadows und ihren Ehemann nicht nur oberflächlich, bevor er hierherkam. Es war mehr als das, es war etwas, das ihn nicht mehr schreiben ließ. Etwas war geschehen.

Und dann hörten sie noch ein Auto. Weit entfernt, langsamer, ruhiger als das erste, aber es kam näher. Leise, wie in stummem Einverständnis, beeilten sie sich, auf die Kuppe des Hügels zu gelangen, um zu sehen und gesehen zu werden. Und dann blieben sie stehen und schauten hinunter in das schmale Tal – die scharfe Kurve am Fuß des steilen Hügels, die dürren Weiden, die aufgewühlte Erde. Der letzte Fetzen Absperrband an einem Ast.

Sie standen da, schnappten nach Luft, und dann hatte Cate sich entschlossen. »Sie kannten sie«, begann Cate, und bevor sie Alec Fairhead fragen konnte, was Loni Meadows ihm angetan hatte, egal, wie lange das schon zurücklag, wandte er sich ihr abrupt zu.

»Wir waren die Letzten, die sie gesehen haben«, sagte er. »Per und ich. Ich kann einfach nicht glauben, dass ich nicht erkannt habe, was los war. Wir waren die Letzten, die sie vor ihrem Tod gesehen haben.«

»Was ist geschehen?«, fragte Tiziano ruhig.

»Die Frauen gingen«, sagte Fairhead, seine Stimme klang förmlich. »Tina verließ den Tisch frühzeitig, da Loni etwas gesagt hatte, das sie aufgeregt hatte. Sie hatte über eine der New Yorker Galerien gesprochen.«

Cate nickte. »Es hatte etwas mit einer Ausstellung von Tina in New York zu tun«, sagte sie zögernd. »Loni hatte eine schlechte Kritik von Tinas Ausstellung in dieser Galerie geschrieben, und ich nehme an, dass die bloße Erwähnung des Namens …« Sie schwieg, sie wollte Tinas Geheimnis nicht preisgeben.

»Michelle und Tiziano folgten Tina.« Fairhead starrte den Hügel hinab auf das rotweiße Band.

»Sie rannte«, sagte Tiziano und seufzte. »Ich habe sie weinen hören. Michelle eilte ihr hinterher, ich kam nicht mehr mit und ging zu Bett.« Cate sah ihn an und spürte ein winziges bisschen Adrenalin, als alles sich ordnete. Zuerst Tina, dann Michelle, dann Tiziano.

Fairhead fuhr in dem monotonen Tonfall fort: »Und wir

saßen einfach nur da, wir drei, und sie sagte zu Per etwas über die arme Tina. Sie sagte, dass Tina sich ein dickes Fell zulegen müsse, wenn sie überleben wolle, dass es bei der Kunst nicht nur ums Atelier ginge, dass man sich der Welt stellen müsse. Per sah sie einfach nur an. Sie hätte alles Mögliche erzählen können.« Alecs Stimme klang angespannt, stumpf vor Resignation. »Dann klingelte Lonis Handy. Sie erhielt eine SMS.«

»Ich dachte, beim Abendessen sind Handys verboten«, sagte Tiziano trocken. »Ist das nicht die Regel?«

Alec Fairhead zuckte mit den Schultern, ein schwaches Lächeln lag auf seinem schmalen Gesicht. »Eine Regel gilt für Loni Meadows«, sagte er, »eine andere für den Rest von uns. Das müsstest du inzwischen gelernt haben.«

Tiziano saß aufrecht in seinem Rollstuhl, und Cate wusste, dass er Alec Fairhead geradeheraus fragen wollte, was sie ihm angetan hatte und was ihn dazu brachte, so durch die Welt zu ziehen, wie er es tat. Sie legte eine Hand auf seinen Arm, um ihn aufzuhalten.

»Hat sie die Nachricht gelesen?«, fragte Cate leise.

Alec nickte unglücklich. »Als existierten wir gar nicht. Sie las sie und lächelte uns vage an, offensichtlich mit sich selbst zufrieden, die Welt um sie herum war vergessen. Dann stand sie auf und ging hinaus.«

Es entstand eine Stille, abgesehen vom Geräusch des zweiten Autos. Es kam näher.

»Ist Per mit ihr gegangen?«, fragte Cate sanft. Sie dachte an Loni Meadows' Schlafzimmer, das immer noch nach ihr roch, Kleider, die herumlagen, als wäre sie gerade erst gegangen. Die grüne Seidenbluse, die sie beim Abendessen getragen hatte, achtlos auf den Boden geworfen. Sie hatte sich umgezogen, um noch einmal wegzugehen. Hätte sie das getan, wenn Per im Zimmer gewesen wäre? Es sei denn, sie war eine noch größere Nutte, als sie dachten. »Ist er an diesem Abend mit ihr im Auto weggefahren? Hatte er etwas mit dem Unfall zu tun?«

»Nachdem sie gegangen war, saß Per einen Moment einfach nur da und sah aus – ich weiß nicht –, als hätte er eine Ohrfeige bekommen.« Fairhead war erschöpft. »Aber ich hatte selbst genug Probleme, dieses Abendessen durchzustehen. Dann stand er ohne ein Wort auf und ging, und ich bin nach ihnen gegangen.«

»Meinst du, sie waren zusammen?« Tiziano fragte bohrend, eindringlich. Alec sah ihn an, als würde er ihn nicht erkennen. »Zusammen? Nein. Sie ging nach oben in ihr Zimmer, das Handy in der Hand. Sie beeilte sich. Da unsere Zimmer eine Etage über ihrem liegen, mussten wir an ihr vorbei, aber Per blieb stehen. Ich ging weiter. Als ich mich umschaute, stand sie an der Tür und redete mit ihm, ungeduldig. Ich weiß nicht, ob er hineinging. Ich ging zu Bett. Ich habe ihn ungefähr fünf Minuten später heraufkommen hören.«

»Sie haben ihn gehört? Sie haben ihn nicht gesehen?«

Aber Alec Fairhead antwortete nicht. Er sah in eine andere Richtung, und Cate folgte seinem Blick. Seine Augen fixierten den entfernten Hügel, auf dem ein weiteres Auto aufgetaucht war. Dieses war jedoch klein und braun, bescheiden wie ein Waldbewohner im Vergleich mit Orfeos großer, starker Maschine und bewegte sich langsam, als suche es nach etwas. Nach ihnen.

Kapitel 14

Die drei Personen oben auf dem Hügel, vielleicht noch achthundert Meter von Sandro entfernt, regten sich nicht, sie beobachteten ihn. Ein großer Mann ohne Mantel, eine Frau mit langen, schwarzen Haaren, die im Wind wehten. Dass sie hübsch war, konnte er selbst auf diese Entfernung sagen, als er aus dem Wagen ausstieg. Und ein Mann im Rollstuhl mit breiten Schultern, stark. Drei Menschen, die nicht unbedingt Freunde waren, aber Verbündete.

Es war eine berufliche Angewohnheit, egal, ob bei der Polizei oder nicht, und die Fähigkeit, Leute und die Dynamik zwischen ihnen aus der Entfernung einzuschätzen, war nützlich. Zu wissen, ob sie sich zusammentun und gegen einen wenden oder sich trennen würden. So oder so musste man wissen, wer von ihnen sich am schnellsten bewegen würde. Sandro glaubte, dass der Typ im Rollstuhl, behindert oder nicht, derjenige sein würde.

Er blieb einen Moment stehen, stützte sich auf das Autodach und beobachtete sie. Sie mussten aus dem Schloss kommen, nach seiner Kenntnis der Lebensläufe der Gäste musste derjenige im Rollstuhl Tiziano Scarpa sein. Pianist? Komponist und Pianist. Sandro hatte ihn sich als gestörte, wütende Person vorgestellt. Es war nicht lustig, mit zweiundzwanzig Jahren bei einem Bombenanschlag der Roten Brigaden, bei dem der eigene Vater umgekommen war, von der Taille ab gelähmt zu werden. Aus diesem Blickwinkel sah er nicht behindert aus.

Die drei Personen schauten zu ihm und regten sich nicht, und es wurde Sandro bewusst, dass sie auch hierher auf dem Weg waren. Entspannt blieb er stehen. Sollen sie doch morgen wiederkommen. In einer halben Stunde, maximal in fünfundvierzig Minuten, wäre es dunkel, und sie hatten noch ein Stück Weg vor sich. Und als hätten sie seine Gedanken gelesen, drehte der Mann im Rollstuhl seinen Kopf, sodass Sandro das Profil sehen konnte, und blickte nach oben, um mit dem Mädchen zu sprechen, das sich dem dünnen Mann zuwandte, der nickte. Dann gingen sie.

Fünfundvierzig Minuten waren nicht viel für das, was Sandro vorhatte. Er machte sich sofort daran, stieg den Abhang hinauf, fast bis dorthin, wo die drei gestanden und ihn beobachtet hatten. Dann wieder hinunter. Das Eis war ein bisschen geschmolzen, obwohl es heute kaum über null Grad gewesen sein konnte, aber es war noch erkennbar. Schwarz und glänzend breitete es sich auf halbem Weg den Hügel hinab über dem Asphalt aus. Er betrachtete die Ränder der Straße, ging vorsichtig durch das blasse Wintergras auf beiden Seiten der Unfallstelle. Er war nicht an Ermittlungen bei Verkehrsunfällen außerhalb der Stadt gewöhnt, und auch wenn es genug Landstraßen in der Nähe von Florenz gab, so spielte Eis eigentlich nie eine Rolle. In der Stadt war es fast immer ein, zwei Grad wärmer. Er konnte nicht erkennen, woher dieses Eis kam, und im schwächer werdenden Licht gab er auf.

Bei den Bremsspuren blieb Sandro stehen, kniete sich in seiner alten Steppjacke, die bei weitem nicht warm genug war, hin. Er sah die steile Flanke des Hügels hinab. Loni

Meadows hatte stark gebremst, dann war sie von der Glatteisplatte auf den trockeneren Asphalt gelangt, aber sogar der war überfroren und nicht griffig, sodass die Reifen keinen Halt fanden. Das große Auto war dann wohl zu einer Seite gerutscht, immer noch zu schnell, das konnte man an den Bremsspuren sehen. Das allein konnte genügt haben, dass sie bewusstlos wurde, weil ihr Kopf gegen den Türrahmen prallte, als das Auto ins Schleudern kam.

Diese blauen Augen, groß in der Dunkelheit. Passiert das hier wirklich?, wird sie sich gefragt haben, in dem Sekundenbruchteil, bevor sie sich den Kopf angeschlagen hat, während ihre Füße auf die Pedale traten. Sandro dachte, dass er eigentlich doch den Wagen auf dem Abstellplatz hätte ansehen sollen. Aber er hatte die Fotos: Blut und Haare am vorderen Türrahmen, etwas an der Autotür, ein Fleck am Fenster.

Bei Autounfällen hatten Menschen immer diesen ungläubigen Blick, wenn sie aus dem Wrack ausstiegen, benommen, nicht nur vom Aufprall, sondern auch, weil ihnen bewusst geworden war, dass sie sterblich waren und ihnen das eigene Schicksal so einfach aus den Händen gerissen werden konnte. Der Augenblick, in dem sie die Kontrolle über die Situation verloren hatten, spiegelte sich immer noch in ihren erschrocken geweiteten Pupillen wider. Ihnen war bewusst geworden, dass das Auto nicht nur das harmlose und gehorsame Fahrzeug war, an das sie gewöhnt waren, warm und gepolstert und vollautomatisch und sicher. Es war ein Käfig und eine Waffe, ein Schneidbrenner und ein stumpfes Werkzeug.

Am Fuß des Hügels, in der Kurve, richtete Sandro sich auf und schaute auf die verbrannte und gefrorene Erde. Es war bitterkalt, dabei war die Sonne noch nicht einmal untergegangen. Es lag auch an dem starken Wind. In der Stadt war man meistens vor dem Wind geschützt, aber hier draußen schien sich nichts zwischen Sandro und Russland zu befinden. Es war kaum zu glauben, dass die Leute im Sommer aus der Stadt hierherkamen, um in den Flüssen zu schwimmen, am Strand zu liegen und an diesen verbrannten und kahlen Abhängen in Swimmingpools zu dösen. Weit weg hörte er ein paar Hunde bellen, und das Geräusch hallte traurig von den Hügeln wider.

Die Kurve war tatsächlich sehr scharf. In der Dunkelheit, und wenn man die Straße nicht kannte, konnte sie tödlich werden. Aber Loni Meadows *kannte* die Straße und die Kurve. Ungefähr einen Kilometer davor stand auch ein Schild, eine Warnung vor Kurven, aber nicht vor Glatteis, egal, was Grasso gesagt haben mochte. Die Unfallstelle, oder was auch immer es war, war ziemlich durcheinandergebracht worden. Der Abschleppwagen hatte das Bankett aufgewühlt, und da die Erde so fest gefroren war, gab es keine Fußspuren. Sandro kehrte zum Wagen zurück, nahm den Umschlag mit den Fotos heraus und sah sie durch, bis er fand, was er suchte. Mit dem Rücken zur Straße hielt er das Foto in das wenige Licht, das noch übrig war, und verglich das Bild mit der Wirklichkeit.

Da vor ihm war das zerdrückte, hohe Gras, das wieder gefroren war, und zwar in Form von Loni Meadows' ausgestrecktem Körper. Er sah auf das Foto, ein Fuß mit Strumpf war nach innen gedreht, der Schuh verschwunden, ihr Kopf am Ufer und im Wasser. Ihr Rock, dem Aussehen nach aus schwerer, dunkler Seide, war hochgerutscht, und der Rand des Strumpfes war sichtbar. Sie war in der Dunkelheit vermutlich gestolpert, die Scheinwerfer des Wagens leuchteten sinnlos in den Fluss. Die Autotür hinter ihr stand offen.

Einige der Fotos waren mit Blitz gemacht worden, es war noch sehr früh gewesen. Um die Leiche herum war das Gras sehr durcheinander. Vielleicht war sie benommen umhergelaufen, bevor die Hirnblutung sie unwiederbringlich ins Koma fallen ließ. Er hätte angenommen, dass sie auf die Knie gesunken und dann nach vorn gekippt wäre, auch wenn es auf dem Foto so aussah, als wäre sie kopfüber zu Boden gefallen.

Das Auto war nicht so schwer beschädigt worden. Laut dem Bericht wäre es immer noch fahrtüchtig, wäre es nicht vorn im Fluss gelandet. Sandro betrachtete die Fotos noch einmal, dann die aufgewühlte Erde vor sich. Sie hatte es versucht, nicht wahr? Vielleicht blutend, vielleicht mit einer Gehirnerschütterung. Sie hatte den Motor angelassen, hatte geglaubt, dass sie immer noch die Kontrolle hatte. Die Hinterreifen drehten sich in der Luft, die Vorderreifen bohrten sich tiefer in den gefrorenen Schlamm des Flussufers. Sie steckte fest.

Das half ihm nicht weiter.

Oder doch? Zumindest waren damit ein oder zwei Dinge ausgeschlossen. Wäre jemand bei ihr im Auto gewesen, jemand, der ihr Böses wollte – hätte diese Person ihr dann erlaubt, die Kontrolle noch einmal zu übernehmen, um zu versuchen, den Wagen aus dem Schlamm herauszufahren? Das schien unwahrscheinlich. Aber dieses Szenario hatte sowieso ein paar Mängel. Jemand, der einen Unfall plant, während er selbst mit im Auto sitzt, würde seinen Tod oder Verletzungen riskieren. Es könnte natürlich im Affekt geschehen, ein Streit, der Versuch, ins Lenkrad zu greifen. Aber wo war dieser mutmaßliche Mitfahrer jetzt, gesetzt den Fall, dass niemand gesehen hatte, wie er oder sie zu Loni Meadows ins Auto gestiegen war? Blutend, verletzt, traumatisiert, unterkühlt, unter Schock? Sicher wäre so jemand der Polizei aufgefallen. Andererseits war jemand, der es irgendwie geschafft hatte, alle diese Unfallfolgen zu verbergen, wahrscheinlich kein impulsiver Mensch.

Es ergab keinen Sinn. Sie war wohl allein gewesen und hatte in der Dunkelheit fluchend den Motor aufheulen lassen. Ja.

Sorgfältig steckte Sandro die Fotos wieder in den Umschlag und legte sie in das Handschuhfach des Autos zurück.

Ein Bein mit Strumpf. Sie hatte sich passend angezogen. Sie hatte nicht angenommen, dass sie in die Dunkelheit und Kälte hinausmusste, sie war nicht für einen winterlichen Ausflug angezogen, sie war hierauf nicht vorbereitet.

Sie war auf dem Weg in ein warmes Hotelzimmer zu ihrem Liebhaber. Sandro hob den kleinen Plastikbeutel hoch, in dem sich Loni Meadows' persönlicher Besitz befand, und betrachtete ihn. Nicht vorbereitet, sorglos, ganz auf ihr Ziel konzentriert, ein bisschen wie Sandro, der sich vorwarf, sich den Tüteninhalt nicht schon viel früher genau angesehen zu haben. Und wenn er das finden würde, was in der Tüte fehlte, dann musste er damit weitermachen.

Es war möglich, dass die Polizei es übersehen hatte, ja. Sandro fing beim Fluss an, arbeitete sich zurück und suchte mit den Fingerspitzen nach möglichen Geschosshülsen. Als es nach zwanzig Minuten zu dunkel war, um weiterzumachen, hatte er noch nichts gefunden. Sandro fing an, sich diese Idee auszureden, ein weiterer Holzweg. Das Geschoss konnte in ihrem Auto sein, es konnte in ihrem Zimmer im Castello

Orfeo sein, es war möglich, dass Grasso und seine Holzköpfe es gefunden hatten, wenn es da war, um gefunden zu werden.

Sicher.

Er überquerte die Straße, ging hundert Meter zurück, dann ein kleines Stück den Hügel hinauf, von dessen Kuppe aus ihn die drei beobachtet hatten, dann wieder hinunter. Ein Schafspfad führte nach links um den Hügel herum bis zu dem Ort, von dem die drei gekommen waren. Als wüsste er es nicht – ein Weg, der auch eine Abkürzung sein konnte, nur dass sie ihn nicht mit einem Rollstuhl nehmen konnten.

Das Licht war nun fast vollkommen aus dem einsamen Tal verschwunden, die entfernte Hügelkette war schwarz vor einem rasch dunkler werdenden Himmel, und jetzt, ob er wollte oder nicht, musste Sandro losfahren und die Bewohner des Castello Orfeo treffen.

Die kleine Digitaluhr in der Ecke des alten Computers zeigte Giuli, dass es 17 Uhr 10 war, als sie das Dokument sorgsam an eine E-Mail an Sandro anhängte, auf Senden klickte und dann den Computer ausschaltete. Das Dokument enthielt die Daten und Orte und Uhrzeiten, die sie aus dem Internet und dem Papierbündel, das Sandro unter Orfeo/Meadows im alten Aktenschrank abgelegt hatte, gesammelt hatte. Giuli hatte versucht, eine Art von Raster zusammenzustellen und Verbindungslinien zwischen den aktuellen Gästen des Castello Orfeo zu ziehen, so gut es die Zeit und ihr begrenztes Englisch erlaubten. Die Kurse, die Giuli besuchte, waren nur für den Urlaub oder für Konversation bestimmt und keine große Hilfe beim Entziffern der Wanderungen und Aufenthalte der Künstler. Ein Stipendium für Installationskunst in Uppsala in Schweden? Dichter in einem Gefängnis in Holland? Das Leben der Bewohner des Castello Orfeo erschien Giuli nicht beneidenswert. Sie träumte im Geheimen davon, sich in einer bescheideneren Version der Bellagamba-Villa in Galluzzo niederzulassen.

An der Sorbonne in Paris Englisch zu unterrichten klang gut. Aber wollte denn niemand sesshaft werden? Vielleicht hatten sie keine Wahl.

Sandros Anweisungen waren sehr deutlich gewesen. »Ich will, dass du herausfindest, wer von ihnen schon früher auf Loni Meadows gestoßen ist, sagen wir, während der letzten fünfzehn Jahre. Ich weiß, dass das passiert ist. Mascarello und Gallo haben es bereits angedeutet. Es ist eine kleine Welt, wenn man ein ums Überleben und um Anerkennung kämpfender Künstler ist. Ich erwarte natürlich nicht, dass du alles herausfindest, aber die öffentlichen Termine: Festivals, Lesungen, Ausstellungen, Sabbatjahre, Lesereisen. So viel, wie du kannst.«

Giuli hatte nur ein paar Stunden Zeit gehabt und nicht geglaubt, dass sie zu einem umfassenden Ergebnis kommen würde. Es war schwierig gewesen, sie war sich nicht sicher, was Sabbatjahr auf Italienisch bedeutete, geschweige denn, wie das englische Wort dafür lautete, aber sie nutzte ihren Elan und ein Online-Wörterbuch. Sie war recht zufrieden. Das Ergebnis sagte ihr nichts, aber es würde Sandro etwas sagen.

Sie hatte ihn nicht gefragt, ob er Luisa schon angerufen hatte. Es gab einen Punkt, an dem man sich nur noch zurückhalten konnte, das sah sie ein. Und nichts konnte Sandro und Luisa aus der Bahn werfen, sicherlich kein kleines Missverständnis wie dieses. Giuli erinnerte sich daran, wie Luisa ihr von dem Krebs erzählt hatte und wie sie schwer hatte schlucken und so tun müssen, als wäre sie nicht panisch vor Angst. Das hier war auch ein bisschen so. Aber hier starb niemand. Giuli musste sich das ins Gedächtnis rufen.

Bevor er aufgelegt hatte, hatte Sandro noch rasch gesagt: »Carlotta Bellagamba wird heute Abend zu Alberto nach Hause gehen, darauf wette ich. Ich habe das Gefühl, dass Albertos Vater nicht in der Stadt ist, und das heißt Partytime.«

»Woher weißt du das?«, hatte sie neugierig gefragt.

»Ich habe seinen Vater gerade aus dem Polizeirevier in Pozzo Basso kommen sehen, denn sein Vater ist Niccolo Orfeo, und ich wette, dass Alberto heute Abend eine Party schmeißt, weil sein Vater Alberto gesagt hat, dass er nicht nach Hause kommt. Er bleibt im Familienschloss, und wer weiß, vielleicht werde ich selbst sogar mit ihm zu Abend essen.«

Und noch bevor Giuli diese neue Information verdaut hatte, fuhr er fort: »Weißt du, was wirklich nützlich wäre, Giuli? Wenn du da hineinkämst. Also zu der Party in das Haus. Sprich mit diesen Jugendlichen. Sieh es als Teil der Überwachung von Carlotta, wenn du willst. Aber, was ich wissen will, ist, wann der alte Herr sich normalerweise auswärts vergnügt. Daten, wenn möglich, ganz besonders, ob er in der Nacht, in der Loni Meadows gestorben ist, sich auswärts vergnügt hat.« Dann war eine Pause entstanden. »Ach, und ob er Kokain schnupft.«

Nach einem Augenblick des erstaunten Schweigens hatte Giuli gesagt: »In Ordnung.«

»Du kannst das, Mädchen«, hatte Sandro gesagt, und dann war sie weicher geworden. Ach, zum Teufel, sie könnte es versuchen.

Und wenn sie bis 17 Uhr 30 in Galluzzo sein wollte, müsste sie jetzt losgehen.

Auf dem Weg kaufte Giuli ungefähr fünfzig Gramm Dope vom Dealer an der Ecke der Piazza Santo Spirito, der auf der breiten Steinbank voller Taubenkacke saß und wie ein weiser, alter Indianer Hof hielt. Sie kannte ihn, seit sie dreizehn Jahre alt war. Er hatte sie nicht überrascht angesehen, als er ihr das kleine Aluminiumpäckchen überreichte, obwohl sie nun schon seit drei Jahren clean war.

»Es ist in Ordnung«, sagte Giuli verlegen. »Es ist nicht für mich.«

»Klar«, sagte er, »wie auch immer.«

Lag es an dem Mann, den sie aus dem Wagen hatten aussteigen sehen? Ein Leichenfledderer wie sie, ein Schaulustiger? Cate war sich da nicht sicher. Die langsame und bewusste Art und Weise, wie er zu ihnen heraufgesehen hatte, ließ sie annehmen, dass der Mann ohne Mütze und in einem schäbigen Mantel etwas Ernsthafteres vorhatte.

Als Fairhead unter dem großen Bogen seine Hand zum Abschied hob, machte Cate sich plötzlich Sorgen um ihn. Er sah wirklich krank aus und so, als habe er Angst. Aber er bemerkte ihren Blick und ging rasch fort, bevor sie ihn fragen konnte, ob alles in Ordnung war.

Vor der Bürotür zögerte Cate, als sie Stimmen hörte. Die von Luca und eine andere, tiefere, wütendere Stimme, die sie kannte – Niccolo Orfeo. »Unmöglich«, sagte er, »das kommt nicht infrage.«

Sie klopfte an. Es entstand abrupt Stille, dann fragte Luca misstrauisch: »Wer ist da?«

Er klang müde, und als sie auf sein widerwilliges »dann aber schnell« vorsichtig die Tür öffnete, sah sie, dass er auch so aussah. Er saß an seinem Schreibtisch, die Hemdsärmel hochgeschoben, das Jackett über der Rückenlehne des Stuhls. Es schien, als wäre ihm seit dem Morgen ein Dreitagebart gewachsen. Niccolo Orfeo stand am Fenster, seine breiten Schultern verdeckten das letzte Sonnenlicht. Er sah Cate über die Schulter hinweg an, musterte sie und schaute dann wieder nach draußen. Es roch stark nach Zigarrenrauch, was gegen jede Regel des Schlosses verstieß.

Cate blieb in ihrem Mantel stehen, da man ihr keinen Platz angeboten hatte.

»Graf Orfeo wird hierbleiben«, sagte Luca erschöpft, »wenigstens bis zum Abendessen.«

»Ich verstehe«, sagte Cate und wartete auf weitere Anweisungen, aber es kamen keine. Sie begriff, dass Orfeo sie alle zappeln lassen würde. Es war sein Haus, und wenn er beschloss, innerhalb von zwei Minuten ein Bett in irgendeinem der Zimmer haben zu wollen, dann würden sie springen müssen.

»Ich habe mich gefragt, ob Sie Beth angerufen haben?«, sagte sie rasch.

»Beth?« Luca sah sie einem Moment verwirrt an. »Ach so, Beth. Stimmt, ja. Ich meine, nein. Ich habe sie nicht angerufen.«

»Na ja, sie sollte Bescheid wissen«, sagte Cate, »bevor sie es in einer Zeitung liest. Finden Sie nicht? Ich meine, die beiden standen sich nah.« Vom Fenster aus sah Orfeo sie einen Augenblick hochnäsig an, aber dieses Mal nicht ganz mit der beiläufigen Lüsternheit.

»Ja, ja, ich denke schon«, erwiderte Luca unkonzentriert.

Cate schaute auf ihre Uhr. »Wenn man es nicht heute Abend tut«, sagte sie, »wegen der Zeitverschiebung und allem, dann muss es noch einen ganzen Tag warten.«

»Was schlägst du also vor?«, sagte Luca ungeduldig. Sie sah, wie er zu Orfeo hinüberschaute. Hatte der Mann Macht über Luca? Cate war immer davon ausgegangen, dass die Stiftung eine getrennte Sache war, aber sie nahm an, dass das Schloss immer noch ihm gehörte. Sie dachte daran, was Ginevra über Loni Meadows gesagt hatte: dass sie jedem, der unter ihr arbeitete, Schwierigkeiten bereitete – Mauro, Nicki, Luca.

»Ich rufe sie an«, sagte Cate. »Sie geben mir ihre Nummer, und ich erkläre es ihr auf die sanfte Art.«

»In Ordnung«, sagte Luca und klang untypisch unsicher. Er fing an, das Chaos auf seinem Schreibtisch auf der Suche nach etwas zu durchwühlen, dann hielt er inne, schien vergessen zu haben, wonach er suchte. War es die Anwesenheit von Niccolo Orfeo, die ihn aus der Bahn warf, oder wollte er Zeit schinden? Warum sollte er sich Sorgen wegen Beth machen?

»Die Telefonnummer?«, erinnerte sie ihn. Er suchte weiter, fand sein Handy, scrollte eine Liste mit Telefonnummern herunter und las ihr die Nummer vor. Beth wohnte an der Ostküste: Westport, Connecticut. Da wäre es jetzt später Vormittag. Cate schaute auf, nachdem sie die Nummer in ihrem eigenen *telefonino* gespeichert hatte, und sah, dass die beide Männer sie anschauten. Ihre Absicht war sehr deutlich.

»Ich rufe sie dann an. Ich mache es sofort.« Sie ging schnell aus dem Zimmer. Sie hatte sich bei dem Gespräch nicht eine Sekunde entspannt.

Vor der Tür zögerte Cate. Sie lauschte, aber sie hörte nichts. Vielleicht lauschten sie auch, warteten auf den Klang ihrer Schritte, bevor sie weitersprachen. Sie ging.

Sie schaute noch in der Küche vorbei. Cate wollte Ginevra sagen, nach dem Telefonat mit Beth sofort zu kommen. Doch neuer Streit lag in der Luft. Natürlich, es war Ginevras freier Abend, daran erinnerte sie sich erst jetzt. Die Köchin durfte an den Samstagen um fünf Uhr nach Hause gehen. Cate hatte einfach ihr Zeitgefühl verloren, ihre übliche Routine vergessen. Und jetzt konnte sie dem Streit nicht mehr aus dem Weg gehen.

»Für was hält er mich eigentlich?« Ginevra kochte vor Wut. Mauro stand in einer Ecke, eine Kaffeetasse in der Hand und ein unfreundliches Funkeln in den Augen. Er trank nie Kaffee ohne etwas darin, und Cate hätte ihn gerne gefragt, was passieren würde, wenn er von seinem Traktor herunterfallen und sich den Hals brechen würde.

Auf den Arbeitsflächen der Küche standen die Teller für das abendliche Büfett, jeder einzelne mit einem sauberen, gebügelten Tuch abgedeckt. »Er denkt wohl, ich bin Haushälterin, Dienstmädchen und Putzfrau? Er schickt Anna-Maria nach Hause und holt dich aus der Küche raus.« Dabei warf sie Cate einen bösen Blick zu. »Dann beschließt er, dass Betten gemacht werden müssen, und ich soll Nicki losschicken, um das Badezimmer des Praktikanten zu putzen.«

»Des Praktikanten?«

»Das kleine Schlafzimmer«, sagte Ginevra ungeduldig. Sie zog an ihrer Schürze. »Das kannst du machen. Nicki hat genug getan. Du kannst das machen, und du hilfst ihr auch, nach dem Abendessen abzuräumen. Samstagabend und Sonntagmorgen habe ich frei. Ich hoffe, irgendwer erinnert sich daran.«

»Das Praktikantenzimmer muss hergerichtet werden? Ich dachte …« Cate hielt verwirrt inne.

»Zwei zusätzliche Leute zum Abendessen«, schimpfte Ginevra weiter. »Und keine Vorwarnung. Nun, sie müssen sich mit Reis begnügen.«

»Zwei? Wer ist der andere?«

»Frag nicht mich«, zischte Ginevra.

»Ein Schnüffler«, sagte Mauro und sagte zum ersten Mal etwas. »Jemand, der gekommen ist, um uns Fragen zu stellen.« Seine Stimme klang gefährlich unsicher, und Cate wurde klar, dass er richtig betrunken war. »Ihr Ehemann steckt dahinter, wenn du mich fragst.« Sein Lachen war schleimig und verschliffen. »Und dann ist da auch Orfeo, dass der hier aufkreuzt. Sicher von Trauer überwältigt.«

Cate wollte hinausgehen, das hier gefiel ihr nicht.

»Wo ist Nicki?«

»Sie wird wohl im *piano nobile* sein«, sagte Ginevra einlenkend, »und das Praktikantenzimmer herrichten.« Dann schaute sie Cate düster an. »Du wirst sie später nach Hause zum Bauernhof bringen müssen, das weißt du.«

»Ich werde es mit ihr besprechen«, sagte Cate. »Geh du nach Hause.«

Ginevra starrte sie an, dann band sie ihre Schürze wortlos ab, fuhr mit einer Hand über die Schalter am Herd und strich ein Geschirrtuch glatt. »Kommst du?«, sagte sie barsch zu Mauro. Er zuckte mit den Schultern, seine Augen waren gerötet. Er trank definitiv mehr, seit die Dottoressa tot war, dachte Cate. Betrunken, wütend. Vielleicht schützte Ginevra ihn deswegen, schützte ihn vor sich selbst.

»In Ordnung«, sagte er, »um ein bisschen fernzusehen.«

»Und ein bisschen was zu essen.« Ginevra hatte ihren Mantel angezogen und schob Mauro müde durch die Tür. »Ein bisschen was zu essen«, wiederholte er, als sich die Tür hinter ihnen schloss, als wäre er sich nicht sicher, was die

Worte bedeuteten. Cate hoffte, dass Ginevra sich ans Steuer setzte.

An der Küchentür blieb sie stehen und lauschte. Sie hörte, wie die Hunde auf der anderen Seite des Hügels zu bellen begannen, als der Punto der Köchin in Sicht kam. Ginevra wusste, dass etwas nicht in Ordnung war, deswegen passte sie auf Mauro auf. Cate schaute in Richtung des *villino*. In einem der oberen Fenster des gedrungenen Hauses brannte Licht, und während sie dastand, ging das Licht rechts hinter der Wäscherei an. Die moderne Wohnung mit ihrer Glaswand: Michelle schien jede Lampe dort einzuschalten. Schon bald kämen die Gäste einer nach dem anderen, wie gefangene Tiere, die nach der nächsten Mahlzeit schnüffelten, egal, was es gab.

Während Cate den Hof in Richtung der Steinstufen und der großen Tür überquerte, passierten zwei Dinge mehr oder weniger gleichzeitig: Schneeflocken fielen aus dem schwarzen Himmel, und im Schloss begann jemand Klavier zu spielen. Obwohl das eine zu zahme Beschreibung für das war, was Cate hörte. Sie blieb überrascht stehen. Wie eine Flüssigkeit floss die Musik durch jeden Riss in den Fensterläden und ergoss sich weich und melancholisch in den Hof, füllte den Raum zwischen den grauen Mauern und dem schwarzen Himmel darüber, als wäre Cate in ihrer eigenen, privaten Konzerthalle. Für einen kurzen Augenblick, während sie dastand und vergaß, was ihr Sorgen machte oder wohin sie ging, verstand sie den Sinn von allem. Das große, abweisende Schloss mit seinen dicken Wänden, die Räume, die Abgeschiedenheit, das Füttern und Tränken der unglücklichen Gäste, die Qual. Das alles hier.

Cate sah ihn, als sie auf Zehenspitzen an der Halle vorbeischlich – wie ein Minotaur. Sein großer Kopf zwischen diesen breiten Schultern beugte sich über den glänzenden, schwarzen Flügel. Und als sie die geschwungene Steintreppe hinaufstieg, hielt sie den Atem an.

Nicki stand in der Tür des kleinen Praktikantenzimmers, lehnte sich, ein feuchtes Tuch in der Hand, an den steinernen Türrahmen. Sie war fasziniert, hörte zu. Cate legte einen Finger auf die Lippen, und Nicki nickte. Sie hatten Tiziano schon früher spielen hören, aber es hatte noch nie so geklungen: Die Musik schwoll an und flutete in jede Ecke des alten Gebäudes. Aus den Augenwinkeln bemerkte sie eine Bewegung weiter oben auf der Treppe. Cate schaute hinauf und sah Alec Fairhead auf dem oberen Treppenabsatz, seine Augen glitzerten. Die Musik schien sie alle aus ihren Verstecken zu locken, eine Feier und eine Warnung und ein Trauermarsch, alles auf einmal.

Fairheads Blick wanderte, er schaute sie an, und dann, ziemlich unerwartet, sah sie seinen Gesichtsausdruck, den sie noch nie vorher bei ihm gesehen hatte: Ein Lächeln vollkommenen Glücks und der Erleichterung breitete sich auf seinem Gesicht aus, als hätte ihn etwas Schönes überrascht. Cate senkte ihren Kopf und spürte, wie Nicki ihre Hand nahm und sie fest drückte.

Cate drehte sich um und lächelte das Mädchen an. »Es ist in Ordnung.« Cate formte die Worte mit den Lippen, Nicki blickte Cate verwirrt an, als die Musik wie Donner grollte. Cate lächelte aufmunternd. Als wäre es Tiziano bewusst geworden, dass die Musik seiner Kontrolle zu entgleiten drohte, veränderte sie sich, oder er zähmte sie. Neben Cate stieß Nicki die Luft aus. Cate spürte, wie ihre Anspannung nachließ. Sie schaute über ihre Schulter in das kleine, ordentliche Zimmer, das Beth bewohnt hatte: Ein tiefes, geschlossenes

Fenster, ein schmales Bett mit einer ausgebleichten, weichen, roten Samtdecke, eine Ecke, von der Nachttischlampe erleuchtet. Ein Schreibtisch war hineingestellt worden, mit Papier und einem Telefon. Als Nicki ihren fragenden Blick sah, zuckte sie mit den Schultern.

»Es sind nur wir beide«, flüsterte Cate. »Ich habe Ginevra nach Hause geschickt.« Nicki nickte.

Sie schaute weiter ins Zimmer, aber Cate konnte keine Spur von Beths Anwesenheit entdecken, kein vergessenes Taschenbuch im Regal, keinen Fleck an der Wand. »Vermisst du sie?«, fragte sie leise, und Nicki bewegte ihren Kopf unentschlossen hin und her. Dann nickte sie.

»Es hat ihr hier nicht gefallen«, flüsterte sie. »Sie hat mir gesagt, es mache ihr Angst. Etwas machte ihr Angst.« Cate betrachtete Nickis Gesichtsausdruck einen Moment, und erinnerte sich daran, dass Nicki an Geister glaubte. Sie nahm ihr sanft das feuchte Tuch aus der Hand und machte die Tür des Praktikantenzimmers hinter ihnen zu.

»Komm mit«, sagte sie. »Bald werden alle auftauchen, und es steht noch nichts zu trinken da.« Die Musik schien sie nach unten zu tragen und den Rhythmus ihrer Schritte zu bestimmen, als könnten sie nicht anders, als tanzten sie. Als Cate das Ende der Treppe erreichte, blieb sie stehen.

In der Tür stand ein erschöpft aussehender Mann mittleren Alters mit einem breiten Gesicht, in seiner Hand eine kleine Reisetasche, seinen Kopf schräg gelegt, während er zuhörte. Er trug einen Hut, auf dessen Krempe der Schnee schmolz. Wie aufs Stichwort erhob sich die Musik zu einem perfekten Finale und brach ab.

»Sandro Cellini«, sagte der Mann in die Stille hinein und streckte seine Hand aus.

Kapitel 15

Die zwei Mädchen, Frauen, sollte er wohl sagen, das wusste er, starrten ihn an, eine klein und unscheinbar und mit spitzer Nase, eine groß mit kräftigen Schultern und schwarzen Haaren und klug. Er hatte das große Mädchen schon einmal gesehen. Mit den zwei Männern oben auf dem Hügel hatte sie zu ihm herabgeschaut, und er hatte sich nicht getäuscht, als er dachte, dass sie schön sei. Sie hatte die vollen Lippen eines Piero della Francesca, das Gesicht der Königin von Saaba und die kräftigen Schultern einer Soldatin. Sandro konnte sich vorstellen, dass sie, ohne groß nachzudenken, in die Schlacht ziehen würde.

»Caterina Giottone«, sagte sie und streckte eine Hand aus. »Ich bin die Assistentin des Managers. Lucas Assistentin.«

Sie hatte einen Akzent, der dem der Leute aus Siena ähnelte. Sie war also nicht von hier. Ihr Händedruck war herzlich und fest, und sie sah ihn neugierig, aber nicht unfreundlich an, als hätte sie eine Vorahnung. Als könnte er gute Nachrichten bringen, ohne dass sie sich ganz sicher war, als vertraute sie ihm. Sandro fühlte sich uralt, als er sich dessen bewusst wurde, aber sie sah wie jedes Mädchen aus, das er jemals hätte ansprechen wollen, wäre er nicht, seit er dreizehn Jahre alt war, zu schüchtern und zu einsam gewesen. Sie sah wie Luisa aus.

Das Klavierspiel war verstummt. Es war ziemlich außergewöhnlich gewesen. Sandro glaubte selbst nicht, dass er ein besonders gutes Gehör habe oder dass er besonders empfänglich für Atmosphäre oder Aberglaube war, aber während jemand spielte, hatte er das Gefühl gehabt, als sei nichts von all dem real. Nicht die tiefen Fenster des großen, dunklen, unversöhnlichen Gebäudes, die in der Dämmerung über ihm aufgetaucht waren, nicht die hohen, stillen Zypressen, die ihn bei der Anfahrt umgeben hatten, nicht der Schnee, der im leeren Hof herumwirbelte. Das einzig Reale hatte er an dieser scharfen Kurve hinter sich gelassen: den aufgewühlten Matsch und die Reste des Polizeiabsperrbandes, die in einer Weide hingen.

»Sie sind der, äh, Ermittler«, sagte das dünne Mädchen mit der spitzen Nase und der Vogelscheuchenfrisur, und die Wirklichkeit kehrte zurück. Etwas an ihr erinnerte ihn an Giuli. »Ich habe gerade Ihr Bett gemacht. Neben dem Zimmer der Dottoressa.« Sie sah ihn mit glänzenden Augen an. Sandro fragte sich, wer unter normalen Umständen dieses Zimmer bewohnte.

»Soll ich Sie hinführen?«, fragte Caterina Giottone. Sie hatte nicht gewusst, dass er kam, das andere Mädchen aber schon. Caterina war hier eine Außenseiterin, und sie war klug. Gut. »Oder müssen Sie zuerst Luca sprechen?«

»Ich werde nur schnell das hier abstellen«, sagte Sandro und hob seine Reisetasche hoch.

Das Zimmer war klein, aber das war in einem großen, zugigen Schloss wie diesem gut. Es wirkte warm und gut beleuchtet, es gab einen Tisch, den er als Schreibtisch nutzen konnte, und ein tiefes Fenster. »Sehr nett von Ihnen.«

»Ich werde Luca sagen, dass Sie angekommen sind, in Ordnung?«, sagte Caterina Giottone. Hinter ihr auf dem Treppenabsatz trat das andere Mädchen von einem Fuß auf den anderen und lauschte.

»Das wäre toll«, sagte Sandro. »Danke, Signora Giottone. Sie waren eine große Hilfe.«

»Caterina«, sagte sie und senkte den Kopf. »Es ist mir ein Vergnügen.« Sie runzelte die Stirn. »Es wird etwas später noch eine Art Abendessen geben. Wir sind ein bisschen durcheinander. Und Samstag hat Ginevra frei, sie ist die Köchin. Von acht Uhr an wird etwas im Esszimmer hergerichtet. Aber ich bin mir sicher, Luca, Signor Gallo, wird Ihnen alles zeigen.«

Als Sandro die Tür schloss, hörte er sie auf der Treppe – Caterina Giottones leise Stimme und das aufgeregte Geplapper der anderen. Er wusste nicht, was Gallo ihnen erzählt hatte. Er nahm an, nur das Minimum, aber die Leute brauchten nicht lang, um die Dinge herauszukriegen. Darüber musste er sich keine Gedanken machen.

Der Computer brauchte ewig, um hochzufahren. Sandro wusste, dass Computer einem viel Zeit sparten, und trotzdem hatten sie auf ihn immer die Wirkung, ihn noch ungeduldiger zu machen. Auf dem blauen Bildschirm wurde nach seinem Passwort gefragt, die Icons erschienen nacheinander, es surrte und klickte. Der Bildschirmschoner tauchte auf. Es war ein Blick aus einem kleinen Haus, das sie vor langer Zeit einmal an der ligurischen Küste gemietet hatten, er und Luisa, Giuli hatte es für ihn eingerichtet: ein Stück einer grün-weiß gestreiften Markise und die Sonne, die über dem Meer untergeht, ein paar am Steg vertäute Boote auf dem silbrigen Wasser.

Links neben dem Computer hatte Sandro den grünen

Pappordner mit den Informationen über die Gäste auf den Schreibtisch gelegt. Er dachte an Caterina und das unscheinbare Mädchen, an die abwesende Köchin und denjenigen, der den Traktor und den Pick-up fuhr, die er hinter dem Schloss gesehen hatte, und beschloss, dass es nicht falsch wäre, auch ein paar Informationen über die Angestellten zu haben.

Würde eine Köchin oder ein Mädchen mit langen, schwarzen Haaren und dem weichen Akzent des Valdichiana eine anonyme E-Mail über einen Proxy-Server schicken, wegen einer Frau, die sie höchstwahrscheinlich noch nie getroffen hatten? Nein, das würden sie nicht. Aber Sandro glaubte nicht daran, alles auf eine Karte setzen zu können. Am Anfang der Ermittlungen seine Optionen einzuschränken wäre überstürzt. Und jetzt, da er hier war und die Luft des Schlosses atmete, dessen Knirschen und Flüstern hörte und spürte, wie sich die dicken Mauern um ihn schlossen, wurde das Rätsel um Loni Meadows' Tod zu etwas anderem, dessen Konsequenzen noch zu enthüllen waren. Plötzlich wimmelte es in der Dunkelheit des Schlosses und des Geländes vor Möglichkeiten.

Es würde kommen. Das tat es immer.

Meist nie einfach, aber es kam: Man musste still im Zentrum eines Ortes wie dieses stehen und lauschen und beobachten. Das hier war ein geschlossener Kreis wie bei vielen Morden, man musste nur die Grenzen festlegen und dann alle, die sich innerhalb davon befanden, betrachten. Wie in dieser Romasiedlung, zu der Sandro und Pietro mal wegen der Leiche eines jungen Mannes gerufen worden waren. Die Leiche lag knapp außerhalb des Lichts, das von den Wohnwagen und verlassenen Lastwagencontainern ausging. Mit über zwanzig Messerstichen hatte man ihn an einem duftenden Aprilabend im Staub verbluten lassen.

Ein paar der Roma waren in ihren Wohnwagen geblieben, andere hatten sich am Rand des Blickfeldes der Polizisten versammelt, als diese die Leiche beleuchteten und sie dann, Handschuhe an den Händen, genau untersuchten. Ein oder zwei Leute hatten ihnen etwas erzählt, waren aber nicht vertrauenswürdig. Der junge Mann, fast noch ein Junge, war einer von ihnen, und sie wussten, dass der Verdacht auf sie fallen würde.

Es hatte Zeit gebraucht, natürlich. Spuren mussten gesichert, Pollen und Staub analysiert werden, die Form und Besonderheiten der Mordwaffe identifiziert werden. Aber vor allem war es eine Frage des Wartens gewesen. Darauf warten, dass man ihnen vertraute, dass das Misstrauen nachließ, dass die Leute zu reden begannen – nicht unbedingt mit Sandro und Pietro, sondern untereinander. Und dann war schließlich ein kleiner, wütender Romajunge auf Sandro zugelaufen, sein Gesicht voller Dreck und Tränen, und hatte ihm erzählt, dass sein großer Bruder sich in ein Mädchen von außerhalb verliebt hatte.

Das Siegel war gebrochen, die Welt drang herein. Sandro erinnerte sich immer noch daran, wie sich der Kopf des kleinen Jungen an seiner Brust, die ungewaschenen Haare unter seinen Händen angefühlt hatten, heiß und feucht.

Sandro stand auf und trat ans Fenster.

Es gab innere Fensterläden, dann das Fenster. Er öffnete es, um die äußeren Läden zurückzuklappen. Die Kälte nahm ihm den Atem, aber er stand einen Augenblick am offenen Fenster und sah hinaus. Es schneite immer noch, weich und ruhig, der Wind hatte sich gelegt. Sandro spürte die Veränderung der Landschaft, während der Schnee sie zudeckte und dämpfte, er roch die saubere Kälte der Luft. Die Auffahrt und der Rasen waren beleuchtet, aber sogar die dunklen, entfernten Hügel strahlten weiß, als reflektierten sie eine geheimnisvolle Lichtquelle, den Mond vielleicht, der kurz durch ein Loch in den Schneewolken leuchtete. Schien der Mond vor zwei Nächten? Sandro versuchte, sich daran zu erinnern. Es war doch die Nacht gewesen, in der Luisa ihm von ihrer Reise erzählt hatte.

Er war mitten in der Nacht auf die Toilette gegangen, wie immer, sein Alter und so. Sandro schloss die Augen und versuchte, sich zu erinnern, und einen Augenblick war alles, woran er sich erinnern konnte, die Verzweiflung, die ihn im kalten Badezimmer mit seinem gefrorenen Fenster überkam. Nicht weil er ein paar Tage allein sein würde, sondern weil er irgendwie zurückgelassen wurde. Er öffnete die Augen wieder. Es war dunkel gewesen oder fast, nur eine silbrige Mondsichel war am Himmel gestanden.

Aus irgendeinem Grund deprimierte ihn der Gedanke. Wäre es besser gewesen, wenn in der Nacht, in der Loni Meadows gestorben war, der Vollmond geschienen hätte? Weil er selbst nicht in der Dunkelheit sterben wollte und aus anderen Gründen, die er jetzt nicht genau formulieren konnte, die ihm aber noch einfallen würden.

Sandro schloss das Fenster sorgfältig und kehrte zum Schreibtisch zurück.

Den Liebhaber finden. Den Absender der E-Mail finden.

Er hielt inne. War das dieselbe Person? Es war möglich, ja. Er konnte sich ein Szenario vorstellen, in dem ein Mann eine Hass-E-Mail schicken und dann der Liebhaber des Opfers werden würde. Aber das war etwas weit hergeholt. Bei einer Frau wie Loni Meadows – durchtrieben, energisch, neugierig – weit hergeholt. Er stand da und dachte nach.

Es fiel Sandro ein, dass er nicht einmal sicher sein konnte, dass der Absender der E-Mail auch ihr Mörder war. Wenn es denn Mord gewesen war. Spekulationen bereiteten ihm Kopfschmerzen, er musste anfangen, sich die Fakten anzusehen.

Wenn man jemanden dazu bringen wollte, allein einen Autounfall zu verursachen, wie würde man das anstellen? Sandro konnte sich mehrere Arten vorstellen, aber keine, die garantiert funktionieren würde. Loni hätte schließlich genauso gut schwer verletzt, verkrüppelt oder gelähmt werden können, anstatt getötet. Die Manipulation musste nicht nachweisbar sein, für den Fall, dass sie überlebte und erzählen konnte. Aber vielleicht hätte eine Verletzung ja genügt, vielleicht hatte jemand Loni Meadows nur mit einer Realität konfrontieren wollen, der sie sich nicht durch Charme entziehen konnte, der Tatsache nämlich, dass sie wie alle anderen sterblich war.

Er legte sein Handy auf den grünen Ordner, und es blinkte ihn geduldig an, als Zeichen für einen guten Empfang. Irgendwo hier musste es einen Sendemast geben, obwohl er sich nicht erinnern konnte, einen gesehen zu haben. Er hätte den Empfang im Tal überprüfen sollen. Hätte sie telefonieren können, um Hilfe zu holen? Falls sie ein Telefon dabeihatte. Hätte sie Empfang gehabt?

Heutzutage hatten alle immer ein Handy dabei. Wenn sich sogar Sandro daran erinnerte, seines aufzuladen und mitzunehmen, dann konnte das jeder.

Er fuhr mit den Fingern vorsichtig über den Touchpad des Laptops und loggte sich in das Breitbandnetzwerk des

Castello Orfeo ein, was nicht gesichert war. Meilenweit war niemand in der Nähe, der es hätte gratis benutzen können, warum sich also die Mühe machen?

Die Uhr in der Ecke des Bildschirms zeigte 18 Uhr 45. Giuli würde jetzt Carlotta Bellagamba verfolgen und auf sie warten. Sie würde es schon schaffen, da war Sandro sich sicher. Eine Sekunde lang fühlte er sich schuldig. Es ging hierbei nicht wirklich um das Mädchen und ihren Freund, der Drogen nahm, oder? Alberto benutzte sie. Aber bei Giuli war das etwas anderes. Giuli hatte ihre eigenen Pläne und sah Carlotta jetzt als ihren eigenen Fall an. Sandro öffnete die Mailbox, klickte auf Senden und Empfangen, erstaunt darüber, wie schnell ihm diese Dinge zur zweiten Natur geworden waren.

Nachrichten trafen in seinem Briefkasten ein, ein Berg Müll, Spam-Mails, aber Giuli hatte es so eingestellt, dass diese gelöscht wurden, dann eine E-Mail von Giuli.

Von unten war wieder Musik zu hören, dieses Mal sanfter, ruhiger und harmonisch. Chopin? Sandro mochte Chopin, auch wenn er nicht viel über Musik wusste. Luisa besuchte ab und zu ein Konzert im Teatro Comunale oder im Goldoni, ein bisschen Verdi, ein bisschen Mozart, und Sandro begleitete sie, wenn er nicht arbeiten musste, glücklich und unwissend. Diese Musik beruhigte ihn, die Töne flossen wie Wasser, als wären sie extra komponiert worden, um aufgewühlte Gedanken zu beruhigen. Aber welche Gedanken könnten Chopins Gönner beunruhigt haben? Reiche Männer und Frauen in Schlössern und Palästen.

Sandro lehnte sich in seinem Stuhl zurück und atmete den Geruch von altem Geld ein, von Stein und Holz und Politur und dachte nach. Er öffnete die E-Mail von Giuli: eine Liste, dann eine Art von Tabelle mit Daten und Zeiten und Altersangaben. Per Hansen, geboren in Trondheim, Norwegen, 1953; Alexander Fairhead, geboren in London, 1954; Tiziano Scarpa, geboren in Mestre, 1966; Michelle Connor, geboren in Williamsburg, New York, 1956; Tina Kreutz, geboren in Orlando, Florida, 1977. Sandro legte den Kopf schräg und versuchte, einen Sinn in dieser Tabelle zu erkennen. Hatten diese Leute kein Zuhause? London, Paris, Caracas, Yarra – sie schienen kaum irgendwo sesshaft zu werden. Nein, einer schon, der Norweger, derjenige, dessen Heimatland am wenigsten einladend klang, hatte die meiste Zeit dort verbracht. 1985 hatte er Creative Writing in Barcelona unterrichtet, ansonsten war er immer in Oslo gewesen. Der Familienvater. Es war jedenfalls schwierig zu erkennen, wie er Loni Meadows getroffen haben konnte, bevor er nach Orfeo kam, es sei denn, sie hätte Oslo besucht, was Sandro sich nicht vorstellen konnte.

Alec Fairhead und Loni Meadows waren beide von 1981 bis 1982 in London gewesen.

Dann hörte er etwas. Über den verführerischen Variationen der Musik hörte Sandro jemanden auf der Treppe vor seinem Zimmer, nicht laut, aber unverkennbar. Instinktiv klappte er den Bildschirm des Computers zu und stand schnell und leise auf. Er hielt den Stuhl fest, damit er nicht kratzte. Dann wurde geklopft.

Auf der Schwelle, darauf achtend, sie nicht zu übertreten, stand Luca Gallo und sah ängstlich aus. Er entschuldigte sich mehrfach, weil Sandro nicht von ihm persönlich im Castello Orfeo empfangen worden war.

»Aber sie war sehr sympathisch«, sagte Sandro. Er hatte das Bedürfnis, Caterina Giottone verteidigen zu müssen. »Ich hätte nicht, äh, korrekter behandelt werden können.«

»Ja«, sagte Gallo überrascht, »ja, natürlich. Caterina ist erst vor Kurzem … sie musste die Lücke füllen, wenn Sie verstehen, was ich meine. Aber sie macht es gut, ja, sehr gut.«

Sandro hatte das Gefühl, dass er und Caterina im selben Boot saßen, Außenseiter, von denen nicht viel erwartet wurde.

Dann machte sich Luca Gallo Gedanken über den Ablauf des Abends. Es gäbe Abendessen, zumindest auf eine gewisse Art, es wurde im Esszimmer angerichtet, und Gallo würde Sandro zeigen, wo es lag, wenn er das wollte. Es befand sich ganz in der Nähe seines Parkplatzes, eine zwanglose Sache, samstags konnten die Leute kommen und gehen, wie sie wollten, aber heute war es etwas ungewöhnlicher.

Gallo verzog etwas das Gesicht. »Niccolo Orfeo, Graf Orfeo, obwohl er den Titel eigentlich nicht benutzt, Sie verstehen, er isst heute Abend mit uns. Wenn Sie uns also Gesellschaft leisten möchten?«

»Natürlich«, sagte Sandro. »Ich habe aber noch eine halbe Stunde zu tun.«

Gallo sah ins Zimmer und auf die auf dem Schreibtisch ausgebreiteten Dinge. »Natürlich«, sagte er, »ja, Sie haben vorher noch etwas zu erledigen. Ich, äh, ich habe den Gästen von Ihrer Anwesenheit erzählt. Eine knappe Zusammenfassung.« Er trat ins Zimmer, schloss die Tür halb hinter sich.

»Ja«, sagte Sandro, »ich kann es mir vorstellen.«

»Ich habe es so dargestellt, als sei es eine Art Formalität. Mascarello in seinem Schmerz, Sie wissen schon.«

»Und die Angestellten? Einige scheinen genau zu wissen, warum ich hier bin. Allerdings nicht alle.«

»Ah«, sagte Gallo irritiert, »ja. Ich habe es nur, na ja, ich habe es nur nebenbei Ginevra gegenüber erwähnt. Neuigkeiten scheinen sich irgendwie herumzusprechen.«

»Und Orfeo?« Sandro fragte wie nebenbei und beobachtete Gallo aus dem Augenwinkel.

»Orfeo? Was ist mit ihm?« Da war etwas. Gallo wusste es.

»Weiß er Bescheid?« Sandro lächelte aufmunternd. »Darüber, warum ich hier bin?«

»Äh, ja. Obwohl, nun ja, er lebt in Florenz, auch wenn das hier sein Familiensitz ist. Sie müssen doch nicht mit ihm sprechen?« Bluff und Panik.

Der Mann, den Sandro gesehen hatte, wie er durch Pozzos armseliges Polizeirevier marschierte, hätte Luca Gallo sicher, ohne zu zögern, angebrüllt, dachte Sandro, gerade so, als wäre Gallo ein mittelalterlicher Bauer. Und die bloße Andeutung, dass der Graf bei den Ermittlungen eines Privatdetektivs wegen irgendetwas kooperieren sollte, würde er sicherlich als Beleidigung seiner Würde sehen.

»Aber er kannte Loni Meadows?«

Luca Gallo zuckte mit den Schultern, seine Nonchalance war nicht überzeugend. »Natürlich.«

»Und wann, äh, wann war er das letzte Mal hier? Am Abend des Unfalls?«

»O nein«, sagte Gallo rasch. »Er kommt normalerweise nicht abends, nicht oft, es ist eine lange Fahrt, verstehen Sie? Nein, ich glaube, das letzte Mal war er, lassen Sie mich nachdenken, am Sonntag hier. Es ist wirklich nicht nötig, überhaupt nicht nötig, mit ihm zu sprechen.«

»Na ja, vielleicht nur ein, zwei Worte«, sagte Sandro freundlich.

Gallo schaute ihn an. Sandro sah, dass er seine Nägel bis

zu den Fingerkuppen abgeknabbert hatte. Er beugte sich an Luca Gallo vorbei und schloss die Tür, dann setzte er sich auf das Bett.

»Signor Gallo«, sagte Sandro und sah zu ihm auf, »Luca.« In Luca Gallos sanfte, braune Augen trat Panik. Konnte er diesen Mann, dieses zuckende Angstbündel, wirklich verdächtigen? Einen personifizierten Zusammenbruch?

»Luca, gibt es da« – er zögerte –, »gibt es noch irgendetwas, das ich wissen sollte? Über Sie und Dottoressa Meadows, zum Beispiel? Irgendwelche Animositäten? Streit? Denn wenn da etwas ist, dann wird es herauskommen, das wissen Sie. So ist das immer.«

»Ich habe es ihnen erzählt«, sagte Gallo, sein Gesicht war unter den Bartstoppeln ganz blass, »wir waren ein gutes Team.«

Sandro sagte nichts, sah ihn nur an.

»Wir waren keine Freunde«, fuhr Luca resigniert fort. »In Ordnung? Aber wir haben zusammengearbeitet.«

»Gut«, sagte Sandro ruhig, dann stand er auf, ging an Gallo vorbei, der immer noch wie angewurzelt dastand, und öffnete die Tür wieder. »Ich werde allein nach unten finden.« Er machte eine Geste mit einer Hand, und Gallo ging vor ihm durch die Tür auf den Treppenabsatz.

»Und es ist absolut in Ordnung, wenn ich mich selbst vorstelle?« Gallo nickte und betrachtete Sandro, als wüsste er, dass er für den Moment davongekommen war. Sandro fuhr fröhlich fort: »Denken Sie, dass ich mir in der Zwischenzeit rasch die Gemächer von Dottoressa Meadows anschauen könnte?« Er benutzte das Wort, als wäre sie eine Prinzessin gewesen. Dieser Ort beeinflusste ihn.

»Natürlich.« Gallo suchte in der ausgebeulten Tasche seines Jacketts und sah wieder ängstlich aus, nervös und übereifrig. Er zog einen Schlüsselbund heraus und nahm einen Schlüssel ab. »Sie liegen direkt nebenan. Sie war die erste unserer Direktoren, die in diesen Zimmern wohnte.« Sein Tonfall klang schärfer, als er das sagte.

Sandro betrachtete den Schlüssel, den Gallo immer noch in der Hand hielt. »Als die Polizei gekommen ist, um Sie über den Unfall zu informieren, haben die damals darum gebeten, die Zimmer zu sehen?«, fragte Sandro wie nebenbei.

Gallo zuckte mit den Schultern. »Sie sahen hinein. Das war alles. Ich habe mir nichts dabei gedacht. Ich meine, soweit wir wussten, war sie bei einem Autounfall gestorben.«

»Ja«, sagte Sandro und sah Gallo in die Augen, »ich verstehe.« Grasso hatte auf jeden Fall arrogant genug gewirkt, um es als Zeitverschwendung anzusehen, oder vielleicht hatten die Polizisten auch etwas zu viel Respekt vor dem Besitz von Orfeo.

»Soll ich sie Ihnen zeigen?« Gallos Hand schloss sich um den Schlüssel. Es fiel Sandro ein, dass Polizisten, die durch das Schloss trampelten, wohl kaum hilfreich gewesen waren.

»Ich werde wahrscheinlich allein hinfinden«, sagte Sandro noch einmal. »Und auch zum Esszimmer, nahe bei meinem Parkplatz, haben Sie gesagt?« Gallo bewegte sich nicht. »Danke«, sagte Sandro, »ich komme schon klar.« Und er streckte die Hand aus.

Widerwillig gab Gallo ihm den Schlüssel. »Oh«, sagte Sandro und sah den Schlüssel nachdenklich an, »nur noch eines. Haben Sie ihre Nummer? Die Handynummer der Dottoressa?«

Gallo schaute ihn erschrocken an. »Ihre Telefonnummer?« Als hätte er gefragt, ob er die Unterwäsche der toten Frau besäße.

»Ihre Handynummer«, wiederholte Sandro geduldig.

Gallo suchte in seiner Tasche, zog ein kleines, ramponiertes Handy heraus und tippte darauf, bis das winzige, leuchtende Display ihm zeigte, wonach er suchte.

Sandro gab keine Erklärung ab, sondern lächelte nur. »Danke schön«, sagte er. Gallo blieb stehen, bis Sandro schließlich eine Hand auf die Tür legte und einen Schritt nach vorn machte, erst da drehte Gallo sich endlich um und ging.

Als Sandro den Schlüssel in der schweren, getäfelten Tür umdrehte, dachte er an Niccolo Orfeo. Zu arrogant, war sein erster Gedanke, um sich mit Mord die Hände schmutzig zu machen, zu dumm noch dazu, war sein zweiter Gedanke.

Die Zimmer waren dunkel, eine warme, samtige, duftende Dunkelheit. Sogar ohne das Licht anzuschalten, hätte Sandro gewusst, dass eine Frau hier wohnte, hätte vielleicht sogar gewusst, welcher Typ von Frau: eine Frau, die gerne Aufmerksamkeit erregte und es mochte, ihre deutliche Spur durch das Leben anderer zu ziehen, eine Frau, die Komfort und Vergnügen liebte. Er griff neben die Tür zum Lichtschalter und erwartete eine überwältigende Lichtexplosion von einem großen Monster-Kronleuchter, aber es schalteten sich mehrere Lampen ein, apricot- und goldfarben, die im großen, unordentlichen Zimmer ein sanftes Leuchten verbreiteten. Er schloss die Tür hinter sich.

Das Zimmer war nicht einfach nur groß, es war palastartig. Gegenüber einer getäfelten Wand befanden sich drei tiefe Fenster, gleich dem in Sandros kleinem Zimmer. Der Raum wurde von einem riesigen Bett dominiert, das ein aufwändig geschnitztes Kopfende hatte, eine dunkle Samtdecke und auf dem mindestens ein halbes Dutzend Kleidungsstücke lagen, einige so nebeneinandergelegt, dass sie ein gesamtes Outfit darstellten. Sie hatte sich Zeit gelassen auszusuchen, was sie anziehen wollte. Auf dem Boden lag eine zerknitterte, grüne Bluse, offensichtlich getragen. Eine Hose, Seidenunterwäsche, auch getragen. Sandro machte einen Schritt darüber hinweg und fragte sich, was Luisa gesagt hätte.

In einer Ecke stand eine Tür leicht offen: das Badezimmer. Sandro beugte sich hinein und betätigte noch einen Lichtschalter. Das Bad war wie die Garderobe eines Stars beleuchtet, gedämpftes Licht rund um einen antiken Spiegel. Eine große Marmorbadewanne wie die eines römischen Kaisers, sanft gesprenkelte, grüne Fliesen, die auf sehr subtile Weise teuer wirkten. Das Badezimmer sah aus, als wäre es erst vor Kurzem renoviert worden, und Sandro erinnerte sich, dass Gallo gesagt hatte, dass frühere Direktoren nicht hier gewohnt hatten. Sie hatte sich also die schönsten Zimmer geschnappt und diese, ohne auf die Kosten zu achten, in ihren Farben herrichten lassen.

Diskret in die Fliesen einer Ecke eingebaut, entdeckte Sandro schließlich, wonach er suchte: einen Badezimmerschrank. Er enthielt nichts besonders Interessantes: ein paar Schmerztabletten mit Kodein, stark, aber nur eine fehlte. Eine Frau, die sich nicht mit Kräuterrezepten abgab, sondern direkt den Atomschlag wählte, wenn auch nur selten. Suchte er nach der Pille? Nun, er fand sie. Fünfundfünfzig Jahre alt, aber noch nicht in den Wechseljahren. Und etwas, was er für Hormonersatztherapie hielt, also doppelt abgesichert. Loni Meadows war eine Frau gewesen, die immer noch eigene Hormone produzierte, aber kein Risiko einging. Das Letzte, was diese Frau wollte, war ein Baby.

Stapelweise teure Cremes und Lotionen. Was hätte sie getan, wenn die Zeichen des Alters nicht mehr ignoriert oder weggecremt werden konnten? Wahrscheinlich eine Schönheitsoperation. Warum sollte sie sich nicht um ihr Aussehen sorgen? Sandro spürte die Präsenz der Frau wie einen warmen, erdrückenden Nebel um sich herum. Er schloss nachdenklich die Schranktür und kehrte in das große Schlafzimmer zurück. Auf der Frisierkommode standen Kosmetik und eine kleine Lederschatulle mit Schmuck, der echt aussah, zumindest das meiste. Ein paar Perlen mit einem Diamantverschluss, eine sternförmige Diamantenbrosche, ein Ring mit großen Saphiren, Opalen, Granaten. Ein abgenutzter, dunkelroter Lippenstift, wohl ihre Lieblingsfarbe. Luisa hätte das hier gefallen, nicht wahr? Oder vielleicht hätte es sie aufgeregt, vielleicht zuerst das eine und dann das andere. Sandro nahm sein Handy und wählte die Nummer, die Luca Gallo ihm gegeben hatte.

In der Plastiktüte, die die Angestellte ihm im Leichenschauhaus gegeben hatte, war kein Handy. Er hatte es auch nicht am Fluss gefunden, als er auf Knien im schwächer werdenden Licht über das gefrorene Gras gekrochen war. War es hier irgendwo unter den Kleidern, in einer Schublade oder einer Tasche?

War der Akku nach zwei Tagen noch aufgeladen? Er hob sein Handy ans Ohr. Irgendwo klingelte es. Er ließ sein Handy wieder sinken, bedeckte es mit seiner Hand und lauschte. Irgendwo klingelte es, aber nicht hier.

Wenn es sich in einer abgeschlossenen Schublade im Polizeirevier von Pozzo Basso befand, würde man es dann hören?

Wahrscheinlich. Hätten sie es ausgeschaltet? Wahrscheinlich, und doch war dieses Handy nicht ausgeschaltet worden. Gerade als Sandro sein eigenes Handy wieder ans Ohr hielt, schaltete sich die Mailbox ein, und er spürte, wie sich seine Nackenhaare aufstellten, als er diese Stimme hörte, die aus der Vergangenheit sanft zu ihm sprach und das Bild, das er sich von der toten Frau gemacht hatte, perfekt ergänzte. Er kannte ihren Geruch, ihre Augenfarbe, sogar die Form ihres Körpers wegen dieser Kleider, die auf dem Boden und dem großen, vergoldeten Bett lagen, und jetzt auch ihre Stimme. Loni Meadows hatte natürlich keine vorgefertigte Ansage, nein, sie hatte ihre eigene aufgenommen, zweisprachig, rauchig und erotisch, ihr Englisch selbstbewusst, direkt und vertraulich, ihr Italienisch träge, amerikanisch, verführerisch. Sie hatte sich nie die Mühe einer korrekten Aussprache gemacht. Loni Meadows hatte nie das Bedürfnis empfunden, sich unter den Einheimischen zu tarnen.

Sie könne im Moment nicht ans Telefon gehen. Als spräche sie zu ihm und nur zu ihm.

Du verliebst dich in sie. Sandro spottete über sich selbst. Verliebst dich in eine tote und keine nette Frau. Vielleicht lag es daran, dass der Gedanke, wie Luisa einen anderen Mann anlächelte, noch keine achtundvierzig Stunden aus seinem Kopf war, aber er sah plötzlich eines dieser Zimmer vor sich, voller alter Mäntel und kaputten Geschirrs und staubiger Bilder, das ungeliebte Tote zurücklassen, diesen Berg von vergessenen Gefühlen, darunter hoffnungslose Verliebtheit. Er klappte sein Handy schnell zu.

Die Nachttische, passende Walnusskommoden mit zarten Beinen und jeweils einer Schublade. Auf welcher Seite schlief sie? Auf beiden, so wie es aussah. Kapriziös und selbstverliebt breitete sie sich auf dem Bett aus. An einer Seite ein aufgeschlagenes Buch, ein halb volles Glas Wasser auf der anderen. Sandro ging zu dem Nachttisch mit dem Wasserglas, öffnete die Schublade und nahm eine silbrige Blisterverpackung dreieckiger Tabletten heraus, die er dort erwartet hatte. Sie waren nicht immer blau, sondern hatten alle möglichen Farben. Diese hier waren allerdings hellblau, vier fehlten, eine hatte er durch das Plastik der Tüte mit den Sachen von Loni Meadows gesehen. Viagra.

In einer Ecke stand ein Schreibtisch und darauf ein kleines Gerät, das er kaum als Laptop erkannte, so klein und schmal war es. Natürlich besaß sie einen Computer. Er war offen. Sandro stand da und betrachtete ihn. Er drückte mit einem Fingernagel auf den Einschaltknopf, der Bildschirm wurde blaugrün. Er wartete. Nichts, nur das blinde Leuchten. Keine Frage nach einem Passwort. Sandros Gefühl, dass sich jemand daran zu schaffen gemacht hatte, wurde stärker. Wäre er noch bei der Polizei mit einer ganzen Abteilung, die darauf spezialisiert war, Computern Informationen zu entlocken – aber das war er nun mal nicht mehr. Enthielt dieser Kasten aus Plastik und Schaltkreisen und Silikon all ihre Geheimnisse? Wahrscheinlich nicht. Auch Computer hatten ihre Grenzen. Sandro wusste, dass er das Laptop in seine Tasche stecken und mit nach Florenz nehmen konnte, damit einer von Mascarellos Technikern es auseinandernahm, aber im Augenblick musste Sandro ohne es weitermachen. Es war schließlich nur eine Maschine, eine moderne Abkürzung zum Privatleben von jemandem. Es gab andere Wege.

Schritte kam von oben herunter. Sandro drehte sich bei diesem Geräusch um und sah, dass er die Tür nicht ganz geschlossen hatte, was dumm gewesen war. Schnell durchquerte er den Raum und schloss sie leise. Er hörte die Person weiter nach unten gehen und sah sich für den Moment zum letzten Mal im Zimmer um.

Sie hatte sich eilig umgezogen. Sie hatte Viagra mitgenommen und ihr Handy, denn hier war es nicht. Sie war auf dem Weg zu einem Treffen mit ihrem älteren Liebhaber.

In seinem eigenen, kleinen Dienstmädchenzimmer checkte Sandro ein letztes Mal seine E-Mail, aber es war nichts gekommen.

19 Uhr 45. Luisa hatte jetzt doch sicher Feierabend? Falls sie sie früher nach Hause geschickt hatten, was sie nach einem langen Samstag und mit ein paar geschäftigen Tagen vor sich hätten tun sollen, dann konnte sie genau jetzt den Schlüssel ins Schloss der Wohnungstür stecken. Sie konnte auch schon seit einer halben Stunde zu Hause sein und am Küchentisch sitzen, auch wenn sie den Zettel nicht sofort gesehen hatte. Sandro knirschte mit den Zähnen. Vergiss es. Die Musik unter ihm wurde stetig lauter, arbeitete sich zu einem Crescendo vor.

Luisa hatte keine E-Mail-Adresse. Er wusste nicht, warum er diese Mischung aus Hoffnung und Furcht empfunden hatte, als er auf Senden und Empfangen geklickt hatte. Unten donnerten die letzten Akkorde, dann ein kurzer Augenblick der Stille, danach tosender Applaus.

Zeit, die Bewohner zu treffen, dachte Sandro.

»Ein Privatdetektiv? Wegen des Unfalls der Dottoressa? Wusstest du davon?« Nicki ließ ihre Haare nach unten hängen, damit Cate ihr nicht ins Gesicht sehen konnte, aber sie nickte fast unmerklich.

Sie waren in der Küche, polierten eilig Gläser und Besteck und legten es auf Tabletts, weil sie jetzt bei allem zu spät dran waren.

Noch während sie es sagte, wurde es Cate jedoch bewusst, dass dieser Detektiv irgendwie keine so große Überraschung war, wie er es hätte sein sollen. Selbst als sie ihn das erste Mal gesehen hatte, von diesem Hügel aus, als er aus seinem bescheidenen, kleinen Auto gestiegen war, hatte Sandro Cellini etwas Besonderes ausgestrahlt, etwas Sorgfältiges und Genaues. Tiziano und Alec Fairhead hatten es auch bemerkt, dass erkannte sie aus der Art und Weise, wie sie in der Dämmerung neben ihr still geworden waren.

»Wer hat es dir erzählt?«

Nicki zuckte mit den Schultern und sah trotzig aus.

»Ginevra?«

»Eigentlich Mauro. Luca Gallo hatte ihm gesagt, dass ein Privatdetektiv kommen würde. Vielleicht, um ihm Angst zu machen.«

Cate trat einen Schritt zurück und sah Nicki genauer an. »Weswegen?«

»Ach, ich weiß nicht«, erwiderte Nicki flach. »Mauro sagt, dass Gallo ihn entlassen will, genau wie die Dottoressa *es wollte*. Er hält das Ganze für eine große Verschwörung.«

»Wirklich?« Cate glaubte es nicht.

»Vielleicht ist er paranoid wegen Luca«, sagte Nicki obenhin. Sie sah teilnahmslos und verlegen aus, in der Küche war ihre Haut wegen der Hitze noch fleckiger als sonst.

»Nicki«, sagte Cate, »bitte versteh das nicht falsch, aber du musst von hier weg. Ich meine nicht bloß nach Pozzo ziehen, ich meine weit weg. Da unten zu wohnen, bei deiner Mutter, Ginevra, Mauro …«

»Findest du?«, sagte Nicki und runzelte die Stirn, als wäre

ihr das noch nie in den Sinn gekommen. Sie betrachtete Cate.

»Na ja«, sagte Nicki in einem Anfall von Vertrautheit und sah sich um, als könnten sie belauscht werden, »die Dottoressa mochte Mauro ganz sicher nicht, auch schon vor – diesem Morgen. Sie hatte ihm eine schriftliche Abmahnung erteilt. Sie hat gesagt, wenn sie ihn noch einmal betrunken erwischt, fliegt er raus. Sie hat sogar gesagt, dass sie eine Art von Atemanalysegerät besorgen würde.«

Cate erinnerte sich an ihre letzte Fahrt nach Pozzo, um ihre Sachen abzuholen, wie Mauro von der Kaffeebar zurückschlurfte, mit roten Wangen und einer Brandyfahne. »Na ja«, sagte sie langsam, »sie hatte nicht unrecht, oder?«

»Es ist sein Zuhause«, sagte Nicki schlicht. Sie stellte sich neben Cate an die Tür. »Dieser Ort hier ist sein Leben.«

Es war gefährlich, einen Mann aus seinem Zuhause hinauszuwerfen. Sie starrten einander an, und beide spürten, dass das hier ernst war. Die Anwesenheit von Sandro Cellini im Schloss bestätigte es. Hatte sie sich immer schon gefragt, ob es ein Unfall gewesen war? Cate wurde bewusst, dass es so war, und auch, dass sie froh war, dass Cellini hier war.

»Es schneit schon wieder«, sagte Nicki und sah an ihr vorbei. Cate zog an der Tür, und sie schauten gemeinsam nach draußen. Der Schnee fiel stetig im Schein der Lampe an der Mauer, dick und weich und still. Die unebene Oberfläche der Nebenstraße war bereits weiß, und die Geräusche der Nacht waren gedämpft.

»Wir sind wohl eingeschneit, was?«, sagte Cate. »Ist das schon mal passiert?« Nicki sah sie verächtlich an. »Ein- oder zweimal jährlich. Mauro sollte eigentlich da draußen die Auffahrt räumen.« Cate nickte nachdenklich. »Er arbeitet hart«, sagte Nicki und wirkte besorgt. »Ich weiß«, erwiderte Cate und seufzte.

Sie traten beide einen Schritt nach draußen. Die Luft war klar und scharf, und Cate spürte, wie die Flocken auf ihr nach oben gewandtes Gesicht fielen, dann wurden sie kalt und nass. Sie schüttelte den Kopf, spürte den Schnee in den Haaren und sah, wie er auf den Bäumen liegen blieb, auf dem Mietwagen, der unterhalb von ihnen geparkt war, auf dem Sitz ihres eigenen *motorino*. In der weiten, tiefen Dunkelheit jenseits des Schlosses glaubte Cate sogar, einen weißen Schimmer auf den Hügeln um sie herum erkennen zu können. Alles wirkte plötzlich außergewöhnlich still.

»Die Musik hat aufgehört«, sagte Nicki, aber als sie in die Stille horchten, drang ein entferntes Rufen von der anderen Seite des Schlosses zu ihnen, eine Art Schrei. »Kommen sie zum Essen nach unten?«, fragte Nicki erschrocken.

»Schnell«, sagte Cate. »Komm.« Es musste mindestens acht Uhr sein, wie konnte sie nur ihr Zeitgefühl verloren haben? Die Küchenuhr zeigte 8 Uhr 30.

Aber als sie mit Schüsseln beladen in das Esszimmer stürzten, war es leer. Cate deckte die Schüsseln ab: mit Hackfleisch gefüllte Zucchini, kalte Kalbsinvoltini, gegrillte Auberginen mit Petersilie und ölige rote und gelbe, gebratene Paprika, die *crostini*, die sie selbst zubereitet hatte, vor einer Ewigkeit, wie ihr schien.

»Wo sind denn alle?«, fragte Nicki, aber Cate hörte sie im Flur. Sie kamen aus der Bibliothek. Sie traf Tiziano in der Tür.

»Boicotta«, sagte er triumphierend.

Hinter ihm stand Per, seine Frau Yolanda krallte sich an seinen Arm. Per sah entschlossen aus wie ein Mann, dessen einzige Hoffnung es war, sich vollkommen zu betrinken. Alec Fairhead bildete die Nachhut. Sein Gesicht war rosiger, gesünder, und er hatte immer noch diesen Gesichtsausdruck, den sie auf der Treppe gesehen hatte, als wäre er glücklich überrascht worden. Befreit, oder vielleicht war er auch einfach nur betrunken.

Cate stützte ihre Hände in die Hüften. »Was meinst du mit Boykott?« In Tizianos Augen glitzerte etwas Unbekanntes – Boshaftigkeit, Wildheit oder Rebellion. »Was boykottiert ihr?«

»Diesen Ort«, sagte Tiziano.

Sie beugte sich zu ihm hinab und sagte, immer noch auf Italienisch, damit die anderen sie nicht verstanden: »Du weißt doch Bescheid, oder? Wegen des Detektivs?«

Tiziano nickte. »Luca hat es uns erzählt«, sagte er müde. »Wir waren im Musikzimmer, bevor ich gespielt habe. Ein aufmerksames Publikum.« Sie dachte an die Musik, die erklungen war.

»Was – wie haben sie es aufgenommen?«

Tiziano legte seinen Kopf schief. »Willst du, dass ich petze?«, fragte er leise und benutzte das Wort aus Schulzeiten. Sie lächelte.

Tiziano spitzte nachdenklich die Lippen. »Na ja, Per hat nur ›was?‹ gesagt. Was? Als hätte er den Verstand verloren. Tina sah entsetzt aus. Michelle brüllte ihn an, es sei eine Unverschämtheit.« Er schaute über seine Schulter zu Alec Fairhead. »Der Engländer – na ja. Ich dachte zuerst, er würde in Tränen ausbrechen, aber dann wirkte er, du weißt schon, ganz britisch. Stoisch, resigniert, als träte er vor ein Erschießungskommando.« Sie sahen beide auf Per Hansen und Alec Fairhead hinter ihnen, Per runzelte die Stirn.

»*Tuttavia*«, sagte Tiziano laut und dann noch mal auf Englisch. »Egal. Wir sind hierhergekommen, um dir zu sagen, dass wir nicht essen werden. Oder wenigstens nicht hier.« Er griff nach einem Tablett mit gefüllten Zucchini und stellte es auf seine Knie.

»Es tut mir leid«, sagte Alec Fairhead lallend. »Es tut uns leid, Miss Giottone, Cate. Wir meinen es nicht persönlich.« Er war immer noch höflich, aber seine Haare waren zerzaust, und Cate sah, dass seine Krawatte in der Tasche seines Jacketts steckte. »Die Mädchen geben eine Party.«

»Mädchen?« Cate konnte sich nicht vorstellen, wen er meinte.

»Michelle und Tina«, sagte Tiziano. »Bei Michelle.«

»Ist in der Bibliothek noch Alkohol übrig?«, fragte Cate genervt. »Oder haben Sie alles getrunken?«

»Die Musik ist schuld«, sagte Per, sein Gesichtausdruck komisch-feierlich, als er zu Tiziano hinuntersah. »Alles seine Schuld, die Schuld des musikalischen Genies. Ein Bacchanal nennt man das, glaube ich. Einen Gefängnisausbruch.«

Tiziano legte seine muskulösen Unterarme auf die Armstützen des Rollstuhls. Er sah wie ein Krieger aus und war offensichtlich der Anführer und vielleicht der einzige Nüchterne. »Uns gefällt diese Geschichte mit dem Privatdetektiv nicht«, sagte er. »Ich glaube nicht, dass es Teil des Vertrages war. Es ist dem künstlerischen Schaffen nicht zuträglich.«

»Nein«, sagte Fairhead wild. »Im Vertrag stand nichts davon, Mordverdächtiger zu werden.«

»Wir kooperieren nicht«, fügte Per hinzu. Yolanda an seiner Seite sah mit glänzenden Augen zu ihm auf.

Es ist komisch, dachte Cate, als sie sie betrachtete. Sie haben sechs Wochen damit verbracht, einander wie nervöse

Katzen aus dem Weg zu gehen, und jetzt waren diese Künstler vereint. Durch Lonis Tod. Sie trat einen Schritt zurück, hob die Hände. »Hören Sie, das hat nichts mit mir zu tun«, sagte sie. »Ich bin nur die Küchensklavin.«

»Das wissen wir«, sagte Tiziano ungeduldig, und Cate biss sich auf die Lippe. Er sah sie scharf an, und einen Augenblick dachte sie, er werde etwas Beschwichtigendes sagen, aber stattdessen legte er seine breiten Hände auf die Räder und drehte sich um die eigene Achse.

Gehorsam folgten die anderen, nur Alec Fairhead hielt inne und zögerte einen Moment auf ihrem Weg zurück in den Flur. »Entschuldigung, Caterina«, murmelte er noch einmal, und sie hörte das schwache Lallen. »Sie sehen ja, wie es ist.« Er runzelte die Stirn. »Sie könnten auch kommen, wissen Sie. Das würde uns gefallen oder wenigstens ...« Cate war sich bewusst, dass Nicki neben ihr begierig lauschte. »Wenigstens mir würde es gefallen.« Erst dann schloss er den Mund, als bedaure er, was er gesagt hatte, und eilte den anderen nach.

»Ich werde jetzt Beth anrufen«, hörte Cate sich selbst zu Nicki sagen. Und vielleicht hatten sie es auch gehört, doch sie schloss die Esszimmertür hinter ihnen.

Kapitel 16

Giulietta Sarto war noch nie in einem Haus wie diesem gewesen. Sie musste sich dazu zwingen, cool durch die breiten, weißen Flure zu gehen, von einem großen, blassen Zimmer mit Glaswänden zum nächsten, und sich unsichtbar zu machen, während sie an ihnen vorbeilief, als hätte sie das ihr ganzes Leben lang getan. Aber innerlich war sie wie erstarrt, die Augen fielen ihr fast aus dem Kopf.

Es war einfach gewesen. Oder wenn nicht super einfach, dann doch verdammt viel weniger der Albtraum, den sie erwartet hatte. Giuli war sogar fast wütend, weil es so einfach gewesen war, und sie fragte sich, warum sie ihr Leben lang erwartet hatte, dass man ihr so ziemlich überall den Eintritt verweigern würde. Sie wusste, dass es nur am Dope lag, als der Junge, dem sie sich angeschlossen hatte, sich umdrehte und sie anlächelte, während er mit ihr durch das Tor und in den magischen Kreis der Villa Orfeo trat. Sie waren alle von der einen oder anderen Substanz high und voller menschlicher Güte. Sie musste ihren eigenen Vorrat nicht verteilen. Die kleine Verbrüderung durch Dope, Dope, der große Gleichmacher, nun ja, bis zu einem gewissen Punkt. Giuli war nicht die einzige ältere Person hier. Sie sah einen Typ mit langen, weißen Haaren und Ohrringen, der in einem *fondo* hinter Santo Spirito einen Club leitete, aber sie machte sich keinerlei Illusionen: Sollte sie sich danebenbenehmen, würde man sie rauswerfen. Denn nach der brüderlichen Liebe kam die Paranoia in der großen, warmen, wunderbaren Welt der Drogen.

Carlotta hatte um sieben Uhr das Haus verlassen. Giuli war ihr diskret gefolgt. Sie wusste von Sandro ungefähr, wohin Carlotta fahren würde. Es war ihr nicht in den Sinn gekommen, Sandros Informationen anzuzweifeln, und natürlich hatte er recht gehabt.

Oben auf den südlichen Hügeln von Arcetri über der glitzernden Stadt, in einer stillen, schmalen Straße, deren lange, ordentlich gebaute Mauern auf Gärten schließen ließen, die größer als die meisten Parks waren, war die hohe Flanke einer riesigen Villa vor Giuli aufgetaucht, und Carlotta war langsamer gefahren. Giuli hatte sofort ihr eigenes *motorino* abgestellt, es vorsichtig an die Wand gelehnt und sich eine Zigarette angezündet. Die Straße machte hier eine Kurve, und wenn sie sich ein bisschen vorbeugte, konnte sie sehen, was los war, und blieb trotzdem im Schatten einer großen, immergrünen Pflanze. Es war sehr, sehr kalt und ruhig, der Bürgersteig glitzerte vor Frost, Schnee hätte sie gesagt, nur dass es in der Stadt nie schneite.

Carlotta war an einem Tor etwas weiter vorn stehen geblieben und hatte schon bald ihre rosa Vespa hindurchgeschoben und Giuli draußen zurückgelassen, mit dem Nachthimmel und dem funkelnden Teppich der unterhalb von ihnen ausgebreiteten Stadt.

Während der Stunde, die Giuli dort gestanden und taube Zehen bekommen hatte, waren ungefähr alle zehn Minuten neue Gäste aufgetaucht, manchmal allein, aber öfter in Gruppen von fünf oder mehr Leuten. Sie plapperten, lachten und bemerkten Giuli nicht, die in der gegenüberliegenden Einfahrt ihre dritte Zigarette rauchte. Sie wartete ab und beobachtete, was passierte, wenn Alberto Orfeos Papa nicht zu Hause war. Sie dachte an Sandro da unten in der Maremma, in diesem hässlichen, alten Schloss in der Dunkelheit. Als sie die Unterlagen, die er ihr gegeben hatte, durchgeblättert hatte, war ihr das Ganze wie ein merkwürdiges Arrangement für die »Gäste« erschienen. Kein Fernsehen, keine Freunde, niemand, den man kannte, saß man ohne Auto mitten im Nichts fest. Für Giuli klang das nach einer Entziehungsklinik.

Wenigstens hatte Sandro ein Auto.

Giulis Handy hatte geklingelt. Sie sah sich um und war dankbar, dass sie in diesem Moment allein auf der Straße war. Sie zerrte es aus ihrer Tasche. Es war sicher Sandro. »Ja?«, hatte sie gezischt, ohne auf die Nummer des Anrufers zu sehen.

»Giuli?«

Es war nicht Sandro gewesen. Giulis Herz hatte einen Sprung gemacht, Mist. Warum hatte sie sich schuldig gefühlt? Wie damals in der Schule, wenn sie Esel genannt wurde.

»Luisa«, hatte sie zögernd gesagt. Instinktiv richtete sie sich aus der geduckten Stellung auf. »Wie geht es dir?« Wie dumm förmlich, sie hatte schon verloren.

»Also, du weißt über dieses – idiotische Spiel Bescheid, oder?« Wie üblich war Luisa sofort auf den Punkt gekommen.

»Spiel? Welches Spiel?«

»Giuli«, sagte Luisa warnend, »versuch's gar nicht erst. Du weißt, wo Sandro ist, nicht wahr?«

»Ja, natürlich.«

»Und warum flüsterst du?«

»Ich arbeite«, hatte Giuli gesagt und etwas lauter gemurmelt: »Ich verfolge das Mädchen. Carlotta Bellagamba.«

»Ach ja«, hatte Luisa mit harter, verächtlicher Stimme gesagt. »Das Mädchen, für das er väterliche Gefühle entwickelt hat. Und wo ist er? Irgendwo in einem Hotel, während du die Drecksarbeit machst, um mir eine Lektion zu erteilen? Zusammen mit Pietro?«

»Was? Nein, nein«, erwiderte Giuli empört und vergaß, leise zu sein. Sie sah sich um, ob jemand sie gehört hatte. Die Straße war im Augenblick leer. »Er ist in die Maremma gefahren, wegen eines neuen Auftrages. Ehrlich.« Sie hatte eine Pause gemacht und auf die Stille gehört. »Luisa?«

»Alles klar«, hatte Luisa müde gesagt, und Giuli hatte sich Sorgen gemacht, als Luisa dann resigniert sagte: »Du wirst es mir also nicht sagen.«

»In Ordnung«, hatte Giuli gesagt, »ich habe dir die Wahrheit gesagt. Er ist in der Maremma.« Keine Antwort von Luisa. »Hör mal, er hat gesagt, er war aufgebracht, ja. Weil du wegfliegst und es ihm erst gesagt hast, als es schon zu spät war. Er hat Angst, dich zu verlieren.« Sollte sie auch Frollini, die alte Eidechse, erwähnen? Sie entschied sich dagegen.

»Er ist ein Idiot. Mich verlieren? Ich denke, er *sollte* Angst haben, wenn er sich so benimmt.«

Ihre Stimme war vor Zorn ganz rau. Giuli hatte versucht herauszufinden, was das bedeutete. Auch wenn sie sich seit ihrem Entzug von Männern ferngehalten hatte, wusste sie nur zu gut, wie es war, wenn eine Beziehung zu Ende ging. Dinge, die man vielleicht jahrelang akzeptiert hatte, konnte man plötzlich nicht mehr tolerieren, und es gab kein Zurück. Wenn man sich erlaubt, jemanden zu hassen, ist es vorbei.

Sie hatte einen Schritt auf die Straße gemacht und über die gefrorene Stadt geblickt. Die schwarzen Skelette der Bäume im Garten der Villa standen reglos in der eisigen, windstillen Nacht. Luisa war da unten, allein in der kalten Wohnung, mit ihren Koffern und ihrem Flugticket.

»Wann fliegst du?«, hatte sie vorsichtig gefragt. »Am Montagmorgen, nicht wahr?«

»Er hat dir alles darüber erzählt, stimmt's? Es ist eine Geschäftsreise, jemand ist ausgefallen. Es ist eine große Chance.«

Hatte sie sich gerechtfertigt?

»Ich komme morgen vorbei«, hatte Giuli gesagt. Wieder Stille. »Bitte?«

»Ich habe zu tun. Ich muss packen.«

»Ich helfe dir.« Und dieses Mal musste sie Luisas Schweigen als Zustimmung werten. »Ich komme um elf Uhr und bringe *pasticcini* mit.«

Pasticcini, die kleinen Kuchen, die man kaufte, wenn man sonntags seine Lieben besuchte. Giuli hatte ein paar Monate in einer Rehaklinik verbracht, nachdem sie die psychiatrische Klinik verlassen hatte. Und jeden Sonntagmorgen hatte sie Luisa und Sandro besucht, dieses merkwürdige Paar, die bessere Eltern für sie waren, als ihre echten es je gewesen waren, aber vorher hatte sie immer bei der *pasticceria* in der Viale Europa haltgemacht.

Es war ein schamloser, sentimentaler Appell von Giuli, aber vielleicht bekam sie dadurch die Möglichkeit, diese dumme Sache zu besprechen. Luisas Antwort war ein genervtes Seufzen, das Giuli nur als Zustimmung deute.

»Luisa?« Aber sie hatte aufgelegt.

Jetzt, nachdem sie schon fast eine Stunde in der Villa war, hatte Giuli Carlotta immer noch nicht gesehen und war am Verhungern. Es gab ein Esszimmer mit einem langen Tisch, auf dem stapelweise Pizzakartons standen, und sie nahm sich ein paar Stücke. Es gab zwei Kasten Bier, und halb volle Flaschen Champagner wurden auf dem Tisch warm, ein Paar lag küssend darunter. Sie ging wieder in das Zimmer mit den Ledersofas, wo der Mann, der den Nachtclub besaß, ein Mädchen im Arm hielt, das dreißig Jahre jünger war. Wer machte den ganzen Dreck weg, bevor der alte Herr wieder auftauchte?

Als Lachen hinter ihr erklang, als sie an einer kleinen Gruppe vorbeiging, die im Schneidersitz hinter einem Sofa Joints drehte, beschloss Giuli, dass es an der Zeit war, sich unsichtbar zu machen. Sie ging hinaus in den Garten.

Hinter ihr legte jemand Musik auf, lauten R&B, und das Licht ging aus. Einen paranoiden Augenblick lang fragte sich Giuli, ob sie darauf gewartet hatten, dass sie hinausging. Sie entfernte sich von dem Lärm und ging zum anderen Ende eines Flügels des großen Hauses und wartete darauf, dass sich ihre Augen an die Dunkelheit gewöhnten. Es war dunkel, aber der Garten war nicht ganz leer. Sie hörte in der Nähe Gemurmel. Da war ein abschüssiger Rasen mit Blumenbeeten und einer großen, gut geschnittenen Hecke dahinter. Giuli lauschte. Sie nahm das Dope und Papier heraus, zerbrach eine ihrer billigen Zigaretten und begann einen Joint zu drehen. Nicht für sich, das hier war Tarnung oder vielleicht ein Köder. Es fühlte sich aber komisch an, nach all dieser Zeit wieder diese Bewegungen zu machen. Nicht gut.

Neben ihr tauchte jemand auf, und sie reichte ihm den Joint. Es war der Junge, der sie hereingelassen hatte.

»Kenne ich dich?«, fragte er mit vagem Interesse, während er den Joint anzündete. Sie schätzte ihn in der Dunkelheit ein.

»Nein«, sagte sie freundlich.

»Das dachte ich mir«, sagte er und nahm einen tiefen Zug, und unwillkürlich seufzte Giuli. »Was?«, fragte der Junge schläfrig.

»Hast du dir je vorgenommen aufzuhören?«, fragte sie.

Er zuckte mit den Schultern. »Klar.«

»Gut«, sagte sie, »das ist gut.« Er richtete sich auf, unsicher, ob sie jetzt seine Eltern anrufen würde. »Schon in Ordnung«, sagte sie. »Achte nicht auf mich.« Morgen früh würde er glauben, dass er nur von ihr geträumt hatte. Sie zögerte. »Hast du Alberto oder Carlotta irgendwo gesehen?« Im Licht des glühenden Joints sah sie, wie seine müden Augen sie ohne Neugier betrachteten. Er rümpfte die Nase wegen des billigen Tabaks, vielleicht war er doch nicht einer wie sie. Er nickte in Richtung des abschüssigen Rasens, dann drehte er sich um und ging in Richtung Musik.

Eine Weile bewegte sich Giuli nicht, dann schlenderte sie quer über das Gras und an Blumenbeeten entlang bis zu einer Lücke in der Hecke. Irgendwo dort befand sich eine Lichtquelle, diskret, bläulich, unten zwischen den Pflanzen. Irgendwo links von sich hörte sie Leute leise sprechen. Sie kam näher. »Berto«, hörte sie flüstern. War das Carlotta? Als er antwortete, war sie sich sicher, dass es Alberto war.

»Komm her«, sagte er rau.

Dieses Gespräch war eigentlich kein Gespräch. Kosenamen, Gelächter, Küsse. Dann sagte sie trotzig: »Was ist mit nächster Woche?«

Sie verabredeten also ein Treffen für nächste Woche. »Diese Woche nicht, das glaube ich nicht«, sagte er. »Es ist zu viel. Sieh dir diese Typen an, keine Chance, allein zu sein.« Er klang mürrisch, gierig, zärtlich. Vielleicht nahm er das doch ernst. »Und außerdem weiß ich nicht, welche Pläne der alte Herr jetzt hat. Irgendwas ist da unten passiert, deswegen ist er heute Abend weg. Er hat gesagt, es hat einen Unfall gegeben.«

»Einen Unfall?« Sie klang ungeduldig, arrogant. »Was für einen Unfall?«

Ihre Stimme hörte sich nicht gut an, dachte Giuli, als Alberto eine Antwort murmelte. »Keine Ahnung, *cara*. Hat jedenfalls nichts mit ihm zu tun.« Und dann bewegten sie sich, und das Mädchen kam in Sichtweite, und es war nicht Carlotta. Alberto hatte sein Gesicht in ihrem Nacken vergraben, und sie wandte sich ab, sah zwischen glatten, blonden Haaren hindurch.

Ein Unfall.

Giuli trat einen Schritt zurück, versuchte nachzudenken. Plötzlich wollte sie keine Zeugin sein. Sie schaute zurück auf die hellen Fenster der Villa und dachte: Carlotta darf das hier nicht sehen. Dann war Carlotta da, ging auf Giuli zu, auf sie alle.

Giulis erster Impuls war, das Mädchen abzulenken. Sie ging mit ausgestreckten Händen und lächelnd auf sie zu, obwohl sie keine Ahnung hatte, was sie sagen sollte. Dann fiel ihr Carlottas steifer Gang auf, ihre geballten Fäuste, und als sie näher kam, sah Giuli die Tränen in ihren Augen, als das andere Mädchen vorbeiging, ohne sie auch nur zu bemerken.

Giuli dachte: *Sie weiß Bescheid.* Zu spät. Giuli trat zur Seite, und hinter ihr brach die Hölle los.

Musste sie nicht irgendwann herausfinden, dass Alberto nicht zu ihr passte? War es so nicht besser? Aber Giuli wusste, dass es sich in dem Moment nie besser anfühlte, und sie konnte die Tränen in Carlottas Stimme hören, als sie zu toben begann. Sie trat in den Schatten und lief zurück in die Villa. Plötzlich öffnete jemand ein Fenster – sie klangen wirklich wie streitende Katzen – und johlte höhnisch.

Das Haus war doch kein Paradies. Als Giuli unbemerkt an den Ledersofas und dem Champagner und den gut aussehenden, jungen Leuten, die sich in jeder spiegelnden Oberfläche betrachteten, vorbeiging, sah sie nur noch die Stücke kalter Pizza in ihren Kartons und ein Zigarettenbrandloch im cremefarbenen Teppich. Sie eilte durch die Zimmer, aus der Seitentür hinaus zu dem Tor, durch das sie hereingekommen war, und wartete.

Es dauerte vierzig Minuten, aber schließlich kam Carlotta, mit wehenden Haaren, verheulten Augen und zerrissener Jacke, und knallte das Tor hinter sich zu. Sie sah aus, als hätte sie genauso ausgeteilt wie eingesteckt.

Giuli fuhr in einer diskreten Entfernung hinter der rosa Vespa her, aber vielleicht nicht diskret genug. An einer Ampel in der Via Senese, die auf rot festzuhängen schien, drehte sich Carlotta um und sah über ihre Schulter Giuli an, und in ihrem Blick tauchte so etwas wie Begreifen auf. Einen langen Augenblick lang sahen sie sich in die Augen. Sie waren auf der Höhe einer schäbigen Kaffeebar, die die ganze Nacht geöffnet hatte und die Giuli kannte. Das originale, versilberte Ladenschild aus den 1930er Jahren hing immer noch da.

Alte Männer standen an der Theke und unterhielten sich, und das Licht aus diesem Laden wirkte plötzlich einladend.

Die Ampel blieb rot. Carlotta folgte Giulis Blick. Giuli stellte ihre Füße auf den Boden und nahm den Helm ab.

»Wer bist du?«, fragte Carlotta.

»Lust auf einen Kaffee?«, fragte Giuli.

Sie saßen da und tranken warme Milch. Carlotta hatte ein feuchtes Taschentuch in der Hand und schüttete ihr Herz aus. Giuli schob ihren Auftrag zunächst beiseite, tätschelte das Mädchen behutsam auf die Schulter und sagte ihr, dass sie ohne ihn besser dran war, was stimmte. Carlotta erzählte ihr bereitwillig, was sie über Albertos Vater wusste, und sah Giuli leicht verwundert an, als diese ein Notizbuch herausnahm.

»Ermittelst du gegen ihn oder so was?« Sie schniefte, putzte sich die Nase und sah besser aus. Sie wurde neugierig.

»So was«, sagte Giuli. Und sie lächelten beide.

Als sie wieder nach Galluzzo kamen und Giuli das Mädchen sicher zu Hause ablieferte, fielen die ersten Schneeflocken. Giuli saß eine Weile vor dem Haus und schrieb eine SMS an Sandro. Sie rieb ihre Finger in ihren fingerlosen Handschuhen, weil sie steif und taub wurden. Drinnen im Haus ging ein Licht an, dann noch eines. Sie hörte Stimmen. Du wirst darüber hinwegkommen, dachte Giuli.

Hätte er gewusst, wie wenig Zeit er haben würde, um seine Verdächtigen bei ihrem ersten Treffen einzuschätzen, hätte Sandro sich vielleicht Notizen gemacht. Aber es lief eben nicht immer alles nach Plan, Notizen konnten irreführend sein, und manchmal genügte dieser flüchtige erste Eindruck. Das sagte er sich wenigstens.

Sandros Handy piepste, als er von der breiten Steintreppe in die riesige Halle trat. Stimmengemurmel drang durch den Bogengang. Sandro glaubte, Luca Gallos Stimme zu erkennen, angespannt und herzlich.

Er blieb stehen, dachte, wie kalt es doch in diesem großen Monster eines Gebäudes war. Die doppelflügelige Tür gegenüber dem breiten Eingang zum Musikzimmer war fest geschlossen, am anderen Ende der Halle befand sich noch eine kleinere Tür, und es ärgerte ihn, dass er nicht wusste, wohin sie führte.

Sandro hasste dieses Gebäude bereits. Es war ein Labyrinth, unangenehm groß mit seinen Geheimtüren und dem mysteriösen, eisigen Luftzug, so düster wie ein Verlies und voller Geister. Aber es war nicht nur das Gebäude, es war die ganze Anlage. Er fühlte sich nicht wohl, fehl am Platz, zu weit weg von zu Hause. Zu weit weg von dem breiten, grünen Fluss, dem Talkessel der Stadt voll roter Dächer und schmaler Straßen, voller Leute. Und hoch über allem das große Marmor- und Terracottaschiff des *Duomo*. Heimweh nach dem Dom nannten die Florentiner es, jedenfalls hatte irgendwer es so genannt. Ghirlandaio? Wer auch immer es gesagt hatte, er hatte recht. Nirgendwo sonst war es zivilisierter, am allerwenigsten in den kahlen Hügeln und malariaverseuchten Sümpfen und abweisenden Schlössern der Maremma.

Loni Meadows hatte sich bemüht, ihr Boudoir dort oben mit Seide und Kissen einzurichten, aber es war immer noch ein großes Steingefängnis, und es hatte sie erwischt.

Sandro hatte so mürrisch wie ein Teenager auf sein Handy gestarrt. *Neue Nachricht, jetzt lesen?* Aber als er darauf klickte, um sie zu öffnen, hörte er die Geräusche einer Gruppe, die sich bewegte, und schaute auf. Schnell steckte er das Handy ein.

»Einen Moment, einen Moment«, sagte Luca Gallo mit erhobenen Händen. Er wandte Sandro den Rücken zu. Er stand im breiten Türrahmen zum Musikzimmer, als wolle er ihn blockieren. An Gallo vorbei konnte Sandro Gesichter sehen. Eine kräftige Frau hatte schon den Mund geöffnet, um zu widersprechen, ihre blonden Haare waren von Grau durchzogen, und ihre verlebten Gesichtszüge waren wahrscheinlich mal hübsch gewesen. Michelle Connor – er hakte sie im Geiste ab. Niccolo Orfeo stand weit entfernt am anderen Ende des Zimmers, eine Hand auf dem Flügel, mit einem arroganten und unbehaglichen Gesichtsausdruck. Er distanzierte sich vom Mob.

Sie wirkten ein bisschen wie ein Mob, die einzige Frage war, wer sollte aufgeknüpft werden?

»Entschuldigung, Entschuldigung«, sagte Michelle Connor sarkastisch, und auch wenn sie mit Luca sprach, sah sie Sandro direkt an, »aber das akzeptieren wir nicht, auf keinen Fall.«

Gallo bewegte seinen Kopf ein winziges bisschen in Sandros Richtung, einen bittenden Blick aus den Augenwinkeln, und Sandro nahm das Stichwort auf und trat vor.

»Hallo«, sagte er, Schulter an Schulter mit Luca Gallo im Türrahmen. Er hörte, wie Luca leise ausatmete. »Ich bin Sandro Cellini.« Er streckte seine Hand der Frau entgegen, die sie ignorierte.

»Wir wissen, was Sie sind«, sagte sie herablassend.

»Tun Sie das?« Er sprach sanft, den Kopf zur Seite geneigt, und spürte, wie die anderen sich unbehaglich bewegten. Er erinnerte sich daran, dass diese Leute aus dem Norden eine andere Einstellung zur Höflichkeit hatten. Sie verstanden sie nicht. Ihre Ungezogenheit bedeutete nicht immer Feindseligkeit, obwohl es bei dieser Frau wahrscheinlich doch so war. Trotzdem würde er sich von nichts provozieren lassen. »Und?« Er ließ seine Hand mit einem Ausdruck der Enttäuschung sinken.

»Ach, komm schon«, sagte ein Mann, sehr englisch, entschuldigend und verlegen, und als er an Sandro vorbeiging, betrachtete dieser das schmale Gesicht, die tief liegenden Augen und kurzen Haare. Das war derjenige, nach dem er gesucht hatte. Du, dachte er, du warst vor fünfundzwanzig Jahren mit Loni Meadows in London. Wie schön sie damals gewesen sein muss, mit diesen kalten, hellen, blauen Augen. Hatte Alec Fairhead auch gut ausgesehen?

Jetzt sah er wie ein Mönch aus. Er streckte seine Hand aus, und als Sandro sie drückte, fühlte er nur Knochen und Kälte. »Ich bin Alexander Fairhead«, sagte er. Ich weiß, wer du bist, dachte Sandro, aber jetzt, wo der Mann vor ihm stand, war er sich nicht mehr so sicher. Die kleine Gruppe hinter Fairhead bewegte sich ein wenig zurück und löste sich dabei auf.

Sandro nickte und ordnete die Gesichter den Namen zu, die er auf dem Bildschirm gesehen hatte, auf Giulis Tabelle, die die Lebensläufe dieser Handvoll Menschen skizzierte.

»Ich glaube, ich habe Sie vorhin gesehen«, sagte Sandro. »Draußen, bei einem Spaziergang.« Er hatte den Eindruck, dass der Mann leicht errötete.

Wessen Idee war dieser Spaziergang gewesen? Hatten sie auch nach etwas gesucht? Und jetzt fiel Schnee und deckte den Unfallort zu.

»Kommt ihr jetzt mal alle mit«, sagte die wütende, kräftige Frau und drängte sich an Sandro vorbei. Er spürte, wie ihr warmer, kraftvoller Körper ihn zur Seite schob, und gab unwillkürlich nach. »Ich werde alles vorbereiten.« Sie spähte aggressiv zurück in den Raum. »Tina?«

»Das ist Michelle Connor«, sagte Luca beherzt, während sie ihn ignorierte. »Eine wunderbare Dichterin. Und Tina Kreutz, unsere Bildhauerin.«

Tina Kreutz war eine dünne Frau. Aus der Entfernung hätte er gesagt, ein Mädchen, das sich jetzt ihren Weg aus dem Musikzimmer bahnte und den Kopf auf und ab bewegte.

»Schön, Sie kennenzulernen«, sagte er freundlich, und Tina zog ihren Kopf zurück.

»Sind Sie wirklich wegen des Unfalls hier?«, fragte sie, ihre Stimme kaum mehr als ein verängstigtes Flüstern. »Wegen Loni?«

»Bitte machen Sie sich keine Sorgen«, sagte er, so sanft er konnte. »Ich habe vor, mit jedem zu sprechen. Nur ein kleines Gespräch.«

Als würde sie das beruhigen. Sie hatte offensichtlich vor etwas Angst, aber sie sah aus, als bräuchte es dafür nicht viel. Ein missbrauchtes Kind? Eine misshandelte Ehefrau? So sah Tina Kreutz für ihn aus: wie eine dieser Frauen im Frauenhaus, die sich vor ihrem eigenen Schatten fürchteten, die jede Nacht einen Stuhl vor die Tür stellten und Küchenmesser versteckten, um sich verteidigen zu können, bloß um sich am Ende selbst den Hals durchzuschneiden. Michelle Connor legte beschützend einen Arm um sie, und das Mädchen lehnte sich an sie. Sandro fragte sich, wer von den beiden die andere mehr brauchte.

»Nun, ich hoffe, dass ich Sie morgen sprechen kann«, sagte Sandro und gab sich geschlagen. Die beiden vermittelten ihm das Gefühl, ein Missetäter zu sein. Michelle Connor machte ein verächtliches Geräusch, und die Frauen verschwanden durch die schwere Tür. Dabei wehte der unverkennbar neue Geruch herein, eine Bö kalter, nasser Luft, und ein kurzer Blick auf Schneeflocken, die im Licht wirbelten, war möglich.

Ihr Verschwinden schien das Signal zum Aufbruch zu sein, und andere gingen durch die Tür. Luca trat müde zurück, um sie vorbeizulassen. »Im Esszimmer steht etwas zu essen, wie üblich«, rief er, als letzten Versuch, die Kontrolle zu behalten oder doch wenigstens Normalität zu heucheln. Sandro sah, dass der Mann kurz vor dem Verzweifeln war, und legte eine Hand auf seinen Arm.

»Ich bin mir sicher, wir können uns alle morgen unterhalten«, sagte er, wandte sich an die kleine Gruppe, ließ die Hand aber auf Lucas Arm liegen. Er spürte, wie der Mann seinen Arm abwehrend anspannte.

Sie blickten zu ihm zurück. Der Engländer, der aussah, als stände er kurz vor einem hysterischen Anfall; ein stark gebauter, skandinavischer Typ, der Per Hansen sein musste, mit buschigen, hellen Augenbrauen. Er schwankte betrunken, und eine hübsche Frau stand an seiner Seite. Seine Frau? Und in Hüfthöhe der intelligente, durchdringende Blick des Mannes im Rollstuhl, der erforderte, dass er nach unten sah: Tiziano Scarpa, der Urheber der außergewöhnlichen Musik, die Sandro über die Schwelle des Castello Orfeo begleitet hatte.

Es fiel Sandro ein, dass ein Mann, der solche Musik spielen konnte, kein weiteres Ventil brauchte. Alle Wut, alle Angst, alle Liebe konnte durch diesen Klang ausgedrückt werden. Könnte so ein Mann einen Mord begehen?

»Sie haben gespielt, nicht wahr?«, fragte er zurückhaltend.

Scarpa lächelte und senkte den Kopf in einer Parodie bescheidener Zustimmung.

»Ich«, sagte er locker.

»Ich bin mir sicher, dass Sie nur Ihre Arbeit tun«, meinte Fairhead verlegen. »Wir wollen nicht …«

Aber Tiziano Scarpa unterbrach ihn. »Kommt schon«, sagte er und wendete den Rollstuhl, »entschuldigen wir uns bei La Giottone. Michelle packt uns an den Eiern, wenn wir sie warten lassen.«

Als er wegfuhr, sah Sandro, wie sich seine Rückenmuskeln unter seinem Hemd bewegten, sah, wie die kräftigen Arme sich bogen und streckten, sah die Schwielen unten an seinen Daumen, die Pflaster an seinen Handgelenken. Selbst ohne seine Beine nutzen zu können, gab es nicht viel, von dem Tiziano Scarpa sich unterkriegen ließ. Und sie gingen fort, nicht durch die Haupttür, sondern durch den kleineren Ausgang, von dem sich Sandro vorher gefragt hatte, wohin er führte. Den Küchengerüchen nach zu urteilen, führte er direkt ins Esszimmer.

Luca Gallo machte eine unentschiedene Bewegung, ihnen zu folgen, aber Sandro schüttelte den Kopf. »Lassen Sie sie gehen«, sagte er und fuhr erleichtert in seiner Muttersprache fort: »Es ist spät.«

»Man sollte nicht denken, dass das hier mein Haus ist, nicht wahr?« Die herrische, aristokratische Stimme von Niccolo Orfeo erfüllte den Raum, und Sandro spürte, wie er das Kinn anspannte. Herrisch, aber auch etwas zu nachdrücklich. »Würden Sie mich jetzt vielleicht vorstellen?«

Seine Augen matt vor Erschöpfung, richtete Gallo sich auf. »Sandro Cellini, dies ist Graf Orfeo. Graf –«

»Ja, ja«, sagte der Mann barsch und hob seine große Hand

mit den Ringen, um ihn wegzuwinken. Kein Wunder, dass der Sohn ein verwöhnter, kleiner Mistkerl war.

»Guten Abend«, sagte Sandro und streckte ihm seine Hand hin.

Orfeo ignorierte sie. »Sollen wir in die Bibliothek gehen? Ich brauche einen Drink nach dieser Vorstellung.« Der Mann ging in den nächsten Raum. Hier drin war es kälter, und ein schwerer Kronleuchter verbreitete ein düsteres Licht. Ein kleines Feuer war im riesigen Steinkamin angezündet worden, aber es glühte kaum noch.

Ohne Sandro oder Luca Gallo etwas anzubieten, mischte sich Orfeo einen Drink aus einer Auswahl von Flaschen, die auf einem Tablett standen. Campari, süßer Wermut, Whisky.

Während Sandro ihn beobachtete, war das Einzige, das ihn davon abhielt, unhöflich zu sein, dass der Graf tatsächlich kurz davor stand, das arrogante Lächeln vom Gesicht gewischt zu bekommen. Musste er überhaupt noch darauf warten, dass Giuli seinen Verdacht bestätigte? Schließlich drehte sich Orfeo zu ihm um.

»Ich nehme an, Sie wissen, warum ich hier bin?« Sandro sprach in einem respektvollen Tonfall.

»O ja«, sagte Orfeo so obenhin, dass es nicht wirklich überzeugend klang, und Sandro spürte leichte Befriedigung. »Loni Meadows' gruseliger Ehemann, hat mir Luca gesagt. Ich nehme an, die Gewissheit, dass er das letzte Wort haben will. Vielleicht würde er mich gern verklagen, weil seine Frau einen gefährlichen Fahrstil hatte. Ein sehr unangenehmer, kleiner Mann, wissen Sie.« Er hob das Glas und leerte es zur Hälfte.

Sandro betrachtete ihn ruhig. »Avvocato Mascarello, meinen Sie? Nun, ich glaube nicht, dass man so viel Macht anhäufen kann, ohne sich ein paar Feinde zu machen.«

»Macht?« Niccolo Orfeo rümpfte in einer theatralischen Geste der Ablehnung die Nase. »Nun, das weiß ich nicht. Er hat ein paar recht unangemessene Verbindungen, das weiß ich.«

Sandro, den plötzlich Bewunderung für Giuliano Mascarello überkam, lächelte.

»Und wo ist dieser verdammte Narr?«, sagte Orfeo unwirsch. »Alles scheint ruiniert.« Er leerte sein Glas, und Luca Gallo füllte es schnell wieder auf.

»Werden Sie noch heute Abend nach Florenz zurückkehren?«, fragte Sandro sanft und sah auf die dunkle, ölige Flüssigkeit.

»Sie meinen, ob ich noch autofahren werde? Es ginge Sie überhaupt nichts an, wenn ich das täte.« Er sah Gallo an. »Ich werde im *piano nobile* schlafen.«

Loni Meadows' Zimmer. Luca Gallo schaute von Orfeo zu Sandro und zurück, Panik in den Augen. »Nun, ich bin mir nicht sicher ...«

»Es ist mir egal, wenn es unordentlich ist«, sagte Orfeo wegwerfend. »Lassen Sie nur das Bett neu beziehen.«

Luca Gallo schloss den Mund. »Ja«, erwiderte er.

Ich kenne dein Spiel, dachte Sandro. Orfeo sah ihn an, als wollte er ihn zu einem Streit herausfordern, dazu, etwas über Beweise oder Ermittlungen zu sagen. Sandro sah ihn an, als wollte er sagen: Commissario Grasso hast du vielleicht dazu gebracht, vor dir zu buckeln und deine Privatsphäre soweit zu schützen, dass er nicht einmal Loni Meadows' Schlafzimmer betrat, aber ich bin nicht Grasso.

Aber noch bevor ein Wort ausgesprochen worden war,

piepste Sandros Handy, und Orfeos verächtlicher Blick wurde härter.

»Erlauben Sie?«, sagte Sandro und nahm sein Handy heraus. Er wusste, wie unhöflich Orfeo es finden würde. Er schaute auf das Display.

Zwei neue Nachrichten. Die erste war von Mascarello, kurz und prägnant. *Rufen Sie mich vor 20 Uhr 30 an.* Auf dem Handy war es 20 Uhr 38. Sandro schaute auf, rechnete und sah, dass Orfeo ihn beobachtete. Ein rasches Lächeln, um zu zeigen, dass er wusste, wie respektlos er sich benahm, und dass es ihm egal war. Dann schaute Sandro wieder aufs Handy. Die zweite Nachricht war von Giuli und genauso typisch für den Absender. Aufgeregt, geschwätzig, eifrig.

Papa hat eine Freundin irgendwo da unten. Carlotta sagt, heute Abend gibt's Party, weil er plötzlich gerufen wurde, Unfall, rufe besser später an. Carlotta geht's gut, ist sicher zu Hause

Okay. Sandro schaute auf, sah die Skepsis in Orfeos Gesicht und erwiderte sie mit einem breiten Lächeln.

»Hören Sie, es tut mir leid«, sagte er mit gespielter Höflichkeit, »aber der *avvocato* hat mir eine Nachricht hinterlassen, dass ich ihn anrufen soll. Und er ist mein Auftraggeber. Wenigstens mir gegenüber besitzt er Macht.«

Orfeo sah stirnrunzelnd auf das Handy, das Sandro in die Höhe hielt, als erinnere es ihn an etwas Störendes. Sandro steckte es wieder ein. »Also«, fuhr er fort, »wenn Sie mich jetzt entschuldigen wollen.«

Als hätte ihn der Name Mascarello wach gerüttelt, trat Luca neben Orfeo. »Ja, das wäre gut«, sagte er, und Sandro hörte die Erleichterung in seiner Stimme. »Wir werden, äh …« Er sah zur Tür, durch die die Gäste verschwunden waren, dann fuhr er nervös fort: »Wir werden die Gäste einfach … wir werden sie« – er holte Luft – »wir werden bald ins Esszimmer gehen.« Und an Sandro gewandt, mit einem Blick, der um Verständnis bat: »Lassen Sie sich ruhig Zeit.«

Im Musikzimmer griff Sandro noch einmal nach seinem Handy und überprüfte, ob er Empfang hatte, dann sah er über seine Schulter in die düstere, kalte, höhlenartige Bibliothek.

»Noch ein *aperitivo?*«, fragte Gallo, als Orfeo seinen Arm barsch wegschob, um über seine Schulter zu Sandro zu sehen, der neben dem Flügel stand, das Handy in der Hand.

»Und da ist noch etwas«, murmelte Orfeo, »das verdammte Handy. Habe ich es Ihnen nicht gesagt? Sie sollten …« Dann wandte er sich abrupt ab, sodass alles, was er noch sagte, nicht zu hören war.

Sandro stand einen Augenblick lang da und dachte nach. Er starrte das blinkende Display an, das ihm mitteilte, dass es keinen Empfang gab. Er dachte über das nach, was Orfeo gerade gesagt hatte.

Er lief die Treppe, drei Stufen auf einmal nehmend, hinauf, schloss die Tür hinter sich und ging zu dem tiefen Fenster. Er runzelte die Stirn, während er auf sein eigenes Handy sah und grübelte. Er hörte draußen ein Geräusch und schaute auf und aus dem Fenster, wo jemand unter ihm auf der halbkreisförmigen Auffahrt hin und her lief.

Und dort hatte er Empfang. Er wählte Mascarellos Nummer, es klingelte und klingelte. Verdammt, dachte er, fast neun Uhr. Er nahm an, dass Giuliano Mascarello Pünktlichkeit wichtig war. Gerade als er aufgeben wollte, antwortete eine Frauenstimme barsch: »Ja?«

Er fragte nach Mascarello. Er glaubte, im Hintergrund etwas zu hören, ein mechanisches Zischen, gedämpfte Stimmen. »Avvocato Mascarello erhält gerade seine Dialyse«, sagte die Frauenstimme kalt.

»Ah, er hatte mich angerufen«, erwiderte Sandro defensiv. »Sandro Cellini.«

Gedämpfte Stimmen, und als sie wieder am Telefon war, klang die Frau ein winziges bisschen weniger unhöflich. »Rufen Sie um zehn Uhr noch einmal an«, sagte sie und legte auf.

In Ordnung, dachte Sandro und sah auf den kleinen, beleuchteten Halbkreis aus Schnee und Kies vor sich. Ordne alles. Da ist der Absender dieser E-Mail, und da ist Orfeo. Orfeo, ihr Liebhaber, den sie treffen wollte, aber er war in Florenz.

Die Person unten blieb stehen, drehte den Kopf, und Sandro sah ihr Profil. Es war Caterina, die Schultern in der Kälte hochgezogen, ging sie über den Hof hin und her, und aus irgendeinem Grund fühlte er sich durch ihren Anblick besser. Sandro drückte seine Stirn an das Glas und konnte das Knirschen ihrer Schritte auf dem Kies hören und den Klang ihrer Stimme, wie sie eindringlich in ihr eigenes *telefonino* sprach. Und dann sah sie hoch, und Sandro trat vom Fenster zurück.

Orfeo. Ist er wegen irgendetwas schuldig? Ja.

Sandro wartete einen Augenblick, bevor er wieder hinunterging.

Kapitel 17

Das Telefon hatte lange und hohl am anderen Ende der Welt geklingelt. In Westport, Connecticut. Cate lehnte sich in der warmen Küche gegen den Herd, während Nicki sie nervös von der Tür zum Esszimmer her beobachtete. Cate stellte sich ein großes, weißes Holzhaus vor, mit einem Rasen und glänzendem Holzboden in einer großzügigen Diele, aber je länger es klingelte, umso mehr zitterte sie bei dem Gedanken daran, Beth die Neuigkeit mitzuteilen. Und als eine Stimme selbstbewusst antwortete, dachte sie einen Augenblick erleichtert, sie habe sich verwählt. Denn es klang so gar nicht nach der mürrischen, unglücklichen Beth, die mit einer permanenten Migräne durch die Flure geschlichen war.

Aber sie war es.

»Am Apparat«, sagte Beth, als Cate entschuldigend und bereit aufzulegen nach ihr fragte.

»Hier ist Caterina aus dem Castello Orfeo. Von der Stiftung.« Es schneite jetzt nicht mehr so stark, nur noch ein paar Flocken wirbelten herab, aber die Kälte nahm ihr fast den Atem. Das schöne, stille Weiß überall. Die Bäume schienen näher zu sein, dichter zu stehen, voller Schnee und reglos. Über ihrem Kopf begann der Schnee, sich in die Spalten der Fassade zu legen.

»Oh.« Beth klang verwirrt und skeptisch. »Caterina. Hey. Wie geht's euch?«

»Beth, äh, okay, hör mal.« Cate merkte, dass sie nicht genau wusste, wie sie es sagen sollte. Sie dachte daran, wie ihre Stimme da drüben klingen würde, im hellen, amerikanischen Tag, in dem großen, weißen Haus. »Es gibt, äh, es gibt schlechte Nachrichten.«

Während sie sprach, hörte Cate Beth schlucken, dann hörte sie ein zerrissenes, unzusammenhängendes Schluchzen, und sie stellte sich vor, wie all dieser helle, amerikanische Frieden zerbrach.

»Loni. Wer, wie ist es –« Beth hielt inne, schien sich zusammenzureißen. »Du hast gesagt, es war ein Unfall?« Sie klang ungläubig. »Bist du sicher?«

»Ja«, sagte Cate, »mit ihrem Auto. Warum fragst du das, Beth?«

»Sie ist immer zu schnell gefahren«, sagte Beth unsicher, und Cate blinzelte. Sie hörte die Worte, die sie vor sich selbst wiederholt hatte, als Luca es ihnen erzählt hatte, sie hörte die Tränen in der Stimme des Mädchens.

»Das tat sie, du hast recht. Genau das habe ich auch gesagt.« Aber noch während sie sprach, dachte Cate mit dumpfem Schrecken, dass sie dies nie geglaubt hatte.

Und wie um ihre Gedanken zu bestätigen, sagte Beth: »Bist du dir wirklich sicher?« Sie klang jetzt genau wie die schüchterne, nervöse Beth, die das Schloss aus ihr gemacht hatte.

Cate sagte vorsichtig: »Hör mir zu, Beth. Glaubst du, irgendjemand hätte ihr etwas antun wollen?«

»Ihr etwas antun?« Beth lachte ein kleines, trauriges, bitteres Lachen. »Sie hatte ja wohl keine Angst, andere Leute wütend zu machen, oder? Selbst diejenigen, die sie liebten. Ganz besonders die.«

Cate schwieg einen Augenblick. »Diejenigen, die sie liebten. Wie, äh, wie wer, zum Beispiel?«

»Ich weiß, worauf du hinauswillst«, platzte Beth heraus. »Wie wer? Okay, wie ich. Sie wusste, dass ich lesbisch bin. Sie hat mit mir gespielt. Deswegen bin ich gegangen, okay? Deswegen. Sie hat mich dazu gebracht, mich in sie zu verlieben. Sie ließ mich in ihr Zimmer kommen, auf ihrem Bett sitzen, plauderte mit mir, während sie sich anzog, erzählte mir intime Dinge. Ließ mich glauben ...«

»Nein, Beth«, sagte Cate eindringlich, »ich wollte nicht neugierig sein. Das meinte ich nicht. Ich weiß, dass du nichts damit zu tun hast.«

Ein rauer Seufzer, dann Stille, und Cate hörte die Stimme der Mutter, flüsternd, ängstlich, und wie Beth sagte: »Fünf Minuten, Mom, in Ordnung?«

Cate wartete eine volle Minute, bevor sie erneut begann.

»Hier ist ein Privatdetektiv«, sagte sie und bemühte sich, vernünftig und logisch und beruhigend zu klingen. »Er scheint ein guter Mann zu sein.« Jetzt zögerte sie und sagte leise: »Lonis Ehemann will nicht glauben, dass es ein Unfall war.«

Sie ist nämlich nicht sofort gestorben. Einen perversen Augenblick lang wollte Cate diese schreckliche Tatsache mit Beth teilen, ihr erzählen, wie bitterkalt diese Nacht gewesen war, ihr von der grünen Seidenbluse auf dem Fußboden in Lonis Schlafzimmer erzählen, aber sie sagte nichts.

Stattdessen fragte sie noch einmal, ruhig, sanft: »Gibt es irgendetwas oder irgendjemanden, von dem du etwas weißt, das hilfreich sein könnte? Für die Ermittlungen.«

»Alle«, wiederholte Beth und klang traumatisiert.

»Beth«, sagte Cate, »Per hat seiner Frau geschrieben, dass er die Scheidung wolle, weil er sich in eine andere Frau verliebt hatte. Welche andere Frau könnte das wohl sein? Du? Ich? Tina Kreutz?«

»Per?« Beth konnte es nicht glauben. »Auf keinen Fall. Ich meine, sie hat mit ihm ihr Spiel gespielt. Geflirtet …« Sie hielt inne, und als sie weitersprach, tat sie es mit einem dumpfen Verständnis. »Na ja, ich nehme an, sie könnte mit ihm dasselbe gemacht haben wie mit mir. Ihn irgendwie an der Nase herumgeführt haben.«

»Nur dass Per ein Nein als Antwort nicht akzeptiert hat?«

Sie holte scharf Luft. »Du denkst, glaubst du ernsthaft, dass Per ihr etwas antun könnte?«

»Nein«, sagte Cate, ohne nachzudenken. »Ja. Vielleicht in der Hitze des Augenblicks. Aber das hier war nicht …«

Außer, er war bei ihr im Auto? Das glaubte Cate nicht. Selbst wenn Fairhead nicht gehört hätte, wie er ins Bett gegangen war, hätte Per das Schloss mit ihr verlassen, mit ihr kämpfen und gegen einen Baum fahren müssen. Das ganze Szenario spielte sich in ihrem Kopf ab, schrecklich lebendig. Er hätte geweint, versucht, sie wiederzubeleben, hätte einen Krankenwagen gerufen, sich der Polizei gestellt. Er hätte sie nicht einfach sterben lassen.

»Nein«, sagte sie, »ich glaube nicht, dass er das konnte.« Es entstand eine Stille. »Er war also nicht ihr Liebhaber, soweit du weißt?« Schweigen. »Diese Abende, wenn sie das Schloss spät verließ, verbrachte sie nicht mit Per? Wenn sie mit dem Wagen nach Pozzo fuhr?«

»Oh.« Beth fragte vorsichtig: »Dann wusstest du davon.«

»Alle wussten davon«, sagte Cate entschuldigend. »Sogar

Mauro wusste es. Obwohl ich nicht glaube, dass er wusste, zu wem sie fuhr.«

Beth redete weiter: »Sie hat mir gesagt, ich wäre die Einzige und dürfte es niemandem erzählen.« Eine Pause, dann nachdenklich: »Sie hat mir von all ihren Liebhabern erzählt. Ich wette, Mauro wusste auch nichts von dem Engländer, oder?«

Cate blieb wie angewurzelt stehen. »Engländer? Alec Fairhead?«

»Loni sagte, als er zu Beginn seines Aufenthalts mit Mauro auftauchte, als letzter Gast, dass sie es ihm ansah, dass er sie nicht vergessen hatte, egal, was er sagen mochte.«

»Sie vergessen?«

»Es lag lange zurück«, sagte Beth. »Jahre. Sie triumphierte deswegen. Er hat dieses Buch über sie geschrieben, hat sie gesagt. Sein einziges Buch handelte von ihr. Von ihnen beiden. Und als er auftauchte, sagte sie, dass sie ihn seit Jahren nicht mehr gesehen hatte, aber dass er sie immer noch wollte.«

War das alles so? Cate versuchte, diese Neuigkeiten zu verarbeiten und Loni Meadows nicht zu hassen. »Er hat tatsächlich gesagt, dass er sie früher mal gekannt hat«, sagte sie zögernd. »Als wir die Nachricht erhielten. Als wir hörten, dass sie tot war.«

Alec Fairheads erschütterter Gesichtsausdruck in der Bibliothek. Cate machte unwillkürlich einen Schritt von der großen Steinmauer des Schlosses weg und ging zu den Bäumen hinüber und hinunter zum Anfang des Feldwegs, der an der Wäscherei vorbei bis zu Michelle führte. »Ja«, sagte Beth, »na ja, wenigstens hat er es zugegeben.«

»Ja.« Cate wurde klar, dass sie nicht wollte, dass Alec Fairhead böse war. »Du glaubst doch nicht, dass sie noch einmal etwas mit ihm angefangen hat?«

Sie sah das Licht aus Michelles Apartment durch die große Glaswand dringen, ein längliches Rechteck fiel glitzernd weiß auf den Schnee. Sie spürte, wie das eisige Nass den Saum ihrer Jeans hochkroch, und hatte plötzlich das Bedürfnis, dorthin zu gehen und ihnen nachzuspionieren. Aber die arme Nicki, die in der Küche saß und zitterte, hielt sie davon ab. Sie drehte sich um, ging, ohne darüber nachzudenken, wieder auf das Schloss zu, über das Gras bis zum Eingang, wo sie stehen blieb.

Da drüben in der Dunkelheit. Sie sah die gerade Allee der Zypressen entlang, die von der Nacht verschluckt wurde, und hinter ihr erhob sich das große, düstere Schloss.

»Dass sie noch einmal etwas mit Fairhead angefangen hat? Auf keinen Fall.« Beth klang ziemlich sicher, fast fröhlich. »Sie fand, er sei ein Loser. Auf keinen Fall. Sie hat es sogar gesagt. Wie ein Hund, der zu seinem eigenen Erbrochenen zurückkehrt.«

»In Ordnung.« Was für ein furchtbarer Ausdruck, dachte Cate. Und aus irgendeinem Grund fiel ihr plötzlich Vincenzo ein. Was, fragte sie sich in einem Augenblick von Klarheit, mache ich mit ihm? Armer Vincenzo.

»Du wirst es mir also nicht erzählen?« Über ihr ging ein Licht an, und einen wirren Augenblick dachte Cate, es wäre in Lonis Zimmer und sie sei zurückgekommen, um das Bekanntwerden ihrer Geheimnisse zu verhindern. Die kräftige Silhouette eines Mannes stand am Fenster: Sandro Cellini. Nicht in Lonis Zimmer, sondern nebenan in dem von Beth.

»Ich weiß nicht.« Beth klang verängstigt. »Sie war davon besessen, dass die Leute es nicht erfahren dürften. Es gefiel ihr, dass niemand es je erriet, dass sie zusammen gewesen waren. Es war eine Art Spiel für sie. Sicher, er war alt, aber das schien sie nicht zu stören. Sie machte es nicht aus Liebe. Und es machte ihr großen Spaß. Er kam zum Mittagessen, schwafelte herum, und sie winkte ihm nach, wenn er wieder zurück nach Florenz fuhr.«

»Zurück nach Florenz?« *Er?* »Hey, hör mal«, sagte Cate alarmiert. Sie wusste, dass der Mann hier im Musikzimmer war und dass sie ihm das Abendessen servieren würde, sobald dieser Anruf beendet wäre. Loni Meadows hatte es einfach übertrieben. »Bist du dir sicher?«

»Ich bin mir absolut sicher.« Jetzt musste Beth geduldig sein. »Er war es, der Herr und Meister – Niccolo Orfeo, natürlich. Sie wollte doch die Schlossherrin sein, nicht wahr?«

Schlossherrin. Cate schaute gedankenverloren nach oben zu dem Fenster, an dem Sandro Cellini gestanden hatte, bis Beths Stimme sie schließlich wieder erreichte. *Caterina? Bist du noch da?*

Das Esszimmer, in dem sie, wie eine Parodie einer alten, adeligen Familie, saßen, war bei weitem nicht so großartig wie die Bibliothek: Es lag in einer Art Anbau, mit niedriger Decke, langweiligen Möbeln wie aus einem Hotel oder einer Klinik. Sandro beobachtete, wie Orfeo sich angewidert umschaute, als distanziere er sich von dem modernen Anbau und allem, was er repräsentierte. Sandro nahm an, dass der zu dem Vertrag, Gäste hier aufzunehmen, gehörte, und Orfeo gefiel es nicht, daran erinnert zu werden, dass das Schloss nicht mehr zu hundert Prozent sein Zuhause war.

Sandro wartete ab, sie aßen schweigend. Er sah, wie Luca Gallo ihn von der anderen Seite des ovalen Tischs her nervös im Auge behielt. Das blasse, schüchterne Mädchen bediente sie, Nicki, hatte Gallo gesagt, als er sie ihm vorgestellt hatte. Sandro hatte auf Caterina gehofft, aber sie verbrachte die meiste Zeit in der Küche und erschien nur mit sauberem Geschirr in der Tür und warf ihm einen Blick zu. Einmal hörte er ihr Handy klingeln, hörte, wie sie mit gedämpfter Stimme sprach. Er nahm an, dass das normalerweise nicht erlaubt war, aber die ganze Förmlichkeit des Arrangements hatte etwas Unechtes, auch dass der Tisch auf Orfeos herrischen Befehl hin rasch gedeckt worden war, obwohl die Köchin frei hatte. Da er wusste, dass er Mascarello um zehn Uhr zurückrufen musste, sprach Sandro schließlich Orfeo an.

»Sie waren in Florenz?«, fragte er. »In dieser Nacht?« Und der alte Mann sah ihn unter schweren Augenbrauen an, sein gebräuntes Gesicht voller bedrohlicher Empörung.

Sandro konnte das Thema genauso gut auf diese Weise ansprechen. Natürlich wusste er, dass Orfeo am Donnerstagabend in Florenz gewesen war, weil er ihn um acht Uhr früh gesehen hatte, als er seinen Sohn zur Schule brachte. Das hatte er doch? Mit einem schnellen Auto dauerte es keine zwei Stunden bis zum Schloss. Aber das war der Makel, der Sandro davon abhielt, ihm einen direkten Vorwurf zu machen; es war die Sache, die keinen Sinn ergab.

Sie war auf dem Weg zu ihrem Liebhaber gestorben. Orfeo war ihr Liebhaber, also musste er hierhergekommen sein, um sich mit ihr zu treffen. Aber er war gegen acht Uhr früh in Florenz, am Morgen, nachdem sie gestorben war. Sandro wusste nicht, wie sie sich verabredet hatten, aber er nahm an, über das Telefon. Und wo war ihr Handy?

»Was meinen Sie damit?«, fragte Orfeo drohend, Messer und Gabel erhoben. Luca Gallo protestierte, aber niemand achtete auf ihn.

Geh's langsam an, sagte Sandro sich, du musst sicher sein.

»Ich frage bloß«, erwiderte er unbekümmert und nahm etwas von den Kalbsinvoltini. Kalt, aber gut. Er verdrängte den Gedanken an Luisa, an ihre Gerichte im Tiefkühlschrank. »Es war furchtbares Wetter, nicht wahr? Keine Nacht, um auf der Straße unterwegs zu sein.«

»O nein«, sagte Gallo, »Graf Orfeo kommt nie abends hierher, und ganz sicher nicht im Winter.« Er sah den Mann an, hoffte, ihm zu gefallen. Orfeo starrte ihn an, knurrte aber nur.

»Die Straße ist furchtbar«, sagte Orfeo. »Ich nehme an, sie ist zu schnell gefahren.« Er steckte sich eine Gabel voller gefüllter Zucchini in den Mund und kaute.

Sandro konnte nicht einmal eine Spur von Trauer in der Stimme des Mannes hören und spürte, wie er vor Frustration und Abneigung kochte. Wie hatte es funktioniert? Hatten sie einander nur benutzt? Gab es nicht einmal Zuneigung? Oder bildete er sich das alles ein?

Sandro fiel plötzlich etwas ein. »Ich, äh, habe Ihren Sohn letzte Woche getroffen«, sagte er spontan und lächelte, da er Orfeo dazu zwingen wollte, von seinem Teller aufzusehen. Kein netter Impuls, der Wunsch, ihn aus der Fassung zu bringen. »Wissen Sie, ich arbeite in Florenz.«

»Wirklich?« Orfeos Stimme war verächtlich, aber er schaute abrupt hoch und lachte bellend. »Das kann ich mir nicht vorstellen.« Er wandte sich Luca Gallo zu und sagte: »Was ist mit Käse?«

»Ein Auftrag«, sagte Sandro und wusste, dass er sich auf dünnes Eis begab, da es um das Vertrauensverhältnis zu seinem Klienten ging. »Die Überwachung eines Mädchens, dessen Eltern Angst haben, sie wäre in falsche Kreise geraten.« Er beschloss, Giuli anzurufen. Nach Mascarello.

Orfeo sah ihn misstrauisch an. »Albertos Kreise? Wer ist dieses – Mädchen?«

»Ein Mädchen aus einer guten Familie«, sagte Sandro. »Ihrem Vater gehört eine Ladenkette.«

»Ah, ich verstehe«, sagte Orfeo und blickte ihn anscheinend amüsiert an. »So eine. Nun, Alberto ist ein gut aussehender Junge, er darf Spaß haben. In seinem Alter – na ja.« Er schob seinen Teller weg. »Sie wird offensichtlich nicht lange bleiben, diese Tochter eines Ladenbesitzers.« Er beugte sich vor. »Sie können Ihren Auftraggeber beruhigen. Alberto ist vielleicht ein bisschen wild« – seine Lippen zuckten unangenehm –, »aber er ist kein Narr.«

Das schüchterne Mädchen stellte einen Teller mit Käse zwischen ihnen ab, und Orfeo betrachtete ihn eingehend, als hätte Sandro bereits das Zimmer verlassen.

Sandro griff nach seinem Weinglas, aber was er eigentlich am liebsten getan hätte, wäre, dem Mann eine zu verpassen. Es war guter Wein, der gleiche Morellino, den er und Luisa gestern Abend getrunken hatten. War das erst gestern Abend gewesen? Plötzlich fühlte er sich von Abscheu und Müdigkeit überwältigt.

»Wirklich«, sagte er tonlos, »nun, es wäre schön, die Eltern beruhigen zu können.«

Nicki tauchte zwischen ihnen auf, wollte abräumen. »Soll ich Kaffee bringen?«, fragte sie Gallo nervös. Orfeo wedelte verärgert mit der Hand in ihre Richtung, und sie lief in die Küche zurück.

Sandro wandte sich Luca Gallo zu. Plötzlich hatte er keine Lust mehr, diskret zu sein.

»Dottoressa Meadows fuhr am Donnerstagabend direkt nach dem Abendessen fort«, sagte er, und Niccolo Orfeo stieß ein knurrendes, verächtliches Geräusch aus. Sandro sah Luca Gallo an.

»Ja«, erwiderte Gallo leise.

»Waren Sie auch bei diesem Abendessen?«, beharrte Sandro. »Hat sie irgendetwas gesagt, was darauf hindeuten könnte, wohin sie gefahren ist?«

»Ich bin nur während der *antipasti* geblieben«, sagte Luca Gallo und versuchte zu lächeln. »Ich, äh, musste noch arbeiten.« Ein Grunzen von Orfeo. »Und um ehrlich zu sein«, fuhr Gallo fort, »ist das nicht mein, äh, mein Fachgebiet. Small Talk beim Abendessen. Das ist mir alles etwas zu streitlustig.«

»Unter Dottoressa Meadows, meinen Sie?« Nicki kam mit Kaffee zurück und stellte eine Tasse und eine Untertasse vor jeden von ihnen, bevor sie wieder zurückhuschte.

Gallo wirkte aufgeschreckt, als hätte er mehr preisgegeben als beabsichtigt. »Nun, ich ...«

»Sie ertrug keine Idioten« warf Orfeo ein, »das meinen Sie.« Nachdenklich, als wäre ihm nicht bewusst, wie beleidigend dies klang. »Und sie hat den Wert eines guten Dieners nicht zu schätzen gewusst.«

Damit meinte er Luca Gallo. Sandro musste auf seinen Teller schauen, weil er die Erniedrigung in den Augen des Mannes nicht sehen wollte.

»Sie, nun, sie mochte lebhafte Diskussionen«, sagte Gallo mutig. »Sie genoss einen starken Widersacher. Manche der Gäste finden diese Art von ... Engagement unangenehm. Wir sollten das respektieren.«

Es war das erste Mal, dass Sandro so etwas wie Kritik von ihm hörte. »Wirklich«, sagte er, unfähig, sein Interesse zu verbergen, aber Niccolo Orfeo hatte den Kommentar auch gehört, und unter dem Blick, den er über den Tisch auf den

Mann, der für ihn offensichtlich nicht mehr als ein Butler war, warf, gab Luca Gallo klein bei.

Das Mädchen war wieder da. »Digestivi?«, fragte sie, und anscheinend dankbar für die Unterbrechung drehte sich Luca lächelnd zu ihr und schüttelte den Kopf.

»Es ist in Ordnung, Nicki«, sagte er, »wir kommen schon klar. Du musst nach Hause, nicht wahr?«

»Für mich jedenfalls nicht«, sagte Sandro abrupt und stand auf. Es klang unhöflich, und er bemühte sich nicht, diesen Eindruck zu korrigieren.

Verdammt, dachte er, verdammt, verdammt. Es juckte ihn, den Mann herauszufordern, aber irgendwie brachte er es nicht über sich, solange Luca Gallo noch hier war.

Sie waren ihr Liebhaber. Wo waren Sie, als sie starb?

»Ich brauche ein bisschen frische Luft«, sagte er, als Luca Gallo sich höflich erhob.

Plötzlich öffnete sich die Küchentür ein paar Zentimeter, und Caterina sah ihn an. Sie neigte ihren Kopf ein bisschen zur Seite und verdrehte ihre Augen, aber da er sich in diesem großen Steingefängnis nicht auskannte, hatte er keine Ahnung, was sie meinte, wohin sie deutete. Zögernd versuchte er, vorsichtige Zustimmung zu signalisieren. Die Tür schloss sich in dem Moment, als Gallo etwas zu bemerken schien. »Dienstboteneingang«, sagte Orfeo, ohne einen von ihnen anzusehen. Er griff nach dem Armagnac.

»Bleiben Sie nicht zu lange«, sagte Gallo, als er die große Vordertür für Sandro öffnete und sich umdrehte, um mit einem Gesichtsausdruck müder Geduld rasch ins Esszimmer zurückzukehren.

»Einen Moment«, sagte Sandro und hielt ihn mit einer Hand auf. »Wegen des Handys?«

»Handy?« Gallo begriff nicht, dann fragte er misstrauisch: »Welches Handy?«

»Orfeo hat ein Handy erwähnt«, sagte Sandro. »Gerade als ich Sie in der, wie auch immer dieser große, kalte Raum heißt, verließ. In der Bibliothek.« Er konnte dessen Kälte fast hier noch spüren. »Wessen Handy? Lonis Handy?«

»Hören Sie«, sagte Gallo rasch, »bitte. Vergessen Sie es. Lassen Sie ihn, das hier hat nichts mit ihm zu tun.« Er wirkte verzweifelt. »Sie verstehen es wirklich nicht, oder? Er ist ein mächtiger Mann. Seit acht Jahren besteht meine Arbeit zum größten Teil darin, Orfeo ruhig zu halten, ihn davon abzuhalten, die Gäste zu verärgern, mich mit seinen Drohungen, die Miete zu erhöhen, auseinanderzusetzen, seine Wutanfälle wegen der Erweiterung durch die Galerie und das Atelier auszuhalten. Wie könnte es irgendetwas mit ihm zu tun haben?«

Gallo sah ängstlich zum Esszimmer, dann wieder zurück zu Sandro. »Hören Sie«, zischte er, »glauben Sie wirklich – der Mann lebt im achtzehnten Jahrhundert, um Himmels willen. Ich glaube nicht einmal, dass er einen Computer besitzt. Sie sollen doch nach jemandem suchen, der eine anonyme E-Mail geschickt hat, nicht wahr?«

Sandro sah ihn an und seufzte.

»In Ordnung«, sagte er, aber es lag eine Warnung in seiner Stimme. »Wir sprechen morgen früh darüber. Ich habe – es gibt Dinge, die ich heute Abend hätte sagen können, verstehen Sie. Doch das habe ich nicht getan. Aber wenn Sie dachten, ich wäre ein braver Detektiv, Sie und Mascarello, nun – ich glaube an Gründlichkeit, auch wenn das die Leute verärgert.«

»In Ordnung, in Ordnung«, sagte Gallo erschöpft. Er hielt die Tür zur winterlichen Nacht auf. »Gut. Morgen früh.«

Als sich die Tür hinter Sandro schloss und er im Schnee stand und die Kälte um seine Fußgelenke spürte und herauszufinden versuchte, in welche Richtung er an der einschüchternden, grauen Seite des Schlosses entlanggehen sollte, klingelte sein Handy. Es war Giuliano Mascarello.

Kapitel 18

Zehn Minuten vergingen, zwanzig, während Cate zwischen der Spüle und der Hintertür stand, um nach Sandro Cellini Ausschau zu halten. Hatte er sie verstanden? Nicki stellte die wenigen Teller aus dem Esszimmer in die Spülmaschine und sah Cate misstrauisch an.

»Es wird kalt«, sagte sie scharf und nickte in Richtung der Tür nach draußen, die einen Spalt offen stand. Cate hatte sich danebengestellt.

»Wirklich?« Sie fächelte sich Luft zu. »Ich finde, es ist stickig.«

Vincenzo hatte gerade in dem Moment angerufen, als es nebenan laut wurde und Cate gerne gelauscht hätte. Nach dem, was sie durch die Tür gesehen hatte, mochte Sandro Cellini Graf Orfeo kein bisschen. Sie war sich auch ziemlich sicher, dass er bereits einen Verdacht hatte. Alles, was Cate wollte, war, mit ihm allein zu sein und ihm zu erzählen, was sie wusste, doch je länger sie warten musste, umso schmerzhafter und komplizierter wurde Beths kleine Geschichte in ihren Kopf.

Ihr erster Impuls war gewesen, Vincenzo so schnell wie möglich abzuwimmeln. Wenn Loni da gewesen wäre, wäre das Klingeln eines Angestelltenhandys ein Grund für einen ordentlichen Streit gewesen.

»Entschuldigung, V'cenz, Liebling«, hatte sie begonnen, ihr war dabei selbst übel geworden. »Ich kann gerade nicht sprechen …«

Aber er hatte nicht zugehört, er hatte getrunken, das wurde ihr schnell klar. Er lallte. Es schien, als wären heute Abend alle betrunken. Cellini nicht. Konnte sie ihm vertrauen?

»Hallo, Süße«, hatte Vincenzo fröhlich gesagt, im Hintergrund hörte Cate die Geräusche der Rockerbar unter ihrer alten Wohnung.

»Sie haben mir erzählt, dass du ausgezogen bist«, hatte er gesagt, und sie hatte gehört, dass die Fröhlichkeit etwas anderes verdecken sollte. »Das hast du nicht erzählt. Ich dachte, es ginge nur um einen oder zwei Tage. Höchstens eine Woche, dann könnten wir …« Er wurde weinerlich.

»Nicht für immer«, hatte Cate gesagt. »Hör mal, V'cenz, im Moment herrscht hier ein ziemliches Chaos. Wenn sich alles beruhigt hat …«

An dieser Stelle war Nicki zurückgekommen und hatte sie neugierig angesehen, bevor sie eine halb leere Platte mit den Zucchini abstellte.

»Sie wollten wissen, ob es Käse gibt«, flüsterte sie.

Cate hatte eine Hand über das Handy gelegt und wortlos auf die Tür zur Vorratskammer gezeigt. Nicki verschwand und kam mit einem roten *pecorino* und einem Stückchen *grana* zurück. Das musste reichen.

Vincenzo hatte weitergesprochen, seine Stimme wurde lauter und leiser, und sie hatte ihn sich vorgestellt, wie er sich in der Bar umsah. »Ja, das hast du schon mal gesagt. Ich wette, dass es chaotisch ist. Es ist *die* Nachricht in Pozzo, dass diese Frau sich umgebracht hat.«

»Sie hat sich nicht umgebracht.« Cate hörte, wie scharf das klang.

»Egal, was. Du weißt, was ich meine, Süße.«

Nenn mich nicht so, hatte Cate gedacht. »Die Nachricht?«, hatte sie tonlos gesagt. Hatten sie nichts Besseres zum Tratschen?

»Der große Simone kam eben rein«, hatte Vincenzo gesagt.

Es fiel Cate ein, dass er sich entschlossen hatte, ihr vorzuwerfen, dass er nicht öfter mit seinen Kumpels, den Jungs, mit denen er aufgewachsen war, rumhängen konnte. Dabei war er derjenige, der sesshaft werden wollte.

»Der große Simone?«

»Arbeitet im Liberty«, hatte Vincenzo gesagt. »Ha, das interessiert dich, stimmt's?«

»V'cenz«, hatte Cate müde gesagt.

Er schien sie nicht gehört zu haben. »Er ist der Nachtportier im Liberty.«

»Dem Hotel?«, hatte Cate gefragt. Das Hotel, vor dem sie das Auto des Schlosses, das Monster, eines Morgens um sieben Uhr gesehen hatte.

»Ja, das Hotel«, hatte Vincenzo mit übertriebener Geduld geantwortet. »Wo deine Dame, deine tote Dame, ein regelmäßiger Gast war. Sie kam immer spät, allein, ihr Partner kam etwas später, in einem Auto mit Florentiner Nummernschild. Ein alter Typ, mit einer netten, teuren Sonnenbräune und einem Schnurrbart.« Er überlegte einen Moment. »Das Merkwürdige ist, dass er in der Nacht kein Zimmer gebucht hatte, sagt Simone. Der Typ dachte, sie würden ihn nicht erkennen, aber das taten sie doch.«

»Oder vielleicht war es ihm auch egal«, hatte Cate erwidert. »Er ist kein Mann, der sich um kleine Leute kümmert, der Herr Orfeo. Ich meine, *Graf* Orfeo.«

Nur der Lärm der lauten samstäglichen Trinker an der Bar im Hintergrund war zu hören. »Du wusstest davon?« Vincenzos Stimme klang gereizt.

»Irgendwie schon«, hatte Cate vorsichtig gesagt. »Nun, wir wussten, dass sie – hast du gesagt, dass er in dieser Nacht kein Zimmer gebucht hat?«

»Egal«, hatte Vincenzo verärgert geantwortet. Sie verstand, wonach es aussah. Vielleicht dachte er, sie feierten hier draußen Orgien.

»Caro«, hatte sie gesagt, in einem letzten Versuch, zu schlichten, »nicht …« Aber er hatte schon aufgelegt.

Das Gespräch schien, alles in allem, der Nagel zum Sarg zu sein. Zu Orfeos oder dem von ihr und Vincenzo.

Im Esszimmer zögerte Nicki vor dem Tablett mit den *digestivi*. Cate sah von der Tür aus hinüber und versuchte, Sandro Cellinis Aufmerksamkeit zu erregen. Sie dachte, er hätte sie verstanden. Aber sie wusste es nicht sicher. Sie ging nach draußen zu den Mülltonnen – keine Spur von ihm. Musik wehte aus Michelles Atelier herüber.

Als sie wieder hineinkam, baute sich Nicki vor Cate auf und löste den Knoten ihrer Schürze.

»Luca hat gesagt, ich könne gehen«, sagte sie und schaute Cate an. Hinter der geschlossenen Tür drangen leise Stimmen aus dem Esszimmer, aber die des Detektivs war nicht dabei.

Cate runzelte die Stirn. »Sicher«, sagte sie abwesend, »ab mit dir.«

Nicki zögerte. »Du solltest mich nach Hause bringen.«

Cate atmete tief durch. »Sicher«, sagte sie resigniert.

Erst als sie an der Hintertür standen, die Küche hinter ihnen dunkel, der Boden gewischt, alle Geräte ausgeschaltet und die Stecker herausgezogen, erinnerten sie sich an den Schnee und suchten noch fünf Minuten zwischen all den Stiefeln und Mänteln im Schrank nach etwas, das eine Anderthalb-Kilometer-Wanderung bei diesem Wetter aushalten würde. Und Cate musste den Weg auch wieder zurückgehen.

Dieser Gedanke schien Nicki gerade erst in den Sinn zu kommen, als sie zusah, wie Cate ihre Füße in ein Paar Gummistiefel quetschte, die eine halbe Größe zu klein waren. »Ist das in Ordnung?«, fragte sie ängstlich. Cate richtete sich auf der Türschwelle auf, wollte das Mädchen gerade beruhigen, da hörten sie hinter sich unter den Bäumen ein Geräusch und blieben wie erstarrt stehen. Nicki wimmerte leise.

»Meine Damen?« Die Stimme war barsch und entschuldigend, und obwohl sie sie vorher nur kurz gehört hatte, wusste Cate sofort, dass es Sandro Cellini war. Sie nahm beruhigend Nickis Hand und drehte sich um. Er trat unter den Bäumen hervor.

»Hier haben Sie sich also versteckt«, sagte er. »Dieser Ort ist ein Albtraum. Wer soll sich hier zurechtfinden? Oder vielleicht liegt es auch am Schnee. Ohne Schnee sieht alles anders aus.«

»Ich wollte gerade Nicki nach Hause begleiten«, sagte Cate und hoffte, dass er begriff. »Ich, äh, ich würde aber gern noch mit Ihnen sprechen.«

»Zu Fuß?« Er runzelte ungläubig die Stirn. »Bei diesem Wetter? Ist es weit?«

Cate nickte hügelabwärts. »Nur anderthalb Kilometer, ungefähr.«

»Ich fahre Sie«, sagte er sofort.

Nickis Hand immer noch in ihrer, spürte Cate, wie sie sich anspannte. Sie fürchtete sich vor ihrem eigenen Schatten. Was war denn daran verkehrt, gefahren zu werden?

»Was ist mit dem Schnee?«, fragte Nicki. »Haben Sie Schneeketten?«

Sandro ging ein paar Schritte und sah den Abhang hinunter, die Hände in den Taschen seiner Steppjacke. Alt, abgetragen, eine Manschette zerrissen, erinnerte die Jacke an eine, die Cates Stiefvater trug. Warum war sie zu ihrem armen, alten Stiefvater immer so frech gewesen?, überlegte Cate. Er war ein besserer Vater, als ihr biologischer Vater es je gewesen war.

»Das wird schon gehen«, verkündete Sandro. »Es ist nicht so kalt, wie es schon gewesen ist, der Schnee ist noch locker. Und es ist nicht weit.«

Nicki sagte nichts, aber Cate spürte, wie sie ein bisschen zitterte. »Komm schon«, flüsterte sie. »Er ist in Ordnung.« Das Mädchen zuckte mit den Schultern, und Cate drehte sich zu Sandro um und sagte: »Danke.«

Aber als sie zu dem kleinen, braunen Wagen gingen, sagte Nicki mürrisch: »Ich wollte, dass wir beide allein sind.«

Cate sah sie an. »Wir beide waren den ganzen Abend allein«, erwiderte sie, ohne zu begreifen.

»Ach, egal«, sagte Nicki und schwieg. Cate verstand es immer noch nicht. Ohne zu fragen, stieg Nicki hinten ein, sie war das Kind in dieser Situation.

Als Cate sich auf den Beifahrersitz setzte, wurde ihr bewusst, dass sie noch nie so wenig Zeit in Autos verbracht hatte wie in den letzten sechs Monaten. Plötzlich war die Welt anders. Im Auto war die kalte, weiße Welt auf das reduziert, was sie durch die Windschutzscheibe sehen konnten.

Isoliert, sicher, mobil. Kein Wunder, dass Loni Meadows das Monster für sich beansprucht hatte.

Sandro legte einen Gang ein, und das Auto kroch über die schneebedeckte Auffahrt. Die Straße wurde abschüssig, die Reifen griffen immer noch fest auf der nicht asphaltierten Oberfläche. Über ihnen trieben die Wolken, teilten sich, und die Mondsichel trat hervor. Silbrig hell fiel ihr Licht auf die glatten, weißen Hügel. Als sie zum Fuß des Hügels kamen, tauchte ein dunkles Bauernhofdach über der Steigung auf.

»Da ist noch jemand wach«, sagte Cate und drehte sich zu Nicki um. Sie saß da, das Gesicht weiß, starr wie ein Hase im Scheinwerferlicht. Sie nickte steif.

Sie erreichten die beiden Säulen, die das Ende der Auffahrt markierten, und fuhren auf dem schneebedeckten Asphalt in eine Kurve. Sandro Cellini fuhr langsam, aber nicht langsam genug, und Cate spürte, wie das Heck des Autos wegrutschte, während er abbog. Und genau im Moment der Panik spürte Cate etwas, das sie beruhigte, eine Ausstrahlung von Ruhe und Sicherheit. Sie sah, wie Cellinis breite, raue Hände das Lenkrad umklammerten, aber sonst ließ er sich nicht anmerken, dass sie in Gefahr waren. Unendlich langsam und unendlich sorgfältig schaltete er einen Gang herunter, nur noch eine Hand am Lenkrad, und dann schien der Wagen sich endlich wieder zu fangen, und sie schlichen geradeaus weiter.

»Das tut mir leid«, sagte Sandro, ohne sich umzudrehen. »Jetzt ist es nicht mehr weit, oder?«

Und das war es nicht, vielleicht acht Minuten für etwas über einen Kilometer, doch es fühlte sich wie eine Stunde an. Erst als sie das kaputte Tor am Eingang des Bauernhofs erreichten und Cate ausstieg, um es zu öffnen, fragte sie sich, wie sie wieder zurückfahren sollten.

Aber es stellte sich heraus, dass Sandro Cellini Schneeketten im Kofferraum hatte. »Ich hätte sie dort oben anlegen sollen«, sagte er entschuldigend, als er den Kofferraum öffnete. Nicki war auch ausgestiegen. Sie standen vor ihm. Cates Beine waren wie aus Gummi. »Es ist so, dass ich ein Stadtkind und ein Faulpelz bin.« Er zog die rostigen, klirrenden Ketten aus einer Plastikhülle. Bei diesem Geräusch begann irgendwo auf der anderen Seite des Gebäudes ein Hund zu bellen, dann noch einer und noch einer. Sie bellten, ohne zu ermüden, einer nach dem andern. Cate sah zum Haus hoch, erwartete, dass Licht anginge, aber die blinden Fenster blieben dunkel.

»Jetzt hören die stundenlang nicht mehr auf«, sagte Nicki mit düsterem Stolz, die Schultern hochgezogen. Cate hakte sich bei ihr ein.

»Entschuldigung«, sagte Sandro, »dauert nur eine Minute.« Er kniete am Hinterrad.

Der Hof war dunkel und unordentlich, Formen unter Abdeckplanen, ein starker Ammoniakgeruch von Rindermist. Es war kalt und nass, aber Sandro hatte recht, es war nicht mehr so kalt wie vorher, knapp über dem Gefrierpunkt. Nicht so kalt wie in der Nacht, in der Loni Meadows gestorben war. Eine beispiellose Kälte, hatte es am Donnerstagmorgen in den Nachrichten geheißen. Sie erinnerte sich daran. Sie hatten es im Küchenradio gehört.

Die Hunde bellten weiter. »Sie würden mich wahnsinnig machen«, sagte Cate.

»Manchmal denke ich, hier sind nur sie und ich«, sagte Nicki. »Sie sind in Ordnung.«

Cate fiel etwas ein. »Tiziano besucht sie, nicht wahr?«

»Tut er das?«, fragte Nicki. »Muss eine furchtbare Schinderei über den Kies sein.«

Das stimmte. Cate hatte ihn am Nachmittag beobachtet, wie er über Kies fuhr, die Zähne zusammengepresst, die Bizepse angespannt. »Er lässt sich keine Hindernisse in den Weg legen«, sagte sie. »Und er mag Tiere. Ich nehme an, Hunde diskriminieren nicht.« Nicki schwieg, und etwas, das Per gesagt hatte, fiel Cate wieder ein, etwas, das er oben in seinem Zimmer sagte, als sie zugeschaut hatten, wie Yolanda Hansens kleines, rotes Auto auf das Schloss zufuhr. *Wir kennen Tiziano nicht*.

An der Tür flüsterte Cate widerwillig: »Soll ich mit dir kommen?« Sie war ein paar Mal bei Tageslicht dort gewesen, als der Bauernhof ungepflegt, aber durchschnittlich aussah. Sie fand, dass er in der Dunkelheit mit den Hindernissen im Hof, der hirnlosen Feindseligkeit der Hunde und dem scharfen Gestank des Mists etwas darstellte, das sie so schnell wie möglich hinter sich lassen wollte. Nicki schüttelte steif den Kopf, dann umarmte sie Cate.

»Danke«, sagte sie, und Cate spürte Nickis warmen Atem in ihren Haaren.

»Wofür?«, fragte Cate und trat zurück.

»Ich weiß nicht«, sagte Nicki. »Für alles. Mich nach Hause zu bringen. Mir zu sagen, dass ich von hier fortgehen sollte. Das hat mir klargemacht – es scheint unmöglich, es fühlt sich so an, als säße man hier fest. Aber es gibt immer einen Weg.«

Cate sah in ihr weißes, ernstes Gesicht und zum Auto. Sandro Cellini kniete immer noch da irgendwo in der Dunkelheit, außer Sichtweite.

»Wie schlimm ist es, Nicki?« Sie sah an der bröckelnden Fassade des alten Bauernhauses hoch, dachte an die Bewohner: Ginevra, deren verwitwete Schwester, Mauro, seit Generationen hier eingepfercht. Feucht und dunkel im Winter, heiß während der langen, trockenen Sommer. Aber es war ihr Zuhause. Undenkbar, es zu verlassen. Es war gefährlich, einen Mann aus seinem Zuhause zu vertreiben.

Und als hätte sie Cates Gedanken gelesen, reckte Nicki ihren Hals, um nach Sandro zu sehen, und sagte: »Hör mal, worüber wir gesprochen haben – ich glaube nicht, dass Mauro ihr etwas angetan hat. Der Dottoressa. Ich meine, ich weiß, er hat den Pick-up und kennt die Straße und all das. Und er war an diesem Tag unterwegs.« Sie hatte darüber nachgedacht, das merkte Cate. »Aber ich glaube nicht, dass er klug genug dafür ist. Oder auch nur nüchtern genug.«

»Nein«, sagte Cate langsam und wunderte sich darüber, wie dumm Nicki zu sein schien und dann so etwas erklären konnte. Doch sie musste widerwillig sagen: »Aber wir wissen es nicht, vielleicht musste derjenige gar nicht klug sein.« Sie sprach leise.

Er könnte sie einfach nur von der Straße abgedrängt haben, aber das sprach sie nicht aus. Könnte sie mit seinem Pick-up gejagt haben. Per hätte sie nicht sterben lassen, aber Mauro? Sie sah, dass Nicki zitterte. Die Arme hatte sie vor der Brust verschränkt. Cate streckte ihre Hände aus und rieb dem Mädchen kräftig die Schultern. »Mach dir keine Sorgen«, sagte sie. »Jetzt geh rein, du wirst sonst hier draußen erfrieren.«

Nicki bewegte sich nicht. »Mauro nicht«, sagte sie und klang wie ein stures Kind. Sie wusste, dass sie unrecht hatte, weigerte sich aber, es einzugestehen. Sie packte Cate am

Arm. »Sei vorsichtig«, murmelte sie. Sie klang ängstlich. »Sei nur vorsichtig.«

Dann ging sie abrupt weg, die Tür knallte laut hinter ihr zu, und Cate drehte sich um und sah Sandro Cellini im Mondlicht dastehen, gerade mal einen Meter entfernt.

»Ich bin so weit, wenn Sie es sind«, sagte er in seinem barschen, entschuldigenden Tonfall, an den Cate sich gewöhnte. Sie stieg ein.

»Also«, sagte er, legte einen Gang ein und blickte über seine Schulter nach hinten, während er vorsichtig aus dem Hof zurücksetzte, »wollten Sie mir etwas erzählen?«

Sandro beobachtete Caterina, wie sie wegging, so gefasst und ruhig aus dem Auto ausstieg, wie sie es beim Einsteigen gewesen war. Sie waren langsam den Berg hinaufgekrochen, die Reifen mühten sich und knirschten, während die Ketten griffen, aber es war eine interessante Fahrt gewesen.

Die zwanzig Minuten, die es gedauert hatte, hatten eigentlich nicht genügt. Sie hatten noch nebeneinander im Auto gesessen, nachdem er den Motor ausgeschaltet hatte, und weitergesprochen.

Draußen hatte es wieder zu schneien begonnen. Er hatte zugesehen, wie der Schnee sich auf den Stall legte, in dem sich jetzt die Küche befand. Darüber leuchtete ein Licht, Luca Gallos Büro, hatte sie gesagt, und sein Zimmer und Badezimmer. Ihr eigenes kleines Apartment lag etwas weiter hinten im selben Block. Die Dienstbotenzimmer.

Er hatte allem, was sie zu sagen hatte, zugehört und es den Informationen, über die er bereits verfügte, hinzugefügt.

Als Erstes hatte sie ihm von Orfeo erzählen wollen, dass er Loni Meadows' Liebhaber gewesen war. Immer auf der Hut, hatte Sandro ihr nicht gesagt, dass er das schon wusste, weil noch mehr kommen konnte. Und da war mehr. »Sie traf ihn regelmäßig. Im Hotel Liberty.« Sogar in der Dunkelheit hatte er gesehen, dass sie errötete. »Mein Freund kennt jemanden, der dort arbeitet.«

»Also haben Sie angenommen, dass sie dorthin fuhr?«

Sie hatte mit den Schultern gezuckt. »Jetzt? Ja, schon. Vorher wusste ich es nicht. Aber ich glaube, die anderen wussten es.«

»Gäste oder Angestellte?«

»Alle«, hatte sie gemurmelt. »Per nicht.«

Und das war eine neue Information.

Per Hansen, mit dem Loni Meadows geflirtet und gespielt hatte, bis er sich in sie verliebte und seine Frau verlassen wollte.

»Und dieser Mann war der Letzte, der sie lebend gesehen hat?« Es war eindeutig, was er meinte. Der Mann, den er gesehen hatte, wie er sich an seine Frau klammerte wie an einen Rettungsring.

Sie hatte ihn angestarrt und langsam genickt. »Sie hat eine SMS bekommen, hat Alec gesagt. Gerade als sie vom Tisch aufstanden, und dann hatte sie keine Zeit mehr. Alec ging zu Bett, aber …«

»Aber was?«

»Er hätte nicht, Per hätte nicht …« Sie hatte innegehalten. Sie war klug genug zu wissen, dass es Dinge gab, die sie nicht wusste. »Er ist ein guter Mann.«

»Glauben Sie, dass Per sie kannte?«, fragte Sandro sanft. »Bevor er hierherkam?«

Cate hatte verwirrt den Kopf geschüttelt. »Nein. Warum?«

»Und was ist mit den anderen?«, hatte Sandro weitergefragt. »Die Frauen? Deutete etwas darauf hin, dass sie sie gekannt haben?« Er hob sich Fairhead bis zuletzt auf.

»Ich weiß nicht, ob sie sie wirklich gekannt haben«, sagte Cate zögernd. »Ich glaube nicht. Michelle konnte Loni von Anfang an nicht ausstehen. Tina auch nicht. Tina, weil Loni irgendwann letztes Jahr in ihrem Blog Furchtbares über Tinas Arbeit geschrieben hatte.«

Er unterbrach sie. »Wann genau war das?«

Sie erschafft nicht, sie zerstört, hatte in der E-Mail gestanden. Könnte eine Künstlerin das geschrieben haben? Aber Cate hatte diese Idee im Keim erstickt. »Letzten Sommer irgendwann. Ist noch nicht so lange her.«

»Und die andere.« Sandro hatte seine Lippen gespitzt. Die heftigste und leidenschaftlichste Frau von allen, so schien ihm, mit ihren wilden Haaren, ihrer Wut.

»Michelle«, hatte Cate gesagt. »Ich weiß nicht, warum sie Loni hasste. Vielleicht, weil sie so unterschiedlich waren. Vielleicht weil sie Witwe ist und Loni alle Männer bekam, die sie wollte.« Sie runzelte die Stirn. »Es schien mehr als das zu sein. Michelle beschützt Tina.« Sie öffnete den Mund, dann schloss sie ihn wieder, als hätte sie eigentlich noch etwas sagen wollen.

»Und Fairhead?« Fast nebenbei.

»O ja«, hatte sie gesagt, als hätte sie darauf gewartet, es sagen zu können. »O ja, er kannte sie.«

Und noch ein Puzzlestück fiel an den richtigen Platz. Er hat ein Buch über sie geschrieben, hatte Caterina Giottone erstaunt gesagt. Sein einziges Buch.

Und dann hatte er gewartet, bis sie ihre Gedanken geordnet hatte, bevor er fragte: »Jetzt erzählen Sie mir, was an diesem letzten Tag passiert ist.«

Natürlich hatte er ihr nichts erzählt, das war nicht sein Job. Ein bisschen wie ein Psychiater, wenn man den Fernsehfilmen glauben konnte: Sie reden, man hört zu. Doch als sie aus dem Wagen ausstieg und den Hügel hinunter auf das helle Rechteck voller Licht und lauter Musik zuging, kam es Sandro in den Sinn, dass er Caterina schon bald ins Vertrauen ziehen konnte. Es war jedoch noch zu früh, um ihr zu berichten, was Mascarello gesagt hatte, denn er war sich noch nicht sicher, was es bedeutete.

Mascarello war ohne Umschweife direkt auf den Punkt gekommen. Sandro hatte im dunklen Schatten des großen Gebäudes gestanden und sich gefragt, ob Luca Gallo noch in Hörweite war, und war frustriert davon, dass er keine Ahnung hatte, welche Richtung er einschlagen müsste, um wieder zum Kücheneingang zu gelangen. Dabei war er vernünftig genug gewesen, still zu sein, während Mascarello redete. Er strengte sich an, sich auf dessen Worte zu konzentrieren. Die raue Mauer an seinem Rücken war so kalt, dass die Kälte durch seinen treuen, alten Mantel, der nur für die milde Kälte der Stadt entworfen worden war, zu dringen schien.

»Ich hoffe, Sie haben zu tun«, hatte der Anwalt trocken gesagt. »Ich hoffe, Sie haben sich schon an die Arbeit gemacht und deswegen keine Zeit gehabt, mich zurückzurufen. Ich nehme nicht an, dass ich Ihnen extra sagen muss, wie wertvoll meine Zeit ist.«

Widerwillig musste Sandro lächeln. Selbst wenn er an einer Dialysemaschine hing, oder was auch immer im Hintergrund diese brummenden Geräusche machte, war der Mann unerschütterlich von seiner eigenen Macht überzeugt. Es gab da draußen Persönlichkeiten – und kurz und schmerzhaft dachte Sandro, dass Luisa dazugehörte –, die immun gegen die Angst vor ihrer eigenen Sterblichkeit sind. Und dann gab es den Rest wie Sandro, die ihre Angst wie einen Stein bergauf wuchteten.

»Ja«, hatte Sandro so demütig wie möglich gesagt. »Ich hatte zu tun.« Es war ein pfeifendes Ausatmen zu hören, und einen Augenblick dachte Sandro, es wäre das Gerät, dann begriff er, dass es die Luft aus Mascarellos Lungen war.

»In Ordnung«, sagte Mascarello heiser. »Es ist unglücklich, aber ich muss es selbst machen, in dieser Angelegenheit möchte ich nichts delegieren. Es genügt, wenn Sie es wissen. Ich will nicht, dass die Sekretärinnen es durchkauen und dass darüber getratscht wird.« Mascarello wusste wahrscheinlich besser als die meisten, wie schnell etwas, das man auf einem Anrufbeantworter hinterließ oder in einer E-Mail schrieb, abgefangen werden konnte.

Wie hat diese Ehe funktioniert?, fragte sich Sandro, während er vergeblich versuchte, sich die beiden nebeneinander im Bett vorzustellen, beim Lesen, bevor sie das Licht ausschalteten. Aber Mascarello hatte sie wirklich geliebt und wollte nicht, dass ihr Ansehen beschmutzt wurde.

»Nein«, hatte Sandro gesagt.

»Bei Gallo ist es sicher«, hatte Mascarello erwidert, mit einem Anflug von Verachtung, der den Funken Mitgefühl, das Sandro gerade zu empfinden begonnen hatte, auslöschte. »Er wird nicht reden. Ein guter Angestellter, aber über seine Fähigkeiten hinaus befördert, wie Loni sagen würde. Ich nehme an, dass er mit seinem Latein am Ende ist.« Es gab eine Pause. »Und wie läuft es in diesem kleinen Schlangennest, in dem sich alle winden und schlängeln, Sie in ihrer Mitte?«

Sandro hatte sich gefragt, ob der Mann einfach nur einsam

war und reden wollte, so unwahrscheinlich es auch schien. Er konnte ihn ja schlecht bitten, auf den Punkt zu kommen.

»Na ja«, hatte er erwidert, »ich bin ja erst seit ein paar Stunden hier. Aber jeder scheint ein bisschen nervös zu sein.«

»Es ist ein hässlicher, alter Ort, nicht wahr?«, hatte Mascarello befriedigt gesagt. »Orfeo tritt vielleicht als großer Adeliger auf, aber das Gemäuer ist wohl kaum die Villa Borghese, oder?«

Er weiß Bescheid, hatte Sandro gedacht, als er die Verachtung in der Stimme des alten Anwalts hörte. *Er hatte die ganze Zeit über Bescheid gewusst.* »Waren Sie schon einmal hier?«, hatte er gefragt.

»Nicht mehr, seit Loni dort wohnte, versteht sich von selbst. Sie breitet« – und er hatte innegehalten und sich geräuspert –, »sie breitete gern ihre Flügel aus.«

»Er ist hier«, hatte Sandro vorsichtig gesagt. »Der Graf, meine ich, er ist kurz vor mir angekommen.«

»Ja, das dachte ich mir schon.« Es gab eine Pause. »Es gibt keinen Grund, meine Gefühle zu schonen, Mann. Ich höre es Ihrer Stimme an, dass Sie es herausgefunden haben. Dieser aufgeblasene, alte Narr Orfeo war ihr – ihre zweite Garde.« Er hatte gehustet. »Gut gemacht.«

»Haben Sie deswegen angerufen?«, hatte Sandro gefragt. Und Mascarello hatte keuchend gelacht, was zu weiterem Husten führte. Über dem monotonen Maschinengeräusch hatte Sandro gehört, wie jemand vorwurfsvoll etwas zu dem alten Anwalt sagte.

»Ich mag Ihre Direktheit, Cellini«, hatte er gesagt, als das Husten nachließ. »Luca Gallo war sich wegen Ihnen nicht sicher, als er Sie zu mir gebracht hat. Darüber habe ich mich gewundert. Aber es ist egal, was er dachte, was zählt, ist, dass ich mir sicher bin.« Eine Pause voller schwerwiegender Bedeutung. »Enttäuschen Sie mich nicht, in Ordnung?«

Sandro hatte nichts gesagt, törichterweise hatte er nicht überlegt, was es bedeuten würde, für einen Mann wie Giuliano Mascarello zu arbeiten. Wenn es schlechtliefe, nun, dann wäre er so ziemlich am Ende. Aber auch ein Erfolg wäre nicht unkompliziert. Mascarello verfügte über großen Einfluss, falls er lange genug lebte, um ihn einzusetzen, aber Sandro war sich nicht sicher, ob er Mascarello als Förderer haben wollte. Und als hätte Mascarello Sandros Gedanken über seinen Auftraggeber geahnt, beschloss er, auf den Punkt zu kommen.

»In Ordnung«, sagte Mascarello tonlos. »Zwei Informationen für Sie, darauf warten Sie doch?«

Sandro sah sich in der pechschwarzen Nacht um, hörte auf das leise Rascheln und Knirschen aus dem Wald und murmelte Zustimmung.

»Als Erstes das, was mein Technikerteam herausgefunden hat. Sie sind bis zu dem Proxy-Server vorgedrungen, mit dem die E-Mail geschickt wurde, und haben ein Internetcafé im Norden von Paris gefunden, das inzwischen geschlossen worden ist, weil der Betreiber seine Kunden nicht angemessen überprüft hat.« Er seufzte. »Die Anti-Terror-Gesetze, wissen Sie. Heutzutage ist es schwierig, anonym zu bleiben.«

Sandro wusste es: In Paris gab es zweifellos genauso viele illegale Internetcafés in Seitenstraßen wie in Florenz. Er hatte ohne jegliche Erwartung gefragt: »Sie haben also kein Protokoll? Überwachungskameras? Ein Kundenverzeichnis?«

»Nein. Meine Techniker haben aber die genaue Zeit herausgefunden, eine neue E-Mail-Adresse, die aus dem Stegreif erfunden worden ist.« Eine Pause. »Gesendet um vier Uhr fünfzehn, am dreiundzwanzigsten April, eine Woche, nachdem Lonis Anstellung bekannt gemacht worden war. Die E-Mail-Adresse lautete mailto:Eduardog82@hotmail.com.«

»Einen Moment«, hatte Sandro verzweifelt gesagt und gehört, wie Mascarello seufzte. Er suchte in seiner Tasche nach seinem Notizbuch und seinem Bleistift. Er trat von der Wand weg und eilte auf einen Lichtfleck zu. Umständlich hatte er sich die Adresse notiert.

Eduardog82. Sandro hatte den Kurs zur Internetkriminalität und zu Bankbetrügereien lange genug besucht, um sich daran zu erinnern, dass diejenigen, die versuchten, sich zu verstecken, es fast nie schafften. Passwörter und Adressen und Codes enthielten immer irgendeinen Hinweis.

»Bereit?«, hatte Mascarello gefragt, seine Stimme klang ungeduldig. Zeit war das Einzige, was Mascarello nicht kaufen konnte.

Als er weitersprach, hatte sich Mascarellos Stimme verändert, ausweichend, schroff. »Und noch etwas. Tiziano Scarpa.«

»Ja«, hatte Sandro aufmerksam gesagt und sich den Mann vorgestellt: die kräftige, energiegeladene Person im Rollstuhl, die strahlenden, leidenschaftlichen Augen, die muskulösen Schultern. Der Anführer der Künstlermeuterei. Der Pianist, aus dessen starken Fingern die Musik geflossen war, die das große, hässliche Schloss erfüllt hatte. »Scarpa. Ja, ich habe ihn getroffen. Sitzt im Rollstuhl.«

»Querschnittsgelähmt«, hatte Mascarello barsch gesagt. »Rückenmarksverletzung durch das Bombenattentat auf einen Bahnhof in Mestre in den späten Achtzigern, das später fälschlich den Roten Brigaden zugeschrieben wurde.«

»Richtig«, hatte Sandro erwidert. Der Fall war ihm wieder in den Sinn gekommen, so frisch wie damals, als sie in Florenz noch wegen einer Bombe hinter den Uffizien, die zwei *carabinieri* getötet hatte, ermittelten. Er erinnerte sich daran, wie viele in Mestre gestorben waren, neun Menschen. Die Verletzten, nun ja, es gab weniger Medienaufmerksamkeit für die Verletzten.

»Sein Vater war bei ihm am Bahnhof«, hatte Mascarello gesagt.

»Auf dem Weg zu einem Fußballspiel«, hatte Sandro ergänzt, als ihm dieses schmerzhafte Detail einfiel.

»Ja«, hatte Mascarello knapp erwidert. »Nun, das ist nicht der Punkt. Der Punkt ist, dass ich der Verteidiger war. Der Angeklagte, ein politischer Aktivist, der zufällig verhaftet worden war …«

»Ich erinnere mich«, hatte Sandro ihn unterbrochen. Der Angeklagte, der politische Aktivist, war nicht irgendein Pazifist der Christlichen Sozialisten gewesen, er war ein bezahlter Terrorist gewesen, Mitglied einer rechtsextremen Splittergruppe der Separatisten im Norden. Mascarello hatte ihn freibekommen, was zu viel Medieninteresse geführt hatte, zu Vermutungen, dass Zeugen gekauft und falsche Alibis besorgt worden waren. Der Mann war in den Untergrund gegangen. Zwei Jahre später wurden seine Fingerabdrücke überall in einer Bombenwerkstatt in einem Vorort von Verona gefunden. Damals war der »politische Aktivist« schon lang verschwunden, und ausgerechnet in Syrien war er zuletzt gesehen worden. Er war jedoch nicht so lange verschwunden, wie Tiziano Scarpas Vater tot war.

Mascarellos keuchender Atem und das Surren der Geräte, die ihn am Leben erhielten, waren die einzigen Geräusche gewesen. »Sie verstehen also«, hatte er schließlich gesagt.

Sandro hatte verstanden. Sie waren damals ein mächtiges Paar gewesen, Mascarellos Geld finanzierte den glamourösen, bohemienhaften Lebensstil seiner Frau, sie wurden zusammen fotografiert. In den Augen mancher Leute konnte sie so schuldig sein wie er.

Genügte das als Verbindung? Es war auf jeden Fall eine Spur.

»Ich werde überprüfen, ob Tiziano Scarpa letzten April in Paris gewesen ist«, sagte er zögernd.

Danach hatte es nichts mehr zu sagen gegeben. Sandro war höflich gewesen, hatte seinen Auftraggeber darüber informiert, dass er ihn am nächsten Morgen wieder auf den neuesten Stand bringen werde. Und dann hatte er sich in der eiskalten Dunkelheit auf die Suche nach Caterina gemacht.

Später, nachdem sie langsam den Hügel wieder hinaufgefahren waren, hatten Sandro und Caterina zusammen unter den Wandlichtern des Schlosses gestanden.

»Ich möchte helfen«, hatte Caterina mit einsamer Entschlossenheit gesagt. Sie schien müde und ernüchtert, da er sie so lange hatte reden lassen.

Jemand rief etwas von weiter unten, von den Bäumen, wo die Musik zu hören war, und sie drehten sich um. »Das ist das Atelier. Michelle Connor wohnt dort, und ein Stück weiter weg ist Tinas Wohnung. Der *villino*, wo Mauro geboren worden ist. Da gibt es auch ein Atelier.«

Die Stimme rief noch einmal, und dieses Mal hörten sie es beide. Caterina sagte: »Sie rufen mich. Jemand ruft meinen Namen.« Man sah in der Entfernung eine Bewegung, einen Mann, der winkte, dann innehielt und zu ihnen schaute.

Fairhead. Caterina bewegte sich nicht, schob ihre Hände noch tiefer in die Taschen, und der Mann ging wieder hinein.

»Gehen Sie«, sagte Sandro. »Gehen Sie. Die Leute mögen Sie.«

»Sie werden schon noch mit Ihnen reden«, sagte Cate entschuldigend. »Sie, sie … sie versammeln sich gerade, kommen aber auch wieder zu sich.« Sie runzelte die Stirn.

»Ich weiß«, sagte Sandro. »Sie brauchen sich um mich keine Sorgen zu machen.«

»Wo werden Sie hingehen?«, fragte Caterina. »Sie sehen müde aus.« Er drehte sich um und sah zum Schloss hoch, wo das Fenster von Luca Gallos Büro dunkel war. Wie es sich vor den vom Mondlicht erhellten Wolken absetzte, schien das monströse, alte Gebäude Licht zu absorbieren. Sandro konnte nur schwer glauben, dass das kleine, gemütliche Schlafzimmer irgendwo da drin war und auf ihn wartete.

»Ich bin immer müde«, sagte Sandro, überrascht von seinem Eingeständnis. »Aber je älter man wird, umso schwieriger wird es zu schlafen. Und ich muss noch arbeiten.«

Kapitel 19

Cate stand hinter Michelles Atelier, ein Stückchen den Hügel hinauf, im Schatten und fragte sich, ob sie hineingehen sollte. Sie fragte sich, ob sie einen schrecklichen Fehler gemacht hatte, weil sie mit Sandro Cellini sprach.

Sie hatte eine geschlagene Minute lang einfach nur auf dem Beifahrersitz gesessen, plötzlich sprachlos, während er schaltete und im Hof des Bauernhauses wendete. Er drängte sie nicht, schaute auf die Straße vor ihm, wartete. Hörte zu. Dann nickte er, geduldig, nicht überrascht, als hätte er es schon gewusst.

In der Schule war Cate nie eine Streberin oder eine Petze gewesen, auch heute noch hasste sie es zu tratschen. Aber manchmal musste man sich an eine Autorität wenden, manchmal musste man diese Verantwortung übernehmen.

Er hatte sich alles, was sie über Orfeo und Alec Fairhead und Per gesagt hatte, angehört: dass sie die Letzten waren, die sie gesehen hatten, dass Loni jeden, wirklich jeden, verärgert hatte.

Sandro Cellini, ruhig, aufmerksam, geduldig, hatte nur ein Mal etwas eingeworfen, als sie gesagt hatte, dass Fairhead Loni Meadows von früher kannte.

»Hat er sie gut gekannt?«, hatte er gefragt.

»Beth sagte, er hat ein Buch über sie geschrieben. Sein einziges Buch.« Sandro hatte sich, die Hände auf dem Lenkrad, im Fahrersitz zurückgelehnt.

»Jetzt erzählen Sie mir«, hatte er gesagt, »was an diesem Tag, an dem sie starb, geschehen ist.«

Und da war ihr klar geworden, dass er eine Theorie hatte. Er wusste etwas.

Und es war, als würde sie zum ersten Mal richtig darüber nachdenken.

»Es war ein schrecklicher Tag«, hatte Cate berichtet. »Ich hatte Angst, wieder zurückzukommen. Alle wirkten so angespannt. Kaum drehte man sich um, war schon wieder ein neuer Streit ausgebrochen.« Sie konzentrierte sich. »Es lag vor allem an Loni, würde ich sagen.«

»Wann ging es los?« Sandro hatte sanft gesprochen.

»Zum ersten Mal so gegen neun Uhr. Loni schimpfte mit Mauro, weil er ein paar Bäume unten beim *villino* geschnitten hatte, und er ignorierte sie. Wir konnten das in der Küche hören, sie gab ihm draußen Befehle.« Sie hatte tief Luft geholt, wollte weitersprechen, jetzt, wo sie begonnen hatte. Arbeiteten Detektive so? Es war, als wäre sie hypnotisiert worden.

»Und dann, zur Kaffeezeit, war es Luca. Ich habe den Kaffee in der Bibliothek serviert, ausnahmsweise waren alle Gäste dort, so gegen elf Uhr. Wir konnten hören, wie Loni Luca im Musikzimmer anschrie, weil sie gesehen hatte, wie Mauro im Pick-up durch das Tal fuhr und ihren Befehlen zuwiderhandelte, was angeblich Lucas Schuld war.« Sie hatte seinen Blick auf sich gespürt. »Irgendein Bauer auf der anderen Seite des Tals brauchte Hilfe mit seinen Kühen«, hatte sie stockend erzählt. »Das hat Ginevra gesagt.«

»Wann kam er wieder zurück?«, hatte Sandro rasch gefragt. Sie hatte geschluckt. »Er, äh, ich habe ihn nicht zurückkommen sehen.« Sie hatte nach unten geblickt. »Ich glaube, er hat sich vielleicht einfach betrunken und ist zu Hause geblieben.«

Der Detektiv hatte genickt.

»Und sie schrie Luca Gallo an?«

»Luca war für uns, die Hausangestellten, verantwortlich«, hatte Cate ruhig gesagt. »Mauro hat mit Luca gesprochen, bevor er ging. Er muss es erlaubt haben, und ich vermute, dass sie ihn deswegen beschimpft hat.«

Sie hatte gesehen, wie Sandro Cellini nachdenklich auf seiner Wange kaute. Sein Stadtgesicht war blass im gelblichen Schlosslicht.

»Sie vertrugen sich nicht«, hatte Sandro gesagt, und es war keine Frage. »Sie und Gallo.«

Cate hatte hilflos mit den Schultern gezuckt. »Luca ist toll«, hatte sie gesagt, »und er arbeitet hart. All das macht ihn fertig.«

»Und danach?« Sandro hatte sich vorgebeugt, die Arme auf dem Lenkrad. »Ich muss eine Vorstellung davon bekommen, was wann geschehen ist, wissen Sie.«

»Na ja, eigentlich sollte nach dem Mittagessen ein Ausflug in eine Galerie stattfinden. Aber Michelle sagte beim Kaffee, dass sie lieber laufen gehen wolle, und Tina erklärte Loni, dass sie nicht mitkäme, weil sie noch etwas im Brennofen hatte, das sie beobachten musste. Sie unterstützten einander. Ich bin mir nicht einmal sicher, wer angefangen hat.« Sie hatte ihn angesehen. »Dann ist Loni wieder explodiert, hat gesagt, dass sie in diesem Fall den Minibus abbestellt, und ist hinausmarschiert.« Cate zögerte. »Ich habe gehört, wie sie danach wieder Luca angeschrien hat, oben in seinem Büro, als ich in der Küche war und das Mittagessen vorbereitete, denn sein Büro liegt ziemlich genau darüber.«

»Bis zum Mittagessen hatte sie also so ziemlich jeden angebrüllt?«

Nur zu richtig. »Nachmittags schienen sich alle zurückzuhalten.« Cate hatte überlegt, was sie selbst getan hatte. »Loni hat mich gegen drei Uhr gebeten, ihr ihren Kräutertee zu bringen. Sie saß am Computer.«

»Ah«, hatte er nachdenklich gesagt, »ja, der Computer.«

»Ich nehme an, dass Sie ihn sich anschauen werden?«

Sandro hatte nur gelächelte. »Ich mag Computer nicht«, hatte er gesagt.

»Und beim Abendessen ärgerte Loni Tina und Michelle erneut. Sie sprach über die Galerie in New York, in der Tina eine Ausstellung gehabt hatte, was Tina natürlich an den Blog erinnerte, sodass sie weinend davonlief.«

Und plötzlich hatte Cate sich selbst dem Weinen nah gefühlt. Sie hatte nicht die Geheimnisse anderer Leute enthüllen wollen. Sie musste ein eigenartiges Geräusch gemacht haben, denn plötzlich hatte er ihr in die Augen gesehen.

»Caterina«, sagte Sandro ernst, »dreißig Jahre bei der Polizei bringen einem nicht so viel bei, wie man gern hätte. Aber ich erkenne es, wenn mir jemand die Wahrheit erzählt. Es ist in Ordnung.« Er schaute zum Schloss hoch. »Was sonst noch?«

Sie schwieg.

»Es könnte noch Dinge geben, von denen Sie nicht einmal wissen, dass Sie sie gesehen haben. Irgendetwas könnte Ihnen noch einfallen«, hatte Sandro gesagt. »Sie haben berichtet, dass den ganzen Tag über alle im Schloss waren. Dann haben Sie gesagt *so ziemlich*, als wären Sie sich nicht mehr sicher. Wie könnten Sie sicher sein? Sie haben ja keine Augen im Hinterkopf, das verstehe ich. Aber denken Sie noch einmal nach, vor allem über den Nachmittag: Was haben Sie gesehen? Ist irgendjemand spazieren gegangen oder hat sich das Auto geliehen?«

Er hatte sich in der Dunkelheit vorgebeugt und sie angesehen.

Cate hatte plötzlich Angst bekommen. »Ich weiß nicht«, hatte sie gestammelt. »Ich weiß nicht.«

»Ich bitte Sie nicht darum, sich für eine Seite zu entscheiden«, hatte er gesagt. Sie saßen im Auto und spürten, wie das bisschen Wärme von ihnen beiden verschwand. »Aber das haben Sie schon getan, nicht wahr?«

Und ihr wurde bewusst, dass das stimmte.

Cate trat aus dem Schatten von Michelles Atelier ins Licht und sah, dass Alec Fairhead die ganze Zeit über dagestanden und auf sie gewartet hatte.

Caterina hatte gesagt, dass es zwei Bibliotheken im Schloss gab, eine davon war eine echte Bibliothek, mit Büchern, die man ausleihen und lesen konnte. Die andere war dieser große, dunkle, kalte Raum, in dem Orfeo in eisiger und feindseliger Isolation dagestanden hatte, der Herr über alles, was er sah. Ein Raum, den Sandro am liebsten nie wieder betreten würde, da dort eine feuchtere Kälte herrschte als an jedem Ort, an dem er jemals gewesen war. Sie stand für alles, was er am Castello Orfeo hasste.

Als Sandro wieder ins Schloss kam, sah er, dass das Licht in der alten Bibliothek immer noch brannte. Er ging leise an der offenen Tür vorbei zurück in den fensterlosen Korridor, der zum Esszimmer und zur Küche führte. Er bemühte sich immer noch, die Architektur des Gebäudes zu verstehen: Die herrschaftlichen Wohnungen vorn, die Dienstbotenzimmer im nüchternen, modernen Anbau der Ställe hinten, darüber die Küche mit Luca Gallos und Caterinas Wohnungen. Das Esszimmer lag auch dort, direkt dahinter ein Zimmer, in dem die von den Gästen geschriebenen Bücher aufbewahrt wurden und das nicht verschlossen war. Sandro beeilte sich.

Es war ein schäbiger, kleiner Raum, mit wenig Dekoration und schlechter Beleuchtung. In der Ecke stand ein kleiner, uralter Fernseher, und wie in einer unterfinanzierten Schulbibliothek trugen die Bücher kleine Aufkleber auf dem Rücken. Sandro fand Fairheads Buch fast sofort. Es war ein dünnes Buch, hundertfünfzig Seiten, und es gab Ausgaben auf Englisch, Deutsch und Italienisch. Auf Italienisch hieß es *Nascituro*. Ungeboren. Er wunderte sich darüber, bevor er es umdrehte. Auf der Rückseite standen Zitate aus Rezensionen, alle positiv und anerkennend, und als er es aufschlug, sah er, dass es vor fünfzehn Jahren herausgegeben worden war. Er steckte es in seine Tasche.

Als er das Zimmer verließ, empfand Sandro den bedrückenden Mangel an frischer Luft im Flur noch stärker. Und obwohl er genau wusste, wie er zurück zur großen Halle und zu dem Musikzimmer gelangte, dachte er einen Augenblick, dass es ein Trick sein könnte, ein Labyrinth, das ihn fangen sollte. Er konnte sich nicht vorstellen, wie diese Künstler, diese Gäste, von einem Aufenthalt in einem solchen Gebäude profitieren konnten. Er hatte schon jetzt das Gefühl, dass die Atmosphäre seine eigene Fähigkeit, klar zu denken, beeinträchtigte, das alte Schloss, die schmalen Fenster und die dicken Mauern. Zudem hörte er Geräusche: das Knarren und Flüstern des jahrhundertealten Steins und Holzes. Er musste zurück in sein Zimmer.

Das Musikzimmer und die große, düstere Bibliothek dahinter waren dunkel, als er auf dem Rückweg daran vorbeiging, aber als er in der großen Halle stand, hörte Sandro etwas – eine leichte Bewegung. War noch jemand außer ihm und Orfeo im Gebäude? Er und Caterina hatten gesehen, wie Gallo das Licht ausgeschaltet hatte. Sandro empfand Mitleid für den Mann; gefangen zwischen Mascarello und Orfeo, versuchte Gallo, alles zusammenzuhalten. Wenigstens hatte er Caterina als Mitarbeiterin, ein tolles Mädchen.

Waren alle Gäste bei der Party? Sandro ging davon aus. Er lief die Treppe zur ersten Etage hoch. Unter der Tür von Loni Meadows' Zimmer war Licht zu sehen: Als Schlossherr dachte Niccolo Orfeo, es stand ihm zu. Er glaubte, mit allem durchzukommen. Und obwohl Sandro vorhatte, mit dem Mann am Morgen zu sprechen, und nichts lieber tun würde, als in sein kleines Zimmer zu gehen, um einen klaren Kopf zu bekommen, blieb er stehen. Und klopfte an die Tür.

»Was gibt's?«

Die Tür wurde aufgerissen. Orfeo stand da, immer noch angezogen, aber das Hemd war am Kragen aufgeknöpft, und Sandro konnte die grauen Brusthaare sehen. »Nicht jetzt«, sagte Orfeo entschieden. »Ich werde morgen früh mit Ihnen sprechen.«

Sandro spürte den Blick des Mannes auf sich, wie er ihn von oben bis unten betrachtete, die schäbige Jacke ansah und die alte, nach der langen Fahrt verknitterte Hose. Und eine Sekunde lang fühlte sich Sandro, als wären ohne Luisa und die Sicherheit, dass sie ihn für den Tag klarmachte, sein Selbstwertgefühl und sein Stolz so zerbrechlich, dass ein höhnischer Blick ihn zu Staub zerfallen lassen konnte. Orfeo wollte die Tür schließen.

»Nein«, sagte Sandro, streckte eine Hand aus und hielt die Tür offen. Er spürte den Druck, als Orfeo sich einen Moment lang wehrte. Der Mann war zwar älter, aber durch Tennisspielen oder vielleicht Segeln fit. Doch Sandro hatte die Wut auf seiner Seite. Orfeo hatte Loni vermutlich nicht getötet, egal, wie sehr Sandro sich wünschte, er wäre es gewesen. Aber er war in dieser Nacht in Florenz gewesen. Doch Orfeo verbarg etwas, und er war schon mit zu vielem durchgekommen.

»Nein«, sagte er noch einmal, hörte den Polizisten in seiner Stimme und trat durch die Tür.

Auf dem Bett stand eine kleine Reisetasche. Die Kleider, die vorher dort gelegen hatten, Loni Meadows' Kleider, waren in ihren Schrank geworfen worden.

»Vermissen Sie sie nicht?«, fragte Sandro, bevor Orfeo etwas sagen konnte. »Möchten Sie nicht irgendein Erinnerungsstück?« Orfeo holte tief Luft, um loszupoltern, aber er sagte nichts. Seine erschrockenen Augen verrieten ihn, genau wie die faltige Haut am Hals sein Alter verriet.

»Sie können den armen Luca Gallo tyrannisieren«, sagte Sandro, »und Sie haben vielleicht eine Art von Macht über diesen Clown von Inspektor in Pozzo Basso. Aber mit mir spielen Sie nicht. Sie sind mir nicht überlegen, weder sozial noch sonst wie. Sie haben mit ihr geschlafen, nicht wahr? Und jetzt sind Sie zurückgekehrt, um sicherzustellen, dass keine Beweise zurückbleiben.« Sandro machte eine Pause. »Sie werden das Viagra nicht finden«, sagte er derb und sah, wie Orfeo zusammenzuckte. »Ich war schon hier drin. Sind Sie in dieser Nacht hierhergekommen, oder haben Sie ihr eine Nachricht geschickt?«

»Ich war in Florenz«, sagte Orfeo leise. Dann, mit kräftigerer Stimme: »Sie können so nicht mit mir sprechen. Sonst lasse ich Ihnen die Lizenz entziehen.«

»Florenz ist nur zwei Stunden entfernt«, sagte Sandro unbeeindruckt. »Anderthalb in Ihrem Auto, wenn man auf dem gesamten Weg die Geschwindigkeitsbeschränkungen ignoriert, was Sie tun, nehme ich an. Sie könnten hierhergekommen sein und es pünktlich zurückgeschafft haben, um Ihren Sohn zur Schule zu bringen.«

Orfeo blinzelte und starrte ihn an. »Ich habe keine Gesetze gebrochen«, sagte er. »Ich war nicht hier. Ich weiß nicht, wohin sie fahren wollte.«

»Was haben Sie getan?«, fragte Sandro frustriert. Er dachte, ich werde ihn kriegen, ich werde ihn wegen irgendetwas drankriegen. »Haben Sie im Hotel Liberty gesessen und auf Loni gewartet? Was haben Sie getan, als sie nicht auftauchte? Haben Sie versucht, sie zu erreichen?«

Bei der Nennung des Hotels – Sandro dankte Caterina Giottone für den Namen – riss Orfeo die Augen auf. »Ich, ich habe nicht – ich war in Florenz«, sagte er noch einmal, und dieses Mal wirkte er konfus. »Sie können meinen Sohn fragen. Wir waren bis Mitternacht wach. Er hatte sich geweigert, seine Hausaufgaben zu machen, und ich habe gesagt, dass ich, wenn nötig, neben ihm stehen bleibe, bis er fertig ist.«

Verdammt, dachte Sandro, da er die Wahrheit in der stockenden Erklärung hörte. Verdammt, verdammt, aber es war zu spät, um aufzuhören. Sandro blieb stur. »Wir wissen, dass Sie eine Affäre mit ihr hatten«, fuhr er fort. »Sie wurden oft im Liberty gesehen, auch wenn Sie dachten, dass man Sie nicht bemerken würde. Es scheint, dass die Hälfte der Angestellten und, ja, sogar die Gäste sehr genau wussten, was vor sich ging. Lonis Ehemann wusste es ebenfalls, um Himmels willen, Mascarello wusste Bescheid.« Orfeos Lippen verzogen sich verächtlich. Mascarello, der Gehörnte, war ihm egal. »Und sie hat es der Praktikantin erzählt. Beth.«

»Beth«, sagte Orfeo kalt. »Der.«

Sandro spürte die Abneigung in seiner Stimme, und dies trieb ihn an. »Vielleicht gefiel Ihnen nicht, wie nah sich die beiden Frauen standen, all dieses mädchenhafte Kichern, vielleicht haben Sie Loni Meadows dazu gebracht, sie nach Hause nach Amerika zu schicken?« Und als Orfeo sich wegdrehte, sah Sandro, dass er ihn endlich getroffen hatte. Also machte er weiter. »Sie können all diese Nachrichten von ihrem Handy löschen, nicht wahr, diejenigen, die Sie ihr geschickt haben, und diejenigen, die sie Ihnen geschickt hat? Sind Sie wegen ihres Handys zurückgekommen? Waren Sie deswegen im Polizeirevier in Pozzo Basso?«

»Ihr Handy?« Einen Augenblick lang verstand Sandro nicht, was er in Orfeos Augen sah und in seiner angespannten Stimme hörte.

»Auf diesem Handy könnte sich Beweismaterial befinden«, sagte Sandro. »Es zeigt an, wer ihr an diesem Abend eine SMS geschickt hat. Sie könnte« – er überlegte, was sie getan haben könnte, als sie verwirrt aus ihrem Auto geklettert war –, »sie könnte versucht haben, den Notruf zu wählen, könnte auf der Suche nach einem Notsignal herumgestolpert sein.«

Orfeos Augen wurden größer. »Nein«, sagte er verdutzt. »Nein.« Wusste Orfeo wirklich nicht, wovon er sprach? »Ich habe ihr Handy nicht. Ich bin nicht hergekommen, um nach ihrem Handy zu suchen, ich bin einfach nur …«

Er hielt inne und begann noch einmal: »Ich musste wissen, was geschehen ist. Ich habe es nicht verstanden. Ich kenne den *Soprintendente*, und ich habe ihn einfach nur als Freund gefragt …« Er holte tief Luft. »Das brachte mich in eine schwierige Situation.«

Wenigstens versuchte er gar nicht erst, Gefühle vorzutäuschen und vorzugeben, er hätte sie noch ein letztes Mal sehen wollen.

Sandro machte einen allerletzten Versuch. »Sie haben es zu Luca Gallo gesagt, das Handy, haben Sie gesagt.«

Orfeo richtete sich auf. »Nicht ihr Handy«, erklärte er mit einem Anklang der alten Ungeduld. »Ich weiß nicht, wovon Sie reden. Nein, nicht ihres, mein *telefonino*. Mein Handy.«

Sandro starrte ihn an, und er spürte, wie Orfeo Kraft aus seinem Schweigen schöpfte.

»Ich habe es hier liegen lassen, in der Bibliothek oder sonst wo, ich weiß es nicht.« Orfeo sprach voller Verachtung. »Das letzte Mal, als ich im Haus war. Am Sonntag. Dies hier ist mein Haus, und ich nahm an, ich würde es beim nächsten Besuch finden. Ich habe sowieso ein anderes Handy, ich habe es nur, um …«

Er log. Eine Ausrede, ein absurder, verzweifelter Versuch, der Wahrheit auszuweichen. Das einzige Problem war, dass Orfeo die Wahrheit sagte. Sandro konnte es hören und sehen.

Er hatte das Handy nur dazu benutzt, Loni Meadows zu kontaktieren, und sie war lediglich seine Geliebte gewesen, gut im Bett, eine jüngere Frau, ihm sozial unterlegen, deren Kleider er unten in den Schrank gestopft hatte, jetzt, da sie tot war. Orfeo hatte eine vage Ahnung, dass er in etwas Unangenehmes verwickelt werden konnte, und das war alles, was ihn interessierte. Der Blick, den er Sandro zuwarf, sagte deutlich: Sie werden unsere Kreise nie verstehen. Wir haben andere Wünsche, wir haben andere Bedürfnisse, wir leben in einer größeren, verwegeneren Welt. Scheiß auf ihn, dachte Sandro, scheiß auf ihn und Frollini, denn die beiden waren gleich, scheiß auf sie, weil sie sich nahmen, was sie wollten, und die Konsequenzen ignorierten.

Orfeo hatte Loni nicht umgebracht, er war zu dumm, zu faul, zu egomanisch, er hatte zu viele Möglichkeiten. Vielleicht ist sie anstrengend oder fordernd geworden, obwohl Sandro sich dies nicht vorstellen konnte. Vielleicht hatte sie seine *Contessa* werden wollen, aber Orfeo hätte ihr eine Abfuhr erteilt. Und er war am Donnerstagabend nicht hier, sondern in Florenz gewesen – mit seinem verzogenen Sohn.

Verdammt. Sandro bekam Kopfweh von den Schlussfolgerungen.

»Sie haben keine Moral«, sagte er ruhig. »Sie haben kein Gewissen. Die Frau ist tot.«

Orfeo erwiderte nichts, öffnete langsam die Tür und wartete, bis Sandro seinen Anblick schließlich nicht mehr ertrug und ging.

Sandro maß sich normalerweise weder den Blutdruck noch den Puls, aber in dem kleinen Zimmer neben Niccolo Orfeos riesigem Apartment, wo er sorgfältig alles, was er wusste und dachte und von Caterina Giottone und Luca Gallo erzählt bekommen hatte, in einem neuen Dokument aufschrieb, dauerte es mindestens eine halbe Stunde, bis sein Puls wieder im Normbereich war.

Vielleicht würden diese unvernünftige Sensibilität gegenüber jeglicher Kränkung, seit er nicht mehr bei der Polizei war, sein zu gutes Ohr für Beleidigungen und seine Frustration ihn eines Tages umbringen. War dieser Zorn schon immer da gewesen, der unter der Oberfläche brodelte? Oder war er stetig größer geworden, während das Land sich mit Fastfood-Restaurants und Giftmülldeponien füllte, die Kinder mit einer Überdosis von Tiertranquilizern gefunden wurden und die Politiker mit minderjährigen Prostituierten schliefen? Die Wut, die wie aus dem Nichts gekommen war, als er daran dachte, wie Luisa mit einem anderen Mann in einem Restaurant saß. Wenn es so weiterginge, dann würde er eines Tages wie ein Geysir explodieren. Und kaum war Sandro dieser Gedanke gekommen, folgte ein weiterer, nämlich dass er nicht ohne Luisa sterben wollte und dass er schlicht nicht ohne sie leben konnte.

Er konnte vielleicht nicht ohne Luisa leben, aber er konnte sie trotzdem nicht anrufen. Zu spät, sagte er sich. Sie wird schon schlafen, wir werden uns noch einmal streiten, und das wird alles schlimmer machen. Daher speicherte er stattdessen das Dokument auf seiner Festplatte und schickte eine Kopie in einer E-Mail an Giuli.

Unrasiert und in Hemdsärmeln saß Sandro an dem Schreibtisch, den Caterina für ihn vorbereitet hatte. Er legte einen Bleistiftstummel und zwei Blatt Papier neben den Computer und schaltete ihn ein. Er legte eine Hand flach rechts und links daneben, während er die Listen, die Giuli für ihn angelegt hatte, studierte, das Wo und Wann, das ihm, wenn er nur genau genug hinschaute, schließlich auch das Warum mitteilen würde. Er machte sich eine Notiz, dann noch eine.

Ungefähr vierzig Minuten später begann er eine E-Mail an Giuli zu schreiben und dachte, er müsse nur ein paar Dinge skizzieren und in das bereits angefangene Dokument kopieren. Weitere vierzig Minuten später schrieb Sandro immer noch. Er sagte sich, dass er anfing zu schwafeln, daher machte er rasch Schluss und drückte auf Senden.

Er nahm das schmale Buch von Alec Fairhead aus seiner Tasche und begann zu lesen.

In der Wohnung, die sie seit über dreißig Jahren mit Sandro teilte, ohne je eine Nacht getrennt gewesen zu sein – abgesehen von einer denkwürdigen Ausnahme, als er, obwohl es drei Uhr morgens war und er nach Leichenhalle, Zigarettenrauch und Desinfektionsmittel stank, doch nach Hause gekommen war und sich neben sie in dieses Bett gelegt hatte, in dieser Wohnung – saß Luisa auf ihrem großen Bett und lauschte den Geräuschen der Stadt.

In der Via dei Macci wurde es nie ruhig, denn sie lag an der direkten Verbindung zwischen den Menschen auf der Piazza Santa Croce und den feilschenden Frauen des Mercato San Ambrogio. Sie hatten darüber gesprochen, als sie, frisch verheiratet, damals die Wohnung mieteten, dass es zu laut sein könnte, aber direkt um die Ecke lag der Markt, standen die Statue von Dante, grimmig wie der Tod, die ewig schöne Kirche und ihre Kapelle. Und über die Jahre hatten sie die Veränderungen zum Schlechten akzeptiert, die Gruppen betrunkener Teenager aus anderen Ländern, die Unfälle und Streitereien in einer Straße, die für den Autoverkehr zu schmal war, der konstante, hohe Moskitoton der *motorini*. Sie hörte gerade jetzt eines vorbeifahren, als sie an ihre erste Nacht hier dachte. Die Kartons nur halb ausgepackt, hatten sie auf einem gebrauchten Bett im Mondlicht gesessen und sich an den Händen gehalten.

In der Ecke stand Luisas kleiner Koffer, fertig gepackt, verschlossen und mit Namensschild versehen. Sie hatte ihn extra für diesen Anlass gekauft, Sandro hatte dazu nichts gesagt, was gut war. Was hätte sie erklären sollen? Dass sie Frollini nicht mit ihrer abgenutzten Nylonreisetasche in Verlegenheit bringen wollte, die ihr seit über zehn Jahren gute Dienste geleistet hatte. Dass sie nicht wie eine alte Dame aus einem Dritte-Welt-Land aussehen wollte, wenn sie diese Gangway entlang in die Ankunftshalle ging, nervös und ängstlich, in die Neue Welt zu kommen, ihr Hab und Gut in einer ausgebeulten, schäbigen Tasche?

In ihrem gesteppten Morgenmantel, Pantoffeln und dem wärmsten Nachthemd, bereit fürs Bett, aber hellwach, trat Luisa ans Fenster. Sie konnte die Kälte durch das Glas hindurch spüren, aber sie drückte ihre Stirn dagegen und sah auf die Straße hinunter. Sie hatte gehört, dass es im Casentino, dem Mugello, auf dem Monte Aperto in den Apeninnen und auf dem Monte Amiata im Süden geschneit hatte, sogar in der Maremma, hieß es. Dort befand sich Sandro, wenn man Giuli Glauben schenken konnte, als Gast eines Grafen im Schloss.

Es schneite nur selten in Florenz. Was dachte Sandro jetzt, wo auch immer er war? Würde er sich über die schneebedeckten Hügel wundern? Das würde er wohl, und dann würde er sich beschweren, weil er das Land nicht mochte und nicht die richtigen Kleider und die richtigen Schuhe dabeihatte.

Es gab ein Paar Stiefel, die sie vor fast zehn Jahren bei Schnee gekauft hatten, aber sie standen im Flurschrank. Luisa wusste es, weil sie sie gesehen hatte, als sie nach Hause gekommen war und nachgeschaut hatte. Sie wollte sichergehen, dass er wenigstens einen Mantel mitgenommen hatte, und wollte überprüfen, ob er eine Tasche dabeihatte. Sie fragte sich, wie lange er wegbleiben wollte.

Da steckte mehr als Luisas Wut auf ihn dahinter. Es war ein kindisches Verhalten, so eilig zu verschwinden, denn er hatte nicht viel mitgenommen, soweit Luisa das sehen konnte. Er hatte einen Zettel hinterlassen. Einen Zettel, hatte sie zu Giuli gesagt und ein Echo ihrer Empörung erwartet. Sie hatte die Verlegenheit in Giulis Stimme gehört, als sie versuchte, ihn zu entschuldigen. Giuli war, wenn es um Sandro ging, fast wie eine Lieblingstochter und nur allzu bereit, ihm Glauben zu schenken.

Aber Luisas Wut war sowieso immer durch etwas anderes gemildert, etwas, das für sie so ungewohnt war, dass sie sich nicht sicher war, ob sie es erkannte, etwas wie Schuldgefühl.

Wäre es anders, wenn sie eigene Kinder bekommen hätten? Das wäre es, unsinnig, es zu bestreiten. Was auch immer die Leute heutzutage sagen, ein Baby bringt ein Paar zusammen, trennt es nicht. Und wäre es anders gewesen, wenn Luisa nicht eine Brust entfernt worden wäre und sie drei Monate Chemo hinter sich gebracht hätte? Aber Luisas Mutter hatte ihr vor dreißig Jahren gesagt, dass es sinnlos ist, sich vorzustellen, wie die Dinge anders hätten laufen können. Man musste nehmen, was man bekam, und das Beste daraus machen. Es war ein Rat, dem Luisa bedingungslos fast ihr ganzes Leben lang gefolgt war. Bis jetzt.

Ich habe keine Affäre mit Enrico Frollini. Hätte sie das sagen sollen? Ihre Mutter hätte sicher ja gesagt. Was hatte sie dadurch schon zu verlieren, ihm die simple, direkte Wahrheit zu sagen? Nun, sie stellte sich vor, wie sie es ihrer schon lange verstorbenen Mutter ins Gesicht sagte: *Warum sollte ich mir auch nur die Mühe machen, eine so dumme Frage überhaupt zu beantworten? Außerdem war er sowieso nicht in der Stimmung, mir zu glauben.*

Sie konnte sich vorstellen, was ihre Mutter darauf geantwortet hätte. Das, was Giuli sagen wollte, sich aber nicht traute. *Bist du sicher, dass es die Wahrheit ist?*

Luisa sah auf den hübschen, kleinen Koffer. Sie war eine exzellente Packerin, aber ihr machte nichts mehr Spaß. Da drin befand sich ein neuer Anzug, eine graue Kaschmir-Seide-Mischung mit einem feinen Nadelstreifen, zwischen Seidenpapier. Drei Hemden, ein schlichtes, schickes, schwarzes Kleid, die doppelreihige Perlenkette, die Sandro ihr zum fünfzigsten Geburtstag geschenkt hatte, ein Paar flache Schuhe, ein Paar mit Absätzen und ein Paar Abendschuhe. Der Flug ging am Montagmorgen um neun Uhr vom Flugplatz Florenz aus, Frollini hatte gesagt, er werde sie um sechs an der Via dei Macci abholen. Sie konnte sich seinen Gesichtsausdruck vorstellen, gespieltes Entsetzen wegen der dreckigen Fassaden, der überquellenden Mülltonnen, des Katzengeruchs in der hässlichen, kleinen Straße vor dem Morgengrauen.

Sie konnte Sandro anrufen, das wusste sie. Sie konnte ihm eine E-Mail schicken, um Himmels willen, das Telefon stand neben dem Bett, der große Computer auf dem Schreibtisch. Alle hatten einen, hatte Sandro gesagt, als sie sich darüber beschwerte, wie hässlich er war. Sie konnte mit ihm sprechen, aber sie würde es nicht tun.

Es war noch nicht spät, aber Luisa schloss die Fensterläden, legte sich zwischen die kalten, sauberen Laken und schaltete das Licht aus. Und während sie dalag und die Decke anstarrte, begriff Luisa zum ersten Mal mit dumpfer Sicherheit, dass sie sich daran gewöhnen könnte, wenn sie müsste. Eine Nacht getrennt voneinander wurde zu einer Woche, die Trennung wurde zu einer Scheidung, die Leute entfernten sich voneinander. Passierte ihnen das gerade? Alles, was Luisa wusste, war, dass sie sich verändert hatte und Sandro nicht.

Schlaf, befahl sie sich, und das tat sie dann schließlich auch.

Kapitel 20

Das Licht, das durch die Fensterläden fiel, als Cate in dem Zimmer aufwachte, das ihr noch nicht vertraut war, hatte eine merkwürdige, neue Qualität. Sie lag noch eine Weile halb wach da, die Augen geschlossen, während die blauweiße Helligkeit versuchte, sie zu öffnen.

Schnee, dachte sie, als sie nach und nach aufwachte, der Schnee hatte das Licht verändert. Cate konnte keine Geräusche aus der Küche hören. War es so früh? Es war still, aber sogar mit dem Schnee war es zu hell, um sehr früh zu sein. Widerwillig öffnete Cate ein Auge, drehte ihren Kopf ein paar Zentimeter und schaute auf ihren alten Radiowecker: 8 Uhr 20. Sie stöhnte.

Cate schlug die Decke zurück, schwang ihre Beine aus dem Bett, setzte sich auf, und der nagende Schmerz hinter ihren Augen wurde abrupt schlimmer. Ungefähr fünf Stunden Schlaf und ziemlich viel Wein. Sie suchte in ihrem Nachttisch nach ein paar *tachipirina*, spülte sie mit Wasser direkt aus der Flasche hinunter und ging ins Badezimmer.

Die Dusche war nicht heiß genug, aber Cate stellte sich trotzdem darunter, ließ das Wasser über sich laufen, spülte die letzte Nacht weg.

Sie hätte nicht hingehen sollen, sie hätte definitiv nicht hingehen sollen. Aber Sandro Cellini hatte es gewollt.

»Gehen Sie«, hatte er gesagt. »Gehen Sie und feiern Sie Ihre Party. Schauen Sie, woran Sie sich erinnern, hören Sie, was die anderen sagen.«

Ich werde keine Spionin, hatte Cate trotzig gedacht und sich einen Augenblick an einen spitzen Eckstein des Gebäudes gelehnt. Aber Sandro hatte etwas in ihrem Kopf in Bewegung gesetzt.

Dann hatte die Musik gewechselt, und jemand hatte etwas gerufen, betrunken und laut. Sie ließen wirklich Dampf ab. Aber als eine andere Stimme einfiel, hatte sie einen wilden Augenblick gedacht: Was, wenn sie alle zusammen gewesen waren, was, wenn sie alles geplant hatten? Ein aufwändiger Plan, Loni Meadows in der kältesten Nacht des Jahres, in der Frost vorhergesagt war, herauszulocken? Und Cate hatte sich wieder daran erinnert, dass die Dottoressa nicht sofort gestorben war. Hätten sie alle dastehen können, als sie aus dem Auto gekrabbelt war, und zusehen können, wie sie benommen, sterbend herumstolperte? Cate hatte ihre Arme in der Kälte fester um sich geschlungen und hatte sich streng gesagt: Nein, sei nicht lächerlich.

»Sie fuhr wirklich gefährlich«, hatte sie widerwillig zu Sandro Cellini gesagt, als sie im Auto saßen. »Sie raste mit diesem Auto, schlimmer als Mauro, und schnallte sich nie an.«

Bei Michelles Atelier war jemand aus dem Schatten getreten.

Nur wenige Meter von ihr entfernt. Cate hatte sich gefühlt, als wisse sie plötzlich alles über den Mann: Von dem Augenblick, in dem er im Schloss angekommen war, um die Gruppe zu vervollständigen, bis zu seinem gehetzten Gesichtsausdruck auf der Galerie in der Bibliothek, an dem

Morgen, als die Polizei gekommen war, um ihnen zu sagen, dass Loni tot war. Cate hätte dieses traurige, gefährliche, kleine Buch, das er über Loni geschrieben hatte, zu Ende lesen sollen.

»Sie sind gekommen«, hatte Alec Fairhead gesagt, seine Augen unkoordiniert. Er sah zehn Jahre jünger aus als der Junge, der er gewesen sein musste, als er die Affäre mit Loni Meadows gehabt hatte. Er hatte ihre Hände in seine genommen. Er war sehr betrunken, das hatte Cate erkennen können. Es wäre nicht fair gewesen, ihm in diesem Zustand irgendwelche Fragen zu stellen.

»Sie sind ein hübsches Mädchen«, hatte er ernst gesagt. »Ich weiß nicht, was Sie hier an diesem Ort machen. Kommen Sie mit mir nach London, Cate, nach Paris.« Sie hatte gelacht, und er hatte sie betrübt angesehen.

»Danke«, hatte sie ernst gesagt, »ich werde sofort meinen Pass holen.«

Er hatte sie noch einmal traurig angesehen. »Kommen Sie herein«, hatte er gesagt und ihre Hände ungeschickt zwischen seinen gerieben, »sie sind eiskalt.« Zögernd war sie ihm durch die breite Glastür gefolgt.

Sie waren alle da gewesen, in dem großen Zimmer: Sandro Cellini hatte Cate gefragt, wie sie so waren. Könnte einer von ihnen Loni genug gehasst haben, um ihr etwas anzutun?

Einen Augenblick hatte niemand bemerkt, dass sie eingetreten waren. Das Licht war gedimmt worden, und die Musik lief laut, ein Hit des letzten Sommers. Michelle goss Wasser in ein Glas. Sie trug ein rotes Kleid. Cate hatte sie noch nie in einem Kleid gesehen. Wut, hatte Tiziano gesagt, Wut treibt Michelle an. Aber woher kam sie?

Ein leichter, aber unverkennbarer Geruch nach Dope hatte in der Luft gelegen, und mitten im Zimmer tanzte Tina, völlig selbstvergessen, mit ekstatischem Gesichtsausdruck und über den Kopf erhobenen, schwingenden Armen. Der Raum schien zu groß zu sein, als dass nur eine Person hier wohnte. Michelles Hab und Gut schien kaum Spuren zu hinterlassen. Eine Handvoll Bücher stand einsam auf einem langen Regal, an einem Kleiderständer hingen nur Michelles Parka und eine Jeans, sorgfältig gefaltet auf einem Kleiderbügel. Sie hätte schnell gepackt, wenn es Zeit würde weiterzuziehen. Sie hatten beim Abendessen darüber gesprochen, wer nach ihrem Aufenthalt in Orfeo wohin gehen und was die nächste Station werden würde, und Cate erinnerte sich daran, dass Michelle diejenige gewesen war, die nichts gesagt hatte. Ihr Ehemann war tot.

Der lange Tisch, an dem sie arbeitete, war an eine Wand geschoben worden. Tiziano saß in seinem Rollstuhl an einem Tischende, neben einem Computer, auf dem Grafiken sich passend zur Musik bewegten. Eine Hand lag auf dem Touchpad des Computers, und in der anderen hielt er einen Joint. Er lehnte sich in seinem Rollstuhl so entspannt zurück, wie sie es noch nie bei ihm gesehen hatte: die breiten Schultern entspannt, sein kluges, aufmerksames Gesicht ruhig. Während Cate ihn betrachtete, hatte sie plötzlich eine Traurigkeit empfunden, die sie nicht hatte erklären können. Tiziano hatte sich vorgebeugt und den Touchpad berührt, und ein anderes Lied hatte begonnen. *Brown-eyed girl*, sang eine Stimme. Sie hatte das Lied gekannt.

Am anderen Ende der Kochnische stapelten sich Teller. Per und seine Frau standen dort, in die ruhigste Ecke gequetscht, eng umschlungen an einer Arbeitsfläche. Seine Frau hatte sich zurückgelehnt, eine Hand ausgestreckt, um seine Wange zu berühren, und Cate hatte sein Gesicht gesehen, blass und erstaunt und dankbar: ein Mann, der nach einem Erdbeben aus den Ruinen seines Hauses steigt.

Per und Alec Fairhead hatten am frühen Nachmittag zusammen einen Spaziergang gemacht, das war Cate eingefallen. Sandro Cellini hatte gesagt, dass sie sich erinnern würde, und das hatte sie getan. Sie hatte sich gewünscht, er hätte ihr gesagt, warum er das alles wissen wollte.

»Schaut mal, wen ich gefunden habe«, hatte Alec Fairhead schließlich gesagt und ihre Hand in seine genommen. Sie hatte ihn nach Loni fragen wollen, ob es stimmte, was Loni zu Beth gesagt hatte, dass er sie nicht vergessen hatte. Aber jetzt war nicht der richtige Augenblick.

Sie sahen sie alle an. Per nickte, während er seine Arme fester um seine Frau schlang, Tiziano lächelte leicht durch eine blaue Rauchspirale hindurch, Tina verbog ihren dünnen Körper auf der improvisierten Tanzfläche und senkte eine Hand, um matt zu winken. Michelle, die Wasser aus einer Flasche ins Glas goss, beobachtete sie. Cate hatte gesehen, dass sie sich geschminkt hatte, ganz die Gastgeberin. Schnell war Cate durch das Zimmer gegangen und hatte sich neben sie gestellt. Sie hatte Alec Fairheads Blick auf sich gespürt, als sie hinüberging.

»Ist das in Ordnung?«, hatte sie Michelle gefragt.

Michelle hatte einen großen Schluck Wasser getrunken und sie über das Glas hinweg angesehen. Sie mussten alle gewusst haben, wo sie gewesen war. Alec Fairhead hatte es ihnen sicher erzählt. Er hatte gesehen, wie sie aus dem Wagen des Feindes gestiegen war. Sie würde ihnen allen erklären müssen, dass, wer auch immer der Feind war, Sandro Cellini es jedenfalls nicht war.

»Für mich ist das in Ordnung, Mädel«, hatte Michelle trocken gesagt. Nicht betrunken, hatte Cate gedacht, interessant. Die anderen lassen sich zur Feier des Tages volllaufen, aber Michelle wird nüchtern. Ihr Gesicht unter dem Make-up – es war nicht viel, Lippenstift und betonte Augen – war verändert, nicht unbedingt jünger, aber wacher, klarer, gepflegter. Der Blick, den sie Cate zugeworfen hatte, hatte etwas Herausforderndes, ganz klar, so, als wolle sie sie dazu auffordern, Fragen zu stellen. Sie hatte Wein in ein Wasserglas gegossen und es Cate gegeben, die sich gefragt hatte, woher all dieser Alkohol kam. Wein- und Wodkaflaschen auf dem langen Tisch und zu Füßen von Tiziano – aus dem Schlosskeller geklaut? Sie hatte die Etiketten nicht erkannt.

»Unsere kleine, subversive Tat«, hatte Michelle gesagt, als sie bemerkte, wohin Cate schaute. »Diese Ausflüge zum Markt. Wir haben alle einen privaten Vorrat angelegt. Es ist nicht immer schön, abhängig zu sein wie ein kleines Kind und um alles bitten zu müssen. Und das hat sich jetzt als ziemlich nützlich herausgestellt, was?«

Cate hatte nichts gesagt, denn laut zuzustimmen hätte bedeutet, die Stiftung zu verraten. Sie hatte ihr Glas erhoben und getrunken. Der Wein hatte ziemlich gut geschmeckt.

Michelle hatte sich umgedreht und zu Tina auf die Tanzfläche gesehen.

»Armes Kind«, hatte sie nach einer Weile gesagt. Dann abrupt: »Es war nett von dir, ihr zu sagen, dass sie es nicht war, wegen all ihrem Voodoo-Quatsch. Es musste ihr jemand sagen, und mir glaubte sie nicht, als ich es ihr gesagt habe.«

»Na ja, wahrscheinlich nicht«, hatte Cate gesagt. »Sie stehen ihr so nah.«

»Findest du?« Michelle hatte Cates Handgelenk mit ihrer rauen, trockenen Hand umfasst und festgehalten. »Sie könnte keiner Fliege etwas zuleide tun, das weißt du doch? Ich meine, ehrlich.« Sie sah Cate in die Augen.

Cate hatte zu Tina hinübergesehen, die sich drehte und vor sich hinsang, und hatte bemerkt, dass Alec Fairhead sie auch anschaute. Ihr wurde klar, dass Michelle wissen wollte, was sie Sandro Cellini erzählt hatte. »Ich weiß«, hatte sie gesagt, »aber er ist ein guter Kerl, wissen Sie. Sandro Cellini, er wird sie nicht falsch einschätzen.« Und ihr wurde bewusst, dass sie es glaubte. »Sie brauchen sich keine Sorgen zu machen.«

Michelle hatte Cate noch einen Augenblick angesehen, dann hatte sie ihr Handgelenk abrupt losgelassen. Die Musik brach ab, und Tina ließ ihre Arme hängen und schaute zu ihnen herüber.

»Sie haben keine Kinder«, hatte Cate, ohne nachzudenken, gesagt. Der Wein hatte sie sorglos gemacht. Es kam keine Antwort, und dann wurde ihr bewusst, was sie gesagt hatte. »O Gott, es tut mir leid. Ich – Tiziano hat es mir erzählt. Sie haben Ihren Ehemann verloren.«

»Ihn verloren?«, hatte Michelle nachdenklich gesagt. »Hm.« Es folgte eine lange Pause, in der Cate sich gewünscht hatte, vom Erdboden verschluckt zu werden. Dann, voller Bitterkeit: »Ihn verloren. So fühlt es sich eigentlich nicht an. Es fühlt sich an, als wäre er gestohlen worden. Entführt, überfahren, von einer Klippe geworfen, von Gangstern zerrissen, ermordet.« Sie holte tief Luft. »Ja, ich habe ihn verloren. Er ist tot.«

»Ermordet?« Das Wort war schwer zu ignorieren gewesen.

Michelle hatte sie einen Augenblick lang angesehen, hatte etwas eingeschätzt. Als sie wieder gesprochen hatte, war ihre Stimme ruhig gewesen: »Ich habe ihn gefunden. Früh am Morgen, auf dem Boden in unserem Badezimmer in Queens, letzten August. Es war heiß. Er hatte eine Überdosis genommen, nachdem ich zu Bett gegangen war. Ich habe währenddessen geschlafen. So gegen fünf Uhr bin ich aufgestanden, um aufs Klo zu gehen, und habe ihn gefunden.« Sie hatte tief durchgeatmet. »Er lag auf dem Boden, und seine Augen waren offen.«

Cate hatte genickt und Michelle angesehen. »Warum hat er, haben Sie …«

Michelle hatte heftig den Kopf geschüttelt, wie um Cate vom Reden abzuhalten. »Sterben ist brutal, immer, egal, wie. Das ist alles, was ich sagen wollte.« Sie hatte ihre Arme fest um sich geschlungen und das rote Kleid an sich gezogen. Ihr Gesicht war blass, ihre geschminkten Augen waren schwarz verschmiert.

Cate hatte genickt und nichts gesagt. Wie konnte man weiterhin in einer Wohnung leben, in der jemand gestorben war? Es war kein Wunder, dass Michelle nie über die nächste Station reden wollte. Vielleicht fragte sie sich, ob sie jemals wieder nach Hause kam. Selbst hier in dem Schloss, das für niemanden ein Zuhause war, war Lonis Tod überall spürbar.

Tina hatte sich neben Michelle gestellt. Müde hatte Michelle einen Arm auf ihre Schultern gelegt, und Tina hatte ihre Wange an den Unterarm der älteren Frau gedrückt und Cate schüchtern mit ihren blassen Augen unter ihrem farblosen Pony hervor angesehen.

Cate hatte sie angelächelt, wollte sie beruhigen. Sie spürte, dass Michelle sie aufmerksam beobachtete.

Und dann erinnerte Cate sich daran, dass Michelle joggen ging, als das Licht schwächer wurde, an dem Tag, an dem Loni Meadows gestorben war. Am frühen Nachmittag, so gegen zwei Uhr.

Das hatte den Streit wegen des Minibusses und des abgesagten Museumsausfluges ausgelöst. Michelle hatte gesagt, dass sie nicht mitfahren wolle, weil sie joggen gehen musste, es wirklich dringend musste, und Tina hatte gesagt, dass sie dann nicht mitfahre. Deswegen war es sinnlos, den Minibus zu mieten, und Loni war in ihrem Mantel mit Pelzbesatz ganz dünnlippig geworden. Per war da geblieben und hatte verlegen gesagt, dass er aber gern fahren würde, und vielleicht könnten er und Loni ja im Monster fahren, dann hatte Luca den Fehler gemacht aufzutauchen, und Loni hatte ihn am Arm gepackt und war mit ihm davonmarschiert. Hatte ihn bis in sein Büro gezerrt.

Tiziano war gekommen, und alle hatten sich bemüht, nicht zuzuhören, wie Loni Luca anschrie. Sie hatten gesehen, wie Michelle im Joggingoutfit aus dem Atelier kam, über die Steine lief und sich dabei umsah, als wünschte sie sich, Loni würde sie dabei sehen. Sie war komplett angezogen: Turnschuhe, Jogginghose, eine Wasserflasche auf dem Rücken.

Michelle hatte Cate angesehen. »Trink noch etwas«, hatte sie gesagt, und Cate hatte sie ihr Glas noch einmal füllen lassen. Drüben in der Küchenzeile hatte Per seiner Frau in die Augen gesehen, eine Hand auf ihrer Schulter, die andere streichelte ihre Haare, während sie eindringlich mit ihm gesprochen hatte.

Hatte Cellini ihr geglaubt, als sie gesagt hatte, dass Per es nicht gewesen sein konnte? Er hatte nicht geurteilt. Sie nahm an, dass er es später tun würde. Sie wusste es aber und war nicht so unerfahren, wie Cellini dachte.

Etwas berührte Cate an der Hüfte, und als sie ihr Weinglas abstellte, schaute sie nach unten und sah Tiziano.

»Tanzen?«, hatte er gesagt, und als er es sagte, hatte sie die Musik gehört, ein altes, melancholisches, neapolitanisches Lied, das alle kannten und das jedem alten Mann in jedem Dorf überall im Land Tränen in die Augen trieb, weil es ihn an seinen ersten Kuss erinnerte.

Tiziano hatte mit einer schwungvollen Bewegung ihren Arm gepackt und sie so schnell zu sich hinuntergezogen, dass sie nach Luft geschnappt hatte und auf seinem Schoß gelandet war.

Er hatte nach Dope gerochen. Er hatte den Rollstuhl gedreht, und bei der Bewegung und wegen des Dopegeruchs und der Nähe von Tizianos Gesicht an ihrem hatte sie nach den Lehnen des Rollstuhls gegriffen. »Halt«, hatte sie gesagt, und er hatte angehalten. Im Hintergrund war immer noch die alte Ballade gelaufen.

»Entschuldigung«, hatte Tiziano gesagt. »Es ist mit mir durchgegangen.« Cate hatte sich befreit und sich neben den Rollstuhl gekniet, bis ihr Kopf aufhörte, sich zu drehen. Er hatte sie beobachtet.

»Es ist in Ordnung, weißt du«, hatte er gesagt. »Unterhalb der Taille passiert nichts.« Cate war errötet, und er hatte gewartet.

»Ich habe mir keine Sorgen gemacht«, hatte sie gesagt. Er hatte sie völlig gelassen angesehen, und sie hatte an Per gedacht, der gesagt hatte, dass Tiziano nicht der sein konnte, der er zu sein vorgab.

»Also, wie ist er so?«, hatte Tiziano gefragt. »Unser Freund aus Florenz?«

»Er ist nett«, hatte Cate gesagt, ohne nachzudenken. »Er

ist wie mein Vater. Ich meine, mein Stiefvater. Er erledigt nur seine Arbeit.«

»Ist er nicht deshalb hier, um Ärger zu machen?« Er hatte sie angesehen. »Die Polizei glaubt nicht, dass es irgendetwas zu ermitteln gibt.« Er hatte sich im Zimmer umgesehen. »Er könnte das Leben von jemandem hier ruinieren, weißt du?«

»Du denkst, falls jemand ... falls es kein Unfall war, dann sollte der Schuldige nicht bestraft werden?«

Tiziano hatte seinen Kopf zur Seite geneigt, als dächte er darüber nach.

»Loni hat selbst viel Ärger gemacht«, hatte er schließlich gesagt. »Vielen Leuten Schmerzen bereitet.« Er sah Alec Fairhead an, dann Per in der Ecke mit seiner Frau. »Ich habe mit der Ehefrau gesprochen, Pers Frau. Sie sind seit fünfundzwanzig Jahren verheiratet und hatten nie einen Augenblick des Zweifels, hat sie gesagt. Keiner von beiden, bis Loni Meadows auftauchte. Ist irgendeiner von uns so böse, wie sie es war?«

»Dann verdiente sie es also zu sterben?« Cate hatte Tiziano angesehen und ihn gezwungen, ihr in die Augen zu schauen. »Hier gibt es etwas Böses«, hatte sie gesagt und das Schloss gemeint. Ihr Gefängnis mit seinem Labyrinth aus Korridoren und Zimmern und außen herum Bäume und dahinter die einsamen Hügel voller Echos.

Sie blieb hartnäckig. »Kannst du es fühlen? Hast du nicht gehört, wie sie starb?« Und als er sie kühl angesehen hatte, hatte sie geblinzelt, um nicht an die Dunkelheit und die Kälte denken zu müssen. Sie hatte sich bemüht, nicht darüber nachzudenken, wie lange es gedauert hatte, bis Loni Meadows gestorben war.

»Ich weiß nicht«, hatte er gesagt, »vielleicht hast du recht.« Er war mit einer Hand über seinen Kopf gefahren. »Na ja. Hat er irgendeine Idee?«

Cate hatte widerwillig mit der Schulter gezuckt. »Komm schon, Cate«, hatte er gesagt, »du denkst doch nicht, dass ich es war, oder?« Und er hatte traurig gelächelt.

»Er will wissen, wer an diesem Nachmittag wegging.« Es war aus ihr herausgeplatzt.

Langsam hatte Tiziano mit gerunzelter Stirn genickt. »Das ist interessant. Denkt er, jemand ist dort hin und hat etwas auf die Straße gelegt? Eine Art Hindernis? Eine Art Stolperdraht oder eine Falle?«

Es hatte verrückt geklungen, Cate hatte verlegen mit den Schultern gezuckt. »Ich weiß es nicht, er hat einfach nur gefragt, ob ich gesehen habe, dass jemand weggegangen ist.« Sie hatte ihn angesehen. »Bist du das?«

»Oh«, hatte er gesagt. »bin ich weggegangen? Nun, das weißt du doch, Caterina. Ich bin zum Bauernhof, um die Hunde zu besuchen, am späten Nachmittag.«

Cate hatte genickt. »Ja, das wusste ich.«

»Glaubst du, ich brauche ein Alibi?«, hatte er fröhlich gefragt. »Jemanden, der bestätigen kann, dass ich dorthin gefahren bin? Nun, du hast mich wegfahren sehen, aber ich nehme an, ich hätte auch den anderen Weg nehmen und zum Fluss anstatt zum Bauernhof fahren können.« Cate hatte nichts gesagt. »Doch Mauro hat mich tatsächlich gesehen. Er war da, als ich ankam. Allerdings besoffen, also erinnert er sich vielleicht nicht mehr.« Tiziano hatte sich mit den Ellbogen auf den Armlehnen des Rollstuhls abgestützt und sie betrachtet.

»Er war auf dem Bauernhof, und er war betrunken?« Cate

hatte die Stirn gerunzelt. »Ich dachte, er war auf der anderen Seite des Tals.«

»Da sollte er eigentlich sein!« Tiziano hatte mit der Schulter gezuckt. »Also, ich möchte keinen Ärger mit Mauro, aber als ich ihn gesehen habe, sah er aus, als wäre er seit einigen Stunden nirgendwo anders als tief in einem Glas gewesen.«

Cate hatte sich aufgerichtet, und Tiziano hatte zu ihr hochgesehen. »Wirst du ihm all das erzählen, deinem Freund aus Florenz?« Sie hatte gedankenverloren zu ihm hinuntergesehen. »Auf wessen Seite stehst du, Cate?«, hatte er leise gefragt. »Du musst dich entscheiden, stimmt's? Du musst Farbe bekennen.«

Und dann hatte sie ihm ins Gesicht gesehen, wollte, dass er ihr sagte, was sie tun solle, während Alec Fairhead am anderen Ende des Zimmers zu Tina gegangen war, die immer noch allein tanzte, und ihr die Hand hingehalten hatte.

Das Wasser in Cates Dusche wurde kalt. Das Paracetamol hatte ihr Kopfweh gedämpft. Sie drehte den Wasserhahn zu und hörte Stimmen von draußen, vor ihrem Fenster. Michelle und Tiziano waren dort im Schnee. Sie trug wieder ihr Joggingoutfit, und ihrem roten Gesicht nach zu urteilen war sie bereits gelaufen. Cate erinnerte sich, dass sie letzte Nacht nicht viel getrunken hatte. Tiziano war im Rollstuhl ausnahmsweise mal in eine gefütterte Jacke gehüllt, während er mit Michelle sprach. Von oben sahen seine Beine in der Jogginghose streichholzdünn aus. Cate zog ihre Jeans und einen Pulli an und öffnete das Fenster.

Bei dem Geräusch sahen beide hoch. »Guten Morgen Dornröschen.« Tizianos fröhliche Begrüßung klang nur ein bisschen gezwungen. Es war ihm wegen letzter Nacht peinlich. »Wie geht's deinem Kopf?«

»Hi«, sagte sie unsicher. Drei Tage ohne Loni Meadows, und alles war anders. Es war, als wären die Rollen getauscht worden, die Gäste kümmerten sich um sie. Und mit dem Schnee war eine gruselige Stille über sie hereingebrochen, sogar Mauros Hunde waren still. Dornröschen. »Mir geht's gut.«

Aber trotz der Wirkung der Kopfschmerztabletten spürte sie immer noch einen nagenden Schmerz, gemischt mit Schuldgefühlen: Vincenzo. Sie hatte gestern Nacht überhaupt nicht an ihn gedacht. Cate sah in den Himmel, im Osten war es aufgeklart, und die Sonne strahlte unangenehm hell. Aber im Norden ballten sich schon wieder neue Wolken zusammen.

»Es heißt, es soll wieder schneien«, sagte Tiziano und nickte in Richtung von Michelle. »Sie musste joggen gehen, bevor es wieder anfängt.« Michelle lächelte zu ihm hinunter, heiter, aber der Blick, den sie nach oben auf Cate richtete, war misstrauisch.

Seit wann, dachte Cate kindisch trotzig, war Michelle so voller Tatendrang. »Wo sind die anderen?«, fragte sie.

Michelle legte ihre Hände auf ihre breiten Hüften. Ihr Atem bildete in der kalten Luft kleine Wölkchen. »Ich nehme an, sie packen«, sagte sie und wartete auf Cates Reaktion.

»Packen?« Cate merkte, wie sie Michelle anstarrte.

»Na ja, wir sind zu einer gemeinsamen Entscheidung gelangt.« Nachdem sie gegangen war. »Wir dachten, wir müssen nicht bleiben. Wir werden mit deinem Kerl reden …«

»Er ist nicht mein Kerl«, sagte Cate genervt.

»Egal.« Sie sah Cate misstrauisch an. »Es ist zu viel, Caterina. Wir haben beschlossen, dass wir mit ihm sprechen werden, klar werden wir das. Aber das war's dann. Danach verschwinden wir von hier. Per hat schon für sich und Yolanda für morgen Abend einen Flug gebucht.«

Cate starrte sie immer noch an. Mist, dachte sie, Luca wird am Ende sein, und dann, ganz dumm: Was ist mit dem Mittagessen? Vielleicht war das jetzt allen egal.

»Weiß er es?«, fragte sie zögernd. »Weiß Luca es schon?«

»Willst du es ihm erzählen?« Michelle lächelte. »Dann mach nur, tu dir keinen Zwang an.« Sie deutete auf Lucas Fenster weiter unten an der Fassade, die Fensterläden waren geöffnet.

Cate zog Socken und Stiefel an, die sie aus dem Küchenschrank geholt hatte. Ihre Haare waren noch feucht, wenigstens war sie sauber, aber sie fühlte sich nicht bereit für das, was auch immer auf sie zukam. Und etwas kam, das war so sicher wie der Schnee.

Als sie zur Tür hinausstürmte, war sie überrascht, dass Michelle und Tiziano immer noch da waren und den Hügel hinunterschauten. Tiziano sah blass aus.

Cate blieb stehen. »Wo ist er?«, fragte sie. »Hat er schon angefangen? Also, Cellini? Hat er schon damit begonnen, mit den Leuten zu sprechen?«

Michelle stampfte mit dem Fuß auf. »Er hat Alec heute Morgen erwischt«, sagte sie, die Augen zusammengekniffen. »Der arme Kerl.«

»Mr. Fairhead?«, sagte Cate etwas dumm. Als hätte sie gestern Abend nicht mit ihm getanzt und ihm zugehört, wie er an ihrer Schulter geflüstert und geweint hatte, als hätte sie nicht neben ihm in der Ecke von Michelles Atelier gesessen, während er ihr sein Herz ausschüttete, und dabei versucht, nicht zu Per und seiner Frau zu sehen, die sich in der Dunkelheit küssten.

»Was meinen Sie damit, armer Kerl? Was hat er gesagt?«

»Frag mich nicht«, sagte Michelle hart. »Das geht mich nichts an. Er war aber weiß wie ein Laken. Ich habe mich gerade zum Joggen fertig gemacht und ihn gehört. Er spazierte zwischen den Bäumen herum, und ich bin nach draußen gegangen, um zu fragen, ob er in Ordnung ist, aber er ist weitergegangen. Er hat gesagt, er wolle zu Tina.«

Tina. Cate wollte sie gern verstehen.

»Wo ist er?«, fragte sie. »Wo ist er jetzt?« Sie sah zu Lucas Fenster hoch. Mist, dachte sie, sie musste arbeiten.

»Alec? Er ist bei Tina. Habe ich doch gerade gesagt.« Michelle runzelte die Stirn.

»Nicht er«, sagte Cate, »ich meinte: Wo ist Cellini?«

»Ach so«, sagte Michelle. »Er. Gut. Ich habe ihn beim Laufen gesehen.«

»Dein Freund aus Florenz«, sagte Tiziano, und zum ersten Mal störte sie seine Art.

»Er ist ein kompetenter Mann«, sagte sie heftig. »Es wäre gut, wenn du das im Kopf behieltest.«

»Alles klar«, sagte Tiziano, von ihrer Vehemenz überrascht, und hob seine Hände in einer Geste der Kapitulation. »Alles klar, was auch immer du sagst. Dein guter Mann, er ist unten am Fluss und wirft Steine.«

Kapitel 21

Die Kälte und Nässe drang durch Sandros Stiefel bis an seine Fußgelenke, aber es war ihm egal. Er war aus dem Castello Orfeo geflohen, wenigstens für einen Moment, und er stand an einer Stelle, die er vor diesem Wochenende wie die Pest gemieden hatte: offene Landschaft, kein Dach in Sichtweite, kein Schornstein.

Er stand am Fuß des Hügels, wo Loni Meadows gestorben war. Die Hügel um ihn herum waren weich und weiß und fremd, am Horizont gingen sie in den blassen Himmel über, die schneebedeckten Bäume auf einer nahen Hügelkuppe bewegten sich nicht. Nach der feuchten Kälte und den dunklen Korridoren des Castello Orfeo fühlte sich Sandro, als würden sich seine Lungen zum ersten Mal seit seiner Ankunft richtig ausdehnen, und obwohl er wusste, dass sich hinter seinem Rücken wieder lila Wolken zusammenballten, schien die Sonne über ihm aus einem Streifen klarblauen Himmels. Die Temperatur musste ein kleines bisschen gestiegen sein, denn auf der Straße zeigte sich der schwarze Asphalt unter dem Schnee. Sandro dachte, dass es alle an die Schlossfenster gezogen haben musste, um ihn zu beobachten. Aber wo er jetzt stand, im Schatten des Hügels, reichte die Sonne nicht hin, und die Kälte war erschreckend.

Das Geräusch der joggenden Frau hatte ihn überrascht.

Zuerst hatte es ihn sogar alarmiert. Er hatte gedacht, es müsse ein Tier sein. Rotwild? Wildschwein? Im vereisten Schnee neben der Straße waren Spuren von zarten Vogelfüßen und runde Abdrücke von kleinen, gespaltenen Hufen. Ein kleiner Haufen Tierkot, schwarz auf dem makellosen Straßenrand. Sandros Wissen über wilde Tiere erschöpfte sich in Rezepten, wie man sie zubereiten konnte, und ihm gefiel die Aussicht, einem direkt gegenüberzustehen, gar nicht.

Seit er vorsichtig mit dem Auto vorgefahren war, hatte er die ersten fünf Minuten einfach nur dagestanden und sich in der weiten und kahlen Landschaft orientiert. Er vermutete, dass der Weg über den Hügel, auf dem die Frau in Sichtweite gekommen war, hinter dem Schloss herumführte, links hinunter, wo unter den Bäumen die Außengebäude standen. Michelle Connor, ihre Haut rot von der Anstrengung und der Kälte. Sie schien nicht einmal ansatzweise überrascht, ihn zu sehen, und sie blieb auch nicht stehen. Sie kam durch den Schnee näher, mit großen Schritten. Es musste, dachte er, ein Weg sein, der von Menschen, Tieren oder beiden benutzt wird, sonst wäre der Schnee noch nicht zertrampelt. Sie erreichte die Straße und sprang mühelos über einen flachen Graben auf den dunklen Streifen sichtbaren Asphalts, drehte sich um und war verschwunden. Er hatte sie beobachtet, als sie weiterlief, gleichmäßig, gut trainiert, die Beinmuskulatur angespannt. Sie hatte sich nicht umgesehen.

Sandro kniete am Flussufer und suchte nach einem weiteren Stein, einem glatten, runden, der in die Handfläche passte. Er warf ihn. Versuchte, sich vorzustellen, dass es dunkel war. Oder waren die Scheinwerfer noch eingeschaltet und hatten ins Unterholz gestrahlt? Der Stein traf platschend etwa acht oder zehn Meter entfernt auf.

Mit Alec Fairhead zu sprechen, das war nicht so gewesen, wie mit Orfeo zu sprechen. Auch wenn Sandro das Gefühl hatte, noch mehr erfahren zu haben, als er müde die Treppe hinaufstieg, sein Kopf brummend vor Schlafmangel, sein Magen sauer vor Widerwillen. Als er an Orfeos Tür vorbeiging, hörte er dahinter die Geräusche selbstbewusster Bewegungen, rasch und sicher. Das wäre typisch, aber Niccolo Orfeo war Sandro inzwischen egal. Er wäre froh, wenn er den Mann nie wiedersehen würde, und würde sich freuen, wenn er endlich aus diesem großen, hässlichen Haus verschwinden könnte.

Alec Fairhead – Alexander Fairhead, geboren 1954 in London, ausgebildet an der Harrow School, Romanautor und Reiseschriftsteller, Veteran solch entfernter und gefährlicher Orte wie Afghanistan und Kolumbien – brauchte lange fünf Minuten, um auf Sandros Klopfen zu reagieren. Sandro hatte sich auf einen merkwürdig geformten Holzstuhl gesetzt und gewartet. Der Stuhl sah aus wie etwas, das er in den Uffizien gesehen hatte, sodass er sich nicht sicher war, ob es erlaubt war, darauf zu sitzen. Er hatte noch einmal geklopft, sich wieder hingesetzt und hatte mit Sehnsucht an die Uffizien gedacht, an die langen Fenster, den Keil des großen, grauen Hofs mit dem Turm des Palazzo Vecchio, der sich in dessen Mitte erhob, ein Symbol der Zivilisation. Dann hatte er widerwillig an das schreckliche, kleine Buch gedacht, durch das er sich gekämpft hatte, bevor er endlich seinen Kopf auf das Kissen legen und schlafen konnte. Alec Fairheads erster und einziger Roman. *Ungeboren*.

Sandro las gewissenhaft die Zeitung, aber er war kein Romanleser, das war er nie gewesen. Luisa war diejenige, die Romane las und einen Stapel neben dem Bett liegen hatte.

Sie wollte Wörter und wollte Charaktere, sie wollte diese Strukturen mit Happy End oder überhaupt mit einem Ende. Abgeschlossen. Aber sogar Luisa hätte dieses Buch gehasst, gerade Luisa hätte es gehasst. Es hätte sie zum Weinen gebracht. Er hatte keine Ahnung, ob es ein gutes Buch war oder nicht, ob die Tatsache, dass es die Kraft hatte, eine nachdenkliche Frau zum Weinen zu bringen, bedeutete, dass es gut war. Es hatte einen Preis gewonnen, und nach dem, was auf dem Umschlag stand, hatte es viele Bewunderer.

Es ging um einen Mann, der sich in eine Frau verliebt, die ihn verlässt und sein Kind abtreibt. Der Mann hieß Edward Grant. Edward hieß auf italienisch Eduardo. Es war 1982 geschrieben worden. Das waren die Fakten, auf die Sandro sich konzentriert hatte, literarische Kritik war nicht wichtig, selbst wenn er dazu überhaupt fähig gewesen wäre. Aber der steife, schmerzhafte Stil hatte etwas, das er wiedererkannte.

Die Tür war aufgegangen, und Fairhead hatte direkt zu ihm heruntergesehen: mager, unrasiert, aber nicht überrascht und auch nicht ängstlich. Sandro hatte gedacht, er wäre vielleicht ängstlich, aber manchmal war es für Verbrecher auch eine Erleichterung, gefunden zu werden, sich nicht mehr verstellen zu müssen.

»Kommen Sie herein«, hatte Fairhead gesagt. Er hatte müde geklungen. Er trug ein Sweatshirt und eine weite Hose und war barfuß.

Nachdem Sandro das Buch zu Ende gelesen hatte, sah er sich noch einmal die kleine Tabelle an, die Giuli ihm geschickt hatte. Zwischen 1981 und 1982 hatte Loni Meadows, damals bereits verheiratet, ein Stipendium am Courtauld Institute im Zentrum Londons, einem Teil der Londoner Universität, dem University College, an dem Alec Fairhead zwischen 1979 und 1982 für seine Doktorarbeit eingeschrieben war. Sehr nah, wie er innerhalb von Sekunden den Informationen der offiziellen Webseite entnahm.

Loni Meadows' Stipendium an Courtauld war im Juni 1982 ausgelaufen. Sie erhielt im September ein weiteres an der Columbia University in New York, und sie musste fast unmittelbar danach von London nach Amerika geflogen sein.

Es gab einen Eintrag, dass sie einen Preis für ihre Kritiken in der New York Times gewonnen hatte. Ihre Preise waren auf ihrer Webseite aufgelistet, und ihre Art des Journalismus wurde enthusiastisch beschrieben mit Begriffen wie »schonungslos« und »funkelnd«. Bevor er Loni Meadows' Webseite noch einmal anklickte, hatte Sandro nicht daran gedacht, dass niemand sich die Mühe gemacht hatte, sie zu aktualisieren. Das war ein Schock. Die strahlend blauen Augen auf demselben Foto, das sie der Stiftung zusammen mit ihrer Bewerbung eingereicht hatte, glänzten in einer Ecke des Bildschirms. *Loni Meadows engagiert sich für Projekte in der südlichen Toskana, aber sie schreibt weiterhin Kritiken.*

Das Zimmer war warm und düster gewesen, die Luft stickig. Fairhead hatte die Fenster geöffnet, und die eindringende, feuchte Kälte schien sie beide wacher zu machen.

Im Licht hatte sich das Zimmer als außergewöhnlich ordentlich erwiesen. Alle Türen der Schränke, Kommoden und Nachttische waren geschlossen, ein ausgeschaltetes Laptop, der Bildschirm zugeklappt, stand genau in der Mitte auf dem Schreibtisch zwischen den kleinen Fenstern. Es war früher wohl mal das Zimmer eines Dienstmädchens gewesen. Orfeos Vorfahren waren vielleicht hier heraufgekommen, um ihre Bedürfnisse an den ihnen sozial Unterlegenen auszuleben. Da hatte sich nicht viel verändert. Gerade als Sandro das gedacht hatte, hörte man von weit unten, wo Orfeo geparkt hatte, das unverwechselbare Dröhnen dieses starken Autos. Gut, dass er weg war.

Sandro war zum Fenster gegangen und hatte hinuntergeschaut. Die Zypressenallee zog sich gerade den Hügel hinab und auf die Straße zu, jeder Baum war mindestens zwanzig Meter hoch, schwarze Speere mit weißen Spitzen; nicht so sorgfältig gepflegt, wie sie es hätten sein sollen. Das Gewicht des Schnees drohte die Äste zu brechen. Ein Faktotum war wirklich nicht genug für einen solchen Ort. Luca Gallo hatte genug zu tun.

Sandro hatte gespürt, dass Alec Fairhead hinter seinem Rücken stand, und hatte sich zu ihm umgedreht. Er wollte nicht um den heißen Brei herumreden. »Sie waren letztes Jahr in Paris«, hatte er gesagt. »Im April letzten Jahres.« Und Fairhead hatte sich abrupt an seinen Schreibtisch gesetzt, die Hände flach auf der Lederoberfläche.

»Das war ich«, hatte er gesagt, und seine Stimme hatte fest geklungen. Er hatte darauf gewartet, er wollte gefunden werden. Fang am Anfang an, hatte Sandro gedacht.

»Sie hatten vor fast dreißig Jahren eine Affäre mit Loni Meadows«, hatte er gesagt, »die schlecht endete. Sie haben ein Buch darüber geschrieben.«

»Das stimmt«, hatte Fairhead erwidert, seine Stimme sehr leise, aber immer noch fest.

»Sie sind nie darüber hinweggekommen, nicht wahr?«, hatte Sandro sanft gefragt. Und Fairhead hatte kurz den Kopf geschüttelt.

»Letzten April haben Sie eine E-Mail an die Orfeo-Stiftung geschickt, von einem Internetcafé aus, um vier Uhr morgens. Edward Grant, dessen Freundin sein Kind 1982 abgetrieben hat, ist Eduardo982. Und das sind Sie.«

Fairhead hatte sein Gesicht mit seinen Händen bedeckt.

»Sie wollten, dass sie es weiß, nicht wahr? Sie haben sich hinter einem Proxy-Server vesteckt, aber irgendwo tief im Inneren wollten Sie, dass sie wusste, dass Sie es sind.«

Fairhead hatte seinen Kopf von rechts nach links bewegt, bevor er seinen Blick zu Sandro hob. »Ich habe in der THES von Lonis Anstellung gelesen, können Sie sich das vorstellen?« Sandro hatte keine Ahnung, was für eine Publikation das war, also hatte er einfach abgewartet. Als Fairhead sein höfliches Gesicht gesehen hatte, hatte er erklärt: »Eine Zeitung für Universitäten. *Times Higher Education Supplement*. Ich hatte an der Sorbonne einen Vortrag gehalten und saß mit einem Bier in einer Brasserie in Montparnasse, schlug die Zeitung auf und las, wer an den Universitäten neu eingestellt worden war. Ich habe sogar eine Kritik zu einem von Pers Stücken gelesen.«

Alecs Hände hatten auf den Armlehnen gelegen. Er hatte in Sandros Gesicht nach etwas gesucht, während er sprach. Er wollte, dass Sandro etwas verstand.

»Ich war – zufrieden. Ich weiß nicht, ob Sie, nun, vielleicht werden Sie verstehen, aber ich bin nicht sehr oft entspannt. Es ist selten, dass ich mich so fühle, wie ich mich damals gefühlt habe. Es war ein warmer Frühlingsabend, das Bier war kalt, auf dem Boulevard blühte sogar irgendein Baum.« Er hatte Luft geholt. »Man hatte mir kurz zuvor mitgeteilt, dass ich für ein Stipendium hier akzeptiert worden war. Ich habe Italien immer geliebt. Auch wenn – nun ja. Als ich Loni getroffen habe, wissen Sie, da hatte sie nichts Italienisches. Sie war ein kluges Mädchen aus dem Mittleren

Westen. Als ich in dieser Brasserie saß, wusste ich zwar, dass sie mit einem Italiener verheiratet war, aber ich habe Italien nicht mit ihr in Verbindung gebracht. Ich dachte, es könnte genau das Richtige sein, die Erfahrung, die mich wieder auf den richtigen Weg bringen würde.« Sein Gesichtsausdruck war resigniert. »Obwohl das jedes Jahr weniger wahrscheinlich schien.«

»Auf den richtigen Weg?«

»Zum Schreiben«, hatte er erklärt, »richtiges Schreiben. Ich konnte nach dem Buch nicht mehr schreiben. Nach *Ungeboren*. Nur noch Lohnschreiberei.« Sandro hatte ihn fragend angesehen. »Journalismus. Reisereportagen. Es war nie das, was ich schreiben wollte.«

»Die Arbeit war für Sie also das Wichtigste? Nicht – andere Dinge?« Keine Familie, keine Kinder? Der Mann war damals noch keine dreißig Jahre alt gewesen. Gab es wirklich Menschen, die solche Dinge aufschoben, um zu schreiben?

Alec Fairhead hatte weggeschaut. »Ich dachte, das käme dann später, wissen Sie. Ich dachte, ich müsste zuerst die Arbeit richtig machen. Und dann würde ich mit dem Leben beginnen.«

»Und dann haben Sie die Bekanntmachung von Loni Meadows' Anstellung gelesen.«

Fairhead hatte genickt. »Ich habe das Bier ausgetrunken und noch eines bestellt. Das funktionierte nicht. Dann ging ich zurück ins Hotel, doch ich konnte nicht schlafen. Es war heiß und stickig, und mein Kopf tat weh, und ich bemühte mich, daran zu denken, dass mein Vortrag so gut gelaufen war. Aber nichts funktionierte. Alles war zu Scheiße geworden.«

Er hatte bewusst das hässliche Wort gewählt.

»Dann sind Sie also in ein Internetcafé gegangen.«

Fairhead hatte die Schultern sinken lassen und langsam genickt. »Nur eine«, hatte er gesagt. »Nur eine E-Mail. Ich dachte, ich könnte sie verbergen. Ich wusste über Proxy-Server Bescheid, weil ich mal einen Artikel über indische Callcenter geschrieben habe.« Er atmete langsam aus. »Ich merkte, wie ich austickte, aber ich konnte es nicht aufhalten. Ich musste die Mail schnell abschicken, bevor ich meine Meinung änderte. Und dann habe ich meine Meinung geändert, aber es war natürlich zu spät.«

Sandro hatte sich einen Stuhl herangezogen und sich an die Schreibtischecke gesetzt.

»Aber Sie sind trotzdem hierhergekommen«, hatte er gesagt. »Sie hätten Ihren Aufenthalt hier absagen und den Platz jemand anderem überlassen können.«

Ein Augenblick der Stille war entstanden. »Das hätte ich tun können«, hatte Alec Fairhead gesagt. »Vielleicht hätte ich es tun sollen.« Er hatte seinen Kopf hin und her bewegt, als hätte er Schmerzen. »Ich habe tatsächlich einen Brief geschrieben«, hatte er schließlich gesagt. »Darin bat ich darum, entschuldigt zu werden, weil ich aus familiären Gründen verhindert bin, aber als ich ihn dann noch einmal durchlas, wirkte er so – erbärmlich, so feige. Also habe ich ihn zerrissen. Ich habe mir gesagt, es könnte – ich weiß nicht – Schicksal sein.«

»Wissen Sie, warum ich hier bin?«, hatte Sandro nach einer Weile gefragt.

»Ja, ich glaube schon«, hatte Fairhead unsicher geantwortet.

»Diese E-Mail hat mich hergebracht.« Fairheads Gesicht war blasser geworden, die Schatten unter seinen Augen dunkler. »Loni Meadows' Witwer ist ein Mann namens Giuliano Mascarello«, hatte Sandro erklärt. »Und er glaubt, dass derjenige, der die E-Mail geschickt hat, auch derjenige ist, der am Tod seiner Frau beteiligt war.«

Das war noch nicht genug gewesen. »Er glaubt, dass derjenige, der die E-Mail geschickt hat, sie getötet hat.«

Fairhead hatte sich in seinen Stuhl zurückgeworfen. »Was?«, hatte er atemlos gerufen. Dann ungläubig: »Was?«

Sandro hatte so still wie möglich dagesessen und zugesehen, hatte Fairhead beobachtet, ob es einen Hinweis darauf gab, dass seine Reaktion etwas anderes als ein totaler, ungespielter Schock war, und hatte nichts entdeckt. »Haben Sie das getan?«, hatte er leise gefragt. »Haben Sie sie getötet, Mr. Fairhead?«

Fairhead hatte Sandro direkt in die Augen gesehen und nicht einmal den Kopf geschüttelt. »Sie getötet? *Sie* getötet? Nein!« Er starrte Sandro immer noch an. »Nein, nein, nein, niemals. Ich wollte sie nicht einmal umbringen, als sie – nein, niemals.«

Sandro hatte sich gefragt, ob er seine Spürnase verlor. Der Mann vor ihm schien die Wahrheit zu sagen. Er hatte die Proportionen des kleinen Zimmers um ihn herum gespürt, Alec Fairhead, der hier tagein, tagaus an seinem Computer saß und mit seiner Traurigkeit kämpfte. Dann hatte er begriffen, dass das alles war. Keine Gewalt, kein Wahnsinn. Dieselbe Art von banaler, alltäglicher Traurigkeit, die Sandro und Luisa auch schon empfunden hatten; ihre eigenen, kleinen Tragödien.

»Nachdem ich die E-Mail geschrieben hatte«, fuhr Alec Fairhead langsam fort, wie zur Bestätigung dessen, was Sandro dachte, »war es, als hätte das die Schärfe genommen. Alles war grauer, aber es war besser. Das Komische war, dass ich Loni hier fast mochte. Sie ist … ihr Geld wert, eine Art von altmodischer Unterhaltung. Sofern man nicht in sie verliebt ist.« Sie hatte sich also geirrt, dachte Sandro, Loni Meadows hatte geglaubt, sie hätte ihn immer noch in der Hand. Fairhead hatte sie nicht getötet, davon war Sandro überzeugt, aber er musste sicher sein.

»Ich muss etwas wissen«, hatte er gesagt. »Sind Sie an diesem Tag, an diesem Nachmittag weggegangen? Bevor sie gestorben ist. Sind Sie zu der … Stelle spaziert? Sind Sie irgendwo nah an den Fluss gegangen? An die Stelle, an der sie von der Straße abgekommen ist?«

Fairhead sah ihn an, als könne er seinen Ohren nicht trauen. »Sie glauben also wirklich, dass sie ermordet wurde?« Er hatte geschluckt. »Aber wie?«

Sandro hatte kurz den Kopf geschüttelt. »Das ist jetzt unwichtig«, hatte er gesagt. Er würde seine Theorie noch eine Weile im Kopf behalten. Er musste sie vor jemandem ausbreiten, dem er vertraute. Er wünschte sich Luisa. »Sind Sie dort hinuntergegangen?«

Die Antwort kam zögernd. »Wir sind spazieren gegangen«, hatte Fairhead gesagt. »Ich weiß nicht einmal mehr, ob wir so weit gekommen sind. Wir sind diesen Weg entlanggegangen, ja. Nach dem Mittagessen, gegen zwei Uhr.«

»Wir?« Ein Alibi, hatte Sandro sich selbst ins Gedächtnis gerufen, ist nicht alles, aber man durfte es auch nicht ignorieren. Er hatte gewartet.

»Per und ich«, hatte Fairhead gesagt. »Wir gehen oft zusammen.« Er hatte traurig gelächelt. »Vielleicht ist das ein nordeuropäischer Tick. Aber wir mögen es beide, mit jemandem zusammen zu sein, mit dem wir nicht sprechen müssen.« Er hatte resigniert geklungen.

»Und an diesem Abend?«

»Ich bin ins Bett gegangen. Auf der Treppe bin ich an ihr vorbeigekommen.« Fairhead hatte genau das gesagt, was er Caterina erzählt hatte und was sie am vorigen Abend gewissenhaft Sandro berichtet hatte: Alec Fairhead war ins Bett gegangen, nachdem er gesehen hatte, wie Loni Meadows in ihr Apartment gegangen war. Per war kurz danach hinaufgegangen. Keiner von beiden hatte sein Zimmer noch einmal verlassen.

»Sind Sie sicher? Und Mr. Hansen?«

Fairhead hatte genickt. »Per hat etwas von Grieg aufgelegt, ziemlich laut, das macht er jeden Abend. Er braucht lange, um einzuschlafen, was normal für Per ist. Und für mich.« Er hatte die Stirn gerunzelt. »Selbst durch die Wand wusste ich, dass er es war. Man lernt die Geräusche und die Gewohnheiten der Leute kennen. Ich nehme an, ähnlich wie das Blinde tun, und zwar überraschend schnell.«

Sandro hatte genickt. Der Mann ist einsam, hatte er gedacht. Einfach nur einsam.

»In Ordnung«, hatte er gesagt, und Fairhead hatte ihn angesehen. »Sie glauben mir?«, hatte er gefragt.

Sandro hatte Alec Fairhead einen langen Moment angesehen, und ihm war klar geworden, dass er das wohl oder übel tat. Er war sich nicht sicher gewesen, ob es klug war, ihm zu glauben.

»Ich werde mit Mr. Hansen sprechen«, hatte Sandro gesagt, dann gezögert. »Ja, ich glaube Ihnen.« Er zögerte erneut. »Aber da ist noch eine Sache. Niccolo Orfeo hat letzten Sonntag sein Handy hier vergessen.«

Und Fairhead hatte fast verzweifelt vor Verwirrung gewirkt, die Hände rechts und links am Kopf. »Hat er das?«

»Sie haben es nicht gesehen?« Fairhead hatte nicht einmal den Kopf geschüttelt, aber sein Gesichtsausdruck reichte: völliges Unverständnis. »Hat niemand erwähnt, es gefunden zu haben? Hat niemand Sie danach gefragt?«

»Na ja, ich – Gott.« Fairhead hatte die Stirn gerunzelt. »Hat Luca etwas über ein Mobiltelefon gesagt? Vielleicht hat er das. Ich weiß nicht, ob ich einen Gedanken daran verschwendet habe. Vielleicht hat er was gesagt.«

»Es ist in Ordnung, es ist nicht wichtig.« Sandro war aufgestanden. »Lassen Sie mich noch einen Ratschlag loswerden«, hatte er gesagt. »Sie müssen jetzt das Leben an die erste Stelle setzen. Vor die Kunst. Bevor es zu spät ist.«

Alec Fairhead hatte ihn verwundert angesehen. »Das hat Per auch gesagt.«

»Ah«, hatte Sandro erwidert. »Per.«

Im Schnee, in der Senke, in die die Sonne nicht schien, war die Kälte inzwischen unerträglich geworden. Sandro hockte sich hin. Er hörte den Fluss gurgeln und flüstern, während er über die Steine rutschte, hier war das Wasser nach der winterlichen Dürre nicht tief. Wenn es zu tauen begänne, würde es anders werden.

In der Dunkelheit hatte Loni Meadows sicherlich das Wasser gehört, als sie aus dem Auto stolperte und hinfiel. Es war ein Unfall. Er wiederholte die Worte. Ja, da gab es eine üble E-Mail, aber das hier war ein Autounfall, ein Zufall. Auch eine Frau mit Feinden kann bei einem Unfall sterben, die Statistik bewies das. Sie starb, so wie viele Tausende jedes Jahr, auch wenn die nicht wie Wahnsinnige fuhren.

Geh zurück zu Giuliano Mascarello, sagte Sandro sich, liefere ihm Alec Fairhead, wenn nötig. Der alte Mann war nicht dumm, er würde die Wahrheit erkennen, wenn er sie hörte. Es wäre so einfach, und die Versuchung war groß. Das einzige Problem war, dass etwas Stures und Beharrliches in Sandro sich weigerte, diese Theorie zu glauben.

Teilweise lag es an diesem Ort, diesem Monster von einem Gefängnis-Schloss, und an den Leuten, die darin gefangen waren. Ein unangenehmes, halbkonkretes Gefühl, als brüte etwas in den kleinen Zimmern, in den dürren Bäumen, die sich an die Mauern drückten, in dem heruntergewirtschafteten Bauernhaus. Und dann waren da die Bruchstücke einer Geschichte und Beweise, die er nicht ignorieren konnte.

Es war nicht nötig gewesen, viel Zeit mit Per Hansen zu verbringen, um zu wissen, dass es diesem Mann völlig unmöglich war, sich zu verstellen. Plötzliche Gewalt, vielleicht, wenn er extrem provoziert würde, gefolgt von elender Reue.

Sandro hatte keine Anzeichen für das eine oder andere gesehen, außerdem hatte Hansen die gleiche Geschichte erzählt wie Alec Fairhead: Sie waren am frühen Nachmittag zusammen spazieren gegangen, ungefähr bis an den Fluss, er erinnerte sich nicht genau. Er hatte Loni Meadows gute Nacht gesagt, war in sein Zimmer gegangen und erst am nächsten Morgen wieder herausgekommen. Er hatte Grieg aufgelegt.

»Sie waren vielleicht der letzte Mensch, der Loni Meadows lebend gesehen hat«, hatte Sandro abrupt erklärt.

Hansens Frau war schon früh gegangen. Yolanda Hansen hatte auf sein Klopfen hin die Tür geöffnet. Sie trug ein langes Nachthemd und einen Bademantel, die sie sich sicher von zu Hause mitgebracht hatte.

Das Zimmer hätte dem von Fairhead nicht unähnlicher sein können. Es war ein Müllhaufen, doch es gab Anzeichen dafür, dass die Ehefrau versucht hatte, ein bisschen Ordnung zu schaffen, Platz für eine Tasse auf dem Tisch zu machen. Hansen selbst hatte nur verwirrt ausgesehen, als wäre Loni Meadows jemand anderem begegnet, in einem anderen Leben.

Aber schließlich hatte er geantwortet. »Ich … ja«, hatte er gesagt, und er war errötet. »Ich bin in ihr Zimmer gegangen. Ich … sie war sehr aufmerksam zu mir.« Er hatte sich mit einer Hand über die Stirn gewischt. »Ich meine nicht, dass es … Ich ….« Er hatte sich umgeschaut, als suche er nach seiner Frau. »Ich habe Frauen immer gemocht«, hatte er schließlich gesagt. »Aber ich habe keine Erfahrung mit ihnen. Nur mit meiner Frau. Ich dachte, dass das hier ein großes Gefühl war. Eine große Liebe. Es war wie Wahnsinn. Ich habe nicht verstanden, was ich fühlte.«

»Ich weiß«, hatte Sandro gesagt und geseufzt.

Hansen hatte weitergesprochen. »Ich habe überhaupt nichts verstanden, bis zu dieser Nacht. Ich stand an ihrer Tür, und sie sah auf ihr Handy, las etwas und wollte dann einfach nur, dass ich ging. Mir wurde plötzlich klar, dass sie wollte, dass ich verschwinde. Ich war ihr lästig.« Er legte seine Hände an den Kopf. »Und jetzt scheint es, dass alle anderen es wussten, dass sie diese Affäre hatte. Diese andere Affäre, im Hotel.« Er hatte geklungen, als wäre ihm übel.

»Aber jetzt haben Sie Ihre Frau«, hatte Sandro gesagt, um ihn zu trösten. Wir haben unsere Frauen.

Den Kopf ans Fenster gelehnt, hatte Per Hansen sich aufgerichtet und ihn dankbar angesehen. »Sie sind ein merkwürdiger Detektiv«, hatte er gesagt.

Sandro hatte abrupt aufgelacht. »Ich nehme an, das bin ich«, hatte er gesagt. Hansen hatte durch das Fenster hinuntergesehen, und da war etwas an der Art und Weise, wie er schaute, das Sandro aufmerksam werden ließ.

»Sie haben nicht gehört, wie sie abgefahren ist?«, hatte er ruhig gefragt und war Hansens Blick gefolgt, nach unten zwischen diese Zypressen. Sandro hatte gesehen, dass von diesem Zimmer aus mehr rechts vom Schloss zu erkennen war. Dort unten, wo die Frauen wohnten, der *villino* und das Atelier. »Sie haben nichts gehört?«

»Ich habe meine Musik gehört«, hatte Per Hansen gesagt und sich angespannt. Sandros Andeutung hatte ihn beunruhigt. Konnte der Unfall über die Hügel zu hören gewesen sein? »Ich habe nichts gehört.«

Und wenn er etwas gehört hätte, wäre er ihr zu Hilfe geeilt. Und dann war ein Schatten über Hansens Gesicht gehuscht. »Später«, hatte er zögernd begonnen, dann innegehalten, »später, da habe ich etwas gesehen. Ich dachte, ich hätte etwas gesehen.«

Und so hatte sich ein weiteres kleines Teil den anderen Beweisen zugesellt, eine dürre, kleine Sammlung.

Sandro richtete sich auf, das Flüstern des Wassers in seinen Ohren, und warf den letzten Stein, hörte, wie er auftraf, und sah, wie er in das schwarze Wasser sank, zwischen den Schneewehen, die über die Ufer hingen. Da, hatte er gedacht und war der Flugbahn des Steins gefolgt, und in diesem Moment rief jemand seinen Namen.

Als Cate eintrat, saß Luca an seinem Schreibtisch und las einen Brief. Handgeschrieben, auf dem schweren Papier, das das Schloss den Gästen zur Verfügung stellte und in dessen Ecke sich eine kleine Schlosssilhouette befand. Er sah eine ganze Minute lang, nachdem sie das Zimmer betreten hatte, nicht auf und starrte auf das Blatt, während Cate verlegen herumstand und sich fragte, ob sie seine Reaktion auf ihr zögerliches Klopfen falsch verstanden und er eigentlich gar nicht gewollt hatte, dass sie eintrat.

Es war anders, dachte Cate, als sie dastand. Bei ihrem letzten Besuch hatte das Zimmer so voller Leben gewirkt, angefüllt mit Lucas Energie, doch jetzt wirkte es staubig, chaotisch und vernachlässigt. Das Foto von Lucas Freund, Salvatore, war von seinem Platz in der Ecke des Computerbildschirms verschwunden.

Schließlich schaute er von dem Blatt Papier auf, und Cate sah, dass Lucas Gesicht blass war, und der Blick, den er ihr zuwarf, war völlig verzweifelt.

»Was ist los?«, fragte sie erschrocken.

»Ach«, sagte er und schaute noch einmal auf das Papier. »Ach« – er seufzte –, »es ist nichts.« Aber Cate schaute ihn einfach weiterhin an. »Es ist Orfeo«, sagte er kurz und ließ das Blatt Papier auf den Schreibtisch fallen. »Er scheint beleidigt.«

»Orfeo?« Cate sah zum Fenster. »Aber er, er ist …«

»Er ist nach Florenz zurückgefahren«, sagte Luca. »Heute früh, und hat das hier hinterlassen.« Er wies auf das Blatt Papier. »Wir wissen, wo wir ihn finden können, schreibt er, sollten wir ihn brauchen.«

»Wissen, wo wir ihn finden?« Cate begriff nicht.

»Er meint Sandro Cellini«, sagte Luca und folgte ihrem

Blick zum Fenster. »Anscheinend hat Cellini gestern Abend irgendetwas getan, was ihn beleidigt hat. Er hat mit ihm über den Tod der Dottoressa gesprochen. Über seine Beziehung zu der Dottoressa. Er ist sehr wütend.«

Cate wurde ganz warm, weil sie sich schuldig fühlte. »Ich, äh, ich verstehe«, sagte sie. Luca sah sie neugierig an, aber als er sprach, war es nicht über das Thema, wer etwas von Loni Meadows' Affäre wusste und wer nicht. Jeder hätte es Sandro erzählen können, dachte Cate, und plötzlich war sie sich sicher, dass sie die Letzte war, die es erfahren hatte.

»Er sagt, dass er die Stiftung auflösen«, erklärte Luca, und Cate starrte ihn an, »und das Schloss wieder in Besitz nehmen will.«

Cates erster Gedanke war: Dann verlieren wir alle unsere Arbeit. Und das löste überraschenderweise so etwas wie Freude in ihr aus. Aber ihr zweiter Gedanke galt Luca Gallo, für den es das Ende der Welt bedeuten würde, das Castello Orfeo verlassen zu müssen. »Kann er das denn tun?«, fragte sie.

Luca nahm das Blatt Papier mit einer abrupten Bewegung in die Hand und ballte es zusammen. »Vielleicht«, sagte er. »Wahrscheinlich.« Er machte eine ungeduldige Geste, wischte etwas beiseite. »Mittagessen«, sagte er, und der alte Luca schien wieder da zu sein, wenn auch etwas geschwächt. »Bei dem Schnee mache ich mir Sorgen, dass Ginevra die Vorräte ausgehen werden. Wir können die Gäste nicht hungern lassen. Wir müssen uns darum kümmern, vielleicht müssen einige Lebensmittel rationiert werden.«

Cate sah ihn skeptisch an. Ein paar Fragen stellten sich, vor allem, ob Luca vom Plan der Gäste abzureisen, sobald sie mit Sandro Cellini gesprochen hatten, wusste. Und als sie auf ihrem Weg zu Lucas Büro an der Küche vorbeigekommen war, war sie dunkel gewesen, keine Spur von Nicki oder Ginevra. Eine der Fragen, die sie ihm stellen musste, war, ob sie in dem Bauernhof auch eingeschneit waren. War Luca einfach schon zu lange hier drinnen, um zu wissen, was vor sich ging?

»Ich, äh«, begann sie, doch dann fing Lucas Handy auf dem Schreibtisch an zu vibrieren. Er nahm es und sah Cate kurz an, damit sie blieb, wo sie war.

»Ginevra«, sagte er stirnrunzelnd. Cate hörte Gebrabbel, erschöpft, ängstlich, bittend.

»Er ist was?« Noch mehr Gebrabbel. »In Ordnung, in Ordnung.« Luca klang so erschöpft, als hätte er eine Grenze erreicht. »Hör mal, lass ihn einfach, wo er ist. Nein, lass ihn. Du bleibst da, ich komme hin, der Schnee schmilzt. Ich komme runter.« Er legte auf und atmete tief durch.

»Was ist passiert?«, fragte Cate.

»Mauro«, erwiderte Luca resigniert. »Er ist, es scheint, als habe er es dieses Mal zu weit getrieben. Eine Art Anfall.«

Um Himmels willen, dachte Cate, als ob wir es nicht alle wüssten. »Ist er betrunken?«

Luca sah sie scharf an, dann gab er auf. »Nicht direkt«, sagte er matt. »Es ist mehr – der Entzug. Er halluziniert, hat Schüttelfrost, sagt sie. Er kann nicht aufstehen. Sie macht sich Sorgen.« Er sah zu Cate, und seine braunen Augen schienen zu fragen, ob sie ihm eventuell aus dieser Lage heraushelfen könnte. »Scheint, als müsste das Mittagessen heute etwas später serviert werden.«

Sie hätte direkt in die Küche gehen sollen, um anzufangen, das wusste sie. Aber auf den Straßen begann es zu tauen, Luca hatte recht, und als sie seinen Mietwagen beobachtete, wie er langsam den Hügel hinunter auf den Bauernhof zufuhr, warf Cate einen Blick auf ihr kleines *motorino*, das verloren unter den Bäumen stand und auf dessen Sitz Schnee lag. Sie fragte sich, was Sandro Cellini da unten tat, als er Steine in den Fluss warf. Und noch bevor sie wusste, was sie tat, war sie wieder in ihrem Zimmer und holte ihren Helm.

Sie fuhr über die vordere Auffahrt, den schnelleren Weg zum Fluss. Sie fuhr zwischen den Zypressen entlang, zunächst langsam und dann immer schneller, und empfand eine lächerliche Euphorie, auf eigene Faust hinausgekommen zu sein. Eine Sekunde lang war sie versucht, einfach weiterzufahren, bis sie sich fragte: Wohin? Nach Hause? Nach Pozzo Basso und zu Vincenzo? Der Gedanke löste ein ungutes Gefühl aus, eine Mischung aus Schuld und Widerwillen. Sie kam zur Hügelkuppe und hielt an. Sandro Cellini beugte sich nach vorn, stand bis zu den Knien in einer Schneewehe am Fluss und schien etwas entdeckt zu haben. Sie rief seinen Namen.

Er sah kurz auf, nahm kaum wahr, dass sie da war. Er legte nur eine Hand über die Augen, um sie vor dem glänzenden Schnee zu schützen, und nickte. Als Cate unten angekommen war, stand Sandro praktisch im Fluss, ein Fuß am Ufer, einer auf einem Stein im niedrigen Wasser, und hielt sich an einem Ast fest.

Sie fuhr langsam weiter, denn dieses letzte Stück war steil, und auf einem *motorino* musste man in der Straßenmitte bleiben. Das Hinterrad der Vespa rutschte über den Schnee, aber Cate behielt die Balance. Was machte Sandro da unten? Sie hielt am Fuß des Hügels atemlos an, gerade als Sandro den Kopf hob. Er streckte triumphierend einen tropfnassen Arm in die Luft und hielt etwas Kleines und Silbriges in der Hand.

»Gefunden.« Er sprach mit niemand Bestimmtem. Cate stieg ab und zog den Helm aus.

»Was gefunden?«

Er sah sie einen Augenblick an, dann hielt er ihr das Ding hin: einen glatten, silbernen Stein, ein Stück toter Technologie – Loni Meadows' Mobiltelefon.

Ein hochmodernes Fotohandy. Cate hatte gehört, dass Loni zu Tina, der Künstlerin, über dieses Modell gesagt hatte: »Man darf das Neue nicht ablehnen. Nimm die Technologie an.« Sie hatte das Handy hochgehalten und so getan, als würde sie am Esstisch einen nach dem anderen fotografieren. Per hatte schüchtern ausgesehen, Michelle verärgert.

»Es ist allerdings keine Kunst«, hatte Michelle gesagt. »Es ist wie Bloggen. Inkontinente Fotografie. Die Welt ist auch so schon voll genug mit Scheiße.« Michelle widersprach ihr ständig, von dem Augenblick an, in dem sie das Schloss betreten hatte. War sie glücklich, jetzt, wo Loni tot war? Diese Frage erschreckte Cate.

Sandro Cellini steckte seine Hände in seine Achselhöhlen, um sie zu wärmen, und verzog schmerzhaft das Gesicht. »Es ist ihres oder nicht?«, fragte er mit klappernden Zähnen.

Cate betrachtete es. »Sie haben es gefunden«, sagte sie verwundert. »Nützt es Ihnen überhaupt noch etwas nach all der Zeit im Wasser?«

Sandro hatte seine Arme jetzt vor der Brust verschränkt und schaukelte vor und zurück, um warm zu bleiben. Seine freundlichen, braunen Augen fixierten den Streifen dunklen Wassers zwischen den schneebedeckten Ufern.

»Wir werden sehen«, sagte er, und sie hörte, wie seine Zähne aufeinanderschlugen, und sah seine blau gefrorenen Finger.

»Haben Sie keine Handschuhe?«

Der Detektiv nickte in Richtung des Straßenrands, und sie sah ein paar Wollhandschuhe im Schnee liegen. Sie waren sowieso nicht warm genug und jetzt auch noch durchnässt. Und ihr fiel auf, dass auch sein Mantel nicht warm genug war. Sandro Cellini sah glücklicher aus, als sie ihn seit seiner Ankunft im Schloss gesehen hatte. Als genieße er ihre Empörung. Cate steckte das Handy in ihre Tasche und zog die Stulpenhandschuhe aus, die sie auf dem *motorino* trug und die zwei Größen zu groß für sie waren. Von einem Exfreund. Der Gedanke deprimierte sie, zu viele Exfreunde. Als sie Sandro die Handschuhe reichte, wurde Cate bewusst, dass sie Vincenzo bereits dazuzählte.

»Wieso haben Sie es gefunden«, sagte sie, »und die Polizei nicht?«

»Wer weiß?«, sagte er. »Vielleicht denken sie nicht, wie ich denke, vielleicht schauen sie nur an den offensichtlichen Plätzen nach, vielleicht denken sie nur die offensichtlichen Dinge.« Er seufzte. »Hören Sie, ich will nicht schlecht über sie reden, und oft genug ist das Offensichtliche tatsächlich die richtige Antwort. Vielleicht sind sie nur faul, oder vielleicht tauchen sie an einem Unfallort auf und sehen nur das, was sie sehen wollen. Und wenn der örtliche Großmotz dann kommt und ihnen ein bisschen schmeichelt, wenn sie die Abmachung im Castello Orfeo kennen, dann sagen sie nicht: ›Lasst uns mal genauer nachsehen.‹ Sie lächeln wie ein Mädchen, das ein Kompliment bekommt, und vergessen, welchen Job sie eigentlich erledigen müssten.«

»Sie glauben, dass es Orfeo war?« Cate dachte daran, dass er in dem großen Auto zurück nach Florenz gefahren war. »Er ist abgereist.«

»Ich habe ihn gehört«, sagte Sandro. »Nein, er war es nicht, er war zu Hause in Florenz bei seinem Sohn. Er ist sowieso zu arrogant, zu egozentrisch und zu dumm. Aber ich glaube, er wollte sicherstellen, dass er deswegen nicht in der Zeitung auftaucht, das ist alles.«

Cate nahm ihre Hände aus den Taschen, verschränkte sie vor ihrer Brust und dachte nach.

Langsam zog Sandro die Handschuhe aus und gab sie ihr zurück, und sie sahen beide auf die Straße, die immer noch im Schatten lag, und auf den Hügel, hinter dem sich das Schloss befand.

»Werden Sie mir erzählen, was Sie glauben, was passiert ist?«, fragte Cate und zog die Handschuhe wieder an. Er sah sie einen langen Augenblick an, dann sagte er: »Kommen Sie mit.«

Sie gingen fünfzig Meter weiter, Cate schob ihr *motorino*. Über ihren Köpfen war der dünne, blaue Streifen Himmel schmaler und die Sonne schwächer geworden, dann verschwand sie hinter einer Wolke. Die Luft war kalt und klamm, und ein feuchter Wind war aufgekommen. Sie standen oben auf dem kleinen Hügel und sahen zusammen aufs Schloss, das sich schwarz vor dem Schnee erhob. Cate fiel auf, dass die Flagge immer noch auf halbmast wehte, und sie bemerkte ein Durcheinander von Tierspuren in dem weichen Weiß.

»Sie glauben nicht, dass es ein Unfall war?«, sagte Cate.

Er nickte. »Das Auto war in Ordnung«, erwiderte er, als wüsste er, was sie als Nächstes sagen würde. »Der Polizeibericht war eindeutig. Niemand hat sich am Auto zu schaffen gemacht.«

Cate wurde ganz plötzlich kälter. »Sie denken also, dass doch jemand bei ihr im Auto war?«

Sandro drehte sich um und sah den Hügel hinab zu dem schwarzen Band des Flusses, der sich hinter der scharfen Kurve wand, und den kahlen Weidengruppen, die Cate den Blick auf das Auto und den Abschleppwagen versperrt hatten, als sie an diesem eisigen Morgen zur Arbeit gefahren war. Um sie herum lag die leere Landschaft still da, wartete. Langsam schüttelte er den Kopf. »Es ist möglich«, sagte er. »Aber unwahrscheinlich. Die Beifahrerseite des Wagens war völlig eingedrückt. Derjenige hätte auf der Rückbank sitzen und angeschnallt sein müssen, um mit dem Leben davonzukommen, und auch dann wäre er vermutlich verletzt worden. Ich glaube, dass es anders passiert ist. Ich glaube, es ist vorher geplant worden.«

»Aber man kann doch nicht einen Unfall mit einer Fernbedingung verursachen«, sagte Cate stur.

Sandro drehte sich zu Cate um und sah sie nachdenklich an.

»Da war Glatteis«, sagte er, »auf der Seite der Straße und den Hügel hinab. Auf dieses Stück Glatteis ist sie gefahren und dadurch von der Straße abgekommen.«

»Ja«, sagte Cate abwartend.

»Alle wussten, dass sie einen gefährlichen Fahrstil hatte und dass sie den Gurt nicht anlegte. Alle, angefangen mit Luca Gallo. Jeder, der mal bei ihr mitgefahren war oder auch nur gesehen hatte, wie sie in ein Auto stieg und losfuhr – alle wussten, dass das hier eine gefährliche Kurve ist. Wussten alle, wie kalt es in dieser Nacht werden würde?«

Cate sah ihn an. »Ich nehme an, wenn man an diesem Ort festsitzt, ist das Wetter ziemlich wichtig.«

Sandro nickte und holte tief Luft. »Ich habe das Glatteis gesehen«, sagte er. »Gestern Abend. Ich habe die Reifenspuren gesehen. Ein dickes Stück Glatteis, einen Meter breit, seitlich auf der Straße, vielleicht vier Meter lang. Das ist ziemlich viel Eis, ziemlich viel Wasser.« Er trat gegen den Schnee am Straßenrand, ein bisschen Eis war immer noch darunter zu erkennen.

»Das Einzige ist«, sagte er, »ich finde einfach nicht heraus, woher das Wasser kam, das dann zu Eis gefroren ist. Es gibt keine unterirdische Wasserleitung, da oben gibt es keine Quelle. Denn gäbe es so etwas, dann wäre die Straße jedes Mal bei Frost so gefährlich, und es wäre schon lange etwas unternommen worden.«

Cate starrte auf den dunklen Fleck unter dem Schnee, glasig und gefährlich. »Glauben Sie, dass jemand dieses Eis gemacht hat?«

»Ich bin kein Wissenschaftler«, sagte Sandro. »Die Polizei hat forensische Teams für solche Dinge, nur dass es ihnen in diesem Fall nicht aufgefallen ist.«

Cate dachte an die Polizisten, die gemütlich mit Mauro und Ginevra in der Schlossküche gesessen hatten, und verstand, dass sie alle möglichen Dinge übersehen haben konnten.

Sandro sprach weiter: »Aber selbst ich sehe, dass es möglich ist. Man braucht Wasser und die Wettervorhersage darüber, wie kalt es werden wird. Man müsste es machen, solange es noch hell war, es aber schon zu frieren beginnt.«

»Jemand kam hier herunter«, murmelte Cate und spürte, wie sich ihre Nackenhaare aufstellten.

»Ich glaube«, sagte Sandro leise, »dass das hier ein Mord mit mehreren Optionen war. Der Unfall hätte sie vermutlich nicht umgebracht, wenn sie angeschnallt gewesen wäre. Dann hätte sie vielleicht sogar einfach aussteigen und weggehen können.«

Cate nickte, ihr war bis auf die Knochen kalt.

Der Himmel über ihnen zog sich zu, wurde grau, als die letzten Sonnenstrahlen verloschen. Es war nicht menschlich, an einem solchen Ort zu wohnen, dachte Cate, ohne Nachbarn, wo einen niemand hörte, wenn man rief. Hatte jemand Loni Meadows gehört?

Er fuhr fort: »Wenn sie den Anruf nicht angenommen hätte.« Er hielt das Handy hoch. »Sie werden es wiederherstellen. Sogar die Polizei in Pozzo Basso.«

»Den Anruf? Welchen Anruf?«

»Die SMS, die *Triff mich im Liberty, im üblichen Zimmer* lautete, irgendwas in der Art jedenfalls.«

Cate sah ihn verdutzt an. »Ich verstehe nicht.«

»Die SMS ist nicht von der Person geschickt worden, von der sie dachte, sie sei der Absender. Niccolo Orfeo hat im Liberty nicht auf sie gewartet, kein Zimmer war dort gebucht worden.« Er sah sie an, und sie erinnerte sich, dass Vincenzo genau das gesagt hatte. »Wussten Sie, dass Niccolo Orfeo sein Handy letzte Woche hier vergessen hat?«, sagte Sandro.

Sie sah ihn an, wollte den Kopf schütteln, dann hielt sie inne. Sie erinnerte sich daran, dass Luca eines Abends an die Küchentür gekommen war, am Montagabend? »Luca, ja. Luca hat gefragt, ob jemand es gesehen hat.«

»Und hat es jemand gesehen? Eine Putzfrau?«

»Anna-Maria? Nein. Niemand, soweit ich weiß«, sagte sie zögernd.

»Aber irgendwer hat dieses Handy gefunden«, fuhr Sandro fort. »Und vielleicht wusste derjenige sehr wohl, dass sie eine Affäre hatte, oder vielleicht las er oder sie die SMS und reimte es sich zusammen.«

Cate starrte ihn an. »Einen Moment«, sagte sie. »Einen Moment. Hätte er Loni nicht erzählt, dass er sein Handy verloren hat?«

Cellini sah sie nachdenklich an. »Glauben Sie, dass er das wirklich getan hätte? Keine direkte Kommunikation, all diese Geheimnistuerei. Orfeo ist nicht jemand, der sich die Mühe macht, andere über seine Angelegenheiten zu informieren, über solche kleine Ärgernisse, nicht einmal seine Geliebte. Sie sollte einfach nur auf seinen nächsten Anruf warten, wie sie es immer getan hat. Er hatte Gallo beauftragt, es zu finden, und er erwartete, dass man es ihm zurückgab.«

»Vielleicht«, sagte Cate und begriff, dass er recht hatte.

Sandro Cellini sprach rasch weiter: »Vielleicht hat der Fund dieses Handys alles ins Rollen gebracht. Wenn Niccolo Orfeo nicht ein sorgloser, fauler Mann wäre, der immer will, dass andere Leute hinter ihm aufräumen, aufheben, was er hinterlässt, dann könnte Loni Meadows vielleicht noch am Leben sein.«

Es entstand eine Stille. »Es wird dunkel«, sagte Cate. Sie hatte das Gefühl, dass der niedrige, graue Himmel sie erdrückte. »Es ist noch nicht einmal Mittag, und es wird schon dunkel.« Sie schluckte. »Alec Fairhead hat gesagt, sie hat nach dem Abendessen eine SMS erhalten.«

Cellini schaute auf das Handy in seiner Hand.

»Dieser Jemand hat die Eisplatte quasi hergestellt. Eine merkwürdige Idee, verrückt. Aber verrückte Ideen funktionieren manchmal. Vielleicht hat derjenige gedacht, es ist ein Experiment und nicht seine Schuld, wenn sie wie eine Wahnsinnige fährt.«

»Aber dann musste man gewährleisten, dass sie auch wirklich losfährt.« Sie sprach leise, endlich hatte sie es begriffen.

»Ausgleichende Gerechtigkeit, nicht wahr? Ihre eigene Schwäche benutzen, ihren Leichtsinn, ihre ehebrecherische Beziehung.« Die Worte klangen schwer und gnadenlos, und Cate sah den Detektiv scharf an.

»Also«, sagte Sandro Cellini, »machte die Planung Spaß? Möglicherweise. War es jemand, der besessen ist, oder jemand, der klug ist, jemand, der präzise ist?«

»Sie sind alle klug«, erwiderte Cate wie betäubt. »Alle Gäste sind klug.«

»Und was ist mit den anderen? Den Angestellten. Luca Gallo ist auch ein cleverer Mann, nicht wahr?«

»Luca?« Cate trat einen Schritt zurück.

»Wenn man ihn nur hart genug bedrängt, könnte er dann so etwas tun? Denn sie hat ihn bedrängt, oder nicht? Hat ihn angebrüllt, sodass alle es hören konnten.«

»Das war allerdings wegen Mauro«, sagte Cate. »Da ging es nicht um Luca, Luca hat sich nur für ihn eingesetzt.«

»Ach ja«, sagte Sandro, »Mauro.« Er seufzte und atmete lange aus. »Er kennt die Straßen, oder nicht, dieser Mauro? Er hat einen eigenen Wagen. Ich muss mit ihm sprechen.«

»Heute geht's ihm nicht gut«, sagte Cate und fragte sich, warum sie das Bedürfnis verspürte, Mauro zu verteidigen. »Luca ist hingefahren, um nach ihm zu sehen. Hören Sie, Luca ist ein guter Kerl, ein anständiger Mann, und Mauro ist nicht klug, er ist nicht berechnend. Er konnte Loni nicht leiden, aber, aber … er war's einfach nicht.« Sie hielt inne.

Sandro Cellini sah sie merkwürdig intensiv an. »Nun«,

sagte er. »Ja. Nun ja, Sie kennen ihn, nehme ich an, und ich nicht. Das ist es, sehen Sie.« Er sprach fast zu sich selbst. »Per Hansen hat gesagt, dass ich ein komischer Detektiv sei. Vielleicht bin ich das. Alles, was ich tun kann, ist, Ereignisse miteinander zu verknüpfen, Fakten zu sammeln und alles miteinander zu verknüpfen. Und ich hoffe, dass ich immer noch erkenne, wann ich angelogen werde.«

Er sah eine Sekunde lang verwirrt aus, blickte in die Ferne. »Meine Frau«, sagte er. »Also, sie kann sehr viele Dinge an jemandem erkennen. Nur durch einen Blick. Mir fällt auf, dass Sie auch ein bisschen was davon haben, Signorina Giottone. Wissen Sie nach dem ersten Blick, ob Sie jemandem vertrauen können?«

»Ich glaube schon«, sagte Cate. Dann dachte sie an Tiziano, und es fühlte sich an, als läge ihr ein Stein auf der Brust. »Es hängt davon ab.« Sie zögerte. »Also was?«, platzte sie verzweifelt heraus. »Welchen Grund hatte Tiziano Scarpa, Loni zu hassen?« Es war plötzlich sehr still im Schatten des Hügels, nur die Geräusche des Schnees, der in den Tiefen der weiten Landschaft um sie herum fiel, waren zu hören.

Sandro Cellini schien etwas abzuwägen. Cate bemerkte, dass seine Lippen farblos wurden und dass er heftig zitterte, aber schließlich sagte er: »Sie mögen ihn, stimmt's?« Cate schlang ihre Arme eng um sich, runzelte die Stirn. Er seufzte. »Also«, sagte er, »Lonis Ehemann, Giuliano Mascarello, ein *Menschenrechtsanwalt«* – er sprach das Wort fast verächtlich aus –, »er hat die Menschenrechte des Mannes verteidigt, dem schließlich nachgewiesen wurde, dass er die Bombe gelegt hat, die Tiziano Scarpas Vater getötet und ihn in den Rollstuhl gebracht hat.«

Cate sah ihn einen langen Augenblick an, verarbeitete

diese Information. Sie sagte nichts, spürte nur die Kälte und den feuchten Wind.

»Tiziano war an dem Nachmittag unterwegs«, sagte sie zögernd. »Er kann zur Straße fahren, wenn es trocken ist. Er ist zum Bauernhof, um Mauros Hunde zu besuchen, und er sagt, er habe Mauro gesehen, aber Mauro wäre sehr betrunken gewesen.«

»Nun«, sagte Sandro, »das ist fast ein Alibi, nehme ich an. Fast ein Alibi für beide. Schade, dass dieser Mauro betrunken war. Heute Morgen hat er das Zittern? Ich frage mich, ob er sich daran erinnert.«

Cate fühlte sich, als hätte die Kälte ihre Gehirntätigkeit verlangsamt, als ergäbe nichts mehr einen Sinn. Tiziano? Sandro Cellini stand da, seine Arme um sich geschlungen, und dann erkannte sie, dass er versuchte, das Zittern zu unterdrücken. Seine Augen schienen zu glühen.

»Sie erfrieren ja«, sagte sie. »Haben Sie heute schon etwas gegessen?« Er schüttelte knapp den Kopf.

»Kommen Sie zurück zum Schloss«, sagte sie. »Kommen Sie in die Küche.«

Er sah sie einen langen Augenblick nachdenklich an, und sie konnte nicht sagen, ob die Kälte sein Gehirn einfror oder ob er mit den Gedanken tatsächlich ganz woanders war und Verbindungen zog.

Dann nickte er. »Danke schön«, sagte er. »Danke schön, Caterina Giottone.«

Kapitel 22

Giuli hatte sich nach den Morgennachrichten die Wettervorhersage angesehen und wusste, dass es im ganzen Land schneite, bis hinunter nach Rom. Es waren Aufnahmen von Stränden an der tyrrhenischen Küste gezeigt worden, wo Schnee auf umgestürzten Schirmpinien lag. Schneechaos, hieß es. Heute Nachmittag sollte es weiterschneien.

Theoretisch schneite es nie in Florenz. Die Realität war schlimmer: Während der Nacht war eine Art nasser Schneeregen gefallen, und der Rinnstein war nass und matschig, als sie auf ihrem *motorino* auf dem Weg zur Pasticceria San Giorgio draußen an den modernen Wohnblöcken der Viale Europa vorbeifuhr.

Es war Sonntag, und die San Giorgio war Luisas Lieblingsbäckerei. Aber als das schmollende Mädchen hinter der Theke den kleinen Pappkarton mit Himbeertörtchen, *rumbabas* und winzigen *sfogliatelle*, gefüllt mit Ricotta und kandierter Orangenschale, bestückte, empfand Giuli Angst, und ein bisschen kindischen Unmut bei der Aussicht auf Luisas Gesichtsausdruck an der Wohnungstür. Dieses streitlustige, liebevolle, kinderlose Paar war vielleicht kurz davor, sich zu trennen.

»Es reicht«, sagte sie zu dem Mädchen, das immer noch

profiteroles in den Karton tat. das war genug Gebäck für eine verhungernde Familie, und sie hatte die Ahnung, dass weder sie noch Luisa an diesem kühlen Sonntagmorgen großen Appetit haben würden. Irgendwo in Richtung des Isolottos, wo die großen Villen bis an den grünen Fluss reichten, begannen Kirchenglocken zu läuten.

Während das Mädchen ein Band um den Karton wickelte, dachte Giuli über ihre Strategie nach. Auf der Straße vor der Wohnung überlegte sie immer noch, während sie darauf wartete, dass Luisa auf ihr Klingeln reagierte.

Das Gesicht, das Giuli an der Wohnungstür sah, Luisas hübsches, dunkles, lebendiges Gesicht, an dessen neue Magerkeit sich Giuli – genau wie Sandro – nicht gewöhnen konnte, war verschlossen und abwehrend. Wortlos trat Luisa zur Seite, damit Giuli in den Flur gehen konnte. Die Wohnung war kalt und düster. Typisch, dachte Giuli, sie ist morgen früh weg, Sandro ist nicht da, also dreht sie die Heizung runter, völlig egal, dass Schnee auf den Hügeln liegt. Und dann, als sie Luisa in die Küche folgte – kariertes Laminat auf der Arbeitsfläche, ein alter Kühlschrank, ein geschnitzter Holzschrank im Tiroler Stil, alles das sah sie durch den Türrahmen –, fiel Giuli ein Plan ein.

Das Zimmer war noch sauberer als üblich, und Giuli entdeckte mit scharfem Blick Anzeichen einer unruhigen Nacht. Wenn Luisa sich wegen etwas sehr aufregte, räumte sie Schränke leer und wischte sie aus. Na ja, dachte sie, das ist ja ganz gut.

Sie wartete, bis die kleinen Kaffeetassen auf dem Tisch standen und das Päckchen unter Seufzern von Luisa sorgfältig ausgepackt war, um das Gebäck wie kleine Juwelen zu präsentieren.

»Ich denke, du bist ein braves Kind«, gab Luisa zu. »Danke, dass du gekommen bist.«

»Morgen früh fährst du also?« fragte Giuli fröhlich, als wäre das ein Grund zum Feiern. »Wow. Was für eine Chance!« Luisa sah sie scharf an, und Giuli hob ihre Kaffeetasse hoch. »Nimm dir eines davon«, säuselte sie, »ich weiß, dass du die am liebsten magst.« Luisa setzte sich mit einem weiteren Seufzer hin und stellte den kleinen Kuchen, der mit Puderzucker bestäubt war, auf ihren Teller. Giuli merkte, dass sie sich darauf vorbereitete, über ihren sturen, kindischen, eifersüchtigen Ehemann zu sprechen, und kam ihr zuvor.

»Hör mal, Luisa«, sagte sie, »das hier ist mehr eine, eine Bestechung als sonst was, also dieses Gebäck.«

»Bestechung?« Luisa sah sie skeptisch an.

»Ich brauche deine Hilfe«, sagte Giuli. »Na ja, wenn ich ehrlich bin, dann braucht Sandro deine Hilfe.«

»Ach ja?« Luisa glaubte ihr kein Wort, doch Giuli machte stur weiter.

»Es ist dieser Fall da unten in der Maremma. In diesem Schloss oder Kastell, oder wie immer es heißt: die Amerikanerin, die in ihrem Auto gestorben ist. Er« – und jetzt improvisierte sie –, »er sagt, er sei mit seinem Latein am Ende. Diese komischen Künstlertypen. Er hat genug damit zu tun, das Wie und Warum da unten zu ergründen. Er sagt, er bräuchte meinen Frauenblick darauf.« Sie verdrehte ihre Augen. »Er braucht jemanden, der die Charaktere einschätzt, sagte er. Ich soll mir alles noch einmal ansehen, ihre Lebensläufe und Fotos und darauf hören, was mein Instinkt mir sagt. Aber ich glaube, ich bin einfach nicht gut genug.«

Giuli wusste nicht, ob das stimmte. Aber es stimmte, dass sie mit Luisa an ihrer Seite besser wäre.

Luisa sah sie ruhig an. Ihr Blick sagte: *Ich weiß, was du da tust.* Aber sie konnte nicht widerstehen. Sie nahm die *sfogliatella,* biss hinein und trank ihren Espresso. »Also«, sagte sie, »ich habe schon gepackt und habe heute Morgen sonst nichts vor.«

»Da ist noch was«, sagte Giuli und unterdrückte ein Lächeln wegen des Puderzuckers auf Luisas Oberlippe. »Wir müssen ins Büro gehen, wenn dich das nicht stört.« Dann nahm sie sich einen *rumbaba.* Ihr Lieblingsgebäck.

Giuli nahm sie auf ihrem *motorino* mit, obwohl Luisa keinen Helm hatte und eine Strafe riskierte. Luisa lachte über die klapprige Maschine, über den Schnee, über sich selbst in ihrem hübschen, eleganten Wollmantel und den geputzten Lederschuhen. »Wir könnten zu Fuß gehen«, sagte Giuli, begierig, das Richtige zu sagen. Aber Luisa war ausnahmsweise mal abenteuerlustig.

»Was würde Sandro sagen?«, murmelte sie, und das schien die Entscheidung zu bringen. »Was soll's. Kein *vigile* würde es wagen, einer alten Dame wie mir eine Strafe zu verpassen, oder? Lass uns fahren.«

Die schmalen Straßen der winterlichen Stadt waren düster und ungewöhnlich leer an diesem bitterkalten Februarsonntag, auch leer ohne Sandro. Giuli fuhr einen Umweg, um den *vigili* aus dem Weg zu gehen, bog in die Kurve der Via delle Terme vor den rosafarbenen, gebogenen Fenstern des Palazzo Salimbeni ein, fuhr dann rasch über den Tornabuoni und in die Düsternis der Via del Parione. Sie überquerte an der Ponte alla Carraia den Fluss, ein frischer Wind blies und hob ihre Laune. Giuli spürte den warmen Druck von Luisas Händen an ihrer Taille wie einen Segen.

Luisa hatte das Büro für Sandro gefunden, aber sie war

seitdem kaum dort gewesen, das wusste Giuli. Sie hatte mit der Operation und der Chemo und den merkwürdigen Launen, die diese mit sich brachte, genug zu tun gehabt, doch es fiel Giuli ein, dass es ihr vielleicht guttäte, das Büro zu sehen. Dann könnte sie auch Sandro irgendwie deutlicher spüren.

Natürlich bemängelte Luisa den Zustand der Fenster, noch bevor sie durch die Tür gegangen war. Sie spähte in den Hof des Baustoffhändlers, der voller Plastikrohre war, und bemerkte mit ihrem scharfen Blick das kleine Stück der Rückfassade von Santa Maria del Carmine, die es wieder ausglich.

»Wir putzen schon«, sagte Giuli, als sie schuldbewusst an der Tür stand, die Hände hinter dem Rücken wie ein Schulmädchen im Büro des *Direttore*. »Es ist nur – vielleicht nicht oft genug.«

»Vielleicht nicht«, sagte Luisa und fuhr mit einem Finger über den Stuhl für Besucher vor Sandros Schreibtisch. Sie setzte sich. »Also«, sagte sie, »was sollen wir uns für ihn ansehen?«

Als die Akten auf dem Tisch ausgebreitet waren, zog Giuli einen Stuhl neben Luisa, beugte sich vor und schaltete den Computer ein. Das uralte Gerät brauchte immer eine Ewigkeit und viel Summen und Surren, bis es nach einem Passwort fragte. »Entschuldigung«, sagte Giuli zu Luisa.

»Hast du einen Computer zu Hause?«, fragte Luisa. »Nein«, sagte Giuli, »ich wünschte, ich hätte einen.« »Vielleicht sollte ich mich doch mal damit beschäftigen«, meinte Luisa. »Vielleicht solltest du das«, erwiderte Giuli mutig. »E-Mail ist eine tolle Sache. Gratis, weißt du. Und manchmal, na ja, sagen wir mal, du möchtest Sandro etwas sagen, dann könntest du es in einer E-Mail schreiben. So was eben.« Luisa presste die Lippen zusammen. »Kennst du das Passwort nicht?«, fragte sie. »Mach weiter.«

Giuli tippte es ein.

Luisa beobachtete ihre Finger auf der Tastatur. »LUISA66?«, sagte sie mürrisch. »Ist es das?«

»Mhm«, sagte Giuli. »Was bedeutet die 66?«, fragte Luisa. Ihre Augen waren geschlossen, als sie sie aufschlug, dachte Giuli, dass Luisa etwas weicher und versöhnlicher geworden war. »In dem Jahr haben wir uns kennengelernt«, sagte Luisa. »Jetzt mach schon, wir haben nicht den ganzen Tag Zeit.«

Giuli checkte die E-Mails. Es gab eine von Sandro: Sie konnte es kaum glauben, es war, als hätte er die ganze Zeit an ihrem Plan teilgehabt. *Das sind nur Notizen, hieß es, nur für den Fall* (für welchen Fall?, dachte Giuli). *Aber ich will, dass du noch mal alles, was du hast, durchgehst: Konzentriere dich auf die Charaktere. Überprüfe noch mal alles im Internet.*

»Ich hab's dir ja gesagt«, sagte Giuli und überflog rasch die Notizen. »Okay«, sagte sie, »also war Orfeo derjenige welcher, der geheime Liebhaber, okay.«

Luisa schnaubte. »Doch nicht Niccolo Orfeo?«, sagte sie verächtlich. »Ich hätte ihm alles über Orfeo erzählen können. Ein lüsternes, altes Schwein.«

Giuli wandte den Kopf, um Luisas Gesichtsausdruck zu sehen. »Siehst du«, sagte sie. »*Siehst* du? Du hättest ihm einiges an Zeit sparen können, übrigens bei beiden Fällen, mit deinem Frauenblick.«

Und dann, ohne sich Zeit zum Nachdenken zu geben, stellte Giuli die Frage:

»Du hast – äh – doch keine Affäre mit Frollini, oder doch?«

Luisa sah sie lange an und sagte nichts.

»Ich muss das fragen«, fuhr Giuli fort und klammerte sich an das bisschen Mut, über das sie noch verfügte.

Und dann plötzlich verpuffte Luisas Wut. Sie seufzte resigniert. »Giuli«, sagte sie sanft, »du bist jung, und du hast viel erlebt, aber da gibt es Dinge, von denen du noch nichts weißt.«

»Wie die Liebe?« Giuli hörte selbst, wie ihre Stimme zitterte.

»Wie alt zu werden und zu sehen, dass das Lebensende einen Sprung auf einen zumacht.« Luisa schien kaum Luft zu holen, bevor sie weitersprach. Ihre Stimme wurde ruhiger, ihre Augen wurden in dem weißen Gesicht dunkler. »Ich habe Dinge gesehen, Leute gesehen. In der Station in Careggi. Frauen, die jünger waren als ich. Ich habe ihre Kinder gesehen, wie sie mit Bandanas kamen, bunten Schals, die sie um ihre Köpfe wickeln konnten, ich habe gesehen, wie sie für ihre Ehemänner mutig waren. Und sie sind trotzdem gestorben.«

Es entstand eine lange Stille: *Und du lebst noch*, dachte Giuli dankbar, sagte es aber nicht.

»Ich habe keine Affäre mit Frollini«, sagte Luisa in die Stille, so barsch wie eine Lehrerin. »Ich mag ihn, aber er ist ein eitler, alter Narr und außerdem nicht mein Typ.«

Giuli lachte unwillkürlich.

»Glaubst du, ich würde auf die Knie fallen und Sandro sagen, dass er der einzige Mann ist, den ich je geliebt habe, jemals in meinem Leben, und jemals lieben werde? Selbst wenn es wahr ist. Aber ich fliege nach New York. Ich habe New York noch nie gesehen.«

Giuli saß stumm da, die Augen voller ungeweinter Tränen.

»Und jetzt lass uns weitermachen.«

Als Giuli mit zwei Tassen Kaffee von einer Kaffeebar in der Straße zurückkam, fand sie Luisa vor einem Durcheinander aus Papieren und Fotos, die auf dem kleinen Beistelltisch lagen, dazu eine alphabetische Namensliste. Sie packte noch einen kleinen Kuchen aus dem Karton aus. Luisa hatte darauf bestanden, sie mitzunehmen. »Lächerliche Verschwendung«, hatte sie gesagt, »sie machen mich nur fett«. Giuli legte das Gebäck auf den Unterteller zum *caffè macchiato*, Luisas Lieblingskaffee, und stellte alles vor ihr auf den Tisch. *Du musst ein bisschen zunehmen.*

»Er sagt, wir sollen uns auch Gallo ansehen.« Luisa sprach, ohne sich umzudrehen. »Den Manager des Ladens.« Sie tippte auf eine Broschüre des Castello Orfeo, auf der sich das Foto eines lächelnden, bärtigen Mannes mit rundem Gesicht befand. Giuli stand neben Luisa und sah auf das Bild.

»Er sieht nett aus, oder nicht?«, sagte Luisa. »Ein netter Mann, der sein Essen genießt. Ein freundlichen Mann.« Sie betrachtete das Gesicht. »Sandro glaubt, dass jemand auf einer gefährlichen Straße Eis ausgebracht hat und sie unter einem Vorwand mitten in der Nacht rauslockte, in dem Wissen, dass sie eine unvorsichtige Fahrerin war. Würde dieser Mann das tun? Ein netter, schwer arbeitender Mann, der seit acht Jahren ohne jegliches Problem in diesem Schloss gearbeitet hat?« Sie schlug die Broschüre zu. »Ich will nicht, dass er es war.«

Giuli lachte nervös. »Ich weiß, dass Sandro Instinkt gesagt hat«, sagte sie, »aber …«

Luisa drehte sich um und schaute Giuli an. »Und er ist schwul, Giuli. Schwule Männer bringen niemanden um.«

»Das kannst du doch nicht sagen«, meinte Giuli geschockt. Luisa zuckte mit den Schultern. »Ich kann sagen, was ich will«, sagte sie, dann gab sie nach. »Ich glaube nicht, dass es wahrscheinlich ist, okay? Ich glaube es ist« – sie suchte nach einer Formulierung – »statistisch gesehen unwahrscheinlich.«

Giuli nahm die Broschüren vom Tisch und steckte sie unter den Arm. »Und was ist mit dem Querschnittsgelähmten?«, sagte sie und schaute auf den rasierten Kopf und das fröhliche Gesicht von Tiziano Scarpa. »Ist das vielleicht ein möglicher Täter?«

»Ich weiß es nicht«, sagte Luisa nachdenklich. »Seine Situation würde einen wütend genug machen, oder nicht?«

Plötzlich fiel Giuli etwas ein. »Wie kann man sicher sein«, sagte sie, »wenn man einen Unfall arrangiert? Man kann nicht garantieren, dass die Person dabei stirbt, oder? Außer, wenn man selbst im Wagen ist, oder so. Was, wenn sie nur …«

»Gelähmt würde?«, sagte Luisa und hob das Foto von Tiziano Scarpa hoch. »Vielleicht würde das manchen Leuten genügen.« Sie legte das Foto wieder hin.

»Sandro hat mal zu mir gesagt: Es sind nicht die Starken, die morden, es sind die Schwachen«, sagte sie nachdenklich. »Diejenigen, die keine Wahl haben.« Giuli wartete darauf, dass Luisa noch mehr sagte, aber sie schwieg wieder und schaute den Flickenteppich aus Gesichtern und Namen an: Sie wirkte plötzlich sehr konzentriert und schien vergessen zu haben, dass Giuli neben ihr stand.

Draußen war der Himmel dunkler geworden, der Computerbildschirm leuchtete hell auf dem Schreibtisch. Giuli hatte eine Idee. Sie nahm die Namensliste vom Schreibtisch, ging damit zum Computer und setzte sich davor.

Alec Fairhead, Michelle Connor, Luca Gallo, Per Hansen, Tina Kreutz, Tiziano Scarpa.

Ungefähr zehn Minuten später tauchte Luisa wieder aus ihrer Versenkung auf und sagte: »Hier«, obwohl Giulis Aufmerksamkeit auf etwas anderes gerichtet war und es nur langsam zu ihr durchdrang. »Weißt du, wenn ich beschwören müsste, dass einer von denen hier eine Schraube locker hat, dann würde ich auf diese tippen.« Und Giuli hörte, wie sie mit dem Fingernagel auf den Tisch klopfte, aber sie schenkte dem Gesicht, das Luisa aufgefallen war, keine Aufmerksamkeit.

»Und was bedeutet das?« Luisa stand jetzt neben Giuli, beugte sich vor und nahm das neonpinkfarbene Post-it vom Schreibtisch. »Lonestar Blog? Was bedeutet das?«

Giuli lehnte sich zurück. »Ihr Blog, weißt du, eine Art Internettagebuch. Ich sollte es mir ansehen. Was denkst du darüber?« Sie scrollte nach unten. »Komm und sieh dir das an.«

Luisa schaute auf den Bildschirm, und gemeinsam lasen sie einen sechs Monate alten Zeitungsartikel im Archiv der *New York Post*. Kurz nachdem Loni Meadows ihre Stelle bei der Stiftung Orfeo angetreten hatte. Das war Giuli bereits aufgefallen. In dem Artikel ging es um eine Frau namens Michelle Connor, und es gab auch ein Foto.

»*Merda*«, stöhnte Cate, als sie den Schalter neben der Küchentür betätigte. An, aus, wieder an – vergeblich. »Verdammt.« Sie hörte Schritte, und Sandro Cellini spähte, noch unrasiert, herein.

»Was?«, fragte er.

»Der Strom ist ausgefallen.« Es war früher auch schon passiert, als ein starker Wind im Oktober ein paar Strommasten umgerissen hatte. Cate nahm eine Kerze und Streichhölzer aus einer Schublade und griff, ohne hinzusehen, nach dem Kaffeekocher. »Kommen Sie rein«, sagte sie ungeduldig. Im Zimmer wurde es kälter. »Schließen Sie die Tür.«

Im schwachen Licht der Kerze füllte sie den Kaffeekocher mit Wasser, schraubte ihn zusammen und stellte ihn auf den Herd – Gott sei Dank für das Gas. Instinktiv bewegten sich beide näher zum Herd, als die kleine Flamme aufflackerte.

»Wo sind alle?«, fragte Sandro. Sein blasses, stoppeliges Kinn wurde vom Flackern der Flamme erhellt.

»Weiß der Himmel«, sagte Cate und nahm von einem Regal in der Vorratskammer eine Kekstüte, die in der Dunkelheit gerade noch zu sehen war. »Ich bin mir nicht sicher, was zu tun ist. Es bricht alles auseinander. Ich rufe lieber mal Luca an.«

»Es bricht auseinander?«

»Seit sie gestorben ist. Es ist, als ob alles nach und nach zerfällt. Die Gäste packen, um abzureisen.«

»Tun sie das?«, sagte Sandro. »Mal sehen, ob das geht.« Cate drehte sich zu ihm um und fügte hinzu: »Und Orfeo will das Schloss jetzt schließen, wegen etwas, das Sie gestern Abend zu ihm gesagt haben.«

Alle reisten ab. Hier, in der kalten, dunklen Küche, wurde es ihr bewusst: Es war vorbei. Und Tiziano fuhr auch ab. In einer Stunde, wenn die Straßenverhältnisse es zuließen, konnte das Spezialtaxi, das ihn vor sechs Wochen von Pozzo Basso hergebracht hatte, kommen und ihn einladen.

Sandro seufzte. »Er wird darüber hinwegkommen«, sagte er. »Machen Sie sich keine Sorgen. Bloß ein kleiner Anfall von Trotz.«

»Armer Luca«, sagte Cate, fast zu sich selbst. »Sie behandeln ihn alle wie einen Hund.« Sie nahm ihr Handy heraus und wählte, klemmte es sich zwischen Schulter und Ohr, während sie einen großen Kühlschrank öffnete, der innen dunkel war. Es roch unangenehm, ein paar Lebensmittel waren sauer. Sie nahm Milch heraus und stellte sie neben dem Herd ab.

Sandro beobachtete sie und setzte sich an den Tisch. Mit dem Handy am Ohr wartete Cate darauf, dass Luca abhob. Sie stellte Sandros Kaffee auf den Tisch, dann ein Kännchen mit Milch, bevor sie zur Küchentür ging und hinaussah.

»Ja?« Luca klang, als hätte er den Punkt der Erschöpfung überschritten. Cate beobachtete, wie Sandro den Kaffee trank, sobald er kühl genug war, und sich noch einen eingoss, und sie sah, wie seine Wangen Farbe bekamen. Luca sagte etwas.

»Was ist?«, fragte sie. »Oh, ich verstehe, Hochspannungsleitungen, okay. Wie lange … er ist – was?«

»Mauro«, flüsterte Luca, »er musste ins Krankenhaus.«

»Was?« Cate dachte an den dunklen Bauernhof am gestrigen Abend. »Es geht ihm doch gut, oder? Er kommt wieder auf die Beine?«

»Das weiß ich nicht. Sie scheinen es zu glauben. Bloß der Alkohol. Stress.«

»Ich weiß nicht, was ich wegen des Mittagessens machen soll«, sagte sie dumpf. Sie klammerte sich an das, was mal ihre Aufgabe hier gewesen war.

»Es ist egal«, sagte Luca, und sie dachte: O Gott, es ist wirklich alles vorbei. »Sie können ruhig mal ein bisschen Hunger haben«, fuhr er müde fort. »Es wird sie nicht umbringen.«

Cate schaltete das Handy aus, setzte sich hin und goss sich mechanisch einen Kaffee ein, füllte die Tasse bis zum Rand mit Milch, zwei Stück Zucker, zerbröselte einen Keks zwischen den Fingern.

»Ich habe ihn nicht nach Orfeos Handy gefragt«, sagte sie panisch. »Hätte ich das tun sollen?« Sie fühlte sich dummerweise den Tränen nah.

»Sie machen das sehr gut«, sagte Sandro und hätte ihr gern einen Arm auf die Schultern gelegt. »Trinken Sie Ihren Kaffee.« Und für eine Sekunde sah Cate sie beide in dem Augenblick gefangen, einem zerbrechlichen Frieden in der kälter werdenden Küche mit ihrem lebensspendenden Kaffee, im Angesicht eines Sturms, der kurz davor war auszubrechen.

Sie nippte an ihrem Kaffee. »Er kommt sowieso noch einmal her«, sagte sie. »Ein Krankenwagen ist wegen Mauro unterwegs.« Und dann fiel ihr Blick auf etwas, und da lag es auf dem Tisch: Sie erinnerte sich nicht daran, dass Sandro es hingelegt hatte. Loni Meadows' kleines Handy.

Cate runzelte die Stirn, dann hob sie den Kopf, legte ihn schräg wie ein Jagdhund, der eine Spur wittert. »Also, wie ist es im Fluss gelandet?«, fragte sie mit einer Neugier, die abnahm, während sie sprach. »Das *telefonino*.«

»Ah«, sagte Sandro, »ja.«

»Es ist doch nicht einfach aus ihrer Tasche gefallen, oder?«, fragte sie und sah ihn herausfordernd an.

»Nein«, sagte Sandro barsch. »Es ist nicht aus ihrer Tasche gefallen. Es ist auch nicht beim Aufprall herausgeschleudert worden.«

»Können Sie da sicher sein?« Cate fühlte sich, als könne sie kaum atmen.

Er zuckte mit den Schultern. »Sie meinen, ob ich den Fallwinkel ausgerechnet habe, ihre Position im Auto, die Flugbahn simuliert habe? Nein, aber ich weiß es trotzdem.«

»Jemand hat es geworfen«, sagte Cate zögernd. »Deswegen haben Sie Steine geworfen. Jemand hat es so weit geworfen, wie er konnte. Jemand …«

»Ja«, sagte Sandro. Cate legte die Hände um die Tasse, die leer war und daher keine Wärme mehr abgab. »Jemand. Jemand anderes war dort unten, und diese Person hat das Handy weggeworfen.« Er stand abrupt auf, der Stuhl kratzte laut über den Steinfußboden, darauf folgte Stille. »Um einen Beweis loszuwerden.« Er legte seine Hände flach auf den Tisch und beugte sich vor und sah ihr ins Gesicht.

»Jemand war dort unten«, wiederholte sie langsam, schaute ihn an. »Lassen Sie uns in die Bibliothek gehen«, sagte Sandro. »Da ist etwas, das ich Ihnen zeigen möchte.«

In dem fensterlosen Flur, der zum alten Teil des Schlosses führte und in dem es gestern Abend schon düster gewesen war, war es jetzt fast pechschwarz, und so wie das Kühlschrankinnere roch auch er nach verderbenden Dingen. Der Gedanke machte Cate nervös. Den großen, schattigen Raum der Bibliothek zu betreten, die mitten am Tag dunkel war, verstärkte das Gefühl nur noch.

Sie gingen beide schnurstracks auf die tiefen Fenster zu: Der Himmel war stahlgrau und von Wolken bedeckt. Cate zitterte, blickte zurück in das Zimmer, auf den riesigen, staubigen Kronleuchter, der im schwachen Licht kaum zu sehen war, auf das schmale Geländer der Galerie. »Angeblich spukt es hier drin«, sagte sie. »Was wollten Sie mir sagen?«

Und dann erinnerte sie sich, als sie zur Galerie aufsah: Loni und Orfeo da oben, bei seinem letzten Besuch. Sie sahen nach unten.

Sandro hatte angefangen zu reden.

»Per Hansen hat an diesem Abend ein Licht gesehen«,

sagte er. »Oder dachte es wenigstens. Er war in seinem Zimmer und schaute hinaus.«

»Ein Licht?«

»Als ich zu ihm gegangen bin, hat er es mir erzählt. Er hat zu mir etwas über Geister oder Glühwürmchen oder Seelen gesagt. Ich habe es nicht richtig verstanden. Am nächsten Morgen hatte er gedacht, er hätte es geträumt, und als er von dem Unfall erfuhr, hatte er die wilde Idee, es wäre ihre fliehende Seele gewesen.«

»Wann?«, fragte Cate mit einer Art von zögerndem Schrecken, als sie begriff, was er sagte, und als sie hinaussah, in die Richtung, in die Per Hansen in dieser Nacht geschaut haben konnte.

»Gegen Mitternacht«, sagte er. »Es bewegte sich querfeldein, rechts von ihm, als er hinuntersah. Vielleicht wollte derjenige nicht gesehen werden.«

Und sie blickten nach rechts hinunter: in die dürren Bäume, die die Außengebäude umgaben, das Atelier, den *villino*. Selbst im blassen, grauen Licht konnten sie etwas erkennen, das wie Fußspuren aussah, die vom Schloss wegführten. Jemand hatte offensichtlich eine dunklere Spur im weißen Schnee hinterlassen. Aber am Donnerstagabend hatte kein Schnee gelegen, und der Boden war hart gefroren gewesen. Beide wussten, dass es damals keine Spuren gegeben hatte.

»Es hätte ein …«, sagte Cate und wollte plötzlich nicht weitersprechen.

»Ja«, sagte Sandro. »Es hätte ein echter, lebendiger Mensch sein können, der herausfinden wollte, was mit Loni Meadows passiert war.«

»Einen Moment.« Da waren so viele Fragen. Cate bemühte sich, methodisch vorzugehen, nicht direkt von der schrecklichen Tatsache, die er ihr aufzeigte, zu Schlussfolgerungen zu springen. »Glauben Sie ihm?«

»Per Hansen?« Sandro lachte kurz. »Ich glaube ihm. Natürlich könnten die beiden einander decken, Hansen und Fairhead, eine Verschwörung, und sie könnten einander Alibis verschaffen. Aber das glaube ich nicht. Glauben Sie so etwas?«

»Nein.« Cate konnte ihr eigenes Flüstern kaum hören. Über ihr wartete die Galerie voller Schatten, und um sie herum wartete das Schloss, atmete durch seine Nischen und Hohlräume.

Sandro fuhr fort: »Ihre Interessen passten nicht zusammen, wissen Sie? Die betrogenen Liebhaber, jeder war betrogen worden, einer war nur in seiner Fantasie ein Liebhaber.«

Cate nickte. Sie wollte nicht nach oben sehen, aber sie wollte auch nicht aus dem Fenster schauen. Sie spürte die tiefe, dunkle Kälte des Raumes, die sie umschloss.

»Also ist jemand dort hinuntergegangen«, sagte Cate. »Jemand wusste genau, was passiert war, und auch genau, wann.«

»Weil derjenige sie dorthin gerufen hatte.« Sandro war entschlossen, sicher und konzentriert, als er sprach. »Diese Person hat Wasser auf die Straße gekippt, ist dann zurückgekehrt, hat gewartet, sodass sich das Eis bilden konnte. Hat bis nach dem Abendessen gewartet, um eine SMS zu schicken. Die übliche Nachricht. Zweifellos war die letzte, die Orfeo geschickt hatte, noch im Handy. Leicht zu imitieren.«

Cate sagte langsam: »Sie hat alles fallen lassen und ist los. Ich habe ihre Kleider auf dem Schlafzimmerboden gesehen.« Sie holte Luft, war überrascht von ihrer Erleichterung. »Fairhead hat gesehen, wie sie nach dem Abendessen eine

Nachricht bekam, Per ebenfalls. Sie können sie also nicht geschickt haben.« Sandro neigte den Kopf und sah wieder aus dem Fenster. Der drückende, graue Himmel und das kahle, leere Weiß der Landschaft lösten hinter Cates Augen nagende Kopfschmerzen aus.

»Wer bleibt dann übrig?«, fragte Sandro. »Das Licht kam von dort unten.«

»Michelle. Tina.«

»Luca Gallo? Dieser Mauro?«

»Luca hat das Schloss an diesem Tag nicht verlassen, das kann ich beschwören, nicht, solange ich hier war. Und Mauro lag an diesem Abend sturzbetrunken im Bett, auf der anderen Seite des Hügels.«

»Also einer hat für den gesamten Tag ein Alibi, der andere für den gesamten Abend«, sagte Sandro. »Und Ihr Tiziano?«

»Querfeldein? In seinem Rollstuhl?« Cate wurde plötzlich wütend. »Sind Sie verrückt?«

Sandro zuckte nur mit den Schultern.

»Irgendjemand ist dort hingegangen«, sagte er. »Sie wissen nicht, was die Leute antreibt.«

Und dann war eine Stille entstanden, in der das leise, stetige Geräusch eines Motors zu hören war: ein Auto, auch wenn man es vom Fenster der Bibliothek aus nicht sehen konnte. Sandro packte Cate an den Oberarmen und sah ihr in die Augen. »Sie war noch nicht tot, wissen Sie.« Er legte zwei Finger an Cates Hals und drückte ganz leicht. Seine Hand war kalt.

»An ihrem Hals war ein Fleck«, sagte er ruhig, »ein Fleck, der von dem Sicherheitsgurt stammen kann, doch sie legte ihn ja nie an.« Er machte eine Pause, um die Worte wirken zu lassen.

»Jemand ist schnell im Dunkeln mit einer Taschenlampe über die Felder gelaufen. Jemand hat sie gefunden, benommen, verletzt.«

Seine andere Hand legte sich an ihren Hals, und der Druck wurde ein winziges bisschen stärker. In dieser Sekunde spürte Cate, wie sie ihre Augen panisch aufriss. Die kalten Hände blieben, wo sie waren. »Sie könnte bereits eine Art von Hirntrauma erlitten haben«, sagte er. »Ich glaube, dass es so war. Ich denke, sie war verwirrt, schwach.«

»Sie war immer so stark«, sagte Cate.

»Ja«, sagte Sandro, und Cate hörte in seiner Stimme die Trauer um das Leben, das eine starke Frau verlor. Er löste seine Hände. »Zwei Menschen in der Dunkelheit, der eine voller Adrenalin, der andere benommen und verletzt. Sie dachte vielleicht, dass Hilfe kam.«

Cate schloss die Augen, um nicht das Bild zu sehen, das er von Loni Meadows gezeichnet hatte. Blaue Augen, die sich dankbar ihrem Mörder zuwandten. Etwas piepste. Sandro schnalzte ungeduldig mit der Zunge. Und Cate hörte, die Augen geschlossen, das Geräusch von Handytasten. Sie holte tief Luft. »Eingewiesen?«, glaubte sie Sandro sagen zu hören.

Sie öffnete die Augen, lehnte sich gegen den Fensterrahmen, spürte die Kälte und sah nach oben zur Galerie. Das dünne Licht von den Fenstern schien auf das Geländer. Und da war es, vollständig und perfekt, das Bild von letztem Sonntag: Orfeo steht da oben, sieht herab, Loni hängt an seinem Arm. Und etwas weiter hinten auf der Galerie in einer Ecke: Michelle, die sich an das Regal lehnt, ihren schmerzenden Rücken streckt und die beiden betrachtet.

Loni und Orfeo beenden ihr Gespräch, Per unten nickt

verlegen, Loni kommt die schmale Holztreppe herunter und gibt ihm einen dieser federleichten, gehauchten Küsse, ein bisschen zu nah am Mund. Orfeo, der endlich fahren will, steht an der Tür, wird gleich nach Florenz aufbrechen.

Und während Cate die Gläser vom Tisch abgeräumt hatte, waren die Gäste, einer nach dem anderen, gegangen. Und dann hatte Cate sie gesehen. Sie war die Treppe heruntergekommen, die Letzte, die ging, und sie schaute auf etwas in ihrer Hand. Michelle, die auf einen winzigen Bildschirm starrte. Michelle mit Orfeos Handy und einem hell erleuchteten Gesicht. Dann steckte sie es in die Tasche, damit Cate es nicht sah.

Aber Cate *hatte* es gesehen, auch wenn die Erinnerung bis zu diesem Augenblick, in dem sie zur Galerie hochschaute, verschüttet gewesen war.

»Michelle«, flüsterte sie, und Sandro drehte sich abrupt um, sein eigenes Mobiltelefon in der Hand.

»Michelle Connor.«

»Was ist mit ihr?«

»Sie war immer so wütend«, sagte Cate und hörte kaum, was er sagte. »Ihr Mann ist gestorben, wissen Sie. Er sollte auch herkommen, aber er ist gestorben.«

»Ja«, sagte Sandro und hielt das Handy hoch. Eine SMS von jemandem namens Luisa. Michelle Connor nach dem Selbstmord ihres Mannes Joseph, Komponist, eingewiesen August 2007.

»Eingewiesen«, sagte er und räusperte sich. »Das bedeutet, sie war in einer psychiatrischen Klinik.« Cate konnte das Zögern in seiner Stimme hören. »August. Er ist im August gestorben. Aber Per Hansen wurde im Juli eingeladen.«

Cate hörte die Worte, aber sie wusste nicht, was er meinte.

Sie verfolgte ihre eigenen Überlegungen. »Sie ist mit diesem Ding joggen gegangen«, sagte sie, »diesem Ding auf ihrem Rücken voller Wasser. Wäre das genug Wasser?« Sie spürte, wie Sandro sich zu ihr umdrehte. Und sie hörte das entfernte, gedämpfte Geräusch von Reifen auf Kies und eine Tür, die zugeknallt wurde, und eine bekannte Stimme. Und schließlich konnte sie die Worte sagen.

»Sie hatte das Handy. Er muss es dort oben auf der Galerie vergessen haben, und Michelle war auch dort oben, und als sie herunterkam, hielt sie es in der Hand.«

Und dann stand Ginevra in der Tür, Nicki hinter ihr, halb verborgen. »Also, das ist ja ein verdammtes Chaos«, sagte sie mit düsterer Befriedigung.

Kapitel 23

Ihr Ehemann hat Selbstmord begangen«, sagte Luisa und schaute auf den Bildschirm. Sie hatte sich abrupt hingesetzt und Giuli an den Rand des Bürostuhls gedrängt. Giuli spürte ihren Hüftknochen, hart und spitz. »Er sollte mit ihr in dieses Schloss gehen, aber dann hat er sich umgebracht.«

Das Zeitungsfoto auf dem Bildschirm zeigte eine Krankentrage in einer New Yorker Straße, Backsteingebäude und Bäume mit üppigem Sommerlaub und die Frau auf der Liege unter einem weißen Baumwolllaken. Leute in Sommerkleidern blieben stehen, starrten. Das starke, habichtartige Profil der Frau hob sich von einem wolkenleeren Himmel ab.

»Sie sieht nicht danach aus, sie ist kein schwacher Typ.« Luisa wandte sich wütend Giuli zu. »Und warum sollte das irgendetwas bedeuten, warum sollte sie diese Dottoressa Meadows töten, weil ihr Mann sich dreitausend Kilometer entfernt umgebracht hat?«

»Ich weiß nicht«, sagte Giuli und blieb ruhig: Wut war Luisas Weg. Wenn etwas sie aufregte, wenn sie sich schuldig fühlte, wenn sie merkte, dass sie sich bei irgendetwas geirrt hatte, dann war Wut ihre erste Reaktion. Auf sich selbst. Auch wenn andere Leute das nicht immer sahen.

»Wir wissen nicht, warum er sich umgebracht hat. Aber

sie war eine Woche lang in einer psychiatrischen Klinik, das steht hier.« Giuli spürte Luisas Anspannung.

»Was soll ich jetzt tun?«, fragte Luisa schließlich und starrte weiterhin auf den Bildschirm.

»Tun?«, fragte Giuli.

»Wegen Sandro.« Luisas Tonfall signalisierte Kapitulation. »So kann es nicht bleiben. Ich werde morgen früh auf jeden Fall fliegen.«

»Gib mir dein Handy«, sagte Giuli. Luisa reichte es ihr stirnrunzelnd. Giuli tippte die Nachricht: Michelle Connor eingewiesen, begann sie.

Luisa war überrascht. »Er wird sehen, dass sie von dir stammt«, erklärte Giuli geduldig. »Es ist ein Anfang: Er wird wissen, dass du helfen willst.«

Luisa hielt immer noch ein Papier in der Hand, das Blatt mit Informationen über einen anderen Gast im Castello Orfeo: Sie hatte die Post-it-Notiz daran geklebt. Sie legte das Papier auf den Tisch, aber zog den klebrigen Zettel ab, klebte ihn auf den einen, dann auf den anderen Finger und drehte mit dem Daumen an ihrem Ehering.

»Sprich mit ihm«, sagte Giuli. Ungeduldig klebte Luisa den Post-it-Zettel wieder an den Computerbildschirm und verdeckte das Gesicht eines der Schaulustigen auf der New Yorker Straße.

»Und was soll ich sagen?« Ihre Stimme klang erstickt, als täte ihr etwas weh. »Er hat zu tun. Er arbeitet an einem Fall, du hast es selbst gesagt. Er könnte zu viel zu tun haben, um mit mir zu sprechen.« Sie beugte sich vor und nahm Giuli ihr Handy aus der Hand.

»Glaubst du, er wird zurückrufen?«

Giuli nahm das kleine, pinkfarbene Quadrat vom Bildschirm, verkleinerte die Seite und öffnete den Internetbrowser. Sie tippte *Lonestar* ein.

»Nicht, wenn er zu tun hat«, sagte sie. »Warum machen wir nicht einfach weiter und recherchieren noch ein bisschen für ihn? Und falls wir noch etwas herausfinden, dann rufst du ihn an.«

Der Bildschirm füllte sich mit Text, in der Ecke die Kamee einer wunderschönen Frau im Profil, *Lonestar* stand darüber, dann eine lange Kolumne, die letzte, vor ein paar Monaten gepostet. Eine Kritik von Gemälden eines Neuseeländers. Nicht gerade sehr anonym, dachte Giuli. Und der Text: Das Wort »entsetzlich« neben der Abbildung eines abstrakten Gemäldes sprang ihr in die Augen. »Unreif«, »blödsinnig«, »idiotisch«. Sie war überrascht, wie schnell Beleidigungen in jeder Sprache wiederzuerkennen waren.

»Wie funktioniert das denn«, fragte Luisa und sah den Bildschirm stirnrunzelnd an, »diese Blogsache?«

»In Blogs drückt man seine Meinung aus. Man kann anonym bleiben oder nicht. Man kann Lügen über Leute erzählen, sie beleidigen. Das Internet liebt Skandale«, sagte Giuli. »Einen Moment.«

Luisa wartete aufmerksam.

»Einen Moment. Wir müssen hier raffiniert vorgehen.«

»Raffiniert?«

»Wir starten eine Suche«, sagte Giuli. Ihre Neugier wurde stärker, als sie den Bildschirm betrachtete. »Die Namen einsetzen, eine Wortsuche. Ihr Name – Lonestar – und die Namen von Sandros Verdächtigen. In Ordnung?«

Luisa nickte langsam. »Hier?«, sagte sie und bewegte den Cursor zu dem Feld. Giuli nickte, und mit zwei Fingern begann Luisa zu tippen.

Die kleine, temperamentvolle Frau, die Hände in die Hüften gestemmt, starrte Sandro kämpferisch an wie ein Wachhund. »Ginevra«, sagte Cate leise, »das ist …« Aber Ginevra ließ sie nicht aussprechen.

»Ich weiß, wer er ist«, sagte Ginevra und starrte Sandro feindlich an. »Der Privatdetektiv aus Florenz. Seinetwegen ist mein Mauro im Krankenhaus.«

»Wie bitte?«, fragte Sandro misstrauisch. »Meinetwegen?«

»Geht's ihm gut?«, fragte Cate und klang ehrlich besorgt.

Die kleine Frau schnaubte. »Dafür kann ich jedenfalls niemandem hier danken«, sagte sie. »Es ist zu viel. Wo ist die Stiftung? Mauro hat diesem Ort sein Leben gewidmet. Und seit diese verdammte Frau hier aufgetaucht ist …«

»In Ordnung, in Ordnung«, sagte Sandro versöhnlich und mit erhobenen Händen. »Ich nehme an, dass er im Krankenhaus gut aufgehoben ist.« Ginevras Augen waren klein, schwarz und blickten ihn verächtlich an. Sie sagte nichts. Ich würde es den beiden zutrauen, dachte Sandro, sich ihrer zu entledigen. Aber sie hatten Orfeos Handy nicht gehabt.

»Du kannst ins Krankenhaus fahren«, sagte Cate ernst zu Ginevra. »Ich komme hier schon klar.«

»Auf keinen Fall«, erwiderte Ginevra. »Dann werden sie mich als Nächste loswerden wollen. Außerdem kommt Mauro durch.« Sie verschränkte die Arme vor ihrer üppigen Brust. Sandro sah sie eine Weile mit widerwilliger Bewunderung an.

Neben ihm sagte Cate dringlich: »Wir sollten besser zu Michelle hinuntergehen.«

Sandro sah sie von der Seite an. Sie war ein gutes Mädchen, aber er hatte plötzlich das Bedürfnis, derjenige zu sein, der an diesem Ort voller Verdächtiger die Fragen stellte, ohne dass andere Stimmen ihm etwas ins Ohr flüsterten. Auge in Auge, genau wie früher.

»Michelle«, meldete sich Nicki. »Wir haben sie gerade gesehen. Sie wartet vor Lucas Büro. Sie will mit ihm sprechen.«

»In Ordnung«, sagte Sandro. Er fragte sich, was sie bei Luca machte. »Hören Sie«, begann er und wandte sich Cate zu, aber die Köchin war schneller.

»Und du, meine Dame«, sagte Ginevra, »hast du nicht Arbeit zu erledigen?« Er sah, wie Cate sich bei dem Tonfall der Köchin anspannte.

»Ich bin schon den ganzen Morgen hier«, sagte sie leise.

Ginevra schaute sie nachdenklich an. »Bist du das?«, fragte sie. »Hast du dich um deine wertvollen Gäste gekümmert?« Pause, dann fragte sie boshaft: »Und hast du vielleicht auch deinen Tiziano Scarpa gesehen?«

Sandro spürte die Veränderung in Caterina, auch ohne sie anzusehen.

»Was meinst du?«, fragte Cate steif. »Ja, ich habe ihn gesehen. Er war früh wach. Ich habe gesehen, wie er mit Michelle sprach, sie haben mir gesagt …« Und dann hielt sie inne. »Warum?«, fragte sie. Ginevra zuckte mit den Schultern.

»Aus seinem Zimmer waren eigenartige Geräusche zu hören«, vertraute Nicki Cate flüsternd an.

»Eigenartige Geräusche?« Cate wurde blass.

»Wir haben es gehört, als wir das Auto geparkt haben, aber als wir anklopften, antwortete niemand. Ich denke, er …«

Aber Cate war weg, ohne darauf zu warten, dass sie zu Ende sprach. Sie lief durch die große Tür hinaus und riss während des Laufens die Schürze weg. Die Tür schlug mit einem lauten, widerhallenden Knall hinter ihr zu. Und während Nicki hinter Cate hersah, drehte sich Ginevra zu Sandro um und schaute ihn mit stummer Befriedigung an.

Er schaute zurück, weigerte sich, sich einschüchtern zu lassen. »Ich nehme an, Sie haben viel zu tun«, sagte er. »Ich will Sie nicht aufhalten.«

Sandro wartete ein paar Minuten, bevor er das Zimmer verließ. Diese Frauen waren ein griechischer Chor, ohne den er gut leben konnte. Er war neugierig wegen Tiziano Scarpa, aber Caterina wusste, wie sie allein mit ihm klarkam. Und Michelle Connor war aufgetaucht. Sandro wusste, er konnte es sich nicht leisten wegzuschauen.

Als Sandro um die Ecke des Schlosses ging, konnte er seinen Atem in der Luft sehen. Der Himmel schien noch niedriger, noch dunkler und das Astgewirr der Bäume noch näher zu sein. Am Fenster von Luca Gallos Büro bewegte sich etwas. Sandro blieb einen Augenblick stehen und schaute hinauf.

Die Tür am Fuß der Treppe zum Büro war nicht abgeschlossen, und Sandro ging langsam hinauf. Er hörte Stimmen. Auf dem kleinen Treppenabsatz blieb er stehen und lauschte. »Es gibt Verträge«, hörte er Gallo bittend sagen. »Das ist nicht … es verstößt gegen die Regeln, Ms. Connor. Sie können nicht einfach …« Und dann hielt er inne, und Sandro blieb still stehen, aber es war zu spät. Die Tür wurde aufgerissen, und Gallo sah heraus.

»Sie«, sagte er mit düsterer Resignation.

»Ich«, sagte Sandro traurig. »Es tut mir leid.«

Michelle Connor befand sich im Zimmer. In einem formlosen, grauen Sweatshirt, einer Laufhose und mit ungekämmten Haaren stand sie am Fenster und beobachtete ihn mit einem Ausdruck ruhiger Entschlossenheit.

»Ich muss mit Signora Connor sprechen«, sagte Sandro respektvoll. »Ich wollte nicht stören.«

»Kann das nicht warten?«, fragte Luca erschöpft. »Mussten Sie hierherkommen? Wir unterhalten uns.«

»Ich befürchte, es kann nicht warten«, sagte Sandro und blieb standhaft. Er spürte trotz der Kälte Schweiß auf seiner Stirn, und ihm wurde klar, dass sogar die zwei Gläser Wein, die er gestern Abend getrunken hatte, zu viel gewesen waren und dass er zu spät ins Bett gegangen war.

»Es ist in Ordnung«, sagte Michelle. »Wir waren fertig.«

Gallo sah auf seine Füße, aber sie rührte sich nicht.

»Wir können genauso gut hier sprechen wie irgendwo anders«, sagte Michelle und sah Sandro kühn in die Augen. »Oder nicht?«

Von beiden ignoriert, antwortete Luca Gallo: »Ich werde nur – ich werde meine – natürlich, fühlen Sie sich frei, hier zu sprechen.« Er ging rasch zum Schreibtisch und griff nach einer kleinen Ledertasche. Sandro empfand plötzlich Mitleid mit dem Mann. »Nein«, sagte Michelle schnell, »ich hätte gerne, dass du bleibst, Luca.«

Beide Männer sahen sie an, Gallo blinzelte überrascht. »Ich habe nichts zu verbergen«, sagte sie mit erhobenem Kinn. »Legen Sie los.«

Manchmal lief es so, erinnerte sich Sandro, manchmal. Nichts zu verbergen, nichts mehr zu verlieren. Michelle Connor hatte keine Kinder, und ihr Ehemann war tot. War es das?

»Wenn Sie sich sicher sind«, sagte Sandro, trat wieder ein, schloss hinter sich die Tür und blieb davor stehen. Aber so, wie er hinter seinem Schreibtisch stand, sah es aus, als wäre Luca Gallo in dem Büro eingesperrt, nicht Michelle Connor.

Sie blieb am Fenster stehen, bereit zu kämpfen. »Sagen Sie, was Sie zu sagen haben«, sagte sie, und während sie sprach, fiel Sandro wieder der Anflug von Michelle Connors Schönheit in ihrem verlebten Gesicht auf. Er kam auf die Idee, dass das irgendwie die Spuren waren, die davon herrührten, dass sie geliebt worden war. War das sentimental?

»Denn ich reise ab, wenn Sie fertig sind«, fuhr Michelle trotzig fort. »Ich habe gepackt und bin dann weg.« Am Schreibtisch ließ Gallo die Schultern sinken, und Sandro vermutete, dass sie über ihre Abreise gesprochen hatten.

»Signora Connor«, sagte er, »wann ist Ihr Mann gestorben?« Er wusste nicht, was sie von ihm erwartet hatte, aber er nahm an, das nicht: Sie wurde abrupt blass, ihre Augen in ihrem faltigen Gesicht wurden plötzlich dunkler.

»Es tut mir leid«, sagte er, »ich muss das fragen.«

»Joe ist letztes Jahr am achtzehnten August gestorben«, sagte Michelle leise. Am Schreibtisch räusperte sich Luca Gallo.

»Mr. Gallo hat mir gesagt, dass Per Hansen eingeladen wurde, um Ihren Ehemann nach seinem Tod zu ersetzen«, sagte Sandro, ohne den Kopf zu bewegen. Er sah ihr weiterhin in die Augen, die voller Schmerz waren. »Das stimmt so aber nicht, oder?«

Langsam schüttelte sie den Kopf. »Nein«, sagte sie, und ihr Blick huschte zu Gallo, dann wieder zurück. »Ich nehme an, dass Mr. Gallo eine peinliche Situation vermeiden wollte.«

Sandro seufzte. »Er hatte bereits erfahren, dass er nicht kommen konnte, nicht wahr? Kurz nachdem Loni Meadows die Stelle angetreten hatte. Ich vermute, dass sie diese Entscheidung getroffen hat.« Michelle drehte den Kopf weg, und Sandro sah im dünnen, grauen Licht des Fensters etwas in ihren Augen aufblitzen. Ihm war klar, dass er recht hatte, und dann sprach Luca Gallo.

»Die Dottoressa war unnachgiebig. Keine Ehepartner.« Er stockte. »Wir mussten ihre Entscheidung respektieren, es war ihre erste Entscheidung als Direktorin.«

»Auch wenn sie selbst eine Affäre hatte?« Sandro konnte seine Abscheu nicht verbergen.

Gallo neigte den Kopf. »Ich glaube, dass seine Arbeit ihr auch nicht gefiel. Sie konnte sehr verletzend sein.«

»Hat sie in ihrem Blog irgendetwas über ihn geschrieben?«, fragte Sandro sanft.

Michelle zuckte kaum merklich mit den Schultern.

»Hatte sie einen ihrer« – und er suchte nach Worten – »virtuellen Morde begangen? Oder war es nur die Ablehnung des Aufenthalts hier, die dazu führte, dass Ihr Mann sich das Leben nahm?«

»Die Ablehnung kam zu einer schlechten Zeit«, sagte sie, und er hörte in ihrer rauen Stimme nur Schmerz. »Er hatte es nicht leicht, mein Joe. Er kämpfte jeden Tag seines Lebens dagegen an.«

Er nahm an, dass sie Depressionen meinte. Sandro stellte sie sich wie einen schweren, grauen Himmel vor, der einen niederdrückte. Wie der Himmel draußen, jenseits des Fensters, wie die dicken, grauen Wände des Schlosses, die sich um einen schlossen. Was für ein Ort, dachte er, geeignet, jeden in den Wahnsinn zu treiben.

»Sie müssen sie gehasst haben«, sagte er, so sanft er konnte. »Ihr die Schuld gegeben haben. Wie konnten sie das nicht? Und dann kamen sie trotzdem hierher, weil sie so wenigstens die Chance erhielten, ihr zu sagen, was sie von ihr hielten.«

Michelle Connor schwieg, aber ihr Blick sagte genug. Trotzdem musste er weitermachen. »Und sie dann dabei beobachten zu müssen, wie sie mit Gästen und Besuchern flirtete und ihre Abende außerhalb des Schlosses verbrachte.« Sie schüttelte den Kopf.

»Also ehrlich«, rief Luca Gallo und klang ängstlich. Er schaute zur Tür, dann zum Fenster, als wolle er fliehen. »Worauf wollen Sie hinaus?« Sie ignorierten ihn.

»Sie haben Niccolo Orfeos Handy gefunden«, sagte Sandro vorsichtig, und Michelles Erstaunen sagte ihm, dass Caterina recht gehabt hatte. »Er hat es vergessen, und Sie haben es gefunden. Warum haben Sie es ihm nicht sofort zurückgegeben? Wussten Sie da schon, dass die beiden eine Affäre hatten? Nach allem, was ich gehört habe, war es wohl ziemlich offensichtlich. Oder ist es Ihnen erst durch all die SMS, die er ihr geschickt hatte, klar geworden? Ich stelle mir vor, dass es Ihnen recht schnell klar geworden ist, dass das … interessant werden könnte – dieses Handy zu haben und was Sie damit tun konnten.«

Nach einer Weile sagte Michelle:

»Ihr verdammtes Liebesleben war mir egal. Ich bin zu alt, um so etwas spannend zu finden.« Sie schloss die Augen, und ihr blasses, müdes Gesicht hätte für einen Augenblick auch eine Totenmaske sein können.

Dann öffnete sie ihre Augen. »Ja, ich hatte das Handy«, sagte sie tonlos. »Ja, wir lachten, als wir uns seine Nachrichten ansahen. Was für ein alter Narr er ist, und was für eine Nutte sie war. Ja, für eine Sekunde oder zwei.« Sie verzog den Mund. »Ich hätte nicht mal hinsehen sollen.«

Sandro schaute sie an und versuchte, sie zu durchschauen. Und während er sie betrachtete, schien das Zimmer immer kleiner zu werden, die vollen Regale um ihn herum, die mit Fotos und Broschüren bedeckte Pinnwand bedrückten ihn. In Sandro stieg Bitterkeit auf, und er verspürte einen plötzlichen Widerwillen weiterzumachen, aber er musste es tun. Er holte tief Luft und wollte sich so präzise wie möglich ausdrücken.

»Sie sind eine wütende Frau, Mrs. Connor. Und Sie sind intelligent und gebildet. Sie sind sicher intelligent genug, sich einen Weg, Loni Meadows umzubringen, auszudenken.« Er atmete ein, erinnerte sich an das, was Cate erzählt hatte. »Sie könnten mit Wasser in ihrem Rucksack joggen gegangen sein. Sie könnten beobachtet haben, wie dieses Wasser fror, wenn Sie es auf die Straße gossen. Und dann könnten Sie, in der bisher kältesten Nacht des Jahres, dieses Handy benutzt haben, um eine Nachricht von Lonis Liebhaber zu schreiben. Vielleicht hatten Sie bemerkt, dass Sie jeden Tag hier Loni noch mehr hassten. Vielleicht waren Sie so wütend, dass Sie sich nicht mehr beherrschen konnten.«

Luca Gallo war an seinem Schreibtisch aufgestanden und stotterte etwas, aber es war der Ausdruck in Michelle Connors Augen, der Sandro stoppte.

»Erfinden Sie das?«, fragte sie langsam, als würde ihr gerade erst etwas klar. »Glatteis? Halten Sie mich für verrückt? Verrückt genug, um diesen, diesen Plan auszutüfteln?«

»Sie waren in einer Klinik«, sagte Sandro leise. Er wollte es nicht aussprechen. »In einer psychiatrischen Klinik.« Aber Michelle schien es nicht einmal zu hören.

»Wütend?«, sagte sie. »Sicher war ich wütend. Ich bin immer noch wütend, aber auf sie!« Sie zischte verächtlich. »Sie war nicht einmal eine Minute meiner Zeit wert. Wissen Sie, auf wen ich wütend bin? Ich bin wütend auf ihn, auf Joe.«

Sie beugte sich vor und schlug auf den Tisch. »Auf Joe. Weil er nach all dieser Zeit aufgegeben hat, wegen dieses dämlichen Platzes hier. Ich habe ihm gesagt, ich würde nicht ohne ihn fahren. Habe ihm gesagt, dass wir nach Italien fliegen und Spaß haben können, wenn wir das wollen. Wir bräuchten diese Typen nicht.« Und dann brach ihre Stimme, und sie verstummte. »Aber er hat es getan. Er hat es getan, und ich habe ihn auf dem Badezimmerboden gefunden.«

Luca Gallo versuchte immer noch, etwas zu sagen, aber Sandro kämpfte mit dem Schwindelgefühl, das ihre Worte in ihm auslösten. Der unverkennbare Klang der Wahrheit in dem klaustrophobischen Raum.

»Aber was ist mit dem *telefonino?*«, fragte er verzweifelt und suchte sogar nach dem englischen Wort. »Sein Mobiltelefon. Sein Handy.«

Und Michelle machte einen Schritt auf ihn zu.

»Das *telefonino?*«, sagte sie und schwang ihren Arm in einer fast triumphierenden Geste, die Luca Gallo endlich mit einschloss. Sie lachte bitter. »Ich habe das *telefonino* nicht. Sag es dem Mann, Luca.« Dann sah sie Sandro direkt an und fuhr fort: »In Ordnung, dann tue ich es. ›Hat jemand das Handy des Grafen Orfeo gesehen?‹, fragte Luca uns am nächsten Tag. Wenn wir es finden, dann sollten wir es ihm geben, und das haben wir dann auch getan. Vielleicht nicht sofort, aber er hatte es seit diesem Mittwoch, dem Tag, bevor sie starb.«

Und dann drehten sich endlich beide um und sahen Luca Gallo an.

Kapitel 24

Cate presste ihr Gesicht an das Fenster von Tizianos Erdgeschosswohnung mit dem Aufzug und dem extra umgebauten Badezimmer, rief seinen Namen und griff durch das Sicherheitsgitter und klopfte an das Glas. Sie geriet vor Panik und Angst langsam außer Atem. Cate dachte daran, dass Tiziano nie jemanden hereinließ: Er kam an die Tür, um sein Mittagessen entgegenzunehmen, oder sie ließen es auf der Türschwelle stehen. Eine zurückgezogen lebende Person.

Ein eigenartiges Geräusch, hatte Nicki gesagt. Was für ein eigenartiges Geräusch? Hatte er Schmerzen? War er in Schwierigkeiten? Cate dachte an seinen Gesichtsausdruck am Abend vorher, als er sie in Michelles Apartment auf seinen Schoß gezogen hatte. Hatte er etwas mit Loni Meadows' Tod zu tun? Hatte er etwas … Dummes gemacht?

Cate merkte, dass sie nicht an Michelle denken konnte. Sie begriff das alles nicht. Die abrupte Erkenntnis, dass es gar kein Unfall gewesen war, diese Theorien, die Sandro Cellini mit sorgfältiger Entschlossenheit entwickelt hatte, waren plötzlich Tatsache: Es war unwirklich, aber es war wahr. Dieses Glatteis hätte es dort gar nicht geben dürfen, und Loni Meadows war zu einem Liebestreffen gerufen worden, das überhaupt nicht existierte.

»Tiziano«, flüsterte sie, bemüht, die Panik aus ihrer Stimme zu tilgen, »*caro*, was machst du da drin?« Sie schluckte. »Geht's dir gut?«

Und dann öffnete sich die Tür. Er saß da. Er blockierte die Tür nicht wie sonst, lächelte kühl, streckte die Hände nach seinem Mittagessen aus. Er blieb aber mit dem Gesicht im Schatten der Tür und erlaubte es Cate einzutreten. Sie trat ein, und die Tür schloss sich hinter ihr.

Es war dunkel, sogar noch dunkler, als es in der Küche gewesen war. »Hast du Kerzen?«, fragte sie. Sie wartete die Antwort nicht ab, sondern ging wie eine Blinde durch den eckigen, düsteren Raum, stieß gegen den großen, glänzenden Flügel, das Gegenstück zu dem in der Bibliothek, der dieses kleine Zimmer dominierte, und wich ihm dann aus. Sie wusste, wo die Kerzen sich befanden, da sie den Vorrat für solche Gelegenheiten auffüllen musste: Sie waren in einer Schublade in der Kommode. Sie zündete eine an und stellte sie in eine Untertasse. Sie gab nicht viel Licht, aber es war besser als nichts. Tiziano zuckte mit den Schultern, drehte sich ihr zu, und während sich ihre Augen an das Licht gewöhnten, sah sie, wie er sich verändert hatte.

»Nicki und Ginevra machten sich Sorgen um dich«, sagte sie. »Du hast nicht geantwortet.«

»Ich hatte vergessen, wie es ist«, sagte er mit rauer Stimme. »Das ist alles. Ich hatte vergessen, wie abreisen ist. Sich verabschieden. Und wir hätten noch vier Wochen zusammen haben sollen.«

Konnte das alles sein? Dass er sie vermissen würde, diese merkwürdige Familie von Außenseitern und Einzelgängern? Das konnte nicht alles sein. Cate trat an seinen Rollstuhl und hockte sich neben ihn hin. Sie spürte, dass ihre Füße immer noch nass vom Schnee waren, und ihr Körper fühlte sich vor Müdigkeit und Kälte fiebrig an. Sie fragte sich, wie lange es dauern würde, bis das Leben wieder normal würde. Wenn das jemals wieder der Fall sein würde.

Was, wenn es nicht Michelle war? Was, wenn sie dieses Handy jemand anderem gegeben hatte? Sie und Tiziano hatten sich immer nahgestanden.

»Tiziano«, sagte sie und konnte die Angst nicht aus ihrer Stimme heraushalten. »Lieber.« Cate benutzte das Kosewort, wie ihre Mutter es ihr gegenüber benutzt hätte, wie sie es gegenüber dem Bruder, den sie nie hatte, benutzt hätte. »Er hat es mir erzählt. Cellini hat mir von deinem Unfall erzählt. Von der Bombe, die deinen Vater getötet hat. Von Lonis Ehemann, dem Anwalt, der den Bombenleger verteidigt hat.«

»Hat er das?«, sagte Tiziano, und seine Stimme kam von irgendwo tief unten.

»Warum warst du aufgeregt?« Sie wollte nicht fragen, warum er geweint hatte. »Weil du diesen Haufen verlassen wirst?«

»Glaubt er, dass ich es war?«, fragte Tiziano, ohne ihre Frage zu beantworten. »Glaubt Cellini, dass ich ihr Auto manipuliert habe oder sie unter Drogen gesetzt oder meinen Rollstuhl mitten in der Nacht in der Kurve geparkt habe, um sie von der Straße zu drängen?«

Cate konnte nichts sagen.

Schließlich fand sie Worte. »Ich habe ihm gesagt, dass du es auf keinen Fall warst«, sagte sie.

»Du glaubst nicht, dass ich es hätte tun können?« Tiziano nahm schnell ihre Hand, hob sie an seinen Mund und drückte sie fest an sein Gesicht. Sie spürte seine weichen Lippen und die Stoppeln und die Kraft seiner Hände.

»Körperlich?«, sagte sie und spürte etwas wie Adrenalin durch ihren Körper schießen. »Ich glaube, das könntest du. Ja.« Dann, mutig: »Weißt du, wie du querfeldein dorthin gelangst?«

Und er machte ein Geräusch, einen Schmerzenslaut. »Lass mich dir sagen«, sagte er, »dass ich es getan haben könnte. Es gibt nichts, was ich nicht tun kann, in diesem Stuhl oder draußen.« Und er ließ abrupt Cates Hand los. »Nichts«, wiederholte er, obwohl sie beide wussten, dass das nicht stimmte.

»Weißt du«, sagte er in einem Tonfall, der fast normal klang, was merkwürdig war, »dass der Bombenleger noch mindestens drei weitere Menschen wegen ihres Ehemanns getötet hat? Lonis Ehemann, der Menschenrechtsanwalt: Wo waren die Menschenrechte dieser Toten? Wo waren meine? Eine von ihnen war eine Frau, frisch verheiratet und im vierten Monat schwanger.«

Es war furchtbar unpassend, aber Cate fragte sich, ob Tiziano Kinder wollte. Und zum ersten Mal dachte sie an Vincenzo, V'cenz, der, als sie mal auf der Straße in einen Buggy geschaut hatte, gesagt hatte: »Du willst doch keine Kinder, oder, Cate? Auf keinen Fall.«

»Ich erinnere mich daran«, sagte sie, und das tat sie auch. Eine Bombe in einer Kaffeebar in Triest.

»Glaubst du, dass ich jemanden umbringen würde? Jemanden verkrüppeln will? Glaubst du, dass ich diese Rache will?«

Und Cate wusste nicht, was sie sagen sollte, weil sie und Sandro Cellini genau darüber nachgedacht hatten. Der Flügel schimmerte im fahlen Licht, das durch das Fenster fiel, die Kerze flackerte. Das Zimmer war kahl, abgesehen von dem großen Instrument und einem schmalen Bett. Eine

Mönchszelle, aber Tiziano hatte beim Gedanken daran, sie zu verlassen, geweint.

»Rache an einer Frau, nur weil sie mit diesem alten Gauner verheiratet war? Sie umbringen, um ihn zu treffen? Wer hat sich das denn ausgedacht? Du? Cellini?« Seine Stimme war vor Aufregung ganz rau.

»Er kennt dich nicht«, sagte Cate. »Es ist nicht seine Schuld. Und außerdem, er glaubt auch nicht, dass du es warst. Nicht mehr.«

»Ich hätte es tun können«, sagte Tiziano und setzte sich im Rollstuhl auf. Er war größer als sie, wie sie da neben ihm hockte, ihre Hand auf seinem harten Knie, obwohl er sie natürlich nicht spürte. »Ich hätte es tun können, aber ich habe es nicht getan. Sie war mir eigentlich völlig egal.«

Dann drehte er sich ihr zu. »Wer dann?«, fragte er. »Was glaubt er, wer es war?«

»Er denkt, es war Michelle«, sagte Cate, und es entstand eine lange Stille. Sie hatte gedacht, er werde sie verteidigen, aber das tat er nicht.

»Wegen ihres Ehemanns«, sagte er, und sie fragte sich, woher er es wusste. »Meadows hatte ihr Veto gegen ihn eingelegt, wusstest du das? Sie hat gesagt, sie will hier keine Ehepaare haben. Und er hat sich umgebracht. Kein Wunder, dass sie wütend ist.«

»Das würdest du nie tun«, sagte sie unvermittelt. »Oder?« Er nahm ihre Hände und umfasste sie.

»Sag niemals nie«, sagte Tiziano, als murmelte er Koseworte. *Mai dire mai*.

»Nein.« Cate spürte, wie die Dunkelheit näher an sie herankroch, spürte die Kälte durch den Steinfußboden aufsteigen und flüsterte: »Sag so was nicht.«

»Man weiß es nicht, Süße«, erwiderte Tiziano sanft. »Du weißt nicht, wie es ist. Es gibt einiges, das sich regeneriert, und einiges, das so bleibt. Das Rückenmark gehört zu den Dingen, die sich nicht regenerieren.«

Cate wollte in diesem Moment sagen, dass es völlig egal war, dass seine Beine nicht funktionierten, aber sie wusste nicht, wie man so etwas sagen konnte. Ihm war es nicht egal, das war das Entscheidende.

Außerdem sprach er noch.

»Sieh dir Alec Fairhead an. Er hat sich richtig regeneriert«, sagte er bitter.

»Was meinst du«, fragte sie beunruhigt.

»Nach wie vielen Jahren der Trauer – zwanzig? – ohne Beziehungen, ohne ordentliche Arbeit. Jetzt, da Loni tot ist, versucht er es bei jeder.«

»Wusstest du davon? Von Alec und Loni?« Sie schaute ihn an.

»Er hat es mir erzählt. Am Morgen, nachdem sie gestorben war, hat er es mir erzählt. Sie hat sein Kind abgetrieben, wusstest du das?« Cate schüttelte langsam den Kopf. »Jetzt ist er ein neuer Mann«, sagte Tiziano. »Er hat dich gestern Abend gebeten, mit ihm durchzubrennen, heute ist er hinter der kleinen Tina her. Er ist im Moment dort und lässt sich von ihr trösten.«

»Was?«, sagte sie. Sie hatte nicht gewusst, dass Tiziano sie letzten Abend gehört hatte. »Ich weiß nicht, ob das eine gute Idee ist, mit Tina«, sagte sie und merkte, wie Panik in ihr aufstieg. »Sie ist so verletzlich.«

»Oder weil du ihn für dich willst?« Sie starrte Tiziano an, überrascht von dem Zorn in seiner Stimme.

Er sah weg, aber nicht schnell genug. Sie hatte etwas in

seinen Augen aufblitzen sehen. »Hast du es denn vorausgesehen? Mit Michelle?« Seine Stimme drückte nur noch oberflächliche Neugier aus, als wäre es ihm egal.

Und dann dachte Cate an Michelle, wie sie an dem Ölfass beim Feuer stand, sah den Ausdruck in Mauros Gesicht, als er hinlief, um sie aufzuhalten. Er hatte gedacht, dass sie etwas Schlimmes vorhatten, oder nicht? Warum hatte sie Michelles Geschichte so einfach geschluckt?

Sie hätte all den Kram auf die Wiese kippen und ihn durchsuchen sollen, bis sie wusste, was verbrannt werden sollte. Aber sie hatte Angst gehabt.

Sie hätte Sandro Cellini davon erzählen sollen, aber sie hatte die beiden Frauen schützen wollen.

Cate fühlte sich plötzlich vollkommen allein, die Last ihrer Fehler drückte auf ihre Schultern. Die Stimme ihrer Mutter klang ihr wieder in den Ohren: *Wann wirst du Verantwortung übernehmen, Caterina?*

»Ich gehe dort hinunter«, sagte Cate und hörte ihre eigene Stimme wie von weit entfernt. »Ich gehe nach unten zum *villino*.«

»Wie du willst«, sagte Tiziano steif.

Und erst als sie in der Kälte durch den Schnee lief, zu den Bäumen hinunter, wurde ihr klar, dass er dachte, Alec Fairhead sei der Grund, warum sie dorthin ging.

Luca Gallos Gesicht fiel in sich zusammen, während sie ihn ansahen, und plötzlich kraftlos, setzte er sich in den Stuhl hinter seinem Schreibtisch. Er schaute sich um, als erkenne er seine Umgebung kaum noch und hätte keine Ahnung mehr, was um ihn herum vorginge.

Sandro stand da, beobachtete ihn und wartete, Michelle Connor neben ihm schien vollkommen entspannt und neugierig.

Gallo hatte seinen Stuhl zurückgeschoben und schaute auf die Schubladen. Auf seinem Schreibtisch herrschte totales Chaos – ein überquellender Eingangskorb, ein kleines Foto eines Männergesichts war unter den Computerbildschirm gerutscht, Papiere lagen auf den Fußboden. Waren das die Anzeichen, dass ein Mann den Verstand verlor?

»Stimmt das?«, fragte Sandro ruhig.

Luca Gallo schüttelte den Kopf, dann sah er auf. »Wie bitte?«, sagte er.

»Hat sie Ihnen letzten Mittwoch, am Tag vor Loni Meadows' Tod, das Handy gegeben?«

»Am Tag davor?«, sagte Luca langsam. »Ich bin mir wegen des Tages nicht mehr sicher.«

»Aber bevor sie gestorben ist?« Sandro war geduldig. Luca nickte. »Vorher«, sagte er, »ja.«

Es war unglaublich zäh; der Mann war traumatisiert. »Ich versuche gerade nachzudenken«, sagte er, »wo ich es hingetan habe.«

»Spielen Sie auf Zeit?«, fragte Sandro, so sanft er konnte. »Denn Sie geben damit mir die Zeit, mir über eines klar zu werden: Wenn hier irgendjemand Loni Meadows' Autounfall hätte arrangieren können, dann waren Sie das.« Während sie ihn ansahen, fokussierten Gallos Augen langsam wieder, er wirkte wie hypnotisiert. Sandro fuhr fort: »Sie hätten Mauro dorthin schicken können, nicht wahr? Damit er die Drecksarbeit erledigt, die Straße präpariert. Das hätte er gut gekonnt, und jetzt kann er, ziemlich passend, keinen Kommentar dazu abgeben. Sie waren nicht beim Abendessen, Sie hätten warten können, bis alle das Esszimmer verlassen, und dann diese SMS schicken. Wirklich nur Sie hätten diese Nachricht schicken können, stimmt's?«

»Woher wissen Sie das?« Luca schien nach einer logischen Erklärung zu suchen. »Wie können Sie sich so sicher sein, dass die SMS von seinem Handy kam?«

Sandro zuckte mit den Schultern. »Das kann ich natürlich nicht.« Er nahm das kleine, silbrige Handy, das Loni Meadows gehört hatte, aus seiner Tasche und sah es nachdenklich an. »Natürlich, selbst wenn Orfeos Handy nie wieder auftauchen sollte, dann wird das hier es mir schließlich sagen.« Er klappte es auf und strich gedankenverloren mit dem Daumen über den kleinen, toten Monitor.

»Das kann es Ihnen auch jetzt sagen«, warf Michelle ein, und Sandro drehte sich zu ihr um. »Was meinen Sie?«, fragte er, und sie gestikulierte ungeduldig. Er gab ihr das Handy und beobachtete stirnrunzelnd, wie sie ihr eigenes Handy aus ihrer Tasche nahm und es aufklappte.

Gallo öffnete panisch einige Schubladen. »Warten Sie«, sagte Sandro, »beruhigen Sie sich.«

»Es ist irgendwo hier«, sagte Gallo. Die Schubladen standen offen, er sah mit wildem Blick hoch.

»Es muss hart gewesen sein«, sagte Sandro, die Arme vor der Brust verschränkt, »für so eine Frau zu arbeiten. Und dann, als sie Sie vor aller Augen beschimpfte ...« Sandro sah etwas Leidenschaftliches in Gallos Augen kommen.

»Also«, sagte Sandro, »Per Hansen sagt, er hat gegen Mitternacht ein Licht gesehen, das sich seitlich um das Schloss herumbewegte und dann querfeldein.« Er stützte sich mit den Fingerspitzen auf den Schreibtisch, Auge in Auge mit Gallo. »Die Polizei wird es herausfinden, wissen Sie. Sie werden die Schuhe oder die Hose finden, sie werden Spuren daran entdecken.« Er hielt inne. »Was haben Sie mit dem Handy gemacht? Haben Sie es zerstört? Hatten Sie gehofft, es würde niemand mehr danach fragen? Oder wollten Sie es einfach zurückgeben und darauf bauen, dass Orfeo zu dumm und zu arrogant ist, um Fragen zu stellen?«

Gallo sah nach unten auf das Durcheinander von Papier, alten Telefonbüchern und Akten. Dann konzentrierte er sich und griff zu. »Hier«, sagte er. »Hier, hier ist es.« Und dann schwenkte er einen Umschlag, auf dem »Graf Orfeo« stand, in einer ordentlichen Schrift, die überhaupt nicht zu dem Chaos im Zimmer passte.

Sandro hielt inne.

»Gut«, sagte er und streckte langsam die Hand aus. Gallo zögerte, dann ließ er den Umschlag in Sandros Hand fallen, und in diesem Moment schaute Michelle auf und hielt ihr verkratztes *telefonino* hoch. Der Bildschirm leuchtete.

»Sehen Sie«, sagte sie, »geschafft. Ihre SIM-Karte in meinem Handy. Lonis Anrufe und ihre Nachrichten, alles hier.«

»Und hier«, sagte Sandro und wog den Umschlag in seiner Hand, merkwürdig widerwillig, ihn zu öffnen. »Und warum haben Sie ihm das Handy nicht zurückgegeben, Luca?«, fragte er und fühlte plötzlich nicht den geringsten Triumph. »Er hat Sie gestern Abend danach gefragt.«

»Das hat er, ja, das hat er«, sagte Luca eifrig. »Ich habe ihm gesagt, dass es gefunden wurde. Er wollte es heute Morgen abholen.« Er machte ein langes Gesicht. »Aber er ist heute Morgen schon früh abgereist.«

Sandro riss den Umschlag auf und zog das Handy heraus. Er drückte auf den Knopf, nichts passierte.

»Ich nehme an, der Akku ist leer«, sagte Luca nervös. Sandro grummelte, schaute es an und überlegte. Er drückte noch einmal auf den Knopf, dann warf er das Ding auf den Schreibtisch, wo es auf einem Stapel Museumsbroschüren landete. Michelle trat näher.

»Hier«, sagte sie ruhig, »sehen Sie sich das an.«

SMS. Die letzte Nachricht kam von jemandem, der als Nic in Loni Meadows' Adressbuch stand.

Bin heute Abend frei, stand da auf Englisch. Vielleicht dachte derjenige, der die Nachricht geschickt hatte, dass das aristokratischer sei. *Im Liberty. Du weißt, dass ich nicht gern warte.*

»Sie hatten recht«, sagte Michelle erstaunt.

Langsam nahm Sandro ihr das Handy ab und klickte zurück zu den Informationen über die Anrufe. Die letzte Nummer, die sie angerufen hatte.

Nic, 00:09, 22. Februar. Ein Anruf um neun Minuten nach Mitternacht, Freitagnacht.

»Sie hat angerufen«, sagte Sandro. »Sie war da unten in der Dunkelheit, mit einer Kopfverletzung, voller Angst, sicher unter Schock, wahrscheinlich unterkühlt.« Beide starrten ihn an. »Sie hat ihren Liebhaber angerufen«, fuhr er fort. »Natürlich, sie dachte, er käme ihr zu Hilfe.« Er wandte sich Luca Gallo zu. »Umso dümmer von ihr.«

Gallo sah ihn an, schüttelte den Kopf, aber Sandro wollte nicht warten.

»Haben Sie überhaupt geantwortet? Haben Sie ihrem Schluchzen gelauscht, oder war sie nicht mehr in der Lage zu sprechen?« Er sah Gallo in die Augen. »Sie waren nicht einmal damit zufrieden, sie sterben zu lassen, nicht wahr? Sie mussten hinunterlaufen, um sicherzugehen. Und dann haben Sie ihre Taschen nach dem Handy durchsucht und es in den Fluss geworfen.«

Sandro schaute auf das Chaos im Büro und fragte sich, ob

dieser Mann die Geistesgegenwart besaß, so etwas zu tun. Er musste sie gehasst haben.

»Hat sie Sie bedroht, hat sie in ihrem Blog über Sie geschrieben? Hat sie vielleicht das Büro in Amerika angeschrieben und Vorwürfe erhoben? Haben Sie ihren Computer manipuliert, um Beweise zu vernichten?«

In der Stille in diesem düsteren, muffigen Zimmer spürte Sandro etwas so deutlich wie einen Temperaturwechsel, das von Michelle Connor ausging.

»Luca?«, sagte sie völlig entsetzt. »Nein.«

»Haben Sie Mauro dazu gebracht, für Sie das Glatteis zu machen?«, fuhr Sandro fort. »Das hätte er getan, ohne nachzufragen, stimmt's? Und später dann kamen Sie hier herauf. Sie haben das Abendessen verlassen und haben gesagt, Sie würden hier hochgehen, aber niemand hat Sie gesehen, oder doch? Sie hätten überall sein können.«

Und Gallo sagte leise: »Nein.«

»Nein?« Verdammt, dachte Sandro, verdammt. Gesteh doch einfach.

»Ich habe mit meinem Freund Salvatore in Sizilien telefoniert«, sagt Gallo schlicht, und dann waren seine Angst und seine Aufregung vorbei. »Er wird es bestätigen. Die Telefonaufzeichnungen werden es bestätigen. Wir haben bis spät in die Nacht gesprochen.« Er zuckte mit den Schultern. »Ich weiß nicht genau, bis wann. Es ist egal. Er wird es Ihnen sagen können.«

Auf dem Schreibtisch zwischen ihnen leuchtete Niccolo Orfeos Handy auf.

KEINE SIM, stand da.

Sandro sah es stirnrunzelnd an. »Was bedeutet das?«, fragte er ungeduldig. Sein eigenes Handy mochte für ihn wichtig sein, aber er war oft von den Details, den unverständlichen Nachrichten genervt.

»Es bedeutet, dass die Sim-Karte nicht drin ist«, sagte Michelle zögernd. Sie klang, als würde ihr übel.

»Aber sie war drin, als Sie es gefunden haben. Und als Sie es übergeben haben …«

»Ich habe es nicht, es war nicht …«, Michelle erstarrte.

»Einen Moment mal«, sagte Sandro, weil ihm etwas einfiel, etwas, dass ihm schon vor einer Stunde hätte auffallen müssen. »Sie haben« – er sprach langsam –, »haben Sie nicht gesagt: *Wir haben gelacht?* Sie haben gesagt: *Wir dachten, was für ein alter Narr, was für eine Nutte*. Wir.«

Er sah von Gallo zu Michelle. »Michelle hat Ihnen das Handy nicht gegeben, oder?«, sagte er zu Gallo. Und zu Michelle: »Mit wem haben Sie diese Nachrichten gelesen? Wem haben Sie es anvertraut, es Luca zurückzugeben?«

Aber er wusste es bereits.

»Schneit es da unten wirklich?«, sagte Luisa, das Handy in der Hand, während sie hin und her lief. »Und wahrscheinlich hat er dort auch keinen Empfang.« Sie drückte ihr Gesicht gegen das Glas, als könne ein Blick auf Santa Maria del Carmine ihr helfen. »Was, wenn er einen Unfall hatte?«

»Es ist ziemlich abgelegen«, sagte Giuli. Sie hörte kaum zu. Sie las einen Eintrag in Loni Meadows' Blog von vor sechs Monaten über eine Ausstellung in New York. Sie versuchte, das Englisch zu verstehen. Im Text ging es weniger über Kunst, was gut war, denn wenn sie auf die kleinen Fotos klickte, dann fand Giuli sie im besten Fall unverständlich, im schlimmsten richtig verstörend. Der Text schien mehr ein Angriff auf die Künstlerin zu sein.

»Komm her«, sagte sie zu Luisa, »dein Englisch ist besser als meines.« Luisa durchquerte mit zwei Schritten das Zimmer, ungeduldig wie immer, und setzte sich neben Giuli auf den Stuhl. »Rutsch mal«, sagte sie und schaute auf den Bildschirm. Giuli holte noch einen Stuhl.

»Billiger Exhibitionismus«, übersetzte Luisa. »Kein Gemälde, sondern ihr Missbrauch in der Kindheit. Das ist keine Kunst, sondern unzüchtige Enthüllung. Müll aus Wohnwagen …« Luisa wusste nicht, was das bedeuten sollte, »… sie nimmt den Dreck aus ihrem Nabel und klebt ihn an einen Topf.« Sie schaute sich das Bild an, vergrößerte es. Die elegante Form einer etruskischen Amphore mit schmalem Hals. Wenn man genau hinsah, entdeckte man eine hässliche Kreatur, die auf dem glatten Kragen der Vase saß, ein gehörntes Ding mit Zähnen und voller Haarbüschel und Nägel, das über eine schreckliche Energie verfügte. Luisa wich zurück.

»Kindesmissbrauch?«, sagte Giuli. Luisa schaute sie an. »Ja«, sagte sie und griff nach einem Blatt Papier.

»Ich habe es doch gesagt, oder nicht?«, murmelte sie und sah von dem Blatt zum Bildschirm. »Ich habe gesagt, wenn ich eine von all denen als psychisch instabil aussuchen müsste, dann sie. Und Sandro hat gesagt: *Sucht nach den Schwachen, nicht nach den Starken*. Das ist sie.«

Und Luisa nahm ihr Handy. »Ich werde ihn anrufen«, sagte sie. »Er muss das wissen. Denn wenn ich dieses Mädchen wäre, dieses missbrauchte Mädchen, das aufgewachsen ist, um in ihrem eigenen Leben Monster zu kreieren, und wenn ich das hier lesen würde, wenn ich mir vorstelle, dass Millionen Leute das über mich lesen würden …« Und sie unterbrach sich, um zu wählen, dabei schüttelte sie den Kopf.

»Sie also«, sagte Giuli. »Tina Kreutz.«

Kapitel 25

Cate rannte hinten um das Schloss herum, vorbei an der Küche, an der Treppe zu Lucas Büro, an der Tür zu ihrem eigenen Zimmer. Sie hätte nicht einmal sagen können, warum sie rannte oder warum sie wusste, dass sie sich beeilen musste. Sie hätte nicht einmal sagen können, ob sie auf etwas zurannte oder von etwas weg. Der Schnee hing an ihren durchnässten Hosenbeinen und klebte an ihren Stiefeln, ihre Füße waren so schwer und taub wie Blei. Sie kam an der Wäscherei vorbei und rutschte aus, fiel heftig auf die Seite, etwas Hartes und Spitzes erwischte sie am Hüftknochen. Sie blinzelte vor Schmerz, aber sie rappelte sich wieder hoch und stand da und sah auf die breite Glasfront von Michelles Bungalow.

Da lag der Müll von letzter Nacht oder zumindest ein Teil davon. Ein schwarzer Plastikmüllsack stand daneben, und Cate sah zerknüllte Dosen und Zeitungen. Während sich ihre Augen an das Licht gewöhnten, fielen ihr zwei Koffer auf, mit Namensschild, ordentlich nebeneinanderstehend, und als sie sich im Zimmer umsah, bemerkte sie, dass die Hälfte der Regale ausgeräumt war.

Der Raum wirkte verlassen, wie ein Ort, an dem Landstreicher geschlafen hatten, um dann weiterzuziehen. Aber noch während sie sich anstrengte, alles hinter dem Glas zu erkennen, wusste Cate, dass sie nicht deswegen hierhergekommen war.

Das blauweiße Leuchten des Schnees war trügerisch, denn das Licht ließ nach, und hinter dem grauen Himmel ging der Tag zu Ende. Cate wurde bewusst, dass sie keine Ahnung hatte, wie viel Uhr es war, nur ihr knurrender Magen sagte ihr, dass es später war, als sie dachte. Sie lief vom Bungalow weg und stand bis zu den Knien in einer Schneeverwehung, sie stapfte zum Weg und schaute zwischen den Bäumen hinunter.

Der *villino* befand sich ungefähr einen halben Kilometer entfernt, links hinter ihr erhob sich das Schloss. Irgendwo da unten war Michelle joggen gegangen, irgendwo da unten hatte Per gesehen, wie sich ein Licht über eine dunkle Landschaft bewegte. Cate entdeckte frische Fußspuren im Schnee und folgte ihnen.

Große Fußspuren, weit voneinander entfernt, größere Schritte, als sie machen konnte. Alec Fairhead, auf dem Weg zu Tina, keine Fußspuren, die zurückführten. Cate blieb einen Moment stehen. Sie wären natürlich beide dort. Sie würde stören. Unsicher legte sie eine Hand über die Augen und versuchte, etwas zu sehen. An der Ecke des *villino* befand sich die schwarze Silhouette des Ölfasses, hüfthoch und halb verborgen stand es noch da, wo sie es hatten stehen lassen. Zögernd ging Cate weiter, stolperte und rutschte auf dem Weg aus, unebener Asphalt mit einer Schneedecke. Falls sie dort waren, würde sie ihren Besuch erklären müssen. Sie verdrängte das Bild von Alec und Tina zusammen, nicht weil sie Interesse an Alec Fairhead hatte, verteidigte sie sich in Gedanken gegenüber Tiziano, sondern weil es irgendwie verkehrt war. Verletzlich war das Wort, das sie benutzt hatte. Tina war verletzlich.

Kurz vor dem *villino* blieb Cate stehen. Ein paar Meter davor war es plötzlich, als würden ihre Beine sie nicht mehr tragen. Ihre Wangen waren eiskalt, ihre Finger halb erfroren, und ganz plötzlich hatte sie Angst.

Hinter dem *villino*, dem kleinen Haus, in dem Mauro geboren worden war, erhoben sich düster die Bäume, Efeu wand sich an ihren dürren Stämmen hinauf, fast bis in die Kronen. Los, weiter, drängte sie ihre Beine, aber sie fühlten sich so nutzlos wie Gummi an. Ein Schritt, dann noch einer.

Die Fenster in der rauen Steinmauer waren dunkel, die Tür war geschlossen. Cate lehnte sich an das splitternde Holz und klopfte, das Geräusch war schwach. Dann noch einmal, mit so viel Kraft wie möglich. Sie spürte keinen Schmerz, als das Holz an ihren eiskalten Knöchel kratzte. Dann drückte sie lange auf die Klingel. Es klingelte drinnen, schrill und einsam. Cate stapfte durch den Schnee bis ans Fenster und spähte hinein.

Mitten im Atelier stand eine lange Arbeitsfläche aus Backsteinen, die Töpferscheibe und verschiedene formlose Gegenstände, in der grauen Dämmerung kaum beleuchtet. Das hohe Regal mit den Töpfen mit Gesichtern, die einen beobachteten, war jetzt dunkel. Michelle hatte gepackt, um abzureisen, aber Tina nicht. Warum nicht? Wollte sie nicht mit den anderen zusammen abreisen? Jedenfalls war irgendetwas anders. Etwas war bewegt oder entfernt worden, aber Cate wusste nicht, was.

Cate hörte sich selbst schlucken. Nichts rührte sich, aber es war nicht völlig still. Da waren die undeutlichen Geräusche des gefrorenen Schnees, da war das leise Prasseln und Tropfen von Regenrinnen und Ästen, ganz nah und auch weiter weg unten am Hügel, zwischen den Bäumen. Ein Gefühl, als atme etwas, das Cate schon früher bemerkt hatte, als hätte der bewaldete Hügel eigene Lungen und seinen eigenen Puls, das Schloss als pochendes Herz.

Der Wind. Es war wohl der Wind. Cate spürte ihre Lungen in der Kälte brennen und drehte sich widerwillig vom Fenster weg. Wo waren sie alle? Warum war sie hierhergekommen, wenn sie genauso gut auf ihr *motorino* hätte steigen und fliehen können, ein für alle Mal?

Das Ölfass – deswegen war sie hergekommen. Es stand an der anderen Ecke des *villino*, achtlos halb außer Sicht geschoben, verlassen, aber beim bloßen Anblick seines schwarz verrußten Stahlrandes fühlte Cate sich plötzlich merkwürdig. Allein die Erinnerung an diese nassen und verkohlten Gegenstände, an den Gestank von verbranntem Leder und Haaren und Dingen, die nicht zu erkennen waren. Was hatte Michelle hier drin loswerden wollen?

Cate wusste, dass sie Sandro Cellini davon hätte erzählen sollen, von diesem bösen, kleinen Geheimnis weiblicher Hysterie und Unlogik, aber sie hatte sich geschämt. Für Michelle und Tina oder für sich selbst, weil sie fast daran geglaubt hatte? Aber sie hätte es Cellini erzählen sollen. Cate machte einen Schritt, dann noch einen, legte ihre kalten Hände rechts und links auf den verkohlten und rostigen Rand und sah in die Tonne hinein.

Der Gestank von alter Asche und Schlimmerem, etwas Nassem und Organischem und Stinkendem, verband sich mit anderen, chemischen Gerüchen und stieg in Cates Nase. Kipp alles aus, dachte sie mit einer heftigen Abscheu. Sie kippte das Fass, hörte, wie es hart über den steinigen Boden schürfte, aber vorher hörte sie noch ein anderes Geräusch, eine Variante dieses Atmens. Aber dieses Mal war es eher ein schnelles Luftschnappen oder sogar ein Röcheln. Das Fass lag auf der Seite, aber Cate sah sich das, was herausgefallen war, nicht an, sondern lauschte intensiver, als sie es je in ihrem Leben getan hatte.

»Wer ist da?«, wollte sie rufen, aber sie konnte nur flüstern. Sie kniete sich hin und betrachtete den schwarzen Müll, der den Schnee beschmutzte.

Die Überreste einer verbrannten Plastiktüte, ein Streifen eines bedruckten Stoffes, der einmal Loni gehört hatte. Aus dem Augenwinkel entdeckte sie die Puppe, ein grob ausgestopfter Penis stand ab und so etwas wie Haare, aber Cate wollte sie nicht näher ansehen. Michelle hatte nichts mit all dem zu tun gehabt, das wusste sie jetzt. Das hier waren Utensilien einer Horrorstory. Aber hier war noch mehr drin, das hier war mehr als nur eine Puppe und ein paar Stofffetzen.

Mit zitternden Händen, unfähig hochzusehen, aus Angst vor den Geräuschen, zwang Cate sich dazu, in den nassen Berg Asche zu greifen. Und sofort spürte sie etwas Festes, Gummiartiges. Es war ein Schuh. Ein halb verbrannter, kleiner Schuh aus einem orientalischen Stoff; er hatte knapp Kindergröße. Was noch? Cate hatte das Gefühl, dass ihre Brust brannte. Sie zog ein dunkles Stoffstück heraus, das zu einem Hosenbein wurde, eine weite Baumwollhose, unten verbrannt. Und als sie die Hose hochhielt, erkannte sie, zu wessen dünnbeiniger Figur mit flachem Bauch sie passte. Ein Durcheinander kleiner Teilchen fiel heraus. Sie sah die briefmarkengroße SIM-Karte, die in den Schnee fiel. Die grotesk verschmolzenen Überreste von etwas, das ein Kondom gewesen sein konnte, aber tatsächlich ein Latexhandschuh war, so einer, wie ein Arzt ihn benutzte oder ein Künstler, der mit Glasuren oder Chemikalien arbeitete.

Sie dachte an Tina, wie sie in der kleinen Bibliothek saß und sich zu dem alten Fernseher vorbeugte. Wie sie den Wetterbericht verfolgt hatte in der Nacht, bevor Loni starb.

Dann hörte Cate in der Stille wieder dieses Keuchen, nur dass es dieses Mal etwas Endgültiges hatte. Ein Seufzer wie bei einer befriedigten Liebe oder bei einem Tiefschlag. Und obwohl Cate eigentlich nur noch in die andere Richtung rennen und sich nie wieder umdrehen wollte, stand sie auf und stolperte auf das Geräusch zu.

Cate hatte gedacht, dass die Bäume hier wie Soldaten in Reih und Glied standen, sodass sie ihnen leicht ausweichen konnte, aber sie hatte nicht mit den Brombeerbüschen und dem Efeu gerechnet, die die Zwischenräume versperrten und an ihrer Hose rissen, oder den namenlosen, hängenden Dingen, die ihr Gesicht berührten, sodass sie kämpfen musste, um nicht zu schreien und gegen alles zu schlagen, oder mit der furchtbaren Idee, dass jeder Baum, der ihr den Weg versperrte, nicht bloß ein lebloses Ding war, sondern jemand, der kam, um sie von hinten zu packen und ihre Arme festzuhalten und sie auf den Boden zu werfen und ihr Gesicht auf den Waldboden zu pressen.

Und dann sah sie es: weiß zwischen den dunklen Stämmen. Sie musste stehen bleiben und sich gegen etwas lehnen und die Rinde an ihrer Wange spüren und ihr Herz verzweifelt pochen hören und wissen, dass sie nichts mehr tun konnte. Jemand kam, sie hörte ihn, aber sie konnte nichts tun.

Michelle stand an der Tür. Sandro wusste zunächst nicht, ob sie ihn zur Eile aufforderte oder seinen Weg versperrte. Sie stützte rechts und links eine Hand gegen den Türrahmen, wie gekreuzigt stand sie da.

»Ich wusste es nicht«, sagte sie immer und immer wieder. »Herrgott, ich wusste es nicht.«

»Michelle«, sagte Luca Gallo sanft. Er stand plötzlich neben ihr und legte ihr eine Hand auf die Schulter. Auf Sandro wirkte Luca wie ausgewechselt. Sie sah ihn an, als würde sie ihn nicht erkennen. »Es ist in Ordnung«, sagte er. »Sie sind nicht für sie verantwortlich. Sie sind nicht für Tina verantwortlich.« Michelle sah ihm fragend in die Augen. Langsam kehrte Farbe in ihre Wangen zurück, und Gallo wandte sich Sandro zu.

»Das Mädchen hat Wasser aus dem Fluss geholt«, berichtete er. Sandro sah ihn an, ohne zu begreifen. »Mauro hat das gesagt«, fuhr Gallo fort, »heute Morgen. Ich glaubte, er halluziniere oder denke an andere Zeiten. Er hat gesagt, er war mit dem Traktor unterwegs und sah das Mädchen aus seinem Haus Wasser holen.«

»Der *villino* war sein Haus«, sagte Michelle. »Früher einmal.«

In seiner Tasche spürte Sandro sein Handy vibrieren, ein dringender Anruf, und bevor ihm noch bewusst wurde, dass sie seine Nummer nicht kannte, dachte er aus irgendeinem Grund an Caterina. War das wie Elternschaft? Der Gedanke blitzte in seinem Kopf auf – ständig zu überlegen, wo sie gerade waren und ob es ihnen gutging? Er zog das Handy aus der Tasche, das Display blinkte. Himmel, hilf, dachte er, als die Freude mit dem Bedürfnis, hinauszugehen und Tina Kreutz zu suchen, kollidierte. Warum jetzt? Warum ruft sie mich jetzt an? Aber er musste antworten.

»Liebling«, sagte er mit ungeduldiger Sehnsucht, und er sah, wie sich beide, Luca und Michelle, beim Klang seiner Stimme zu ihm umdrehten. Luisa aber schien dies nicht zu hören. Sie sprach dringlich über etwas, das er nicht begriff, etwas über die Schwachen und die Starken, so herrisch und beharrlich, wie sie immer gewesen war. Sie die Starke und er der Schwache.

»Du hast mir mal gesagt«, sagte sie am anderen Ende der knackenden Leitung, »dass nicht die Starken morden, sondern die Machtlosen.« Und obwohl er nicht genau wusste, worüber sie redete, staunte Sandro darüber, als wäre sie in seinem Kopf. »Sie ist es, nicht wahr? Missbrauch in der Kindheit, hieß es in dem Blog.«

»Liebling«, sagte er noch einmal, flüsterte es zärtlich, »ich kann jetzt nicht sprechen.« Er schaltete das Handy aus.

»Ich wusste es nicht«, sagte Michelle leise.

»Aber jetzt wissen Sie es?«, fragte Sandro sanft. Sie schaute ihn an, und dann nickte sie.

»Ich wusste, dass sie Loni hasste«, sagte Michelle. »Ich habe immer gewusst, dass sie sie genug hasste, tief im Innersten wusste ich es wohl.« Sie sah auf ihre Hand am Türrahmen, als fände sie dort eine Antwort. »Ich habe ihr das Handy gegeben, weil sie es zurückbringen sollte. Ich nehme an, ich begriff es sogar, als ich sah, wie sie ihren Kram verbrannte. Ich nehme an, dass ich ahnte, dass mit ihr etwas nicht in Ordnung war.«

Dann sah sie Luca an. »Bei ihr ist es die Arbeit, weißt du. Das ist alles, was sie je hatte, außer der Familie. Der gottverdammte lutherische Dreckskerl von Vater.« Sie wandte sich Sandro zu. »Wissen Sie, wie es sich anfühlt, wenn jemand etwas, von dem Sie das Gefühl haben, dass Sie Ihr ganzes Leben daran gearbeitet haben, nimmt und darüber lacht?«

Sandro schaute in ihre wütend blickenden Augen und nickte langsam. Sie fuhr fort: »Wenn sie in der Öffentlichkeit sagt: Ist das alles, was Sie haben? Ist das alles, was Sie sind? Stellen Sie sich das vor. Wenn man nichts hat außer seiner Arbeit, dann verschieben sich die Proportionen. Liebe interessierte sie nicht. Liebe, Sex, unmöglich.«

Gedankenverloren ließ Michelle eine Hand sinken und fuhr sich über die Stirn, und Sandro wusste, dass sie an ihren Ehemann dachte.

Leise, da er ihre Gedanken eigentlich nicht unterbrechen wollte, fragte er: »Wo ist sie jetzt?«

»Sie?«, fragte Michelle, dann dämmerte es ihr, und sie hob eine Hand zum Mund. »Er ist zu ihr gegangen, oder? Wir haben gesehen, wie er zu ihr hinunterging, Alec ging hinunter. O Scheiße.«

Draußen verschwand das Licht, und Sandro spürte, wie Panik in ihm aufstieg, als sie am Ende der Treppe einer nach dem anderen in die vage Dämmerung traten. Er nahm Tiziano Scarpa, der in seinem Rollstuhl auf sie zufuhr, kaum wahr, hörte ihn aber rufen: »Wo ist sie? Habt ihr Cate gesehen?« Tiziano fuhr den Pfad entlang und bemühte sich mitzuhalten.

Michelle war schneller als Sandro, er betrachtete ihren kräftigen Rücken, die angespannten Muskeln in ihren Waden, als sie ihn überholte. Luca hinter ihnen ging langsamer. Er beugte sich zu Tiziano hinunter und sprach mit ihm, aber Sandro konnte nicht mehr zurückschauen. Er sah sie am Fenster des *villino*, sie klopfte, schrie, er sah ihr verzweifeltes Gesicht, als sie sich zu ihm umdrehte. Michelle. Er fühlte sich alt und nutzlos, aber er musste weitermachen.

Die Schwachen, nicht die Starken, natürlich. Luisa hatte sich daran erinnert, und Tina Kreutz war schwach gewesen, bis sie es plötzlich nicht mehr war.

Michelle kniete an der Tür des *villino*, machte irgendetwas mit der Fußmatte. »Sie hat einen Schlüssel hier drunter«, sagte sie, und als Sandro mit heftig pochendem Herzen an der Tür ankam, sah er aus dem Augenwinkel Müll auf dem Schnee liegen, als hätte sich ein Fuchs über eine Mülltonne hergemacht.

»Wo ist er«, fragte er atemlos, »der arme, getäuschte Alec Fairhead?« Waren wir nicht alle schon mal in dieser Situation, zu dumm, um zu begreifen, was im Kopf einer Frau vor sich ging, und zu denken, es ginge immer um uns?

»O Gott«, hörte er aus dem *villino*, »o Gott.« Und als er durch die Tür trat, sah er, dass mitten im Zimmer ein langer Arbeitsplatz stand, wie ein Altar in einer Kirche, und auf dem Fußboden war ein Schuh, ein Fuß in einem Schuh, ein Bein zu erkennen. Michelle beugte sich darüber.

»Kommen Sie«, sagte sie keuchend, »kommen Sie.« Er sah Tonscherben auf dem Boden, wo etwas Großes kaputt geschlagen worden war. Etwas Schweres. Und als Sandro um die Arbeitsfläche herumging, sah er Alec Fairhead in voller Länge auf dem Boden liegen. Michelle schaute Sandro an, und hinter ihr sah er Fairheads Kopf auf dem Steinboden zur Seite rollen.

Nein.

Dann rollte er wieder zurück, die Augenlider zuckten.

»Er lebt«, sagte Michelle. »Er atmet.« Sandro gab ihr sein Handy.

»Und sie?«, fragte Sandro panisch. »Und sie?« Michelle sah ihn an, begriff nicht, aber er konnte jetzt nichts erklären. Erklärungen würden zu lange dauern. »Krankenwagen«, war alles, was er sagen konnte. »Wählen Sie 118, einen Krankenwagen.«

Er lief hinaus, und oben auf dem langen Weg sah er Luca

und Tiziano, und sogar auf diese Entfernung wusste er durch Scarpas Gesichtsausdruck, dass er Caterina nicht da oben in der Küche und in Sicherheit finden würde.

Sandro hatte das Geräusch gehört, bevor er die zwei Männer gesehen hatte. Er war ihm gefolgt, und dann entdeckte er Fußspuren im Schnee, verwischt, sodass er nicht ausmachen konnte, wie viele Leute es waren. Er folgte den Fußspuren, nicht dem Geräusch. Er wünschte, er würde es nicht hören, er wünschte, er müsste niemals hochsehen, aber dann tat er es doch.

Es gab keinen Wind, um sie zu bewegen, aber sie drehte sich, ganz in Weiß, ein langes, weißes Kleid, ein Nachthemd. Der Ast bog sich unter ihrem Gewicht, aber der Gürtel, den sie um ihren Hals gelegt hatte, hatte gehalten, und ihre nackten Füße zeigten nach unten. Winzige Füße wie die eines Kindes, das kaum in die Pubertät gekommen war, kleine, perfekte Zehen, perfekt weiß, perfekt leblos.

Das Geräusch kam von Caterina, die unter Tina Kreutz' kleinen, nackten Füßen am Boden hockte. Ein roher, halb verschluckter Ton der Verzweiflung. Sie wandte ihm ihr Gesicht zu, ihre Augen riesig und dunkel.

»Ich habe versucht, sie festzuhalten«, sagte sie. »Ich schaffte es nicht.«

»Ich weiß«, sagte Sandro.

Die Hand, die er nahm, war durch irgendetwas schwarz, ihr Gesicht war schmutzig, als hätte sie Cowboy und Indianer gespielt. Als er sie hochzog und in die Arme nahm, damit sie aufhörte zu zittern, spürte er, dass ihre Kleider nass waren, sodass seine Kleidung feucht wurde. Aber er fühlte ihr starkes Herz pochen, er spürte die Wärme ihrer Schultern, und das alles sagte ihm: Sie lebt, es ist in Ordnung.

Kapitel 26

Es war fast Mitternacht, als Sandro Cellini abfuhr. Und als Cate vom Ende der großen Zypressenallee aus beobachtete, wie die Rücklichter des kleinen Autos hinter dem entfernten Hügel verschwanden, dachte sie über die merkwürdige Wahrheit nach, dass sie ihn wahrscheinlich nie wiedersehen würde.

Aber als sie sich von der Aussicht abwandte, passierte etwas Wunderbares. Im Castello Orfeo gab es plötzlich wieder Strom, und dieses düstere, isolierte gefängnisartige Gebäude wurde verwandelt. Für eine wunderbare Sekunde erinnerte es an einen Freizeitpark oder sogar an einen großen Ozeanriesen, der durch die dunklen, schneebedeckten Hügel fuhr, seine Decks und Ballsäle hell erleuchtet.

»Endlich«, sagte eine Stimme barsch an ihrer Seite. Ginevra tauchte aus der Dunkelheit auf und roch nach Holzrauch, Schweiß und Kochen. »Vielleicht können wir uns jetzt wieder an die Arbeit machen. Oder verlässt du uns?«

Nicht alle waren abgereist. Per und seine Frau hatten gepackt und waren als Erste in dem flotten, kleinen, roten Auto abgefahren. Per hatte Cate kurz in seine nach Tabak riechenden Arme geschlossen. Er hatte sie nach Oslo eingeladen, während seine Frau jammerte und protestierte und Taschen hin und her trug.

Cate wusste nicht, was Sandro Cellini und Luca Gallo dem Polizisten erzählt hatten, der schließlich gegen sieben Uhr abends von Pozzo Basso hierhergekommen war, aber anscheinend hatten sie ihn überzeugt. Die Gerichtsmedizin hatte Tinas Leiche in die Leichenhalle gebracht, wo eine Obduktion durchgeführt werden würde. Mit viel Getue hatte der Polizist erklärt, dass er noch mit Alec Fairhead sprechen müsse, sobald er von den Ärzten in Pozzo, wohin ihn der Hubschrauber gebracht hatte, für stabil genug gehalten wurde.

Bei Bewusstsein, aber fast sicher mit einem Schädelbruch, hatte Fairhead zehn, fünfzehn Jahre jünger ausgesehen, als sie ihn vorsichtig auf einer Liege zum Hubschrauber getragen hatten, dessen Rotoren sich auf dem Rasen vor dem Schloss drehten. Er hatte zu Cate hochgeschaut, die seine Hand gehalten hatte, und hatte es irgendwie geschafft, mit einem merkwürdigen Vergnügen zu sagen: »Es ist so, wie es immer bei einem Schlaganfall heißt, dass man aufwacht und eine fremde Sprache spricht. So ist es.« Sie hatte genickt und nicht gewusst, was er damit meinte, aber sie glaubte ihm trotzdem.

Er hatte versucht, mehr zu sagen. Er wollte erzählen, wie Tina, bevor er seinen Arm um sie gelegt und versucht hatte, sie zu küssen, um sie zu beruhigen, über alles Mögliche geredet hatte, wovon er nichts verstand. Voodoo und Verbrennen und Wasser aus dem Fluss schöpfen, fast biblisch. Cate hatte ihn zum Schweigen gebracht. »Jemand wird später mit Ihnen darüber reden«, hatte sie gesagt. »Denken Sie jetzt nicht darüber nach.« Und sie hatte einfach so ruhig gelächelt, wie sie konnte, und er hatte sich auf die Liege zurücksinken lassen und Cate erlaubt, ihre Hand aus seiner zu lösen.

»Nicki geht weg, weißt du?«, sagte Ginevra vorwurfsvoll. »Sie sagt, sie will in Rom leben, da wohnt ein Mädchen, mit dem sie zur Schule gegangen ist.« Sie seufzte. »Jetzt sagt sie mir das, wo Mauro im Krankenhaus liegt und die Hölle los ist.«

»Nun ja«, sagte Cate. Sie hatte eine widerwillige Resignation in Ginevras Stimme gehört. »Es war an der Zeit, weißt du.«

Die Lichter im Bungalow brannten wieder. Michelle reiste doch noch nicht ab. Sie wollte selbst mit der Polizei sprechen, sagte sie. Sie wollte sichergehen, dass sie alles erfuhr. *Ich habe das schon einmal gemacht*, hatte Cate sie zu Luca sagen hören. *Diese Selbstmordscheiße, das ist nicht eindeutig*. Sie hatte müde geklungen wie eine Mutter am Ende eines harten Tages, die Hände in der Spüle und der Boden noch nicht gewischt. *Es ist in Ordnung*, hatte sie zu Luca gesagt. *Es geht mir gut*.

Und sie war in Tizianos Zimmer gegangen und hatte die Tür zugemacht.

»Eigentlich«, sagte Cate zu Ginevra, »gehe ich nicht gern. Es tut mir leid.«

»Ich weiß nicht, was ich dir anbieten kann, Cate«, hatte Luca gesagt, als sie Sandro Cellini beobachtet hatten, wie er über den Rasen vom Schloss lief, nachdem der Hubschrauber abgeflogen war. Der Detektiv hatte über eine Stunde mit seinem Handy telefoniert, die Spuren seiner Stiefel kreuzten einander, während er hin und her ging und redete. Seine Frau, hatte Nicki gesagt.

Luca hatte mit den Schultern gezuckt, müde, aber nicht unglücklich. Die Last, dieses schreckliche, zugige, alte Schloss lieben zu müssen, war von ihm genommen. »Ich weiß nicht, was Orfeo jetzt vorhat.«

»Ich bleibe, bis das klar ist«, hatte Cate gesagt. »Kein Problem.«

Ginevra hatte ein Geräusch gemacht, das nur die wenigen Privilegierten als Zustimmung interpretieren würden, dann stampfte sie durch den Schnee und durch das Licht, das aus den Bibliotheksfenstern fiel, fort.

Tiziano hatte niemandem von seinen Plänen erzählt.

Alles, was Michelle gesagt hatte, als sie schließlich aus seinem dunklen Zimmer kam, war: »Er will dich sehen.« Und dann hatte sie Cates Ellbogen so fest gepackt, dass es wehtat, und sie zu sich herangezogen, damit sie alles gut hörte. »Aber sei dir vorher sicher, was du tun willst«, sagte sie leise in der Dunkelheit, »denn wenn du ihm wehtust, bekommst du es mit mir zu tun.«

Im Schloss hatte Tiziano zu spielen begonnen.

Commissario Grasso hatte sich nicht einmal ansatzweise entschuldigt, aber das hatte Sandro auch nicht erwartet. »Sie war von Reue überwältigt?«, hatte der Polizist gesagt und die Oberlippe hochgezogen. »Ach so.« Er weigerte sich, auch nur ein Wort zu glauben. »Nun, warten wir mal ab und sehen dann, in Ordnung? Morgen oder übermorgen wird die Obduktion gemacht. Wir erwarten, dass Sie zu gegebener Zeit vor Gericht anwesend sein werden.«

Sandro hatte einfach nur genickt und es aufgegeben. Warum sollte es ihm etwas ausmachen, was so ein Mann von ihm dachte?

Dann hatte er Mascarello angerufen, der ihm auch nicht glauben wollte. *Es war Fairhead, nicht wahr?*, hatte er immer wieder gesagt. *Ich wusste, dass er es war.*

Er hatte also sehr genau über die schmutzige, kleine Affäre Bescheid gewusst und über die Abtreibung, aber er hatte es Sandro nicht erzählt. Er wollte sich raushalten, Sandro sollte Fairhead für ihn festnageln. Er hatte mit Sandro gespielt, hatte ihn nur mit winzigen Stückchen an Informationen gefüttert.

»Es tut mir leid«, hatte Sandro gesagt. »Er hat zugegeben, die E-Mail geschrieben zu haben, aber er hat sie nicht getötet. Abgesehen von seinem Alibi und der Tatsache, dass es Beweise gibt, felsenfeste Beweise, nun ja. Egal. Er ist dazu einfach nicht fähig. Manchmal« – Sandro hatte respektvoll leiser gesprochen –, »manchmal weiß man das einfach.«

Am anderen Ende der Leitung war nur das keuchende Atmen von Mascarello zu hören gewesen. Aber das wissen Sie nicht, hatte Sandro mit grimmiger Befriedigung gedacht. Sie können die Unschuldigen nicht von den Schuldigen unterscheiden, nicht die Richtigen von den Falschen. Sie nicht.

Widerwillig hatte er sich von Caterina verabschiedet, von Luca Gallo. Im Stillen wünschte er ihnen alles Gute, und er wünschte sich selbst, nie wieder an einen so trostlosen Ort zurückzukehren. Und als er in der Dunkelheit nach Hause fuhr, erschöpft, aber aufmerksam auf der verlassenen Straße entlang der Küste bei Grosseto, nördlich von Siena, und unter den großen, schneebedeckten Bäumen durch den Chianti, hörte Sandro Musik in seinem Kopf.

Es war ein altes Stück, ein Lied aus dem Süden, bei dem er und Luisa in ihrer Jugend unzählige Male ältere Paare beobachtet hatten, die bei irgendeinem Sommerfest dazu tanzten. Und während sie sich die alten Gesichter angesehen hatten, die sich an die Schulter des anderen drückten oder sanft Wange an Wange – abwesend, träumerisch, resigniert, zufrieden –, hatte sich jeder von ihnen im Stillen gefragt, wie es wohl in vierzig oder fünfzig Jahren wäre.

Hatten sie beide gedacht, dass sie dann noch zusammen wären? Dass sie das hungrige, sprachlose Ding, das sie als Zweiundzwanzigjährige füreinander empfanden, gegen etwas Ruhigeres und Sichereres und Langweiligeres eingetauscht hätten? Dass sie einander kennen und verstehen gelernt hätten wie Bruder und Schwester, anstatt wie Liebende?

Sandro fuhr unter den dunklen, tropfenden Regenrinnen des großen, schäbigen *palazzo* vor, in dessen zweitem Stock er und Luisa seit über dreißig Jahren Seite an Seite schliefen, und schloss die Tür auf. Bruder und Schwester? Er spürte, wie sich zum ersten Mal seit Monaten ein Lächeln auf seinem Gesicht ausbreitete. Ruhig?

Er schlüpfte unter die Decke und nahm ihre Wärme wahr, roch den Duft ihrer Haut. Liebende. Sie drehte sich im Schlaf um, murmelte etwas Unverständliches. Ihre Hand suchte nach seiner und hielt sie fest.

Sandro lag wach, bis der Wecker, der immer auf seiner Seite des Bettes stand, ihm sagte, dass es 5 Uhr 30 war. Er löste seine Hand aus der von Luisa.

»Wach auf, Liebes«, sagte er. »Zeit zu gehen.«